Para mis Guerreras.
Somos divinas a los veinte, estupendas a los treinta,
maravillosas a los cuarenta, empoderadas a los cincuenta
e irresistibles el resto de nuestras vidas.
Somos un precioso privilegio, no una opción, y a quien
no sepa valorarnos ni querernos..., adiós.
Somos las heroínas y las dueñas de nuestras vidas,
no las víctimas ni las criadas de nadie.
Y por ello decidimos adónde vamos, qué nos ponemos,
con quién nos acostamos y con quién nos levantamos.
Somos mujeres fuertes que sabemos que detrás
de cada una de nosotras hay una historia que un día
nos convirtió en guerreras.
Con amor,

MEGAN MAXWELL

Capítulo 1

Como de costumbre, la comida familiar en casa de los Alcaide Martínez tenía pinta de que iba a ser un exitazo. Amparo, la matriarca, casada con Bertomeu, estaba preparando una de sus paellitas épicas en su bonito hogar madrileño, y tanto su marido como sus hijas, sus yernos y sus nietos esperaban para disfrutarla.

Estaban tomando el aperitivo mientras Ángela, la chica de servicio, les servía y los tres niños de la casa correteaban entre ellos. Amparo contempló gustosa el regalo que su yerno Lorenzo le había llevado.

—Tú solo tienes que pedirle lo que quieres diciendo siempre primero «Alexa» —le explicaba él—. Pero recuerda, suegrita, o bien enchufada a la corriente, o sobre esta base de batería inalámbrica para que siga funcionando, y conectada al wifi.

Amparo miraba sorprendida aquel artilugio mientras Lorenzo lo enchufaba y configuraba.

—Listo. Pregúntale la hora —dijo sintiéndose el gallo del corral.

Encantada por la cantidad de regalos que su yerno le hacía habitualmente, la mujer dijo:

—Alexa, ¿qué hora es?

De inmediato, del dispositivo salió una voz de mujer que le indicó la hora. Amparo y su marido se miraron sorprendidos.

—Recordad —insistió Lorenzo—, siempre que queráis preguntarle algo, primero debéis decirle su nombre: «Alexa». Y si, por ejemplo, queréis escuchar música, debéis decir «Alexa, quiero escuchar a tal cantante o tal canción». Y cuando queráis que pare solo debéis decir «Alexa, para».

—¡Qué modernidad! —rio Bertomeu.

—Ay, hijo, ¡si es que eres para comerte! —afirmó Amparo, que, dirigiéndose a la chica de servicio, a continuación, pidió—: Ángela, ve al cuarto de la colada. Tienes trabajo allí. Cuando te necesite, ya te avisaré.

La mujer asintió y se apresuró a desaparecer. Lorenzo sacó entonces dos dispositivos más de una bolsa.

—Y estas Alexas son para mis preciosas cuñadas América y Asia —indicó.

África, la mujer de Lorenzo y hermana de aquellas dos, miró a su marido, pero disimuló su malestar. Este se pasaba media vida agasajando a su familia para tenerlos a su favor. Para que ella siempre quedara como la tonta, la imbécil, la loca. Con disimulo, apretó los puños. Estaba furiosa. Antes de ir a casa de sus padres, Lorenzo y ella habían tenido una fuerte discusión, por millonésima vez, a causa del vestido que él le había hecho ponerse.

—Graciasssss, cuñadoooooooo —dijo América cogiendo una de las cajas.

Lorenzo sonrió y, mirando a la otra hermana, iba a hablar cuando Asia, que acababa de llegar de Valencia con su marido y su hijo, terció:

—Te lo agradezco, pero ya tenemos una en casa.

A Lorenzo no le quedó más remedio que aceptar su negativa. Asia no era tan fácil de contentar como su suegra y su otra cuñada.

—Alexa —dijo en ese momento Amparo—, pon música de Rocío Jurado.

Como era de esperar, el altavoz del dispositivo comenzó a sonar. Amparo aplaudió y exclamó dirigiéndose a sus hijas:

—¡La mejor! ¡La más grande! Y las letras de sus canciones decían verdades como puños.

Todos sonrieron. Sabían del amor de la matriarca por aquella cantante.

—Asia, América y África, id poniendo la mesa, que Ángela tiene que planchar —pidió entonces Amparo.

Sin dudarlo, las tres chicas asintieron y luego América, dirigiéndose a sus dos hijos y a su sobrino, gritó:

—Berto, Samu y Laurita, ¡cuidado, no tiréis nada!

Como era de esperar, los niños no le hicieron ni caso. Ellos iban a lo suyo. Asia miró entonces a África, su hermana pequeña, y cuchicheó:

—Pero ¿este de qué va?

—De Superman, como siempre —contestó África contemplando a sus sobrinos con cariño. Le encantaban los niños.

Asia asintió. Lorenzo se comportaba como un idiota con sus padres.

—Cada día lo soporto menos —susurró.

Al oír eso, África la miró. Sabía perfectamente que su hermana Asia y su marido Lorenzo no se prodigaban un excesivo cariño.

—Vais a jorobarnos la comidita con vuestros reproches y vuestras malas caras —protestó América.

Oír eso no era algo agradable para África, pues su hermana sabía lo infeliz que era en su matrimonio. Tras tomar aire, respondió con acidez:

—Tranquila, guapa. Que tú disfrutes de la paellita de mamá es lo primero.

América puso los ojos en blanco.

—Eres insoportable —bufó.

—Mejor me callo lo que creo que eres tú —replicó África.

América miró a su hermana pequeña y, cuando iba a responder, Asia intercedió:

—Venga, pongamos la mesa.

En silencio, las tres hermanas se pusieron manos a la obra. Minutos después apareció Lorenzo, el marido de África, que se acercó a ella y la cogió de la cintura.

—Vida mía, ¿te he dicho lo bien que te sienta este vestido? —le dijo.

África lo miró. Odiaba que la llamara «vida mía», odiaba aquel vestido y lo odiaba a él, pero, por desgracia, su vida era así. Una completa farsa en la que ella era la protagonista.

Desde hacía años, aquel que la halagaba delante de su familia, en la intimidad era un patán egocéntrico e insoportable que pasaba de ella.

En respuesta, África solo asintió en silencio.

Sin embargo, todo tenía un límite. No podía continuar así. Su marido y sus padres controlaban su vida y eso se tenía que acabar, le pesara a quien le pesase.

Por amor a Lorenzo y a sus padres, ella se había perdido a sí misma en el camino. Durante años se había dejado controlar, pero eso se había acabado. Al mirarse aquella mañana al espejo tras la discusión por el puñetero vestido y tras los vídeos recibidos en su móvil, supo que su nivel de tolerancia había llegado a su límite.

Fue mirarse y preguntarse si quería vivir el resto de su vida de esa forma. Si quería vivir sin amor. Si quería vivir sin sexo. Si quería vivir sin experiencias. Y no. No quería.

Pero el problema era cómo terminar con aquel sin que gran parte de su familia se le echara encima, cómo hacer para que sus padres no la odiaran.

—Desde luego, cuñado, qué halagador eres siempre con tu «vida mía» —comentó América—. Ojalá Pepe me dijera cosas tan bonitas. Fíjate que me he cambiado el peinado y ni siquiera se ha dado cuenta.

Sin imaginar lo que su mujer estaba pensando, Lorenzo la soltó y, acercándose a su cuñada, indicó:

—Pues ese corte de pelo te da un aire más juvenil. ¿Cómo Pepe no te ha dicho nada?

Oír eso hizo que América volviera a sonreír. Lorenzo sabía muy bien qué decirle a cada persona.

—África, pásame las servilletas —pidió Asia tras soltar un suspiro dirigiéndose a su hermana pequeña.

La aludida se las tendió, justo en el momento en que a Lorenzo le sonó el teléfono móvil; miró la pantalla y dijo:

—Trabajo...

Una vez que él se alejó lo suficiente de su mujer y sus cuñadas en el enorme salón para atender la llamada, América comentó:

—Es tan mono...

—Monísimo —apostilló Asia, ganándose una sonrisa de su hermana pequeña.

Al oírlo, América miró a sus hermanas y gruñó:

—Desde ya os digo que hagáis el favor de relajaros, porque esto es una comida familiar y no la vais a jorobar, ¿entendido?

Instantes después, cuando América fue a por los platos a la cocina, Asia, que sabía que su hermana menor no estaba bien, se acercó a ella.

—¿Qué ha pasado ahora? —cuchicheó.

África resopló. No era fácil hablarle de los archivos que tenía en su teléfono móvil.

—Algo muy gordo que ahora no puedo mostrarte o entrarás en efervescencia y liarás la que yo estoy intentando no liar —susurró.

Ambas sonrieron. «Entrar en efervescencia», para ellas, significaba que brotara la mala leche acumulada. Aquel idiota no paraba de jorobarle la vida a su hermana, y, cuando iba a hablar, África siseó mirando a su marido, que estaba más allá:

—No está hablando con nadie del trabajo. Fíjate en cómo disimula la sonrisa y nos mira de reojo. Está hablando con algunos de sus...

—África, por Dios... —murmuró su hermana.

La aludida asintió. Había omitido la palabra «amos» porque su hermana la había interrumpido.

—Es más —añadió África—, cuando cuelgue vendrá y soltará que ha surgido un problema en una de las obras y que tiene que irse después de comer. Y, por supuesto, durante la comida lo dirá con gesto compungido delante de todos y les hará saber que él, como el Arquitecto Superman que es, tiene que solucionarlo.

—África, ¿cuándo vas a mandarlo a freír espárragos? —musitó Asia compungida.

Ella la miró. Sabía que ese momento se estaba acercando. Lo que no sabía era cuándo ni cómo lo haría.

—Luis y yo estamos contigo —añadió su hermana—, lo sabes, ¿verdad?

África hizo un gesto afirmativo con la cabeza. Sabía que podía contar con ellos para todo lo que necesitara.

—Lo sé.

—Vida mía —dijo entonces Lorenzo acercándose—. Hay problemas en una obra.

África se hizo la sorprendida y, sin mirar a su hermana, murmuró con tono fingido:

—Ohhhh..., qué mala suerte, justamente hoy, que nos hemos reunido la familia y mi madre ha hecho paellita de la que te gusta.

Lorenzo se mostró de acuerdo con un gesto apenado y, cuando iba a responder, Laura, la hija de América, se aproximó a él.

—Tío Superman... Tío Superman... —dijo—. Berto y Samu me han pegado.

—¿A mi princesa le han pegado esos dos? —se quejó aquel.

La niña asintió, y Lorenzo, cogiendo a la pequeña en brazos, resolvió:

—Ahora mismo tu Superman particular lo solucionará.

Y, sin más, se marchó con su sobrina mientras África lo observaba.

Lorenzo no quería tener hijos. Le negaba ser madre una y otra vez, pero luego se desvivía con los hijos de los demás.

—Divórciate de ese gilipollas de una vez —murmuró Asia dirigiéndose a ella.

* * *

Quince minutos después, la familia bromeaba sentada alrededor de la mesa mientras Amparo alardeaba de su exquisita mano en la cocina y todos disfrutaban de la comida. El que más, Lorenzo.

Como siempre, la paella estaba buenísima y, como siempre, Lorenzo y su suegra demostraban a todos la excelente sintonía que tenían entre ellos.

África los observaba. A pesar de saber que era una desgraciada con él, ¡a su madre le daba igual! Le importaba más que su nivel adquisitivo siguiera siendo boyante y el qué dirán que la felicidad de su hija.

Ver cómo su madre bromeaba y besuqueaba a Lorenzo consumía a África. No lo soportaba. Se levantó y, mientras cogía una jarra vacía de la mesa, dijo:

—Voy a la cocina a por más agua.

—Tita, ¿voy contigo? —se ofreció el pequeño Samuel.

África lo miró. Su sobrino y ella tenían una conexión muy especial. Él era el hijo que nunca había podido tener, y con cariño murmuró:

—No hace falta, cielo.

—No tardes, vida mía, ¡o me comeré tu plato! —bromeó su marido haciéndolos sonreír a casi todos.

Una vez que la joven desapareció, fue directa a la cocina. Al entrar, cerró la puerta y, sentándose en una de las sillas de la cocina, se llevó las manos al rostro y murmuró para sí:

—Relájate..., relájate y no entres en efervescencia.

Durante unos segundos respiró para tranquilizarse, pero era complicado.

¿Por qué todo era tan injusto y difícil?

Su mierda de vida, la actitud de sus padres, Lorenzo, y... ¡todo! la estaban destrozando. Estaba acabando con ella.

Entonces oyó que comenzaba a sonar *Ese hombre* de Rocío Jurado a través de Alexa. Una canción que había oído muchas veces, puesto que a su madre le encantaba aquella intérprete.

África escuchó atenta la melodía y, como la conocía, empezó a tararearla mientras oía las carcajadas de su madre y su marido.

De todos era sabido que Amparo sentía una fuerte predilección por Lorenzo. Era su yerno preferido, y tanto Luis como Pepe lo tenían asumido.

Desde que Amparo lo conoció en un cóctel al que fue con su marido Bertomeu cuando este aún ejercía de periodista y supo que aquel era un arquitecto madrileño y que provenía de una familia adinerada y cristiana, hizo todo lo posible para que su hija pequeña dejara a Lolo, el chico con el que salía en Valencia, que era donde vivían antes.

Lorenzo era un arquitecto exitoso y varonil que provenía de una buena familia, y Lolo simplemente era un chico de barrio sin estudios y con un futuro incierto. Y, puestos a elegir entre los dos, a Amparo y a Bertomeu les pareció mucho mejor para su hija el arquitecto que Lolo.

África y este último llevaban juntos casi un año. Primero fueron vecinos. Luego amigos. Y al final novios. Ambos tenían diecinueve años y una relación ideal. Con mirarse se entendían. Pero al aparecer Lorenzo todo cambió. Sus padres querían para ella lo mejor, y África, dejándose llevar, se alejó de Lolo para comenzar una relación con Lorenzo, que inmediatamente la deslumbró.

Al ver aquello, y aunque sentía mucha rabia, Lolo lo respetó. Él no podía ofrecerle nada a África, y Lorenzo podía ofrecérselo todo. ¿Cómo competir contra eso? Así que, deseoso de quitarse de en medio, aceptó un trabajo en Portugal y, sin decir más, se marchó.

En aquel momento África tenía diecinueve años y Lorenzo treinta y dos. Ella era una niña inexperta que estudiaba Periodismo en una universidad pública de Valencia, que soñaba viendo su película preferida, *Bajo el sol de la Toscana*, y él un hombre hecho y derecho que supo qué debía hacer para cautivarla.

Superman, como él se hacía llamar entre sus más allegados, había ido a rescatar a la dulce África, y esta caía inevitablemente en sus brazos como una damisela desvalida cada vez que la llamaba «vida mía».

Un año después, Lorenzo y África se casaron por la Iglesia con toda la pompa y la parafernalia, convirtiéndose en un precioso matrimonio digno de admirar por todo el mundo. Tan guapos. Tan monos. Tan perfectos.

Él la llevó a la Toscana de viaje de novios. Pasearon por Cortona y Montepulciano, unos pueblos que a ella la habían enamorado en su película preferida, y, tras la luna de miel, se trasladaron a vivir a un precioso ático situado en Madrid. Allí, Lorenzo le prometió ayudarla a cumplir sus sueños, entre ellos el de ser madre, pero primero debían asentarse como matrimonio, y ella, enamorada y eclipsada, lo creyó.

En Madrid, África terminó la carrera de Periodismo y, durante años, olvidándose de sus propias metas en la vida, se convirtió en la típica mujer florero junto a un hombre con poder. Lo único que Lorenzo quería era que ella estuviera siempre guapa, dispuesta, y fuera la perfecta anfitriona que lucir ante sus amigos. Y eso África lo cumplía a la perfección.

Sin embargo, según fueron pasando los años y la joven fue madurando, todo comenzó a torcerse. África no podía tomar ninguna decisión. No podía cortarse el pelo porque él la quería con su melena larga y oscura. No podía salir con sus amigos cuando iba a Valencia porque él se encelaba. No podía comerse una hamburguesa porque él lo consideraba un exceso de calorías. No podía elegir su ropa porque él la decidía en todo momento. No podía trabajar de periodista porque él ganaba suficiente dinero para ambos...

En definitiva, África aprendió a aceptar las cosas como él quería. O Lorenzo era el centro del universo o las broncas y el mal rollo estaban asegurados.

Y todo empeoró cuando él, sin que le importase destruir uno de los sueños de su mujer, le dijo que no quería hijos porque eso cambiaría su figura y no estaba dispuesto a estar con una mujer con michelines, pechos caídos, estrías ni kilos de más por culpa de la maternidad. Eso destrozó a África, que siempre había deseado ser madre.

Como necesitaba ocupar su tiempo en algo más que en ir a la peluquería y al gimnasio para estar perfecta para el gilipollas de Superman, de nuevo intentó trabajar de periodista en algún diario o revista. Su marido y su padre tenían excelentes contactos que podrían ayudarla.

Ni que decir tiene que tanto Lorenzo como sus padres pusieron el grito en el cielo porque ella quisiera trabajar. Pero ¿qué tonta necesidad era esa cuando él ganaba suficiente dinero para mantenerla? ¿Acaso no la tenía como a una reina?

Al final, por falta de apoyo y a causa de las continuas discusiones, África se olvidó del tema. Estaba claro que sus sueños simplemente serían sueños.

Un día se enteró de que su amiga Patry, la hermana de Lolo, había muerto a causa de una enfermedad. África asistió al funeral y allí se encontró con sus amigos de juventud, entre ellos, Lolo, que, como ella, había madurado y ya no era un niño.

Verlo después de tantos años le removió el corazón. Fue mirarse y abrazarse, y ambos volvieron a sentir aquello que habían sentido de jóvenes, pero que terminó cuando ella tomó su decisión. Tras el funeral, y apremiada por su marido, que la había acompañado, África regresó a Madrid sin despedirse de nadie, pues él así lo quiso.

Lorenzo era un hombre que sabía manejar muy bien a las personas, y desde el principio había sabido poner a sus suegros de su parte. Poseía una preciosa casa con jardín y piscina en un exclusivo barrio de Madrid, con servicio incluido, que era la envidia de muchos, y, deseoso de tenerlos contentos, se la cedió a ellos. Los animó a vivir allí y ellos, sin dudarlo ni un momento, dejaron su piso de sesenta metros cuadrados en Valencia y a Madrid que se mudaron. Si su yerno les ofrecía vivir gratis en aquel casoplón con jardín, piscina y servicio, ¿por qué desaprovecharlo?

A América y a su marido Pepe, que trabajaban en una asesoría jurídica en Valencia, él como informático y ella como secretaria, les había dado trabajo en su estudio de arquitectura en Madrid. Gracias a ello, ambos contaban ahora con dos buenos sueldos que les permitían vivir mejor que cuando estaban en Valencia, y, en los tiempos que corrían, eso era muy de agradecer. Pero con Asia y su marido todo era distinto. Ellos, evitando aceptar la ayuda que Lorenzo pretendía proporcionarles, se buscaron la vida en Valencia, donde continuaban viviendo. Ella era ortodoncista y él, tras terminar sus estudios de fotografía, montó su propio estudio y a ambos les iba muy bien. Nunca les había gustado aquel Superman de pacotilla.

Los años pasaron y África comenzó a despertar de su letargo y pensaba en Lolo. ¿Cómo le iría en la vida?

Empezó a reconocer que se encontraba en una jaula de oro y a darse cuenta de que aquello no era lo que ella quería, pero no sabía cómo abrir la puerta para escapar. Como se creía muy listo e intocable, Lorenzo no se percató de que África no solo se despertaba, sino que además estaba al tanto de sus devaneos con otras personas, hasta que un día, envalentonándose, se presentó en el hotel donde sabía que él estaba y lo pilló in fraganti.

Aquello horripiló a la joven. Su marido apenas la tocaba, raramente le hacía el amor, y ahora se lo encontraba allí con otras personas, disfrutando del sexo.

Humillado tras la pillada de su mujer, Lorenzo le suplicó, le imploró, le rogó que le diera otra oportunidad. La quería. La amaba. Era la mujer perfecta para él. Sabía controlarla y, sobre todo, ella era una estupenda tapadera para mantener su doble vida. Y África, viéndolo llorar como a un niño, lo perdonó a pesar de lo que pensaba.

Sin embargo, no pasaron más de tres meses hasta que una noche, tras discutir porque Lorenzo no quería mantener relaciones sexuales con ella, él le propuso que tuviera sexo con un amigo suyo. Oír eso la enfureció más aún. Pero ¿qué locura estaba diciendo su marido? Y este, viendo que había metido la pata y que quizá luego ella iría contándolo por ahí, comenzó a decir que estaba loca y se inventaba las cosas.

En busca de apoyo, y para adelantarse a lo que su mujer pudiera decir, Lorenzo habló con sus suegros. Les explicó que África se inventaba cosas terribles, y aquellos se echaron las manos a la cabeza horrorizados. Pero ¿acaso su hija se había vuelto loca? ¿Cómo podía acusarlo de aquello al pobrecito que la llamaba «vida mía»?

Amparo y su hija América hablaron con África y le dijeron lo descontentas que estaban con ella. Le recordaron la suerte que había tenido al encontrar a un hombre que la tenía viviendo como a una reina y, aunque ella intentó contarles la verdad, Amparo y América, haciendo caso omiso de lo que les decía, insistieron en que diese gracias a Dios por haber puesto a Superman en su camino y le pidieron que se dejara de tonterías.

Por su parte, al enterarse de aquello, Asia se escandalizó y, desde Valencia, entró en efervescencia. Al contrario que su madre y su hermana mayor, le hizo saber a su hermana pequeña que no tenía por qué vivir con aquel imbécil, pero África, perdida y desconcertada, no hizo nada de nada.

No obstante, sin darse cuenta, algo había ido cambiando en ella. Con todo lo que le estaba pasando, la niña inocente de diecinueve años que había sido en su día se había esfumado para dar paso a una mujer que de pronto había empezado a quererse y a darse cuenta de que no era tonta. Y sin que Lorenzo lo supiera, contrató a una agencia de detectives para que le dieran información de todos los movimientos de su marido. Personales y comerciales. Quería saberlo absolutamente todo.

Lo que descubrió a nivel profesional era lo que imaginaba. Chanchullos con ayuntamientos y políticos. Dinero negro. Pero lo que la dejó atónita fue un vídeo en el que se le veía vestido de conejito jugando con dos hombres a los que llamaba «amos».

¡¿Amos?! ¿Lorenzo era sumiso, gay y tenía amos?

Verlo con orejitas rosas y el pompón en el trasero ofreciéndose a aquellos fue la gota que colmó el vaso para África. Por fin entendía por qué su marido nunca había sido fogoso en el sexo y por qué rechazaba acostarse con ella. A su marido le gustaban los hombres, no las mujeres, y ella únicamente era la tonta que evitaba que la gente especulase.

Estaba pensando en ello cuando susurró:

—Como dice la canción, es un estúpido, un engreído...

De pronto, la letra de aquella canción, que había oído cientos de veces, sin saber por qué le hizo entender cuál era su realidad con aquel sinvergüenza, y cuchicheó:

—Mira, mamá..., por fin estamos de acuerdo en algo. La letra de esta canción dice verdades como puños.

Levantándose, abrió el mueble de la cocina, cogió un vaso y bebió agua. La necesitaba. Cuando terminó, supo que la puerta de su jaula de oro acababa de abrirse en ese instante. No iba a continuar casada con Lorenzo, aunque sus padres le retiraran el saludo. Tenía treinta y cinco años y era una mujer lista e inteligente, aun cuando ellos se empeñaran en hacerle creer que era tonta.

Por ello, después de llenar la jarra de agua, y antes de salir de la cocina, al cambiar a otra canción de la Jurado, cogió el dispositivo inalámbrico que Lorenzo les había regalado a sus padres y, saliendo adonde toda la familia estaba reunida, dejó la jarra sobre la mesa e indicó:

—Alexa, repite la canción *Ese hombre* de Rocío Jurado.

Todo el mundo la miró. ¿Qué hacía?

Acto seguido, cuando comenzó a sonar la música, África miró a su marido y soltó:

—Te la dedico porque te define a la perfección.

—¡Vida mía! —musitó él.

—¡África! Pero ¿qué locura estás diciendo? —la regañó su madre.

La joven tomó aire e indicó:

—Mamá, como tú dijiste, las canciones de Rocío dicen verdades como puños. ¡Y justamente todo esto y más es lo que yo pienso de tu amado Lorenzo!

Amparo miró horrorizada a su marido Bertomeu, que tenía la boca llena de arroz, y, cuando iba a hablar, África miró a sus sobrinos y pidió dulcificando su tono de voz:

—Berto, Samu, Laurita, ¡id a la cocina a por el helado y la tarta!

Los niños se levantaron de inmediato y América protestó:

—Pero ¡si no han terminado de comer!

Sin responder, y temblando por dentro, África miró a Asia y comentó:

—Acabo de entrar en efervescencia.

Su hermana asintió y, con la mirada, le transmitió que estaba con ella. Eso hizo que África se envalentonara más: tras sacar su teléfono móvil, le dio al vídeo para que comenzara a reproducirse y, enseñándoselo a todos, mirando a Lorenzo, dijo:

—Siempre dices que eres un marido fiel y yo una loca que me invento cosas. Pues muy bien, ¡vida mía! —se mofó—, ahora, si tienes huevos, dime a mí y diles a ellos que tú no eres el conejito de orejitas y pompón rosa en el trasero que está en el vídeo con esos dos tipos, a los que, por cierto, llamas «amos».

Todos se quedaron mirando la pantalla del teléfono de África sin dar crédito. Lo que veían era muy fuerte, bochornoso. Amparo apenas podía articular palabra. Su marido tampoco. Lorenzo no sabía dónde meterse. ¿Cómo había podido conseguir aquello su mujer? Y, cuando iba a hablar, África, tratando de evitar que la voz le temblara, declaró:

—Quiero el divorcio, y aunque nunca he sido egoísta, ni materialista, ni aprovechada, en este caso, y por primera vez en mi vida, lo voy a ser en mi propio beneficio. Estamos casados en régimen de gananciales y, tras haber sido tu tapadera para que la gente no sospechara de tu sexualidad, quiero todo, absolutamente todo lo que me corresponda. ¡Hasta el último euro!

—¡¿Qué?! —exclamó Lorenzo.

Se acabó el ser idiota, comedida y tonta. Él la había infravalorado. La había humillado. La había vejado. Y, mirándolo, cuchicheó:

—Tengo treinta y cinco años. Dejé mis sueños por ti. Me sacrifiqué por ti. No he tenido hijos por ti. He tragado lo intragable por ti, pero eso se acabó, y ahora quiero el divorcio y absolutamente todo lo que me corresponde. Y me da igual lo que mis padres o tú penséis, digáis o maquinéis, porque esta vez no voy a cambiar de opinión.

—¡África! —gritó Amparo.

—Pero, vida mía... ¿Qué te ocurre? ¿Acaso quieres matar nuestra idílica relación? —murmuró Lorenzo.

Oír eso hizo sonreír a África. Lo de «idílica» sobraba.

—No puedo matar algo que siempre ha estado muerto —replicó.

—Pero ¡esta muchacha se ha vuelto loca! —exclamó Bertomeu—. ¿Qué locura está diciendo?

A África no le importó oír a su padre. No esperaba apoyo ni de él ni de su madre, y con la mirada puesta en el que aún era su marido, siseó:

—Como se te ocurra liármela, jugármela o complicarme el divorcio, te juro que este precioso e instructivo vídeo en el que se te ve tan rematadamente bien disfrazado de conejito ofreciendo tu rabito y lo que no es tu rabito lo van a ver hasta en China, ¿te queda claro, Superman de pacotilla?

Ni que decir tiene que la que se montó tras sus palabras fue de órdago.

Sus padres, encolerizados y avergonzados por lo que África les había enseñado, le pidieron a Lorenzo que se marchara y este así lo hizo. Acto seguido, Amparo y Bertomeu, en vez de arropar a su hija, se le echaron encima. ¿Cómo podía haberles enseñado aquel vídeo de su marido? ¿Acaso se había vuelto loca para faltarles así al respeto? Y, cuando vieron que no iban a hacerla cambiar de opinión en lo que se refería al divorcio, le pidieron que abandonara la casa. Si se iba a divorciar, no querían tener nada que ver con ella.

África simplemente acató la orden. Ni lloró, ni suplicó. Tan solo cogió su bolso y, tras mirar a su hermana América, que consolaba a su madre, salió de aquella casa acompañada por Asia, su cuñado Luis y su sobrino Samuel. Si sus padres querían eso, así sería.

Esa noche, en la que durmió en un hotel con su hermana, su cuñado y su sobrino Samuel, por primera vez en mucho tiempo la joven se sintió bien consigo misma. Su decisión había cambiado su futuro y ahora podía ser libre. Libre para hacer y deshacer. Libre para disfrutar de la vida y el sexo. Libre para todo. Y, quitándose el anillo de casada, lo dejó sobre la mesilla y sonrió. Volvía a ser África.

Capítulo 2

Irene nunca quiso tener hijos.

Trabajaba en locales de *striptease* y era prostituta cuando se quedó embarazada del hombre al que quería, y decidió tener el bebé imaginando que él la cuidaría. En un principio, al embarazo lo llamó «accidente», y cuando nació la niña, a la que le puso el nombre de Belinda, lo llamó «inconveniente». Y más cuando el padre desapareció pasando de ellas.

Desde pequeña, Belinda siempre sintió que sobraba y molestaba. ¿Y por qué lo sabía? Pues porque su egoísta y desnaturalizada madre se había encargado siempre de hacérselo saber.

Para desgracia de la chiquilla, no tenía familia alguna. Irene nunca le dijo quién era su padre, por lo que se crio por temporadas en los servicios sociales y, cuando no, con ella, sin la posibilidad de recibir el cariño de un padre, unos hermanos, unos abuelos, tíos o primos. Para Belinda no existieron fiestas de Navidad ni de cumpleaños. Irene la ignoró siempre y ella, desde bien pequeña, tuvo que aprender a buscarse la vida, a refugiarse en la lectura de los libros, en la escritura, a vivir sin mimos ni abrazos y a mentir a los vecinos para que no volvieran a llamar a los servicios sociales.

Los años pasaron y Belinda creció. Era alta, guapa y rubia como lo había sido Irene, pero, a diferencia de ella, se alejó todo lo que pudo de los locales de *striptease* y de los prostíbulos. Ella quería otra vida. Quería tener amigos, una familia y, sobre todo, vivir sin tener que soportar al chulo de turno, como había tenido que aguantar a los de Irene.

Como necesitaba sentirse parte de algo y estaba tremendamente perdida en la vida, Belinda, animada por una mujer que conoció uno de los días que estaba sentada en un banco en el parque, comenzó a ir a una asociación de mujeres. Allí la ayudaron a quererse, a sentirse bien, a salir adelante y, sobre todo, a sentirse orgullosa de quien era.

Aquella jovencita de buen talante y sonrisa perpetua, a pesar de las vicisitudes de su vida, se merecía la oportunidad de mejorar su vida. Atrás quedó sentirse juzgada por tener la madre que tenía. Atrás quedó sentirse el inconveniente. Con el paso de los años, Belinda se convirtió en una integrante bastante activa de la asociación, aunque en su interior aún guardase cosas que le dolían.

A pesar de carecer de estudios, pues Irene nunca se había preocupado de que su hija aprendiera, instintivamente a Belinda se le daba bien expresarse mediante la escritura.

Escribir siempre había sido su válvula de escape. Contarle a un trozo de papel lo que le pasaba, la infelicidad que sentía y cómo lograba superarlo fue lo que hizo que no explotara.

Escribió infinidad de diarios personales desde bien pequeña. Cualquier papel o libreta eran buenos para desahogarse. Y cuando maduró escribió un par de manuscritos. Uno contando su dura vida y cómo la había encarado para no morir en el intento junto a Irene, a la que nunca llamaba «madre», y otro, relatando las experiencias de muchas de las mujeres que había conocido a través de la asociación. Eran relatos repletos de miedos e inseguridades, pero, por suerte, muchos terminaban llenos de positividad, superación y amor.

Además de eso, Belinda era una gran lectora de libros que sacaba en préstamo de la biblioteca. Por tanto, y a pesar de que tenía muy pocos estudios, sabía expresarse muy bien, así que se convirtió en la encargada de redactar los comunicados o los anuncios de la asociación que colgaban ofreciendo su ayuda.

Pero la vida es caprichosa, y un Alzheimer galopante, potenciado por las drogas y el alcohol que tomaba, le quebró bien joven la vida a Irene. Con veintipocos años, y a pesar de que aquella nunca la cuidó, la mimó, ni la abrazó, Belinda fue la única que se preocupó de su bienestar.

La joven no sentía amor por ella, del mismo modo que Irene nunca lo había sentido por su hija. Pero la palabra *madre* le pesaba. Aunque la mujer no se lo mereciera, sabía que no podía abandonarla. Y, por ello, la joven, pidiendo ayuda a todo el que pudo, encontró una plaza en una residencia de la Comunidad de Madrid, que pagaba mensualmente con esfuerzo, y una vez cada quince días iba a visitarla. Siempre eran los días 15 y 30 del mes.

Durante esos años, Belinda trabajó en todo aquello que le salía: camarera, limpiadora, paseadora de perros, mudanzas... Cualquier cosa era buena para poder pagar la residencia de Irene. Hasta que, gracias a una mujer de la asociación, consiguió un contrato en una empresa que llevaba el servicio de limpieza de un hospital.

La vida la había convertido en una mujer luchadora, y aprendió a buscarse la vida por sí sola. Nunca dependió de nadie, hasta que apareció Víctor y le mostró esa cara de la vida dulce y bonita que ella nunca había conocido.

Enamorarse y sentirse parte de la vida de alguien, y que ese alguien se implicara también en la suya, fue algo nuevo para Belinda y, dejándose llevar por la embriagadora sensación, lo disfrutó.

Ese día, tras salir de su visita quincenal a Irene en la residencia, pasó por una imprenta para recoger algo importante. Sin decirle nada a su novio, había escrito su bonita historia de amor, plagada de momentos especiales y divertidas anécdotas en unos folios que había llevado a encuadernar.

Miró su encargo encantada. Verlo encuadernado y con folios blancos de más para continuar escribiendo la historia la hizo sentirse muy feliz. Cuando su teléfono sonó, la muchacha sonrió. Era Víctor.

—Holaaaa —saludó—, ¿cómo va todo?

—Bien, bien —se apresuró a decir él—. ¿Dónde estás, cielo?

Belinda, que no quería decírselo, salió de la imprenta y, mientras caminaba hacia el parking para recoger su coche, mintió:

—Saliendo de la residencia. ¿Por...?

Víctor cerró los ojos al oír eso. Lo que estaba haciendo lo había pensado mil veces. Y, apoyándose en la pared de la casa que compartía con aquella, respondió mirando a los perros:

—¿Irene está bien?

Belinda llegó hasta su coche y, dándole al mando a distancia, afirmó con frialdad:

—Como siempre.

Víctor asintió y ella, tras abrir la puerta de su vehículo, dejó con cuidado el cuaderno que acababa de recoger y preguntó:

—Oye, ¿qué te pasaba anoche que no parabas de moverte?

—Dormí fatal —musitó él.

—¿Y eso?

—No lo sé.

Pero lo sabía. Claro que Víctor lo sabía. Entonces ella, ajena a todo, afirmó:

—Bueno, sé positivo, y piensa en lo bien que dormirás esta noche.

Víctor les tocó la cabeza a sus perros y volvió a asentir.

—¿Qué te apetece cenar esta noche? —preguntó entonces aquella.

—Lo que quieras, cariño.

Belinda sonrió. Quería preparar algo especial. Era su aniversario. Llevaban viviendo juntos cinco años y eso había que celebrarlo. De ahí los regalos que tenía para él.

—Venga, hombre, esa es la respuesta de siempre.

Víctor no contestó. Y, agobiado por la situación, sin recordar el aniversario contestó:

—Lo que tú quieras, sabes que siempre me parece bien.

Belinda sonrió. Tenía razón. Víctor era conformista en cuanto al tema comida. Se puso el cinturón de seguridad y antes de arrancar dijo:

—Vale. ¡Decido yo, como siempre!

Se quedaron unos segundos en silencio, hasta que él, recomponiéndose, dijo:

—Cariño, tengo que dejarte.

—Vale.

—Te quiero. No lo olvides nunca.

Belinda sonrió al oírlo. Adoraba que Víctor le dijera aquello, y respondió:

—Yo sí que te quiero. Luego nos vemos en casa.

Una vez que cortó la conversación y dejó el teléfono sobre el asiento del pasajero, Belinda encendió la radio del coche y comenzó a sonar *Run the World* de Beyoncé. Mientras la tarareaba, la joven sacó sonriendo el vehículo del parking y se sumergió en el tráfico de Madrid.

Veinte minutos después, tras aparcar en un centro comercial, y dichosa por el bonito día, se encaminó hacia la tienda preferida de su chico. Si algo le gustaba a Víctor eran los videojuegos, y sabía cuál comprarle como regalo de aniversario. Ella siempre estaba atenta a todo. Le encantaba hacerlo feliz.

¿Había algo más bonito que regalar?

Mientras la dependienta buscaba lo que le había pedido en el almacén, Belinda abrió gustosa su móvil y miró sonriendo una foto de ellos dos con sus perros. ¡Qué feliz era!

Gracias a san Destino, Víctor y ella se habían conocido en un evento donde se presentaban juegos de ordenador, en el que Belinda trabajaba como camarera. Nada más conocerse el chispazo que surgió entre ellos fue tan brutal que ya no pudieron separarse.

Víctor era todo lo contrario de los hombres con los que solía salir. Era un par de centímetros más bajito que ella. Moreno, pelo rizado y bastante delgado. No iba al gimnasio. No era musculoso. No tenía tatuajes. Era un friki de los videojuegos que trabajaba en una tienda de informática, pero poseía una bonita sonrisa y, sobre todo, la hacía sonreír.

Cuando llevaban tres meses y tres días, Víctor apareció con un precioso anillo para ella. Que él le regalara eso emocionó a Belinda por su bonito significado, y fue entonces cuando decidieron dar el paso de irse a vivir juntos al pisito que Irene había comprado en el barrio de Legazpi y que había puesto a nombre de Belinda.

Un piso que la mujer disfrutó hasta que tuvo que ser ingresada en la residencia. Allí vivía Belinda con sus dos perros, *Jamón* y *Queso*, dos perretes que se encontró una noche al lado del cubo de la basura siendo unos cachorros. Fue verlos y enamorarse de ellos. Belinda estaba sola, su madre ya no vivía con ella, y *Jamón* y *Queso* pasaron a ser su única familia.

Víctor era antimatrimonio. Las bodas no eran lo suyo, a pesar de que le había regalado el anillo. Ella quería casarse. Ser madre. Crear la familia que nunca había tenido. Pero por amor a Víctor había dejado todo aquello de lado. Si se amaban, ¡¿qué importaba todo lo demás?!

Una vez que la dependienta le entregó el videojuego y ella lo pagó, pasó por el supermercado al salir de la tienda. Quería preparar una cenita muy especial y, tras pensarlo un poco, compró gambas, que haría con espárragos trigueros, y de segundo, unos buenos solomillos a la pimienta. De postre, tartita de chocolate y nata. La preferida de ambos.

Feliz con sus compras, la joven metió las bolsas en su coche y se encaminó a su casa.

Al llegar, nada más abrir la puerta, su perro *Jamón* fue a saludarla. *Queso*, como siempre, cada vez que oía la puerta se escondía debajo de la cama de ella, pues era muy miedoso.

Estaba saludando a *Jamón* cuando *Queso*, al oír la voz de Belinda, salió de su escondite. Gustosa al verlo llegar hasta ella, se sentó en el suelo, donde se dedicó a dar mimos, besos y abrazos. Recibir el cariño que sus perros le daban era maravilloso y único. Y así estuvo un rato, hasta que de pronto se fijó en el mueble de la televisión. ¿Y esos huecos?

Pestañeando, vio que faltaban CD de música, películas y libros.

Pero ¿qué había pasado allí? ¿Dónde estaba lo que faltaba?

Levantándose del suelo, iba a caminar cuando le sonó el teléfono móvil. Al mirarlo y ver que era un mensaje de WhatsApp de Víctor, rápidamente lo desbloqueó y leyó:

> Llevo meses dándole vueltas, y creo que la mejor opción es esta: Belinda, te dejo. Nuestra relación se acabó. Sé que me odiarás por ello, pero...

Bloqueada, dejó de leer mientras sentía que le faltaba el aire. No. Eso no podía estar pasando. ¿Acaso era una broma?

¡Joder, que era su aniversario!

Aturdida, se sentó en el sillón y, tras tomar aire, volvió a leer:

Llevo meses dándole vueltas, y creo que la mejor opción es esta: Belinda, te dejo. Nuestra relación se acabó. Sé que me odiarás por ello, pero he de ser sincero contigo y debes saber que conocí a una mujer y vamos a tener un hijo juntos. En cuanto a *Jamón* y *Queso*, son tuyos. No voy a pedir nada de ellos, aunque me gustaría que alguna vez me dejaras verlos. Te quiero y siempre te querré.

Sin dar crédito, y como si el móvil le quemara en las manos, Belinda lo soltó.

Víctor la había dejado. Su Víctor. Como había hecho Irene toda su vida, sin pensar en su corazón ni en sus sentimientos, la había abandonado.

Boqueando para no gritar como una loca, sus ojos se detuvieron en *Jamón* y *Queso*, y murmuró para sí:

—Menudo cabronazo... ¡En foto os va a ver...!

Cogió de nuevo el teléfono, volvió a leer el mensaje por tercera vez y, directamente, marcó el número de teléfono de Víctor, pero este no se lo cogió. Eso sacó de quicio a Belinda, que, cada vez más enfadada, le mandó un mensaje de voz que decía:

▶ «¿No solo me la estás pegando con otra, sino que vas a tener un hijo con ella, y encima eres tan jodidamente cobarde de dejarme por WhatsApp? ¡Serás sabandija! Y en cuanto a *Jamón* y *Queso*, ni se te ocurra acercarte a ellos o te juro que lo lamentarás.»

Tras enviarlo, volvió a llamar una, dos, tres, hasta veinte veces, pero él no se lo cogió. Estaba claro que daba por concluida su relación de aquella manera tan radical.

Belinda se puso en pie y fue hasta la habitación donde Víctor jugaba con sus videojuegos.

Al abrir la puerta, jadeó. Estaba vacía. Allí no estaban ni sus ordenadores, ni su mesa, ni su silla de *gamer*, ni sus archivos del trabajo... ¡Nada! ¡No había nada! Solo quedaban recuerdos.

Tomando aire, entró en el dormitorio que habían compartido durante cinco años y, al abrir el armario, el olor de Víctor la inundó. Al ver el interior vacío, cerró de nuevo con rabia y siseó:

—Maldita rata...

Según dijo eso, rápidamente le vino a la cabeza una canción que Irene cantaba cada vez que recordaba a su padre... ¿Por qué tenía que pensar ahora en aquello?

Volvió a mirar a su alrededor. Allí ya no había nada de Víctor. Se lo había llevado todo.

¿En serio era tan cobarde? ¿De verdad cinco años juntos no habían sido nada para él, pues era capaz de marcharse a hurtadillas sin pensar en cómo podía tomárselo ella?

Engañada... Se sentía terriblemente engañada por ese hombre, en quien había depositado toda su confianza. ¿Así se lo pagaba él? ¿Acaso san Destino ya no estaba a su lado?

Enfadada y molesta, miró el anillo que Víctor le había regalado años atrás. Llevar ese anillo en el dedo significaba algo para ella que ahora ya no tenía sentido y, tras tomar aire, se lo quitó, fue hasta el baño, abrió la tapa del váter y musitó mientras lo arrojaba al interior:

—La mierda con la mierda se va.

Acto seguido, tiró de la cadena y el anillo desapareció en cuestión de segundos.

Se tumbó en la cama y levantó la vista al techo, el mismo que tantas veces habían contemplado juntos imaginando viajes, mientras sentía que deseaba llorar, pero las lágrimas no le salían. Ahora entendía por qué él no había parado de dar vueltas la noche anterior sin poder dormir.

¿Cómo podía llevar tiempo con otra mujer sin que ella se hubiera dado cuenta?

Un hijo..., ¡Víctor iba a tener un hijo!

Quería llorar. Necesitaba llorar, pero, como siempre, desde hacía años, las lágrimas no aparecieron. Quería a Víctor. Lo amaba. Pero si algo le había enseñado una vida junto a Irene era a ser fuerte. Y aunque el dolor por lo que Víctor había hecho le partía el corazón, ella tenía la cabeza fría y muy bien amueblada.

Una vez más, la puñetera vida le insistía en que estaba sola, pero su cabeza le recordaba que debía quererse, ser egoísta y pensar en sí misma. Si ella no lo hacía, ¿quién iba a hacerlo?

Sentándose en la cama, miró a sus perretes, que la observaban desde el suelo con gesto triste. Sin duda entendían lo que pasaba. Para que luego dijeran que los animales no tenían sentimientos. Y, bajándose al suelo con ellos, dijo cuando estos fueron a consolarla:

—Por suerte, os tengo a vosotros... Tranquilos, estoy bien.

Y sí. Belinda estaba bien. Pero también estaba triste, humillada y decepcionada.

La vida le volvía a quitar a alguien. Su corazón estaba roto en mil pedazos. Pero su cabeza la animaba a continuar y a no dejarse vencer.

El hombre en el que había depositado todas sus ilusiones y su confianza le acababa de dar una patada en el culo para irse con otra mujer que le iba a dar un hijo, y eso dolía. Dolía bastante.

* * *

Dos horas después, tras haberse duchado, serenado y preparado una exquisita cena que compartió con *Jamón* y *Queso*, comenzó a sonar por la radio la canción *Te felicito*, de Shakira y Rauw Alejandro. Estaba claro que Víctor era un buen actor. ¡Qué bien había interpretado su papel!

Dolida, miró el cuaderno que había escrito para él y se sintió tonta. Allí contaba todo lo bonito que les había ocurrido, sus sueños, su amor, sus anhelos... Y, tomando un trago de su copa de vino, susurró mientras lo metía en un cajón del mueble de la televisión:

—Seré idiota...

Diez minutos después, tras servirse otro vinito y sentarse en el sofá, se miró la mano, donde ya no estaba el anillo, y resopló. Quizá tirarlo al váter había sido exagerado, pero rápidamente se reafirmó: ¡había hecho bien!

Convencida de haber actuado como su corazón le pedía, abrió

su móvil, buscó el chat de WhatsApp de Víctor y, con la voz tranquila, le envió un nuevo mensaje:

▶ «Mira, pedazo de rata. Si Irene no me hundió, ten por seguro que tú tampoco lo harás. Y recuerda: no sé ni cuándo, ni cómo, ni dónde, pero algún día, y a la cara, porque no soy una cobarde como tú, te voy a decir lo que pienso de ti. Y ahora..., ¡que te den!»

Acto seguido, dejó el teléfono sobre la mesa, sacó el cuaderno que había guardado minutos antes y, con el corazón roto, comenzó a escribir cómo se sentía mientras tarareaba una vieja canción que tantas veces había oído cantar a Irene.

Capítulo 3

—Vamos, chicos, ¡daos prisa!

—Mamáááá, dile a Bosco que salga del baño ¡ya!

—Dunia, ¡no grites! Vas a despertar a tu padre —indicó Gema.

La joven miró a su madre y se encogió de hombros.

—Oh, por favor..., qué penita despertarlo —repuso.

—¡Dunia! —regañó Gema.

Madre e hija se miraron en silencio. No necesitaban decir nada para entenderse. Al ver los pendientes que la cría llevaba puestos, Gema preguntó:

—¿Son los que te regalaron ayer los yayos?

Dunia asintió. El día anterior, ella y su hermano habían cumplido dieciocho años y, como era de esperar, su madre les había organizado una magnífica fiesta de cumpleaños.

—¿A que son ideales? —contestó con una sonrisa mientras le mostraba los pendientes de zafiros.

Gema sonrió a su vez. Los pendientes eran muy bonitos. Y la joven, enseñándole la pulsera que llevaba, dijo a continuación con mofa:

—Pero mi regalo preferido es la pulsera de la bisa.

Gema soltó una risotada. La «bisa» era su abuela, bisabuela de Dunia.

—Como oiga que la llamas «bisa», ¡te cruje! —cuchicheó divertida.

Ambas rieron y luego Dunia señaló:

—Me encanta llevar por fin la misma pulsera que lleváis las tres. La bisa, la abu y tú.

Gema asintió. Aquella tradición, que había iniciado la abuela de su abuela, era algo muy de la familia. La más mayor tenía que regalarle una pulsera de plata a la más joven al cumplir los dieciocho en la que pusiera la frase «Puedo hacerlo». Una tradición que a todos les gustaba, excepto a Tomás, que lo veía una tontería.

Gustosa, Gema le enseñó la mano, en la que llevaba la pulsera que su bisabuela le había regalado en su día.

Dunia sacó entonces el móvil del bolsillo y dijo poniendo la mano al lado de la de su madre:

—¡Fotoooooo!

Divertida, la joven hizo una foto de las manos y exclamó:

—La subo a mi Instagram pero ¡ya!

Gema sonrió. Su hija era una loca de las redes sociales, y estaba riendo cuando la oyó decir:

—Por cierto, mamá. Esta noche tenemos que echarle un vistazo contigo a un email que hemos recibido Bosco y yo de la universidad de Londres.

—Por supuesto, cariño.

Tras valorar varias universidades en España, sus hijos finalmente se habían decantado por una privada de Londres. Por suerte, se lo podían permitir, e invertir en el futuro de sus hijos para ella era lo mejor. Bosco quería estudiar Tecnología y proseguir con sus clases de danza, y Dunia, Ingeniería. Eran listos, aplicados, y sin duda irían a Londres.

Instantes después, Gema pensó en su abuela. Felicidad era una mujer que a sus ochenta y seis años estaba llena de inquietudes y, sobre todo, de vida. Si alguien disfrutaba de la vida, esa era ella. Una mujer que se había quedado viuda muy joven con una hija y que, de la nada, hizo un imperio vendiendo fruta. Lo que comenzó siendo un simple puestecito de venta era ahora la mayor distribuidora de fruta de toda España. Y en la actualidad la gestionaban su hija María y su yerno Jesús.

Felicidad era presumida, coqueta y atrevida. Salía con las amigas los fines de semana a bailar, a ligar, a disfrutar, y siempre que podía se iba de viaje con quien se lo propusiera. Su último proyecto laboral había sido montar una cafetería frente al colegio de sus bisnietos con dos de sus amigas. Una cafetería a la que llamaron

«El Bizcochito de las Yayas», un nombre muy particular para ellas.

Desde hacía diez años la cafetería tenía un éxito increíble. Todo el mundo iba allí a disfrutar de los bizcochos ricos y caseros que preparaban tanto Felicidad como sus dos amigas Gregoria y Manoli.

—Bosco, cielo, ¡sal para que pueda entrar tu hermana! —indicó Gema—. Vais a llegar tarde a clase.

Segundos después, la puerta se abrió y apareció un chaval alto y muy varonil que dijo:

—Qué pesada es la niñita, con tanto mirarse al espejo.

—¡Tú sí que eres pesadito con tanto mirar tu pelito rubio! —exclamó Dunia al oír a su mellizo.

—¿Queréis no chillar, que vais a despertar a vuestro padre? —insistió Gema.

Dunia y Bosco se miraron y este último cuchicheó:

—Eso es lo último que me preocupa, mamá.

Gema suspiró. La noche anterior, su marido se había comportado una vez más como un idiota al ver a Bosco. Como regalo de cumpleaños por parte de Damián, su chico, se había cortado el pelo y teñido de rubio, cosa que a su padre, Tomás, no le gustó, pues no aceptaba que fuera gay.

—Dentro de cinco minutos os quiero en el coche o mucho me temo que os vais a ir andando a clase, ¿entendido? —zanjó Gema sin ganas de polemizar.

Dicho esto dio media vuelta, y, al ver que su perra la miraba, señaló:

—Lo sé, *Gamora*..., lo sé .. ¡Ahora te pongo el desayuno!

Nada más oírla, el animal corrió hacia la cocina, y una vez que Gema le echó el pienso en su cazo, indicó según se lo dejaba en el suelo:

—Come tranquila. Nadie te lo va a quitar.

Decir eso era inútil. *Gamora* no comía..., ¡aspiraba! Y antes de que Gema se incorporara, aquella ya estaba saliendo de la cocina con la panza llena; en ese momento, Tomás, su marido, entró y, mirándola, dijo con mal gesto:

—Todas las mañanas lo mismo con tus jodidos niños...

Gema suspiró al oírlo. Que dijera «mis hijos» o «tus hijos» dependía de su nivel de enfado, y no contestó. ¿Para qué?

—Tengo el estómago fatal.

Ella lo miró y, sacando su lado protector hacia los suyos, empezó a decir:

—Tómate un...

—Soy mayorcito —la cortó él—. Sé qué tomarme. ¡No me des la murga!

Gema calló. Cuando le hablaba de ese modo era mejor ignorarlo. Él se rascó entonces la cabeza y añadió suavizando el tono al tiempo que se acercaba a ella para besarla:

—Perdona, princesa.

Ella cabeceó y acto seguido él la cogió de la mano y, acercándosela, la besó. Cada vez que su marido la llamaba «princesa» y la besaba de aquella manera, el mundo temblaba bajo sus pies. La rabia o el enfado que sintiera por él se disipaban. Un mimo de su parte era como un soplo de aire fresco. Y Tomás, viendo que había conseguido el efecto que buscaba, preguntó soltándola:

—¿Adónde vas tan guapa?

Ella lo miró desconcertada. Simplemente llevaba un pantalón negro pirata y una camiseta blanca.

—Princesa, sabes que no me gusta que llames la atención —insistió él.

Gema quiso reír, pero no lo hizo. Intentaba ser muy discreta con la ropa, pues sabía que a Tomás no le gustaba que llamara la atención. Incluso a veces se sentía demasiado clásica y antigua con lo que se ponía para pasar desapercibida, pero su problema era que, como decía todo el mundo, ¡cualquier cosa le sentaba bien!

Estaba pensando qué contestarle cuando él preguntó:

—Hoy tenías hora en el taller para dejar allí tu coche, ¿verdad? —Ella asintió y él agregó—: Yo lo llevaré.

—No hace falta, puedo llevarlo yo.

Tomás la miró y, con aquel gesto de superioridad suyo, repuso:

—Ni hablar. Yo lo llevaré. Tú no pintas nada en un taller lleno de hombres.

—Pero...

—Utiliza mi coche —la cortó—. Y cuidadito con él, que eres muy torpe.

Gema calló. No era torpe, nunca lo había sido. Conducir el coche de su marido siempre suponía un problema. Si algo adoraba Tomás era su puñetero coche, que cuidaba y mimaba como a nadie. Sabía que esa noche él se enfadaría al ver que había ajustado el asiento para conducir o los espejos para ver mejor. Pero ¿cómo pretendía que condujera sin hacer aquello?

—De acuerdo —claudicó finalmente.

En ese instante entraron en la cocina Bosco y Dunia. Al ver a su padre, se lo quedaron mirando, y de inmediato Tomás soltó al ver a su hijo:

—Ya puedes ir a la peluquería para que te quiten ese color rubio que te has puesto.

Bosco no contestó, no pensaba hacerlo. Con dieciocho años ya podía decidir el color de pelo que quería llevar.

—¿No le das un beso de buenos días a tu papaíto? —dijo entonces Tomás dirigiéndose a Dunia.

La muchacha lo miró. Había muchas cosas de su padre que no le gustaban, pero, al fin y al cabo, ¡era su padre! Y, tras abrazarlo, le dio un beso.

—Claro que sí, papaíto.

Una vez que Dunia se marchó, Tomás miró a su mujer e iba a hablar cuando esta se le adelantó:

—Vamos tarde. Adiós.

* * *

Veinte minutos después, Gema dejó a sus hijos donde cursaban su último curso de bachillerato y suspiró. Durante el trayecto, Bosco había hablado de la actitud de su padre la noche anterior y, como siempre, ella había tratado de suavizarlo. No quería echar más leña al fuego.

—¡Gemaaaaaa!

Volvió la cabeza y se encontró con Patricia, una de sus amigas del colegio de toda la vida. Su hija, Leire, y los hijos de Gema iban a la misma clase desde pequeñitos.

—¿Vas a tomar un cafetín al Bizcochito? —le preguntó.

Sin dudarlo, Gema asintió y, juntas, se dirigieron a la cafetería de su abuela. Ya en la puerta, se les unió Rosa, otra de las madres del colegio.

Cuando Felicidad vio entrar a su nieta, la llamó:

—Gema, cariño, ven un segundo.

Rosa y Patricia se dirigieron hacia una mesa, y Gema se acercó a su abuela y le dio un beso.

—Qué guapa estás hoy, cariño mío —comentó la mujer—. Esos pantalones te sientan muy bien.

Gema sonrió. Su abuela siempre le decía cosas bonitas.

—Si no le dije algo ayer al machirulo de tu marido por el modo en que miraba a Bosco y a Damián, fue por tener la fiesta en paz —empezó a decir Felicidad—. Pero, vamos, que de buena gana le habría soltado cuatro cosas a ese troglodita... Y, por cierto, mi Bosco está guapísimo de rubio.

Gema asintió. Sabía que su familia soportaba a su marido por ella, e, intentando sonreír, dijo:

—Tranquila, Feli, ya sabes que Tomás es muy suyo.

—Lo que es ¡es muy tonto, entre otras cosas!

—¡Abuelaaa!

—¡No me llames «abuela», que me haces mayor!

Ambas rieron y luego la mujer añadió:

—Anda, ve con tus amigas, ahora vamos a tomaros la comanda.

Gema se sentó con sus amigas con una sonrisa. Como era lógico, el cotilleo estaba asegurado, y Patricia dijo mirándola:

—Desde luego, hija, te pones una coliflor en la cabeza y la luces como si fuera un Armani... Pero ¿cómo puedes estar tan mona con un simple pantalón pirata y una básica blanca?

—Tienes un estilazo vistiendo, Gema, que te juro que ya quisiera yo para mí —añadió Rosa.

La aludida se encogió de hombros.

—Voy a ir de compras al centro —dijo Patricia cambiando de tema—. ¿Alguna se viene conmigo?

Rosa negó con la cabeza.

—Hoy, imposible.

Patricia miró entonces a Gema en espera de una respuesta.

—Tengo cosas que hacer —contestó ella.

—Jooooo, ¿qué tienes que hacer?

Gema sonrió. Patricia últimamente estaba muy pesada y cotilla. Y para que la dejara en paz, indicó:

—He de llevar a *Gamora* al veterinario y, luego, recoger la casa, que la tengo hecha un desastre después de la fiesta de cumpleaños de los niños de ayer.

—Qué fiestorro les organizaste —afirmó aquella mirándola.

—El que se merecen. No todos los días se cumplen dieciocho años —declaró Gema, evitando mencionar la discusión final de su marido con ella y sus hijos.

Patricia asintió y ella prosiguió:

—Además, viene el de la caldera a arreglarla y, como imaginarás, aunque me ha dicho que viene a la una, dudo que llegue a esa hora, por lo que imposible.

Patricia suspiró, pero insistió:

—¿De verdad no te puedes escaquear?

—De verdad que no —cuchicheó Gema con cariño.

Ambas sonrieron y Rosa intervino:

—¿Sabéis que la profe de sexto, al parecer, tiene un lío con el de gimnasia?

Gema y Patricia se miraron y la primera, sorprendida, se mofó:

—¡Madre del Verbo Divino!

—Cuando el río suena, ¡agua lleva! —comentó Patricia.

Instantes después entraron en la cafetería Ivanna y Julia, otras madres que conocían del colegio, y rápidamente se sentaron con ellas.

—¿Sabéis que la profe de sexto tiene un lío con el conserje del cole? —soltó Ivanna.

Patricia suspiró.

—Desde luego, la profe..., ¡qué éxito tiene!

—Buenos días, jovenzuelas. ¿Qué os apetece hoy? —preguntó Manoli, una de las amigas de Felicidad con la que había montado la cafetería.

Sin dudarlo, pidieron unos cafés, y Manoli añadió:

—El bizcochito del día hoy es de limón, ¿os apetece?

Rápidamente asintieron; entonces entraron Jonás y Manuel, otros padres y amigos del colegio, y Manoli cuchicheó mirándolos:

—Qué maravilla de bizcochitos...

—¡Manoli! —se mofó Gema divertida.

Las mujeres rieron y estos, sentándose ajenos a lo ocurrido, las miraron y de inmediato Manuel soltó:

—¿Sabéis que una de las profes de bachillerato está liada con el conserje?

Todos se miraron sin dar crédito y Gema replicó divertida:

—Dejad en paz a esa pobre profesora.

Decir eso abrió el debate. Unos decían unas cosas, otros, otras... Todos habían oído, nadie había visto, y cuando Manoli trajo los cafés y los bizcochitos, todos disfrutaron del momento.

Veinte minutos después, cansada de oír barbaridades, Gema dejó sobre la mesa dos euros y se puso en pie.

—Os dejo —dijo—. Tengo que llevar a *Gamora* al veterinario.

Jonás se levantó a su vez y, tras dejar sus dos euros en la mesa, indicó:

—Yo también me voy. Llevo prisa.

Gema se despidió de su abuela y salió con Jonás de la cafetería.

—¿Todo bien? —le preguntó él mientras se dirigían a buscar sus respectivos vehículos.

—Sí.

—Menudo fiestón les organizaste ayer a los mellizos.

Gema sonrió y él, que además era su vecino pared con pared, añadió:

—Mi hija Marina ya me ha dicho que ella quiere una fiesta por su cumple como la de Dunia y Bosco, con iPad de regalo incluido.

Ambos rieron y él continuó:

—Me dijeron mis hijas que Bosco y Dunia se irán a estudiar a Londres después del verano.

Gema asintió con la cabeza y, acto seguido, él agregó cambiando el tono:

—Te lo dije una vez y te lo vuelvo a decir... Solo tienes que gritar mi nombre y ahí me tendrás.

Oír eso le hizo entender a Gema que aquel había oído la discusión con su marido tras la fiesta de la noche anterior y, algo avergonzada por lo que hubiera podido oír, murmuró:

—Gracias, pero todo está bien.

Sin embargo, Jonás, que la apreciaba, se apresuró a añadir:

—No, Gema, no está bien. Que te llame «tonta», «inútil» e infinidad de descalificaciones para sentirse el machito de la manada no es síntoma de que las cosas vayan bien. Y ahora te vas a quedar a solas con él cuando los niños se marchen a Londres...

Ella suspiró. Negarlo no le habría servido de nada. Lo que Jonás había oído era la verdad. Y aunque sabía que lo que hacía Tomás no estaba bien, lo había normalizado en su vida.

—No seas exagerado —replicó.

—¡¿Exagerado?!

Gema lo miró. Jonás, su vecino, se había separado tres años atrás de su mujer, Laura, y las niñas se habían quedado con él. Laura era una descerebrada que quería vivir la vida, lo último para ella eran sus hijas, y Jonás era todo un padrazo. Un hombre de esos que con verles la cara ya sabes que son buenas personas. Cuando iba a contestarle, este insistió:

—Te digo lo que tú me dijiste a mí en su momento: no consientas lo imposible.

Gema cabeceó y él añadió:

—Y te digo otra cosa. Una vez llamé a la policía cuando oí lo que no tendría que oír con respecto a ti y a los niños, y lo volveré a hacer si lo creo pertinente. Y es así porque no quiero que algún día ocurra algo y me tenga que decir a mí mismo: «Yo podría haberlo evitado».

Gema suspiró. Entendía las palabras de su vecino, y calló. Era lo mejor.

En cuanto a Tomás, nunca se sabía cómo iba a regresar del trabajo. No bebía, no se drogaba, nunca les había puesto una mano encima, pero les gritaba y los descalificaba a ella y a los niños cada vez con mayor asiduidad, en especial por la sexualidad de Bosco, y eso ya estaba siendo complicado de gestionar.

La noche anterior, cuando amigos y familiares se marchaban de la fiesta, Tomás vio a su hijo despedirse de Damián, su chico, y la armó gorda. Aun sabiendo que Bosco era gay porque él mismo desde pequeño lo dijo sin ningún miedo, Tomás no terminaba de aceptar que su único hijo varón, un chaval alto, fuerte, muy masculino y guapetón, no fuera un mujeriego.

¿Cómo él, el machito alfa por excelencia, directivo en su empresa, podía tener un hijo homosexual?

Tanto Gema como su familia siempre habían apoyado a Bosco, pero a ella le tocaba batallar con su marido. Gema estaba en medio de los dos y se comía el disgusto de los dos. Pero si algo tenía claro era que nunca le fallaría a su hijo. Bosco era un buen niño, un buen hijo, y, sobre todo, Bosco se merecía un respeto, que ella, sí o sí, le iba a dar.

Un buen día para Tomás era un buen día para toda la familia porque los agasajaba y los mimaba de tal manera que todos intentaban disfrutar de ese momento que nunca sabían cuándo se repetiría.

No obstante, un mal día para Tomás desembocaba en un mal día para todos, y eso Gema y los niños lo llevaban cada vez peor. Especialmente porque los niños habían crecido y de tontos no tenían un pelo.

Una vez que llegaron junto a sus vehículos, Jonás y Gema se despidieron y él arrancó y se fue. Gema, por su parte, cogió aire, se metió en su coche y, cuando se disponía a arrancar, un coche se detuvo a su lado. Era su marido con su vehículo. Y, mirándola, preguntó:

—¿De dónde vienes con el paleto del informático?

Gema suspiró. Desde que Jonás había llamado a la policía, este no le resultaba grato a Tomás.

—Estábamos con otros padres desay...

—Te he dicho que no quiero verte con él, tontita...; ¿en qué idioma hablo? —la cortó aquel.

A ella la jorobó oír que la llamaba «tontita», pero al ver el modo en que la miraba, no replicó. Si había aprendido algo era a callarse para que las cosas no se fueran de madre, y menos en la calle. Después de un incómodo silencio, Tomás, que como siempre iba impecablemente vestido con su traje de chaqueta, puntualizó:

—No quiero volver a ver a Damián en casa, y Bosco que vaya a la peluquería y se quite ese pelo que se ha puesto.

Gema resopló. Y, tras tomar aire, empezó a decir:

—A ver, Tomás. Creo que...

—Tú no crees, tú obedeces —la interrumpió él.

Gema y él se miraron, y Tomás, consciente de lo que había dicho, añadió dulcificando el tono:

—Princesa..., Bosco es mi hijo y obedecerá. ¿Me has entendido?

—Bosco ya es mayor de edad —le recordó ella.

Tomás se tocó el nudo de la corbata. Le gustara o no, sus hijos habían crecido, pero, dispuesto a seguir siendo quien mandara en su casa, insistió:

—Mientras yo pague sus estudios y aquello que necesita para vivir, tendrá que obedecerme.

Gema no contestó.

Él se puso entonces sus carísimas gafas de sol y añadió:

—Hoy llegaré tarde. Tengo una reunión. Y ahora, vuelve a casa sin rayarme el coche.

Y, sin más, aceleró y se alejó.

Gema soltó un suspiro. ¿Cómo podía Tomás ser tan frío en ocasiones?

No obstante, sin querer pensar más en ello, arrancó el vehículo de su marido y regresó a su casa. Tenía cosas que hacer.

* * *

Después de una mañana en la que primero fue al veterinario con *Gamora* y luego recogió y limpió la casa tras el cumple, Gema puso dos lavadoras, preparó la comida y atendió al de la caldera, que sorprendentemente llegó a su hora.

Acalorada por no haber parado ni un momento, miró el reloj y vio que eran las tres menos veinte de la tarde.

¡Qué rápida había pasado la mañana!

A las tres salían los niños de bachillerato, iría a buscarlos y después comerían el pollo en escabeche que había preparado, ellos tres solos, ya que su marido no iría a almorzar.

Gema estaba canturreando *Superwoman* de Alicia Keys con su perfecto inglés, pues siempre le había encantado. Como decía la letra de la canción, a pesar de sus desastres y sus indecisiones, ella se sentía una supermujer.

Sus ojos se fijaron en la foto de boda que tenía de sus padres y sonrió. Siempre que la miraba, sonreía. Sus padres se habían conocido al asistir por separado a las fiestas de un pueblo de Segovia. Esa noche, a Jesús lo dejó su novia, y a María la plantó su novio. Tras lo sucedido, cada uno estaba desolado, pero coincidieron en una fuente a la que fueron a beber agua y comenzaron a hablar. Tres meses después se casaban en aquel pueblo de Segovia, y la foto estaba hecha junto a la fuente que los unió.

Gema sonreía pensando en la felicidad de sus padres cuando sus ojos volaron hasta una fotografía de ella y su marido cuando eran unos críos. Ella tenía dieciséis y él, diecinueve.

Tomás era el amigo loco de su hermano Ricardo. El que fumaba porros, tenía a sus padres desesperados y conducía una moto con el tubo de escape trucado, y eso llamaba mucho la atención de Gema y todas las demás chicas.

Era el típico guaperas con dinero que atraía a todas las muchachas de la pandilla por su actitud chulesca y retadora, y cuando él las miraba o les hablaba, se sentían como si las hubiera elegido Dios.

Gema nunca pensó que Tomás pudiera reparar en ella, pero así fue. El guaperas malote se había fijado en la niña estudiosa y calladita que nada tenía que ver con él y que, cada vez que la miraba, se ponía roja como un tomate.

Además de una niña de buena familia que hablaba español, francés e inglés por la formación que había recibido, Gema era una preciosidad de jovencita. Alta, educada, discreta y con un pelazo rubio y largo que era una delicia.

Cuando comenzaron a verse, lo hicieron a escondidas de todo el mundo. Nadie podía enterarse de que él con diecinueve años se veía con una niña de dieciséis. A Gema, que nunca había sacado los pies del plato, le gustó esa sensación de hacer algo prohibido. Si Ricardo, su abuela o sus padres se enteraban de que estaban juntos, se iba a liar, y no solo por la diferencia de edad.

Tomás, un egoísta y un vividor de mucho cuidado, sabiendo que su hermano Alfonso era el ojito derecho de sus padres por lo estudioso y aplicado que era, todo lo contrario de él, siempre supo que sus padres le legarían la empresa de importación y exportación que regentaban a aquel. Por ello, y con vistas a asegurarse el futuro, se fijó en Gema. La hermana de Ricardo era un buen partido, y sabía que, si se lo montaba bien y la enamoraba, tendría la vida resuelta. Por ello, todo lo que hiciera por y para ella, por su «princesa», como la llamaba, le parecía poco, y eso a Gema la volvió loca.

Al final, todos supieron de su relación cuando la muchacha se quedó embarazada con diecisiete años. El disgustazo para la familia de ella fue enorme, y Ricardo se lo tomó fatal. ¿Cómo podía haber tenido su hermana tan poca cabeza y haberse liado con él?

Como amigo, Tomás era pasable, pero como pareja de su hermana sería nefasto. Era un interesado, un vividor, y se le veía a la legua. Ricardo lo sabía. Intentó hablar con su hermana, intentó hacerle saber que Tomás estaba con ella por el dinero de sus padres, pero esta no lo escuchó. ¿Por qué decía aquello cuando estaba claro que Tomás estaba loco por ella y Gema era su princesa?

Tanto Felicidad como su hija, María, y su yerno, Jesús, también intentaron abrirle los ojos a Gema. Era joven. Una niña sin experiencia con los hombres. Tomás era su primer novio, aquella era su primera relación, y debía escucharlos. Solo querían su bien y su felicidad. Pero todo fue inútil. Enganchada a Tomás, Gema luchó por él y, finalmente, embarazadísima, a los tres días de cumplir dieciocho años, sin decir nada a su familia para que no pudieran evitarlo, se casó con él. Sin convite y sin nada.

Sus padres y su abuela, una vez que se enteraron de lo que había hecho, y aun sabiendo que se estaba equivocando, decidieron respetar su decisión. Y en su propósito de ayudar a su hija en todo lo que pudieran, como obsequio de boda les regalaron la bonita casa con jardín donde vivían en Aravaca. Y dos locales comerciales: uno en San Blas y otro en la calle Fuencarral. También les dieron un dinero que, como era de esperar, Tomás se gastó sin dudarlo.

A diferencia de su hija María y su yerno, tras la boda, Felicidad le dijo a su nieta que le regalaría uno de los locales que tenía en la Gran Vía madrileña, pero solo si este se ponía única y exclusivamente a nombre de Gema y, en una cláusula anexa, se indicaba que nunca entraría en los bienes gananciales. No se fiaba de Tomás y, por lo que pudiera pasar, quería que su nieta tuviera algo solo para ella.

Eso hizo que Tomás y la abuela nunca se llevaran bien, algo que a Felicidad no le importó, y a Tomás tampoco. Mientras el local fuera de su mujer, ya sacaría él algún beneficio.

El embarazo resultó ser de dos bebés y, cuando los mellizos vinieron al mundo, surgieron los primeros problemas maritales. Demasiadas obligaciones y compromisos, y demasiadas noches sin dormir.

Dos bebés daban mucho trabajo, y Tomás no estaba por la labor de cooperar. Gema, sacando fuerzas de donde no sabía que las tenía, aun siendo una cría de dieciocho años no dijo nada a su familia y pudo con ello, al tiempo que animaba a Tomás a que se centrara en su trabajo como directivo en la empresa de su padre. Algo que él nunca hizo.

Cuando los niños tenían cinco años, Gema, alentada por su familia, con mucho esfuerzo y algunas discusiones con su marido, retomó los estudios. Los acabó y se decidió a hacer Marketing y Publicidad. Ser madre era lo mejor que le había pasado en la vida, pero ella necesitaba hacer algo más, puesto que una débil lucecita intermitente en su cabeza la animaba a estudiar y acabar lo que había empezado. Y sí. Tenía que hacerlo por ella.

Durante los años en los que retomó sus estudios, Tomás la juzgo por mil cosas, entre ellas, por querer seguir adelante con su carrera, por dejar a los niños al cuidado de sus padres y por el simple hecho de verla disfrutar haciendo algo que la llenaba. Gema callaba y no se lo contaba a nadie. Le daba vergüenza hablar de aquello, adoraba a Tomás y no quería que ni sus padres, ni su hermano, ni su abuela le cogieran más tirria de la que ya le tenían. Su único impulso era mirar la pulsera que su abuela le había regalado años atrás por su dieciocho cumpleaños y repetirse una y mil veces eso de «Puedo hacerlo, puedo hacerlo...».

Y lo hizo. Gema acabó los estudios con unas notas excelentes, las mejores de su promoción. Era muy inteligente, tenía un gran potencial y comenzó a trabajar en una empresa de marketing y publicidad de un amigo de su hermano Ricardo, llamada Rhonda Rivera.

Pero todo se torció cuando una de las tardes en que fue a buscar a su mujer a la oficina, al verla salir con un compañero hablando y riendo, Tomás montó en cólera. ¿Qué hacía su mujer confraternizando con aquellos? Era su esposa, la madre de sus hijos, y le debía un respeto. Al final, Gema renunció al trabajo a causa de sus celos.

A partir de ahí, los empleos que fue consiguiendo apenas le duraban unos meses. En cuanto Tomás veía a un hombre cerca de su mujer, ya fuera un jefe o un simple compañero, se ponía enfermo. Criticaba su manera de vestir, incluso hasta de sonreír y caminar. Los celos podían con él. Le hacía reproches, le juzgaba su valía como mujer y madre, y cuando sabía que se había pasado con ella, la llamaba «princesa» y le decía que sus celos eran porque la amaba con locura.

Finalmente Gema, que amaba a su marido, dejó de trabajar sin dar explicaciones a su familia e incluso dejó de cuidarse para, simplemente, ser mujer y mamá, lo que Tomás quería que fuera.

El tiempo pasó, los mellizos crecieron y, cuando Bosco, con ocho años, comenzó a decir que le gustaban los niños y no las niñas, Tomás no lo entendió. Pero ¿cómo podía decir eso su hijo?

Por su parte, Gema lo apoyó, y también toda su familia. Todos querían que el niño creciera con la libertad de ser quien era, pero Tomás, enrabietado, se metía una y otra vez con su condición sexual. Se negaba a tener un hijo gay, y finalmente, tras una tremenda discusión cuando el muchacho tenía quince años, Tomás le dio un ultimátum. Si continuaba por el mismo camino, solo tendría una hija. Bosco lo aceptó. Si su padre quería eso, ¿quién era él para imponerse como hijo?

El paso de los años los había tratado de un modo diferente a ambos. Tomás perdió el pelo, su lozanía, pero se convirtió en un madurito que, con su labia y su buena presencia, seguía embaucando a quien se propusiera, y Gema, con treinta y seis, seguía siendo un bombón, a pesar de que intentaba no llamar la atención con su manera de vestir. Cuando salía con sus hijos, ella parecía su amiga, no su madre, y Tomás lo llevaba fatal. Odiaba que mirasen a su princesa, y si por él fuera, esta no saldría de su casa.

En el fondo, sabía que su mujer valía mucho más que él, no solo físicamente, sino también en cuanto a inteligencia. Todos lo decían. Todos lo comentaban, en especial la familia de Gema. Y eso era demasiado para su ego de machito alfa. ¿Cómo iba a ser su mujer más lista que él?

Por ello, en la intimidad maltrataba psicológicamente a Gema para reforzar su hombría, y ella, de manera equivocada, se lo permitía. Amaba a su marido, y a pesar de que su familia le decía una y otra vez que Tomás no la merecía, ella no los escuchaba. Era tan dependiente de él que ya casi ni pensaba, y hasta para comprarse unos zapatos lo consultaba con él.

Gema estaba reflexionando acerca de todo eso cuando el teléfono sonó.

—Buenas tardes, señora —oyó al descolgar—. Llamo del hospital La Paz. ¿Es usted familiar de Tomás Requejo Salmón?

—Sí. Soy su... ¿Qué pasa? —preguntó angustiada.

—Señora, el señor Requejo ha sido ingresado de urgencia y...

—Madre del Verbo Divino..., ¿qué ha pasado? —exclamó Gema asustada.

Al otro lado del teléfono se hizo un silencio, y Gema insistió:

—¿Está bien? Por favor, ¿qué ha pasado?

—Señora, no puedo darle información sobre algo que no sé. Solo sé que tienen que venir al hospital.

Gema asintió como una autómata y, tras cortar la comunicación, y con las lágrimas corriéndole por el rostro, se apresuró a coger las llaves del coche.

Su marido. Su amor. Tomás... ¿Qué le había ocurrido?

Una vez que montó en el vehículo, miró el reloj. En diez minutos tenía que recoger a sus hijos, por lo que, sin dudarlo, arrancó y fue a por ellos.

Cuando los chicos la vieron tan alterada y llorando, se alarmaron muchísimo. Ella les contó lo que sucedía y de inmediato se dirigieron hacia el hospital.

Al llegar y aparcar el coche, Gema y sus dos hijos entraron rápidamente en Urgencias. Allí, ella dio los datos de su marido y, sin explicarles lo ocurrido, les indicaron que tenían que ir al despacho número tres para hablar con el médico. Él se lo explicaría.

En cuanto llegaron frente al despacho indicado, Gema miró a sus hijos y, limpiándose las lágrimas, que no cesaban, señaló:

—Esperad aquí. Yo entraré y...

—No, mamá —la cortó Bosco—. Dunia y yo vamos contigo.

Gema aceptó. Entendía que sus hijos quisieran entrar. Ya no

eran unos niños y, tras llamar a la puerta, abrió y se quedó sorprendida al encontrarse con su amiga Patricia, que hablaba con el doctor.

Durante unos segundos, ambas se miraron.

—Por favor, esperen en la salita hasta que yo les avise —pidió el médico.

Pero Gema, que estaba muy sorprendida por haber encontrado allí a su amiga con los ojos hinchados, se acercó a ella desoyendo las palabras del hombre.

—Patricia, ¿qué haces tú aquí? —le preguntó—. ¿Qué te ocurre, cielo?

Ella la miró y, tras abrazarla, rompió a llorar. Bosco y Dunia no se movían y Gema, descuadrada, dijo mirando al doctor:

—Somos familia. ¿Qué ha ocurrido?

El médico se apresuró a aclarar entonces:

—El marido de la señora Otamendi ha sufrido un infarto.

Al oír eso, Gema miró a Patricia horrorizada. ¡Pobrecita!

—¿Y cómo está? —quiso saber dirigiéndose al médico.

El doctor miró unos papeles y luego respondió:

—El señor Requejo está estable.

—¿Requejo, dice? —inquirió.

—Sí —asintió él.

Gema negó con la cabeza. No..., allí había un error.

Entonces el doctor, cogiendo el informe que tenía sobre la mesa, añadió:

—Le estaba diciendo a la señora Otamendi que su marido, Tomás Requejo Salmón...

—¿Su marido? ¡¿Cómo que su marido, si Tomás es mi marido?! —cortó Gema.

—¡No me jorobes! —murmuró Dunia.

Bosco, que se había quedado impactado como su hermana, miró a la supuesta amiga de su madre e, hilando en su cabeza, susurró:

—¡Qué cabrón!

—Bosco —lo regañó Gema.

—Mamá, por favor..., ¡abre los ojos y date cuenta de una vez por todas de cómo es ese cabrón! —insistió él.

No. No. No. Aquello no podía ser.

—Es tu padre, Bosco —replicó ella negando con la cabeza—. No hables así de él.

El chico resopló. Lo de su padre no tenía nombre. ¿Cuándo iba a darse cuenta su madre de la realidad?

—¿Estás liada con mi padre? —preguntó entonces Dunia.

—Hija... —murmuró Gema totalmente bloqueada.

Patricia no contestó. Solo lloraba y lloraba. Y la muchacha, mirando a su hermano, exclamó:

—¡Qué fuerte...! ¿Es ella?

Con las pulsaciones a mil, e ignorando a Patricia, Gema miró a sus hijos. Pero ¿de qué hablaban?

—No lo sé —respondió Bosco dirigiéndose a su hermana—. No le vi la cara. Pero está claro que tu papaíto sigue en su línea.

Gema los escuchaba boquiabierta. Hacía un mes, sus hijos le habían contado que Bosco había visto a su padre besándose con otra mujer en el coche. Pero en un principio no se lo tomó en serio, como nunca se había tomado en serio otras cosas.

—Tranquilos, chicos —terció.

—¿«Tranquilos», mamá? —gruñó Bosco—. Ese cabrón te la está pegando y...

—Mamáááá —insistió Dunia.

Gema los miró. Ante ella tenía a los amores de su vida.

—Bosco, Dunia, ¡basta! —les exigió.

El médico los observaba. No entendía nada de nada. Entonces Patricia, mirando a su amiga, murmuró entre lágrimas:

—Gema..., per... perdóname.

—Lo que te digo..., ¡está liada con papá! —afirmó Dunia.

Sin dar crédito, sofocada y descolocada, Gema parpadeó. ¿Su amiga y su marido? No..., no..., no..., ¡no podía ser!

Desde hacía años, su hermano Ricardo había estado advirtiéndola sobre Tomás, pero ella nunca había querido escucharlo. Tomás no era perfecto. Ella tampoco. Pero aquello era muy fuerte. ¡Con Patricia! ¡¿Con su amiga?! ¿Cómo podía haber pasado sin que ella se hubiera dado cuenta?

Intentando permanecer impasible y controlar la situación, miró al médico y dijo con frialdad:

—Por favor, doctor, ¿puede dejarnos un momento a solas? Necesito hablar con Patricia.

El médico no se movió. Estaba claro que allí se mascaba una tragedia. Y Gema, entendiendo su gesto, insistió:

—Mis hijos están presentes y, por ellos, sé comportarme como es debido.

El doctor aceptó finalmente y, cuando desapareció, Gema se dirigió a sus hijos, que miraban a Patricia con mal gesto.

—Chicos, esperadme un segundo fuera.

—Pero, mamá... —murmuró Dunia.

—Chicos, por favor. Obedeced —insistió ella.

Bosco y su hermana se miraron. Si respetaban a alguien, era a su madre, y antes de salir, él dijo mirándola:

—Mamá, te queremos. Tú vales muchísimo más que ellos dos. Papá es un sinvergüenza y sabes que llevo diciéndotelo desde hace tiempo. Por favor, abre los ojos de una vez y piensa en ti. Solo en ti.

Gema asintió. En esta ocasión no reprochó los calificativos que su hijo empleaba al hablar de su padre, y cuando se quedó a solas con Patricia en el despacho, mirando a aquella, a la que había considerado una amiga, inquirió:

—¿Desde cuándo?

Patricia se retorció las manos hecha un manojo de nervios.

—Lo... lo siento. De verdad, es que...

—¿Desde cuándo? —repitió Gema intentando estar tranquila.

La otra tomó aire y al final respondió:

—Desde el verano pasado.

—Madre del Verbo Divino —susurró Gema sin dar crédito. Pero, tratando de guardar la calma, insistió—: ¿Alfredo lo sabe?

De inmediato, Patricia negó con la cabeza. Su marido, como aquella, no sabía nada, y, aterrorizada, musitó:

—Por favor..., por favor..., no quiero que se entere.

Oír eso hizo que Gema levantara las cejas. ¿En serio le estaba pidiendo que callara? Tras tomar aire, soltó:

—¿Tú te crees que por ser rubia soy tonta?

—No.

—Entonces, no me trates como si lo pensaras —matizó con acidez, y añadió—: Ahora entiendo tanta preguntita en lo referente a mis movimientos... Necesitabas saber dónde estaba yo en todo momento para pasártelo bien con mi marido sin que os pillara, ¿verdad?

Patricia guardó silencio. Gema se miró el anillo de casada, que tan especial era para ella y, tocándoselo, preguntó:

—¿Qué hacíais cuando le ha dado el infarto?

—Gema, por favor...

—¿Qué hacíais cuando le ha dado el infarto?

Patricia se secó las mejillas avergonzada, y Gema insistió retirándose las lágrimas que le brotaban involuntariamente:

—Te he preguntado qué hacíais.

Roja como un tomate, Patricia miró al suelo y musitó:

—Lo... lo tenía esposado mientras practicábamos sexo.

Gema se tambaleó al oír eso. «¡¿Cómo?!»

—¿Dónde lo tenías esposado? —siseó sin poder callar.

—Al cabecero de una cama..., en el local vacío que tenéis en la Gran Vía.

Ella cabeceó boquiabierta.

De los locales que sus padres les regalaron ya solo les quedaba el recuerdo, pues los habían vendido para saldar las deudas que tenía Tomás. Gema ya únicamente poseía el local de la Gran Vía que le cedió su abuela. También lo tenía a la venta, pero, de momento, nadie se había interesado por él, y estaba solo a su nombre.

Estaba vacío desde el verano pasado. Lo último que hubo allí fue una tienda de muebles, y aquellos dos sinvergüenzas habían tenido la desfachatez de ir al local a practicar sexo.

Las ganas de armarla que Gema tenía eran tremendas. El deseo de arrancarle las extensiones a Patricia era descomunal, pero, pensando en que sus hijos estaban al otro lado de la puerta, se fijó en la pulsera de plata que llevaba y, tras leer aquello de «Puedo hacerlo», se contuvo y se limitó a decir:

—Creía que eras mi amiga.

—Y lo soy...

Gema sonrió con acidez al oír eso. Si alguien sabía de su vida y milagros con Tomás, esa era Patricia, pues se lo contaba todo desde hacía muchos años.

—Con amigas como tú, ¿quién necesita enemigos? —murmuró despechada.

—Gema...

La aludida levantó la mano. Lo último que le apetecía era escucharla.

—Mira... —empezó—. Podría insultarte y decir todo lo que siento ahora mismo. Y podría hacerlo porque eras mi amiga y me has decepcionado acostándote a mis espaldas con mi marido. Sin embargo, prefiero callar y decirte simplemente que, a partir de este instante, tú y yo ya no tenemos nada que ver...

—Gema, por favor...

Ella negó con la cabeza y continuó:

—Ni Alfredo ni yo nos merecemos esto que nos habéis hecho... Éramos amigos, familia... ¡Joder, que nos íbamos de vacaciones todos juntos! Por tanto, espero que se lo cuentes tú a Alfredo o lo haré yo cuando me llame para preguntarme por Tomás, que, sin duda, lo hará. Y en cuanto a montarte un numerito o no, mira, pensándolo fríamente, y aunque el respeto me lo habéis faltado los dos, el numerito se lo voy a montar a Tomás, que era quien tendría que haberme guardado respeto. Por tanto, pedazo de..., de zorra, desaparece de mi vida antes de que cambie de opinión y decida arrancarte las extensiones que te pusieron en la peluquería de mi prima a mitad de precio.

Acto seguido, ambas guardaron silencio. Ninguna se movió, hasta que Patricia dio un paso hacia Gema y esta añadió:

—Cuéntaselo a Alfredo porque, a partir de mañana, en vez de la profesora de sexto, serás tú la comidilla de todo el mundo... Y ahora, ¡vete!, tu presencia me desagrada.

Patricia cogió su bolso y salió por la puerta.

Acto seguido entraron Dunia y Bosco y rápidamente abrazaron a Gema. Su madre no se merecía aquello. Entonces Bosco empezó a decir al ver las lágrimas en sus ojos:

—Mamá, quizá no sea el momento, pero...

No obstante, Gema le puso la mano en la boca para que callara.

—Exacto, mi amor, no es el momento. Ahora lo importante es que tu padre mejore.

Los tres se miraron en silencio. Todos pensaban lo mismo, todos opinaban igual. Y, acto seguido, Dunia cogió la mano de Gema y declaró:

—Bosco y yo estamos contigo, mamá.

Ella asintió. Con sus hijos a su lado era capaz de comerse el mundo. Y, sintiéndose la supermujer de la canción que tanto le gustaba, indicó mirándolos mientras se limpiaba las lágrimas:

—Sois los mejores hijos del mundo.

Bosco y Dunia la abrazaron con cariño. A su padre lo querían por ser su padre, pero a su madre la amaban. Desde que tenían uso de razón ella siempre había estado ahí, nunca les había fallado, cosa que no podían decir de su padre.

Entonces Gema, al ver al médico en la puerta, lo miró y pidió tocándose su anillo de casada:

—Por favor, doctor, cuénteme la situación del padre de mis hijos.

Capítulo 4

Los días pasaban y, tras lo ocurrido con su ex, Belinda intentaba digerirlo, aunque todo lo que la rodeaba le recordaba a él.

Aquella mañana abrió todas las ventanas de la casa de par en par para que esta se aireara y el olor de aquel desapareciera.

Se dirigió hasta el frigorífico y vio la mermelada de naranja amarga que había en el interior.

Era la mermelada de Víctor, su preferida.

Durante unos segundos, se la quedó mirando. ¿San Destino quería que la guardara? No. Definitivamente, no. Así que la cogió, abrió el cubo de la basura y arrojó el bote dentro. A ella esa mermelada no le gustaba, y como Víctor ya no vivía allí, ¿para qué iba a guardarla?

Como una autómata, acto seguido abrió la despensa. En ella había productos que a Víctor le gustaban, y comenzó a sacarlos para tirarlos a la basura, pero al final no lo hizo. Seguro que las cosas que pretendía tirar les vendrían bien a otras personas, y, tras llenar un par de bolsas con aquello y otras cosas de Víctor que había ido encontrando por la casa, se vistió, salió a la calle y se dirigió hacia un local que conocía donde se recogían cosas para los necesitados. Un lugar al que ella había recurrido en el pasado.

Una vez que dejó las bolsas en el local sin ninguna pena, con las manos metidas en los bolsillos, se dirigió al supermercado. Tenía cosas que comprar.

Estaba caminando por la sección de congelados cuando de pronto oyó:

—¿Linda?

Al oír eso, se paró en seco. Solo una persona la había llamado así en su vida, y, al volverse y encontrarse con aquel, al que llevaba años sin ver, dijo mientras lo abrazaba:

—Pero, Raúl, ¿qué haces tú por aquí?

Raúl era un tipo de unos cuarenta años, alto, moreno y de muy buen ver, que había sido su vecino durante mucho tiempo y su pareja una temporada.

Gustoso por el abrazo, él sonrió y, cuando se separaron, respondió:

—He venido a ver a mis padres.

Belinda, que estaba encantada de haberse encontrado con Raúl, con el que siempre había tenido muy buen rollo, empezó a charlar con él. Vivía en Ámsterdam desde hacía años. Era electricista y, aunque habían estado juntos durante varios meses cuando él vivía en España, en cuanto a él le salió la oportunidad de ir a Ámsterdam a trabajar, decidieron dejar la relación. Fue una ruptura meditada por ambas partes. Una ruptura tranquila y de buen rollo, y quizá por ello ambos guardaban un bonito recuerdo del otro.

Cuando salieron del supermercado, se encaminaron hacia una cafetería cercana para tomar algo y ponerse al día.

—Te veo muy bien y muy guapa —comentó Raúl.

Belinda sonrió. San Destino le había enviado un regalito. Él sí que estaba guapo.

—Tú, que sigues viéndome con buenos ojos —cuchicheó.

Ambos rieron y Belinda, mirando el tatuaje que aquel llevaba en la muñeca, murmuró con picardía:

—Tú eres como algunos vinos: envejeces muy bien, y esas canitas te sientan estupendamente.

Raúl cabeceó con una sonrisa.

—¿Cuántos años llevas ya viviendo en Ámsterdam? —preguntó ella a continuación.

—Diez.

—Madre mía, cómo pasa el tiempo —exclamó Belinda—. ¿Has venido con tu mujer y tu hija? —quiso saber a continuación.

Raúl negó con la cabeza.

—He venido solo con mi hija Estrella.
—¿Cuántos años tiene?
—Ocho.
Belinda asintió, y luego él matizó:
—Me divorcié hace dos de Agnes.
Ella parpadeó sin dar crédito, puesto que no tenía ni idea.
—No estábamos pasando por un buen momento —continuó Raúl—, conoció a otro y decidimos separarnos.
Conmovida, Belinda le cogió la mano y susurró:
—Lo siento.
Raúl se encogió de hombros con tranquilidad. El luto por lo ocurrido ya lo había pasado hacía tiempo.
—Gracias, Linda —respondió simplemente.
Durante unos segundos ambos se miraron en silencio, hasta que él dijo:
—Mi madre me contó que tienes un novio maravilloso.
Oír eso hizo que ella negara con la cabeza y él, entendiéndola, musitó:
—No me digas que...
—¡Afirmativo!
Raúl parpadeó.
—Me dejó por WhatsApp porque se ha enamorado de otra y están esperando un hijo —contó ella.
La cara de Raúl era un poema, y Belinda cuchicheó:
—Estaba viviendo con una rata y no lo sabía. Y aunque todavía me acuerdo de él, te aseguro que soy consciente de lo que me he quitado de encima, y ¡me alegro!
Esta vez fue Raúl quien le cogió la mano y murmuró:
—Lo siento, Linda.
Ella sonrió.
—Gracias, cielo —repuso—. Tengo días mejores y otros peores, pero ya me conoces. Si no me hundió la vida Irene, esa rata tampoco me hundirá.
Raúl asintió. Conocía a Belinda. Sabía que la vida la había hecho fuerte. Y, tras mirarse a los ojos durante unos segundos, en los que se hablaron sin palabras, esta dijo:
—¿Te apetece subir a casa a tomar algo?

Ambos sonrieron. Esa invitación era algo más que lo que proponía.

—Estrella y mis padres están en casa de mis tíos y no regresarán hasta la noche —aclaró Raúl.

—Mejor. Así tenemos unas horitas para ponernos al día. Me apetece mucho recordar viejos tiempos —bromeó ella segura de sí misma.

Sin dudarlo un segundo más, Raúl pagó la cuenta en la cafetería y, con las bolsas del súper que ambos llevaban, se dirigieron hacia la casa de Belinda.

Nada más llegar, los perros de ella fueron a recibirlos, y Raúl preguntó al verlos:

—¿Desde cuándo tienes perros?

Belinda los saludó y luego dijo:

—Desde hace unos años. Son *Jamón* y *Queso*, lo mejor que tengo.

Raúl sonrió. Ella también. Y acto seguido Belinda, dejando las bolsas que llevaba en el suelo, se acercó a él y musitó:

—¡Hagámoslo ya!

Y sí. Lo hicieron.

Raúl dejó a su vez las bolsas y, acercando su cuerpo al de ella, la besó. El beso subió de intensidad segundo a segundo. De temperatura. De provocación. El sexo entre ellos siempre había sido bueno. En confianza. Raúl la cogió en brazos y se dirigieron hacia la habitación; al llegar, la dejó en el suelo, y la ropa de ambos comenzó a volar por los aires.

Complacida, Belinda disfrutaba de las vistas que aquel le proporcionaba mientras se colocaba un preservativo. Sin duda iba al gimnasio.

—Se cuida usted muy bien..., señor Raúl —cuchicheó.

Él sonrió, y, una vez que se colocó el preservativo, le dio un mordisquito en el pezón que la hizo jadear.

—Me gusta estar bien y, sobre todo, me gusta... gustar —señaló.

Belinda asintió. Lo sabía. Raúl siempre había sido muy presumido. Y, sonriendo, murmuró:

—Mmm..., qué apetecible estás.

—Tú sí que estás apetecible, Linda.

Y, olvidándose de Víctor, de su desazón y de cientos de cosas, Belinda disfrutó de una estupenda tarde de sexo. Estaba sola. Soltera. Raúl estaba solo. Soltero. ¿Por qué desaprovechar algo que a ambos les apetecía y san Destino les enviaba?

Capítulo 5

Asia, que estaba pasando en Madrid varios días con África para ayudarla, se reía. Estar con su hermana ahora que volvía a recuperar su vida era de lo mejor. Solo había que ver cómo sonreía para saber que estaba muy feliz.

Terminaron de hacer por primera vez la enorme cama que África se había comprado para su nueva casa, y cuando se dirigían a la terraza del comedor, Asia miró a su alrededor y murmuró:

—Este ático es espectacular.

África era consciente de ello. Sabía muy bien que el ático que se había quedado al dividir las propiedades con el idiota de su ex era una maravilla, y mirando a su hermana indicó:

—Puedo haber parecido tonta, pero desde luego no lo soy.

Ambas sonrieron y luego África interrogó a su hermana:

—¿Has preguntado lo que te dije?

Asia afirmó con la cabeza y, con voz pícara, cuchicheó:

—Sí. Y, por suerte para ti, vive de nuevo en Valencia.

África la miró. Hablaban de Lolo, el que fue su novio. El que se marchó a Portugal.

—Tiene varios locales de copas —continuó Asia— y, por lo que me han dicho, le va bastante bien. ¿Y sabes lo más sorprendente de todo?

—¿Qué?

—¡Que nunca se ha casado!

Ambas rieron por aquello, y África repuso:

—En aquella época, sus padres ya estaban divorciados, y él nunca creyó en el matrimonio. Normal que no se haya casado.

Su hermana asintió y, bajando la voz, musitó:

—Mi amiga, la que me ha informado de él, me ha dicho que, además de los locales de copas en Valencia, Lolo tiene uno liberal en Portugal. Ya sabes, un bar de esos adonde la gente va en busca de sexo... ¡Una locura!

África cabeceó. De Lolo no le extrañaba. Y, quitándole importancia al tema, pues, por el comentario de su hermana, podía intuir lo que pensaba al respecto, respondió:

—Es adulto y puede tener lo que quiera, ¿no?

—También tienes razón —convino Asia.

Acto seguido continuaron hablando de otros conocidos en común, mientras la mente de África no podía dejar de pensar en lo que su hermana le había contado. Que Lolo estuviera en Valencia y disfrutara de ese tipo de sexo le gustaba. ¿Y si iba a visitarlo? ¿Y si...?

—¿Cuándo firmas el divorcio? —le preguntó entonces Asia.

Su hermana volvió en sí y respondió:

—Mi abogada me ha dicho que en breve.

Asia asintió y, mirando los pendientes que llevaba, preguntó:

—¿Esos son los pendientes?

Al oír eso, África afirmó con la cabeza.

—¿A que son chulos?

Asia volvió a asentir y su hermana indicó:

—No pensaba volver a ponerme los anillos que Lorenzo me había regalado, incluido el de la boda. Por lo que, siendo práctica, fui a la joyería donde nos conocen, los pesaron y los cambié por estos magníficos pendientes... ¡Cosas del destino!

Ambas sonrieron divertidas y Asia, recordando algo, cuchicheó:

—¿En serio papá y mamá no se han puesto en contacto contigo? —África asintió y Asia musitó—: Nunca los entenderé. Los quiero. Pero nunca los entenderé.

Encogiéndose de hombros, África sonrió. Lo de sus padres y su hermana mayor no tenía nombre. Aquellos habían decidido permanecer al lado de Lorenzo, ignorándola a ella.

—Yo ya dejé de intentar entenderlos —repuso—. Son muchos años dándome cuenta de las cosas, y sabía que, si yo decidía divorciarme, contra quien cargarían sería contra mí.

—Pero eso no es justo...

—No seré yo quien se lo diga —replicó África—. Sé que es penoso tener unos padres y no poder contar con ellos, pero, mira, así lo han elegido, y yo ya no voy a luchar.

Asia estuvo de acuerdo. Le apenaba mucho oír eso, pero la realidad era la que era. A sus padres el dinero y la posición de Lorenzo los había cegado, y si había alguien que lo entendía muy bien, esa era África.

Asia miró con orgullo a su hermana y añadió:

—Ahora debes comenzar tu vida. Por tanto, sal, entra, conoce a personas, diviértete y, sobre todo, ¡liga mucho!

—Tataaaaa...

—Ni tata, ni tete, pásalo bien. ¡Te lo mereces, África! Y aunque en el mundo hay mucho cabronazo, también hay hombres maravillosos. Ejemplo: mi increíble marido.

Oír eso hizo reír a la aludida y, cuando fue a hablar, su hermana, que ya le había hablado de ello, insistió:

—Mis amigas Marga y Lorena conocieron a sus actuales novios a través de apps de...

—Asia —la interrumpió—. No busco novio ni marido. Lo último que quiero ahora es que un hombre deje su cepillo de dientes en mi baño.

Ambas rieron y Asia continuó:

—Vale, lo entiendo. Pero diviértete. Date un gusto al cuerpo. Mírate esas apps que te dije y cotillea un poco..., quizá te sorprendan.

África asintió; en ese momento la alarma del teléfono de Asia comenzó a sonar y esta indicó:

—He de irme. Mi tren para Valencia sale dentro de una hora.

África se puso entonces en pie y abrazó a su hermana.

—Tata —dijo—, gracias por todo.

Ambas se miraron. No había palabras que expresaran el amor que sentían la una por la otra.

—Vas a ser muy feliz —cuchicheó Asia abrazándola a su vez—. Y que sepas que estás preciosa con el pelo corto.

Divertida, África se tocó la cabeza. Por fin se había cortado el pelo.

—Gracias —musitó.

Tras darse un beso, se separaron y se encaminaron hacia la puerta de entrada.

—Me apena que no te vengas a vivir a Valencia —señaló Asia—. Pero si tú quieres comenzar de nuevo en Madrid, ¡pues no hay más que hablar!

Ambas sonrieron y luego África preguntó:

—¿De verdad que no quieres que te acompañe a Atocha?

Su hermana negó con la cabeza.

—Lo mejor que puedes hacer es ordenar todo esto que hemos comprado.

África miró a su alrededor. Muebles no había, porque al día siguiente llegaba el camión de la mudanza, pero sí había centenares de bolsas por todos los lados con las cosas que Asia y ella habían comprado.

—Me parece un excelente consejo —afirmó.

Cinco minutos después, cuando su hermana se marchó, África se puso manos a la obra. Mientras escuchaba de fondo la canción *Beautiful* de Christina Aguilera, colocó las sábanas y las toallas nuevas que había comprado para su nueva casa en el enorme armario empotrado.

Aquella canción siempre le había gustado. A menudo, cuando Lorenzo le decía que estaba fea y desaliñada, se la ponía y se repetía una y mil veces que sus palabras no podían hacerle daño. No, las suyas, no.

Durante una tarde en la que no paró de colocar cosas en su casa y cantar a voz en grito las canciones que sonaban en su teléfono móvil, cuando se sentó en la terraza a tomar el aire, pensó en lo que su hermana Asia le había contado de Lolo. ¿Y si le escribía a través de alguna red social?

Pero no. Mejor no. Todavía no estaba preparada para verlo. Sería preferible comenzar a conocer a gente, y ya llegaría el momento de ver a Lolo.

La realidad era que, aun viviendo en Madrid desde hacía años, no tenía ninguna amiga especial. No tenía con quien salir al cine o a tomar una copa. Los amigos de Madrid eran amigos de Lorenzo y, conociéndolos, sin duda estarían de parte de él. No de ella.

Acto seguido, y sin pensarlo, cotilleó lo de los locales liberales. Ella no estaba al día, pero viendo un poco aquello, imaginó que Lorenzo seguro que conocía algunos de los locales que ella cotilleaba en el móvil.

Sentada en el suelo, miraba lo que iba encontrando en Google y sentía que aquello la excitaba. Estaba claro que la gente que iba a esos sitios hacía realidad sus fantasías sexuales, y, por lo que veía, lo pasaban muy bien.

¿Sería ella capaz de ir a un local así?

Estuvo mirando imágenes y vídeos de duetos, cuartetos, tríos y orgías con curiosidad. Las de amos y sumisos, en cambio, las ignoró; ¡no fuera a encontrarse con Superman!

Mientras observaba, su excitación iba en aumento. Llevaba por lo menos dos años sin tener sexo como era debido, y, dándose aire con la mano, murmuró:

—Necesito sexo de verdad, pero ¡ya!

Tras decir eso, soltó una carcajada. Para su desgracia, su vida sexual siempre había sido sosa, limitada y aburrida. Nada de fantasías. Nada de deseos. Con Lorenzo todo era insustancial y sin fundamento, y su única felicidad en lo que a sexo se refería era gracias a un succionador de clítoris que le regaló precisamente él.

En un principio, a África le molestó. ¿Cómo podía Lorenzo regalarle eso? Pero una vez que lo probó y vio el placer que le proporcionaba, se llevó una grata sorpresa. Aquel era el mejor regalo que su ex le había hecho, y llegó a hacerse tan indispensable para ella que cuando se estropeó, África lo reemplazó sin dudarlo. Esta vez, incluso le puso el nombre: *Maquinote.* Porque, sí, ¡era su maquinote de dar placer!

Acalorada por lo que veían sus ojos, pensó en pasar a la acción. Debía reactivarse en lo que a sexo se refería, por lo que buscó una de las apps que su hermana le había dicho y decidió registrarse.

La información que puso para inscribirse fue: «Nombre: Laura», no pensaba poner que se llamaba África; «35 años. Divorciada. 1,70 m, complexión normal. Ojos marrones» y, como complemento, agregó: «No busco novio ni marido, solo pasarlo bien sin malos rollos». Acto seguido subió una foto de perfil en la que se la veía de espaldas y a contraluz. Así, nadie que la conociera adivinaría que era ella.

Cuando terminó, comenzó a cotillear perfiles de hombres y, aunque muchos la horrorizaban, comprobó que alguno que otro estaba bien. Unos buscaban novia, otros, esposa, otros cumplir fantasías eróticas y otros, como ella, simples rollos y nada más.

Estaba viendo aquello cuando recibió un privado de un tal «Álex 36». Rápidamente lo miró y, al ver su foto, murmuró:

—Vaya..., no estás nada mal.

Con curiosidad, leyó la información de su perfil: «Carpintero. Divorciado. 36 años. Moreno. 1,81 m de estatura. Ojos marrones. Complexión fuerte». Y, como añadido: «Busco pasarlo bien. Cero compromisos».

—Mira, busca lo mismo que yo... Sexo sin compromiso —afirmó gustosa.

Durante varios minutos pensó si contestar o no al «¡Hola!» que aquel desconocido le había enviado. En la vida se imaginó que haría aquello.

Apenas tenía experiencia en el sexo, pero deseaba vivir, y ese era un buen momento para empezar. Divertida, se dijo que si alguien se enteraba de que se había registrado en aquella app pensaría que estaba loca. Pero no..., loca no estaba. Estaba más cuerda que en su vida, y lo cierto era que solo quería sexo. Nada más. Como había dicho su hermana, ¡sería darle un gusto al cuerpo!

Finalmente, tras valorar los pros y los contras y superar el momento de indecisión, resolvió contestar y comenzó un intercambio de mensajes con aquel desconocido. Durante una hora, África y Álex se comunicaron a través del chat de la app, hasta que decidieron quedar al cabo de un par de horas para conocerse.

Una vez que hubieron quedado para cenar, África, nerviosa, se desnudó para ducharse y se contempló en el espejo. Los pechos aún estaban en su sitio, era ancha de caderas y, bueno, aunque su cuerpo no era perfecto, sabía que no estaba nada mal.

Para ir a una cita como esa ¿qué ropa debía ponerse?

Era la primera vez en quince años que tenía una cita con un

hombre. Y aunque sabía que esa no era para conocerse, sino para ver si se atraían para tener sexo, se inquietó.

Al final, tras ducharse, decidió relajarse. Tanto Álex como ella habían sido claros, no buscaban pareja, solo buscaban sexo si había *feeling* y punto.

* * *

Dos horas después, cuando llegó frente al restaurante donde había quedado con él, y pese a que había más gente en la calle, lo reconoció de inmediato. La foto que Álex tenía en su perfil era exactamente igual que él y, sonriendo, se le acercó.

El gesto de él al verla dejó de ser serio y, tras saludarse y acomodarse en una de las mesas del restaurante, comenzaron a charlar. En un principio, la tensión se notaba en el ambiente. Eran dos desconocidos que habían quedado para tener sexo si se atraían, pero, pasada la primera media hora, ambos se relajaron y empezaron a disfrutar de la velada.

La conversación no faltó en toda la cena. Ella contaba. Él contaba. Técnicamente, ambos eran divorciados y se entendían a la perfección. Por ello, cuando les sirvieron el postre, África preguntó directamente:

—¿Sigues queriendo tener sexo conmigo?

Álex la miró con picardía. La mujer que tenía ante él lo atraía mucho. Y África, que se había informado un poco sobre sitios a los que ir, sugirió:

—¿Qué te parece si vamos a un hotel por horas?

—Perfecto —afirmó Álex, que, mirándola, indicó—: Conozco un par de ellos que están muy bien.

Ella asintió como si supiera de lo que hablaba.

—¿Cuáles son? —preguntó.

Álex nombró un par de hoteles que a África no le sonaban de nada y luego dijo:

—¿Los conoces?

Con gesto tranquilo, y mintiendo como una bellaca, ella afirmó con la cabeza. No pensaba decirle que era su primera cita tras muchos años de matrimonio.

Al poco, el camarero se acercó a su mesa y Álex le pidió la cuenta. Instintivamente, África sacó su monedero, pero él señaló:

—Si te parece bien, uno paga la cena y el otro el hotel.

Ella volvió a asentir. Le parecía genial.

—Paga tú la cena, que yo pago el hotel —dijo.

Álex accedió, y ella cuchicheó:

—Voy un segundo al servicio.

África se dirigió al aseo y, nada más entrar, buscó en su teléfono móvil los nombres de los hoteles que aquel había mencionado. Quería verlos antes. No estaba dispuesta a meterse en cualquier sitio de mala muerte.

Examinó las fotos que se mostraban en las webs. Parecían limpios, las reseñas eran buenas y, al ser por horas, no eran caros. Por ello, una vez salió del baño y se sentó de nuevo a la mesa, dijo:

—Cualquiera de los hoteles que has dicho me parece bien. ¿Crees que habrá habitaciones libres?

Álex se encogió de hombros.

—Imagino que sí. Es un día laborable. Si fuera fin de semana, sería más complicado.

Lo que estaba aprendiendo África aquella noche le estaba siendo de gran ayuda. Y, cogiendo su teléfono, preguntó:

—¿Te parece si llamo?

Él asintió. Y ella, que ya se había guardado los teléfonos en la agenda, llamó a uno de ellos, habló con una mujer y, tras colgar, dijo con toda la seguridad que pudo:

—Tenemos habitación durante dos horas para dentro de quince minutos en el que está en la calle colindante a este sitio.

Álex volvió a asentir. Luego llegó el camarero con el datáfono, y en cuanto él pagó salieron del restaurante y fueron caminando hasta el hotel.

Los nervios que África llevaba por dentro eran descomunales. El único hombre con el que se había acostado era Lorenzo, pues con Lolo lo máximo que habían hecho era meterse mano. ¿Se notaría su inexperiencia?

Entrar en el hotel por horas la excitó. En la vida se había imaginado haciendo algo así, pero ahí estaba ella, con un desconocido que ni siquiera le había tocado la mano, dispuesta a tener sexo durante dos horas en un bonito hotel.

Al llegar a la habitación, África miró a su alrededor. Cama redonda. Luces led que podían cambiar de color. Música. Dos preservativos de cortesía sobre la cama... ¡Una auténtica polvera!

El momento era morboso. Soltó el bolso y miró al carpintero y, decididos y sin cruzar palabra, ambos comenzaron a besarse.

En un principio, sentir una boca que no era la de Lorenzo se le hizo raro, pero le gustó. Aquel tipo, mucho más joven que su ex, mucho más mono que su ex y mucho más todo que su ex, era puro morbo y fantasía. Tras varios besos calientes las manos de aquel empezaron a desnudarla, y ella, sin dudarlo, también lo desnudó a él.

«Pero ¡qué pasada! ¡Menuda tigresa estoy hechaaaaaa!», pensó.

Cuando instantes después cayeron desnudos sobre la cama y él bajó a su monte de Venus para besárselo, África jadeó. Dios, ¡lo deseaba! Y cuando, con morbo, Álex le separó las piernas y, segundos más tarde, África sintió su húmeda lengua sobre su clítoris, explotó y se empoderó.

Sí..., sí..., sí... Eso era lo que ella quería. Era lo que deseaba, ¡y lo estaba haciendo!

Colocando las manos en la cabeza de Álex, disfrutó del placer de ser comida y degustada con ardor, morbo y deseo. Nada que ver con cómo lo hacía el Conejito, que era mal y sin gracia.

Álex sabía lo que hacía. Álex no paraba. Álex la estaba volviendo loca. Y cuando el orgasmo le sobrevino y se retorció sobre la cama, él la miró y ella solo pudo exigir:

—¡Fóllame!

Y Álex, que era un bien mandado, la folló. Practicó sexo con ella de una manera intensa que África no conocía, y, al final, en lugar de dos horas, llamaron a recepción y lo ampliaron a tres. Estaba claro que lo estaban pasando bien.

A las tres de la madrugada, cuando se despidieron en la puerta del hotel, lo hicieron con aprecio. Ambos sabían que aquello era sexo. Les valía con lo ocurrido y, si les apetecía repetir, ya se contactarían por la app.

Media hora después, África llegó a su casa sonriente. Lo que acababa de suceder con Álex había sido delirante. El sexo que ella conocía con el Conejito no tenía nada que ver con lo que había disfrutado esa noche, y, uf…, ¡su instinto le decía que tenía mucho que probar!

Capítulo 6

Tras acabar su turno en el hospital, Belinda se encaminó a los vestuarios.

Desde que había pasado lo de Víctor, intentaba pensar lo mínimo en él, pero era complicado. Imposible, casi. No pensar en él se le hacía cuesta arriba. Todo le recordaba a Víctor. Su olor, incomprensiblemente, persistía en la casa y, en especial, en su armario, pero ella podía con eso y con más.

Al principio, algunos de sus amigos comunes la llamaron para interesarse por cómo estaba. Lo que había sucedido era complicado, y entendían que para ella era difícil de aceptar. También la telefonearon la hermana y la madre de Víctor. Querían a Belinda, que era un encanto de chica. Y, tras hablar con ella y explicarle que lo que aquel había hecho no estaba bien, también le hicieron saber que debían estar con él, algo que Belinda entendió sin cuestionarlo. Si algo le había enseñado la vida era a ser una guerrera, y una vez más ella misma se lo iba a demostrar.

Tras la tarde en que Raúl, su antiguo vecino, y ella estuvieron juntos y tuvieron sexo, no volvieron a quedar. Este regresó dos días después a Ámsterdam con su hija, y ambos sabían que lo sucedido había sido algo circunstancial, y, sobre todo, algo que a ambos les apetecía pero que no les suponía ninguna obligación ni ningún problema.

En cuanto se cambió de ropa en el vestuario y pensó en irse a su casa a comer, al salir a la recepción del hospital se fijó en el tablón que había en una de las paredes, uno donde médicos, pacientes y visitantes ponían sus propios anuncios.

Los observó con curiosidad. La gente se anunciaba para cuidar enfermos, limpiar casas, peluqueros a domicilio, cursos de fotografía, venta de coches, cursos de escritura creativa... Sacó de su portafolios un cartel de la asociación de mujeres a la que pertenecía y leyó la frase que ella misma había redactado: «Detrás de cada estupenda mujer hay una historia que la convirtió en una guerrera».

Contenta con el mensaje que quería transmitir, cogió unas chinchetas y lo pinchó en el tablón. La asociación a la que pertenecía desde hacía años se llamaba «Guerreras de la Vida», y a ella acudían mujeres con miedos, inseguridades e infinidad de problemas. En el anuncio se ofrecía asesoramiento jurídico, atención psicológica, charlas gratuitas, atención en casos de violencia de género y grupos de apoyo. Y recordaba en letras bien grandes el 016, un número gratuito de atención a mujeres que pudieran sufrir cualquier clase de violencia de género.

En ese instante, su móvil vibró. Al mirarlo y ver que era publicidad, se fijó en que en la foto que tenía de fondo de pantalla ya no estaba Víctor. En ella solo se veía a sus perros, *Jamón* y *Queso*, lo único que tenía en la vida, los únicos que la querían sin dudarlo y los únicos que la esperaban cuando llegaba a casa.

Estaba mirando el teléfono cuando oyó que alguien decía a su lado:

—Mira, hermano, bastante tengo ya con esto como para que vengas tú ahora a decirme que me lo habías advertido... Que sí, Ricardo, que sí. Que me lo dijiste... Que llevas tiempo diciéndome quién es mi marido y que voy rayando los techos allí por donde paso...

Belinda se volvió con disimulo. Cerca de ella, una chica alta y con una preciosa melena rubia se movía de un lado al otro mientras decía secándose las lágrimas con un pañuelo:

—Que sí, Ricardo. ¡Lo sé! Soy una idiota por preocuparme por él. Pero ¿qué quieres que haga? ¡Es el padre de mis hijos! Y todavía... lo quiero. Y..., y luego está Dunia... Ella no acepta lo que está ocurriendo.

Tras decir eso, Gema se dio la vuelta y, sin percatarse de que Belinda estaba cerca, cuchicheó:

—Mira, te entiendo..., pero yo decidiré si me divorcio o no, no tú.

Belinda suspiró. Estaba claro que cabritos como su ex los había en muchos sitios; a continuación, oyó que la chica añadía:

—Sí. Dentro de unos días le dan el alta, pero se irá a casa de su hermano Alfonso... Tranquilo, los niños y yo estamos bien. Papá y mamá siguen en casa con nosotros. Ya sabes cómo son. Bueno..., sí..., vale..., luego hablamos. Besos.

Acto seguido vio que aquella se guardaba el teléfono en el bolsillo del pantalón y se sentaba en una de las sillas de la recepción mientras las lágrimas seguían rodando por su rostro. ¡Pobrecilla!

Sin poder quitar los ojos de ella, la contempló apenada. No soportaba ver a alguien llorar. Ella llevaba años sin hacerlo. La última vez que había llorado había sido con ocho años, y fue porque se había caído, le habían dado puntos en una rodilla y su madre, además de regañarla, se había negado a hacerle un mimo.

¿Cuántas veces había llorado siendo una niña y nadie le había dado un abrazo?

Vivir la vida que le había tocado, en la que la empatía, el amor y los abrazos de su madre brillaron por su ausencia, le había hecho saber del poder de todo aquello, e, incapaz de permanecer impasible, se acercó a la joven y, agachándose para estar a su altura, le preguntó:

—¿Necesitas un abrazo?

A oír eso Gema la miró. No conocía de nada a la chica que estaba frente a ella, pero sin dudarlo murmuró:

—Sí.

Sin tiempo que perder, Belinda la estrechó contra sí y Gema aceptó el abrazo. Durante un par de minutos, sin hablar, sin moverse y casi sin respirar, las dos permanecieron abrazadas en el vestíbulo del hospital, hasta que se separaron y Belinda, viendo el rostro compungido de aquella, preguntó:

—¿Estás bien?

—No.

Las dos desconocidas se miraron en silencio, hasta que Gema, con los ojos hinchados de tanto llorar, musitó:

—Estoy fatal... Estoy en un punto en el que mi vida es un caos.

No sé qué tengo que hacer. Mi marido es el amor de mi vida, pero estoy tan decepcionada...

Belinda suspiró. Los asuntos del corazón siempre eran difíciles de gestionar. Una misma vivencia, dependiendo de quién la tuviera, podía tomarse de una manera o de otra. Se incorporó, se sentó en la silla de al lado y dijo:

—Nunca consientas recibir menos de lo que das.

Oír eso hizo que Gema asintiera y, secándose las lágrimas, susurró:

—Lo recordaré.

Belinda sonrió, aunque la tristeza en la mirada de aquella mujer la apenaba muchísimo.

—Soy Belinda —dijo presentándose.

—Gema —respondió ella, e, intentando reponerse, preguntó—: ¿Tienes a algún familiar en el hospital?

Belinda negó con la cabeza.

—Trabajo en el equipo de limpieza y acabo de terminar mi turno. Por eso estoy aquí.

Acto seguido, ambas guardaron silencio unos instantes, hasta que Gema explicó mirándose el anillo que aún llevaba en el dedo:

—Yo estoy aquí por el padre de mis hijos.

—¿Qué le ha pasado?

—Le dio un infarto hace seis días.

—Vaya..., lo siento. ¿Cómo está? —murmuró Belinda.

Gema suspiró y, volviendo a llorar, respondió entre sollozos:

—Evoluciona fa... favorablemente.

Ambas se quedaron calladas unos instantes y Gema, reponiéndose, se sonó la nariz con un pañuelo.

—Le dio un infarto mientras se... se..., mientras tenía sexo con una que yo consideraba mi amiga —dijo.

—¡Joder! —susurró Belinda.

—Terrible. —Gema lloriqueó.

Durante unos segundos guardaron de nuevo silencio, hasta que Belinda dijo:

—Mi novio, con el que llevaba viviendo cinco años, me dejó a través de un mensaje de WhatsApp el día de nuestro aniversario. Está con otra mujer y va a tener un hijo con ella.

Gema se secó los ojos al oír eso. Desde luego, la de cosas tremendas que pasaban en el mundo.

—¡Madre del Verbo Divino! —musitó boquiabierta.

—Un cabrito con todas las letras, ¡y en mayúsculas! —afirmó Belinda.

Estaban mirándose cuando Gema susurró como una magdalena:

—No... no puedo parar de llorar. Perdóname.

—Tranquila. No pasa nada. Desahógate —cuchicheó. Al contrario de ella, que no podía llorar, aquella no paraba.

Durante unos minutos Gema siguió llorando. El dolor que sentía en el corazón por lo ocurrido, y en especial por lo que había descubierto, apenas si la dejaba respirar. ¿Cómo podía haberle hecho aquello Tomás? ¿Cómo podía llevar tanto tiempo engañándola?

Belinda, a su lado, le daba apoyo con su presencia, y preguntó:

—¿Crees en el destino?

Con la cara llena de lágrimas, Gema la miró y aquella insistió:

—Yo sí creo en él, y, por cierto, yo lo llamo «san Destino». Pienso de él que, igual que nos da muchas cosas en la vida, también nos las quita, y ante eso nada se puede hacer.

Gema cabeceó.

—Y el amor es una de esas cosas —susurró Belinda—. El amor es una lotería. O tienes los números buenos que san Destino te ha dado o, como no los tengas, juegas para perder.

Gema asintió. Lloró, lloró y lloró, y, cuando por fin calló, se limpió los ojos con el pañuelo y, mirando a aquella mujer que estaba sentada a su lado, preguntó:

—¿Tienes planes para comer?

—No —contestó Belinda.

Se miraron unos segundos en silencio y luego Gema, sin pensarlo, propuso:

—¿Te apetece que comamos algo juntas?

Belinda sonrió. Ella era impulsiva y le encantaba la gente así. Y, aunque aquella mujer no lo parecía, respondió encogiéndose de hombros:

—Solo si dejas de llorar de una vez y, mientras comemos, ponemos a parir a nuestros ex.

Por primera vez en varios días, Gema sonrió y, tras tomar aire, repuso:

—Me parece una excelente idea.

A Belinda le gustó ver que sonreía a pesar de su gesto triste. Haberle sacado una sonrisa le reconfortaba el alma.

—¿Adónde te apetece ir? —preguntó.

Gema se encogió de hombros. Llevaba años descolgada del tema de salir. No conocía sitios nuevos para proponer, puesto que nunca salía si no era con Tomás, y este era muy limitadito, por lo que dijo:

—Si te soy sincera, estoy tan desconectada del mundo que no sé dónde decirte.

Belinda asintió. Entendía perfectamente lo que decía.

—Conozco un sitio muy chulo que se llama «Bébete A Tu Ex». ¿Qué te parece? —sugirió.

—¿Bébete A Tu Ex?

—Sí.

—Pero ¿no vamos a comer?

—Allí se puede comer también.

—Ah, vale...

Belinda volvió a asentir divertida.

—Es un sitio donde se pueden picotear cosas ricas y beber cócteles buenísimos con nombres de ex.

Gema se secó una vez más las lágrimas que salían de sus ojos y dijo:

—Pues allá que nos vamos.

—¡Genial! —Belinda sonrió.

Y, sin conocerse de nada y sin un ápice de duda, las dos mujeres salieron del hospital, cogieron un taxi y se fueron dispuestas, primero, a que Gema dejara de llorar y, segundo, a poner a parir a sus malditos ex.

Capítulo 7

Tras pasar una mañana de locos con los de la mudanza, cuando esta finalizó y cerró la puerta, África saltó de felicidad. Aquella era su casa, ¡su hogar!

En un par de ocasiones pensó en lo que había ocurrido la noche anterior con Álex, en la fantasía hecha realidad de tener sexo y nada más, y sonrió.

Pero ¡de qué ratito de sexo tan placentero había disfrutado! Y, sobre todo, había sido algo que ella y solo ella había decidido.

Al volverse, sus ojos chocaron con el espejo que había instalado en la entrada y parpadeó. Su nueva imagen le gustaba. Se había cortado el pelo; por fin se había deshecho de la melena que tanto adoraba el Conejito. Tras contemplarse, afirmó empoderándose:

—¡Yo valgo mucho!

Saltaba entre las cajas mirando a su alrededor feliz y decidió salir a la terraza. Se sentó en una silla y en ese instante le sonó el móvil. Había recibido un mensaje de su hermana Asia, que decía:

> Ayer dejé algo que te gusta mucho
> en el cajón de abajo del frigorífico,
> detrás de una lechuga. ¡Disfrútalo
> con quien tú quieras!
> Te quierooooooo.

Sorprendida, África parpadeó. El día anterior no había visto en ningún momento que su hermana dejara nada en el frigorífico. Eso la hizo sonreír. Menuda era Asia.

Se levantó de la silla y se encaminó a la cocina, que, como el resto de la casa, estaba llena de cajas. Saltando por encima de ellas, llegó hasta el frigorífico, y, al abrir y ver escondida detrás de una lechuga una botellita de vino rosado Mateus Original y, junto al frigorífico, una caja de seis copas, sonrió. Desde luego, su hermana era la bomba.

Tras lo ocurrido con Lorenzo, este, temeroso de que aquella mostrara el vídeo de contenido sexual que tenía en su poder, había accedido a concederle el divorcio y a todo lo que ella le había pedido. Estaba claro que tenía mucho que perder si ese vídeo salía a la luz.

África jamás habría pensado comportarse de ese modo con Lorenzo, pero las circunstancias habían sido las que habían sido y, por supuesto, no lo dudó. Si había que ser perra y egoísta y pensar solo y exclusivamente en sí misma, ese era el momento.

En un primer momento, después de ver el vídeo, sus padres y su hermana América se escandalizaron, pero, como era de esperar, a los pocos días todo volvió a ser cordialidad entre ellos, mientras que a ella no la querían ni ver. Pero eso no le extrañó a África. Estaba visto que el dinero y el estatus social de Lorenzo eran algo importante para ellos y, bueno..., ¡¿para qué darle más vueltas a lo que ya sabía?!

Su hermana Asia y su marido, por el contrario, le ofrecieron todo su apoyo. Y, tras alojarse durante los últimos meses en la casa de aquellos en Valencia, para protegerla de todo aquel que quisiera comerle la cabeza o hacerle daño, por fin África pudo mudarse a su nueva casa de Madrid. Un ático que años atrás Lorenzo y ella habían comprado y reformado a modo de inversión en el paseo de la Castellana. Un ático que ni ella ni su familia podrían haberse costeado en la vida, al estar en una zona muy privilegiada, medir doscientos metros, tener tres grandes habitaciones, cocina, tres baños y una bonita y amplia terraza, que fue lo que enamoró a África el día que lo vio.

Cuando en el proceso de divorcio le solicitó aquel ático a Lorenzo, ya que él se quedaba con el precioso piso donde residían como matrimonio, en un principio imaginó que él se negaría. Era un buen inmueble. El mejor de todos los que tenían. Pero, sorprendentemente, Lorenzo se lo cedió sin rechistar. ¡Qué miedo le tenía! O, mejor dicho, ¡qué miedo tenía a que otros lo vieran vestido de conejito!

La solicitud de divorcio con toda su documentación ya estaba presentada. Solo había que esperar a que los llamaran para ir a ratificarla y, por fin, África sería una mujer libre y divorciada, cosa que estaba deseando. Cuanto antes terminara con aquella parte de su pasado, mejor.

Por fortuna, las fases del duelo por las que una persona pasaba al divorciarse las había pasado ella estando casada. Por lo que ahora solo miraba al futuro, y este era muy prometedor.

Tras poner música, empezó a abrir cajas y aparecieron sus películas, entre ellas su favorita, *Bajo el sol de la Toscana*, y la dejó junto al resto. Luego las colocaría.

Comenzó a sonar la voz de Adele, una cantante británica que le gustaba mucho, y tarareó la canción *Send My Love* mientras continuaba desempaquetando cosas de las cajas.

Cada vez que decía eso de que debemos librarnos de nuestros fantasmas, África asentía. Sin duda su decisión, aunque tardía, por fin la libraba de un gran fantasma.

Tras sacar la ropa para que no se arrugara, decidió que era hora de bajar a comer algo. No le apetecía cocinar.

Cogió el bolso y las llaves de su preciosa casa y, con una sonrisa de oreja a oreja, bajó en el ascensor mirándose en el espejo mientras su entrepierna todavía recordaba lo ocurrido la noche anterior. ¡Madre mía, qué potencia la de Álex!

Minutos después, cuando salió a la calle, se detuvo, miró a su alrededor y sonrió.

Con curiosidad, dio un paseo por el barrio. Era un lugar precioso, lleno de tiendas, con encanto. Eran las cuatro de la tarde y, cuando le rugieron nuevamente las tripas, se quedó mirando la carta que había fuera de un local. Sándwiches. Hamburguesas. Fajitas. Sin duda era un sitio estupendo para comer. Al leer el nombre del sitio, sonrió. Se llamaba «Bébete A Tu Ex», y, sin dudarlo, entró.

Una vez dentro, echó un vistazo. Había varias mesas ocupadas, gente que charlaba tranquilamente mientras comía y bebía, y África se dirigió hacia una de las mesas que vio libre y se sentó decidida.

Cuando estuvo instalada en el cómodo butacón, cogió la carta, la leyó de arriba abajo y al final se decantó por una hamburguesa completa con patatas y una Coca-Cola que le pidió al camarero. Si su ex la veía comiendo aquello, se escandalizaría por la cantidad de grasas saturadas que llevaba. Pero ahora era dueña de su vida y comería lo que quisiera, cuando quisiera y tantas veces como quisiera.

Deseaba comenzar una nueva vida que no tuviera nada que ver con la anterior. Viajaría, montaría su propio negocio, se volvería a plantear lo de ser madre, y, sobre todo, conocería a gente, pues los amigos que tenía en Madrid eran todos unos casposos como su ex. Sus amigos de juventud se habían quedado todos en Valencia, pero cuando se casó los perdió a causa de los celos de Lorenzo.

Miró la carta de cócteles y sonrió al ver sus nombres. Cóctel Exmarido. Cóctel Exnovio. Examante. Exsuegra. Excuñado. Examiga. Exrollito. Exhipoteca. Excoche. Exsoplagaitas. Exgatillazo... ¡Qué cantidad de «Ex»!

Divertida, y tras fijarse en qué llevaba cada uno, se decidió por pedirse después de comer un cóctel Exmarido, que estaba compuesto por vino blanco, soda, vodka, frambuesas, hielo, hierbabuena y arándanos.

¡Pintaza!

Mientras esperaba la comida y sonaba *Roar* de Katy Perry por los altavoces del local, África sonrió. Como decía la canción, así se sentía ella. ¡Era una campeona! Y pensaba ser la heroína de su vida.

De buen humor, llamó a Asia. Saber que esta ya estaba en Valencia con su familia la alegró. Asia era una excelente hermana. Siempre lo había sabido, pero, tras los últimos meses en que los tuvo a ella y a su cuñado al cien por cien, lo corroboró.

Cuando el camarero dejó frente a ella la hamburguesa, se la describió a Asia, que rio divertida. El hecho de que su hermana por fin hubiera tomado las riendas de su vida era un bien para aquella, y, mientras comía, le dio conversación. No quería que se sintiera sola en ningún momento.

Cuando tuvo la tripa llena, África se despidió de su hermana sin contarle su escarceo con Álex. Tenía que regresar al piso y seguir abriendo cajas. Aun así, decidió llamar primero al camarero, pedirse un cóctel Exmarido y darse el gustazo. ¿Por qué no?

Mientras esperaba a que se lo sirvieran, de pronto oyó que una chica decía en una mesa cercana:

—Y me dejó por WhatsApp. Cinco años juntos ¡y va y me deja por WhatsApp!

—¡Terrible! —susurró la chica que estaba con ella y que se secaba los ojos con un pañuelo.

—Siempre había oído eso de que del amor al odio solo hay un pequeño pasito, y, la verdad, nunca lo creí, ¡hasta que me pasó a mí! Lo quería y, de pronto, ¡lo odiaba! Es más, tiré el anillo que me regaló por la taza del váter.

—¡¿Qué?!

Belinda asintió y, medio sonriendo, añadió:

—Dije: «La mierda con la mierda se va», y tiré de la cadena. Desapareció en dos segundos.

Gema no contestó y miró el anillo que aún llevaba en la mano. Para ella representaba la unión de marido y mujer, y pensó que nunca podría hacer lo mismo que había hecho Belinda.

—El muy cabrito fue incapaz de decírmelo a la cara —prosiguió esta última.

—Un cobarde, ¡te lo digo yo!

—Llegué a casa cargada con regalos para él, pues era nuestro aniversario, iba a hacer una cenita rica y romántica, y me encontré con que se había marchado... ¡Me había dejado! Se había llevado todas sus cosas, incluido mi disco preferido de Shakira, y..., ¡joder, lo que me entró por el cuerpo!

África miró a la derecha con disimulo. A su lado había dos chicas, dos mujeres más o menos de su edad que hablaban de sus cosas. Una lloriqueaba y la otra no, y esta última prosiguió:

—Todavía no puedo entender cómo regresaba cada noche a casa, me besaba, me decía «te quiero» y, al mismo tiempo, me la estaba pegando con otra con la que espera un hijo. Incluso el mismo día que me dejó, me llamó antes y me dijo que me quería.

—Madre del Verbo Divino...

—¡Un hijo! —insistió Belinda.

—Ese tipo no tiene corazón —murmuró Gema lloriqueando.

—Ni corazón, ni cabeza, ni sentimientos, ni vergüenza, ni empatía, ni nada de nada... ¡Es una rata que lo que se merece es que san Destino le pague con la misma moneda y sea un puñetero infeliz toda su vida!

Gema asintió. Ella era incapaz de hablar así de Tomás, por mucho que se lo mereciera.

—Es un gilipollas —siseó Belinda.

—Mujer, no digas eso...

—¡¿Que no diga eso?! —gruñó Belinda, y, tras tomar aire por la nariz, agregó—: Te voy a decir una cosa. En su vida, en su puñetera vida encontrará a nadie que lo quiera como lo quise yo. Y seré un mal bicho, pero ¡me alegraré!

Oír eso hizo que Gema ladeara la cabeza. Nadie querría a Tomás como lo quería y lo cuidaba ella; sin poder dejar de lloriquear, dijo:

—Pues imagínate mi cara de tonta cuando yo, toda preocupada por mi..., mi marido, voy al hospital con mis hijos, que hace unos días cumplieron dieciocho años, para ver qué le había pasado, y allí me encuentro a una de mis amigas, porque resulta que..., que estaban haciendo eso... cuando a él le dio el infarto.

—¡Eso es «follando»! —matizó Belinda—. Llámalo por su nombre, así serás consciente de lo que ese desgraciado hacía.

Oír eso hizo que África parpadeara. ¿En serio el marido de aquella se follaba a su amiga? ¡Qué fuerte!

Con disimulo, volvió a mirar a las dos chicas. Resultaba evidente que la que lloraba estaba en fase de negación. Pobre... Era una mujer alta, guapa, con estilo. Estaba claro que ya ni las divinas y estilosas se salvaban de ser engañadas.

Gema se secó las lágrimas, que no paraban de rodarle por el rostro, y Belinda cuchicheó:

—Muy *heavy* lo de tu marido y tu amiga. Y lo de que estuviera esposado a la cama cuando le dio el infarto ¡es de traca!

«¡Joderrrrr!», pensó África boquiabierta.

Gema dio un trago a su cóctel. Pensar en aquello la avergonzaba, e indicó aclarándose la voz:

—Es terrible. Mucho. Te juro que al principio no me lo podía creer... ¿Cómo podían mi amiga y Tomás haber hecho aquello sin que yo me diera cuenta? Pero ¿en qué mundo vivo? ¿Acaso es que soy tonta, o, por el hecho de ser rubia, debo de parecerlo?

Belinda suspiró apenada al verla llorar.

—Tonta no eres —repuso—. Pero quizá confiada sí. Y, por cierto, ¡qué mayores son tus hijos!

Gema asintió y, pensando en aquello, cuchicheó:

—Me quedé embarazada con diecisiete años y los tuve con dieciocho.

—Madre mía, pero si eras una niña —musitó Belinda.

Ella asintió de nuevo, sin duda lo era, y, sin poder evitarlo, susurró con retintín:

—Me enamoré del padre de mis hijos como una tontita y dejé a mis amigos, mi mundo y mi carrera por él.

—Muy mal... ¿Por qué hiciste eso?

—Porque creía que él era el centro de mi mundo, se ponía celoso de cualquier hombre que hablara conmigo.

—Pero bueno..., ¿con qué troglodita estás tú casada?

Gema suspiró. Normal que aquella pensara eso.

—¿Le dabas motivos para que tuviera celos? —preguntó Belinda acto seguido.

—Noooooo...

—¿Entonces...?

—Tomás es así...

Belinda la miró sorprendida y, sin poder callar, insistió:

—¿Cómo que es así? ¿Acaso ese sinvergüenza no puede entender que los hombres y las mujeres pueden ser amigos sin necesidad de que entre ellos tenga que haber sexo?

Gema no contestó. Sabía que Belinda llevaba razón.

—Como afirma cierto dicho —añadió esta última—, «se cree el ladrón que todos son de su condición».

Gema asintió. Mirándolo de esa forma tenía sentido.

—¿Por qué se lo permitiste? —insistió Belinda—. ¿Acaso no tienes boca para explicar las cosas o para dejarle claro que...?

—Claro que tengo boca —la cortó ella—, pero aunque no te conozco sé que yo no soy como tú. No tengo tu fuerza ni tu determinación. ¡Soy tonta, lela...!

—Por favor, Gema, no digas eso...

—Lo digo porque así es como me siento —insistió la aludida—. Pasé de vivir con mis padres a mudarme con Tomás y ser madre de mellizos siendo una niña, y yo..., yo... simplemente me dejé llevar.

Ambas se miraban cuando Gema tomó aire y prosiguió:

—Durante años, mi hermano y mi familia me insinuaron que..., pero yo..., yo...

—¿Me estás diciendo que san Destino te lo decía a gritos y tú lo ignorabas?

—¡Sí! —afirmó Gema dolorida.

—¿Por qué?

—Porque lo quiero y me negaba a creerlo —soltó.

Se quedaron en silencio unos segundos hasta que Belinda preguntó:

—¿Te la ha pegado con otras?

—Noooo —y, bajando la voz, añadió—: Estos días, en el hospital, he cotilleado en su móvil y no he visto nada raro, aunque todavía no he encontrado el otro teléfono que tiene.

—¿Tiene dos teléfonos?

—Uno para la familia y los amigos y otro para temas de trabajo. Pero el del trabajo no lo encuentro —explicó secándose de nuevo los ojos.

Belinda suspiró. En su interior, algo le decía que aquella pobre mujer, que no había querido ver lo que san Destino le advertía, iba a llorar mucho más, y murmuró con retintín:

—Como dices tú..., ¡Madre del Verbo Divino!

Ambas se miraron y luego Belinda preguntó:

—¿Teníais buen sexo tu marido y tú?

Sorprendida por esa pregunta tan íntima proveniente de una mujer a la que apenas conocía, Gema susurró:

—Creo que sí.

—¡¿Lo crees?!

Se quedaron en silencio, y luego Belinda insistió:

—¿Había fantasías y juguetitos entre vosotros?

Gema no contestó. Y Belinda, viendo que no la entendía, cuchicheó:

—Fantasías de hoy te domino yo, mañana tú..., y juguetitos como dildos, disfraces, esposas, Satisfyer, etcétera...

—Noooooo.

Su rotunda respuesta hizo sonreír a Belinda. Gema parecía asustada con lo que oía, y comentó sin percatarse de que África las estaba escuchando:

—Tomás es muy tradicional.

Belinda suspiró y luego dijo con suspicacia:

—Perdona, pero, sabiendo lo de las esposas y tu amiga, creo que la palabra *tradicional* no es la más acertada para describir al sinvergüenza de tu marido.

—No digas eso...

—Lo siento, pero es un sinvergüenza que ha hecho lo que ha querido y a ti te ha limitado en todo. ¡Acéptalo!

Horrorizada, Gema negó con la cabeza. No. No quería pensar eso, e insistió:

—Nunca mencionó que quisiera hacer cosas diferentes.

—Al menos, tendríais sexo morboso y caliente en la cama, en la ducha, en el sofá, en el coche, ¿no?

Gema estaba desconcertada. ¿Sexo morboso y caliente? ¿Qué era eso? Y, algo apurada, musitó:

—En la cama. Lo normal.

Belinda resopló sin dar crédito.

—¿Y tú tampoco querías jugar?

Oír eso hizo que Gema parpadeara, y Belinda insistió:

—¿Por qué? ¿Por qué tú no exigías experimentar cosas nuevas?

África, por su parte, estaba muy sorprendida con lo que estaba oyendo. En cierto modo, lo que aquella decía le recordaba a su propia experiencia. El sexo con Lorenzo era monótono y aburrido, y Gema, sin saber que esta las escuchaba, respondió:

—Porque no. Porque con lo que hacía con Tomás me valía.

—¿Y no te aburrías?

—No.

Belinda asintió. Desde luego, había algunas mujeres muy conformistas.

Acto seguido guardaron unos instantes de silencio, hasta que Gema dijo aclarándose la garganta:

—Tomás ha sido el único hombre de mi vida.

—Noooooo —se mofó Belinda.

—Sí.

—¿Solo has tenido sexo con él?

Gema suspiró y, mirando su anillo de casada, afirmó:

—Solo lo he besado a él. Solo he tenido sexo con él. Fue mi primer novio y...

—Chica, ¡tienes que reactivarte! —la cortó Belinda.

Ella se encogió de hombros al oírla.

—Siempre consideré que lo que había entre nosotros valía, pero está visto que él no pensaba lo mismo que yo.

Belinda cabeceó. El tema del sexo era algo muy particular en las parejas. No a todos tenía que gustarles lo mismo.

—Siempre he sido su «princesa»... —susurró Gema volviendo a lloriquear.

—No me jodas.

Gema evitó decir que, además, también la llamaba «tontita», pues Tomás solo lo hacía cuando quería marcar diferencias.

—¿El muy sinvergüenza te llamaba «princesa»?

—Sí.

—A mí, la Rata me llamaba «cariño», mientras el cariño se lo daba a otra —se mofó Belinda con acidez.

África dio un sorbo a su Coca-Cola. A ella Lorenzo la llamaba «vida mía». Estaba visto que tanta palabrita tontorrona en ocasiones no era la mejor opción.

Gema y Belinda se miraban cuando la segunda preguntó:

—¿Y solo te llama «princesa» a ti?

Según dijo eso, al ver el gesto de Gema, indicó:

—A ver, retiro lo dicho. Discúlpame..., discúlpame..., soy algo brusca a veces. Perdóname, pero es que con lo que me ha pasado estoy muy susceptible.

Pensar que Tomás hubiera llamado de ese modo a otras a Gema la enfermaba, e insistió:

—Siempre he sido su princesa. ¡Solo yo! Y reconozco que cada vez que me lo dice mirándome a los ojos con su preciosa sonrisita y su bonita voz, algo dentro de mí se...

—Retuércele los huevos si te vuelve a llamar así —la interrumpió Belinda.

Gema parpadeó. Aquella era una bruta.

—No creo que pueda —susurró.

Belinda resopló. Con la mala leche que ella se gastaba, posiblemente sí lo haría, e insistió:

—Algo me dice que eres demasiado buena, confiada y conformista en tu matrimonio. Y lo siento, Gema, pero o espabilas y coges el toro por los cuernos, o ese marido tuyo te va a hacer sufrir mucho. Por tanto, y visto lo visto, opino lo mismo que tu hermano y el resto de tu familia: debes divorciarte.

—Pero...

—Pero nada —la cortó—. Divórciate y deja de hacer el tonto. Coge las riendas de tu vida y busca tu felicidad, que la vida son dos días y uno ya lo hemos vivido.

Gema no contestó. Oír eso le dolía. ¿Coger las riendas de su vida? ¿Sin Tomás? ¿Sin el amor de su vida? Aquella mujer no sabía lo cariñoso que podía ser él a veces.

—Yo, como no estoy casada, el divorcio me lo ahorro —añadió Belinda—. Y mira, soy buena pero no tonta. Y aunque te diga todo esto y parezca una mujer fría y desnaturalizada, has de saber que yo también he hecho tonterías por amor. La primera, ¡confiar en él! Lo quería y eso hizo que no viera venir lo que estaba ocurriendo y... Oye, ¿te has dado cuenta de que las dos somos rubias?

Oír eso hizo que Gema soltara una carcajada. Aquella muchacha era muy graciosa; tenía puntos muy buenos, la hacía reír con cosas absurdas. Levantó la copa y propuso:

—Brindemos por nosotras..., ¡por las rubias!

África, a su lado, escuchaba con atención. Al igual que ella, aquellas mujeres estaban en un momento especial de sus vidas. Estaban pasando por lo mismo que ella, y, sin poder contenerse un segundo más, se volvió en su dirección y soltó:

—Perdonad..., soy morena, pero ¿puedo brindar con vosotras cuando me traigan mi cóctel?

Gema y Belinda la miraron sorprendidas, y África, al ver que la observaban, aclaró:

—Me estoy divorciando.

—Bueno..., bueno..., bueno... ¡Bienvenida al club! —exclamó Belinda.

—Ay, pobre... ¿Quieres sentarte con nosotras? —la invitó Gema volviendo a lloriquear.

Sin dudarlo, África cogió entonces su bolso, se sentó a la mesa con ellas y, dirigiéndose a Gema, murmuró:

—No llores más. Tienes hasta los párpados despellejados.

—No puedo evitarlo. El dolor me consume —gimió ella apenada.

África asintió. Su caso y el de aquella no tenían nada que ver. Mientras en el suyo el amor no existía, en el de aquella se veía que aún amaba a su marido. E, intentando ayudarla, señaló:

—Mira. Sé que no es fácil por lo que estás pasando, pero créeme que cuanto antes lo aceptes, antes comenzarás a sentirte mejor.

Gema no dijo nada, solo la miraba, y África continuó:

—Todo duelo tiene unas fases. Negación, ira, negociación, depresión y aceptación. Y sin duda tú estás en la primera, en la negación. Y tú —dijo mirando a Belinda—, en la ira.

Dicho eso, se calló al ver cómo la miraban. Eran tres desconocidas. Entonces la recién llegada se presentó mientras veía que Gema se secaba los ojos:

—Soy África. África Alcaide Martínez.

—Gema Fernández Piñeiro.

—Belinda San Juan Ramirez.

Una vez hechas las rápidas presentaciones, el camarero se les aproximó y, en cuanto dejó el cóctel delante de África, esta lo cogió y dijo levantándolo:

—Por nosotras, y porque nuestras vidas solo vayan a mejor.

Las tres mujeres hicieron chocar sus copas y, tras beber un buchito, cuando las dejaron de nuevo sobre la mesa, Belinda preguntó:

—¿Y tú en qué fase estás?

África sonrió.

—Yo estoy feliz. Para que me entiendas, estoy en la aceptación. Ya lloré. Ya me desesperé... ¡Ya todo! Y ahora estoy bien porque el pasado pasado está, y ahora solo miro hacia el futuro.

—Pues que sepas que yo estoy en la misma fase que tú.

África no dijo nada. Por la ira con la que hablaba Belinda de su ex, le parecía que no era así. Pero, no dispuesta a llevarle la contraria, asintió y comentó:

—Pues me alegro mucho por ello.

Belinda sonrió y acto seguido África señaló:

—No he podido evitar oír vuestras historias.

Belinda se encogió de hombros y Gema, horrorizada, musitó lloriqueando:

—Mi vida es un desastre. Tengo dos hijos preciosos, maravillosos y...

De nuevo volvió a llorar. África y Belinda la consolaron. Estaba visto que tenían una fortaleza de la que aquella carecía. Y cuando consiguieron calmarla, África susurró:

—Yo no tengo hijos, pero si los tuviera y me encontrara en tu situación, aunque solo fuera por ellos, intentaría reponerme rápidamente de algo así, para que no me vieran mal.

—Trato de no llorar, pero...

Belinda agarró la mano de Gema y, apretándosela, intentó darle fuerzas, cuando África indicó:

—Tras haber oído vuestras historias, creo que lo justo es que vosotras sepáis también la mía.

Gema y Belinda se miraron, y esta última afirmó con la cabeza.

—Me parece bien.

África asintió y, mirándolas, empezó a contar con tranquilidad:

—Mi ex era un controlador, un celoso, un bienqueda con mi familia, un imbécil y un cerdo.

—¡Qué magnífica carta de presentación! —se mofó Belinda.

—Tiene trece años más que yo y, durante quince, él y mis padres han dirigido mi vida. No pude trabajar ni tener amistades. No podía decidir cortarme el pelo o qué ropa ponerme. No pude tener hijos porque él no quería una mujer con michelines por ser mamá. En definitiva, ¡me convertí en una mujer florero y en un cero a la izquierda!

—Pero qué terrible lo que cuentas —cuchicheó Gema, consciente de que no era la única que se dejaba llevar por el amor.

—Lo conocí cuando yo tenía diecinueve. Me casé con veinte y la inexperiencia, el no saber, la inseguridad y todo lo que os podáis imaginar pudieron conmigo y quedé anulada como persona y, en especial, como mujer... Por cierto, él me llamaba «vida mía»...

Las tres se miraron en silencio y luego África añadió:

—Lo pillé en una orgía y lo perdoné. Pero siguió engañándome y, cuando me propuso tener sexo con uno de sus asquerosos amigos porque él no quería tocarme, monté en cólera.

—Por Diossss —murmuró Gema boquiabierta.

—Y, dispuesto a hacer creer a todo el mundo que yo mentía —prosiguió África—, comenzó a decir que estaba loca y me inventaba las cosas.

—¿Y no le pateaste los huevos? —quiso saber Belinda.

—No. Aunque ganas no me faltaron.

De nuevo se miraron en silencio y luego África añadió:

—Por eso os digo que yo particularmente estoy en la fase de la aceptación. He pasado por tantas fases estando casada que, para mí, divorciarme es una liberación.

Gema y Belinda asintieron y la primera preguntó:

—¿Y qué te hizo tomar la decisión?

—El Destino y una canción —susurró África.

Oír eso hizo que Belinda cabeceara.

—¡San Destino es la leche! —exclamó.

—¿Qué canción? —preguntó curiosa Gema.

África sonrió y comenzó a tararear aquello de «es un gran necio, un estúpido engreído...».

Belinda y Gema sonrieron. Sabían qué canción era aquella.

—Esa canción —continuó África—, junto con un vergonzoso vídeo de él que había recibido, me hizo entrar en efervescencia...

—¡¿«Entrar en efervescencia»?! —inquirieron al unísono Gema y Belinda.

África sonrió al oírlas.

—Mi hermana y yo, cuando el enfado nos hace explotar, lo llamamos «entrar en efervescencia».

Las tres sonrieron y esta prosiguió:

—Como os decía, entré en efervescencia y entonces me envalentoné, le pedí el divorcio delante de mi familia y, como la peor espía rusa del KGB, le dije que o me daba todo lo que me correspondía por los años de casados, o ese vídeo lo iban a ver hasta en China.

—Vaya... —murmuró Gema.

—Y, por cierto, estos pendientes —dijo África señalándose las orejas— son el resultado de cambiar todos mis anillos, incluido el de boda, en una joyería. ¿A que son monos?

Las otras dos los miraron y Belinda comentó:

—Yo el mío lo tiré por la taza del váter.

África sonrió y Gema se tocó su anillo.

—Aun a riesgo de que creas que soy una jodida cotilla —añadió entonces Belinda—, que, todo sea dicho, lo soy..., he de reconocer que ¡me muero por ver ese vídeo!

Sin dudarlo, África sacó a continuación su móvil, lo buscó y, tras ponérselo, dijo:

—Mi ex es el calvo de las orejitas y la colita rosa de conejito. Y ellos son sus amos.

—¿Es sumiso?

—Sí.

—No me jodas. —Belinda rio.

—Por favorrrr —musitó Gema horrorizada.

África asintió. El vídeo era bochornoso. Ver a Lorenzo en aquella tesitura, con lo machote que siempre parecía, era ridículo. Y cuando, minutos después, este acabó, Belinda comentó:

—¡Al conejito de tu ex lo ponen fino esos dos tipos!

Las tres soltaron una carcajada. Sin duda, Belinda era todo espontaneidad.

—Madre del Verbo Divino —cuchicheó a continuación Gema—, ¡es terrible!

Capítulo 8

Durante las siguientes tres horas, y como si se conocieran de toda la vida, África, Belinda y Gema no pararon de hablar. Incluso los lloros de Gema cesaron. Cada una a su manera, necesitaba desahogarse mientras se bebían unos «Ex» y se sentían en cierto modo liberadas.

A las nueve de la noche, África las invitó a subir a su casa, y, después de que Gema llamara por teléfono a sus hijos y le dijeran que sus padres estaban con ellos en su casa, se dirigió al piso de África junto a sus dos nuevas amigas.

Allí reinaba el caos: todo eran cajas, desorden, pero eso a las chicas no les importó, y Belinda, soltando un silbido, exclamó:

—La leche..., ¡qué pedazo de ático que tienes!

—Es una monada —afirmó Gema.

África sonrió. Sabía que su piso era una preciosidad.

—Este salón es más grande que todo mi piso de Legazpi —comentó Belinda.

Gema miró a su alrededor y, cuando iba a hablar, África dijo:

—Mi familia es humilde y siempre hemos vivido en pisos de sesenta metros en Valencia. No creáis que esto me viene de cuna, ni que soy rica. —Y al ver como aquellas la miraban, añadió—: Esto es lo material que me correspondía por mi divorcio. Dejé de ser la tonta para ser la mala. Digamos que este es uno de los beneficios por haber estado casada quince años con el Conejito.

—¿Tiene pasta? —preguntó Belinda.

—Mucha —aseguró África.

Belinda sonrió y, tras tomar aire, cuchicheó:

—Joder, lo que me habría gustado a mí nacer en una familia con dinero o echarme un marido pastoso. ¡Qué felicidad! Pero nada, san Destino solo me pone delante a pobretones como yo.

—El dinero no da la felicidad —indicó Gema, que añadió—: Provengo de una familia con dinero. Y aunque este te ayuda a vivir y a que la vida sea más fácil en lo material, en lo personal a veces es una mierda, porque nunca sabes si te quieren a ti o van detrás de tu dinero.

África y Belinda intercambiaron una mirada.

—Disculpa si lo que he dicho te ha molestado —dijo a continuación esta última—. No era mi intención, y a veces soy algo brusca en mis comentarios.

Gema sonrió. Lo poco que conocía de Belinda le indicaba que poseía un corazón puro.

—Yo, por no tener, no tengo ni familia —dijo Belinda entonces con tranquilidad—. Irene está en una residencia y...

Conforme iba a continuar, cayó en la cuenta. ¿Qué hacía hablando de eso?

Acababa de conocer a aquellas dos, y, aunque estuvieran pasando por un momento complicado, se las veía que tenían una buena vida. No. No pensaba contarles sus miserias. No quería que se compadecieran de ella.

—¿Irene es tu madre? —le preguntó África.

Ver que la miraban le indicó que tenía que contestar. Y, aun considerando que el papel de madre a aquella le iba demasiado grande, respondió:

—Sí.

Gema sonrió y susurró mirándola:

—Tu madre es como mi abuela. Prefiere que la llamemos por su nombre, Felicidad, a que le digamos «abuela».

Belinda sonrió, y Gema, imaginándose lo que no era, murmuró:

—Lamento que debas tener a tu madre en una residencia... Pobrecita.

Belinda se encogió de hombros. Ella no lo sentía en absoluto.

—Pero ¿vosotras no os conocíais? —terció África desconcertada.

Belinda y Gema intercambiaron una mirada y una sonrisa, y luego la primera dijo:

—San Destino nos ha unido, como nos ha unido más tarde a ti.

Las tres sonrieron de nuevo y Belinda aclaró:

—Aunque no lo creas, nos hemos conocido unas horas antes de conocerte a ti. Y era tal la necesidad que teníamos de hablar y de desahogarnos que nos hemos ido a Bébete A Tu Ex.

Boquiabierta, África parpadeó y cuchicheó con una sonrisa:

—¡Qué brujas!

El apodo las hizo reír a las tres, y África preguntó:

—¿Os apetece un vinito rosado fresquito?

Sin dudarlo, Belinda y Gema asintieron. África fue entonces a su cocina, abrió el frigorífico y, mientras sacaba la botella que su hermana le había dejado enfriando detrás de la lechuga, cuchicheó:

—Gracias, tata.

Una vez que tuvo la botella y el juego de copas en su poder, se dirigió de nuevo al comedor, donde aquellas seguían, y al ver lo que tenían en la mano, comentó:

—Es mi película favorita.

Gema afirmó con la cabeza.

—*Bajo el sol de la Toscana* es también mi película favorita —señaló sonriendo.

Belinda, que las observaba, se encogió de hombros y musitó:

—Tendré que verla.

Durante unos minutos, Gema y África hablaron sobre la película. Estaba claro que Belinda tenía que verla.

—El final es precioso —musitó Gema—. No te lo cuento, pero siempre me emociona y me hace llorar.

—Dudo que yo llore —repuso Belinda.

Al decir eso, África y Gema la miraron y aquella indicó:

—Yo no lloro nunca.

—¿Cómo que no lloras nunca? —inquirió África.

Belinda asintió y, pensando en las duras experiencias de su pasado, explicó:

—Recuerdo que la última vez que lloré tenía ocho años. Nunca más he vuelto a hacerlo.

De nuevo, a África y a Gema las dejó sin palabras oír eso. Querían saber, y África preguntó:

—¿Por qué? ¿Qué te pasó?

Belinda sonrió y contestó sin inmutarse:

—San Destino así lo quiso.

Acto seguido guardaron silencio. Estaba claro que Belinda no quería hablar de aquello, y África, tomando aire, propuso:

—¿Qué tal si salimos a la terraza?

Segundos después, en cuanto salieron a la terraza, donde había plantas, una mesa y unas sillas, Belinda musitó mirando a su alrededor:

—Por Dios... Este es el sueño de mi vida: vivir en un ático para poder contemplar preciosos atardeceres desde una butaca mientras escucho música o leo un buen libro.

África asintió. Sin duda era un buen plan.

—Woooo, ¡Mateus rosado! —exclamó Gema mirando la botella que aquella tenía en las manos.

Belinda, al oírla, la miró y preguntó mientras África llenaba las copas:

—¿Está bueno este vino?

—¡Buenísimo! —aseguró ella.

Acto seguido dejó la botella sobre la mesa y Gema comentó:

—Este momento se merece un brindis importante para cada una, ¿no?

Las tres levantaron sus copas y África fue la primera en hablar.

—Porque algún día ese amplio salón lleno de cajas —dijo señalando el interior del piso— esté lleno de personas a las que quiera y que me quieran, como pasa en mi película preferida.

Gema sabía de lo que hablaba. A continuación, levantó su copa y declaró:

—Porque este sea el principio de una preciosa amistad.

—Y porque me toque la lotería para poder comprarme un ático como este —finalizó Belinda.

Riendo, las tres hicieron chocar sus copas y luego la última preguntó:

—¿Por qué cuando nos enamoramos dejamos de lado a nuestros amigos y nos centramos en los amigos de nuestras parejas?

Gema y África se encogieron de hombros y la segunda, pensando en Lolo, dijo:

—Porque el amor atonta.

Entre risas y confidencias, las jóvenes se sinceraron. Estaba claro que cada una tenía una historia diferente que contar en lo referente al amor.

—Colaboro con una asociación de mujeres llamada «Guerreras de la Vida» —declaró Belinda—. Esas guerreras y algunos guerreros, porque, todo hay que decirlo, también hay hombres maravillosos, me dieron apoyo en cierto momento de mi vida, me escucharon y me ayudaron en todo lo que pudieron. Y, bueno, hoy por hoy, con mi granito de arena, intento ayudar a otras y a otros que, como yo en el pasado, se encuentran en situaciones complicadas.

—Qué bonito eso que haces.

Belinda asintió con la cabeza.

—Bonito y duro —puntualizó—. A veces oyes y ves cosas que te parten el corazón. La vida es tremendamente injusta con muchas personas. Pero ayudar reconforta, y con eso me quedo.

África y Gema se mostraron de acuerdo y Belinda, mirándolas, indicó:

—Toda ayuda es poca. Si os animáis, seréis bienvenidas en la asociación, como si queréis asistir a alguna charla.

Las otras dos se miraron sorprendidas y ella, entendiendo sus gestos, añadió:

—Mirad..., mi vida, y ahora no estoy hablando de la rata de mi ex..., mi vida, por circunstancias personales, no ha sido fácil. Pero gracias a las personas que trabajan en la asociación, a su cariño, su apoyo y sus charlas, os puedo asegurar que empecé a pensar por mí misma, me quise y fui consciente de que siempre había alguien que lo estaba pasando peor que yo.

—Qué duro es lo que dices —murmuró Gema.

—Sí. Es duro —afirmó—. Pero aprendí que, si nos ayudamos los unos a los otros, aunque solo sea un poquito, las cosas pueden mejorar. Porque, sí, hay gente mala en el mundo, pero también hay mucha gente buena.

Gema y África la miraron emocionadas. Aquella chica, a la que apenas conocían, sin duda estaba llena de buenos sentimientos. Y Belinda, mirando a Gema, preguntó:

—¿Recuerdas cuando te he visto en el hospital y te he preguntado si necesitabas un abrazo? —Gema asintió—. Pues eso lo aprendí en la asociación —añadió.

Gema sonrió. El detalle que había tenido Belinda había sido precioso.

—Bonito aprendizaje —murmuró África.

—Lo es —convino Belinda—. Aunque también hay personas a las que se lo he ofrecido y han salido corriendo o me han amenazado con llamar a la policía pensando que les iba a robar...

—Oh, por Dios —murmuró Gema.

—Aisss, si yo te contara...

Las tres sonrieron. Sin conocerse, la conexión que habían creado entre ellas en unas horas había sido increíble.

—¿Esto que está ocurriendo entre nosotras será solo hoy —preguntó Belinda— u os apetece repetirlo?

—Repetirlo —contestaron sin dudar África y Gema.

Gustosas, las tres asintieron. Rápidamente sacaron sus móviles e intercambiaron sus teléfonos. Sin duda ese era un buen comienzo.

—¿Hacemos un grupo de WhatsApp? —propuso Belinda.

—Me parece genial —afirmó África.

—¿Qué nombre le pongo?

Las tres se miraron y Gema murmuró:

—ABG. Las iniciales de nuestros nombres.

Según dijo eso, las otras sonrieron y Belinda cuchicheó:

—Es un nombre sin sustancia. Horroroso.

—Lo es —convino África.

—Pero, venga, hasta que encontremos otro mejor el grupo se llamará «Las ABG».

De nuevo, risas. De nuevo, confidencias. Parecía que se conocieran de toda la vida. Pasaban de un tema de conversación a otro sin ninguna dificultad. Y África, levantándose, cogió su móvil y, mientras ponía *Girls Just Want to Have Fun* de Cyndi Lauper, dijo:

—Este momento se merece una buena canción.

Acto seguido, comenzó a bailarla. Belinda se le unió sin dudarlo, y cuando consiguieron que Gema, la más tímida, se olvidara de las vergüenzas y se levantara para bailar, África exclamó feliz al tiempo que alzaba su copa:

—Brindemos por san Destino.

—¡Y por Las ABG! —añadió Belinda.

Las tres brindaron al unísono, mientras reían y bailaban aquella melodía que siempre que la escuchaban les levantaba el ánimo. Porque, sí, ¡era una magnífica canción!

Capítulo 9

Un mes después, Gema esperaba nerviosa en su casa junto a su hermano Ricardo a que apareciera el que aún era su marido para llevarse sus pertenencias. Bosco y Dunia no estaban. En su afán de quitarlos de en medio para que no sufrieran, Gema les había pedido a sus padres que se los llevaran, y estaban con ellos comiendo en Toledo. Con Tomás nunca se sabía cuándo podía sobrevenir el drama.

Tras ser dado de alta en el hospital, él se empeñó en regresar a su casa. Daba igual lo que le dijeran. Su casa era su casa y de allí no lo iba a mover nadie. Y Gema, por miedo a que se le repitiera el infarto, les pidió a sus padres que se marcharan a la suya y claudicó.

Durante una semana, Tomás le rogó perdón de mil maneras. Y, aunque intentaba mantenerse fuerte y firme, eso comenzó a retorcerle el corazón, para horror de sus hijos.

¿Qué le ocurría a su madre?

No obstante, al octavo día, tras montar una buena trifulca cuando Gema le pidió explicaciones por lo sucedido y Tomás se negó a dárselas, en cuanto este comenzó con su retahíla de descalificaciones hacia ella, envalentonándose, Gema le dijo que quería el divorcio. Y eso hizo que la rabia se apoderase de él. ¿Divorcio? ¿Cómo que el divorcio?

Tomás vio que sus hijos se ponían del lado de su madre. Sin dar crédito, se percató de que aquellos, a los que siempre había creído ajenos a sus devaneos, sabían más de lo que nunca podría haber imaginado y, dispuesto a buscar un culpable en todo aquello, cargó contra Gema. Ella era la tonta. Ella era la inútil. Ella era la que lo hacía todo mal.

¿Por qué sus hijos le hablaban así?

Eso enfadó a Bosco y a Dunia. Pero ¿cómo aquel podía insultar y culpar a su madre, cuando el vividor, el infiel y el que lo hacía todo mal era él?

Los gritos se salieron de madre y Jonás, el vecino, llamó a la policía. No podía soportar que aquel tratara así a su mujer y a sus hijos. Y al final Tomás solo tuvo dos opciones: o ir a la comisaría o irse de la casa y dejar a Gema y sus hijos tranquilos. Al final, optó por la segunda y se marchó con su hermano Alfonso.

Durante días, el teléfono de Gema no paró. Tomás la llamaba a todas horas. Unas veces llorando y suplicándole regresar, y otras insultándola como un loco. Unas veces decía cuánto amaba a su princesa y otras cuánto la odiaba por lo que estaba haciendo.

Estaba pensando en ello cuando el timbre de la casa sonó y *Gamora* comenzó a ladrar. Siempre ladraba cuando llamaban a la puerta. Gema y Ricardo se miraron, y luego ella dijo tras tomar aire:

—Yo abriré.

Conteniendo los nervios que sentía, y seguida por su hermano, fue hasta la puerta y, al abrirla, Gema se demudó cuando se encontró con Alfredo, el marido de Patricia.

Durante unos segundos se miraron. Estaba claro que Alfredo sabía lo que tenía que saber, y, aunque había necesitado también su tiempo para aceptarlo y asumirlo, murmuró mirándola:

—No sé ni qué decirte.

Rápidamente, Gema lo abrazó. Al igual que ella, Alfredo era el engañado. Y cuando se separaron dijo:

—Pasa, por favor.

Alfredo saludó a Ricardo al entrar y luego siguió a Gema hasta la cocina.

—¿Cómo estás? —le preguntó él.

Gema se encogió de hombros mientras los ojos se le llenaban de lágrimas.

—Pues sobrellevando esto como mejor puedo —declaró.

Él asintió. Aquella situación no era fácil para nadie.

—¿Y los niños? —preguntó.

—Bien. Están bien. Ven esto con una nitidez que a mí me está resultando difícil asimilar y me piden que... me divorcie.

—Normal, Gema. Tus hijos te quieren.

Ella afirmó con la cabeza y, emocionada y con la voz rota, musitó:

—Lo sé. El problema es que yo aún quiero a Tomás, pero estoy furiosa con él.

Alfredo suspiró. Aquello era un inconveniente. Un inconveniente muy grande. Ver llorar a aquella amiga, a la que apreciaba, le partía el corazón y, cogiendo su mano, dijo:

—Gema, tú eres una tía lista. Siempre lo has sido, y sabrás salir adelante sin él. Piensa en ti. Solo en ti y en los niños.

—¿Qué voy a hacer sin Tomás?

—Vivir y ser feliz. ¿No crees que es un buen plan?

Oír eso hizo que ella no respondiera. Resopló y, con un hilo de voz, señaló:

—Tomás lo lleva fatal. Está enfadado. Me culpa a mí de...

—¡¿Que te culpa a ti?!

—Según él, la culpable de todo lo que está pasando soy yo —dijo limpiándose las lágrimas del rostro.

—¡Qué huevazos tiene el tío! —protestó Alfredo.

Gema resopló. Entendía perfectamente lo que él decía, pero, no queriendo hablar más de ella, preguntó:

—¿Y tú cómo estás?

El hombre se sentó en una silla antes de responder:

—Pues como tú. Desconcertado.

Gema se sentó a su lado. Alfredo era un buen tío y un buen padre.

—¿Leire lo sabe? —preguntó a continuación.

Alfredo afirmó con la cabeza y el dolor que Gema vio en sus ojos le partió el corazón.

—Patricia y yo discutíamos —contó él—. No nos dimos cuenta de que ella había regresado del instituto y lo oyó todo.

—Madre del Verbo Divino —susurró Gema.

Estuvieron unos segundos en silencio hasta que él dijo:

—Le he pedido el divorcio a Patricia. —Gema asintió y Alfredo añadió—: Al parecer, esta no es la única vez que me ha sido infiel.

—¡¿Qué?!

Él sonrió con tristeza.

—A raíz de lo que Leire oyó, me dijo que cuando estuvo dando clases extraescolares de patinaje sobre hielo hace dos años, vio que su madre y el padre de otro crío se besaban y se escondían en los vestuarios en repetidas ocasiones. Hablé con ese padre... y me lo confirmó.

Gema parpadeó sin dar crédito y Alfredo preguntó:

—¿Tú sabías algo de eso?

Ella se apresuró a negar con la cabeza. En la vida Patricia le había hecho el más mínimo comentario al respecto.

—Da igual si eres hombre o mujer —continuó Alfredo—. Si eres infiel, eres infiel, y, como ves, no solo tú has ido arañando los techos de Madrid.

Boquiabierta, Gema no sabía qué decir. Jamás habría imaginado que Patricia pudiera llevar una vida así.

Entonces sonó de nuevo el timbre de la puerta. Ricardo se asomó a la cocina para ver a su hermana y esta pidió:

—Abre tú.

Cuando Ricardo se marchó, Gema se dirigió de nuevo a Alfredo.

—Creo que es Tomás —dijo—. Viene a recoger sus cosas.

Él se levantó, y en ese instante oyeron las voces que Tomás le metía a Ricardo.

Alfredo y Gema se miraron.

—Nunca te lo he dicho —comentó él entonces—, pero ¿cómo puede haberse casado una mujer con tu saber estar con un gilipollas vividor como él?

Oír eso a Gema la hizo sonreír con tristeza; llevaba oyendo esa frase demasiado tiempo y, pensando en algo que África había dicho, indicó:

—Porque el amor atonta.

Alfredo volvió a asentir, y en ese momento Tomás entró en la cocina y se los quedó mirando. Su aspecto era, como siempre, impoluto. No le faltaba detalle. Podía estar hecho una mierda por dentro, pero exteriormente le importaba el qué dirán.

—Ni te imaginas el asco que me das —le soltó Alfredo.

Gema se apresuró a sujetarlo de la mano, miró a Tomás y, cuando vio que le iba a contestar, exclamó:

—¡Cállate, Tomás!

Ricardo y Alfonso, el hermano de Tomás, entraron entonces en la cocina, y Alfredo dijo dirigiéndose a Gema:

—Mejor me voy. Ya hablaremos en otro momento.

Ella asintió y Tomás, mirándolo, gritó:

—¡¿Tú qué coño tienes que hablar con mi mujer?!

Gema iba a decir algo cuando Alfredo, acercándose a aquel, le dio un puñetazo en la mejilla que le giró la cara.

—Punto número uno —siseó—: no te mereces una mujer como la que tienes. Punto dos: hablaré con ella lo que me venga en gana. Y punto tres: no solo eres un mal marido y un mal padre, sino también un mal amigo, y espero que el karma te lo devuelva.

Tomás y Alfredo se miraban. Estaba claro que la tensión entre ellos era tremenda. Y Alfonso, acercándose a su hermano, lo apremió:

—Vamos. Entra en la habitación y comencemos a recoger tus cosas.

Congestionado, Tomás cogió aire. Le gustara o no, aquel llevaba su parte de razón en lo que decía. Tras quitarse la chaqueta, la tiró sobre una de las sillas y, una vez que desapareció junto a su hermano en la habitación, Alfredo preguntó mirando a Gema:

—¿Necesitas que me quede?

Ella negó con la cabeza.

—Tranquilo, estoy yo aquí con ella —terció Ricardo.

Alfredo y Gema se miraron. Después de lo ocurrido, se encontraban en el mismo punto con sus parejas. Y, tras una última sonrisa, él se marchó acompañado por Ricardo.

—Gema...

Al oír su nombre, la aludida se volvió y, al encontrarse con su cuñado Alfonso, iba a hablar cuando este se le acercó.

—Es mi hermano, lo quiero y estoy aquí para ayudarlo —dijo—. Sin embargo, soy consciente de quién es y cómo es. Mis padres siempre me advirtieron acerca de Tomás. Aun siendo su hijo, nunca se engañaron y... Joder, Gema, ¡lo siento! Siento que tú y los niños estéis pasando por esto por su mala cabeza, y quiero que sepas que siempre estaré aquí para lo que necesites. Pero también quiero que entiendas que él es mi hermano.

Agradecida por sus palabras, Gema lo abrazó sin dudarlo. Su

cuñado, Alfonso, no tenía nada que ver con su hermano. Él era serio, trabajador, responsable, buen marido y buen padre, y Tomás siempre había sido todo lo contrario. Quisiera aceptarlo o no, había sido siempre un vividor.

Cuando el abrazo terminó, sin decirse nada más, se sonrieron y Alfonso regresó a la habitación con su hermano para ayudarlo.

Con el corazón a mil, Gema oía hablar a Tomás en el interior del cuarto. Oír su voz hacía que el corazón le latiera con fuerza. Aún lo quería. Lo amaba.

En ese momento reparó en la chaqueta que él había tirado en la silla y vio que en uno de los bolsillos, además del teléfono para la familia, también estaba el móvil rojo, que supuestamente era el del trabajo.

Como diría Belinda, ¿san Destino lo habría puesto ahí para que lo cogiera?

Seguir negando los hechos era una idiotez. Lo que había pasado estaba claro. Y Gema sintió entonces que, como había dicho África, estaba en fase de ira. El enfado y la impotencia podían con ella.

Durante unos segundos, miró el teléfono. Cogerlo sería algo horrible. Ella nunca había hecho una cosa así. La confianza y el respeto eran imprescindibles para vivir en pareja, pero, ignorando eso por primera vez en su vida, se acercó a la chaqueta, cogió el móvil rojo y lo guardó en uno de los muebles del salón. Ya vería qué hacía con él.

Se dio la vuelta y se encontró con la mirada de su perra *Gamora*.

—Lo sé —murmuró—. Lo que acabo de hacer es terrible, me avergüenzo hasta yo.

Acto seguido, Ricardo entró en el salón y Gema dijo mirándolo:

—Voy a darle lo que he preparado para él.

Una vez que Gema, a la que el corazón le iba a doscientos mil, entró en su habitación, miró a su marido con detenimiento. Había adelgazado. En su rostro se reflejaba el mal momento por el que atravesaba, y se compadeció de él. ¡Pobrecito!

Tomás se volvió hacia ella. Se observaron en silencio, hasta que Alfonso dijo mientras cogía unas mochilas:

—Voy llevando esto al coche.

Tan pronto como desapareció y se quedaron a solas los dos en la que había sido su habitación de matrimonio, el silencio que se hizo entre ambos fue realmente incómodo. Al cabo, Gema apartó la mirada de él y empezó a decir:

—He puesto toda tu ropa de verano en la maleta azul y...

—Cielo...

—No me llames así —siseó molesta.

Tomás, viendo que estaba muy enfadada, pero necesitado de volver a conectar con ella, insistió:

—Princesa, mírame.

Al oír que la llamaba de esa forma Gema finalmente lo miró y él, acercándose, susurró tratando de seguir su plan:

—Estás preciosa...

—Tomás...

—Por favor, cielo, recapacita. No soy perfecto, pero sabes que te quiero. ¡Soy tu marido! Cometí un error y...

—¡¿Un error?!

Oír eso hizo que Tomás callara, y ella insistió furiosa:

—Si yo hubiera cometido ese error, ¿qué habría pasado? ¿Cómo te lo habrías tomado, si a ti el solo hecho de ver que un hombre me mira o habla conmigo ya te encela?

Tomás no contestó a sus preguntas. Sabía que ella llevaba razón.

—Tú y los niños sois mi vida —dijo en cambio.

Gema suspiró. No. No. No... No podía estar oyendo eso. Mentía.

Al ver esos ojos que tanto adoraba y oír esas palabras se le partía el corazón. Si alguien sabía chantajearla emocionalmente ese era Tomás, por lo que, sacando fuerzas de su interior, susurró:

—No. Esto ya no tiene sentido, Tomás.

Pero él, dispuesto a recuperarla como fuera, insistió acercándose a ella:

—Eres mi princesa. ¡Mía! Y te quiero.

Sentir el tacto de su piel agarrando su mano estremeció a Gema. Aquel hombre era el único que la había tocado. El único que le había hecho el amor. El único que la había besado. Y todo aquello pesaba demasiado en su vida, y más cuando lo oyó decir:

—Haré lo que quieras. Lo que me pidas. Pero, princesa, perdóname... Eres el amor de mi vida. Lo eres todo para mí... ¿Qué voy a hacer sin ti?

Gema cerró los ojos al oírlo. Cuántas veces había disfrutado en sus momentos románticos cuando le decía esas cosas. Y, cuando se disponía a responder, él se acercó más a ella y, sin dudarlo, la besó.

Gema no se retiró. Necesitaba aquel beso. Necesitaba aquel afecto por parte de él, y el beso, que comenzó como algo tímido y comedido, poco a poco se fue convirtiendo en un beso ardiente y pasional. Esa clase de beso que Tomás y ella ya no se daban desde hacía tiempo.

—No puedo vivir sin ti. Te necesito —murmuró él cuando sus bocas se separaron.

—Tomás...

—Princesa, me quieres, como yo te quiero a ti. Si necesitas un tiempo, tómatelo. Vete a Llanes con tus padres y los niños este verano y piensa. Sé que tienes que volver a confiar en mí. Sé que mi relación con Bosco no es la que debería ser. Sé que lo que hice con Patricia no estuvo bien y...

—¿Ha habido otras?

Según preguntó eso, Tomás parpadeó y se apresuró a contestar:

—No, cariño.

—¿Seguro?

—Lo de Patricia fue algo que aún no sé explicarme. Pero, créeme, amor, siempre has sido tú y solo tú. Por Dios, debes creerme. Tú eres la única princesa de mi vida.

Su olor. Su tacto. Su mirada. Sus palabras. Todo aquello unido hacía que Gema dudara. Y, tras un nuevo beso que la hizo vibrar, él añadió:

—Dime que lo pensarás.

—Tomás...

—Princesa, dime que lo pensarás. Por favor.

Esta vez ella se olvidó de la ira y asintió. No podía decirle que no. Luchar contra él era imposible. Lo amaba. Lo quería demasiado. Y cuando este sonrió y le dio un nuevo beso en los labios, murmuró:

—Gracias.

En ese instante, Ricardo y Alfonso entraron en la habitación hablando entre ellos y la pareja rápidamente se separó. De pronto, a ambos la situación les recordó a sus inicios, cuando comenzaron a salir a espaldas de todo el mundo, y, sin poder evitarlo, se sonrieron.

—¿Qué más llevo al coche? —preguntó Alfonso.

Gema tomó aire. El corazón le iba a mil. Acababa de decirle al amor de su vida que lo pensaría y, mirando a su cuñado, indicó:

—Esas dos maletas y la bolsa verde.

Acto seguido, salió de la habitación sin mirar a Tomás. Necesitaba aire. Sus besos la habían turbado. Lo que había comenzado a plantearse de pronto era una locura. Algo que nadie entendería, pero era por amor. Ella era la única. Ella era su princesa. A continuación, entró en el salón, sedienta, y bebió agua de un vaso que había sobre la mesa. En ese momento, su hermano Ricardo entró y preguntó al verla:

—¿Te encuentras bien?

Acalorada y con lágrimas en los ojos, Gema miró su anillo de casada.

—Sí.

Luego ambos guardaron silencio. Ricardo la conocía. Sabía lo duro que estaba siendo aquello para ella y dijo:

—Creo que aún tienen para un buen rato. ¿Por qué no te vas a dar un paseo con *Gamora*?

Con el corazón acelerado, Gema asintió y cogió la correa de su perra para engancharsela al arnés. Acto seguido, cuando Ricardo se dio la vuelta para entrar de nuevo en la habitación, ella abrió el mueble, cogió el teléfono móvil rojo que había sacado del bolsillo de la chaqueta de Tomás y que san Destino había puesto en su camino y salió de la casa.

Capítulo 10

Paseando con *Gamora*, Gema llegó hasta una zona arbolada. Aravaca era un lugar con mucha vegetación, y, una vez que soltó a su perra para que corriera e hiciera sus cosas, se sentó en un banco, se secó las lágrimas que involuntariamente salían de sus ojos, sacó el móvil de Tomás del bolsillo y lo miró.

Acto seguido, sacó también su teléfono y, buscando en WhatsApp el grupo Las ABG que tenía con Belinda y África, escribió:

Gema: Tomás está en casa recogiendo sus cosas y yo estoy dando un paseo con mi perra. Pero antes de salir le he cogido el teléfono del trabajo del bolsillo de la chaqueta. No sé por qué lo he hecho, pero ¡así es! ¿Lo miro? ¿No lo miro?

Una vez que le dio a «Enviar», omitiendo lo ocurrido entre ellos, suspiró cuando instantes después recibió:

África: Si lo has cogido es porque quieres saber qué hay en él. ¡Míralo!

La verdad es que así era. Desconfiaba a pesar del amor que le tenía. En ese momento entró otro mensaje.

Belinda: ¡Mira ese puñetero teléfono! Sé que no es muy ético, pero ¿acaso él lo ha sido contigo? Por cierto, estoy viendo *Bajo el sol de la Toscana*. ¡Qué bonita es la película! ¡Es una pasada! ¡Gracias por la recomendación!

Gema volvió a asentir y, secándose las lágrimas que salían de sus ojos con el pañuelo, tecleó:

Gema: Os dejo. Ya os contaré.

Según le dio a «Enviar» y vio que sus amigas le mandaban besos, se guardó su teléfono y, mirando el de su marido, susurró:

—Madre mía... Pero ¿qué estoy pensando hacer?

Durante unos minutos siguió reflexionando. Cotillear el móvil de Tomás era algo que en la vida había hecho. Ella siempre había sido confiada, como había dicho Belinda. Tomó aire y cerró los ojos. ¿Sería correcto hacerlo? ¿Era lo acertado si estaba pensando en darle otra oportunidad?

En Llanes, con sus padres, podría pensar, podría aclararse, podría ver el problema con más objetividad. Pero no. Aquello era mentirse. Llanes solo le serviría para echar más de menos a Tomás y para sufrir pensando en él.

Recordó cómo la había besado, cómo le había dicho que ella era el único amor de su vida, y sonrió. Adoraba cuando Tomás le hablaba así. Y, sí, quería volver a confiar en él ignorando lo que todos los que la rodeaban pensasen. Era su vida, no la de ellos. ¿Por qué tenían que opinar?

No. Definitivamente no miraría el teléfono. Daba igual si san Destino lo había puesto ahí para ella. Si se estaba planteando darle otra oportunidad, lo primero era obviar lo que estaba pensando.

Pero cuando lo guardó en el bolsillo este vibró y supo que acababa de recibir un mensaje.

Durante unos segundos se quedó quieta. Parada. ¿Debía leerlo? ¿Sí? ¿No?

Dudó. Dudó y dudó, y finalmente, tras sacar el teléfono del bolsillo, lo miró y leyó:

Ana: Pichón, ¿vienes esta noche?

¡¿«Pichón»?! ¿Cómo que «pichón»?

¿Ana? ¿Quién era esa?

Cerró los ojos. La sensación de angustia y de ira se apoderaron de ella y de nuevo sus ojos se llenaron de lágrimas. Estaba claro que san Destino volvía a gritarle lo tonta y confiada que era. Abrió los ojos, tomó aire y, olvidándose de la prudencia, tecleó la contraseña que Tomás siempre utilizaba y el teléfono se desbloqueó.

Con el corazón latiéndole a mil, abrió WhatsApp, vio varios mensajes de la tal Ana y comprendió que, por las cosas que ambos se decían, era más que una conocida. Es más, cuando vio su foto de perfil, ¡la reconoció! Era una compañera de Tomás del trabajo.

Con el corazón casi al ralentí, comprobó que, además de aquella, había conversaciones con una tal Verónica, una Rosa y una Camila. Conversaciones iniciadas años atrás con algunas de aquellas y otras de ese mismo día, y susurró boquiabierta:

—Madre del Verbo Divino...

Con unos ojos como platos y el corazón a punto de salírsele por la boca, Gema leyó en los mensajes que cuando se refería a ella la llamaba «la ricachona patosa y aburrida», lo que la ofendió. En cambio, lo que la hizo llorar fue ver que a todas las llamaba «princesa».

Temblando como una hoja, pero dispuesta a enterarse de todo, Gema leyó aquellos mensajitos tremendamente calientes y sensuales que se enviaban, en los que se incluían fotos muy explícitas, y, por primera vez en su vida, supo lo que era ¡entrar en efervescencia! Wooooo, ¡qué calorrrrr!

¿Ella era la ricachona patosa y aburrida?

¿Cómo podía Tomás descalificarla así delante de otras?

¡Ella era su mujer! ¿Acaso no la quería como decía?

Alterada y furiosa, pensó en lo que su familia le llevaba diciendo toda su vida en lo referente a Tomás y ella nunca había querido escuchar. Y de pronto lo vio todo claro. Lo sintió. Lo percibió. ¿Cómo podía haber sido tan imbécil, tan tonta, tan...?

Mosqueada, y con la ira por todo lo alto, comenzó a reenviar todo aquel material a su propio teléfono móvil. Si a aquel sinvergüenza se le ocurría decir que era mentira lo que había leído y visto, ella, ¡la tontita!, quería tener las pruebas.

Levantándose rabiosa, tomó aire y se quitó el anillo de casada. ¡Maldito Tomás!

Durante unos segundos pensó en tirarlo. En mandarlo a hacer puñetas. En desprenderse de él. Pero al final se lo volvió a poner. No podía deshacerse de él.

Dudó si llamar por teléfono a África y a Belinda para contarles, una vez más, lo que le había pasado y cómo se sentía. Pero no, no lo iba a hacer. La decisión estaba tomada. Llamó a *Gamora*, que acudió al oír su voz, le enganchó la correa, y cuando la perra la miró, Gema dijo:

—Soy la persona más tonta y confiada del mundo, y he tenido que ver por mí misma los hechos para darme cuenta de lo imbécil que he sido...

Con brío, se secó las lágrimas de los ojos y luego tiró el pañuelo a una papelera. No iba a volver a llorar por él.

Se encaminó hacia su casa para dejar a *Gamora* e inmediatamente después se dirigió a El Bizcochito, la cafetería de su abuela. Necesitaba hablar con ella.

Una vez que entró y vio a Felicidad al fondo, rellenando una bandeja de bizcochos, se dirigió hacia ella.

—¿Puedo hablar contigo unos minutos? —preguntó.

La mujer, al ver a su nieta con los ojos hinchados, imaginó que ya tenía otro de sus berrinches y, volviéndose hacia la derecha, indicó:

—Manoli, desaparezco unos minutos.

Su amiga asintió y Felicidad salió entonces de detrás de la barra.

—Ven conmigo —pidió.

En silencio, Gema y ella pasaron a la trastienda y, cuando su abuela cerró la puerta, la joven comenzó a llorar sin poder remediarlo. No quería. Se había prometido no volver a llorar por aquel hombre, pero le resultaba imposible. Sus ojos se encharcaban inmediatamente. Y, mirando a su nieta, la mujer le advirtió:

—Al final, voy a tener que enfadarme contigo. Te he dicho que no quiero verte llorar por ese machirulo que no lo merece y... Por Dios, cariño, ¡que se te van a caer las pestañas!

Gema entendía lo que su abuela decía. Se secó las lágrimas con un trozo de pañuelo de papel que se había sacado del bolsillo y declaró:

—Todos teníais razón. Tomás no se casó conmigo porque me quisiera, sino porque vio en mí un modo de vida fácil.

Felicidad negó con la cabeza. Aquello era algo que todos sabían desde el día que conocieron a Tomás, excepto Gema; cuando iba a hablar, esta añadió entre lloros y lamentos:

—Ese desgraciado lleva engañándome años y yo ni me había dado cuenta, ni quise escucharos, ni nada de nada... ¿Por qué soy tan tonta, abuela?

Felicidad la abrazó conmovida. Su nieta era demasiado buena para un sinvergüenza como Tomás. Y cuando logró que se calmara, musitó:

—Tranquila, cariño mío. Tranquila.

Gema afirmó con la cabeza y, tras tomar aire, susurró:

—Delante de sus amantes me llama «la ricachona patosa y aburrida».

—¿Que ese machirulo te llama así? —protestó Felicidad.

Gema asintió.

—Si yo fuera tú, le retorcía los huevos hasta que aullara de dolor —añadió la mujer.

—Abuelaaaaa...

—Hija, ya sabes que conmigo las medias tintas no valen —afirmó aquella.

—Las llama «princesa» a todas.

—Madre del Verbo Divino..., ¡le corto los huevos! —musitó Felicidad, sabiendo lo que significaba para su nieta que aquel idiota la llamara así.

A continuación, ambas se quedaron en silencio, mirándose durante unos segundos, hasta que Gema dijo sin llorar:

—He sido muy tonta y conformista, pero eso ya se acabó.

—Me parece acertado.

Ella miró a su abuela, a la que tanto quería y admiraba.

—¿Por qué no puedo ser como tú o como mamá? —preguntó—. ¿Por qué no tengo vuestra fuerza?

Conmovida, Felicidad abrazó a su nieta y la besó con cariño en la frente.

—Tú eres tan fuerte como tu madre y como yo —empezó a decir—. Es solo que...

—El amor atonta.

—¡Básicamente! —afirmó la mujer.

De nuevo se quedaron en silencio, hasta que Felicidad, dirigiéndose a su nieta, dijo cogiéndole la mano y tocando la pulsera que le había regalado cuando cumplió dieciocho años:

—¿Ves lo que pone aquí? —Gema asintió y aquella añadió—: ¡Pues puedes hacerlo! Vale, cuesta tomar decisiones. Cuesta comenzar. Cuesta dejar de sufrir por amor. Pero créeme, cielo, que eso es solo al principio, pues una vez que la rueda de la vida comienza a girar tal y como tú quieres, todo es más agradable de sobrellevar.

—¿Y los niños?

—Los niños ya no son unos bebés. Tienen dieciocho años y, después del verano, se irán a Londres a vivir y a iniciar sus vidas, cariño. Son muy listos y saben ver las diferencias entre su madre y su padre.

—Pero ¡Dunia adora a Tomás!

Felicidad se mostró de acuerdo, pero, segura de sus palabras, señaló:

—Pero más te adora a ti. Y aunque quiera a su papaíto, como ella dice, sabe perfectamente que se ha comportado como un cabrón contigo y con su hermano.

Gema resopló y aquella añadió:

—No te voy a decir que la vida es fácil porque ya eres lo bastante adulta para saber cómo se las gasta, pero, hija, no permitas que ese jodido machirulo que no te merece te hunda. ¡No le des ese gusto!

Gema resopló. Su abuela tenía razón.

—Te lo dije ayer y anteayer y antes de anteayer —prosiguió la mujer—. La vida solo se vive una vez y hay que intentar exprimirla a tope. Hay que sacarle su jugo, porque el día que te llega la hora y se te cierran los ojos definitivamente, ¡se acabó! Y si te has quedado con ganas de hacer cosas, ya no podrás hacerlas. Y tú, mi niña, por haberte enamorado de ese tonto del culo tan jovencita, dejaste de hacer muchas cosas y...

—Voy a divorciarme —afirmó Gema tras mirar su anillo.

Oír eso hizo que Felicidad asintiera. Era la primera vez que su nieta lo decía por sí misma, y declaró:

—Ya estabas tardando.

Ambas se miraban cuando Gema, incapaz de parar las lágrimas, iba a hablar y su abuela dijo:

—Cuando te divorcies, maneja tu vida ¡tú! No permitas que nadie lo haga por ti. Quien quiera estar contigo que sea primero porque tú lo quieres también, y segundo, para hacerte feliz.

—No creo que vuelva a querer a nadie a mi lado.

Felicidad sonrió y cuchicheó:

—No digas eso, mi vida. Eres encantadora, buena, maravillosa y un pibonazo, como se dice hoy en día. Y, oye, estoy segura de que más de un hombre se acercará a ti. Eso sí, ¡sé lista esta vez y quédate con el que te sume! No con el que te reste.

—Abuela... —sollozó aquella.

—Tesoro..., estás en la flor de la vida, tienes toda la vida por delante. Y recuerda: una hoja de lechuga podrida no hace desmerecer una buena ensalada. Solo tienes que retirar esa hoja y seguir comiendo. La vida es así, retira lo que te haga daño y sigue viviendo. Y si algún día aparece un hombre que hace que te enamores otra vez, enamórate. Pero nunca vuelvas a dejar de ser tú para ser lo que él quiera, ¡que eso te quede claro!

—¡Clarísimo! —aseguró Gema secándose las lágrimas.

Felicidad sonrió y, para hacer sonreír a su nieta, dijo:

—Mírame a mí, he tenido varios hombres en mi vida. Con unos he sido más feliz, con otros menos, pero ninguno hizo que dejara de ser yo. Y, por cierto, no te lo he contado, pero el sábado pasado el destino hizo que conociera a un portugués, siete años más joven que yo, cuando salí a bailar con mis amigas, que..., Madre del Verbo Divino, ¡cómo está el portugués!

—Abuelaaaaa —rio al oírla.

—Nos estamos escribiendo por WhatsApp y posiblemente nos

vayamos juntos a pasar el fin de semana a un hotelito rural de esos con jacuzzi...

—¡Abuelaaaaa!

—A tu madre, ¡ni mu! Que se pone muy intensa —se mofó aquella.

Gema sonrió. Su abuela era la bomba. Una mujer fuerte y positiva que se comía el mundo a pesar de su edad.

—¿Crees en el destino? —le preguntó. Gema la miró sorprendida—. El destino es lo que marca nuestras vidas desde la primera bocanada al nacer hasta la última. Y aunque te empeñes en que tu vida sea de una manera, si el destino dice que no, no hay nada que puedas hacer para engañarlo —añadió su abuela con seguridad.

Aquellas palabras eran muy parecidas a las que Belinda había dicho unos días atrás y, mirándola, musitó:

—Mi amiga Belinda lo llama «san Destino».

Felicidad sonrió al oír eso, y Gema dijo:

—Eres increíble, Feli.

—¡Lo sé!

—¡Abuuuu! —bromeó al oírla.

Capítulo 11

Esa tarde, cuando Belinda terminó de ver la película que África le había dejado, sintió que el corazón le iba a explotar.

La historia de *Bajo el sol de la Toscana* le había llegado muy adentro. La soledad que la protagonista sentía al inicio y cómo acaba la película la habían hecho emocionarse, pero, a diferencia de sus amigas, ella no había llorado. La vida no le permitía hacerlo.

Belinda era muy extrovertida, pero para lo que había sido su vida privada con su madre, era terriblemente introvertida. No hablaba de ello. No lo mencionaba. Ser la hija de aquella siempre la había privado de muchas cosas, y esta vez no iba a ser así. Y aunque Gema y África se morían por saber qué era aquello que Belinda siempre callaba, la respetaban. Ya hablaría ella cuando quisiera.

Estaba bebiendo un vaso de agua cuando sonaron unos toquecitos en la puerta. Al oírlo, Belinda directamente fue a abrir. Seguro que sería alguno de sus vecinos para pedirle algo, pensó. Pero, al hacerlo, se quedó boquiabierta.

Frente a ella estaba Víctor. Ese que le había hecho tanto daño. Y, cuando se dispuso a cerrar, él detuvo la puerta con el pie y pidió:

—Por favor, cariño, dame un segundo.

—¡¿«Cariño»?! ¡Me cago en tu padre, en tu madre y en toda tu familia, aunque sean unos santos! ¿Qué narices haces aquí?

Cada uno apretaba la puerta por un lado, ninguno se daba por vencido, pero entonces los perros se colaron por ella y, felices, se fueron a saludar a Víctor. Este, al verlos, la soltó y la puerta se cerró de golpe. Pero Belinda, sabiendo que sus perros estaban fuera con él, la abrió y ordenó encolerizada:

—¡*Jamón* y *Queso*..., adentro!

Los perros obedecieron de inmediato y Víctor, incorporándose, iba a hablar cuando esta siseó:

—Más vale que te vayas y no vuelvas a aparecer, ¡pedazo de cabrón!

Y, sin más, cerró de nuevo la puerta y Víctor no volvió a llamar.

Apoyada en ella, Belinda cerró los ojos. ¿Qué narices quería aquel? ¿Por qué había ido allí?

Se dirigió hacia la cocina, volvió a beber agua y poco a poco se tranquilizó mientras observaba a sus perros, que la miraban, y ella les decía:

—¡Esquiroles!

Acto seguido se dirigió hacia el lugar donde tenía guardado el cuaderno que escribía. La historia de amor que un día había comenzado ya no era de amor. Ahora era una historia de superación ante una decepción. Y, centrándose en ella, se desfogó. Qué bien le venía escribir para relajarse.

Una hora después, ya más tranquila, cuando volvió a guardar el cuaderno en su sitio, decidió darles un paseo a sus perros. Les puso las correas y bajó con ellos a la calle. Esperaba no encontrarse con Víctor allí.

Por suerte, no fue así, él no estaba, y empezó a pasear distraídamente con sus perros por el barrio mientras pensaba en sus cosas. Al llegar a un cruce quiso continuar por una calle, pero *Jamón* y *Queso* quisieron ir por otra. Al final, les dio el gusto. Total, no tenía prisa.

Ensimismada, seguía paseando cuando, tras recoger una de las cacas de *Queso*, al ir a tirar la bolsita a una papelera, se quedó sin habla. A escasos metros de ella, en la acera de enfrente, estaba Víctor junto a una chica embarazada. Rápidamente supo que aquella era la mujer por quien la había dejado y, echándose hacia atrás, se ocultó tras una marquesina de autobús mientras musitaba:

—¡Me cago en toda tu familia, san Destino...!

Pero ¿qué hacían aquellos allí?

Los observó desde donde estaba. Ambos hablaban, hasta que Víctor puso la mano en la barriga de aquella y se echaron a reír. Ese gesto de complicidad entre ellos hizo que Belinda tomara aire y murmurara:

—Joder...

Estaba sin poder moverse cuando le sonó el teléfono. Era de la residencia.

—¿Belinda?

—Sí.

—Hola, soy Raquel y llamo de la residencia donde está...

—¿Qué pasa? —preguntó ella viendo que Víctor y la que era ahora su novia paraban un taxi, montaban y se marchaban.

—Irene se ha levantado con fiebre y el médico la ha visitado. Te llamo para que lo sepas y para saber si hoy vendrás a verla. Es día 15.

Oír eso hizo que Belinda cerrara los ojos. Era cierto; iba a ver a aquella el día 15 y el 30 de cada mes. Mientras veía que el taxi de aquellos se alejaba, dijo prosiguiendo su camino:

—En menos de una hora estoy allí.

Con celeridad, Belinda regresó a su casa sumida en un mar de emociones. Pasaba de Víctor. No quería saber nada de él. Pero verlo con aquella mujer estaba claro que le había tocado el corazón. Ella era fuerte. Se hacía la fuerte. Pero sabía que el amor por Víctor, aunque lo llamara «Rata» y lo insultara, todavía seguía ahí. Estaba pensando en ello cuando, al subir la escalera, se encontró con su vecino Ramón.

—¿Podrías entrar un segundo en mi casa y averiguar por qué no puedo ver Netflix? —le pidió.

La joven asintió. La mayoría de los vecinos del inmueble donde vivía eran mayores, y siempre que tenían un problema como aquel acudían a ella.

—Subo a *Jamón* y *Queso* a casa y ahora mismo bajo —contestó Belinda.

Tras dejar a los perretes en su casa, coger una pequeña bolsita y meterla en su bolso, bajó hasta el piso de abajo. Ramón le abrió la puerta y, mirándola, señaló:

—Sigo sin entender estas modernidades.

Belinda sonrió. Las televisiones actuales no se lo ponían nada fácil a las personas de cierta edad. Cogió el mando, lo tocó y, cuando consiguió entrar donde aquel no podía, este preguntó:

—Pero, muchacha, ¿dónde le has dado?

Divertida, Belinda indicó, aun sabiendo que se lo había explicado mil veces:

—Señor Ramón, recuerde. El mando tiene este botoncito. Solo tiene que darle y podrá entrar en Netflix, y cuando quiera salir y ver la televisión normal, solo tiene que darle a este otro.

Ramón miró el mando como el que mira un aparato de la NASA y cuchicheó:

—Si es que soy muy torpe, ¡mucho!

Ella sonrió y luego preguntó oliendo algo:

—¿Tiene algo en el fuego?

El hombre levantó las manos.

—¡La cafetera! —exclamó.

Rápidamente Belinda entró en la cocina. Quitó la cafetera del fuego, que apagó, y, mirándolo, insistió:

—Señor Ramón, recuerde. Si pone algo al fuego, no se vaya de la cocina sin apagarlo.

El hombre asintió y murmuró sonriendo:

—Lo haré, muchacha. Lo haré.

Dicho esto, la joven se despidió de él y salió a la calle. Fue adonde tenía aparcado su coche y, tras arrancarlo, condujo hasta la residencia donde estaba Irene.

Al aparcar tuvo la misma sensación de siempre. Entrar allí y verla la asfixiaba. Tenía que ir. Nadie a excepción de ella iba a verla, así que tomó aire y entró.

Nada más entrar en el centro, oyó:

—Belinda.

Al mirar se encontró a Raquel, una de las cuidadoras de Irene, que era quien la había llamado, y esta, acercándose, dijo:

—Hoy no la he bajado al salón. Ha pasado mala noche y está en su cuarto. Pero, tranquila, el médico nos ha dicho que todo está bien, aunque sabes que su estado de salud no es el mejor.

—Lo sé —afirmó Belinda.

Una vez que se despidió de aquella se dirigió hacia la habitación 227. Una habitación que Irene compartía con otra señora. Al entrar solo estaba Irene, sentada en la butaca verde, y, sentándose frente a la cama sin tocarla ni besarla, dijo:

—Hola.

Al oír eso, Irene la miró. La belleza que tuvo en un pasado ya no existía. Ahora únicamente existía el rostro y el cuerpo de una mujer de tan solo cincuenta y siete años que aparentaba muchísima más edad por el terrible deterioro de su enfermedad. Irene miró a su hija en silencio y preguntó:

—¿Me los has traído?

Belinda asintió. Tras sacarse del bolso una bolsita amarilla, se la entregó y aquella rápidamente la cogió.

Eran tres bombones, unos bombones que a aquella siempre le habían gustado, e Irene, guardándoselos, dijo:

—Son míos. No esperes que te dé.

En ese momento se abrió la puerta y Rosita, una de las auxiliares, exclamó al verlas:

—Pero qué bien, Irene. Tu hija ha venido a visitarte.

Según dijo eso, la mujer frunció el ceño y siseó:

—¡Yo no tengo hijos!

Acostumbrada a oír eso, Belinda no respondió, y Rosita suspiró. Lo mejor, para no alterarla, era estar con ella y guardar silencio.

Una hora después, cuando salió de la residencia, al llegar a su coche, cerró los ojos y tomó aire; por fortuna ya no tenía que regresar hasta al cabo de dos semanas. Cuando fue a montarse en el coche, el teléfono le sonó. Había recibido un mensaje.

> **Víctor:** Te echo de menos y sigo queriéndote. Por eso fui a verte a tu casa.

Boquiabierta, lo releyó, pues no había borrado aún el número de teléfono de aquel.

¿En serio?

Ahora que estaba con la otra, ¿qué hacía aquella rata diciéndole eso? Y, cerrando los ojos, siseó:

—San Destino..., no seas tan cabrón.

Enfadada, pensó en contestarle. En cantarle las cuarenta, pero no. Como decía su vecino Ramón, no hay mejor desprecio que no hacer aprecio.

Por ello, se montó en su coche, puso la radio y, olvidándose del malestar de haber estado con aquella mujer, que era su madre, y por lo sucedido aquella mañana con Víctor, se marchó.

Capítulo 12

Gema salió de la cafetería de su abuela con otro talante y se dirigió a su casa. Con suerte, Tomás todavía estaría allí.

Al llegar y ver su coche, sonrió. Y, sin dudarlo, al pasar junto a él, fue rayándolo con la punta de las llaves. De lado a lado. Cuando él viera aquello en su preciado coche, le daría un microinfarto.

Gamora se acercó a saludarla y su hermano Ricardo la miró. Pero, sin decir nada, ella entró directa en la habitación donde estaba su marido, se lo quedó mirando y preguntó:

—¿En serio que solo yo soy tu princesa?

Tomás sonrió al oírla. Sus palabras, su mirada y sus besos habían ocasionado el efecto que él pretendía. La conocía. Ella siempre besaba por donde él pisaba, y, acercándosele, iba a hablar cuando Ricardo entró en la habitación.

—¿Qué narices haces, Gema? —preguntó.

Ella cabeceó. Entendía el gesto de su hermano, y, mirándolo, replicó:

—Si no te importa, esto es entre él y yo.

—¡Géma! —protestó aquel.

Envalentonándose, Tomás replicó:

—Como te ha dicho mi mujer, esto es entre ella y yo.

Ricardo negó con la cabeza horrorizado. No. Su hermana no podía dar un paso atrás, no podía ser tan tonta, cuando esta dijo mirándolo:

—Hermano, acabo de entrar en efervescencia.

Él frunció el entrecejo. No lo entendía. ¿«En efervescencia»? ¿Qué era eso?

Tomás tampoco la había entendido, pero, encantado al ver aquella reacción que le aseguraba tener a su mujer donde él quería, se acercó más a ella. Sabía qué debía hacer para llevarla siempre a su terreno. Tras coger una bocanada de aire, pasó una mano por su mejilla y murmuró con voz ronca:

—Solo tú eres mi princesa.

Gema resopló sin dar crédito.

Oír eso era lo que necesitaba. Y, recordando algo que Belinda y su abuela habían dicho, su mano fue directa a la entrepierna de aquel y, estrujándole los testículos con rabia, siseó:

—¡¿«Pichón»?!

Dolorido y horrorizado, Tomás exhaló. Pero..., pero ¿qué hacía?

—Eres un auténtico mierda —añadió ella.

—Ge... Ge... Gemaaaaaaaaaa —boqueó él muerto de dolor.

Ricardo parpadeó sin dar crédito. En la vida había visto a su hermana actuar de ese modo. Era comedida, tranquila, sosegada, y cuando Tomás, con gesto de dolor, lo miró pidiéndole ayuda, Ricardo dijo levantando las manos con indiferencia:

—Como has dicho, esto es algo entre mi hermana y tú.

El dolor que el otro sentía en la entrepierna era terrible. Gema lo tenía agarrado con fuerza. Le retorcía los testículos con crueldad, y cuando finalmente lo soltó, se sentó en la cama dolorido, y ella soltó dejándose llevar por la rabia del momento:

—Sabes que no soy de decir palabrotas, pero ¡eres un cabrón, un mentiroso y una mala persona! ¿Y sabes? La ricachona patosa y aburrida por fin ha abierto los ojos y se ha dado cuenta de la clase de sinvergüenza que tenía al lado.

Tomás, que estaba blanco, descolorido y era incapaz de reaccionar, tan solo la miraba. Apenas si podía respirar. ¿Qué había pasado? ¿En qué había fallado su plan? ¿De dónde había sacado aquella fuerza su mujer? Ella contuvo las lágrimas y le dijo entonces tirándole el móvil rojo a la cabeza:

—Por cierto, «tontito», en las fotos tu polla parece más de lo que es.

Al oír eso, Ricardo sonrió. Ver a su hermana despertarse por fin era de lo mejor que le había ocurrido en la vida. Y a continuación la oyó decir:

—Tienes una hora para sacar tus cosas de mi casa. —Y, consciente de cuál era su poder adquisitivo gracias a sus padres, añadió comportándose como una ricachona—: Ya no te vas a aprovechar más del dinero de mis padres ni del mío. Mandaré tasar la casa y te daré la mitad de lo que cueste, pero tú tendrás que tasar la empresa que tu hermano y tú habéis heredado de vuestros padres y tendrás que darme también lo que me corresponde. Por tanto, piensa bien lo que vas a hacer, porque creo que vas a salir perdiendo. Y que te quede claro que la ricachona patosa y aburrida no va a perder ni un euro más contigo. ¿Y sabes por qué? Porque soy rubia pero no tonta.

Tomás aún jadeaba de dolor. ¿Podría andar si se levantaba?

No. No podía estar pasando aquello. El dinero de ella siempre había sido su colchón en la vida.

—A partir de ahora, todo lo que quieras hablar conmigo hazlo a través de nuestros abogados —agregó Gema—. En cuanto a los niños, eres su padre y ellos ya son lo suficientemente mayores para decidir qué tipo de relación quieren contigo. En eso no me voy a meter ni para bien ni para mal. Pero en lo que se refiere a ti, ¡la gallinita de los huevos de oro se te ha acabado ya!

Dicho esto, se dio la vuelta y, una vez que salió de la habitación, se dirigió hacia la cocina, donde, tras beber un vaso de agua con manos temblorosas, oyó:

—Estoy muy orgulloso de ti.

Era la voz de su hermano Ricardo. Se dio la vuelta y repuso mientras las lágrimas le surcaban el rostro:

—¿Por haberle retorcido los huevos?

—También —afirmó él.

Ambos se dirigieron al salón y se sentaron en el sofá. Gema lloraba en silencio por lo que acababa de ocurrir, y cuando dejó de hacerlo cuchicheó:

—¿Cómo he podido estar tan ciega? ¿Cómo no me he dado cuenta de que, para él, yo solo era dinero? ¿Cómo..., cómo soy tan tonta?

Ricardo no contestó. Para todos siempre había estado claro, excepto para ella. E, intentando cambiar de tema, preguntó:

—¿Desde cuándo eres tan bruta?

Gema negó con la cabeza. Todavía no podía creer lo que había hecho.

—¿«Entrar en efervescencia»? —inquirió a continuación su hermano.

—Es una expresión que me han enseñado esas amigas que te dije que había conocido —susurró secándose las lágrimas que volvían a salir de sus ojos.

Ricardo le acomodó un mechón tras la oreja, y comentó:

—Pues que sepas que tus nuevas amigas y lo de entrar en efervescencia te sientan muy bien.

Ambos sonrieron y luego ella dijo:

—Siento mucho haber estado tan ciega y haber cuestionado lo que me decías en lo referente a Tomás.

Él asintió. Habían sido muchas las veces que había intentado hablar con ella, pero Gema siempre se negaba, y musitó:

—No pasa nada, cielo. Lo importante es que por fin has abierto los ojos y has visto la realidad, por dura que esta sea.

Ella suspiró. Más tonta no había otra. Y añadió sacando un nuevo pañuelo de papel del bolsillo de su pantalón:

—Sé que las fases del duelo son complicadas, pero al menos ya he superado la de negación. Lo ocurrido ocurrido está, y ahora tengo que seguir superándolo.

—Así es —afirmó Ricardo.

—Vengo de hablar con la abuela.

—No me digas que ha sido ella quien te ha dicho que hicieras lo que has hecho —cuchicheó Ricardo—. Porque a ese imbécil lo has dejado dolorido para un par de semanas como poco.

Ambos rieron y luego ella indicó:

—Como mi hermano que eres, nunca volveré a poner en duda nada de lo que me digas. Y, como mi abogado, haré todo lo que me indiques, aunque esté sola el resto de mi vida y me vuelva una amargada.

—Por Dios, Gema, ¡que solo tienes treinta y seis años!

Esta asintió. Sabía que mayor no era, y Ricardo, guiñándole el ojo, indicó:

—Conocerás a alguien, ¡ya lo verás!

Ella se secó las lágrimas de las mejillas.

—La abuela dice lo mismo, pero, sinceramente, ahora eso es lo que menos me preocupa.

—Lo sé. Y te entiendo. Pero mereces a alguien a tu lado que te quiera y te valore por lo estupenda que eres, no por lo que tienen nuestros padres.

—No sé si volveré a creer en el amor, y mucho menos a confiar en un hombre —susurró Gema—. ¿Cómo sabré si me quieren por mí o por el puñetero dinero?

Ricardo sonrió y, seguro de lo que iba a decir, repuso:

—Volverás a creer y a confiar cuando llegue el idóneo, pero esta vez con una madurez que antes no tuviste, porque ahora sabes muy bien de qué va la vida y qué es lo que no quieres. Y si te digo esto es por experiencia propia. Sabes que me casé muy enamorado de Rebeca, pero, a diferencia de ti, a mí solo me bastaron dos años de matrimonio para darme cuenta de que, por desgracia, ella no me quería a mí, sino tan solo nuestro dinero.

—Menuda sinvergüenza. Mira la abuela, ¡qué bien la caló el día que la conoció!

Ambos rieron por aquello cuando Ricardo dijo:

—Cuando me divorcié de Rebeca pasé por las mismas fases que pasarás tú. Decepción, rabia..., hasta que llegué a la de aceptación. Pensé que no volvería a creer ni a confiar en nadie por lo mal que lo había pasado, pero apareció Mónica, y sabes que con ella soy tremendamente feliz.

Gema asintió. Su hermano tampoco lo había pasado bien por culpa de Rebeca. Todo lo contrario que con Mónica, a quien la familia adoraba por ser un encanto de persona y, sobre todo, por cómo quería y trataba a Ricardo.

Los hermanos se quedaron unos segundos en silencio, hasta que él, sonriendo, miró a Gema y dijo:

—Cuando les cuente a papá y a mamá lo que has hecho, ¡van a flipar!

Oír eso hizo que ella riera y, al mismo tiempo, rompiera a llorar. Sus sentimientos estaban descontrolados y en su dedo seguía aquel anillo.

Capítulo 13

Hacer amigos o amigas una vez que eres adulto no es fácil.

La desconfianza, la malicia y la inseguridad del mundo en el que vivimos nos hace diseccionar a las nuevas amistades en busca de todo aquello que no nos gusta, pero en este caso en particular, el deseo por parte de las tres chicas de conocerse era tan grande que ninguna vio un ápice de maldad en las demás. Solo ganas de apoyarse unas a otras y, por qué no, de ¡quererse!

El verano llegó y cada una lo afrontó a su manera.

Belinda seguía yendo a la asociación de mujeres a echar una mano y se quedó trabajando en Madrid. Su poder adquisitivo no le daba para grandes vacaciones, y aprovechó todas las suplencias que pudo. Ese dinero extra lo invirtió en que el hijo de su vecino Matías le hiciera obras en el baño. ¡Ya tocaba!

Gema, tras solucionar definitivamente el tema de la estancia de sus hijos en Londres, se marchó con sus padres, su abuela y los mellizos a Llanes, en Asturias. Aquel lugar era para ella como un remanso de paz, y allí pudo hablar con sus hijos de su situación. Como era de esperar, los dos le pidieron que siguiera adelante. No querían verla mal.

Por su lado, África pasó una parte del verano en Valencia, en casa de su hermana Asia, y otra parte en Menorca. Decidió irse unos días a la isla y allí, a través de la app de contactos que utilizaba, conoció a dos tipos, Jonathan y Manuel. Dos hombres con los que quedó por separado, cenó con ellos y acabaron en la habitación de su hotel. ¿Por qué no vivir sus fantasías? Pero sus fantasías iban en aumento, y ahora se preguntaba cómo sería hacer un trío con dos hombres.

* * *

El regreso de las vacaciones fue triste para Gema.

En septiembre, sus hijos se marchaban a Londres a estudiar y, aunque estaba feliz por ellos, se le rompía el corazón. Iba a pasar de vivir en una casa con hijos y marido a una casa donde solo estarían *Gamora* y ella.

Llegó el 22 de septiembre. Dunia y Bosco se marchaban a Londres.

En el aeropuerto, y acompañada por sus padres, su abuela y su hermano, Gema se abrazaba a sus niños. Retener su olor, su tacto, su cariño era lo que necesitaba, pero Dunia, de pronto, se soltó de ella. Su padre, Tomás, hecho un pincel con su impoluto traje, acababa de aparecer en el aeropuerto, y corrió a abrazarlo.

La relación que Dunia y Bosco tenían con su padre era distinta. Mientras Bosco y aquel llevaban años sin apenas hablarse, con Dunia era diferente. Ella era su niña, su pequeña, y aunque esta se moría por su madre, también quería mucho a su padre. Un cariño que Gema entendía perfectamente.

Gema los observó abrazados mientras su hijo Bosco musitaba algo molesto:

—No pensaba que fuera a venir.

Ella no respondió, con Tomás nunca se sabía. Y Felicidad, al verlo, dijo dirigiéndose a su bisnieto:

—Dame un abrazo, mi vida, que me voy para afuera. Si me quedo aquí y oigo algo que no me gusta, probablemente termine saliendo en las noticias por arrancarle las pelotas a alguno.

—¡Mamá! —protestó María al oírla.

Jesús, divertido por el comentario de su suegra, dijo mirando a su nieto:

—Me voy con la abuela. —Y después, dirigiéndose a su hija, indicó—: Te esperamos donde he aparcado el coche, ¿vale, cariño?

Ella sonrió y Ricardo, viendo que el que todavía era su cuñado y su sobrina se acercaban, terció:

—Mamá, vete con ellos. Yo me quedo con Gema.

María afirmó con la cabeza. Lo último que deseaba era estar al lado de aquel indeseable. Tras darle un beso a Bosco y otro a Dunia, musitó emocionada:

—Llamad en cuanto lleguéis a la casa.

Los mellizos asintieron y, con cierta tristeza, vieron que sus abuelos y su bisabuela se marchaban.

Tomás los observaba en silencio desde un lateral, y Gema, viendo que su hermano lo miraba, pidió para evitar más tensiones:

—Ricardo, espérame junto a aquellos asientos.

Él y Tomás se miraron; la amistad que habían mantenido en el pasado se había acabado tras lo ocurrido y, mirando a sus sobrinos, dijo abrazándolos:

—Portaos bien y, para cualquier cosa, llamad.

Bosco y Dunia asintieron. Sin necesidad de hablar sabían que la situación en la que quedaba su familia con su padre no era la mejor; el mal rollo estaba asegurado. Cuando los cuatro se quedaron a solas, Tomás se acercó y saludó a Gema:

—Hola... —Por suerte, evitó decir «princesa», cosa que ella le agradeció.

—Hola —contestó ella.

La cordialidad nunca podía faltar delante de sus hijos.

—¿Llevas todo lo que necesitas? —le preguntó Tomás a su hija.

—Sí, papaíto —respondió Dunia.

—¿Emocionada por el viaje? —insistió aquel.

Ella dijo que sí con la cabeza, Bosco ni siquiera lo miró, y Gema, consciente de que o acababa con aquello o al final Bosco y Tomás se engancharían, terció:

—Vamos, despedíos de nosotros y pasad el control. Y como ha dicho la abuela, llamad en cuanto aterricéis y también cuando lleguéis a la casa.

—Mamááááá —musitó Dunia.

Ella miró a su hija e, intentando sonreír, insistió:

—¿Acaso pido tanto?

Dunia y Bosco rieron y, tras abrazar a su madre, este último recibió un mensaje en su móvil de su chico e informó:

—Damián acaba de llegar a la casa y dice que está todo perfecto.

Gema asintió satisfecha. En los meses anteriores, se había encargado de hablar con los propietarios de la casa donde sus hijos iban a alojarse para que todo estuviera en orden.

—Es genial saberlo —murmuró.

Tomás torció el gesto. Que su hijo y Damián ahora fueran a vivir juntos no era algo que le agradara.

—¿Y por qué tenéis que vivir en la misma casa? —inquirió.

Acto seguido, todos lo miraron, pero ninguno respondió, hasta que Dunia pidió:

—Venga, papaíto, dame un beso, que me voy.

Tomás abrazó a su hija mientras Gema abrazaba a Bosco, que le dijo al oído:

—Mamá, si me entero de que vuelves con él, no te lo voy a perdonar.

—Bosco...

—Piensa en ti —insistió aquel—. Y sé feliz. Siempre has cuidado de todos nosotros y ahora te mereces cuidar solo y exclusivamente de ti y, por qué no, encontrar a ese alguien especial que te haga sonreír de nuevo.

Gema hizo una mueca; lo último que deseaba era aquello. Tras tomar aire, murmuró:

—Tú y tu hermana ya me hacéis sonreír.

Su hijo negó con la cabeza, le dio un último beso a su madre y dijo:

—Vamos, Dunia.

La muchacha, soltándose de su padre, besó de nuevo a Gema. La iba a echar mucho de menos. Y, cuando los ojos se le llenaron de lágrimas, Bosco susurró divertido:

—De tal madre, tal hija. ¡Seréis lloronas!

Las dos sonrieron al oírlo. Eran lloronas por naturaleza.

—Estudia mucho y pásatelo muy bien, pero con cabeza, ¿entendido? —dijo Gema.

Dunia asintió. Ella tenía un punto de locura que su hermano no poseía.

Entonces Tomás, dirigiéndose a Bosco, preguntó:

—¿Y tú? ¿No te vas a despedir de mí?

Bosco miró a su padre, a aquel que llevaba media vida renegando de él por su condición sexual, y, consciente de lo que decía, le advirtió:

—Aléjate de mamá. No eres bueno para ella. Y en cuanto a lo de si me voy a despedir o no de ti, simplemente te diré que tú y yo ya nos despedimos hace mucho. Y no porque así lo decidiera yo, sino porque así lo decidiste tú. Por tanto, no me hagas cargar a mí con las consecuencias.

Las rotundas palabras de Bosco hirieron a Tomás, que siseó:

—Ya vendrás a mí cuando necesites dinero.

Oír eso hizo que el chico sonriera. En la vida había acudido a él para nada.

—Dudo que ocurra algo así —replicó—. Y si ocurriera, iría a mi familia.

Los cuatro se quedaron en silencio. El nuevo «zasca» que Bosco le acababa de dar a su padre había sido de los buenos. Y entonces Tomás, mirando a Gema, gruñó:

—Estarás contenta con la educación que le has dado a tu hijo, ¿verdad?

Ella, que había permanecido en un segundo plano, quiso responder, pero Tomás dio media vuelta, se estiró la chaqueta de su impoluto traje y, con paso seguro, se marchó.

Dunia, Bosco y Gema se miraron en silencio, hasta que el chico dijo:

—Como diría la yaya..., tanta paz lleves como descanso dejas.

Eso hizo sonreír a Gema, y Dunia, mirando a su hermano, preguntó:

—¿Tanto te costaba despedirte de él?

Bosco asintió.

—Yo solo me despido de quienes me quieren y a quienes quiero —declaró—. Además, el que le hace daño a mamá me hace daño a mí. No tengo más que decir.

Gema lo miró conmovida, y entonces Bosco, dándole otro beso en la mejilla, añadió:

—Ahora sí que nos vamos, mamá. Recuerda todo lo que te he dicho.

Dunia la besó de nuevo, y mientras se alejaba, ya con su hermano, le preguntó a este:

—¿Qué le has dicho?

—¡Que piense en ella y sea feliz!

La chica asintió y, caminando tras él, pasaron juntos el control de acceso. Cuando desaparecieron entre la multitud, Ricardo se acercó a su hermana.

—¿Todo bien? —preguntó.

Gema, que había intentado contener las lágrimas, asintió. Sus niños se habían marchado y Ricardo, entendiendo su pena, la abrazó.

—Venga, va. Llora un ratito, pero ¡solo un ratito!

Y ella lloró. Eso sí..., algo más que un ratito.

Capítulo 14

Dos días después de que se fueran Bosco y Dunia, Gema seguía sin querer salir de su casa, pues solo tenía ganas de llorar por la marcha de sus hijos, así que África y Belinda se decidieron a visitarla. Allí, coincidieron con los padres y la abuela de Gema, y rápidamente se creó una excelente sintonía entre ellos. Y más aún cuando más tarde llegaron Ricardo y su mujer.

Para la familia de Gema, que aquellas dos chicas se preocuparan por ella y la hicieran sonreír era lo mejor que podían ver, y se alegraron muchísimo por ella. Ya era hora de que tuviera buenas amigas.

Días después, Belinda las llevó a la asociación de mujeres, les mostró lo que se hacía allí, les presentó a varias personas y ellas, impresionadas, prometieron regresar. También les presentó a sus amigas a *Jamón* y *Queso*, que de inmediato se ganaron el corazón de las mujeres por su simpatía. Sin embargo, una vez más, ellas se dieron cuenta de que Belinda evitaba hablar de su familia. Lo único que sabían era que su madre se llamaba Irene y estaba en una residencia.

No obstante, intentando ser respetuosas con ella, nunca preguntaban. Cuando se viera con ganas de contar, ellas la escucharían.

África, por su parte, a raíz de la mala relación que mantenía con sus padres y su hermana mayor después de lo de Lorenzo, y a pesar de que ellos vivían en Madrid, ni se planteó presentárselos. Era ridículo. En cambio, les habló maravillas de Asia, su marido y su sobrino. Ya los conocerían cuando estos fueran a Madrid a visitarla.

Las tres mujeres habían pasado de no conocerse a convertirse en personas indispensables en las vidas de las demás por el apoyo y la fuerza que se insuflaban las unas a las otras.

Esa noche estaban tomándose algo en Legazpi, el barrio donde vivía Belinda, cuando África dijo levantando su copa:

—Chicas, brindemos. ¡Porque soy una mujer felizmente divorciada!

Las tres hicieron chocar sus copas.

Esa misma mañana había firmado por fin su divorcio y no podía parar de sonreír, mientras de fondo sonaba la canción *Thank U, Next* de Ariana Grande.

—Os juro que cuando lo he visto hoy en el juzgado, no he sentido ni frío ni calor. Y cuando he firmado los papeles me he sentido muy pero que muy..., muy bien. ¡Estoy divorciada!

Oír eso hizo que Belinda sonriera y, mirando a Gema, preguntase:

—¿Cuándo celebraremos tu divorcio?

Esta suspiró. Cada vez que lo pensaba, el estómago se le revolvía. Iba a divorciarse, tenía que iniciar los trámites, pero aún no se decidía.

—Algún día —musitó—. Dadme tiempo.

Belinda y África intercambiaron una mirada. A diferencia de esta última, Gema se martirizaba con su divorcio.

—El destino, o, mejor dicho, san Destino, parece que tiene ganas de jugar conmigo —declaró entonces Belinda, lo que atrajo las miradas de las otras—. El otro día la Rata volvió a enviarme un mensaje de WhatsApp —aclaró.

—¡¿Qué?! —exclamó Gema.

Ella se lo mostró y leyó en voz alta:

Víctor: Ha sido un niño, pero me faltas tú.

África resopló. Aquello estaba fatal.

—¡Será cabrón! —cuchicheó.

—Lo es, y mucho. Y san Destino, ¡ni os cuento! —afirmó Belinda guardándose el móvil.

—¿Por qué tienes guardado su teléfono todavía? —preguntó Gema.

Aquella se encogió de hombros.

—No lo sé. Simplemente sigue ahí. —Y, mirando hacia un grupo que entraba en el bar, se mofó—: ¡Menudos Cayetanos!

Oír eso hizo que África y Gema se miraran, y Belinda explicó:

—Trajeaditos. Con polito de marca o jerseicito bien puesto sobre los hombros. Bien peinados. No les falta detallito ni el gesto de «soy lo mejor del mundo». ¡Cayetanos en toda regla!

Eso hizo reír a África, y Belinda, dirigiéndose a Gema, señaló:

—Por cierto..., tú también eras un poco Cayetana en la forma de vestir cuando nos conocimos, pero por suerte vas cambiando.

—¡Serás...! —Ella rio.

Todas se carcajeaban por aquello cuando Belinda, la más dicharachera de las tres, comentó:

—Hoy me han dado una noticia mala y otra buena... ¿Cuál queréis saber primero?

—La mala —dijo África—. Así dejamos la buena para el final.

Belinda afirmó con la cabeza.

—La empresa para la que trabajo nos ha dicho que no han renovado contrato con el hospital, así que en julio del año que viene me quedaré en paro.

—Nooooo —murmuraron África y Gema al unísono.

Su amiga cabeceó.

—¿Y qué vas a hacer? —quiso saber Gema.

Belinda suspiró. Llevaba toda su vida saltando de trabajo en trabajo, por lo que respondió:

—Buscarme la vida, como siempre.

Durante unos minutos las chicas estuvieron hablando del tema. Encontrar empleo era algo complicado y laborioso.

—¡Qué mal pagado está tu trabajo! —afirmó África.

La otra asintió con un resoplido.

—Tremendamente mal. Los limpiadores somos personal esencial en cualquier empresa, pero parecemos trabajadores de segunda. Ganamos una mierda, no digo todos, pero por lo general nos tratan fatal, y encima, por la necesidad de trabajo que hay, nos tenemos que callar.

Acto seguido, las tres guardaron silencio. Belinda tenía más razón que un santo.

—¿Y la buena noticia? —preguntó África al cabo.

Su amiga sonrió.

—Que la empresa ha firmado un contrato para la limpieza de un hotel ¡y posiblemente cuenten conmigo!

Gema y África se alegraron muchísimo por su amiga. Si había alguien positivo en el mundo, esa era Belinda, que indicó:

—Como diría Kevin, un compañero de trabajo que es muy religioso, «Dios aprieta, pero no ahoga».

Las tres cabecearon y luego Gema, recordando algo, señaló:

—Por suerte, no tienes una hipoteca que pagar.

Belinda suspiró. La única cosa que Irene hizo bien en su momento al comprar el piso en el barrio de Legazpi fue ponerlo a su nombre. El piso ya estaba pagado, por lo que eso le daba un respiro, y afirmó:

—Menos mal que tengo donde caerme muerta.

—¡No digas eso! —gruñó África.

Las chicas se miraron, y acto seguido Gema preguntó:

—¿Fuiste a ver a tu madre a la residencia?

—Sí. Fui a ver a Irene —respondió Belinda recalcando el nombre.

—¿Y qué tal? —insistió Gema.

Su amiga resopló, y, dando a entender una vez más que no le gustaba hablar sobre aquello, se puso en pie mientras decía para cambiar de tema:

—Wooo, Shakira, ¡me encanta!

Gema y África intercambiaron una mirada. Cada vez que mencionaban a su madre, Belinda reaccionaba igual. ¿Qué le ocurría con ella?

Rápidamente esta comenzó a canturrear la canción *No* de Shakira y resopló pensando en Víctor. Verlo aquel día con aquella le había jorobado. ¿Por qué él se había olvidado de ella y ella todavía de él no? Y, aunque no quería, dentro de ella había un veneno por su culpa y tenía que expulsarlo. Necesitaba expulsarlo.

África y Gema hablaban. A diferencia de Belinda, a Gema, si quería, ya le esperaba un trabajo. Gracias a los contactos de su hermano Ricardo, le ofrecían otro puesto en un sitio donde había trabajado durante un tiempo al acabar la carrera. Ella lo agradeció, aunque se apenó mucho al enterarse de que uno de los dueños, amigo de su hermano, había muerto.

—Puede que dentro de unos meses comience a trabajar en Rhonda Rivera.

—¿Qué es eso? —preguntó Belinda.

—Una empresa de marketing y publicidad muy bien posicionada en el mercado para la que ya trabajé hace años.

—Una empresa buenísima. Ahí no entra cualquiera —explicó África, que la conocía por el trabajo de su ex.

Gema y ella se miraron y África preguntó:

—¿Qué idiomas hablas?

—Francés, inglés, algo de alemán y, como es lógico, español —respondió ella.

—Chica, ¡eres un portento! —se mofó Belinda.

Gema sonrió y, entendiéndola, dijo:

—Me he criado en colegios internacionales, por eso sé varios idiomas.

—Pues yo español, ¡y no me saques de ahí! —soltó Belinda haciéndolas sonreír.

—¿Tus hijos también hablan tantos idiomas? —preguntó África.

—Bosco y Dunia hablan inglés a la perfección y también francés. Por eso se han ido a Londres a estudiar en la universidad.

Belinda asintió. Era consciente de que aquellas dos estaban muy por encima de ella académicamente.

—Bueno..., bueno..., bueno... Sabiendo tantos idiomas y con ese glamour que desprendes, aunque te pongas un huevo frito por vestido, ¡te comes el mundo! —comentó.

Eso hizo reír a las tres. En especial a Gema, que una vez más tuvo que oír lo de su estilo.

—¿Y de qué vas a currar ahí? —siguió preguntando Belinda.

—Planificación de estrategias de marketing y publicidad.

Aquella, sin entender bien qué trabajo era ese, se interesó:

—¿Y dónde has echado el currículum?

Al oírla, Gema respondió con cierto azoramiento:

—Mi hermano conoce a los dueños de Rhonda Rivera y...

—Ah, vale, por enchufe —afirmó Belinda.

Ella asintió sin poder evitarlo. La facilidad que tenía para encontrar trabajo se debía a haber nacido en la familia en la que había nacido y poseer unos magníficos estudios.

—Pues, oye —añadió Belinda con tranquilidad—, te agradecería mucho que preguntaras si necesitan a alguien para el puesto que sea. Yo me amoldo a todo.

—Lo haré —aseguró Gema.

Durante varios minutos estuvieron hablando de los hijos de esta y de cómo llevaban el hecho de estudiar en Londres, hasta que África dijo:

—Yo mataría por tener un hijo como Bosco. Es cariñoso, sensato, estudioso, atento... Tiene infinidad de virtudes, ¿y el Pichón solo se fija en que es gay y le apasiona la danza?

Gema asintió con la cabeza y Belinda inquirió:

—¿Cómo no lo mandaste antes a freír espárragos?

Ella se encogió de hombros; se hacía la fuerte delante de todos, aunque estaba destrozada interiormente. Intentando hablar con indiferencia, respondió:

—Porque lo quería y tenía una venda en los ojos que me impedía ver más allá. Pero, por suerte, ¡ya no es así!, y ahora veo las cosas con total claridad.

África y Belinda se miraron. Gema no las engañaba. Estaba destrozada. Solo había que ver sus ojeras y la tristeza en sus ojos para saber que, a pesar de lo que decía, se encontraba bastante perdida.

—¿Estás bien? —le preguntó Belinda.

Su amiga se apresuró a asentir y, sonriendo, afirmó sin querer reconocer la verdad:

—Sí.

Con disimulo, África y Belinda intercambiaron de nuevo una mirada. Sin necesidad de hablar, sabían que ambas opinaban lo mismo. Y África, consciente de lo mucho que estaban cambiando sus vidas últimamente, comentó:

—Dentro de unos días tengo cita en la clínica de fertilidad.

Gema y Belinda se alegraron mucho. En las interminables charlas entre ellas en las que se contaban cosas, les había confesado que uno de sus mayores sueños era ser madre.

—¿Quieres que te acompañe? —le propuso Gema.

África sonrió y negó con la cabeza.

—No hace falta. Solo voy a informarme. Es una primera consulta.

Belinda rio y, divertida, cuchicheó:

—Ah, vale. Pero el día que vayas a ver candidatos, nosotras...

—Ehhh, que no será una audición —se mofó África.

Las tres rieron y luego África dijo:

—Por cierto, esta mañana he enviado por email como cien currículums para trabajar como periodista, pero algo me dice que lo tengo... difícil, no, ¡imposible!

—¿Por qué?

—Intuición.

—¿Acaso no tienes la carrera de Periodismo? —preguntó Belinda.

—Sí. Pero tener la carrera no te asegura que trabajarás en ello.

—Pues vaya gasto inútil de dinero el de la universidad —musitó aquella.

Las otras dos se miraron. El mundo en el que Belinda se había criado y el mundo en el que ellas lo habían hecho no tenían nada que ver.

—Pero ¿tu padre no era periodista? —inquirió Gema.

—Sí —dijo África.

—¿Y él no tiene contactos que puedan echarte una mano?

Ella suspiró. Su familia no era como la de Gema.

—Mi padre tiene muchos contactos —declaró tras tomar aire—, y el Conejito también, pero ninguno tiene intención de ayudarme.

—¡Madre del Verbo Divino! Lo del Conejito lo entiendo porque habéis terminado mal..., pero ¡¿tu padre?! —cuchicheó su amiga.

África suspiró.

—Sigue enfadado conmigo por lo del divorcio. No acepta que yo tomara la decisión de dejar a Lorenzo y..., bueno..., prefiero no pedirle nada.

—Mejor. No pidas nada a nadie y nada deberás —afirmó Belinda pensando en Irene.

Gema, cuya familia se desvivía por ella, resopló sin comprender, y África añadió:

—Esa es mi realidad. Tengo familia, pero, a excepción de mi hermana Asia, mi cuñado Luis y mi sobrino Samuel, el resto es como si no existieran. Nunca me perdonarán que me divorciara del Conejito y, a su manera, ya se han posicionado. Y..., mira, lo acepto.

Las tres amigas se miraron en silencio y luego África continuó:

—Sé que lo tengo difícil para encontrar empleo de lo mío. Terminé la carrera de Periodismo y, como el idiota de Lorenzo nunca quiso que trabajase, pues la experiencia en mi currículum es cero patatero. Así pues, lo intentaré, pero mientras tanto sigo planeando montar mi propia editorial.

—Estupendo —señaló Gema.

África asintió. La información que había recabado le indicaba que podía hacerlo.

—La verdad es que el dinero que me ha quedado tras la separación de bienes me hace estar tranquila y no agobiarme con respecto a necesitar encontrar un trabajo urgentemente.

—¡Qué suerte la tuya! —se mofó Belinda.

África volvió a asentir, era consciente de que la tenía.

Entonces Gema, al ver unas marcas rojas en las manos de Belinda, preguntó:

—¿Qué te ha pasado?

Ella se miró los dedos y respondió encogiéndose de hombros:

—El maldito carro de la limpieza que muevo en el hospital, que tiene más años que Matusalén, pesa tanto que me deja las manos destrozadas.

Gema y África cabecearon; Belinda trabajaba mucho, demasiado. A continuación, esta, sin perder la sonrisa en ningún momento, dijo omitiendo cierta información:

—Por cierto, esta mañana me he encontrado en el hospital con la pobre madre de la rata de mi ex.

Las otras asintieron en silencio.

—Por lo que me ha contado, tiene un nieto precioso, y la Rata se casa el año que viene, a finales de julio.

—Noooo —cuchicheó África.

—Sí —admitió Belinda, que añadió—: Al parecer, ya lo tienen todo. La ceremonia será en la basílica de Nuestra Señora de Atocha a las cinco de la tarde y el convite a las nueve en un salón de bodas que tiene su primo en la calle Nuevos Ministerios. Según me dijo Susana, mi exsuegra, asistirán trescientos invitados, de los cuales doscientos cincuenta y ocho van por parte de ella.

—Madre del Verbo Divino, ¡qué bodorrio! —susurró Gema al oírlo.

—La pobre Susana, al verme, no sabía dónde meterse. ¡Qué penita me ha dado!

—Normal —afirmó África—. Si es una persona con sentimientos y empatía, sabe que lo que hizo su hijo contigo no está bien.

—Lo sabe... Lo sabe —convino Belinda, consciente de ello.

Las tres se quedaron en silencio y luego esta indicó:

—Me sorprende lo de la boda. La Rata era antimatrimonio, o eso era lo que me decía a mí. Y ahora, míralo, se casará por la Iglesia porque ella así lo ha pedido, ¡y con convite por todo lo alto!

—Quizá ser padre le haya hecho ver la vida de otra manera.

—O la novia lo obliga a casarse —señaló Belinda extrañada.

Gema dio un trago a su bebida y luego dijo:

—Yo..., yo me enteré ayer por mi hija de que su padre tiene novia.

—Noooooo.

Con el corazón dolorido, Gema aseguró mirando su anillo:

—Sí.

No había podido dormir en toda la noche al enterarse de la noticia y, sin poder contener sus sentimientos, comenzó a llorar mientras musitaba:

—Tiene un nuevo amor.

—Gema... —murmuró África.

—Ya se ha olvidado de mí —insistió con voz trémula.

Rápidamente, Belinda y África la abrazaron. Desde que había llegado, sabían que algo le pasaba. Y, secándose las lágrimas con un pañuelo, indicó:

—Se llama Norma. Es viuda. Cuarenta años y sin hijos. Y por lo que sé, el tema económico no le va nada mal.

—No es listo ni nada el Pichón —soltó África.

Gema asintió. En ese instante comenzó a sonar *DPM* de Kany García, y Belinda comentó:

—Excelente canción para este momento. —Y, mirando a una llorosa Gema, añadió—: Escucha la letra. Es muy buena.

En silencio, las tres amigas así lo hicieron. La canción hablaba de alguien que, tras una ruptura, volvía a quererse, y cuando esta acabó, África exclamó:

—No la conocía, pero ¡me encanta!

Belinda afirmó con la cabeza. Era una canción con un mensaje maravilloso.

—A veces la pongo en la asociación para que la escuchen las mujeres —indicó—. Siempre les gusta y las empodera.

África asintió y Belinda, dirigiéndose a Gema, comentó:

—Cuando te olvides del Pichón y te des una oportunidad, como dice la canción, te va a ir de puta madre. Y desde ya te digo que algún día las tres bailaremos esta canción y nos reiremos pensando en lo bien que nos va.

Gema sollozó y miró su anillo de casada. Eso lo veía muy lejano. Entonces Belinda, al darse cuenta de lo que miraba, inquirió:

—¿Cuándo vas a quitarte ese puñetero anillo?

Ella no contestó.

—Quitártelo sería un gran paso, ¿no crees? —terció África.

Gema tocó el anillo dolorida. Lo había intentado, pero no podía quitárselo. Y mirándolas dijo:

—Lo siento, chicas, pero yo no puedo ni tirarlo por la taza del váter, ni cambiarlo por unos pendientes. No..., no sé qué me pasa, pero deshacerme de este anillo me cuesta mucho.

Belinda y África suspiraron. La entendían. Y la primera dijo:

—Tienes que cambiar el chip. ¿No ves que así no puedes continuar?

—Yo no tengo tu personalidad —repuso Gema—. No soy como tú.

Belinda suspiró. La fortaleza que mostraba exteriormente no permitía que nadie se percatara de su vulnerabilidad, y, sincerándose, dijo:

—Aún pienso en Víctor y en lo especial que fue el anillo que me regaló. No lloro, pero mi corazón sigue herido porque eso formará para siempre parte de mis recuerdos.

—¿Aún piensas en él? —preguntó Gema mientras África las observaba.

Ella asintió.

—Soy humana y tengo sentimientos. Pero cada mañana, cuando me levanto, intento ser fuerte, básicamente por mí. —Las tres se miraban en silencio cuando aquella indicó—: África, por sus circunstancias, tomó su decisión y dejó a su marido. Tú, por tus circunstancias, tienes la opción de divorciarte o no. Pero a mí, a diferencia de vosotras, el destino no me dejó elección. Víctor me abandonó por otra persona y simplemente se olvidó de mí.

Gema le cogió la mano y se la apretó.

—Todavía hay momentos en los que voy a un centro comercial de compras y me acerco a la sección de perfumes para oler su colonia —musitó Belinda—. Cuando veo una pizza pepperoni ¡aún me acuerdo de nuestras noches de los viernes! Pero, dicho esto, quiero que sepas que más me duele verme a mí mal por alguien que no lo merece, y por eso saco mi lado guerrero y hago cosas ¡tan locas! como tirar el anillo por la taza del váter.

—Muy bien hecho, Belinda —afirmó África.

Se miraron en silencio y, al cabo, Belinda añadió:

—Escucha, lo que te ha ocurrido es una putada. Enterarte de que el hombre al que quieres y que es el padre de tus hijos es un indeseable que solo está contigo por tu dinero y encima se toma la licencia de engañarte con otras, tratarte mal e insultarte no ha de ser fácil de gestionar. Pero, Gema, ahora sabes la verdad. Por fin conoces a ese tipejo y la vida te está dando opciones. No te permitas mirar hacia otro lado y continuar como estabas. Quiérete. Valórate. Empodérate. Y permítete a ti misma quitarte ese anillo, mandarlo a la mierda y ser feliz.

—Qué bien hablas, Belinda —declaró África emocionada.

Gema asintió. Sabía que aquella llevaba razón. Lo sabía, pero pensar en Tomás aún le hacía sentir infinidad de cosas.

—¿Sabes cuál es la diferencia entre tú y yo? —preguntó entonces Belinda. Gema no contestó y ella continuó—: La diferencia es que cuando pienso en Víctor y en lo que me ha pasado con él, me recuerdo que yo valgo mucho, me quiero y me valoro. Y tú, cuando piensas en Tomás, te olvidas de ti y no te valoras ni te quieres. Y hasta que no cambies el chip en tu cabeza nada va a cambiar, porque la primera que no se permite cambiar ¡eres tú!

África sonrió conmovida. Belinda era una crack. Con su manera de razonar y ver la vida, sabía expresar los sentimientos y las emociones como nadie. Tomó la mano de aquella y musitó:

—Eres la bomba, Belinda, ¡la bomba!

La aludida sonrió y, encogiéndose de hombros, indicó:

—Lo sé.

En ese instante comenzó a sonar el tema de Shakira y Bzrp *Music Sessions #53*, y África exclamó riendo:

—Chicas, ¡esta canción nos viene que ni pintada!

Y sí. Aquella canción las levantó de la silla, como levantó al 99,9 por ciento de las mujeres y hombres que había en el local. Todos cantaban, todos la coreaban, y África murmuró mirando a Gema:

—Muchos de nosotros entendemos esta canción porque hemos sufrido por amor. Pero aquí estamos, ¡estupendos y con ganas de vivir! Y eso, amiga, es lo que tienes que hacer tú.

Ella asintió. Estaba claro que su amiga tenía razón.

Una vez que el tema terminó y se sentaron de nuevo a la mesa para seguir bebiendo de sus copas, divertidas por lo ocurrido, Belinda levantó la suya y dijo:

—Brindemos porque el Pichón, el Conejito y la Rata ya no están en nuestras vidas, y porque nosotras ¡les quedamos grandes!

Capítulo 15

Llegaron las Navidades y, con ellas, las temidas tristes celebraciones para algunos y las alegres fiestas para otros.

Estaba claro que, para las tres amigas, aquellas Navidades serían muy diferentes de las pasadas en otras ocasiones.

Para Gema fueron tristes por la ausencia de Tomás, pero alegres al ver que sus hijos regresaban a casa para estar con ella. Volver a tener a Dunia y a Bosco a su lado la hacía sentirse la mujer más feliz del mundo, y disfrutó muchísimo de ellos. Para Nochebuena montó una cena en su casa para sus hijos, sus padres y su abuela. Su hermano Ricardo no pudo asistir, pues esa noche cenaban con la familia de Mónica. Incomprensiblemente, Dunia no se fue a cenar con su padre. La muchacha lo había visto días atrás y, al comprobar lo tonto que estaba con su nueva novia, decidió cenar con su madre. Su padre tenía otros planes.

Para la última noche del año, la cena la organizaron los abuelos en su casa. Era tradición cenar en el hogar donde habían vivido en su niñez, y entonces sí que se juntaron todos. La cena fue increíble; la compañía, inmejorable, pero al comerse las uvas y no recibir el beso de Tomás por primera vez en muchos años, Gema no pudo evitar echarse a llorar. ¿Cómo no iba a hacerlo en un momento así? ¿Cómo no echarlo de menos?

Por su parte, África se marchó a Valencia para pasar la Nochebuena y la Nochevieja junto a su hermana Asia, su cuñado y su sobrino. Sus padres organizaban las típicas cenas de siempre en la casa de Madrid y, ese año, estaban todos invitados menos África.

América protestó. Asia también. No les parecía bien que sus

padres no invitaran a su hermana pequeña, pero al final, y viendo que no les harían cambiar de opinión, Asia tomó su decisión. Si África no estaba invitada, ella tampoco iría.

Asia organizó entonces una cena de Nochebuena en su casa de Valencia con su hermana, su marido y su hijo en la que lo pasaron fenomenal. Y para Nochevieja se les unieron la familia de su marido, que eran escandalosos y divertidos. El fiestorro que montaron en casa de Asia fue colosal, y África se lo agradeció. Siempre podía contar con su hermana.

Belinda, por su parte, mintió a sus amigas. Les dijo que cenaría con unos primos de Segovia y las chicas la creyeron sin dudarlo un segundo. Sin embargo, la verdad era que el supuesto primo de Segovia resultó ser un amigo con el que pasó una estupenda tarde de sexo, pero tanto para Nochebuena como para Nochevieja cenó sola, con la única compañía de sus perros, *Jamón* y *Queso*. Añoró a Víctor y a su familia. Echó de menos la unión de esa familia y lo bien que la habían hecho sentir. Pero no era la primera vez que cenaba sola en esas fechas, por lo que, tras tomarse las uvas, se puso una película y, olvidándose de todo y abrazada a sus perretes, se durmió.

Cuando las amigas se reencontraron una vez pasado Reyes, todo fue buen rollo y risas. Cada una contó cómo lo habían pasado, y Belinda volvió a mentir. No le quedaba otra. Gustosas y divertidas, se intercambiaron regalos. Belinda se emocionó al ver aquello, pues suponía que solo ella habría pensado en comprarles algo, pero no, tanto África como Gema se acordaron de ella, y eso le llegó al alma.

* * *

Una tarde de febrero Gema y África acompañaron a Belinda a la asociación, ya que iba a intervenir en una charla. Cuando salieron decidieron ir a tomar algo y nada más sentarse, África comentó:

—Todavía tengo el corazón dolorido por lo que he oído en la asociación.

Belinda la entendía perfectamente, a veces esas charlas eran muy intensas, e indicó:

—Hoy ha sido bastante duro. Por suerte, no siempre es así.

Gema, que aún seguía conmovida tras escuchar las terribles historias de aquellas mujeres, señaló:

—Comparado con lo de ellas, lo mío es un camino de rosas.

Las tres asintieron, y Belinda, para hacerlas reír, dijo de pronto señalando a un chico:

—Bueno..., bueno..., bueno... ¡Qué mono! Tiene buen culito, ¿verdad?

África afirmó con la cabeza mirándolo y Gema, ruborizada, cuchicheó:

—Madre del Verbo Divino..., ¿qué dices?

Belinda sonrió. Oírla decir eso siempre la hacía reír.

—¿Qué pasa?, ¿vas para monja? —preguntó.

—No —respondió ella.

—Pues, chica..., cada vez que repites eso del Verbo Divino, estoy por llamarte «sor Gema del Puchero Eterno» por la convicción con que lo dices.

Las tres rieron por aquello. Esa frase era muy de Felicidad, la abuela de Gema.

En ese momento Belinda notó que alguien la empujaba por la espalda y se volvió dispuesta a protestar, pero una chica que iba en un grupo se disculpó mirándola:

—¡Ay, perdón!

Belinda asintió y aquella, riendo, cuchicheó señalando el grupo de chicos con los que iba:

—Quería pedir una copa, pero una de estas malas bestias me ha empujado.

Esta vez Belinda sonrió y, mirando a aquellos, que reían por alguna bravuconada, le hizo hueco a la chica para que accediera a la barra e indicó:

—Tranquila. No pasa nada.

África y Gema seguían hablando cuando Belinda oyó:

—¿Vienes mucho por aquí?

Al oír de nuevo la voz de la chica de su derecha, respondió volviéndose hacia ella:

—Alguna vez que otra.

A continuación, ambas se miraron en silencio. Aquella chica tenía unos ojos azules preciosos y una sonrisa fantástica.

—Me llamo Adara —dijo al tiempo que le tendía la mano.

Belinda se la estrechó.

—Bonito nombre —afirmó.

—Gracias —murmuró aquella.

Entonces, Belinda comenzó a sentir un extraño temblor. ¿Qué le ocurría? Y, consciente de que estaba mirando a aquella chica de la misma manera descarada con que la otra la miraba a ella, para romper el raro momento, retiró la mano y se presentó:

—Yo soy Belinda.

—Bonito nombre y bonito tatuaje —dijo señalando el tatuaje de la luna que llevaba en la muñeca.

—Gracias.

En ese instante, el grupo de chicos que estaba con aquella se le echó encima y la chica comenzó a reír. África y Gema intercambiaron una mirada al verlo. Lo mejor sería cambiarse de lugar. Y Belinda, pensando lo mismo que ellas, dijo:

—Allí ha quedado una mesa libre, ¡corred!

Y, sin más, las tres se alejaron de la barra y de aquellos; entonces el mismo tío que minutos antes había pasado frente a ellas volvió a pasar y Belinda afirmó:

—Si es que tiene un culito monísimo de melocotón. Por favorrr, miradlo, no me digáis que no...

Azorada, Gema lo miró, pero rápidamente retiró la vista. Nunca se había fijado en los culitos de los hombres, ni siquiera cuando su abuela o su propia hija se lo decían. Con mirar el del Pichón había tenido bastante. África, por su parte, soltó una carcajada divertida. Aunque había pasado su vida bajo el prisma de sus padres y de Lorenzo, su percepción era diferente de la de ella.

—Como culito le doy un siete y medio —dijo.

—Yo, un ocho con setenta y cinco. Incluso podría subir hasta un nueve —apostilló Belinda divertida, viendo a la chica que se había quedado en la barra reír a carcajadas con sus amigos.

—¡Chicasssss! —musitó Gema.

—¡¿Qué?! —respondieron las otras.

Gema parpadeó al oírlas. Aquello que hacían era algo demasiado atrevido. Un tipo de broma en la que nunca había participado. Y Belinda, viendo cómo las miraba, le soltó:

—A ver, Gema, ¡espabila! San Destino lo ha puesto delante para que lo miremos. ¡Es gratis!

La aludida resopló y Belinda prosiguió riendo:

—Llevamos toda la vida soportando que ellos, por el simple hecho de ser hombres, miren nuestros culos y nuestras tetas. Pues bien, cielo, el mundo ha cambiado y ahora nosotras también los miramos, los comentamos y los puntuamos.

—Pero...

—Gema —apostilló África—. Vivimos en el siglo XXI y, hoy por hoy, las mujeres tenemos ojos y voz le pese a quien le pese. Se acabó el callar lo que ellos no se callan. ¿O acaso crees que ese grupito de la puerta no nos ha mirado el culo cuando hemos entrado?

Gema, que estaba colorada como un tomate, miró hacia el grupo de hombres que señalaba África.

—Ahora eres una mujer libre e independiente que no tiene que rendirle cuentas a nadie —continuó África—. Por tanto, disfruta de las vistas, vive la vida y, si alguna vez quieres comerte algo, ¡cómetelo y disfrútalo!

Gema parpadeó boquiabierta y rápidamente cuchicheó:

—Uis, no... Yo no soy así.

—¿Así, cómo? —preguntó África moviendo los hombros al compás de la canción *No te vistas que no vas*, del grupo K-Narias.

Gema, al verse observada por aquellas, no supo qué contestar sin parecer una antigua.

—Vale —indicó Belinda—. Algo me dice que eres de las que creen que las mujeres como yo, que se acuestan con quien les viene en gana, somos unas frescas, ¿verdad?

Gema negó con la cabeza. Ella no pensaba así. Su abuela toda la vida había sido como Belinda, era solo que ella no era capaz de hacerlo.

—Pues que sepas ¡que me encanta ser una fresca! —agregó esta—. ¿Y sabes por qué? —Su amiga, bloqueada, no contestó, y aquella añadió—: Porque yo decido con quién me visto y me desvisto. Y, por cierto, no os lo he contado, pero cuando estuve en Segovia, me encontré con un amiguete y, bueno, bueno, bueno, pasé una tardecita de sexo ¡que madre mía!

—Belindaaaaa —murmuró Gema boquiabierta.

Sus dos amigas se miraron divertidas.

—Gema, el sexo es una parte más de la vida —dijo Belinda—. Y tanto tabú para hablar de él no nos beneficia, al revés, nos limita. Y mira, mis limitaciones me las pongo yo. Y más cuando estoy soltera y no tengo que darle explicaciones a nadie.

África asintió. Estaba de acuerdo con lo que Belinda decía, e indicó:

—¿Os acordáis del día que os conocí? —Las otras dos afirmaron con la cabeza y ella dijo—: Pues la noche anterior había estado con un tipo llamado Álex que conocí a través de una app.

—¡¿Qué?! —musitó Gema.

África asintió de nuevo. Todavía le sorprendía haber hecho eso.

—Álex y yo terminamos disfrutando de sexo sin obligaciones ni compromiso en un hotel por horas —añadió—. Y, madre mía, ¡cómo lo pasé!, porque descubrí que el sexo era algo más que lo que yo había tenido en mi vida. Por cierto, estaba muy engañada con eso de los centímetros —se mofó—. Y, dicho esto, quiero que sepáis que he repetido en más ocasiones, con otros tipos, y, la verdad, disfruto del sexo y de la libertad que me doy a mí misma de una manera ¡que no os podéis ni imaginar!

Gema parpadeó boquiabierta y Belinda, riendo por eso último, dijo:

—Bueno..., bueno..., bueno..., ¡ya me puedes estar pasando esa app!

Divertida, África asintió.

—¿Tienes sexo con desconocidos? —inquirió entonces Gema.

Su amiga se encogió de hombros.

—Sí. Una locura, lo sé. Pero es que no busco ni novio ni marido, y tener sexo sin complicaciones es lo que me apetece. Vamos, que me doy gusto al cuerpo. Es más, comienzo a plantearme hacer un trío con dos hombres.

—¡Madre del Verbo Divino!

Al oír eso, Belinda soltó una carcajada, y, viendo el gesto de absoluta sorpresa de Gema, le preguntó:

—¿Tú lo harías?

—¡Ni loca haría un trío!

—¿Y tener sexo sin compromiso?

—Nooooooooo —aseguró Gema.

Belinda y África se miraron riendo. Sus respuestas estaban claras. Y Gema continuó:

—Eso es frío, impersonal y sin sentimientos, y...

—Es que yo no quiero sentimientos, Gema —declaró África—. Yo solo quiero sexo. Acabado el ratito, ellos para su vida y yo para la mía, y todos tan contentos.

Gema asintió y, viendo cómo la miraban, matizó:

—Aplaudo que tú puedas hacerlo y que tú también —indicó mirando a Belinda—, pero yo no podría acostarme con un tipo sin conocerlo.

—Pues no sabes el morbazo que te pierdes —se mofó Belinda divertida mientras sonreía a la chica de la barra, que ahora le sonreía a ella también.

África se dio cuenta y, dándole un codazo a Gema para que viera que Belinda le sonreía a la chica, preguntó:

—¿Te gustan las mujeres?

Al oír eso, Belinda la miró y, consciente de por qué se lo decía, murmuró:

—Noooooo. Simplemente me parece simpática.

Gema sonrió y afirmó mirándola:

—Es mona.

Belinda cabeceó y, tratando de ignorarla, pues no entendía por qué la miraba, dejó de hacerlo y comenzó a hablar con sus amigas de aplicaciones de ligoteo, de hoteles por horas y de sexo sin compromiso.

—Yo..., yo íntimamente solo he estado con Tomás... —cuchicheó Gema en un momento dado.

Las demás se la quedaron mirando. Ya lo sabían, porque Gema siempre lo había recalcado, y Belinda murmuró:

—Pues ya es hora de que te espabiles, ¿no crees?

Ella suspiró al tiempo que África decía:

—En mi caso, lo máximo que hizo Lolo, mi primer novio, fue tocarme una teta, cosa de la que me arrepiento y que espero resolver. —Las tres reían cuando ella prosiguió—: Luego Lorenzo y después... ¡mis follamigos!

—África... —se mofó Gema.

Las tres rieron y la aludida insistió:

—¡Solo son follamigos! ¿Cómo quieres que los llame?

Las risas proseguían cuando África aclaró:

—A ver, cuando he tenido pareja soy monógama por naturaleza. Pero ahora que estoy sola, ¿por qué serlo? Y más cuando tengo infinidad de fantasías por cumplir que...

—¿Fantasías? —preguntó Gema.

Ella asintió.

—Tríos. Intercambios de pareja, cositas así...

—Madre del Verbo Divino —susurró Gema escandalizada.

Y África, viendo reír a Belinda, resumió:

—Estoy abierta a vivir experiencias sexuales, chicas.

África y Belinda continuaban charlando y riéndose por las cosas de sexo que se iban confesando cuando Gema, algo azorada, dirigiéndose a Belinda, preguntó:

—¿Y tú con cuántos hombres has estado?

Esta hizo como que contaba con los dedos y finalmente respondió:

—Con unos veinte, más o menos.

África asintió, Gema abrió mucho los ojos y Belinda añadió:

—Y espero duplicar esa cantidad en un par de años, pues los últimos cinco, por estar con una rata, he tenido un parón. Así pues, ¡he de recuperar el tiempo perdido! ¡Pásame esa app!

Oír eso hizo que todas soltaran una carcajada y África, dirigiéndose a Gema, que no daba crédito a lo que oía, preguntó:

—Durante el tiempo que estuviste casada, ¿te llamó la atención algún hombre en alguna ocasión?

—Nunca —contestó ella con sinceridad.

—¿Tampoco un actor?

Gema, al ver que la miraban en espera de una contestación, bajó la voz y cuchicheó:

—¿Conocéis la película *Le llaman Bodhi*?

—¿Es actual?

Gema negó con la cabeza.

—No. Ya tiene unos añitos.

De inmediato, África y Belinda buscaron la película en el teléfono móvil de la primera y, al encontrarla, se la mostraron para confirmar que era esa.

—Siempre me gustó mucho Patrick Swayze —siguió contando ella—. Y en esa película, donde hacía de surfista, está increíble. ¡Uf, qué hombre tan atractivo!

—Uis, sí, qué mono está aquí —afirmó África mirando la foto.

Gema asintió y, sonriendo, cuchicheó:

—Keanu Reeves y Patrick Swayze. ¡Me encantaban!

—Mírala, qué guarrillaaaaaa, ¡esta se veía en un trío! —se mofó Belinda, que al ver que a su amiga le cambiaba la cara, indicó riendo—. ¡Es broma lo de guarrilla, y lo del trío, por Dios, Gema!

África reía divertida por aquello, cuando de pronto el camarero se acercó a ellas y, dejando sobre su mesa tres vasos de chupito, dijo:

—Chicas, esto es de parte de los de la barra del fondo a la izquierda.

Al mirar, las tres vieron a dos hombres que levantaron sus copas. Belinda los conocía. Eran Kiko y Manu, dos fisioterapeutas del hospital. Pero sin decirles nada a sus amigas, contestó dirigiéndose al camarero:

—Pues dales las gracias de nuestra parte. —Y mirando a las chicas susurró—: Bueno..., bueno..., bueno..., ¡que hemos ligado!

Gema, apurada, no sabía dónde meterse. ¿Ligar, ella? Y, mirando los chupitos, dijo:

—Siempre les digo a Dunia y a Bosco que no acepten nada de desconocidos.

Belinda asintió.

—Es un excelente consejo.

África reía divertida cuando Gema insistió:

—¿Por qué le has dicho al camarero que les dé las gracias?

—Porque es de bien nacido ser agradecido —respondió Belinda.

—¿Y si nos han echado burundanga?

Belinda suspiró al oírla. La desconfianza de Gema por todo era extrema, pero la entendía. El mundo se había vuelto loco, y más con aquello que ella mencionaba. Pero ella conocía a los hombres que las habían invitado, y, sin decírselo a sus amigas, cogió uno de los chupitos, se lo bebió del tirón y, una vez que lo dejó vacío sobre la mesa, cuchicheó:

—Si tiene burundanga, me lleváis a casa.

—Pero, ¡chicaaaa! —murmuró Gema sin dar crédito.

África estaba riendo por aquello cuando le sonó el teléfono. Al ver que se trataba de su hermana Asia, lo cogió y saludó:

—Hola, guapetona.

Al notar a su hermana tan animada, Asia preguntó al oír música de fondo:

—¿Dónde estás, que hay tanto ruido?

—En un local, tomando unas copas con mis amigas.

Asia asintió. Sabía de qué amigas se trataba. Y, tras hablar unos minutos, dijo:

—Oye, además de llamarte para saber que estabas bien, también te llamaba para preguntarte una cosa.

—Soy toda oídos —indicó África viendo que Belinda se reía ante las cosas que Gema cuchicheaba.

—Luis me acaba de regalar un viaje a Cancún para la primera quincena de agosto por nuestro décimo aniversario y...

—¡¿Qué?!

Emocionada, Asia asintió mirando los documentos que su marido le había entregado.

—Sin decirme nada, lleva ahorrando dos años para que podamos hacer este viajazo tan increíble, ya que, cuando nos casamos, no tuvimos dinero para hacerlo.

—¡Qué monoooooooo!

Asia sonrió. Luis, su marido, era un tipo fantástico que la quería, la respetaba y la cuidaba como nadie.

—Samuel se viene con nosotros —indicó—, pero he hablado con mamá y papá y me han dicho que no se quedan con *Harper*. Ya sabes que mamá y los perros nunca se han llevado bien. Y..., bueno, he pensado que, si para agosto no trabajas y no tienes otro plan, pues que podrías venirte a casa a cuidar de ella. Es muy viejita para llevarla a la residencia.

África suspiró. Su hermana tenía razón. Con casi catorce años, *Harper* era muy viejita. Planes de momento no tenía. Trabajo tampoco. Y, gracias al colchón que tenía en el banco después del divorcio, podía permitirse el lujo de seguir viviendo sin trabajar.

Irse a Valencia era un buen plan. Adoraba la que había sido su tierra. Y el piso donde su hermana vivía cerca de la playa de la Malvarrosa era una chulada. Y, viendo a sus amigas reír por algo que Belinda había dicho, respondió:

—Lo pensaré y dentro de unos días te digo algo. ¿Te parece?

—¡Genial! Pero, por favor, no tardes mucho. Si tú no puedes quedarte con *Harper*, he de encontrar a alguien que venga a casa y se ocupe de ella.

África asintió y, volviendo a mirar a sus amigas, preguntó:

—Oye, en el caso de que te dijera que sí, ¿habría algún problema si me llevara a un par de amigas?

—¡En absoluto!

Una vez que se despidió de su hermana, al guardarse el teléfono en el pantalón, Gema indicó mirándola:

—Bebámonos los chupitos. Esos que nos han invitado son amigos de Belinda.

—¡Serás diabla! —se mofó África al verla reír.

Al final, divertidas, mientras Belinda las jaleaba, África y Gema se bebieron sus chupitos y, cuando los tragaron, Gema cuchicheó con cara de asco:

—Definitivamente prefiero el Aquarius de naranja.

Seguían riendo cuando Belinda se dirigió a África.

—Tengo una pregunta —dijo.

—Tú dirás.

—¿Por qué tus hermanas y tú os llamáis América, Asia y África?

Ella soltó una carcajada al oírla. Durante toda la vida le habían hecho esa misma pregunta una y otra vez, y, tras tomar aire, repuso:

—Porque, hasta que se jubiló, mi padre era muy viajero a causa de su profesión de periodista. Mi madre lo acompañó en algunos de sus viajes, y..., bueno, fuimos concebidas en esos continentes. ¡De ahí los nombres!

Gema y Belinda parpadearon sorprendidas, y la primera preguntó:

—¿Y si alguna hubiera sido un niño? ¿Cómo lo habrían llamado?

África soltó una carcajada y respondió:

—Bertomeu.

—¡¿Bertomeu?! —rieron las otras dos.

Ella asintió.

—Es una tradición familiar —explicó—. El primer hijo varón ha de llevar ese nombre, como lo lleva mi padre, mi abuelo, mi bisabuelo, mi tatarabuelo... De hecho, mi sobrino, el primer hijo de América, se llama Bertomeu, aunque todos lo llamamos Berto.

Oír eso hizo que las tres siguieran riendo y hablando, hasta que África preguntó:

—¿Qué planes tenéis para la primera quincena de agosto?

Ninguna de las otras respondió y ella dijo:

—Mi hermana Asia se va a Cancún con su marido y su hijo y me acaba de dejar su piso con la condición de que cuide de su perra *Harper*, que es un encanto. ¿Qué os parece si nos vamos de vacaciones las tres juntas?

—Casa en la playa gratis en mi mes de vacaciones —señaló Belinda—. ¡Me apunto!

África sonrió divertida y Belinda añadió:

—Lo creáis o no, nunca he hecho un viaje de amigas.

Gema sonrió.

—Yo tampoco —dijo—. Siempre viajé con mis padres y, después, algún que otro año con el Pichón y los niños a Llanes, pero nunca con amigas.

—Pues ya toca, ¿no? —afirmó Belinda contenta.

Las tres se miraron. Por las experiencias de sus vidas, muchas cosas que para otras mujeres eran normales para ellas eran una novedad.

—En agosto siempre me voy a Llanes con mis padres y mi abuela —comentó Gema—. Y..., bueno, si vienen los niños de Londres, me gustaría estar con ellos.

—¿Y no puedes cambiar tus vacaciones? —preguntó África.

Gema se encogió de hombros y Belinda insistió:

—Quizá los niños tengan planes con sus amigos, ¿no crees?

—Podría ser —convino ella, y, mirándolas, dijo—: También podríais veniros unos días a Llanes. La casa que mis padres tienen allí es enorme.

—¡Planazo! —afirmó Belinda.

Las tres rieron. En un pispás se habían organizado las vacaciones de verano.

—Chicas, hay tiempo para que lo pensemos —dijo Gema—, pero ¡pensadlo!

Comenzó a sonar por los altavoces la canción de Mónica Naranjo *Sobreviviré* y, automáticamente, todo el local empezó a cantarla y, por supuesto, ellas tres también.

Capítulo 16

En abril, una de las mañanas en las que Gema estaba limpiando en su casa, sonó el timbre de la puerta y *Gamora* comenzó a ladrar. Al abrir, se quedó en shock. Ante ella estaban sus hijos y, cuando se tiraron a su cuello, exclamó:

—Pero ¿qué hacéis aquí?

Bosco y Dunia sonreían encantados mientras *Gamora*, su perra, saltaba como una loca para recibirlos.

—Tenemos una semana de vacaciones —empezó a decir Dunia— yyyy..., como mañana es el cumple de papá, y como este año es especial por todo lo que ha ocurrido, quería estar con él para que no lo pasara solo.

Gema asintió. Su hija tenía un buen corazón.

Bosco entró en el salón, dejó su maleta y, riendo, dijo:

—Y yo la he acompañado. De paso, te veía a ti y te enseñaba en vivo y en directo el tatuaje que me he hecho.

Gema parpadeó. ¿Su hijo se había hecho un tatuaje?

Llevaba años diciéndoles que solo podrían hacérselo una vez que fueran mayores de edad, y estaba claro que Bosco ya lo había hecho. Gema miró el atrapasueños que se había tatuado en el hombro y comentó:

—Es muy bonito, cariño.

Él sonrió. Sabía que le gustaría.

Entonces Dunia se sacó la camiseta del pantalón y dijo:

—Aprovechando el momento, yo te enseño el mío.

Boquiabierta, Gema vio que su hija se había tatuado el símbolo del infinito sobre la cadera derecha y, cuando iba a hablar, Dunia indicó:

—Infinito es el amor que siento por ti y por toda mi familia.

Oír eso hizo que Gema sonriera y, acto seguido, Dunia, corriendo hacia la cocina, exclamó:

—¡Me muero de sed!

Cuando desapareció, Gema miró a su hijo con gesto de felicidad.

—Los tatuajes siempre tienen un significado —dijo Bosco—. Y en mi caso, el significado eres tú.

—¡¿Yo?!

El chaval asintió y, cogiendo la mano de su madre, indicó:

—Mi tatuaje significas tú, mamá. Tú eres mi atrapasueños desde siempre y, gracias a ti, he superado muchos de mis miedos.

Emocionada, Gema no sabía qué decir. Bosco siempre le tocaba la fibra. Era el más parecido a ella en cuanto a sentimientos se trataba. Y, abrazándolo, cuchicheó:

—Sabes que te quiero hasta el infinito y más allá, ¿verdad?

El muchacho asintió emocionado al tiempo que Dunia entraba en el salón y, mirándolos, proponía:

—¡¿Pedimos unas pizzas para comer?!

—Uf, ¡qué ricas! —declaró Bosco.

—Yo, de beicon con doble de queso —indicó ella corriendo hacia su cuarto.

Gema sonrió. Tener a sus hijos allí, de pronto, sin esperárselo, había sido un precioso regalo. Y por supuesto que pedirían para comer lo que ellos quisieran.

Pasaron una tarde maravillosa los tres junto a *Gamora* rebozándose en el sillón.

En un momento dado, Dunia llamó a su padre. Le hizo saber que había regresado a España para estar con él el día de su cumpleaños y este, sorprendido por su inesperada visita, quedó en ir a buscarla al día siguiente para comer y pasar el día juntos.

Dunia se molestó. ¿Ella volaba desde Londres para verlo y este no corría a darle un beso? Al ver su reacción, Gema, con la ayuda de Bosco, la hizo olvidarse de aquello. Desde pequeños, un estupendo plan entre ellos era sofá, mantita y serie o película con palomitas, y su madre, sin dudarlo, se lo dio. Eso sí, llamó a sus amigas para contarles que sus niños estaban allí y que se verían en otro momento. Como era lógico, África y Belinda lo entendieron y se alegraron de que Gema estuviera feliz.

Capítulo 17

Estaban cenando en casa de Belinda cuando África, al mirar el portátil que aquella tenía sobre la mesa, preguntó:

—¿Chateas por el portátil?

—Sí. Aunque me es más cómodo desde el teléfono móvil.

Ambas asintieron y África cuchicheó:

—Anoche tuve sexo...

—Woooo, ¡cuenta!

África sonrió.

—Fran. Cuarenta y dos años. Frutero. Divorciado. Uno setenta y tres, musculadito, calvete, ojos marrones y con unos tatuajes preciosos en la espalda.

—Me encantan tatuados —afirmó Belinda mirando el de la luna y el mandala que tenía en los brazos.

Durante un rato hablaron sobre aquel tipo y lo bien que se lo había pasado África, hasta que esta preguntó:

—¿Qué significan tus tatuajes?

Belinda sonrió mirándolos y, vigilando lo que decía, respondió:

—La luna es porque siempre me ha atraído y le he contado muchas cosas. Y el mandala porque, en cierto modo, mi vida es así: enrevesada.

África asintió, se moría por saber de la vida de aquella; entonces, Belinda se levantó y preguntó:

—¿Quieres café?

África volvió a asentir y su amiga le pidió mientras se encaminaba hacia la cocina:

—Abre el mueble que está debajo de la tele y saca unas tazas de ahí.

Sin dudarlo, la otra lo hizo, pero entonces le cayeron en las manos unos cuadernos. Instintivamente los abrió y vio que estaban escritos a mano. Los hojeó deprisa hasta que Belinda entró en el salón.

—¿Qué es esto? —le preguntó África.

Tras dejar la cafetera sobre la mesa, Belinda se acercó a ella y, cuando iba a cogérselos, replicó:

—No es nada importante.

Sin embargo, África no dejó que se los quitara e insistió:

—Importante ha de ser si lo tienes guardado.

Belinda miró lo que su amiga tenía en las manos. Lo que contaba en esos cuadernos había sido su vida y la vida de otras personas.

—Siempre me ha gustado escribir. Me desahogo de esa forma —explicó tras tomar aire.

Sorprendida, África afirmó con la cabeza. Sabía que a Belinda le gustaba leer. Muchas veces hablaban de libros que leían, pero nunca le había hablado de que le gustara escribir, e insistió:

—¿Y sobre qué escribes?

Belinda se sentó a su lado y se encogió de hombros.

—De la vida en general —y, matizando, añadió señalando el cuaderno azul—: Ahí escribí la historia de varias mujeres de la asociación. Me contaron sus experiencias, sus miedos, sus inseguridades, y yo simplemente les di forma en esa libreta cuando todo acabó y comenzaron a ver la vida con optimismo.

—Eso es muy bonito —afirmó África.

Belinda estuvo de acuerdo.

—Bonito o no, me gustó escribirlo. Y disfruté cuando ellas lo leyeron y, con una sonrisa, me dijeron que su historia era de vida y fuerza.

Eso llamó totalmente la atención de África. Las palabras *vida* y *fuerza* siempre le habían gustado. Y, mirándola, preguntó:

—¿Puedo leerlo?

Belinda sonrió. A excepción de las protagonistas, nadie lo había leído.

—Por favor, déjame leer lo que has escrito —insistió África.

—¿Por qué? —preguntó ella curiosa.

Su amiga la miró y contestó:

—Porque, si escribes tan bien como te expresas, creo que merecerá la pena.

—Dijo la futura señora editora —se mofó Belinda, que, mirándola, aclaró—: Ni tengo estudios, ni soy una profesional de la escritura. No esperes algo que seguramente no encontrarás.

Al ver que Belinda dudaba, África dijo:

—Para saber expresarse a través de la escritura, el único lugar en el que hace falta estar graduado es en la universidad de la vida.

—En esa universidad me dieron matrícula de honor.

Belinda miró a su amiga.

Dejar leer aquello que guardaba celosamente para ella era algo que nunca se había planteado, por inseguridad y vergüenza. Pero, al ver la mirada de África y su determinación, le quitó de las manos los otros cuadernos en los que hablaba de ella y de su vida con Irene, o de su historia con mal final con Víctor, y, dejándole tan solo el azul, dijo:

—De acuerdo, puedes leerlo. Pero no se lo digas a nadie.

África sonrió complacida. Le apetecía muchísimo leerlo y, guardándose el cuaderno en el bolso, murmuró:

—Gracias, Belinda.

Ella sonrió también y, al ver a su amiga algo receptiva, África pidió:

—¿Puedo preguntarte algo?

Belinda, que servía el café, asintió, pero entonces oyó:

—¿Por qué nunca hablas de tu familia?

Suspiró. Sabía que algún día tenía que llegar esa pregunta, y, midiendo sus palabras, mientras dejaba la cafetera sobre la mesa, contestó:

—Si te soy sincera, porque es un tema del que no me gusta hablar.

—¿Por qué?

—Porque mi familia son ellos —dijo señalando a *Jamón* y *Queso*, que dormitaban sobre el sofá.

—¿Y tu madre?

Belinda la miró. África quería saber más.

—¿Qué tal si hablamos de otra cosa? —propuso.

Su amiga cabeceó. Aquello no le aclaraba nada, al revés, lo liaba todo más aún. ¿Qué le había podido ocurrir a Belinda para que evitara siempre el tema familia? ¿Tan mal se lo habían hecho pasar? Pero, una vez más, decidida a respetarla, África calló. Tema zanjado.

Capítulo 18

A la mañana siguiente, cuando Gema se levantó y oyó la fuerte respiración de Bosco, sonrió. Adoraba ese sonido.

Una vez que sacó a *Gamora* a dar su paseo matutino, regresó a casa para dejarla y se marchó a la compra. Tenía la nevera vacía y sus niños estaban allí.

Sobre las doce del mediodía regresó y guardó todo lo que había comprado. Cuando acabó se preparó un café. Justo en ese momento, Bosco entró en la cocina y se acercó a ella para darle un beso.

—Buenos días, mamá.

—Buenos días, cariño. ¿Qué tal has dormido?

Bosco tomó aire y murmuró:

—He dormido como llevaba tiempo sin hacerlo. Echaba de menos mi colchón.

Ambos rieron y Bosco, tras servirse un café y coger un par de magdalenas, se sentó junto a su madre.

—Dunia está en su cuarto, hablando por teléfono con sus amigas —comentó—, y, la verdad, tiene que ser tremendo por los gritos que está dando.

Gema sonrió y, mirando a su hijo, preguntó:

—¿Damián ha venido también?

Bosco negó con la cabeza.

—Él está en Londres. Su trabajo no le permitía venir. Pero me dijo que te diera muchos besos y que, por favor, metas en mi maleta algún paquete de jamoncito del rico.

Ambos rieron y luego Gema insistió:

—¿Todo bien con Damián?

Su hijo asintió. Ahora que vivían juntos, Damián y él eran una pareja consolidada.

—Creo que es el hombre de mi vida —afirmó—. Lo quiero. Me quiere. Nos respetamos... ¿Qué más puedo pedir?

—Woooooo —se mofó Gema al oírlo.

Que su hijo amara y se sintiera amado era una de las cosas que más feliz podía hacer a una madre. Y cuando estaba tomando un sorbo de su café, Bosco preguntó:

—¿Cómo va todo por aquí?

—Bien.

—¿Qué tal tus salidas con Las ABG?

Ella rio divertida al oírlo.

—Interesantes —dijo.

Bosco estuvo de acuerdo. Hacía casi un año que había pasado lo del infarto de su padre. Durante esos meses él se había ido a Londres a vivir y no había hablado con su madre de ciertos temas.

—¿Has iniciado los trámites de divorcio? —preguntó a continuación.

Gema cogió aire al oírlo y, al cabo, él murmuró:

—Mamá..., tienes que hacerlo.

Ella suspiró. Sabía que así era. Sabía que ya no había marcha atrás, y, mirando a su hijo, susurró:

—Bosco, sé que debo hacerlo y lo haré. Pero creo que necesito tiempo...

—¿Tiempo para qué? ¿Acaso no ves que él ya está con otras?

Gema asintió. Verlo..., no lo veía, pero lo sabía perfectamente.

—¿Cuándo te vas a quitar ese anillo? —insistió él.

Gema cerró los ojos. Todos le repetían lo del anillo, pero ella era incapaz de desprenderse de él. Aquel anillo llevaba en su dedo los mismos años que tenían sus hijos. Estaba pensando qué contestar cuando su hijo añadió:

—Si no haces nada de lo que te aconsejamos quienes te queremos, no vas bien.

—Bosco...

—Mamá, tienes toda una vida por delante. Nos tuviste a mí y a Dunia demasiado joven, y ahora que nosotros nos manejamos por nosotros mismos, ¿no crees que te mereces vivir?

Gema no contestó. No podía.

—Siempre has querido viajar —continuó él—. Conocer otros países, otras culturas... ¿Por qué no lo haces? Sabes muy bien que puedes permitírtelo. Sabes que...

—Sí, Bosco, sí —lo cortó—. Lo sé. Sé que puedo hacer todo eso, pero es que ahora, anímicamente, no me encuentro con ganas de viajar. Quizá dentro de un tiempo me atreva a hacerlo, pero ahora pienso en ponerme a trabajar en Rhonda Rivera. Sin prisas. Me han dicho que tengo un puesto esperándome en el departamento de marketing y publicidad.

—Eso está bien —afirmó Bosco, pero viendo su mirada añadió—: Mamá, tienes que conocer a ese alguien especial.

—Boscoooo. —Ella rio.

—Mamá. Estoy convencido de que tu persona especial está ahí fuera esperando a encontrarte.

Gema sonrió y, tocando con cariño el rostro de su hijo, murmuró:

—Mira que eres romántico.

Él asintió y cuchicheó:

—He tenido una buena profesora.

Ambos rieron y luego el muchacho añadió:

—Eso de la persona especial me lo enseñaste tú. Tanto a mí como a Dunia nos has dicho desde bien pequeños que en algún lugar del planeta Tierra está nuestra persona especial, esperando a encontrarse con nosotros. ¿Por qué ahora no te lo voy a decir yo a ti?

Gema sonrió.

—Tu mirada triste tiene que cambiar —continuó él—. No me gusta verte así, mamá.

—A ver...

—Mamáááááá —dijo Dunia entrando en la cocina como un vendaval—. ¿Cómo no me habías dicho que la prima de mi amiga Lydia se había quedado embarazada?

Oír eso hizo que Gema la mirara.

—Porque no sé quién es la prima de tu amiga Lydia... —repuso.

La chica, con su teléfono móvil en la mano, se sentó junto a su hermano y su madre e indicó:

—Madre, ¡qué locura! Solo tiene veintiún años. Y tenía pensado irse a estudiar un curso de Medicina a California porque quiere ser neurocirujana.

Gema asintió. Sabía muy bien que aquello era una gran locura. Retiró con cariño el pelo oscuro de la cara de su hija y preguntó:

—¿A qué hora has quedado con tu padre?

—Dentro de cinco minutos estará aquí. —Y, sonriendo, añadió—: Iremos a ese asador que tanto nos gusta y después el plan es irnos al cine.

Bosco afirmó con la cabeza al oírlo y Dunia, levantándose, dijo mientras cogía su bolso:

—Le he comprado esta pulsera de plata y cuero negro. ¿Crees que le gustará?

Gema miró lo que su hija le enseñaba.

—Le encantará —aseguró.

Dunia sonrió. Bosco no lo hizo y su madre, dándose cuenta de ello, miró al chico y se disponía a hablar cuando este indicó levantándose:

—Ni de coña... ¡Ni voy ni participo en el regalo!

Gema asintió, cuando a Dunia le sonó el móvil y oyó que decía:

—Es papá, se retrasa media hora.

Gema le tocó el pelo con cariño y Bosco, mirando a su madre, preguntó:

—¿Qué vas a hacer de comer?

—¿Qué te apetece?

Él sonrió.

—Canelones de carne.

—Uisss, ¡qué ricos! —murmuró Dunia.

Divertida por aquello, Gema miró a su hija y cuchicheó:

—Haré de más, ¡no te apures!

Encantada, la muchacha sonrió y, levantándose, dijo al ver que le sonaba de nuevo el teléfono:

—Es Rocío, voy a hablar con ella.

Una vez que se hubo marchado, Bosco miró a su madre y preguntó:

—¿Qué tal si empezamos a prepararlos?

Gema asintió gustosa y, junto a su hijo, comenzó a preparar los canelones.

En un momento dado, cuando Bosco fue al baño, Dunia salió de su habitación y le hizo una seña. Bosco fue hacia ella y Dunia, tras cerrar la puerta de su habitación, dijo:

—Esta es la nueva novia de papá.

Al mirar el móvil que le mostraba, Bosco se quedó sin habla. La nueva novia de su padre era la mujer de un antiguo amigo de su padre del club de pádel. Se llamaba Ana y, por lo que sabía, ella y su marido se habían divorciado hacía tiempo. Con curiosidad, los dos hermanos miraron varias fotos que aquella había subido a su Instagram con su padre, hasta que Dunia, que miró a su hermano, cuchicheó:

—¿Lo sabrá mamá?

Bosco se encogió de hombros.

—No lo sé. Pero ni se te ocurra enseñárselo.

Ella asintió y no dijo más. Cuantas menos penas pudieran provocarle a su madre, mejor.

* * *

Una hora después, Tomás aún no había llegado. Dunia ya no estaba de tan buen humor, y cuando tuvieron preparados los canelones, Gema miró a su hijo y susurró:

—¿Te parece que esperemos a que se vaya Dunia para comer?

Sin dudarlo, Bosco asintió. Entonces su hermana entró en la cocina y anunció resoplando:

—Cambio de planes. Papá no puede venir hasta esta noche a por mí.

Gema afirmó con la cabeza. No iba a preguntar el porqué, no le interesaba, y mirando a su hija dijo:

—Pues canelones para los tres.

—¡Dios, qué hambre! —musitó Bosco.

—¡Y qué ricosssss! —exclamó Dunia.

Entre risas, y contándose cosas, los tres disfrutaron de la comida, hasta que en el postre de pronto Dunia se levantó de golpe y murmuró:

—No me lo puedo creer...

Bosco y Gema la miraban cuando esta, soltando la servilleta sobre la mesa, gritó:

—¡Será sinvergüenza! ¿Cómo puede hacerme esto?

Gema se levantó y Dunia, hecha una furia, les enseñó el móvil y dijo llorando:

—Mira por qué no ha venido papá. Porque está con ella celebrando su cumpleaños en una suite con jacuzzi.

Boquiabierta, Gema miró la foto que su hija le enseñaba. Eran Tomás y una mujer con dos copas de champán metidos en un jacuzzi, riendo. Se acaloró enfurecida. Y Dunia, llorando, añadió:

—He venido desde Londres para estar con él el día de su cumpleaños...

—Cariño...

—¡No quería que estuviera solo! —insistió furiosa.

Gema, que vio el dolor de su hija, intentaba calmarla cuando esta preguntó:

—¿Él prefiere estar con ella en vez de conmigo?

Bosco cogió la mano de su hermana. Entendía su decepción. Que su padre hiciera algo tan feo como aquello no tenía nombre. Y Gema, viendo el sufrimiento de su hija, se acercó a ella y, abrazándola, musitó:

—Cariño..., tranquilízate.

Dunia lloró y lloró. No esperaba llevarse semejante desilusión con su padre, y cuando finalmente se tranquilizó y Bosco se la llevó al salón, Gema cogió su móvil y pensó en llamarlo y ponerlo a parir. Pero no. No le daría el gusto de que creyera que le importaba aquello. Tras tomar una decisión, marcó el número de su hermano y dijo:

—Hola, Ricardo. Inicia los trámites de mi divorcio ¡ya!

Capítulo 19

África se detuvo delante del edificio en el que se encontraba la consulta privada de una médica especializada en fecundación in vitro. Mientras lo contemplaba, sonrió. En su vida siempre había tenido deseos, y uno de ellos era ser madre.

Si algo tenía claro en esos momentos era que quería ser madre soltera. Tras lo sucedido con Lorenzo, lo último que le apetecía era compartir casa y vida con otro hombre lleno de manías, exigencias y vicios, por lo que había decidido comenzar a informarse sobre la inseminación artificial.

Una vez que entró en el edificio y dio su nombre a la recepcionista, esta, muy amablemente, la pasó a la consulta de una médica llamada Macarena, quien la informó sobre todo lo que necesitaba.

Escuchó atentamente las explicaciones sobre la inseminación con donante y conyugal. En su caso sería por donante. No tenía pareja. La especialista le hizo saber que lo primero que tendrían que hacer era conocer su estado de salud reproductivo a través de ecografías, analíticas e histerosalpingografía para ver el estado de sus trompas de Falopio, y otras pruebas más. Tantas que África comenzó a bloquearse, y más aún con la aversión que les tenía a las agujas.

¿En serio era necesario todo aquello para poder tener un hijo?

Tras una interesante charla con la médica, África salió de la consulta con una carpeta repleta de papeles que debía mirarse. Allí, nuevamente se explicaba lo que ya le habían explicado, simplemente se añadía la información económica.

Gustosa y feliz, llegó a su casa. Cuando sus padres se enteraran de lo que estaba planeando hacer, se iban a echar las manos a la cabeza. Sin duda, se lo recriminarían. ¿Cómo iba a ser madre soltera?

Sonriendo, dejó los papeles de la inseminación junto a los que había ido recabando sobre su segundo sueño: crear su propia editorial. Algo de lo que también se estaba informando.

Cada noche estudiaba las opciones y veía claro que lo de la editorial podía ser una realidad. Otra cosa era que funcionara.

Estaba mirando aquellos documentos tan importantes para ella cuando sonó su móvil. Acababa de recibir un mensaje en el grupo de WhatsApp de Las ABG:

Gema: Esta noche, los niños y mis padres tienen planes. Necesito hablar, ¿quedamos un rato?

África sonrió. Que Gema propusiera quedar para hablar era todo un adelanto. En ese momento le entró otro mensaje:

Belinda: A las nueve en Bébete A Tu Ex, ¿os parece?

Tras aceptar todas y quedar a las nueve en aquel bar donde se habían conocido, estaba dejando el teléfono móvil cuando sonó el interfono de su casa.

Rápidamente se levantó de la silla donde se había sentado en la terraza y, al ver por la cámara del videoportero que era su madre, sorprendida, pero sin dudarlo un segundo, abrió la puerta.

¿Su madre en su casa?

¿Qué había pasado?

Una vez que vio que aquella entraba en el portal, al recordar los papeles que había dejado a la vista, rápidamente corrió a por ellos. Y en cuanto los guardó en el cajón de uno de los muebles, caminó de nuevo hacia la puerta de entrada y se miró en el espejo.

Se apresuró a recolocarse el pelo. Cuando su madre la viera, cuando viera su cambio de estilo, algo tendría que decir. Sonó el timbre de la puerta y, tras tomar aire, abrió.

Su madre y ella se miraron. Llevaban sin verse casi un año. África había intentado verlos para hablar con ellos, pero estos se habían negado cerrándole las puertas de su casa. Así lo habían querido ellos, y África lo había respetado.

Continuaron mirándose en silencio durante unos tensos segundos, hasta que Amparo dijo:

—¡Ya lo has hecho! Estarás contenta, ¿no?

África asintió. Sabía que se refería a su pelo y, tocándoselo con la mano con total normalidad, respondió:

—Pues sí, estoy contenta y encantada.

Amparo suspiró y, recorriendo con la mirada a su hija, al ver que llevaba unos vaqueros deshilachados y una simple camiseta, cuchicheó:

—¡Qué pintas!

—Mamá...

—Si Lorenzo o tu padre te vieran ¡se horrorizarían!

—Mamáááááá...

—Entre el pelo y esos pantalones, pareces un chico.

África asintió. Estaba claro que su madre no había ido allí en son de paz. Y entonces aquella, con voz tensa, preguntó:

—¿Me vas a invitar a entrar o doy media vuelta y me voy?

África tomó aire. Su madre era difícil. Mucho. Pero, como la quería y deseaba tener trato con ella, se echó a un lado y dijo:

—Pasa, por favor.

La mujer lo hizo y ambas entraron en el salón. Amparo miró a su alrededor y, al ver la decoración de la casa de su hija en tonos claros, comentó:

—Muy jovial.

—Gracias. —África sonrió.

Luego se quedaron en silencio. El ambiente era tenso, y esta última preguntó:

—¿Te apetece algo de beber?

Amparo negó con la cabeza y, tras tomar aire, declaró:

—Estoy aquí porque ayer vino Lorenzo a cenar a casa.

África resopló al oírlo. A ella le sobraba saber eso. La vida de Lorenzo no le interesaba lo más mínimo, y musitó:

—A ver, mamá...

—Está destrozado, hija. Ese hombre, sin ti, se encuentra perdido.

—Mamá...

—¿Acaso los años que has vivido con él no te hacen echarlo de menos?

África negó con la cabeza. Una vez más, su madre le demostraba que cuando ella le hablaba de su infelicidad, de cómo Lorenzo era con ella, no la escuchaba.

—Precisamente por los años que he vivido con él, no lo echo de menos absolutamente nada —aseguró.

—¿Cómo puedes decir eso?

—Porque es lo que siento —respondió.

Se quedaron unos segundos en silencio hasta que África indicó:

—Mamá, nos hemos divorciado y...

—Para él sigues siendo su mujer. Si tú quisieras, él estaría dispuesto a casar...

—¡Ni se te ocurra terminar la frase!

—¡África!

—He dicho que ni se te ocurra terminar la frase —repitió enfadada y, mirándola, siseó—: Acepta que Lorenzo es gay y que solo quiere tenerme a su lado para que vuelva a ser su tapadera. ¿En serio, mamá, quieres eso para mí? Quieres que viva con un tipo al que no le gusto, que se muere por los hombres y...

—¡Basta, África!

Ella cerró los ojos. Pero ¿qué le ocurría a su madre? ¿En qué mundo vivía? ¿Acaso ni teniendo pruebas la creía?

Lo que le proponía era una locura. Una aberración. Pero sabía que luchaba contra un imposible. Sus padres nunca entenderían su divorcio. Y musitó sin mirarla:

—Lorenzo y yo ya no tenemos nada que ver. Nos hemos divorciado. Y espero que él haga su vida, como yo estoy haciendo la mía.

Molesta y nerviosa, Amparo comenzó a caminar de un lado a otro de la estancia. Resultaba evidente que su hija no estaba dispuesta a entrar en razón, y murmuró mirando a su alrededor:

—Rodeada de lujo y con una buena cuenta bancaria..., está claro que así se puede vivir perfectamente.

A África le molestó su reproche, y entonces Amparo añadió:

—Tu padre y yo nos volvemos a Valencia. Por si lo has olvidado, la casa donde vivimos en Madrid es de Lorenzo.

Ella asintió. Lo sabía de sobra. Conocía perfectamente a Lorenzo y, aunque estaba casi segura de la respuesta, preguntó:

—¿Qué quieres decir con eso, mamá?

Amparo no contestó. Simplemente miró hacia el techo y África insistió:

—¿Anoche fue a cenar con vosotros para deciros que os vayáis de la casa?

Su madre suspiró.

—Nos dijo que se va a Bruselas a vivir. Está abriendo una nueva oficina allí y..., y va a cerrar todas sus casas de Madrid. Y tú deberías ser una buena hija y arreglar este desaguisado para que tu padre y yo no nos quedemos sin casa.

África jadeó al oír eso, e, intentando no perder el humor, susurró:

—Madre del Verbo Divino...

Amparo no la entendió, y entonces su hija, tomando aire, agregó:

—Mira, mamá. Si crees que yo voy a volver con Lorenzo para que papá y tú sigáis manteniendo el nivel de vida que ser los suegros de ese imbécil os da, lo siento, pero no va a ser así.

La mujer gruñó molesta:

—Tu egoísmo nos...

—¿Mi egoísmo? —la cortó África, y, soltando una carcajada teatral, añadió—: Por Dios, mamá, ¿me estás diciendo que yo he de sacrificar mi vida para que tú sigas viviendo como la flamante suegra de ese gilipollas?

—África, ¡esa boca, por Dios!

—Pero bueno, mamá, ¿te estás oyendo? Que tu hija soy yo, ¡no él! Que tus padres te criaron trabajando en una tienda de ultramarinos y los padres de papá eran zapateros... Pero ¿qué narices os pasa a vosotros dos?

Amparo no contestó y África, tras tomar de nuevo aire, continuó:

—Debajo de un puente no os vais a quedar, primero, porque tenéis vuestra casa en Valencia, y, segundo, porque ni mis hermanas ni yo lo permitiríamos nunca. Pero...

—¿Has pensado en América, en Pepe y los niños?

Oír eso hizo que África resoplara, y replicó:

—¿Acaso ellos han pensado en mí en algún momento?

Amparo no respondió.

—Mira, mamá, basta ya de tonterías. Si Lorenzo quiere recuperar su casa de Madrid y vosotros os tenéis que volver a la vuestra, ¡que así sea! Y en el caso de América y Pepe, si tienen que buscar trabajo porque ese indeseable los echa, ¡que se lo busquen! Yo no puedo cargar con el peso de vuestras vidas. Bastante tengo con cargar con la mía y...

—Ya lo dijo tu padre —la cortó Amparo—. Me advirtió que no viniera..., ¡eres intratable!, ¡una egoísta! —Y caminando hacia la puerta zanjó—: Me voy. No tenemos más que hablar. Que seas incapaz de entender mi visita y las necesidades de tu padre y las mías me dice lo suficiente de ti. ¡Adiós!

Sin moverse, África vio que su madre salía por donde había entrado y desaparecía de su casa dando un portazo.

Una vez que se quedó sola se apoyó en el respaldo del sofá. Lo que acababa de ocurrir era una locura. ¿Cómo podía su madre haber ido allí a eso? ¿En serio, tras lo ocurrido, sus padres la veían como a una egoísta?

Pensó en llamar a su hermana Asia. Pero después de meditarlo decidió no hacerlo. Si lo hacía, ella llamaría a sus padres y la cosa se liaría mucho más. Mejor dejarlo estar de momento.

En ese instante le sonó el teléfono. Al mirar vio que era su hermana América. Dudó si cogérselo o no. Si la llamaba para lo mismo que su madre, posiblemente la mandaría a la mierda, pero al final contestó y la saludó:

—Hola, América.

—Dime que mamá no ha estado ahí —la oyó decir.

África resopló.

—Ha estado aquí. Acaba de marcharse muy enfadada.

América se quedó en silencio, un silencio extraño, hasta que de pronto dijo:

—Ni loca vuelvas con Lorenzo. Es más, si lo haces, te juro que te mato.

Eso hizo que África se sentara en una silla. Era lo último que esperaba oír de su hermana, cuando aquella añadió:

—Sé que he sido egoísta durante mucho tiempo. Sé que no te he escuchado, ni he prestado atención a cómo podías sentirte viviendo con ese..., ese ¡egocéntrico degenerado!, y ante eso solo puedo decirte que lo siento, lo siento y lo siento, y Pepe lo siente también. Me siento mal, fatal, porque he sido la peor hermana mayor del mundo y...

No pudo continuar. América rompió a llorar y África, conmovida, musitó:

—Tata...

Al oír ese simple apelativo por el que se llamaban cuando eran pequeñas, América lloró aún con más sentimiento.

—Pero ¿qué pasa? —preguntó África—. ¿Qué ha pasado?

América tomó aire, se secó las lágrimas y murmuró:

—Anoche Lorenzo fue a cenar a casa de papá y mamá. También nos invitaron a Pepe y a mí, y Lorenzo nos hizo saber lo mucho que te echaba de menos, que por culpa de tu ausencia se ve obligado a marcharse a vivir a Bruselas, y nos reclamó que te exigiéramos que volvieras con él, o nos quitaría todo lo que nos había dado en estos años.

Oír eso incomodó a África. Lorenzo era un indeseable, una malísima persona. Cuanto más lejos lo tuviera, mejor. Y cuando iba a hablar, América añadió:

—Pepe se enfrentó a él. Le dijo cuatro cosas bien dichas a ese Superman de mierda, y él le gritó que era un simple informático venido a más gracias a la oportunidad que él le había dado en el estudio y que, o hacía lo que él quería, o que se diera por despedido. Y papá y mamá lo secundaron.

—No... —susurró África.

América, sentada en el salón de su casa, asintió y acto seguido añadió:

—Anoche experimenté con ellos lo que tú llevas soportando mucho tiempo y..., ¡y Diossss, qué mal me sentí!

Ambas guardaron silencio, hasta que América dijo en voz baja:

—Ya sabes cómo son mamá y papá. Pero que te quede bien claro que lo que te digan te ha de entrar por un oído y salirte por el otro. Tienen su casa de Valencia, ¡en la calle no se van a quedar! Y tienen sus ahorrillos, con los que sabemos que pueden vivir muy pero que muy bien. En cuanto a Pepe y a mí, lo hemos hablado y vamos a dejar el trabajo. ¡Que le den al imbécil ese!

—América...

—No te preocupes por nada. Por suerte, en estos años Pepe y yo hemos hecho contactos muy buenos que con seguridad nos darán empleo, porque no vamos a seguir trabajando para ese Superman de pacotilla. De hecho, ya he hecho varias entrevistas en diferentes asesorías jurídicas y en una de ellas creo que encajo a la perfección.

África no daba crédito. Lo que sus padres no habían entendido al menos lo habían entendido su hermana y su cuñado, y cuchicheó:

—Siento toda esta situación. De verdad que nunca creí que...

—África, no sientas nada. Aquí la que siente su comportamiento soy yo, y te juro que a partir de ahora seré esa hermana que debería haber sido y os pediré disculpas una y mil veces a Asia y a ti.

Su hermana sonrió. No necesitaba disculpas; con tener su cariño le valía. Y murmuró:

—Sabes que te quiero y que estoy aquí para lo que necesites, ¿verdad? —murmuró.

América asintió emocionada, y lloriqueando al ver que, a pesar de todo, su hermana pequeña estaba ahí, musitó:

—No te merezco..., no te merezco...

Esa noche África quedó con sus amigas. Necesitaba hablar.

Capítulo 20

Cuando Gema entró en su casa esa noche después de haber estado charlando y desahogándose con sus amigas en el Bébete A Tu Ex, su perrita *Gamora* acudió a recibirla como siempre.

Salir con amigas y disfrutar de una libertad que nunca había tenido era fascinante para Gema, y debía reconocer que, cada vez que regresaba de estar con ellas, se sentía más fuerte y empoderada.

¿Acaso es que estaba comenzando a quererse a sí misma?

Sin embargo, Tomás seguía presente en su vida. Saber que aquel ahora estaba con Ana, a la que conocía del club de pádel, y se mostraba delante de todo el mundo sin haber firmado aún el divorcio le molestó. Aunque reconocía que le molestaba más el feo que le había hecho a Dunia. Su hija no se merecía aquello. Era una niña que solo quería a su padre, y de nuevo Tomás demostraba su egoísmo y su falta de tacto, y eso le dolía.

Conocer a las chicas había sido lo mejor que le había pasado a Gema en mucho tiempo. Estaba agachada en el suelo junto a *Gamora*, tarareando una canción de Amparanoia titulada *Que te den*. No la conocía, pero Belinda se la sabía de pe a pa y se habían reído mucho escuchándola cantar. En ese momento apareció su madre en el recibidor.

—Que sepas que tu abuela, tu padre y tu hijo son unos tramposos.

Sorprendida, Gema se incorporó; Dunia entró también riendo y dijo:

—Yaya..., no te enfadesssss.

La mujer negó con la cabeza y Dunia, muerta de la risa, añadió dirigiéndose a su madre:

—¿Te puedes creer que la yaya se enfada porque estamos jugando al *Monopoly* y...?

—¡Porque son unos tramposos! —insistió aquella.

En ese instante apareció Jesús, el padre de Gema, junto a su nieto Bosco y su suegra Felicidad, y, riendo como Dunia, dijo al ver a su mujer:

—Venga, Chatina, no te pongas así...

—Por Dios, María, ¡qué mal perder tienes! —la increpó Felicidad muerta de risa.

Pero María, molesta, negó con la cabeza y, cuando fue a hablar, su nieto insistió:

—Yaya, venga, regresa y terminemos la partida.

Indignada, la mujer negó con la cabeza y sentenció:

—Me voy a la cama. ¡Buenas noches!

Una vez que se marchó, Gema miró a su abuela, a su padre y a sus hijos y preguntó:

—Pero ¿se puede saber qué ha pasado aquí?

Felicidad comenzó a reír con gesto pícaro.

—Estos..., ¡que me lían! —cuchicheó.

Jesús y sus nietos se miraron con complicidad. El buen rollo que había entre ellos era evidente.

—Que el yayo y la bisa son unos liantes —señaló Bosco.

Según dijo eso, Felicidad le dio un pescozón al muchacho y protestó:

—¡Que no me llames «bisa»!

Divertidos, todos pasaron al comedor. Allí, sobre la mesa, estaba el tablero del *Monopoly*, y Dunia dijo:

—Bosco, Felicidad y el yayo se han compinchado para hacer perder a la yaya, y, claro, la pobre se ha enfadado.

—Pero buenooooo —murmuró Gema.

Felicidad reía sin parar cuando Jesús, mirando a su hija, musitó:

—Si es que la Chatina se pone muy graciosa cuando se enfada.

—Me encanta cómo mi niña arruga el morrillo desde pequeña —cuchicheó Felicidad.

Gema movió la cabeza. Su abuela y su padre juntos ¡eran tremendos! Y Bosco, mirando a aquellos, dijo:

—Me debéis diez euros cada uno por ayudaros, ¡no lo olvidéis!

—¡Bosco! —rio Gema.

Divertido, aquel miró a su madre y murmuró:

—Mamá, veinte euros son veinte euros.

Ambos reían por aquello cuando María, sorprendiéndolos a todos, entró en el salón y dijo:

—¡Lo sabía! ¡Sabía que tú, tu abuelo y la bisa estabais compinchados!

—¡María! —protestó Felicidad—. ¡Que no me llames «bisa»!

La aludida, al oír eso, la miró y susurró:

—Lo siento, mamá, pero ¡te lo mereces!

Todos volvieron a reír a carcajadas.

—A ver si os creéis que soy tonta y no me percataba de vuestros gestos —indicó María sonriendo.

—¡Anda, ven aquí, Chatina! —musitó Jesús abrazándola.

Gema los miró gustosa. La relación de sus padres siempre había sido perfecta. De joven, cuando veía a los padres de otros amigos, siempre podía notar tensiones, rarezas, pero con los suyos eso nunca ocurría. Era como si vivieran siempre en una eterna luna de miel, algo grato de ver como hija.

—¿Te he dicho lo guapa que estás hoy, Chatina? —declaró Bosco de pronto, abrazando a su abuela.

—¡Serás sinvergüenza! —se mofó María abrazando también a su nieto.

—Es que estás muy guapa —afirmó Jesús, ganándose un cariño de su suegra.

Gema miró a su padre y a su hijo. Eran tal para cual. Segundos después, María, a la que ya se le había pasado el enfado, comenzó a increparlos, a reírse con ellos, y Gema, al ver la buena sintonía, preguntó envalentonándose:

—¿Os importaría que me fuera de vacaciones unos días en agosto con mis amigas?

Según dijo eso, todos la miraron, y Felicidad, que conocía a su nieta, musitó:

—Madre del Verbo Divino..., ¿quién eres tú y dónde está mi nieta?

Divertida por aquello, Gema iba a responder cuando Bosco preguntó:

—¿Con qué amigas?

—¿Adónde quieres ir? —insistió Dunia.

Gema sonrió al oírlos.

—Mis padres son ellos, no vosotros —repuso dirigiéndose a sus hijos.

Eso hizo que todos rieran, y luego Gema aclaró:

—África y Belinda.

—¡Me molan África y Belinda! —afirmó Bosco.

Dunia asintió. Su madre necesitaba desconectar, divertirse, y aseguró:

—A mí también me molan.

Encantada al oír eso y ver que su hija Dunia ya no pensaba en su padre, Gema indicó:

—Me iría la primera quincena de agosto a la casa que la hermana de África tiene en Valencia y luego ellas viajarían a Llanes, adonde las he invitado a venir.

—¡Perfecto, hija! —dijo su madre sonriendo.

Gema afirmó con la cabeza. Sabía que sus padres no pondrían objeción. Y, acto seguido, mirando a sus hijos, preguntó:

—¿Vosotros iréis de vacaciones unos días a Llanes este año?

Todos la miraban. Por sus gestos se notaba que les sorprendía todo aquello. Gema nunca había hecho nada parecido, ni siquiera cuando era jovencita, y Felicidad, gustosa al comprobar que su nieta, como le había prometido, estaba sacando esa raza que llevaba dentro, afirmó:

—Así me gusta, mi niña, que empieces a sacarle jugo a la vida.

Gema miró a su abuela. Si allí había alguien que le sacaba jugo a la vida esa era aquella, e indicó:

—Te lo prometí, y, como pone en la pulsera, puedo hacerlo.

Felicidad asintió; ambas sabían de lo que hablaban. María, complacida porque su hija saliera del pozo en el que se encontraba metida, dijo:

—Por mi parte, cariño, me parece bien. Y los niños que decidan.

—Digo como tu madre, ¡encantado de que venga a la casa de Llanes quien quiera! —afirmó su padre mientras *Gamora* iba hasta él para pedirle cariños, que rápidamente el hombre le dio.

Gema sonrió. En la vida se había ido sola de vacaciones.

—A ver, familia —terció Bosco—. La primera semana de agosto yo tengo pensado irme con Damián a Ibiza, pero habíamos planeado ir a Llanes cuando volvamos.

—Estupendo —afirmó su abuela.

—Y yo me iré con mis amigas a Cádiz, pero la segunda semana de agosto. El resto quiero pasarlo en Llanes, si me aceptan —apostilló Dunia.

Jesús, el abuelo, asintió y, guiñándole el ojo a su nieta, cuchicheó:

—Aceptada.

Todos sonrieron, y Bosco, dirigiéndose a su madre, preguntó:

—¿A ti te apetece irte de vacaciones con tus amigas, mamá?

Sin dudarlo, Gema dijo que sí con la cabeza, y Dunia dijo:

—Pues si a ti te apetece ir, ¡tienes que ir!

Gema los miró emocionada. Tras lo que le había ocurrido con Tomás, sus padres, sus hijos, su hermano, sus amigos, todos los que la querían, no hacían más que facilitarle la vida, y murmuró emocionada:

—Sería la primera vez que me voy sin vosotros de vacaciones.

Bosco y Dunia se miraron, y el primero dijo:

—Mamá, como decís la bisa y tú..., ¡Madre del Verbo Divino! Si solo van a ser quince días. ¡Ni que te fueras para más tiempo!

Gema se tragó las lágrimas para no llorar y tomó aire. Desde que habían nacido solo se había separado de ellos cuando estos viajaban con el colegio y ahora que vivían en Londres. Y María, entendiendo la mirada de su hija, fue a hablar cuando Gema indicó:

—Todo sea que al tercer día ya esté en Llanes con vosotros porque os eche mucho de menos.

—Mamá —dijo Dunia—. Como hagas eso me voy a enfadar contigo.

—¿Por qué? —preguntó.

Dunia y Bosco se miraron, y el segundo dijo:

—Porque lo que tienes que hacer es divertirte con tus amigas. Salir de copas, conocer churris, pasártelo bien y hacer locuras.

—¡Muy bien dicho, Bosco! —afirmó Felicidad.

—¡Mamáááá! —murmuró su hija María.

La bisabuela sonrió divertida y Jesús musitó:

—Eso de conocer churris y hacer locuras...

—Yayo, ¡no seas antiguo! —le recriminó Dunia, que al ver que aquel y su yaya la miraban, indicó—: Mamá solo tiene treinta y seis años, ¡es una mujer joven y guapa! ¿No creéis que merece vivir la vida, puesto que por quedarse embarazada de nosotros no lo hizo?

Gema miró a su hija al oírla. Bosco y Dunia eran lo mejor que tenía. Por ellos repetiría mil veces lo que había pasado, y cuando fue a responder, su padre dijo:

—Bueno, que viva la vida, pero sin pasarse.

—Ni puñetero caso —matizó Felicidad, que, mirándola, insistió—: Recuerda, Gema, ¡sácale jugo a la vida y pásate todo lo que quieras pasarte!

Todos rieron por aquello, y luego Bosco añadió:

—Te mereces estas vacaciones y pasártelo de lujo.

—Exacto, mamá, ¿te queda claro? —indicó Dunia.

Gema asintió divertida. Acto seguido, mirando a su padre, dijo:

—Tenéis que llevaros también a *Gamora* con vosotros a Llanes.

—A mi chica, ¡por supuesto! —afirmó Jesús mirando a la perra, que parecía sonreír.

Gustosa y feliz, Gema asintió. En otros asuntos la vida le había dado disgustos, pero en cuanto a la familia, le había dado la mejor.

Tres días después, volvió a acompañar a sus hijos al aeropuerto para que regresaran a Londres. Esta vez, Tomás no apareció.

Capítulo 21

Preocupadas por Belinda, África y Gema quedaron con ella para cenar. En los últimos días, su amiga estaba más seria de lo normal, y eso no era muy habitual en ella, pues siempre estaba sonriendo y bromeando.

Mientras cenaban, África y Gema se miraban. No sabían cómo encarar el hecho de preguntarle a Belinda qué le ocurría. Era tan hermética en algunos asuntos que era complicado. Y Gema, al ver lo que aquella se sacaba del bolso, inquirió:

—¿Eres una farmacia ambulante?

Belinda sonrió al oírla. En el bolso llevaba varios medicamentos que aquella mañana algunos de los representantes de farmacéuticas les habían regalado y, divertida, preguntó enseñándoselos:

—Por casualidad no necesitaréis paracetamol, aspirinas, laxantes o suero para los ojos, ¿no?

Las demás, viendo lo que esta les mostraba, negaron con la cabeza, y, de pronto, Gema soltó:

—Mira, ya no puedo más. Sin paños calientes... ¿Qué te pasa?

Belinda la miró sorprendida, y África cuchicheó:

—Joder, Gema, ¿no podías ser más sutil?

Oír eso hizo que Belinda sonriera y, metiendo los medicamentos en el bolso, replicó:

—Pero ¿qué os pasa a vosotras?

Las demás se miraron entre sí.

—Vale. Seremos directas —dijo África—. Estamos preocupadas por ti.

—¿Por mí?

—Sí.

—¿Por qué?

África y Gema se miraron y esta última aclaró:

—Porque llevas días sin escribir mensajes tontos en el grupo de Las ABG y porque, cuando te llamamos, apenas hablas y solo deseas colgar.

Belinda parpadeó sorprendida. Sus amigas tenían razón. No estaba pasando unos buenos días, pero lo que nunca imaginó fue que aquellas se darían cuenta. Entonces África, al ver que las miraba, señaló:

—Belinda, queremos la verdad.

La aludida resopló. No le apetecía contarles que Irene había estado a punto de morir. Con aquel tema, dramas los justos o, mejor, ninguno, pero al ver que aquellas no le quitaban los ojos de encima dijo:

—He estado liada en la residencia.

—¿Qué le ha pasado a tu madre? —inquirió Gema.

—Ha tenido un bache, pero ya está bien.

África y Gema asintieron, y esta última preguntó:

—¿Un bache de qué?

Belinda resopló.

—De salud.

—A ver, guapa... —protestó Gema—. Hasta ahí llego.

Belinda cabeceó y África, consciente de lo reservada que era su amiga con respecto al tema de su familia, repuso:

—¿Y por qué no nos lo dijiste? ¡Podríamos haberte echado una mano!

Belinda las miró. Tenía claro que aquellas la ayudarían en cuanto se lo pidiera. Pero no quería que conocieran a Irene, no deseaba que supieran su pasado.

—Mis tíos de Segovia y mis primos me ayudaron —mintió.

De nuevo, sus amigas asintieron. Y, sin seguir indagando acerca de la enfermedad de la madre de Belinda, pues, como siempre, ella no quería contar nada, Gema dijo cogiéndole la mano:

—Te lo digo en serio. Yo estoy para ti veinticuatro horas al día, los siete días de la semana y los trescientos sesenta y cinco días del año. Cuando me necesites, llámame.

—Lo mismo digo —afirmó África.

Belinda se emocionó al oír eso. Saber que podía contar con ellas era algo muy bonito. No obstante, deseosa de cambiar de tema, murmuró:

—Gracias, chicas. ¿Qué os parece si vamos a tomar una copita a un sitio nuevo donde trabaja Kevin, mi compi del hospital?

Sin dudarlo, ellas aceptaron y, tras pagar la cuenta en el restaurante, para allá que se fueron.

* * *

El local, que se llamaba Nocta23, estaba a rebosar de gente. Cada vez que se abría un sitio nuevo en Madrid y este se hacía famoso, no era fácil conseguir entrar, pero, por suerte, Kevin, el compañero de Belinda, también trabajaba allí de portero.

Una vez que pasaron al interior y Kevin le indicó al camarero que las chicas tenían barra libre, se marchó para seguir con su trabajo y África cuchicheó:

—Muy mono Kevin.

—Está casado —matizó Belinda.

—Intocable entonces —zanjó Gema.

Divertidas, las tres amigas charlaban mientras se tomaban una copichuela cuando unos tipos se acercaron a ellas y entablaron conversación. Entre risas y vacile, disfrutaron de un buen rato, y cuando aquellos se marcharon, Belinda comentó con guasa:

—El rubito tenía su morbo.

Eso las hizo reír a las tres, pero, de pronto, a Gema le cambió el gesto. Belinda se dio cuenta de inmediato, y, acercándose a ella, preguntó:

—¿Qué pasa?

Gema, a quien le acababan de entrar los doscientos males al ver llegar al local a Tomás con Ana, lo señaló al tiempo que murmuraba:

—Aquel es Tomás, el de la camisa azul y los pantalones oscuros, y la del vestido rojo es Ana.

Belinda los localizó enseguida. Como había imaginado, el tipo tenía una pinta de tonto, prepotente y creído que no podía con ella.

Y África, al verlas cuchichear, preguntó:

—¿Qué os pasa?

Gema no contestó. Tomás y Ana se estaban besando.

—El Cayetano tonto y pijo de Gema es ese y la de rojo, su churri —informó Belinda.

Enseguida África los divisó. Y, al verlo besuquearse con aquella, volvió la vista hacia su amiga y dijo:

—A ver, Gema...

Pero ella estaba atacada. Ver aquello tan directamente no era fácil.

Entonces África, mirándola, dijo:

—Has iniciado ya los trámites de divorcio, ¿verdad?

—Sí.

—Pues, cuando lo mires, piensa por qué lo has hecho.

Gema estuvo de acuerdo. Su amiga llevaba razón. De nada servía iniciar el divorcio si luego se descomponía en cuanto lo veía.

—¿Quieres que te vea hecha polvo o quieres que te vea bien? —insistió África.

—Por tu padre, dime que quieres que te vea bien —siseó Belinda.

Gema asintió. Hecha polvo ya lo estaba. No era fácil digerir aquello. Pero, entendiendo a sus amigas, respondió con un hilo de voz:

—Quiero que me vea bien.

África y Belinda asintieron y luego la primera indicó:

—Pues, aunque te duela el alma, sigue hablando y riendo y olvídate de él.

Gema afirmó con la cabeza. Sabía que aquello era lo que tocaba. Tomás no tenía que verla llorando. Él no se lo merecía, así que, haciendo de tripas corazón, hizo lo que sus amigas le aconsejaban: continuó hablando y riendo.

Aun así, con el rabillo del ojo Gema observaba a Tomás mientras se tomaba una segunda copa. Ver que intimaba con aquella y que la besaba le retorcía el alma. ¿Cómo podía hacer eso con tanta naturalidad?

A ella le costaba incluso hablar con hombres. Le costaba abrirse a ellos. Le costaban tantas cosas... En cambio, allí estaba Tomás, tan contento y entregado con aquella mujer.

Pasó el rato y sus amigas, dispuestas a que Gema se olvidara de aquel, la sacaron a bailar. Brincaron, rieron, se divirtieron, hasta que de pronto se oyó:

—¡¿Gema?!

La voz de Tomás, a su espalda, la hizo maldecir. Pero se volvió hacia él, fabricó una fría sonrisa ayudada por los tres copazos que llevaba y saludó:

—Tomás, ¡buenas!

El aludido se quedó petrificado al verla. Aquella que reía y bailaba era su mujer. Estaba guapísima con aquel chaleco negro y el pantalón vaquero. E, incapaz de no decirle nada, se le acercó y preguntó:

—¿Qué haces aquí?

Gema levantó una ceja al oír eso y, tras volverse hacia sus amigas, que le daban fuerza con la mirada, respondió con fingida indiferencia:

—Pasármelo bien, ¿y tú?

Él la miró con gesto serio, el mismo con el que siempre la miraba cuando quería hacerle saber que lo que hacía no le gustaba.

—¿Te has buscado ya un abogado? —cuchicheó ella acto seguido.

Tomás resopló. Sabía que se refería al divorcio, que ella le había solicitado, y siseó:

—Sí. Ya tengo abogado.

—¡Genial! —afirmó Gema.

Luego guardaron unos instantes de silencio, hasta que aquel dijo:

—Tontita..., estás haciendo el ridículo aquí bailando... ¿Qué te crees?, ¿una jovencita?

Sus amigas se miraron. Lo de «tontita» sobraba.

—Al Cayetano te digo yo que le doy —murmuró Belinda.

—Pedazo de imbécil... —afirmó África.

Tomás las oyó y, tras mirarlas con desprecio, inquirió:

—¿Y vosotras quiénes narices sois?

África sonrió y Belinda soltó:

—Tu peor pesadilla.

Él hizo una mueca de incomodidad. Aquellas dos no eran nadie. Se dirigió de nuevo a Gema y masculló:

—¿Esta gentuza sin clase son tus nuevos amigos?

Sin poder creer su desfachatez, Gema parpadeó boquiabierta, al mismo tiempo que África se disponía a hablar y Tomás la interrumpía sin apartar la mirada de su mujer:

—Te recuerdo que tienes dos hijos y sigues casada conmigo... ¿No te da vergüenza comportarte como una buscona?

Gema lo miraba. Ella no estaba haciendo nada malo. Solo se estaba divirtiendo. ¿Por qué aquel tenía que jorobarlo todo con sus comentarios?

En ese momento Belinda se metió entre ellos.

—Lo de «buscona» se lo vas a decir a quien yo te lo permita —soltó.

—¡Quita, bicho! —murmuró Tomás dando un paso atrás.

—¿Qué tal si te largas y dejas de decir chorradas, pedazo de idiota? —pidió África.

Mirando a aquellas, que se le habían encarado, Tomás iba a contestar cuando Gema, tomando aire, y consciente de quién era aquel y de lo que pretendía, terció:

—Tranquilas, chicas, que del Pichón me ocupo yo.

Eso hizo que sus amigas sonrieran, y cuando Tomás fue a protestar, Gema dijo levantando el mentón:

—Mira, tontito, aquí el ridículo lo estás haciendo tú al montarme esta escenita que no viene a cuento. Tú y yo ya no somos nada. Nos estamos divorciando y no, querido, no, ya no soy tu mujer, ni soy de tu propiedad, y no vas a seguir amargándome la vida. Por tanto, ¿qué tal si te piras y nos dejas en paz?

—¡Ole, mi chica! —afirmó Belinda, sabiendo lo mucho que a Gema le estaba costando hacer aquello.

Al oír eso, y viendo que algunas de las personas que había a su alrededor lo miraban con gesto de desprecio, Tomás dio media vuelta y regresó adonde lo esperaba Ana. Pero ¿desde cuándo la tontita tenía ese carácter?

Acto seguido, Gema miró a sus amigas y murmuró:

—Creo..., creo que me voy a desmayar.

—¡Ni se te ocurra! No le des el gusto a ese sinvergüenza —masculló África.

Durante la siguiente media hora el cruce de miradas entre Gema y Tomás estuvo asegurado, hasta que esta, dirigiéndose a sus amigas, susurró:

—Os juro que en este momento estoy tan enfadada con él que sería capaz de cualquier cosa.

Las otras rieron al oír eso, y ella insistió:

—Pero ¿quién se cree que es ese sinvergüenza para hablarme así?

—Todavía se cree el inquisidor de tu marido —respondió África—. Está tan acostumbrado a dar palmas y a que tú bailes a su alrededor, que mira cómo lo tiene ver que eso no sucede. Y, por cierto, no vuelvas a permitir que te llame «tontita», ¿te queda claro?

Gema asintió. Sin duda su amiga tenía razón, y, enfadada, siseó:

—¡Es que lo odio! Os juro que en este instante lo odio, aunque en otros momentos llore como una tonta por él.

África y Belinda se miraron, y esta última señaló:

—A ver..., si queréis, podemos hacerle alguna maldad al Cayetano.

Según dijo eso, África y Gema la miraron y esta, sacando con disimulo el botecito de laxante de efecto rápido que llevaba en su bolso, iba a hablar cuando África musitó riendo:

—Por Dios, Belinda, ¡qué buena idea!

Esta rio. Lo que se le había ocurrido era una locura.

—¿Os lo imagináis corriendo al baño? —comentó.

Eso las hizo reír a las tres, y rápidamente comenzaron a decir barbaridades. Hablar de ello era divertido, imaginarlo más, y al final Gema indicó:

—Unas gotitas. Por tontito, chulo y prepotente.

Sus amigas la miraron boquiabiertas, y ella, horrorizada, cuchicheó:

—Lo sé..., ¡soy lo peor! En la vida podría hacer algo así.

Oír decir eso a Gema las hizo reír a carcajadas, y África, para evitar males mayores, apremió:

—Anda, vámonos antes de que la liemos.

Y, ante el gesto serio de aquel y las risas de ellas, las tres amigas se marcharon a otro sitio. ¡Anda que no había lugares en Madrid para tomarse una copa!

Capítulo 22

Belinda se quitó el uniforme de trabajo a las siete y diez de la tarde.

Desde hacía meses, la empresa para la que trabajaba había ido eliminando personal de limpieza, y lo que antes hacían sesenta personas lo hacían ahora veintiséis. Menos de la mitad.

Nada más comenzar su turno a primera hora de la mañana le indicaron que tenía que limpiar consultas y pasillos. Pero, a media mañana, y tras reunir a diez de ellos, entre los que se encontraba Belinda, el jefe les dijo que debían añadir sí o sí a sus quehaceres la limpieza de quirófanos.

En un principio protestaron. Era imposible que pudiera darles tiempo en su turno a hacer todo aquello con la minuciosidad con la que debía hacerse. Pero, una vez más, las amenazas de los de arriba hicieron que Belinda y los demás claudicaran, y en vez de acabar su jornada a las tres de la tarde, la estiraron hasta las siete y diez.

Agotada y con dolor de espalda, al montarse en el ascensor con sus compañeros Kevin y Lidia, Belinda musitó:

—Hoy tengo los riñones fatal.

Kevin, que movía el cuello dolorido, murmuró:

—Yo las cervicales.

Lidia asintió al oírlos e indicó tocándose las manos:

—Aún tengo los dedos como dormidos.

La jornada había sido muy dura para todos.

—¿Cómo has organizado lo de los niños? —preguntó entonces Belinda dirigiéndose a Lidia.

Esta última, una madre divorciada con dos niños pequeños, respondió:

—He llamado a mi vecina y le he pedido que fuera a buscarlos al colegio. Por suerte, Soledad es un encanto y, siempre que no llego, me hace el favor de recogerlos. Pero, claro, ¿y si un día ella no puede? ¿Qué hago entonces?

Kevin, que como Lidia tenía hijos, y su mujer también trabajaba, cabeceó al oírla y comentó:

—Por suerte, mi suegra puede recogernos a los peques. Sin ella, mi mujer y yo no sabríamos qué hacer.

Belinda afirmó con la cabeza. Los jefes no pensaban en la problemática que a menudo les causaban a sus empleados. Cada persona tenía una vida, unos derechos, unas obligaciones. Pero estaba visto que, en el gremio en el que ellos trabajaban, los de arriba se pasaban por el forro esos derechos.

Estaban mirándose cuando el ascensor se paró en el piso seis y, al abrirse las puertas y entrar un cirujano al que conocían, este los miró y preguntó:

—Pero ¿todavía estáis aquí?

Los tres asintieron, y, tras tomar aire, Kevin indicó:

—Ya ve, doctor Pérez. Estamos por ponernos una cama aquí...

—Pero ¿vuestro turno no terminaba a las tres? —insistió aquel.

Los tres asintieron de nuevo y Belinda indicó:

—En efecto. Terminaba, pero aquí estamos. Y no porque nosotros hayamos decidido libremente estar aquí. Sino más bien porque nos han obligado, aunque noooooo, ¡por Dios!, ¡ellos no nos obligan! ¡Solo sugieren!

El hombre, un cirujano cardiovascular de cierta edad y bastante resabiado, repuso:

—Qué triste. Hoy por hoy, la situación laboral es muy precaria.

Los tres afirmaron con la cabeza y Lidia señaló:

—Y más aún en temas de limpieza, porque parecemos invisibles.

El médico se mostró de acuerdo y luego dijo mirándolos:

—Soy consciente de que sois los invisibles y los grandes olvidados del sistema sanitario. Y no lo entiendo, ni nunca lo entenderé. En lo que a mí respecta, ya sabéis que siempre que pueda ayudaros, aquí estoy.

Oír eso de aquel buen cirujano que siempre los trataba con respeto e igualdad los hizo sonreír a los tres, cuando aquel insistió:

—Pero vamos a ver... Si vosotros no limpiarais, nosotros no podríamos trabajar. Sois esenciales en un hospital y se os debería cuidar mucho y bien.

Belinda, Kevin y Lidia asintieron. La realidad desgraciadamente no era aquella. Y Belinda indicó:

—Gracias por sus palabras, doctor Pérez. Solo espero que algún día los que están sentados en sus despachos con toda comodidad y tocándose la oreja se den cuenta de que lo que hace el personal de limpieza es la primera pieza del engranaje de cualquier sitio. Pero no, algunos aún siguen pensando que somos la última pieza. Nosotros no importamos, y nadie se da cuenta de que la falta de personal nos obliga a someternos a jornadas excesivamente duras y agotadoras, y que muchas de esas veces, por los dolores que sentimos, tenemos que automedicarnos para poder seguir trabajando al día siguiente.

El doctor asintió. Sabía cuánto trabajaban aquellos. Cuando la puerta del ascensor se abrió en la recepción del hospital, dijo para hacerlos sonreír:

—Corred y salid de aquí antes de que vean que os vais a marchar y os abduzcan de nuevo.

Divertidos, los tres salieron del ascensor y, una vez que se despidieron, cada uno se fue por su camino.

* * *

Cuarenta y cinco minutos después, Belinda llegaba a su casa. Rápidamente soltó su bolso, y mirando a sus perros les puso los arneses mientras decía:

—Siento el retraso, chicos. Hoy la cosa ha sido complicada.

Cinco minutos más tarde Belinda paseaba por el barrio con *Jamón* y *Queso*. Los perretes también tenían sus derechos, y Belinda, consciente de ello, les dio un buen paseo.

Una hora después, cuando subió de la calle, tras ponerles agua fresca y comida a sus mascotas, fue a prepararse la comida del día siguiente, pero al abrir la nevera murmuró:

—Vaya..., tengo que bajar a comprar huevos.

Sin pensarlo, o no lo haría, cogió su bolso y bajó diligente. Caminó unas calles hasta llegar a una tiendecita que sabía que a esa hora estaba abierta y, tras comprar lo que necesitaba y regresar a su casa, se encontró con que estaban cortando la calle. Al parecer, había habido un incendio en su calle, y allí había varios vehículos de bomberos y del Samur.

Horrorizada al ver que se trataba de su portal, y que *Jamón* y *Queso* estaban en el interior de su casa, intentó saltarse el cordón policial, pero los agentes la echaron de allí. Con los nervios a flor de piel, se enteró de que el fuego era en el segundo izquierda, en casa del señor Ramón, y ella vivía en el tercero derecha. Por ello, al ver a varios bomberos más allá, les gritó:

—Oíd... Oíd... ¡Por favor! ¡Por favorrrrr!

Los bomberos la miraron. Dos de ellos se le acercaron y uno preguntó:

—¿Qué le ocurre?

Nerviosa, Belinda empezó a decir:

—En el segundo izquierda vive el señor Ramón y...

—Tranquila. Ese señor está siendo atendido allí.

Belinda miró hacia el lugar donde el bombero indicaba. Ver al señor Ramón atendido por los del Samur la tranquilizó. Pero entonces añadió:

—Mis perros. Mis perros están en el tercero derecha y estoy viendo mucho humo. Por favor, por favor..., ¡los tienen que sacar!

Al oír eso, los bomberos asintieron y el más alto, un morenazo llamado Rodrigo, indicó:

—No se preocupe, señorita. En cuanto podamos sacaremos a sus perros.

Pero Belinda negó con la cabeza. No. Esa respuesta no le valía. Los nervios no le permitían pensar con claridad, e insistió:

—Tienen que estar asustados. Todo este ruido y el humo les...

—Señorita —insistió el bombero—. Tranquilícese.

Pero pedir tranquilidad a alguien que tiene su mundo en un incendio no sirve de nada y, levantando la voz, exclamó:

—Por favor, ¡ellos son mi familia! Son lo único que tengo.

El bombero asintió. La entendía. Entendía su angustia y su malestar, pero las cosas tenían un protocolo. Su teniente les había dado unas órdenes y debían seguirlas.

Al oír lo que había dicho Belinda y ver su desesperación, una mujer bombero se acercó a ella y, en su afán de tranquilizarla, se presentó.

—Soy la teniente Saura, del Parque de Bomberos 5. He oído lo que ocurre, y solo puedo pedirte que te tranquilices y nos dejes trabajar. Mi equipo está haciendo todo lo posible para controlar el fuego que se ha originado en la cocina de tu vecino y que todo esto acabe cuanto antes y sin heridos.

Belinda asintió y se llevó las manos a la cabeza, dejando sus muñecas al descubierto. Entonces, la teniente vio el tatuaje de la luna que aquella llevaba en la muñeca y la hizo recordar que era la Belinda que había conocido una noche en un bar, cuando la empujó sin querer. Estaba muy nerviosa. Solo había que ver su mirada para saberlo, y ella era una experta en tranquilizar a la gente en momentos como aquel. Pero lo primero era lo primero, así pues, dejó el motivo por el que se conocían para otro momento y, mirándola con sus ojos azules, le preguntó:

—¿Cómo se llaman tus perros?

Angustiada, pero sin poder llorar, Belinda veía el humo salir por la ventana del segundo izquierda y, con un hilo de voz, respondió:

—*Jamón* y *Queso*.

La teniente levantó las cejas al oírlo y, sonriendo a uno de sus hombres, que estaba al lado, comentó:

—Curiosos nombres.

—Originales como poco, teniente —señaló el otro bombero.

Belinda apenas si entendía lo que decían.

—Están en el tercero derecha y... y son pequeños —insistió—. Cada uno pesa como cinco kilos y tienen diez años. Y... y... ¡Ay, Diosssss! *Queso* se asusta mucho con los ruidos. Seguro que estará metido debajo de mi cama.

La teniente asintió y, tras escuchar algo que le decían por la radio, indicó mirando a Belinda a los ojos:

—No te preocupes, me dicen que el incendio está controlado. Al parecer, tu vecino se ha dejado una olla en el fuego y eso ha originado las llamas. Y ahora, por favor, quédate tras el cordón policial en la parte derecha del camión de la 5 y déjanos trabajar para poder traerte a tus perros, ¿vale?

Belinda se mostró de acuerdo mientras miraba a aquella mujer de ojos azules como el cielo. Su tono de voz, su mirada y, sobre todo, la seguridad con que le había hablado de pronto le proporcionaron tranquilidad y, sin más, se encaminó hacia el lugar donde aquella le había indicado.

—Señor Ramón, ¿está usted bien?

El hombre cabeceó al verla y, quitándose la mascarilla que le habían puesto los del Samur, dijo con voz trémula:

—He puesto los guisantes a hervir y me he olvidado de ellos. ¡Ay, muchacha, la que he liado! Menos mal que el destino no ha querido que pase nada más.

Belinda asintió y, viendo lo nervioso que estaba el hombre, indicó:

—Tranquilo, señor Ramón. Tranquilo.

Así pasó una hora. El fuego quedó totalmente controlado y Belinda observó que la teniente salía del portal con sus perros en brazos. Ver eso hizo que se llevara las manos a la boca cuando aquella se acercó y, sonriendo, dijo:

—Aquí están *Jamón* y *Queso*.

Cogiéndolos entre sus brazos, Belinda los besuqueó mientras los perretes, locos de felicidad, le chupeteaban la cara.

—Gracias —murmuró.

La teniente sonrió. La sonrisa de aquella chica era de las cosas más bonitas que había visto nunca.

—Ahora que estás más tranquila, he de decirte que ya nos conocíamos... ¿No me recuerdas?

Belinda volvió a mirarla. El caso era que aquellos ojos y aquella voz no le eran desconocidos, pero ella no conocía a ninguna bombera.

—Lo siento, pero ahora mismo no caigo —dijo.

—Tú eres Belinda, ¿verdad?

Sorprendida de que supiera su nombre, ella asintió y la teniente añadió:

—Nos conocimos una noche en un bar. Te empujé, porque las malas bestias de mis compañeros me habían empujado a mí, y...

—Ya te recuerdo... ¿Adara, la del nombre bonito? —preguntó Belinda.

Durante unos segundos, ambas se miraron a los ojos y se sonrieron. No se conocían, apenas habían hablado aquel día, pero, sin entender por qué, se recordaban. Se miraban en silencio cuando Adara indicó para romper el momento:

—Como tú has dicho, uno de ellos estaba debajo de tu cama. Nos ha costado un poco sacarlo porque estaba bastante asustado, pero al final lo hemos conseguido.

Belinda sonrió y, agradecida como nunca, dijo:

—Muchísimas gracias, de verdad. Quizá no lo entiendas, pero ellos son mi vida.

Adara sonrió complacida, y, cuando se disponía a hablar, uno de sus hombres la llamó y ella explicó:

—Por seguridad, estamos informando a los vecinos de que sería conveniente que esta noche nadie durmiera en el edificio. Hay mucho humo todavía y será tremendamente incómodo, y no solo por el olor.

Belinda se apresuró a asentir. Los ojos azules de aquella chica eran impresionantes y el tono de su voz la relajaba como nadie lo había hecho nunca, por lo que solo pudo musitar:

—Vale.

Durante unos instantes, Belinda y la teniente Saura se miraron a los ojos, hasta que esta última dijo:

—He de volver al trabajo.

Ella afirmó con la cabeza y, tras una sonrisa por parte de ambas, la teniente se dio la vuelta y se alejó.

Con sus perros en brazos, Belinda no se movía. Pero ¿qué le pasaba?

A ella le gustaban los hombres. Siempre se había fijado en los hombres y, de pronto, aquella mujer la había impresionado de tal manera que la había dejado hasta sin habla.

Desde donde estaba, sin moverse, continuó observando a aquella, que daba órdenes a diestro y siniestro, besó la cabeza de sus perretes y murmuró:

—¿Y ahora adónde nos vamos a dormir?

Pasados unos segundos, sacó su teléfono. Llamó a África, le contó lo ocurrido y esta, sin dudarlo, le ofreció una habitación en su casa.

Esa noche, cuando Belinda dormía junto a *Jamón* y *Queso* en una de las habitaciones del precioso ático de África, ella solo podía pensar en la teniente de ojos azules mientras se preguntaba por qué esa mujer la había impresionado tanto y, sobre todo, qué tramaba el destino con respecto a ella.

Capítulo 23

El 22 de junio era el día de la ratificación de divorcio de Gema. La noche anterior apenas si había podido dormir a causa de los nervios. Estaba claro que al cabo de unas horas su vida iba a cambiar para siempre, y, aunque aún le costaba aceptarlo, sabía que era lo mejor que le podía pasar.

Sus hijos la llamaron desde Londres y le dieron ánimo y fuerza. Aquello era lo acertado. Aquello era lo que tenía que hacer.

Pero mirar la cama donde dormía y que había compartido durante muchos años con Tomás y no verlo a él todavía se le hacía raro. Lo añoraba, a pesar de que en ciertos momentos lo odiaba.

Con mimo, tocó su anillo de boda, aquel anillo que tanto representaba para ella y que, sin lugar a dudas, nunca había representado nada para Tomás.

En la oscuridad de la noche, repasó su vida con aquel. Habían tenido juntos momentos muy bonitos, pero también momentos complicados en los que Tomás nunca se lo había puesto fácil, pero por el amor que sentía hacia él, ella siempre daba su brazo a torcer. Sin poder dejar de pensar en su vida en común, sonrió al recordar a sus niños cuando eran pequeños. ¡Qué bonitos eran! Si por ella hubiera sido, habría tenido más hijos, pero Tomás nunca quiso volver a ser padre.

Repasando su vida de nuevo fue consciente de que allí solo se había hecho lo que Tomás había querido. Pero ¿cómo había sido tan tonta y permisiva? ¿Cómo no se había querido y había luchado por lo que ella deseaba?

Sin embargo, la realidad era la que era y, frente a eso, ya nada se podía hacer. Había confiado en él, le había entregado su vida y su amor, y él no lo había valorado.

Tras una noche en la que los recuerdos inundaron su mente y le hicieron ver una vez más lo tonta que había sido, cuando se levantó se duchó y, mirándose al espejo, decidió ir lo más estupenda posible al juzgado. Deseaba estar guapa. Quería volver a ser ella. Gema.

Atrás quedaba dejar de ponerse un escote o un pantalón ajustado porque Tomás se iba a encelar. Ahora ella mandaba sobre su vida y, dispuesta a sacarse el partido que sabía que tenía, miró su ropero, cogió las últimas prendas que se había comprado y se las puso deseosa de que aquel supiera lo que había perdido.

Acompañada por su hermano Ricardo y hecha un manojo de nervios, a pesar de que trataba de aparentar tranquilidad, Gema entró en el juzgado con un vestido negro estilo Audrey Hepburn en la película *Desayuno con diamantes* y el pelo recogido en un moño alto. Tenía un aspecto magnífico, glamuroso. Gema era una mujer con mucho estilo en el vestir, algo que había dejado de lado para que Tomás no se encelase. Pero ahí estaba de nuevo ella, y el resultado era evidente, pues los hombres con los que se cruzaba se volvían para mirarla.

Batallar con Tomás no había sido fácil, pero tampoco en extremo difícil. En el momento en el que Ricardo le había explicado que, si no pedía su parte proporcional de la casa familiar, su hermana no pediría la mitad de lo que era la empresa familiar que llevaban su hermano y él, Tomás claudicó. Estaba claro que saldría perdiendo y decidió frenar su egoísmo por el bien de su hermano y por la empresa que a partir de ahora debía darle de comer.

Una vez dentro del juzgado, Ricardo y Gema se encontraron con Kike, un conocido de la familia amigo de Ricardo, que, como este, era abogado. Cuando le contaron por qué estaban allí, Kike asintió con la cabeza sin decir nada. De inmediato Gema comprendió que Kike sabía tanto como Ricardo con respecto a Tomás, y quedaron en verse en cuanto el juicio terminara.

Tras despedirse de él, Gema y Ricardo se dirigieron hacia la sala seis, y, al llegar frente a ella, las tripas se les revolvieron al ver a Tomás, con su mejor traje oscuro y del brazo de Ana.

—La madre que lo parió —musitó Ricardo al verlo junto a la mujer y su abogado.

—Si es que le tendría que haber echado el bote de laxante entero —murmuró Gema.

—¡¿Qué?! —inquirió Ricardo.

Ella negó con la cabeza, sonriendo.

—Nada. Cosas mías.

Mientras caminaba hacia ellos, Gema miró a Ana a través de sus gafas de sol negras. La conocía porque alguna vez habían coincidido en las pocas cenas del club de pádel a las que Tomás le había pedido que lo acompañara.

—¿Estás bien? —le preguntó Ricardo.

Gema tomó aire. La palabra *bien* no era la que mejor la definía en esos instantes. ¿Cómo podía Tomás ir a firmar su divorcio acompañado de aquella?

Estaba más que claro que no solo era tonto, sino también un sinvergüenza sin escrúpulos ni corazón. Presentarse con aquella no era de ser buena persona, y ese detalle hizo que Gema se reafirmara en que debía firmar de una vez el divorcio sí o sí.

¿Qué podía esperar de él si hacía ese tipo de cosas?

Estaba claro que aquello era una pataleta, una rabieta de niño caprichoso que no se había salido con la suya. Miró a su hermano y afirmó dando vueltas al anillo de su dedo:

—Sí, Ricardo. Solo espero no entrar en efervescencia...

Él tomó aire. Conocía a su hermana. Sabía de su fragilidad con respecto al tema Tomás. Y, cuando iba a hablar, la oyó decir:

—Si ese mierda se cree que me va a seguir restándome con sus actuaciones, ¡lo lleva claro! Tranquilo, hermanito, si algo estoy aprendiendo es a quererme.

Sorprendido, Ricardo la miró. En los últimos tiempos, su hermana no paraba de sorprenderlo. Llegaron frente a Tomás, Ana y el abogado del primero, y Ricardo los saludó con educación. Gema se mantuvo algo apartada, mientras justo en ese momento dos hombres que pasaban por allí se volvían para mirarla. Tomás resopló al ver aquello, no soportaba que los hombres mirasen así a su mujer, y, cuando este fue a saludarla, ella, sin quitarse las gafas de sol, indicó con frialdad:

—Lo que quieras hablar conmigo hazlo a través de nuestros abogados.

—Serás tontita...

Oír eso hizo que Gema lo mirara.

—Vuelve a llamarme de ese modo y te juro que, aunque sea lo último que haga, te pateo los huevos; ¿te queda claro?

Ese corte que no esperaba sorprendió a Tomás. Gema no era así, nunca lo había sido. Y, agarrando a Ana de la cintura, apremió:

—Entremos en la sala.

Una vez que aquellos desaparecieron, Gema, que estaba hecha un manojo de nervios por dentro, tras mirar a su hermano, musitó intentando contener las lágrimas:

—Dame un segundo.

Ricardo asintió. Y ella, tocando la pulsera que llevaba en la muñeca, cerró los ojos y murmuró después de respirar hondo:

—Puedo hacerlo... Puedo hacerlo...

Mientras realizaba respiraciones profundas y rítmicas, pensó en lo que Belinda y África le decían. Debía quererse y valorarse. También pensó en Bosco y en Dunia. Ellos le exigían que abriera los ojos y fuera feliz. Y, por último, recordó lo que su familia le decía acerca de sumar en vez de restar. Todo aquello, unido a lo que ella había pensado la noche anterior y a encontrarse con aquel y su novia en los juzgados, le indicaba que estaba haciendo lo correcto, aunque el dolor todavía la consumiera. Por ello, abrió los ojos, se quitó las gafas, levantó el mentón y, mirando a su hermano, declaró:

—Estoy preparada. Entremos.

Firmar los papeles de la disolución de un divorcio no era algo fácil, y menos para Gema. Suponía romper unos lazos y acabar con una vida en común. Pero, sorprendentemente, aquello que le había parecido tan difícil todo aquel tiempo, ese día, cuando le dieron el bolígrafo para que firmara, Gema lo cogió sin dudarlo y lo hizo.

Al firmar, sonrió sin poder evitarlo. ¿Por qué sonreía, si tenía el corazón destrozado?

Eso sorprendió a Tomás, que le preguntó en tono de reproche:

—¿Acaso te hace gracia?

Al oír su voz frente a ella, Gema lo miró. Lo quería. Lo odiaba. Pero, con una seguridad que hasta a ella la sorprendió, respondió:

—Ni te imaginas cuánta.

Tomás cabeceó mientras todos los miraban y, boquiabierto, insistió:

—¿Y puedo saber por qué?

Gema asintió despacio. Aun habiendo firmado los papeles, aquel seguía queriendo controlarle la sonrisa. Decidió darle donde sabía que podía molestarlo, así que respondió quitándose el anillo de casada, que acto seguido tiró con despreocupación dentro del bolso:

—Porque vuelvo a ser la única dueña de mi tiempo, de mi vida y de mi cuerpo.

Tomás cambió el gesto al oírla. Sabía muy bien por qué le decía eso. Durante años, cada vez que tenían sexo, él se había encargado de repetirle una y otra vez que toda ella era suya. De su propiedad. Y, mordiéndose la lengua, calló.

La miraba en silencio cuando el secretario que recogía los papeles firmados le sonrió a Gema y ella le devolvió la sonrisa. Ese simple acto de amabilidad por parte de ella, estando casados, habría supuesto una discusión. Tomás ya se habría encelado. Pero ahora Gema podía sonreírle a quien le viniera en gana, cuando le viniera en gana y como le viniera en gana. Ahora era una mujer divorciada y libre para hacer y deshacer a su antojo, y eso lo entendió Tomás en ese mismo instante.

Por debajo de la mesa, Ricardo le tocó la pierna a su hermana para pedirle calma. Él, como todos, sentía la tensión que flotaba en el ambiente, y Gema, sin dudarlo, asintió. No pensaba decir nada más. Con aquella simple frase y aquella sonrisa quedaba todo dicho.

Minutos después, cuando salieron de la sala donde habían firmado su divorcio, mientras caminaban hacia el exterior, apareció Kike, que, sabedor de lo que Gema acababa de firmar, la abrazó con cariño, mientras Tomás rabiaba desde la distancia al verlo.

¿Por qué demonios la abrazaba?

Ver que el amigo de Ricardo o los hombres con los que se cruzaban miraban a Gema era algo que nunca había soportado, y, cuando Ana se lo reprochó, él le ordenó callar. No debía meterse donde no la llamaban.

Una vez en la calle, mientras esperaban a que llegara un taxi, Gema estaba radiante. No podía parar de sonreír. Por dentro, el dolor seguía, pero en su rostro se había instalado una sonrisa que no se borraba.

—¿Os apetece que comamos juntos? —propuso Kike.

Ricardo miró a su hermana. Lo que ella dijera le parecía bien, y Gema respondió:

—¡Genial! Estoy muerta de hambre.

Ricardo asintió al oírla; sabía que esa explosión de felicidad era algo que ella forzaba. La Gema que él conocía habría estado llorando a moco tendido en ese instante. Pero no, su hermana se había puesto ahora una máscara para ocultar su dolor, y sabiendo que era un método de autodefensa, no dijo nada. Más tarde ya lloraría.

Ella, al volverse, miró a Tomás y sus ojos conectaron. Estaba claro que había oído su respuesta. Su gesto era serio, mientras que el de ella era sonriente.

Un taxi se detuvo entonces frente a ellos y Kike, con galantería, abrió la puerta y señaló:

—Las damas guapas primero.

Gustosa, Gema montó en el taxi, luego Ricardo y por último Kike.

En cuanto el vehículo arrancó, mientras Kike le daba la dirección del restaurante al taxista, ella miró hacia atrás. Aquel taxi la alejaba de Tomás, al igual que san Destino. Se había acabado llorar, sufrir y padecer por alguien que no lo merecía. Se habían divorciado porque él se lo había buscado, y Gema debía y se exigía comenzar una nueva vida. Así pues, al ver a su hermano y a Kike mirar algo de trabajo en sus iPads, sacó su teléfono y, tras buscar el grupo de WhatsApp que tenía con sus amigas, escribió:

Gema: ¡Ya soy una mujer divorciada! He pasado de no parar de llorar a no parar de sonreír. ¿Nos vemos esta noche y lo celebramos?

Las respuestas no tardaron en llegar. Tanto África como Belinda le dieron la enhorabuena, y quedaron a las nueve en un bar que conocían. Esa noche había algo que celebrar.

Capítulo 24

A África la tranquilizó recibir el mensaje de Gema.

Saber que estaba feliz tras haber firmado el divorcio era una buena noticia. Aunque, conociéndola, sabía que las lágrimas no tardarían en aparecer de nuevo. Gema era sentimental. Demasiado. A diferencia de ella, el cambio le iba a costar, pero antes o después lo conseguiría, ¡claro que sí!

Una vez que quedó con sus amigas para esa noche, dejó el móvil sobre una mesita y, mirando al hombre que estaba de pie a su lado, desnudo, dijo con voz tentadora:

—Disculpa, era importante.

Él sonrió y, acercándose a África, la besó.

Encantada, ella se dejó hacer, mientras sus manos paseaban libremente por la espalda de aquel al que había conocido como Lucas. Soltero. 39 años. 1,77 de estatura. Tatuador. Ojos verdes. Pelo claro.

Complacida, disfrutaba del encuentro en aquel hotel por horas, donde de vez en cuando se oía algún jadeo o algún grito de placer. Llevaba días tonteando con Lucas, al igual que lo hacía con otros, pero la noche anterior, tras el calentón que se había pillado a raíz de la conversación mantenida con él, quedó al día siguiente sin dudarlo. Deseaba disfrutar en vivo y en directo de todo aquello de lo que habían hablado.

Y ahí estaban ahora, en una habitación de un curioso hotel temático que llevaba por nombre «Deseo», disfrutando del sexo sin más.

Un beso, dos..., hasta que Lucas, excitado, la sentó sobre una mesita que había en la estancia y, mirándola a los ojos, murmuró al tiempo que cogía una silla:

—Ahora voy a sentarme y a darme un buen festín.

África asintió encantada. ¡Lo deseaba!

El morbo que le provocaba la manera de ser de Lucas era lo que la había llevado hasta aquella habitación. Lucas era morboso, tremendamente caliente en sus actos, en sus comentarios y sus miradas, y África, abriendo las piernas, se colocó y susurró:

—Come todo lo que desees.

Y Lucas comió. Vaya si comió.

Con la cabeza metida entre las piernas de África, disfrutó de todo aquello que la noche anterior le había dicho que haría y que ella le exigía. Abriéndole los labios vaginales con los dedos, la hizo vibrar, jadear, gritar, y más cuando su lengua alcanzó el clítoris de ella.

Disfrutar del placer de un *cunnilingus* era algo nuevo para África. A Lorenzo, su ex, precisamente aquello no era algo que le agradara. Prefería comerse otras cosas. En cambio, a Lucas le encantaba todo lo que África le ofrecía, y, sin dudarlo, ambos se dejaron llevar por el momento.

Los dedos de Lucas entraban y salían del cuerpo de ella, que, sentada sobre la mesa con la espalda apoyada en la pared, jadeaba sin parar. Aquella postura, aquella manera de tocarla, de masturbarla, de comerla, era algo que África nunca había experimentado. Y cuando él, con la boca y con los dedos, profundizó en la estimulación, la piel de todo su cuerpo se erizó de tal manera que casi se asustó.

¿Qué le ocurría?

Aquel hombre al que apenas conocía la estaba llevando a un estado de excitación increíble con lo que le hacía. Tanto que las piernas comenzaron a temblarle como si de mismísimo chicle se tratara. Al sentir eso, África lo miró expectante y él, separando la boca de su vagina, preguntó:

—¿Has tenido alguna vez un *squirt*?

África negó con la cabeza. Era una novata en lo que a sexo se refería, aunque había leído sobre aquello.

—Pues hoy lo vas a tener —añadió él con una sonrisa.

Con la respiración agitada, África cabeceó. Llegados a ese punto, quería tenerlo ¡todo! Lo deseaba. Por lo que Lucas, un tipo al que se lo veía curtido en los menesteres del sexo, siguió estimulándola con la boca y los dedos, y ella, que disfrutaba como en su vida, sentía segundo a segundo como si fuera a explotar.

Estar en un hotel por horas y no en uno convencional a África le daba cierta tranquilidad. Todos los que allí estaban iban por lo mismo. Por sexo. Por ello se permitía jadear sin tener que reprimirse para que los de la habitación de al lado no la oyesen, igual que ella oía a otros, y, en cierto modo, ¡la excitaba que la oyeran a ella!

El placer que Lucas le estaba proporcionando segundo a segundo subía más y más, mientras sus gemidos y sus jadeos se elevaban sin decoro.

Madre mía, pero ¿qué le ocurría?

Al descubrir el punto en el que ella se volvía loca de placer, Lucas se centró en él. Proseguía. No paraba, mientras le susurraba «déjate llevar».

Y sí. África se dejó llevar hasta el punto en que de pronto sintió como si dentro de su vagina un globo explotara e infinidad de fluidos salieron de su cuerpo empapando a Lucas.

—Ay, Dios, ¡me estoy meando! —susurró entre jadeos.

Eso provocó una risotada de Lucas, que comentó gustoso:

—No, cielo. Estás teniendo un estupendo *squirt*.

Aquella sensación de liberación que no podía parar hizo sonreír a Lucas y, levantándose de la silla, tras colocarse un preservativo a toda prisa y sin levantar a África de la mesa, donde aún jadeaba de placer, le cogió las piernas, apoyó cada una de ellas en sus brazos, y, antes de que él lo hiciera, ella le exigió con voz jadeante.

—¡Fóllame!

Y Lucas, obedientemente, la folló.

Disfrutar del sexo de aquella forma tan loca, desinhibida y lujuriosa era algo nuevo para África. Durante años, había tenido relaciones anodinas, sosas y aburridas con su ex. No eran para nada emocionantes. No eran estimulantes. No eran divertidas.

En cambio, ahí estaba ahora, disfrutando de una diversión maravillosa que no quería que acabase. En ese instante, en esa habitación, no buscaba amor. No buscaba cariño. No buscaba contención. Solo quería sexo y lujuria. Estaba descubriendo algo que en cierto modo se le había negado y que ahora estaba dispuesta a conocer y, sobre todo, a disfrutar.

Después de cinco estupendos asaltos llenos de morbo con Lucas, ambos estaban hambrientos. La intensidad del sexo que habían practicado los tenía famélicos. Y, una vez que salieron del hotel, sin dudarlo fueron a un restaurante, donde, con complicidad y respeto, hablaron de lo sucedido y de lo estupendo que había sido.

Un rato después, y con la tripa llena, África y Lucas se despidieron. Quizá volvieran a verse. Quizá no. Ambos lo tenían claro y solo dependía de lo que ellos decidieran.

* * *

Ya en su casa, África soltó el bolso sobre su cama y suspiró. ¡Qué bien lo había pasado con Lucas!

Mientras pensaba en lo ocurrido, se desnudó para ducharse, aunque antes, cogiendo su teléfono móvil, buscó en su lista de Spotify *Flowers* de Miley Cyrus y la puso. Como decía la canción, a partir de ahora, si ella quería flores, ella se las regalaría.

Bailando al son de la música, África, que era cada vez una mujer más segura de sí misma, se metió en la ducha, donde, sonriendo, cantó a voz en grito aquella estupenda canción.

Capítulo 25

Cuando esa noche Belinda llegó al bar, Gema y África ya la esperaban.

Con una sonrisa, las abrazó a ambas y, besuqueando a Gema, preguntó:

—¿Estás bien?

Sin dejar de sonreír, esta, que había vuelto a ponerse el anillo de casada, algo de lo que aquellas se percataron enseguida, afirmó:

—Estoy mejor que bien.

Sus amigas se miraron sonriendo. No la creían.

Entonces, Belinda sacó un paquetito de su enorme bolso y anunció:

—Este regalo es para ti, por tu divorcio.

Gema lo miró.

—¡Esperamos que te guste muchoooooo! —agregó África.

Ella lo cogió y, al ver que sus amigas reían, cuchicheó:

—No sé por qué me temo lo peor.

Cuando retiró el papel y frente a ella apareció una caja en la que se leía «Succionador de clítoris», Gema se puso roja como un tomate y se apresuró a esconderlo.

—Pero ¿estáis locas? —susurró.

—Loca te va a dejar a ti —se mofó Belinda.

Divertidas por la reacción de aquella, sus amigas rieron a carcajadas.

—Pruébalo, te gustará —recomendó África.

Colorada como un tomate, Gema metió la caja en su bolso sin decir nada y entonces Belinda insistió:

—Estás sola en tu casa. Por tanto, quítate las bragas, túmbate en la cama, en el sofá o en el suelo, ponte a *Bodhi* sobre el clítoris ¡y disfruta, joder, que es una pasada!

Todas se rieron, y Gema preguntó:

—¿*Bodhi*?

Aquellas asintieron y África murmuró:

—¿*Le llaman Bodhi* no era tu película preferida? ¿La del surfista?

Oír eso la hizo reír. Sus amigas eran unas cachondas. Y, cerrando el bolso, afirmó:

—Vale. Lo probaré. ¡Gracias por el regalo!

Durante varios minutos estuvieron charlando de varias cosas. Y, cuando África les dio más información sobre la clínica de fecundación in vitro, Belinda soltó:

—Por favorrrrr, pero ¿no es más fácil y barato acostarte con un tipo, echar cuatro polvazos y quedarte embarazada?

África afirmó con la cabeza, divertida, pero indicó:

—Quizá sí. Pero mis principios no me permiten quedarme embarazada y no contárselo al padre.

—¿Por qué? —insistió ella.

Gema, que las escuchaba, terció:

—Porque el padre también merece saber que va a ser padre.

Belinda estuvo de acuerdo. Su relación con los hombres de su vida nunca había sido muy buena, y sin pensarlo soltó:

—Lo único que sé de mi padre es que, cuando se enteró de que mi madre estaba embarazada, lo primero que le dijo fue: «¡Aborta!». Algo que aún no sé por qué ella no hizo, en especial después de las veces en las que se reprochó no haberle hecho caso.

Gema y África la miraron en silencio. Aquello era terrible. Y Belinda, consciente de lo que había soltado, dijo con una sonrisa:

—Pero ¡san Destino me hizo estar aquí!

Sus amigas asintieron. La positividad de Belinda, tras las terribles píldoras que soltaba, era increíble. Y África, sintiendo el tenso silencio que se había originado, dijo:

—Estoy planteándome hacerme todas las pruebas en la clínica de fertilidad.

—¡Qué emoción! ¡Serás madre! —exclamó Gema.

Ella afirmó con la cabeza, feliz. Sería el mejor regalo de su vida.

—Hasta que llegue ese momento —dijo entonces Belinda levantando la mano—, ¿qué tal si nos pedimos una botellita de nuestro vino preferido y brindamos por Gema y su soltería?

Cuando hubieron pedido un Mateus rosado y las copas de las tres estuvieron llenas, Gema levantó la suya y declaró:

—Chicas, brindemos porque soy una mujer felizmente divorciada.

Belinda y África levantaron también sus copas. La alegría que demostraba no era algo real, sino fingido. Después de brindar, cuando Gema fue a beber, como si un castillo de naipes se derrumbara, rompió a llorar desconsolada y África, dejando su copa, se apresuró a abrazarla.

—Lo sabía..., es que lo sabía —dijo.

Belinda asintió y, cogiendo la mano de aquella con cariño, musitó:

—Vamos, échalo todo.

Sin poder contenerse, Gema les contó que Tomás había ido a firmar el divorcio acompañado de su nueva novia. Saber eso enfureció a sus amigas. Pero ¿cómo podía ser tan sinvergüenza aquel tipo?

También les contó que se había quitado el anillo para provocarlo y lo había tirado en su bolso, pero que, al llegar a casa, había sentido la necesidad de volver a ponérselo. Se sentía rara sin él.

Durante un buen rato, las lágrimas de Gema no cesaron. Se había divorciado. Se había mostrado fría frente al que ya era su exmarido, pero ahora esa máscara de frialdad se había descongelado.

—Yo solo quería vivir mi bonita historia de amor con Tomás —declaró mirando a sus amigas—. Deseaba una vida como la que tienen mis padres, que se quieren, se respetan, se...

Los lloros se acrecentaron y Belinda susurró:

—Ojalá todos tuviéramos la suerte que tuvieron tus padres al conocerse. Pero san Destino es un cabrito y...

—Pues san Destino los unió —la cortó Gema. Y, tras contarles cómo se conocieron sus padres, en las condiciones que estaban y que en tres meses se casaron, cuchicheó llorando—: Y siguen siendo felices, ¡siguen queriéndose!

África y Belinda se miraron. La historia de amor de los padres de Gema, sin lugar a dudas, era bonita e increíble.

—Lo siento, chicas —dijo ella gimiendo.

—Tranquila —murmuró África.

—Soy un desastre —cuchicheó Gema.

—¿Por qué dices eso? —inquirió Belinda.

Gema, que ya estaba algo más tranquila, tomó aire antes de responder:

—Porque, en vez de estar celebrando mi divorcio porque me he quitado de encima a un marido que nunca me ha querido ni me ha respetado, ¡estoy aquí llorando como una tonta!

—A ver, Gema —la cortó África—. Como siempre digo, cada persona lleva las cosas a su manera.

Ella asintió, pero, mirándola, dijo:

—Cuando tú te divorciaste lo celebramos como correspondía. ¿Por qué yo no puedo hacerlo también?

—Puedes. Solo tienes que querer —sentenció Belinda.

Gema cerró los ojos; su amiga llevaba razón. Por tanto, dispuesta a querer, se quitó el anillo de casada y dijo poniéndolo delante de sus amigas:

—Haced lo que queráis con él.

Oír eso hizo que Belinda parpadeara, mientras África decía:

—A ver, Gema... Eso es algo que tú y solo tú has de decidir.

—Vendedlo. Tiradlo. Regaladlo. Quemadlo. ¡No quiero volver a verlo!

—Gemaaaaa, ¡piénsalo! —insistió África.

—¡Pensado! ¡Ya está pensado! ¡Quiero perderlo de vista ya!

Belinda sonrió al oírla. No creía nada de lo que decía, pero, cogiendo el toro por los cuernos, agarró el anillo y, levantándose de la silla, les dijo a sus amigas:

—Seguidme.

Sin dudarlo, ellas lo hicieron y, cuando entraron en el baño del local, que era pequeño y cutre, y aquella cerró la puerta, África murmuró al intuir lo que Belinda iba a hacer:

—No creo que sea buena idea...

Belinda miró a Gema, que guardaba silencio. Su gesto desconcertado lo decía todo, y Belinda le preguntó:

—¿Qué quieres que haga con el anillo?

Gema se dio aire con la mano y, cuando pudo articular palabra, dijo en un tono de voz neutro:

—La mierda con la mierda se va.

Belinda sonrió al oírla. Eran las mismas palabras que ella había pronunciado cuando tiró el anillo de Víctor.

—A ver —insistió África al oírla—, creo que...

Entonces Belinda dejó caer el anillo al váter y, sin dudarlo, tiró de la cadena, y en ese momento Gema empezó a gritar:

—¡Noooooooooo...! ¡Noooo...! ¡Nooooo...!

Durante unos segundos, las tres se quedaron en silencio mirando como desaparecía el agua del inodoro, hasta que Gema, que lloraba a moco tendido, miró a Belinda y dijo:

—¿Cómo has podido hacerlo? ¿Cómo?

—Tú me lo has pedido —respondió aquella con tranquilidad.

Gema miraba el váter desesperada. El anillo que tanto representaba para ella había desaparecido. Y África, mirándolas, intervino:

—Os lo he dicho. Os he dicho que no era buena idea.

Desesperada, Gema bajó la tapa del váter. Recuperar el anillo era imposible, por lo que se sentó y, tapándose los ojos con las manos, murmuró:

—Ahora, sí. Ahora sí que todo ha terminado. Los recuerdos. Los momentos...

Oír eso hizo que Belinda se agachara para estar a su altura y, retirándole las manos para ver sus ojos, musitó:

—No, cielo. Los recuerdos y los momentos están contigo, pero el anillo solo era algo material. Algo que durante muchos años representó una ilusión, pero que hoy en día, y tras lo que ha ocurrido, no por tu culpa, sino por la de él, ya no representa nada.

África se agachó junto a Belinda y, mirando a Gema, susurró:

—Deja de pensar en el pasado y piensa que hoy es el primer día del resto de tu vida. A partir de ahora comenzarás a atesorar momentos y recuerdos nuevos por y para ti, con las personas que quieres y te quieren, pero los de antes siguen contigo.

Con las lágrimas corriendo por sus mejillas, Gema las miró. Una vez más, aquellas tenían razón.

—Piensa en el presente y en el futuro —insistió África—, porque el pasado pasado está.

Gema estaba secándose las mejillas cuando Belinda se quitó el anillo de plata que siempre llevaba, lo desmontó en varios aretes de desigual forma y dijo poniéndole uno en el dedo a su amiga:

—Este pack de anillos fue el primer capricho que me compré cuando tenía veintidós años con mi primer sueldo. Se lo compré a una hippie en el Rastro de Madrid, y recuerdo que me dijo que eran anillos de vida y de energía positiva. Este es para ti, y este otro para ti —añadió poniéndole otro a África.

Emocionadas, sus amigas miraban aquello que aquella humilde chica les regalaba, y ella añadió sonriendo:

—Son de plata, aunque imagino que no será una plata muy buena, pero eso es lo que menos me importa. Lo importante es que son anillos de vida y energía positiva y, sobre todo, que, cuando los miréis, ambas sepáis que yo siempre estaré aquí para cuando me necesitéis.

Gema volvió a llorar al oír eso. Lo que Belinda decía era muy bonito. Y África, tan emocionada como ella, susurró:

—Belinda, muchas gracias. Es..., es precioso, y tú eres ¡increíble!

—¡Lo sé..., muñeca! —se mofó ella.

Las tres soltaron una risotada y, a continuación, cuando Belinda vio que había conseguido su propósito, que era hacer sonreír a Gema, indicó secándole las lágrimas:

—¿Os habéis dado cuenta de que acabamos de crear un bonito recuerdo, agachadas en el baño de este cutroso bar?

Eso hizo que las tres volvieran a reír y, levantándose, se dieron un abrazo lleno de cariño y amor que les puso el vello de punta. Sin duda era un precioso recuerdo.

Cuando se separaron, Gema miró el nuevo anillo que lucía ahora en el dedo.

—Creo que comienzo a sentir su energía positiva —dijo.

—¡Genial! ¡Esa es la idea! —se mofó Belinda.

—Esto se merece un brindis —indicó África.

Sonriendo en silencio se miraban cuando Belinda, sorprendiéndolas de nuevo, se sacó del bolsillo del pantalón el anillo de boda de Gema y, poniéndolo frente a ella, anunció:

—Yo no soy nadie para deshacerme de tu anillo. Eso solo puedes hacerlo tú guiada por san Destino.

—¡Serás diabla...! —bromeó África al verlo.

Gema parpadeó. Allí estaba de nuevo el anillo que minutos antes creía haber perdido para siempre. Lo cogió y susurró mirando a su amiga:

—Eres lo peor...

—¡Madre del Verbo Divino! —canturreó Belinda divertida.

Durante unos segundos, Belinda y África miraron a Gema en silencio, mientras recuerdos y momentos vividos junto a Tomás inundaban la mente de esta a una velocidad supersónica.

Pero, efectivamente, eso ya era pasado.

Aquel anillo ya no representaba nada de lo que en su momento representó, y no por ella, sino por él. Como le había dicho, ahora era la dueña de su vida, de su cuerpo y de su tiempo, y debía quererse, valorarse y amarse a sí misma. ¡Se lo merecía!

Y entonces Gema, con una paz interior que le hizo saber que aquel instante separaba el antes del después en su vida, abrió la tapa del váter, dejó caer el anillo y declaró con voz segura:

—La mierda con la mierda se va.

Y, sin más, tiró de la cadena y, una vez que el anillo desapareció, dijo ante las caras de sorpresa de sus amigas:

—Posiblemente volveré a llorar, porque soy bastante llorona. Pero ahora mismo, a vuestro lado, me valoro, me quiero, y deshacerme de ese anillo que me resta y no me suma es lo mejor.

Sus amigas asintieron. Estaba claro que iba a poner de su parte para comenzar una nueva vida. Y, dispuesta a sumar y a vivir, Gema insistió:

—Vamos, ABG. Tenemos que brindar por mi nueva vida... ¡y por *Bodhi*!

Capítulo 26

Olvidándose por fin del anillo que a Gema la tenía enganchada al pasado con Tomás, una vez que regresaron de nuevo a la sala del bar, pidieron otra botellita de vino.

¡Tenían por lo que brindar!

Sin ganas de más dramas, Gema se repuso. El pasado pasado era, y ahora era su presente, su momento, y quería vivirlo. Tenía que vivirlo.

Entre risas, las chicas hablaban, brindaban y se divertían cuando tres tipos, al verlas tan divertidas, se acercaron a ellas y tontearon durante varios minutos. Gema, que no estaba acostumbrada a eso, escuchaba callada como sus amigas vacilaban con aquellos. Y, cuando estos se marcharon, Belinda comentó:

—El moreno, Rubén, me ha dado su Instagram ¡y ya nos seguimos!

África sonrió al oír eso, y, mirando a Gema, dijo:

—Tienes que ponerte al día en redes sociales. ¿Cómo es que no tienes ni una sola?

Ella se encogió de hombros. En su vida anterior no las había necesitado. Con las redes sociales que tenían sus dos hijos tenía suficiente para enterarse de cosas.

Entonces Belinda, cogiendo el teléfono de aquella, terció:

—Eso te lo soluciono yo ahora mismo.

Entre risas y preguntas, África y Belinda le crearon un perfil a Gema en Instagram. Pero a la hora de subir una foto de ella, se abrió el debate: ¿sola o con sus hijos?

Según Gema, una foto con sus hijos era lo que tocaba. Según sus amigas, la foto tenía que ser solo suya, y una en la que estuviera cañón.

Como no se ponían de acuerdo, Belinda, que no se cortaba un pelo, decidió hacer una encuesta en el bar. Y, acercándose a varias de las personas, hombres y mujeres, que allí estaban, les preguntó su opinión ante las risas de sus amigas.

Todos miraban a Gema. Era una mujer joven, guapa y sin duda interesante, y creían que debía subir una foto ella sola. ¿Por qué no, si se había divorciado?

Al final se impuso la mayoría y Gema, entre risas, subió una foto del verano anterior en la que se la veía sonriendo con una pamela en la cabeza, y todo el bar terminó siguiéndola en Instagram.

Gema, divertida, no podía parar de reír. Lo que no se le ocurriera a Belinda no se le ocurría a nadie. Y al mirar su perfil con cuarenta y siete seguidores, comentó:

—Cuando lo vean Bosco y Dunia, no se lo van a creer.

Entre risas prosiguieron, hasta que a Belinda le sonó el teléfono y, al mirar, murmuró con un resoplido:

—La Rata otra vez...

Acto seguido les enseñó el móvil a sus amigas, que leyeron:

Víctor: Sigo acordándome de ti. ¿Podemos hablar?

África parpadeó boquiabierta mientras Gema siseaba:

—Ese tío es un sinvergüenza.

Belinda asintió. Su amiga tenía razón. Víctor seguía comportándose como nunca habría imaginado. Se guardó el teléfono, e iba a hablar cuando África preguntó:

—¿Por qué no lo bloqueas?

Ella resopló de nuevo. Debería haberlo bloqueado hacía tiempo. Ya no quería a Víctor, pasaba de él.

—Aunque esté mal decirlo, porque soy vengativa —contestó—. Y hasta que le dé un escarmiento por lo que me hizo, no dormiré a pata suelta.

—¿Quieres echarle laxante en la bebida? —preguntó África.

—Es una opción —afirmó.

Las tres charlaban divertidas cuando un tipo pasó por delante de ellas y les sonrió.

—Tiene un cuerpazo impresionante —aseguró Belinda—. Eso sí..., ¡mucho gimnasio!

Gema asintió. África también, y entonces esta, recordando algo, dijo:

—Hablando de cuerpossss...

Oír eso hizo que Belinda sonriera. Sabía que se refería a lo que le había contado de la bombera, y, mirándola, murmuró:

—¿No te han dicho nunca que eres una mala pécora?

África soltó una risotada y, sin poder callar un segundo más lo que deseaba contarles, dijo:

—Que sepáis que esta mañana, mientras tú firmabas tu divorcio y tú trabajabas, yo he tenido una mañanita de lujuria, sexo y perversión en la habitación de un hotel por horas.

—Pero ¿qué me estás contando? ¿Has hecho ya el trío? —se mofó Belinda.

—No. Pero ¡lo haré!

—¡Madre del Verbo Divino! —susurró Gema.

Oír eso hizo que Belinda y África rieran a carcajadas, y luego la segunda cuchicheó:

—Lucas. 39 años. 1,77. Tatuador y..., madre mía, ¡qué cuerpazo!

—Bueno..., bueno..., buenoooooo —bromeó Belinda.

—¿Tatuador? —preguntó Gema.

África asintió y Gema, lanzándose sin pensar, soltó:

—¡Quiero hacerme un tatuaje!

Sus amigas la miraron. No era la clase de mujer que se hacía tatuajes. Pero ella insistió:

—Hay una frase que no quiero que esté solo grabada en mi mente, sino que también deseo que esté en mi piel, por si la olvido, mirarla y recordarla —declaró consciente de lo que decía.

—¡Ojiplática me dejas, Gemita! —murmuró Belinda.

La aludida afirmó con la cabeza. Ojiplática se había quedado ella también por lo que había dicho, y África preguntó:

—¿Qué frase quieres tatuarte?

Gema la miró. Si lo hacía, ¡su familia fliparía! Pero, decidida, contestó:

—«Soy la única dueña de mi tiempo, de mi vida y de mi cuerpo».

Sus amigas asintieron. Que Gema dijera eso y se estuviera planteando tatuárselo era un paso más que importante para ella. Y Belinda, que ya tenía algunos tatuajes, indicó:

—Una verdad como un templo. ¡Me apunto a ese tatuaje!

África parpadeó y Gema cuchicheó:

—Belinda, como dice mi hijo Bosco, los tatuajes tienen sus motivos y...

—Lo sé. —Y enseñando los dos que llevaba indicó—: La luna es por lo mucho que siempre he hablado con ella y el mandala, porque es algo bonito y complicado como la vida.

—Yo me apunto también —soltó África.

Gema la miró. Sabía de su aversión a las agujas, y cuchicheó:

—Pero ¡¿os habéis vuelto locas las dos?!

África y Belinda sonrieron. Sin hablarse se entendieron, y África afirmó:

—Será algo solo nuestro. De las tres.

Las otras estuvieron de acuerdo.

—Era solo una idea... —murmuró Gema.

—Pues nos encanta tu idea —se mofó Belinda y, señalando los dos tatuajes que llevaba, indicó—: Como siempre se dice, no hay dos sin tres. Ni uno sin dos. Por tanto, amigas, preparaos, porque tatuarse crea adicción.

Gema asintió boquiabierta. Sus amigas estaban muy locas.

Un buen rato más tarde, después de que África quedara en llamar al tal Lucas para ver cuándo podían hacerse los tatuajes, y ante la cara de incredulidad de Gema, comenzó a hablar con Belinda de sexo con total libertad. Hablaban de posturas, ritmos, y mencionaban cosas que su amiga no había oído en la vida.

—¿Sabéis lo que es un *squirt*? —dijo África.

Gema negó con la cabeza y Belinda preguntó:

—¿No me digas que lo has tenido?

África asintió con gesto pícaro, pero aquella protestó:

—Joder, tía, ¡a mí san Destino todavía no me ha permitido tener ninguno!

—Dios, ¡fue una pasada! —insistió África—. Mientras lo tenía, el placer se intensificaba, se intensificaba, se intensificaba..., y ufff, no sé ni cómo describirlo. Es más, yo diría que todavía me tiemblan las piernas y el potorro.

—¡África! —murmuró Gema atónita.

—Y..., y el caso es que me meaba, pero no me meaba y...

—¿Que te meabas? —preguntó Gema.

África asintió.

—Eso creía yo, pero no, no me meaba, estaba teniendo un *squirt*.

Belinda soltó una carcajada. Ver la cara de no entender de Gema era gracioso, y dirigiéndose a África preguntó:

—¿Tan bueno fue?

La aludida asintió y cuchicheó divertida:

—Como diría Gema, ¡Madre del Verbo Divino!

Las tres rieron por aquello y África dijo:

—Fue un híbrido entre cuando te corres jugando con un succionador de clítoris y cuando te corres por purito gustazo en el sexo, pero con doble intensidad y con doble de todo —y bajando la voz añadió—: Para pensar que me estaba meando, ¡imaginaos!

Gema las escuchaba boquiabierta. En temas de sexo estaba totalmente perdida, y cuchicheó:

—He oído hablar de los succionadores de clítoris, pero nunca los he probado.

Según dijo eso, África y Belinda la miraron, y la primera dijo:

—*Bodhi* te volverá locaaaaaaa.

Eso las hizo reír a las tres, y luego Gema preguntó curiosa.

—Sobre succionadores sí había oído hablar a las mamis del colegio, pero sobre lo otro que has dicho... ¡es la primera vez!

África puso los ojos en blanco. Recordar aquel momento la hacía suspirar.

—Mira, existe la eyaculación vaginal y también el *squirt*. La primera es que, cuando tenemos un orgasmo, nuestro cuerpo libera ese líquido blanquecino, que, todo sea dicho, ¡qué gustirrinín tener un orgasmo!

—¡Maravilloso! —exclamó Belinda.

Gema no dijo nada. Aquellas la miraban cuando Belinda indicó:

—Dime al menos que sabes lo que es un orgasmo y los has tenido.

Rápidamente Gema asintió. Aunque el sexo con Tomás había ido de más a menos, reconocía que años atrás lo había pasado bien, y afirmó:

—Pues claro que sé lo que es un orgasmo y los he tenido.

Belinda asintió con la cabeza y entonces África prosiguió:

—Y el *squirt* se produce cuando, por purito placer, durante ciertas manualidades la mar de increíbles, nuestra uretra suelta un chorro de líquido transparente que sale de la vejiga como a propulsión y, uf..., *mamma mia!*

Gema parpadeó. ¿Un chorro a propulsión? En la vida había oído algo así.

—Bueno..., bueno..., bueno... —cuchicheó Belinda divertida—. Gemita..., de lo que te acabas de enterar.

La expresión de Gema era un poema, y acto seguido Belinda le preguntó:

—¿No lo has visto nunca en ninguna película o vídeo porno?

Gema negó con la cabeza. Ella no solía ver eso. Tomás y ella no eran de ver porno. Entonces África, que ya había buscado un vídeo en YouTube, se lo puso y Gema al ver aquello contrajo la cara.

—Por favorrrrrr —murmuró.

Belinda y África sonrieron. Ver como aquella se sorprendía por todo era curioso. ¿Cómo era posible que, teniendo la misma edad las tres, Gema pudiera sorprenderse por cosas que para ellas eran parte de la vida?

—El caso es que yo lo tuve y madre mía lo que disfruté —afirmó África.

Entre risas y confidencias, Gema se daba cuenta de lo limitada que había sido su vida en todos los sentidos. Estar casada con un hombre como Tomás, que se había despreocupado de ella, la había alejado de la vida y de las experiencias de un modo que, desde luego, comenzaba a no gustarle. Estaba riendo por los comentarios de África cuando, recordando algo, preguntó dirigiéndose a Belinda:

—¿Qué era eso que tenía que ver con «cuerpossss» y que ha dicho antes África?

Esta última soltó una carcajada. Belinda puso los ojos en blanco y finalmente, riendo, cuchicheó:

—¿Recuerdas que el otro día te dije que tuve que irme a dormir a casa de África con *Jamón* y *Queso* porque a mis vecinos se les quemó la cocina?

—Sí.

—Pues resulta que entre los bomberos que fueron para solucionar el problema...

—¿Has ligado con un bombero? —interrumpió Gema.

África asintió. Todavía confundida, Belinda se encogió de hombros y dijo:

—Más bien con una bombera.

—¡¿Cómo?!

—Con la teniente Saura, del Parque de Bomberos 5, que, curiosamente, es aquella chica que conocí una noche en un bar y os dije que era mona. ¿Te acuerdas?

Oír eso hizo que Gema asintiera sorprendida. En el tiempo que hacía que conocía a Belinda nunca la había oído decir que le gustaran las mujeres. Siempre vacilaba con hombres, se fijaba en ellos, tonteaba con ellos, y África cuchicheó:

—Esa teniente la dejó sin habla. Es más, le he dicho que debería ir al parque a darle las gracias por sus servicios.

—¡Ni loca! —replicó ella mientras bebía un trago.

El gesto que a continuación le dirigió a Gema le llamó la atención. Pocas veces la había visto reaccionar, y, curiosa, dijo:

—Que te gusten las mujeres no es malo.

—Lo sé, Gema, lo sé.

—¿Entonces...? —insistió aquella.

Belinda se encogió de hombros e indicó:

—Es que a mí nunca me han llamado la atención las mujeres. Siempre me han gustado los hombres. Pero esa teniente... reconozco que me hizo tilín.

—¡Y tolón! —se mofó África—. Y, por cierto, dijiste que tenía un buen culito y unos ojazos impresionantes.

—Es que menudos ojazos tiene —afirmó Belinda convencida.

Las tres rieron y Gema, dirigiéndose a Belinda, señaló:

—Las personas somos libres de enamorarnos de quienes nosotros queramos. Y como le dije a mi hijo Bosco en su momento, que nadie te haga dudar de quién eres ni de lo que te gusta o lo que quieres. Porque tú y solo tú has de decidir tu vida en todos los sentidos. Y por supuesto, también con quién te acuestas o con quién te levantas.

—Mírala, ¡qué actual! —señaló África.

Gema asintió.

—Siempre he creído que el amor es algo que uno ha de elegir por sí mismo. Yo misma elegí, me equivocara o no, y mis padres lo respetaron. Por eso, siempre les dije a Dunia y a Bosco que ellos debían amar a quienes quisieran, y no a quienes otros les impusieran.

—¿Y el troglodita de tu ex qué decía?

Oír esa pregunta hizo sonreír a Gema, que, tras dar un trago a su copa, dijo:

—Él siempre me reprochó que fuera tan liberal en ese sentido. Siempre llevó fatal que Bosco sea gay... Pero fíjate que en ese tema nunca dejé que cambiara mi opinión. Si mi hijo o mi hija aman a alguien de su mismo sexo, ¿dónde está el mal si el amor es precioso?

Sus amigas asintieron. Opinaban lo mismo que ella, aunque, por desgracia, aún hubiera gente que no lo entendiera.

—Que ellos sean libres para amar a quien les venga en gana es lo mejor que a los padres les puede pasar, a mí en este caso. Si ellos son felices, ¡yo soy feliz!

Oírle decir eso a Gema les hizo gracia tanto a África como a Belinda, y entonces la primera preguntó:

—¿Y tú te darás la oportunidad de volver a amar?

Gema puso los ojos en blanco.

—¡Paso palabra! —se apresuró a responder.

Eso provocó que las tres soltaran una carcajada; entonces Belinda, retomando el tema del que hablaban, indicó:

—En cuanto a lo mío con la bombera, seguro que es una tontería. A mí siempre me han gustado los hombres. Pero, oye, reconozco que, por primera vez en mi vida, esa mujer me puso nerviosa y, cuando me miró con sus ojos azules tannnnnn increíbles, el estómago se me encogió... No sé. Quizá fueron los nervios del momento por el incendio ¡o vete tú a saber! —Y, mirando a un hombre que se acercaba a ellas con una sonrisa, murmuró—: Bueno, bueno, bueno..., no me digáis que el morenazo que viene hacia aquí no está muy pero que muy bueno.

Divertidas, África y Gema lo miraron y asintieron. Belinda tenía razón: ¡aquel morenazo estaba muyyyy pero que muyyyy bueno!

Capítulo 27

Cada día que pasaba después del divorcio, Gema iba sintiéndose mejor, aunque estar siempre sola en su casa le causaba un poco de bajón. Todo cuanto la rodeaba le recordaba a Tomás y a la infancia de sus hijos, y al final, con ayuda de sus amigas y de la familia, decidió cambiar la decoración de su hogar.

Pintaron las paredes entre todos, tiraron muebles viejos, cambiaron los cuadros, las cortinas, las lámparas, y como Belinda conocía a un restaurador de muebles de segunda mano que parecían de primera, tras convencer a Gema, que no estaba muy segura de aquello, esta se sorprendió cuando fue a verlos. En su nave a las afueras de Madrid, aquel hombre tenía verdaderas maravillas *vintage* restauradas que la enamoraron, y en una semana, la tradicional casa de Gema, de muebles oscuros y masculinos, pasó a ser una casa fresca en colores y tremendamente actual. Nada que ver con lo que a Tomás le gustaba.

Bodhi y ella se hicieron muy buenos amigos. Probarlo había sido todo un descubrimiento. Pero ¿qué se había estado perdiendo? El subidón de adrenalina que el succionador le proporcionaba cuando se lo metía entre las piernas no se lo había dado Tomás en la vida, e incluso se sentía avergonzada solo de pensarlo.

Sin embargo, lo que estaba claro era que, en este caso en particular, la máquina hacía algo que Tomás nunca había logrado, y era que se corriera con un placer fuera de lo normal.

Comentarlo con sus amigas la hizo reír a carcajadas. De nuevo volvía a reír con ganas. Y a partir de ese momento, Gema y *Bodhi* comenzaron una estupenda relación, en la que ella pedía y él daba.

Los días pasaron y llegó el día programado para hacerse el tatuaje. Gema salió de su casa vestida con un peto vaquero y una camiseta y cogió su coche para después parar en un cajero y sacar dinero en efectivo.

Al salir del banco iba caminando hacia el coche cuando de pronto se encontró de frente con Tomás, que iba del brazo de la tal Ana. ¡¿Otra vez?!

Verlos hizo que el corazón empezara a latirle con más fuerza. No esperaba para nada encontrárselos allí, e intentar esquivarlos le era imposible, por lo que levantó el mentón, y oculta tras sus gafas negras, pasó junto a ellos tratando de no desmayarse.

Una vez que lo hizo Gema respiró hondo, pero, al llegar a su coche, iba a abrir la puerta cuando oyó:

—Gema.

Cerró los ojos con fuerza. Mierda, Tomás la había visto. No tenía escapatoria. Tras tomar aire se volvió y se sorprendió al verlo a él solo. ¿Dónde estaba Ana?

Durante unos segundos, ambos se miraron en silencio hasta que él preguntó:

—¿Cómo estás?

Gema sonrió con suficiencia.

—Ni que a ti te interesara —repuso.

Tomás cabeceó.

—Intento ser cordial —dijo mirándola.

Ella asintió. Oír su tono de voz le hizo saber que estaba en plan conciliador, y al ver a Ana en la esquina, esperándolo, preguntó:

—¿Qué quieres, Tomás?

—¿Cómo están los niños?

—Bien.

Él suspiró.

—Le escribo a Dunia y no me contesta —señaló—. La llamo por teléfono y no me lo coge... ¿Qué puedo hacer? Sé que la cagué con lo de mi cumpleaños, pero ¡necesito solucionarlo!

Gema pensó en multitud de respuestas que darle, a cuál más hiriente, pero, al ver su gesto, contestó:

—Tu trato con Dunia es solo vuestro. Yo ahí no me meto. No

obstante, si realmente te interesa recuperarla, sigue intentándolo. Sabes que ella te quiere y mucho, y el adulto eres tú.

Tomás afirmó con la cabeza. Luego volvieron a quedarse en silencio, hasta que Ana se acercó a ellos y saludó:

—Hola, Gema.

Él la miró, le había pedido que se quedara a distancia; pero Gema, manteniendo los nervios a raya, respondió con cordialidad, puesto que ella no tenía culpa de nada, y saludó:

—Hola, Ana.

Acto seguido se hizo de nuevo un silencio y la recién llegada, mirando a Tomás, dijo:

—Cariño, si no nos vamos ya, llegaremos tarde a la cita.

Él asintió y, dirigiéndose a Gema, preguntó:

—Si te llamo otro día, ¿quedarás conmigo para hablar?

Ella sonrió.

—Yo no tengo nada que hablar contigo —repuso.

Tomás resopló e insistió:

—Tenemos unos hijos en común, Gema.

—Efectivamente. Unos hijos que ya son mayores y que deciden por sí solitos lo que quieren con su padre y con su madre. Y, si pretendes que yo ahora interceda entre Dunia y tú, ¡lo llevas claro! Los problemas que tengas con ella o con Bosco son vuestros. No me metas a mí.

Tomás se movió inquieto en el sitio y, enfadado por no conseguir lo que se proponía, gruñó:

—Quien te haya dicho que vas guapa con esas pintas mal te quiere.

Ella sonrió de nuevo. Lo conocía. Sabía que le decía eso para minar su autoestima, y, encogiéndose de hombros, replicó:

—Ese es mi problema, no el tuyo, ¿no?

Ver que sonreía enfermó a Tomás, que siseó:

—Eres una amargada. Solo hay que verte la cara.

Gema levantó las cejas. Ahí volvía de nuevo el Tomás de siempre.

—Dijo el machirulo follador del momento —contestó.

—Será porque puedo, ¿no? —la increpó él.

Gema asintió y, mintiendo, replicó con una sonrisita:

—¿Y quién te dice que yo no puedo?

Eso lo enrabietó. ¿Cómo que ella podía? Dispuesto a descalificarla masculló:

—Esas guarras que tienes por amigas...

—Eh..., eh..., eh..., coleguita —lo cortó—. Cuidadito con lo que dices de mis amigas o al final la vamos a tener.

Con la tensión disparada, Tomás insistió:

—Esas... no te están haciendo ningún bien. Solo hay que ver cómo vistes y cómo te expresas para saber que te estás echando a una vida que terminará avergonzando a tus hijos y a tus padres. Pero ¿tan moderna te crees, cuando siempre has sido una antigua?

Oír eso enfureció a Gema. Pero ¿qué decía aquel? Y, mirándolo, respondió:

—Paso de ti y de tus nefastos comentarios.

—Con el tiempo, ¡lo verás! ¡Te avergonzarás al darte cuenta de que estás haciendo el ridículo! —insistió aquel.

Se miraron en silencio con las espadas en alto, hasta que Gema, sin cambiar el gesto, preguntó:

—¿Algo más?, porque tengo prisa.

Él negó con la cabeza y, dando media vuelta, se alejó a grandes zancadas de la mano de Ana.

Una vez que Gema abrió su coche y se sentó al volante, cerró los ojos mientras sentía como todo su cuerpo temblaba. Haberse encontrado con su ex y enfrentarse a él no había sido fácil ni agradable. Así estuvo unos instantes, hasta que abrió los ojos y murmuró:

—Bien, Gema. Lo has hecho muy bien.

Dos segundos después, arrancó el motor y se dirigió hacia el lugar donde había quedado con sus amigas. Ya iba tarde.

Al llegar al estudio de tatuajes, África y Belinda, que ya la esperaban, preguntaron al ver su gesto descompuesto:

—¿Qué te pasa?

Rápidamente Gema les explicó lo ocurrido con Tomás y, en cuanto acabó, al ver cómo la miraban, comentó:

—Hoy sí que le habría vaciado el bote de laxante.

Eso hizo que las tres rieran y Gema afirmó:

—Ahora quiero hacerme ese tatuaje con más motivo.

Las amigas sonrieron de nuevo y, al entrar en el estudio, Lucas se acercó a ellas y saludó dirigiéndose a África:

—Hola, preciosa.

—Hola, guapetón —contestó ella mientras le daba dos besos.

Belinda y Gema lo miraron. Aquel tipo calvete estaba muy pero que muy bien, y, después de que África le presentara a sus amigas y estas lo besaran para saludarlo, dijo enseñándoles unos papeles:

—Esta es la frase que queréis y el diseño que yo he creado.

De inmediato, las tres lo miraron. La frase era «Soy la única dueña de mi tiempo, de mi vida y de mi cuerpo»; estaba decorada con pequeñas semillas de diente de león, y sin dudarlo asintieron. ¡El tatuaje en sí era precioso!

—Acompañadme a mi sala —sugirió Lucas.

Belinda reía, Gema resoplaba y África sudaba cuando llegaron a una sala donde había un sillón y una mesa.

Entonces Lucas, tras entregarles unos papeles que tuvieron que firmar para dar su consentimiento, preguntó:

—¿Quién va a ser la primera?

Ninguna respondió, y Belinda, al ver el bloqueo de sus amigas, se ofreció:

—Yo.

En silencio, Gema y África observaron como aquel hombre tatuaba a Belinda. Mientras lo hacía, esta hablaba sin mover el brazo en el que le hacían el dibujo. Les repetía que no dolía. Y, emocionada, les hizo saber lo especial que era llevar ese tatuaje, porque significaba empoderamiento y hermandad con ellas.

Cuando Lucas acabó, fue Gema la que dijo sin dudarlo:

—Ahora voy yo.

África asintió. Los sudores que la aguja le estaba provocando la tenían muy asustada.

Gema se sentó en el sillón e indicó que quería el tatuaje en el hombro izquierdo, y cuando aquel comenzó su trabajo, murmuró al sentir que la aguja le taladraba la piel:

—Madre del Verbo Divino...

Belinda y África sonrieron al oírla mientras Gema las miraba. Lo que estaba haciendo era algo que nunca habría imaginado que haría, y lo mejor era que se sentía bien. Se sentía genial. Había decidido hacerse aquel tatuaje y nadie, a excepción de ella, tenía derecho a opinar. Porque, como muy bien había dicho Belinda, era su tatuaje de empoderamiento y hermandad.

Cuando Lucas acabó el tatuaje de Gema y esta se estaba mirando en el espejo, Belinda se le acercó.

—¿Qué te parece? —le preguntó.

Su amiga sonrió mientras se miraba al espejo y, segura de sí, afirmó:

—Me parece una decisión acertadísima.

Cuando le llegó el turno a África, esta estaba atacada de los nervios. Saber que una aguja comenzaría a clavarse en su piel porque ella lo estaba permitiendo la hizo dudar, y, mirando a sus dos amigas, murmuró:

—No sé si voy a poder...

Lucas sonrió. Belinda también, y Gema cuchicheó divertida:

—Solo hazlo si crees que merece la pena y tiene un sentido para ti. Si no lo haces, Belinda y yo lo entenderemos y no pasará nada.

África las miró. Aquella frase, su significado y tatuarse junto con Gema y Belinda tenía muchísimo sentido. Y, dispuesta a superar su fobia a las agujas, dijo:

—Lucas, comienza ¡ya!

Y Lucas comenzó. La cara de horror de África hizo que Gema y Belinda rieran, pero aquella acabó soportándolo sin mirar la aguja, solo sintiendo que se clavaba en su piel. En realidad, dolía menos de lo que siempre había imaginado, y, cuando finalmente Lucas terminó y África se levantó de la silla, sonrió al mirar su hombro en el espejo y susurró junto a sus amigas:

—¡Viva el empoderamiento y la hermandad!

Capítulo 28

A principios de julio, Bosco y Dunia regresaron de Londres junto a Damián.

Gema, feliz de estar de nuevo con sus hijos, disfrutó teniéndolos cerca, y reía cada vez que miraban el tatuaje que se había hecho y hablaban acerca de él. Ni que decir tiene que los padres de Gema se quedaron boquiabiertos, pero la abuela no. A Felicidad le encantó el tatuaje y, ante el horror de su hija y las risas de su nieta y sus bisnietos, comentó que ella también estaba planteándose hacerse uno.

Dunia y Tomás se vieron un día. Aun enfadada con él, Dunia adoraba a su padre, por lo que quedó con él para hablar y, a su manera, solucionaron sus diferencias. Sin embargo, todo se volvió a jorobar cuando, tras quedar para ir a Toledo a pasar el día, Tomás apareció con su novia Ana, cosa que a Dunia no le gustó. Aquella escapada era solo para ella y su padre, para arreglar las cosas. Y todo se jorobó más aún cuando, en Toledo, Ana comenzó a competir con la chiquilla.

Tomás, que estaba en su mundo, no se daba cuenta de aquello, pero Dunia sí. En un momento, la muchacha se lo comentó y su padre, al oírla, se molestó. ¿Acaso pretendía que Ana no lo besara o no lo cogiera de la mano?

Eso provocó que Dunia ya no quisiera volver a pasar un día con él, algo que a Gema le dolió. En cambio, al parecer a Tomás no le importó. Sus preferencias estaban claras.

Antes de marcharse de vacaciones, Gema tuvo una reunión de trabajo en Rhonda Rivera. Mientras hablaba con los que serían sus jefes, pues el amigo de su hermano había muerto, Gema los estudió como ellos la estudiaron a ella. No le gustaron sus caras y el modo en que le hablaban, pero, obviándolo, pues los jefes no siempre solían caer bien, aceptó el empleo y quedó en empezar el 4 de septiembre. Trabajar la mantendría ocupada.

El 29 de julio Bosco se fue a Ibiza de vacaciones con Damián. Y el 30, para evitarse caravanas, Dunia y sus abuelos, su bisabuela y *Gamora*, la perrita, se marcharon a Llanes, en Asturias. Gema y sus amigas irían allí cuando regresaran de Valencia.

¡Comenzaban las vacaciones de verano!

* * *

Tras terminar de hacer su maleta, ya que al día siguiente se marchaba con sus amigas a Valencia, Gema se preparó un sándwich, pues no le apetecía cocinar, y miró el reloj. Eran las diez de la noche. Pensó en tumbarse en su bonito sofá a ver cualquier serie de Netflix, era un excelente plan, pero en ese momento sonó el telefonillo.

Sorprendida, fue a abrir.

¿Quién sería a esas horas?

Gema sonrió contenta al ver a sus amigas. Y, cuando estas entraron, tras darle dos besos, Belinda dijo:

—Vístete, que nos vamos.

—¡¿Ahora?!

—Sí.

—¿A estas horas?

—Que sí —insistió la otra.

—¿Adónde?

África se encogió de hombros.

—Voy al baño, ¡que me meoooo! —dijo entonces Belinda.

Cuando desapareció por la puerta del pasillo, Gema miró a África y esta dijo entrando en el salón:

—No tengo ni idea de adónde vamos. Solo sé que se ha presentado en mi casa y ha dicho que teníamos que venir a buscarte.

Gema asintió y África, mirando el renovado salón, comentó:

—Te ha quedado de escándalo. Y las cortinas que compramos ¡son preciosas!

Sonriendo, la dueña de la casa volvió a asentir. Era de agradecer la ayuda que tanto sus amigas como su familia le habían brindado para darle aquella tremenda vuelta a la casa, y musitó:

—Gracias a todos vosotros. Sin vuestra ayuda, nada de esto sería realidad.

África sonrió y Belinda apareció entonces en el salón.

—¿Todavía no te has vestido? —inquirió.

Gema la miró.

—Pero ¿adónde vamos a estas horas? —quiso saber.

Belinda parpadeó, y estaba sonriendo cuando África cuchicheó:

—Uissss, esa sonrisaaaaaaaa... ¡No me digas que vamos a conocer a la bombera!

—¿Has quedado con ella? —preguntó Gema.

Divertida, Belinda se retiró el pelo del rostro y, sin soltar prenda, canturreó:

—Quién sabeeeee...

Riendo a carcajadas, Gema corrió a continuación a su dormitorio. Al ver que sus amigas llevaban vaqueros y una blusa, procedió a ponerse algo parecido, y cuando salió al salón, África cuchicheó:

—Chica..., derrochas glamour te pongas lo que te pongas.

—Ya te digo —afirmó Belinda mirando el vaquero y la blusa rosa que aquella llevaba.

Gema se encogió de hombros. Llevaba toda su vida oyendo halagos parecidos.

—Gracias, chicasssss —respondió.

Una vez que salieron de casa y montaron en el coche de África, ni ella ni Gema pudieron sacarle nada a Belinda de adónde iban. Esta se había cerrado en banda, y solo le indicó a África que condujera hacia el centro de Madrid.

Dejaron el coche en un parking y, cuando salieron de él, Belinda propuso ir a tomar algo. ¡Se estaba meando otra vez!

Entre confidencias y risas, se dirigieron a un bar y Belinda entró de nuevo en el baño. Minutos después, estaban tomándose algo cuando África le preguntó:

—¿Has ido a ver a tu madre esta mañana?

—Sí —afirmó ella.

—¿Y todo bien? —añadió Gema con interés.

—Perfecto. Y voy al baño, que me meo otra vez... —dijo Belinda.

—¿Qué te pasa, que estás tan meona?

Dando un trago a su bebida, ella indicó:

—Cuando me pongo nerviosa..., me meo.

Eso hizo que las tres sonrieran, y Gema preguntó:

—¿Tan nerviosa estás por ver a la bombera?

Belinda sonrió y luego afirmó divertida:

—Ni te lo imaginas.

Después de que saliera del baño, las tres caminaban por las calles de Madrid cuando de pronto Belinda se detuvo frente a la puerta trasera de un local.

—¿Has quedado aquí con la bombera? —le preguntó Gema.

Ella negó con la cabeza al tiempo que la puerta trasera se abría, sonaba música en el interior y aparecía un camarero con una bolsa de basura mientras se oía de fondo: «¡Vivan los novios!».

De pronto, las piezas del puzle encajaron para África, que, mirando a Belinda, soltó:

—No me jorobes que estamos en la boda de la Rata...

Al oír eso, ella no respondió, y Gema preguntó sin dar crédito:

—¿Era hoy la boda?

Belinda simplemente asintió con la cabeza.

—¿Y qué narices hacemos aquí? —dijo África.

Belinda miró al cielo mientras sus amigas le insistían y le decían que estar allí no era buena idea. En cierto modo, ella lo sabía, pero también sabía que, si no hacía lo que tenía en mente, no se iba a quedar a gusto.

Después de un rato en el que África y Gema no pararon de hablar y de decir cosas, Belinda levantó una mano para hacerlas callar.

—Si me dais un segundo, os lo explico.

—Uno y los que necesites —indicó África.

Belinda tomó aire y luego Gema preguntó:

—Pero ¿no decías que no te importaba lo que hiciera esa rata?

Ella asintió con la cabeza. La realidad era aquella.

—Lo que haga esa rata me da exactamente igual —declaró sincerándose.

—¿Entonces...? —musitó África.

Belinda se sacó entonces el móvil, desbloqueó la pantalla y, enseñándoselo, dijo:

—Este mensaje es de hoy. Leed.

Víctor: Hoy me caso, pero sigo pensando en ti, y eso es porque te quiero.

Sus amigas miraron boquiabiertas a Belinda, que siseó:

—Lo siento, pero recibir esto me ha hecho entrar en efervescencia.

—Serán cabrones él y san Destino —musitó África.

—Muy cabrones —aseguró Gema.

—He intentado ignorarlo —dijo Belinda—, pero san Destino me ha traído hasta aquí. Y os aseguro que voy a decirle todo lo que pienso.

África y Gema se miraron sorprendidas y luego la primera preguntó:

—¿En el día de su boda?

Belinda asintió y Gema murmuró boquiabierta:

—Madre del Verbo Divino...

Siempre que oía eso, Belinda sonreía, e, intentando explicarse, añadió:

—Como comentábamos un día, vosotras tuvisteis la oportunidad de decirles lo que pensabais a vuestros ex. Pero en mi caso nunca ha sido así, y quiero tener mi opción a réplica.

—¿Por qué? —inquirió Gema.

Belinda se encogió de hombros.

—Porque quiero que todo el mundo sepa que es una rata —contestó con sinceridad—. No hay más. Quizá sea una egoísta y una perra por lo que voy a hacer. Pero, al igual que en su momento él solo pensó en él, hoy yo solo quiero pensar en mí, y, ¿por qué no?, joderle un poquito su boda.

Gema, que intentaba entenderla, insistió:

—Pero, Belinda, ¿qué pretendes hacer? —Y al ver como aquella sonreía, añadió bajando la voz—: No querrás envenenarlo...

África parpadeó y entonces Belinda, en el mismo tono de voz bajo, respondió:

—La verdad es que se me ha pasado por la cabeza...

—¡Belindaaaa! —exclamó Gema horrorizada.

África sonrió. No sabía qué era lo que pretendía su amiga, pero desde luego envenenarlo no.

—Quiero cantarle una canción —declaró al fin Belinda.

África y Gema se miraron. ¿Cantarle una canción? Pero ¿es que se había vuelto loca?

Sin entender nada, se miraban cuando su amiga aclaró:

—Hay una canción que Irene cantaba cuando recordaba a mi padre, y, la verdad, siento la necesidad loca de cantársela a él delante de su mujer y su familia.

—¿Qué canción? —preguntó Gema.

Belinda sonrió.

—*Rata de dos patas*, de Paquita la del Barrio. ¿La conocéis?

Sus amigas negaron con la cabeza. En la vida habían oído hablar de ella.

—Cuando la cante, atentas a la letra —añadió—. ¡Es buenísima!

África soltó una risotada. Las locuras de su amiga le encantaban.

—Víctor ha contratado a un grupo de música para que amenice la fiesta —continuó Belinda—. He hablado con ellos y están dispuestos a dejarme subir a cantar esa canción. Eso sí, les he tenido que soltar doscientos pavos...

—¿Doscientos euros? —musitó Gema.

Belinda asintió y, sonriendo, afirmó:

—Serán los doscientos euros mejor invertidos de mi vida.

—Pero...

—¿Estás segura de que mañana o dentro de un mes no te vas a arrepentir? —preguntó África interrumpiendo a Gema.

—Segurísima —afirmó.

Acto seguido, las tres guardaron silencio, y Gema y África intercambiaron una mirada. Belinda siempre estaba ahí cuando la necesitaban y, sin lugar a dudas, ellas iban a estar ahora que su amiga las necesitaba.

—Muy bien —dijo entonces Gema tras tomar aire—. ¿Qué quieres que hagamos?

Belinda soltó una carcajada al oírla y, divertida, respondió:

—Solo necesito que, cuando coja el micrófono, no permitáis que nadie suba al escenario para interrumpirme.

Ellas asintieron mirándose entre sí, mientras Belinda cuchicheaba con una sonrisa pícara:

—Esa rata por fin me va a oír.

Capítulo 29

Cinco minutos después, tras hablar sobre aquello, Belinda abrió la puerta trasera del local y las tres amigas entraron por la cocina. Algunos de los empleados del local las miraron, pero continuaron a lo suyo.

Una vez que llegaron a la puerta que comunicaba con el salón de bodas, Belinda la entreabrió y, viendo vía libre, las tres entraron. Mientras estaban semiescondidas entre las columnas, Belinda vio a Víctor junto a la que ya era su mujer charlando al fondo de la sala. Era un hombre atractivo, pero ni alto ni musculoso. Era un hombre del montón que simplemente la enamoró en su momento.

—Anda que no hay Cayetanas y Cayetanos aquí —cuchicheó África.

Belinda asintió y, sorprendida, los miró. La familia de Víctor era humilde, trabajadora, de barrio. Pero los que allí estaban eran Cayetanos adinerados en toda regla.

—Vaya..., sí que ha cambiado la Rata —murmuró.

—¿Dónde está? —preguntó Gema con un hilo de voz, algo asustada.

—Ahí lo tenéis.

Ellas miraron hacia donde señalaba Belinda y Gema comentó:

—Es mono, pero me esperaba otra cosa.

—Y yo —afirmó África.

Aquel nada tenía que ver con los hombres que habitualmente se acercaban a Belinda ni en los que ella se fijaba.

—De él me enamoró que fuera un chico atractivo pero normal

—aclaró ella—. Pero al final me la dio con doble ración de queso... y resultó ser un pichabrava.

África asintió, y, acto seguido, Belinda las apremió:

—Vayamos hacia el escenario.

Con los nervios a flor de piel por lo que iba a ocurrir, y lo que podría pasar después, las tres amigas se dirigieron hacia el escenario, donde la banda tocaba y la gente, en la pista, bailaba divertida. En un momento dado, el batería miró a Belinda y avisó a los demás integrantes. Momentos después, con un gesto del cantante, ella supo que su canción sería la siguiente.

Estaba sonriendo por aquello cuando miró a sus amigas y musitó:

—¡Me estoy meando!

Entonces la canción que sonaba terminó y Belinda sentenció:

—¡Que empiece el espectáculo!

Sin más, África y Gema vieron como su amiga subía al escenario y, tras agarrar el micrófono, decía:

—Bueno..., bueno..., bueno... Como se suele decir en estos festejos..., ¡que vivan los novios!

Todo el mundo gritó a continuación aquello de «¡Vivaaaaaaa!», justo en el momento en el que Víctor y Belinda intercambiaron la mirada y ella, sonriendo, añadió al ver que a Víctor se le descomponía el gesto:

—Desde aquí quiero felicitar a los novios por su enlace y por el precioso y entrañable bebé que han tenido.

Los asistentes a la boda sonrieron y aplaudieron. Creían que aquella era una componente más del grupo que estaba amenizando la velada. Y Belinda, al ver a la madre y la hermana de aquel, así como a otros miembros de la familia, continuó dirigiéndose a ellos:

—Susana, Lola..., familia del novio. Quiero que sepáis que todos vosotros, desde el primero al último, fuisteis increíbles conmigo y que siempre os llevaré en mi corazón. ¡Gracias por vuestro cariño!

Los aludidos asintieron con una cariñosa sonrisa y, acto seguido, Belinda, mirando a la novia, que la observaba con gesto agrio, indicó:

—No te conozco. No sé ni cómo te llamas. Bueno, sí, ahí veo que pone... ¡Cayetanaaaaaaa! ¿En serio? —Eso le provocó risa, pero continuó—: Sin embargo, me consta que tú a mí sí me conoces y sabes cómo me llamo, ¿verdad? —Aquella, azorada, no contestó, y Belinda prosiguió—: Mi novio era él, no tú, por lo que poco tengo que decirte, excepto: ¡gracias por haberme quitado a esa rata de encima! Y, visto lo visto, te aconsejo que duermas con un ojito abierto, porque algo me dice que te la va a pegar a ti también.

Muchos de los invitados comentaban hablando entre sí. ¿Quién era la del escenario? ¿Por qué decía todo eso? Mientras tanto los familiares del novio, en cierto modo, sonreían. Y Belinda, más ancha que pancha, viendo que había despertado la curiosidad entre aquellos, se presentó:

—Soy Belinda. Víctor y yo llevábamos cinco años juntos hasta que me dejó vía WhatsApp porque ella, ¡Cayetana!, se quedó embarazada. Por cierto..., Víctor, devuélveme mi disco firmado por Shakira... Es mío, no tuyo, y lo sabes.

Todos lo miraron. En sus ojos había cierto reproche, y Belinda añadió:

—Y no contento con dejarme como me dejó, en este tiempo, el muy sinvergüenza se ha presentado en mi casa y me ha mandado mensajes a los que yo, todo hay que decirlo, no he respondido —dijo sacándose el teléfono del bolsillo—, donde me dice cosas como «te quiero» y «te echo de menos».

En ese momento resonó un «¡Ohhhhh!» general, pero Belinda prosiguió sin perder el humor:

—Eso está muy feo, ¿verdad? Pues que sepáis que hoy mismo me ha mandado el último, que sin duda es de lo más romántico y tierno.

Otro «¡Ohhhhhhh!» sonó en el salón.

La gente se miraba. Miraba a los novios. Los comentarios subieron de tono. Los juzgaban. Ahora todo el mundo sabía quién era la chica del escenario. Ahora todo el mundo miraba a la novia y a Víctor con gesto extraño. Y Belinda, dirigiéndose al novio, que estaba petrificado y no se había movido del sitio, añadió:

—Me fuiste infiel y podría decirte mil cosas, pero todo lo que tengo que decirte ya te lo dice esta canción. Así pues, va exclusivamente para ti. Disfrútala.

Acto seguido, la banda comenzó a tocar los primeros acordes

de *Rata de dos patas* y, nada más entonar la primera estrofa, África y Gema se miraron y rompieron a reír. ¡Aquello empezaba bien!

Belinda la cantaba al ritmo que la banda le marcaba, mientras los asistentes a la boda pasaban de la sonrisa a la más absoluta estupefacción.

¿En serio estaban oyendo aquello?

Belinda se recreó en cada estrofa. El sentimiento y la verdad que imprimía a su voz hizo que nadie se moviera del sitio y todos la escucharan mientras el novio no sabía dónde meterse. Los familiares de Víctor sabían quién era aquella. Todos la apreciaban. Todos la querían. En los años que había estado con Víctor, Belinda fue encantadora con ellos, y, sin moverse, todos escucharon la letra de la canción. Si había decidido cantarla el día de su boda, su razón tendría.

—Madre del Verbo Divino —musitó Gema escuchando la letra—. ¿Eso pensaba la madre de Belinda cuando recordaba a su padre?

África se encogió de hombros, pues su amiga los mencionaba pocas veces, y cuchicheó:

—Al parecer, así es.

Gema asintió. La letra era tremenda. Desde luego, quien la hubiera escrito debía de estar pasando por un mal momento, pues ella, que lo estaba pasando ahora, se veía identificada en cada estrofa que Belinda entonaba con tranquilidad.

—Es buenísima —afirmó África riendo—. Ahora entiendo por qué lo llama «la Rata».

La novia apenas si parpadeaba. Sabía perfectamente quién era Belinda. ¿Quién la habría dejado entrar? Y, aunque pidió a algunos de los presentes que la hicieran bajar del escenario, el desconcierto era tal que nadie se movió.

África y Gema no tuvieron que pegarse con nadie, y cuando Belinda acabó la canción, antes de pasarle de nuevo el micrófono al cantante de la banda, añadió:

—Buenas noches, y ahí lo dejo...

Sin que nadie aplaudiera su excelente actuación, excepto sus dos amigas y algunos familiares de Víctor, Belinda bajó del escenario mientras la novia gritaba, a Víctor se lo veía mareado y la gente no paraba de murmurar.

—¿Qué os ha parecido la canción? —preguntó ella mirando a África y a Gema con una sonrisa resplandeciente.

—¡La bomba! —afirmaron al unísono sus dos amigas.

Belinda asintió. Aquella canción era tremenda. Y, sin poder parar de sonreír, se disponía a hablar cuando Gema preguntó:

—¿Esa canción la cantaba tu madre cuando recordaba a tu padre?

—Sí.

—¿Por qué?

Belinda no contestó y, mirándolas, declaró:

—¡Ahora sí que ya se acabó el capítulo Rata!

Las tres rieron, y Gema, tras oír las palabras de su amiga, musitó:

—Acabamos de crear un momento loco que recordar.

—Sin locas amigas, no hay locos momentos —aseguró África.

Divertidas, reían por aquello cuando esta última, al ver cómo las miraba la novia, murmuró:

—Creo que deberíamos irnos antes de que llamen a la policía.

Y, tal como habían entrado, salieron. Eso sí, muertas de la risa, mientras le pedían a Belinda que les enseñara aquella increíble canción.

Capítulo 30

Llegar a Valencia a la casa de la hermana de África supuso el inicio de sus vacaciones.

Todavía comentaban lo sucedido el día anterior, y más cuando Víctor llamó varias veces por teléfono a Belinda y esta no se lo cogió. Ese capítulo estaba definitivamente cerrado.

Asia le había dejado la llave de su casa a su vecina Nerea. África pasó a recogerla y dijo dirigiéndose a sus amigas:

—Vamos. Es el cuarto derecha.

Una vez que subieron en el ascensor con sus maletas y *Jamón* y *Queso*, las tres chicas iban hablando, y cuando abrieron la puerta para entrar en el piso y *Harper*, la perrita de Asia, salió a saludarlas, se quedó parada al ver a los perros de Belinda.

¿Quiénes eran aquellos?

Rápidamente Belinda, al ver que los tres animales eran curiosos, hizo las presentaciones. Los perros se olisquearon y, juntos, corrieron hacia el interior de la casa.

—Prueba superada. Ya se quieren —murmuró la joven.

Riendo por aquello, las tres entraron en el salón, donde *Harper* jugaba a revolcarse con *Jamón* y *Queso*. África abrió entonces las cortinas del ventanal.

—Mi hermana se compró esta casa por esto —dijo mostrándoles las vistas.

Boquiabiertas, Gema y Belinda miraron el paisaje. Tener una terraza bonita, cuadrada, con vistas directas a la playa era un lujazo. Y cuando abrieron la puerta y salieron afuera, donde la brisa del mar les dio en el rostro, Belinda susurró:

—Que me toque la lotería para comprarme un piso frente al mar.

—Pero ¿no querías un ático en Madrid? —se mofó África.

Belinda asintió y, sentándose en un bonito sillón de mimbre, repuso:

—Lo quiero todo. ¡Soy una egoísta! Así que déjame soñar.

Las tres reían por aquello cuando Gema, que era como la madre del grupo, preguntó:

—¿Cómo vamos a dormir? Y digo yo que habrá que bajar al supermercado para tener algo en la nevera, ¿no?

Sus amigas asintieron, y acto seguido África indicó:

—Si no os importa, yo dormiré en la habitación de mi hermana. Creo que sería lo que a ella le gustaría..., y vosotras dos como queráis. Hay cuatro habitaciones. Respetemos la de mi sobrino Samuel y, del resto, utilizad la que más os guste.

Belinda se dirigió a ver las habitaciones seguida por los perros, y de inmediato comprobó que todas tenían vistas al mar.

—Me da igual —dijo al cabo—. Todas son estupendas.

Gema, que entró en otra, dejó su maleta allí e indicó:

—Pues yo me pido esta, —Y, tras desbloquear su teléfono móvil, añadió—: Voy a llamar a mis padres y a mis hijos para que sepan que ya he llegado.

Mientras lo hacía, Belinda se la quedó mirando apoyada en la puerta. A excepción de con Víctor, ella nunca había tenido que hacer ese tipo de llamadas, y cuando África la miró, preguntó:

—¿En qué piensas?

—En lo bonito que es saber que alguien espera tu llamada —declaró Belinda.

África asintió conmovida. Deseaba saber más cosas de Belinda, pues, a pesar de ser una persona extrovertida, en lo que a su familia se refería era muy reservada. No obstante, dándole tiempo, la abrazó y dijo:

—Gema y yo esperaremos siempre tu llamada.

Belinda cabeceó emocionada y, cuando Gema colgó el teléfono, levantándose, las miró y preguntó:

—Bueno, ¿qué?, ¿vamos al súper antes de que cierren?

Divertidas, aquellas la miraron y África cuchicheó:

—De acuerdo, mamá...

Cuando subieron del súper cargadas de bebida, hielo y algo de comida, los perros ya se habían acomodado. Estaba claro que *Harper* había aceptado a aquellos dos machos y, junto a ellos, se sentía como una reina.

Una vez que guardaron en el frigorífico todo lo que habían comprado, se ducharon y, tras darles un paseíto a los perros para que hicieran sus necesidades, salieron a cenar a un restaurante que África conocía.

Tras una exquisita cena que esta última pagó gustosa con el pretexto de que se encontraba en su tierra, se marcharon a un local de copas llamado «La Noche» que había frente al paseo marítimo.

Se sentaron a una bonita mesa blanca y pidieron una botellita de su vino preferido.

—¿Qué os parece el de la camisa azul? —preguntó Belinda al ver pasar a un tipo la mar de mono.

Sus amigas lo miraron. El tipo estaba realmente bien.

—No está mal... Nada mal —respondió África.

—Uf, ¡qué calor! ¿No os parece que hace mucho? —comentó Gema encendida.

—Muchísimo —convino Belinda—. Tanto que solo espero que ese bombón se derrita sobre mi cuerpo.

Las tres rieron por aquello y a continuación se fijaron en un grupo de mujeres. Por su apariencia tenían más de cincuenta años, pero sin duda lo pasaban muy bien. Encantadas, vieron cómo tonteaban, bailaban y se divertían. Y Belinda comentó mientras aquellas cantaban a voz en grito la canción *Despechá* de Rosalía:

—Me encanta ver que las mujeres por fin nos atrevemos a divertirnos.

Las demás asintieron en silencio. No hacía falta ser muy listo para saber que lo que aquellas mujeres y ellas mismas hacían era casi pecado pocos años atrás.

El que una mujer se divirtiera, elogiara a un hombre o se limitara a disfrutar del sexo porque le venía en gana, a pesar de estar en el siglo XXI, seguía estando terriblemente mal visto por una parte de la sociedad, pero, por suerte, y aunque aún quedaran esos reprimidos, lo que ahora las mujeres hacían comenzaba a considerarse algo normal. Tan normal como que lo hicieran los hombres.

Las mujeres, aun cumpliendo años, habían dejado de ser invisibles. Todas existían. Todas pedían su lugar. Y, con cada granito de arena que cada una ponía, por pequeño que fuera, había ido creando una corriente de empoderamiento que estaba llevando a las mujeres al lugar que les correspondía.

África, que, como sus dos amigas, observaba a aquellas mientras se divertían, comentó entonces:

—Chicas, creo que las tres estamos en un momento especial de nuestras vidas. Estamos solteras, sin pareja, y deberíamos atrevernos a disfrutar del momento, a hacer alguna que otra locura e ir un puntito más allá...

Belinda asintió con la cabeza.

—¿A qué te refieres con eso del «puntito»? —preguntó por su parte Gema.

África sonrió y, mirándola, cuchicheó:

—Me refiero a hacer cosas que nunca habríamos creído que fuéramos capaces de hacer.

—¡Me apunto! —se mofó Belinda.

—Creo que este verano debería ser memorable para las tres —insistió África—. Así siempre lo recordaremos como el primer verano loco del resto de nuestras vidas.

Gema parpadeó al oír eso. Ella siempre lo recordaría como su primer verano de divorciada.

—¿Qué sería para ti hacer una locura? —preguntó Belinda dirigiéndose a su amiga.

Con picardía, África lo pensó. Dio un trago a su bebida y, decidida, luego dijo:

—Reencontrarme con Lolo, tirármelo y, después, hacer un trío con él.

—¡¿Qué?! —murmuró Gema atragantándose.

África se rio. Belinda también, y la primera indicó:

—Por lo que sé, Lolo disfruta del mundo liberal, y yo quiero dar un pasito más allá.

Gema negó con la cabeza. Lo que aquella decía era una locura. Y África, viendo su gesto, insistió:

—A ver, Gema... Quiero ser madre, pero también quiero disfrutar del sexo ahora que soy libre. Cuando me quede embarazada, por respeto a mi bebé, obviaré el tema sexo durante una temporadita, pero, una vez que lo tenga, mi intención es criar a mi hijo como una madre responsable, y, sexualmente hablando, ¡ser activa y feliz! Seré una madre soltera y comprometida, pero no una monja de clausura.

—Bueno..., bueno..., bueno...

—Lo que está claro —prosiguió África— es que me he pasado quince años de mi vida aburrida y amargada, y ahora, simplemente me lo quiero pasar bien. ¿A quién le hago mal?

Divertidas, las tres amigas se miraban cuando Belinda preguntó dirigiéndose a Gema:

—¿Tú harías ese tipo de locura?

—Noooooo...

África y Belinda se reían a carcajadas cuando Gema cuchicheó:

—Yo, para tener sexo con alguien, necesito que existan sentimientos por medio.

—A ver, Gema —terció Belinda—. Está claro que con sentimientos el sexo es diferente. Pero entiendo a África: el sexo, por el simple hecho de disfrutarlo, aunque sea sin sentimiento, también está muy bien.

—¿Tú lo harías? —quiso saber Gema.

Belinda asintió.

—Lo haría, lo hice y lo volveré a hacer. Disfrutar del sexo es algo estupendo, y soy una disfrutona de las cosas estupendas. Aunque el tema tríos no creo que sea lo mío.

—Tú decides, amiga —declaró África.

Durante un rato hablaron sobre el tema. Como era de esperar, Gema no veía las cosas de la misma manera, y, al sentirse acorralada por las preguntas de sus amigas, finalmente dijo:

—Uf, qué calor... Voy al baño, ahora vengo.

Acto seguido, se levantó de la mesa y se dirigió hacia allí. Verse en aquel local lleno de gente pasándoselo bien aún le extrañaba, y no sabía por qué, puesto que ella podía tener la misma edad de muchos de los que por allí estaban. Sin embargo, llevaba tantos años sin salir de fiesta, sin divertirse, que hacer aquello era para ella algo raro y excepcional.

Al llegar al baño, como siempre recordaba, había cola. Eso no cambiaba. Así pues, se armó de paciencia y aguardó su turno mientras tarareaba la melodía que sonaba por los altavoces, que era *El último adiós* de Paulina Rubio. Siempre le había encantado esa canción.

Inevitablemente, pensó en Tomás. Si él la viera allí, seguro que montaría en cólera. Pero no. Lo que él pensara ya le daba igual. Se había divorciado y podía ir adonde quisiera, por lo que, sonriendo para sí, le dedicó la cancioncita que cantaba al que había sido su ex.

Estaba tarareando cuando notó un empujón a su espalda y, al volverse, vio que la chica que estaba tras ella caía desplomada.

Como pudo, se apresuró a sujetarla antes de que se golpeara contra el suelo. La tumbó ante la cara de horror de las mujeres que estaban a la cola, e, instintivamente, comenzó a darle golpecitos en las mejillas, pero oyó:

—Eso no es efectivo.

Nerviosa, Gema dejó de hacerlo. Un chico se situó entonces a su lado y, acto seguido, lo oyó decir:

—Súbele las piernas a cuarenta y cinco grados para favorecer el flujo de la sangre hacia el cerebro, y vosotros... —indicó dirigiéndose a quienes hacían corro a su alrededor—. Que alguien vaya a por agua fresca a la barra, y el resto despejad el sitio para que corra el aire.

La gente se apresuró a moverse, y el recién llegado, tras comprobar que la muchacha respiraba y tenía pulso, señaló:

—Parece un simple desmayo. Quizá un golpe de calor.

Gema asintió, y aquel, al ver que la desmayada parecía volver en sí, preguntó mirándola:

—¿Cómo se llama tu amiga?

—No lo sé. No es mi amiga —respondió Gema.

La mirada de él y la de Gema coincidieron por primera vez, y ella sintió una explosión en su interior que no entendió. Aquel que estaba a su lado era un chico guapo y sexy, tanto que algo dentro de ella había estallado.

—Interesante tu tatuaje... —lo oyó decir entonces.

Gema miró su hombro. Allí llevaba tatuado algo que nunca debía olvidar, y musitó:

—Gracias.

En ese instante, la chica desmayada se movió, parecía estar volviendo en sí.

—Tranquila —dijo Gema—. No te levantes.

Ella la miró desorientada, y el chico preguntó:

—¿Cómo te llamas?

—So... Sofía.

El desconocido asintió, y, con una bonita sonrisa, explicó mirando a aquella:

—Hola, Sofía, soy David... Te has desmayado, posiblemente a causa del calor, pero estás bien. Ahora permanece unos minutos en el suelo. Respira con tranquilidad y, cuando te encuentres un poco mejor, nos lo dices y esta chica y yo poco a poco te iremos incorporando, ¿de acuerdo?

Sofía afirmó con la cabeza. Gema la estaba mirando cuando él se presentó tendiéndole la mano:

—Hola, soy David, ¿y tú eres...?

—Gema —respondió preocupada por aquella.

Durante varios minutos, Gema y David atendieron a la muchacha en silencio. Le dieron agua fresca, la abanicaron. Y cuando se levantó y una de sus amigas se acercó a buscarla, se alejó tras darles las gracias.

Una vez que se fue, Gema miró a aquel tipo que tenía unos ojos impresionantemente verdes y, cuando fue a hablar, este indicó mirándola:

—Esta noche hace mucho calor, así que hidrátate.

Gema asintió, y lo miraba sonriendo cuando él preguntó:

—No eres de por aquí, ¿verdad?

Gema negó con la cabeza y, fijándose en el pelo claro que aquel llevaba recogido con una bandana rosa en la cabeza, contestó:

—Madrid. Pero estoy de vacaciones.

—¿Vacaciones familiares o de amigos?

—De amigas.

David afirmó con la cabeza y, acto seguido, sin quitar los ojos de aquella, preguntó:

—¿Qué te pasa?

Eso sorprendió a Gema, pero él insistió:

—Tienes la mirada triste.

Boquiabierta, ella no supo qué decirle, y, para quitarlo de en medio y no contarle lo que no tenía que contar, respondió:

—Uis..., me toca entrar en el baño... ¡Adiós, David!

Él asintió y, tras guiñarle un ojo, se dio la vuelta y se alejó.

Gema se colocó de nuevo a la cola del baño, lo observó marcharse y sonrió. Tenía culito de melocotón. Si sus amigas lo veían, con la estupenda pinta que tenía aquel, sin duda les gustaría.

Diez minutos después, cuando regresó adonde estaban sus amigas, al contarles lo ocurrido, África soltó:

—¿Y dónde está ahora el tío que ha hecho que sonrías así?

Ella resopló.

—Ni idea —murmuró—. No lo he vuelto a ver.

—Pues descríbenoslo —insistió Belinda.

Consciente de lo que querían, Gema dijo:

—David. 1,85 aproximadamente. Pelo claro, largo y recogido con una bandana rosa. Pinta de surfista. Ojos verdes y... ¡Anda, mira, es aquel! —exclamó señalado a su derecha.

África y Belinda se apresuraron a mirar y, al verlo, Belinda cuchicheó:

—Bueno..., bueno..., bueno... Pero ¿quién es ese Bon Jovi?

—Efectivamente, tiene pinta de surfista —matizó África.

Gema asintió. Su corte de pelo desenfadado, su color de piel y cómo iba vestido, daba toda la imagen de alguien que surfeaba. De pronto, aquel se acercó a su mesa, dejó sobre ella una bebida y dijo mirando a Gema:

—De parte de Sofía, la chica a la que hemos ayudado.

Gema asintió boquiabierta y, por su parte, Belinda preguntó:

—¿Y tú eres...?

Él sonrió mirándolas, que no lo hubieran reconocido era un punto a su favor, y dijo:

—David. Trabajo poniendo copas en el local. ¿Os apetece beber algo?

En respuesta, África señaló la botellita de Mateus rosado que tomaban, y dirigiéndose a Gema, que no había abierto la boca, él declaró:

—¡Que te aproveche!

Dicho eso, le guiñó un ojo que a Gema le hizo saltar todas las alarmas de su cuerpo y luego se alejó.

—Bueno..., bueno..., bueno... —murmuró Belinda—. En mi opinión, deberías reemplazar a *Bodhi* por ese macizorro.

Gema sonrió azorada, pero repuso siguiéndole la broma:

—Oye..., un respeto a *Bodhi*, que me hace muy feliz. Siempre está dispuesto y, cuando termino, me deja toda la cama para mí.

—Míralaaaaaa —se mofó África divertida al oírle decir algo así.

Durante varios minutos siguieron bromeando sobre *Bodhi*, el succionador de clítoris de aquella, hasta que Belinda, al ver cómo aquel tipo impresionante miraba a su amiga, comentó:

—Te come con la mirada.

Gema, consciente de ello, y nerviosa, cogió la copa que aquel le había llevado y susurró:

—No seas exagerada.

Pero, cuando fue a beber, África la detuvo.

—¿Y si te ha echado burundanga en esa copa? —preguntó.

Eso hizo que las tres rieran, y Gema, dando un trago, respondió:

—Pues me lleváis a casa entre las dos.

A partir de ese instante, un extraño nerviosismo se apoderó de ella. Con disimulo, seguía los movimientos de aquel tipo que parecía conocer a toda la gente del local y que no perdía la sonrisa mientras hacía su trabajo.

Las chicas continuaron charlando. Hablaban de limitaciones, deseos, locuras. Y comenzaron a retarse hasta que África, dirigiéndose a Belinda, preguntó:

—¿Tú lo harías?

Su amiga sonrió al oírla. Estaban hablando de la bombera. De la mujer que no había vuelto a ver pero que tanto la había impresionado. Y Belinda, encogiéndose de hombros, dijo:

—A ver. Si me la volviera a encontrar y viera interés en ella, ¡claro que me gustaría conocerla más! Pero, como no está, ¿qué tal si hago locuras con aquel de allí?

Rápidamente, Gema y África se volvieron para mirar. Al otro lado del local había un tipo alto, musculoso y lleno de tatuajes, y Belinda añadió con un hilo de voz:

—Es el rollito de verano perfecto.

Gema sonrió y África, mirándola esta vez a ella, volvió a preguntar:

—¿Tú lo harías?

—¿El qué?

Divertida, África dirigió la vista hacia el camarero surfista, y Gema cuchicheó:

—Por favor, pero si debe de ser mucho más joven que yo.

—Abuela..., ¿dónde ha dejado el andador? —se mofó Belinda.

África rio al oírla.

—¿Cuántos años crees que tiene? —preguntó al cabo.

Gema lo observó con disimulo.

—Veinticinco... No sé...

Sus amigas se miraron y luego África cuchicheó:

—¿Y qué problema hay si realmente tiene esa edad?

Gema no respondió.

Belinda, por su parte, soltó entonces una carcajada y dijo:

—A ver, Gema, no estamos hablando de boda, casita con valla blanca, perros y niños..., sino de un rollito de verano.

—Uis, qué calor... —murmuró ella.

—No me digas que eres de las que se fijan en la edad... —susurró África.

Ella no respondió.

—Si alguien te gusta y es una persona adulta como tú —insistió Belinda—, ¿qué más da la edad que tenga? ¿Acaso la edad te asegura amor eterno, fidelidad o buen sexo?

—Me quedo con el buen sexo —se mofó África.

Gema suspiró y, recordando entonces a alguien muy cercano, declaró:

—La edad, como dice mi abuela, es un número, porque lo que de verdad importa es la actitud con la que se vive y, en cuanto al amor, sentirte bien con quien tengas al lado y viceversa. Mi abuela tiene ochenta y seis años y, para horror de mi madre, me consta que algunos de sus novietes tenían setenta, y con ellos ha vivido alegrías y grandes experiencias.

—De mayor quiero ser como tu abuela —afirmó Belinda.

—Yo voy a poner todo mi empeño —apostilló África.

Gema sonrió. Haber hablado de su abuela le hacía ver lo ridículas que eran a veces sus contestaciones. Estaba buscando con la mirada al camarero cuando África volvió a decir:

—Te repito la pregunta, Gema. ¿Tú lo harías?

Esta vez ella asintió. Aquel tipo alto, de cabello largo, descamisado y que nada tenía que ver con Tomás podía ser un rollito de verano perfecto.

—Creo que sí, pero estoy tan oxidada que no sé cómo ligar —dijo.

África y Belinda soltaron una carcajada, y mientras observaban a aquel, que de vez en cuando las miraba, la primera dijo:

—Creo que el cincuenta por ciento ya está hecho, ¿o acaso no ves cómo te mira?

Gema se volvió hacia él con disimulo y vio que él la observaba. De inmediato, azorada, cuchicheó retirando la mirada:

—¿Y qué hagooooo...?

—Sonríele —apostilló Belinda—. Cuando alguien te mire, te sonría y te guste, solo tienes que sonreír. Ese es el primer paso para poder dar el segundo.

Gema volvió a mirarlo. Esta vez, él no miraba, y África dijo:

—Volverá a hacerlo. Ya lo verás.

En ese momento, en el local comenzó a sonar la canción de Shakira y Bzrp *Music Sessions #53*, y todas, absolutamente todas las mujeres que allí estaban se levantaron de sus asientos y no solo se pusieron a bailar, sino que además la empezaron a cantar a voces, entre ellas, Belinda, Gema y África.

Mientras lo hacían, Gema se fijó en el modo en que la gente cantaba aquella canción. Y no solo las mujeres, sino también la gran mayoría de los hombres. Aquella canción era un fiel reflejo del desamor que en algún momento habían sentido.

—¡Me encanta eso de que las mujeres ya no lloran, las mujeres...! —exclamó África.

Belinda asintió y Gema dijo divertida:

—Dios, ¡cómo disfruto con esta canción!

—Así me gusta, Gema, ¡positividad! —afirmó Belinda encantada.

Una vez que terminaron de cantarla y bailarla, al sentarse Gema buscó con la mirada al camarero, y esta vez no se sorprendió cuando lo vio sonriendo frente a ella. Esta vez, ella le sonrió de vuelta y África, al verlo, cogió la copa y, ante el gesto divertido de Belinda, anunció:

—Brindemos por un estupendo verano, porque san Destino se porte bien ¡y porque las mujeres ya no lloramos!

Capítulo 31

Los siguientes días, cada vez que iban a la playa se encontraban con David, el surfista, o Bon Jovi, como lo llamaba Belinda.

Desde donde estaban, las amigas comprobaron que él era el encargado del alquiler de las motos acuáticas y de todo lo que tuviera que ver con los deportes acuáticos, y Gema, cada vez que lo veía, sentía que el cuerpo se le revolucionaba.

Pero ¿qué le pasaba?

¿Por qué san Destino le ponía todos los días a aquel delante?

Lo primero que hacía nada más poner un pie en la playa era mirar hacia el puesto de alquiler de motos, tablas de surf, kayaks... Y, medio escondida para no ser vista, lo observaba, mientras sus amigas se mofaban de ella y la azuzaban para que diera el siguiente paso.

Gema observaba en silencio como las jovencitas, y no tan jovencitas, se pavoneaban delante de aquel. Estaba claro que deseaban llamar su atención. Y, sin entender, veía como muchas de aquellas buscaban un selfi y David se lo daba sin inmutarse. Era simpático, sociable y sonriente con todo aquel que se le acercaba, pero de ahí no pasaba.

En realidad, desde hacía mucho tiempo, David era algo distante con las mujeres. Sabía que llamaba la atención a causa de su trabajo y, en especial, por su físico. Alto, pelo claro, largo y ondulado, ojos verdes, deportista internacional y con tatuajes. Pocas eran las mujeres que no le sonreían a la espera de algo más, pero eso se había acabado. Lo había disfrutado en una época de su vida: fiestas, mujeres, desfase... Pero eso ya formaba parte del pasado. En la actualidad prefería estar solo y centrado antes que acompañado de alguien que solo lo quería a su lado por quien era él.

En Valencia trataba de pasar desapercibido, pero era inevitable que muchos supieran que era David Basart, el campeón internacional de surf más requerido por las escuelas de todo el mundo.

Aquel viernes, la playa de la Malvarrosa estaba llena de gente. Valencia en verano era como vivir en Madrid: ¡todos los madrileños estaban allí!

—¿Qué tal si hoy alquilamos una motito acuática y nos damos un paseo? —propuso Belinda.

Gema la miró. Sabía que lo que su amiga quería era acercarse a David, y se disponía a decir que no cuando vio que él montaba en una moto y se alejaba. Complacida al ver aquello, acto seguido miró a Belinda y contestó:

—Me parece genial.

Mientras África tomaba el sol en la playa y le mandaba un mensaje a su hermana Asia para que le dijera cuál era el local de copas de Lolo para ir esa noche, Belinda y Gema se dirigieron al puesto de las motos. Allí, tras apuntar en una hoja su nombre y apellidos y poner un número de teléfono, alquilaron una moto, y cuando el chico las acompañó hasta esta, Belinda preguntó ante el gesto de sorpresa de su amiga:

—¿No está David?

El chico, un chaval joven de unos veinte años, sonrió al oírla. Aquellas buscaban a David por lo mismo que todas.

—No —respondió negando con la cabeza—. El jefe ha tenido que marcharse.

En cuanto se montaron, Gema, que ya había conducido motos estando con sus hijos en Cantabria, se puso al volante.

—Jefeeeee... —cuchicheó Belinda con mofa en su oído.

Ella sonrió.

—¡Cállate!

Pero su amiga insistió:

—Qué jefe tan morbosillo, ¿no?

—Déjalo...

—Reconozco que los tipos con el cuerpo de David, ese pelazo y ya no digamos los tatuajes que tiene ¡me vuelven loca!

—Agárrate bien —recomendó Gema.

Belinda lo hizo y, durante un buen rato, las dos disfrutaron dando vueltas con la moto de un lado a otro y riendo en varias ocasiones en las que estuvieron a punto de caerse. Después de un rato, Belinda le pidió a Gema que le dejara conducir. La diferencia entre una y otra era que Gema ya lo había hecho muchas veces y para su amiga sería su primera vez.

Solo cambiarse de posición ya les provocó risas. Gema le explicó el funcionamiento y Belinda pensó que no era para nada difícil. Pero una cosa era la teoría y otra la práctica y, divertidas, rieron por aquello mientras Belinda iba poco a poco cogiendo el truco del pilotaje.

Casi cuando les vencía la hora para devolver la moto, otra se cruzó con la suya a toda velocidad y Belinda murmuró soltando el acelerador:

—No puede ser...

—¿Qué? —preguntó Gema.

Belinda, que había visto pasar la moto conducida por una chica, observó como aquella se alejaba a toda pastilla y exclamó:

—¡San Destino ataca de nuevo!

Mientras se retiraba el agua del rostro, Gema no la entendió, y aquella, mirándola, aclaró:

—Esa me ha parecido Adara, ¡la bombera!

Gema soltó una carcajada al oírla. Belinda empezaba a estar obsesionada con aquella chica. No había un solo día que no la mencionara al menos cinco veces.

—Sí, claro, ¡justamente va a estar aquí! —se mofó.

—Te juro que creo que era ella.

—Belindaaaaaa...

—¡Agárrate! —pidió la aludida.

Belinda tomó entonces el mismo rumbo que llevaba la chica que las había adelantado. Sabiendo de la inexperiencia de su amiga, Gema le decía que aminorase la marcha, pero ella, sin hacerle caso, aceleraba cada vez más, dispuesta a pillar a Adara.

En un momento dado, la chica dio media vuelta con la moto y se dirigió hacia donde ellas estaban. Al verla venir de frente, Belinda desaceleró decidida a esperar a que pasara, pero se puso nerviosa y, frenando de golpe, hizo que tanto ella como Gema cayeran al agua por delante de la moto.

—¿Estás bien? —preguntó Gema viendo a su amiga sacar la cabeza del agua para coger aire.

Belinda, que observaba la moto de la otra mientras se alejaba, contestó:

—Sí. ¿Y tú?

Gema se apresuró a asentir cuando Belinda dijo:

—Era ella.

—Noooooo...

—Te lo juro, ¡era ella!

—Pero ¡qué tremendo es el destino! —se mofó Gema.

—San Destino puede llegar a ser muy cabrón —matizó Belinda boquiabierta.

Gema asintió y, al ver lo nerviosa que se había puesto de pronto su amiga, se mofó:

—Bueno..., bueno..., bueno... No me digas que eso que noto son nervios...

Belinda afirmó con la cabeza al oírla. Estaba atacada. Histérica. Ver a aquella, a la que solo había visto en un par de ocasiones, le había despertado infinidad de sensaciones que desconocía y, tras tomar aire, respondió entre risas:

—Madre del Verbo Divino, ¡que la bombera está aquí!

A partir de ese instante, Gema y ella trataron de subirse de nuevo a la moto, pero les resultó imposible. Entre lo torpes que eran y la risa que les había entrado, conseguir su propósito era misión imposible.

—Por Dios, ¿es que no viene nadie a rescatarnos? —se quejó Belinda, agotada tratando de mantenerse a flote.

Al mirar hacia la playa, Gema vio que una de las motos acuáticas se dirigía entonces hacia ellas.

—Creo que ya vienen —dijo.

—Menos mal —murmuró Belinda, deseosa de llegar a tierra para poder encontrarse con la bombera.

Poco después, la moto se les acercó, y Belinda, al ver quién la conducía, se mofó:

—Pero si es Bon Jovi... ¡San Destino ataca de nuevooooo!

—¿Algún problema, chicas? —preguntó David.

Gema, al ver que se trataba de él, quiso hundirse en el mar, mientras Belinda respondía:

—Todos los del mundo. Nos hemos caído y el culo nos pesa tanto que somos incapaces de volver a subirnos.

David sonrió. Aquello era muy normal. Y, viendo el gesto de apuro de Gema, indicó:

—El tiempo se os ha acabado ya. Una vuelve conmigo y la otra en la moto.

—Ella vuelve contigo —se apresuró a decir Gema señalando a Belinda.

Sin dudarlo, porque estaba agotada, esta le tendió la mano y David tiró de ella.

—Recuérdame que te debo una —pidió Belinda.

—Te lo recordaré —afirmó él divertido.

Acto seguido, David le tendió la mano a Gema, que se la agarró rápidamente y se dio impulso para subirse a la otra moto. Luego ella metió la llave en el contacto, arrancó y, sin hablar, enfiló detrás de David y su amiga.

Durante el trayecto de vuelta, David controlaba que Gema lo siguiera. Llevaba días viéndola en la playa, pero no quería decirle nada. Si ella así lo había decidido, él no era nadie para incomodarla. Sin embargo, ahí estaban ahora. Volvía a tenerla a tiro para conocerla, y, estaba pensando qué hacer o qué decir, cuando Belinda comentó:

—Como te debo una y no me gusta deber nada a nadie, te lo pagaré ahora mismo. Gema quiere conocerte, pero no se atreve a entrarte, por tanto, como sé que tú también quieres conocerla a ella, ¿qué te parece si das el primer paso?

David sonrió al oír eso.

—Cuenta saldada —replicó.

Minutos después, cuando llegaron a la orilla, África ya las esperaba. Al verlas apearse, se disponía a preguntar cuando Belinda, al ver allí aparcada la moto de la mujer que creía que era la bombera, recordó algo y, percatándose de que David se encaminaba hacia Gema y África tenía su teléfono móvil en las manos, cuchicheó dirigiéndose a esta última:

—Di que quieres ir al puesto de motos.

—¡¿Qué?!

—Que digas que quieres ir al puesto de motos —insistió Belinda.

Cuando Gema y David se acercaron a ellas, África comentó con entusiasmo:

—Me llama mucho la atención el puesto de motos. ¡Me gustaría ir a verlo!

Gema la miró sin entender, y Belinda indicó:

—Yo me acercaré con África para que cotillee un poco.

Gema, atónita, quería cargárselas. Pero ¿por qué se marchaban y la dejaban a solas con aquel?

Con el rabillo del ojo, vio que David colocaba las motos en línea con otras que tenía de alquiler, y, una vez que acabó, preguntó acercándose a ella:

—¿Qué tal van las vacaciones?

Nerviosa, Gema se retiró el pelo de la cara y respondió:

—Bien.

Al mirar hacia abajo, vio que, bajo el bikini, tenía los pezones erectos por la excitación del momento, y, cruzándose de brazos para disimular, sonrió cuando él preguntó divertido:

—¿Has disfrutado conduciendo la moto?

Gema sonrió.

—No es la primera vez que conduzco una moto de agua. A mis hijos siempre les ha gustado.

David se sorprendió. ¿Era madre? Y, curioso, preguntó:

—¿Cuántos hijos tienes?

—Dos.

Él asintió. Se había fijado en que no llevaba anillo de casada, pero también podía habérselo quitado para pasar aquellos días con las amigas. Como necesitaba saber más de ella, añadió:

—Sé que es una indiscreción y posiblemente me mandes a la mierda, pero ¿estás casada?

Gema parpadeó. ¿Por qué le preguntaba aquello?

Durante unos segundos se quedó sin habla, mientras sentía la mirada de David sobre ella. Responderle esa pregunta a aquel desconocido era afirmar su realidad. Pero entonces él agregó:

—Perdona. No debería haberte pre...

—Divorciada —soltó de pronto.

David asintió al oír eso y, acto seguido, preguntó:

—¿Con pareja?

Sin dar crédito, Gema volvió a parpadear e, intentando sonreír, dijo:

—Oye..., ya te estás pasando, ¿no?

Consciente de lo que le había preguntado, David suspiró.

—Lo sé. Lo sé —murmuró—. Entiendo que pienses que a mí no me importa y no contestes.

Durante unos segundos, ambos guardaron silencio, hasta que Gema, viendo como unas chicas pasaban cerca de él y lo saludaban, soltó a bote pronto:

—No. No tengo pareja.

David cabeceó. No sabía por qué estaba haciendo aquello. Llevaba tiempo sin entrarle a ninguna veraneante, pero el caso es que aquella mujer llamaba su atención. Y, sabiendo que quizá no tuviera otra ocasión, se lanzó:

—Si he sido indiscreto es porque no quería meter la pata, pues deseaba preguntarte si te apetecería tener una cita conmigo esta noche...

Gema se quedó sin aire al oírlo. Era la primera vez en su vida que un hombre le preguntaba algo así. Ni siquiera su exmarido había empleado esa bonita frase. Y murmuró pensando en el destino:

—No. Gracias.

—Vaya... —musitó él boquiabierto. Pero insistió—. Conozco un bonito restaurante de comida casera que...

—He dicho que no —repitió ella.

David parpadeó. No estaba acostumbrado a esa respuesta. Por norma, las mujeres se morían por quedar con él.

—¿Lo has pensado bien? —cuchicheó.

Gema lo miró entonces de arriba abajo y soltó:

—Oye, ¡tú tienes el ego muy subidito! Ni que fueras el último tío del mundo...

David la miró boquiabierto. Aquella chica continuaba dándole calabazas, y de una manera que hasta lo hacía sonreír, por lo que, sin tirar la toalla, indicó:

—Sé comportarme. Y prometo mantener a raya mi ego.

—He dicho que no.

Sus negativas no hicieron que David cesara, por lo que musitó:

—Venga, mujer... Déjame mostrarte que no soy lo que crees. Una vez que la cita se acabe, te acompañaré de nuevo a tu casa con respeto y educación.

Oír esas palabras y ver su sonrisa le hizo gracia a Gema. La verdad era que el tío que estaba delante de ella era impresionante, y su instinto le decía que podía fiarse de él. No conocía a David. No sabía absolutamente nada de él, pero por cómo se había comportado con la chica que se desmayó en el bar, intuía que era algo más que un ligón de playa. Al final, tras tomar aire, respondió sorprendiéndose a sí misma:

—De acuerdo.

David asintió complacido. Y, sintiéndose nervioso por el modo en que aquella lo miraba, dijo:

—En la ficha, cuando habéis alquilado la moto, ¿has puesto tu teléfono o el de tu amiga?

—El mío —contestó Gema.

Él sonrió y añadió:

—Ahora, cuando llegue al puesto, te haré una llamada perdida, para que así tengas mi teléfono y podamos quedar, ¿te parece bien?

Ella asintió complacida.

Se daba cuenta de que cada paso que quería dar se lo consultaba antes. Gema no estaba acostumbrada a eso, pero lo cierto era que le gustaba, le encantaba.

En ese momento regresaron sus amigas.

—Pero qué cosas tan chulas tienes en el puesto. ¡Menudas tablas de surf! —exclamó África.

David se encogió de hombros; tener todo lo referente a los deportes acuáticos era lo habitual en un sitio como aquel. De pronto, una pareja se dirigió a él para pedir información sobre las motos, por lo que le guiñó un ojo a Gema con complicidad y dijo:

—¡Hablamos!

Una vez que él se marchó con la pareja, África y Belinda la miraron, y esta última preguntó haciéndose la tonta:

—¿«Hablamos»? ¿Cómo que «hablamos»?

Gema asintió. Aún no se podía creer lo ocurrido.

—Chicas, esta noche tengo una cita con mi rollito de verano —dijo mirándolas.

Aunque contentas, se contuvieron de aplaudir para que Gema no se muriera de la vergüenza, y África cuchicheó:

—Veo que, al final, vas a hacer el «¿Tú lo harías?».

Las tres sonrieron y entonces Belinda, enseñándole un pantallazo del teléfono móvil de África, susurró:

—Era la bombera: Adara Saura. ¡Y tengo su número!

—Y yo ya sé cuál es el local de copas de Lolo.

Eso hizo reír a Gema. Ahora entendía el porqué de ir al puestecito sí o sí, como entendía las sonrisas que se habían instalado en los rostros de sus amigas.

—Pues que dé comienzo la operación «¿Tú lo harías?» —se mofó Gema.

Capítulo 32

Decidir qué ponerse en una primera cita tras años sin tenerlas era complicado.

Horrorizada, Gema miraba su ropa. De todo lo que llevaba, nada le parecía lo suficientemente perfecto para aquella cita. David era un chico joven. Un chico informal. ¿Qué hacía quedando con una mujer como ella?

Y en eso estaba pensando cuando recibió un mensaje de WhatsApp:

> **David Surfista Buenorro:** ¿Te gusta la comida asiática?

Según lo leyó, corrió al comedor, pues sus amigas estaban escuchando música en la terraza, y, enseñándoselo, preguntó:

—¿Qué le respondo?

África y Belinda se miraron, y la segunda, tras leer aquello, se mofó:

—«David Surfista Buenorro»... ¡Me gusta el nombre que le has puesto!

Gema sonrió nerviosa y entonces África contestó:

—Pues respóndele la verdad. Si te gusta la comida asiática o no.

Gema cerró los ojos. Se veía totalmente fuera de lugar. No sabía qué estaba haciendo y, sentándose junto a aquellas, dijo mientras le acariciaba la cabecita a *Harper*:

—Es absurdo.

—¿Qué es absurdo?

—No voy a ir.

—Pero, Gema, ¿qué dices? —protestó Belinda, que daba besitos a *Jamón* y *Queso*.

—Hoy teníamos planeado ir al local de Lolo. ¡Quiero conocer a Lolo!

África sonrió. Aquella, con tal de no ir a su cita, era capaz de inventarse lo que fuera, e indicó:

—A ver, Gema, podrás venir otro día al bar de Lolo y...

—Pero ¡es que yo quiero estar cuando os reencontréis! —insistió.

Belinda, que, como África, sabía que lo que decía era producto del miedo que le tenía a su cita, terció:

—Prometo contártelo todo con pelos y señales. Pero tú te vas a tu cita.

Gema resopló y se dio aire con la mano. Aquello era un error.

—Pero ¿qué estoy haciendo, quedando con ese chico? ¿No lo veis ridículo?

—Lo ridículo es que pienses lo que piensas —matizó África.

Gema la miró y aquella reiteró:

—Por Dios, que solo vas a tener una cita con él, que eso no implica nada, a excepción de lo que tú quieras dar.

—Gema, recuerda —advirtió Belinda—, estás en el principio de tu nueva vida. ¡San Destino así lo ha decidido! Disfruta el momento y deja de ponerle puertas al campo.

Con gesto de no tener claro qué hacer, aquella asintió y, tras contestar a la pregunta de David con otro mensaje, de pronto comenzó a sonar en la radio la canción *TQG* de Karol G y Shakira.

—Esta hay que bailarla —dijo Belinda.

Divertidas las tres se pusieron a bailar y a cantar aquella canción entre carcajadas. No se la sabían entera, pero lo que se sabían lo cantaban bien alto. Y, de pronto, Belinda exclamó mirándolas:

—¡Por fin!

—¿Qué pasa? —preguntó África.

—Ya sé cómo se va a llamar nuestro grupo de WhatsApp. —Y, cogiendo su móvil, empezó a teclear y, segundos después, anunció—: ¡Ya tenemos nombre!

De inmediato, Gema, que seguía con su teléfono en la mano, lo miró y, al ver aquello, preguntó ante las risas de África:

—¡¿«Las Triple M»?!

Según dijo eso, Belinda canturreó:

—«Más buenas. Más duras. Más *level*».

Gema soltó una carcajada. África también. Aquello lo decían en la canción que estaban coreando y, cuando esta terminó y las dejó en todo lo alto, Gema preguntó motivada y positiva:

—¿Vaqueros o vestido?

—Vaqueros —respondieron al unísono sus amigas.

África añadió:

—Si yo fuera tú, y con lo bien que te quedan, me pondría vaqueros piratas, una básica de tirantes blanca y el kimono largo blanco ibicenco que tienes. Algo me dice que él no va a aparecer con traje y corbata.

Eso las hizo sonreír a las tres. Sin duda David no era de esos. Sin pensarlo más, Gema se dirigió a su habitación para prepararse seguida de los perretes. Tenía una cita.

* * *

Una hora después, tras despedirse de sus amigas y de los perros y prometer que les enviaría algún mensajito para hacerles saber que todo estaba bien, Gema bajó al portal. Estaba nerviosa. Mucho. Faltaban diez minutos para que aquel llegara, y en ese tiempo podía tranquilizarse. Pero, al salir del portal, lo vio allí. David la esperaba apoyado en una moto, y sonrió al verla.

—Si hay algo que no me gusta nada es la impuntualidad, por lo que siempre prefiero llegar cinco minutos antes que después —dijo.

Gema sonrió divertida. A ella le pasaba lo mismo. Y David, después de mirarla de arriba abajo, soltó un silbido y afirmó:

—Guauuuu..., estás preciosa.

Oír esas palabras de otro hombre que no fuera Tomás le resultó raro a Gema, pero le gustó. Y, mirándolo a su vez, afirmó viendo que aquel llevaba vaqueros y una camiseta desteñida color azul cielo:

—Tú también estás precioso.

Ambos rieron. A David le encantaba la naturalidad de Gema. Se acercó a ella, contuvo las ganas de besarla que sentía y le dio dos besos en las mejillas que ella le devolvió.

—Me muero por quitarte esa mirada triste que tienes —dijo acto seguido.

Gema sonrió divertida. Aquel era un exagerado. Entonces él, tras tenderle el casco de la moto, indicó:

—Vamos. Te llevaré a un bonito sitio a cenar.

Encantada, ella asintió y, sin pensarlo, se puso el casco de moto que él le ofrecía, montó, se agarró a su cintura y David arrancó.

Capítulo 33

Desde la terraza del piso, y semiescondidas en la oscuridad para no ser vistas, África y Belinda habían visto junto a los perretes el encuentro de aquellos, y cuando la moto se marchó África susurró:

—¡Qué monos!

Ambas sonrieron y luego Belinda preguntó:

—¿Crees que Gema lo pasará bien?

—Creo que sí —afirmó África—. Solo espero que David sea lo que parece.

Con esa frase las dos se entendieron. Si David no era lo que parecía ser, estaba claro que Gema no le daría la menor oportunidad.

—¿Cenamos aquí o fuera? —preguntó a continuación África.

—Aquí —contestó Belinda—. Mi economía no me da para cenar fuera todos los días.

Ella asintió. A pesar de que su poder adquisitivo era diferente del de Belinda, se amoldaba a las circunstancias. Si por ella fuera, la invitaría a cenar, pero tampoco quería incomodarla, por lo que disfrutaron de una excelente cena junto a los perretes, que dormían a su lado.

—¿Crees que Lolo habrá cambiado mucho? —quiso saber Belinda en un momento dado.

África se encogió de hombros.

—No lo sé. Aunque, según la amiga de mi hermana, el tipo no está mal.

Ambas sonrieron y luego África agregó:

—Asia me contó que nunca se ha casado, y que es propietario

de cuatro locales en la costa valenciana y uno de ambiente liberal en Portugal.

Belinda asintió.

—¿Y qué harás cuando lo veas? —preguntó riendo.

—No lo sé. Lo observaré y veré si me atrevo a saludarlo.

—¿Y por qué no te vas a atrever?

África rio.

—¿Y si no quiere hablarme?

Belinda no contestó y ella añadió:

—Llevamos sin vernos diez años, desde el funeral de su hermana Patry.

—Vaya, lo siento.

África cabeceó. La muerte de Patry le había dolido mucho.

—Asistí al funeral. El Conejito me acompañó y no pude casi ni acercarme a él. Los celos le podían. Lolo era físicamente lo que imagino que a Lorenzo le habría gustado ser, y nunca más volví a verlo a él ni a nadie más de mi pandilla. Lorenzo me lo impidió.

—Vaya tela con el Conejito.

—¿Cómo pude ser tan tonta? ¿Cómo dejé que ese imbécil controlara mi vida?

Belinda no dijo nada. Las circunstancias de cada persona eran suyas.

—La vida a veces hace que hagamos o permitamos cosas que cuando las ves desde la distancia piensas: «Pero ¿cómo hice yo eso?» —musitó.

—Y tanto. Pero ¡ahora somos «Las Triple M»! —exclamó África.

Ambas rieron y, durante un rato, hablaron sobre aquel peliagudo tema, hasta que África dijo:

—Por cierto, quiero que sepas que el cuaderno que me llevé de tu casa para leerlo ¡me encantó! La intensidad y el modo en que cuentas las vidas y superación de esas mujeres son dignos de admirar. Te juro que cada vez que terminaba una de las historias sentía que el corazón se me iba a salir del pecho. ¡Qué bien has sabido contarlo!

Oír eso a Belinda le gustó.

—Gracias por tus palabras —murmuró.

—¿Hay parte de ficción o todo es realidad?

Belinda lo pensó unos instantes y luego respondió:

—Todas son realidad, excepto la historia de Elvira.

—¿Qué diferencia esa de las otras?

Con gesto triste, Belinda suspiró.

—Elvira murió. Ella quería vivir, luchó por ello, pero el desgraciado de su marido acabó matándola y, después, él se quitó la vida.

—Dios mío —susurró África conmovida.

Belinda asintió y, mirándola, añadió:

—Su hija Teresa me pidió que terminara la historia, pero con un final bonito para su madre. Ella era una gran romántica y, bueno, por eso terminé su historia así.

África afirmó con la cabeza. Las historias que Belinda escribía eran sin lugar a dudas de grandes superaciones. Convencida de lo que iba a decir, acto seguido preguntó:

—Si montara mi propia editorial, ¿querrías publicar ese libro conmigo?

Belinda parpadeó boquiabierta y África añadió segura:

—Tendrías tu contrato, sus *royalties* y su promoción.

—¿Qué dices? —se mofó Belinda.

África volvió a asentir.

—No digas tonterías —murmuró Belinda.

—Estoy hablando muy en serio —aseguró su amiga.

Belinda parpadeó. Aquello sí que no lo esperaba. Pensando en lo escrito, dijo:

—Para poder publicar esas historias, primero tendría que hablar con sus protagonistas y con Teresa, la hija de Elvira. No me gustaría que ellas se sintieran mal.

Con una sonrisa, África asintió y, mirando a aquella, dijo:

—Sabes que siempre he querido montar mi propia editorial. Y..., bueno, tras leer tu trabajo, tengo más que claro que, si lo hago, me gustaría publicarlo.

Belinda no se lo podía creer. En la vida habría imaginado que aquello que ella hacía casi a escondidas de todo el mundo para desahogarse fuera a gustarle a alguien.

—Los otros cuadernos que no me dejaste leer, ¿qué son? —quiso saber entonces África.

—Vivencias desde mi niñez hasta mi madurez —declaró ella—.

Y..., bueno, tengo otro contando mi historia de amor con la Rata, que sigo escribiendo.

Aquello llamó la atención de África. Belinda podía no tener estudios, pero se expresaba como pocas personas que conocía.

—Me encantará leerlos también —afirmó.

—Para esos... dame tiempo.

África asintió. Como amiga le daba todo el tiempo del mundo. En ese momento recibieron un mensaje de Gema. Todo marchaba bien, estaba cenando en un bonito restaurante frente al mar.

Leer eso hizo que las dos amigas sonrieran y brindaran con sus copas y, tras dejarlas de nuevo sobre la mesa, África preguntó:

—¿La Rata ha vuelto a escribirte?

Belinda negó con la cabeza. Desde el día de la boda no había vuelto a saber más de él. Y, mirando el teléfono de Adara Saura, la bombera, preguntó:

—¿Qué hago en cuanto a esto?

La otra miró el móvil.

—San Destino ha querido que lo tengas —bromeó.

De nuevo, ambas rieron y África añadió:

—No sé. Quizá deberías tener claro qué es lo que quieres, más que nada porque nos hemos hecho con el teléfono de ella ilegalmente. Y, tal y como está hoy en día el tema de la protección de datos, como a la bombera no le haga gracia, nos denuncia a nosotras y a David le mete un buen puro.

De nuevo, ambas rieron por aquello y luego Belinda afirmó levantándose:

—Sí. Creo que es mejor que lo piense.

Capítulo 34

Una vez que terminaron de cenar y sacaron a los perretes a dar un último paseo antes de dormir, decidieron salir a tomar una copa. En esta ocasión, tal como tenían planeado, se dirigieron al local de Lolo, que se llamaba «Coco Fresco».

Nada más entrar, el bullicio y la música las envolvió. Estaba sonando la canción *TQG* de Karol G y Shakira y, divertidas, las dos amigas comenzaron a bailar.

—¡Nosotras somos Las Triple M! —exclamó África—. Más buenas. Más duras. Más *level.*

Ambas rieron de nuevo, pero entonces África, al ver de pronto a Lolo en la barra, se quedó parada.

A escasos metros de ella estaba el chico, el hombre que nunca había podido olvidar. Como le había dicho su hermana, el tiempo lo había tratado muy bien. Lolo era alto, con los ojos y la piel morenos, y tenía una sonrisa encantadora.

Antes de que la viera, África cogió la mano de Belinda, que bailaba, y, tirando de ella, caminó hacia un lateral. Luego miró a su amiga, que la observaba extrañada, y dijo:

—Lolo es aquel.

Cuando Belinda lo localizó, asintió con la cabeza. Alto, moreno de pelo, moreno de piel, ojos oscuros, bonita sonrisa.

—Qué buen gusto tienes, chica. —murmuró.

Ambas sonrieron y África, sin poder apartar la mirada de él, preguntó:

—¿Crees que me saludará si me ve?

Belinda se encogió de hombros, pero, consciente de que su amiga necesitaba aquello, declaró:

—Eso solo lo sabremos si nos ponemos delante para que te vea.

África lo pensó. Entrarle le costaba. Lolo podía tener suficientes cosas contra ella como para no hablarle, por lo que casi mejor dejar que él tomara su decisión.

Regresaron al sitio donde estaban al principio, junto a la barra. Allí, de nuevo comenzaron a bailotear frente a aquel, pero no habían pasado ni diez minutos cuando oyeron:

—¡África!

Aquella era la voz de Lolo. Ella miró a Belinda sonriendo, y esta última susurró:

—Creo que sí le apetece saludarte.

Como el que no quiere la cosa, África se volvió y, al encontrarse con la mirada de Lolo al otro lado de la barra, sonrió.

Él salió de detrás boquiabierto. Al verla allí, no se lo podía creer. Aquella era África, la chica que, siendo un crío, le partió el corazón. Sin dudarlo, fue hasta ella y la abrazó. Llevaban sin verse diez años, desde el funeral de Patry.

Una vez que se separaron, sorprendido y nervioso a partes iguales, Lolo preguntó:

—Pero ¿qué haces por aquí?

Belinda se les unió al tiempo que África decía:

—De vacaciones en casa de mi hermana Asia. ¿Y tú? —preguntó como si no supiera nada.

Lolo, que no podía parar de sonreír, respondió:

—Este local es mío.

Ella se hizo la sorprendida. Qué buena actriz era. Y, mirando a Belinda, que estaba a su lado, declaró:

—Lolo, te presento a mi amiga Belinda. Belinda, él es Lolo, un amigo de la pandilla.

Ellos se saludaron encantados, y Lolo, gustoso, dijo entonces dirigiéndose a África:

—Me enteré de lo tuyo. ¿Estás bien?

Sin necesidad de que dijera nada más, África lo entendió. Le estaba hablando de Lorenzo. ¡Cómo corrían los cotilleos!

Mirando aquellos ojos y aquel rostro que, en su juventud, la volvieron loca y que ahora, en su madurez, seguían siendo como poco provocadores, indicó:

—Estoy mejor que bien, y haberte encontrado aquí ha sido todo un subidón.

Lolo asintió complacido; África y él siempre se habían entendido muy bien. Entró de nuevo en la barra del local y preguntó:

—¿Qué os apetece tomar?

Pidieron algo de beber y él se lo sirvió, luego Lolo salió de nuevo de la barra y, después de avisar a uno de sus empleados para que lo cubriese, fue a la terracita que tenía el local y se sentó con ellas.

África y Lolo se ponían al día de sus vidas. Hablaban, reían, disfrutaban, mientras se miraban de una forma que le hizo saber a Belinda que tenían mucho de lo que hablar.

Tras una hora en la que no pararon de recordar momentos del pasado, los cuales Belinda escuchó encantada, esta dijo levantándose:

—Voy al baño.

África sonrió y su amiga se alejó. Una vez que Belinda salió del baño, al ver que habían juntado un poco más las sillas, cogió su teléfono móvil y tecleó:

Belinda: Paso de seguir sujetando la vela en la operación «¿Tú lo harías?». ¡Disfruta de lo que san Destino te ha puesto delante!

Acto seguido, le dio a «Enviar» y rápidamente recibió la respuesta:

África: OK. Te cuento.

Capítulo 35

Belinda regresó a casa de Asia con tranquilidad. Hacía una noche estupenda. La gente disfrutaba caminando o tomando algo en las terracitas del paseo marítimo, y se entretuvo mirando los puestecitos de pulseras y pendientes.

Volvía a caminar entre la gente cuando, de pronto, se paró en seco. A escasos metros de ella Adara, la bombera, caminaba con una niña de unos cinco años sobre sus hombros. Vestía unas bermudas caquis y una camiseta de tirantes negra. Y verla de nuevo hizo que todo su cuerpo se revolucionara. Pero ¿qué le pasaba con esa mujer?

La niña era una mini Adara. Mismo rostro, mismos ojos, mismo gesto, pero con un color de pelo diferente. Adara era castaña y la niña era rubia.

Con curiosidad, miró alrededor de ellas para ver si localizaba a su acompañante. El padre de la niña debía de estar cerca. Pero no. Estaba sola. Nadie iba con ella. Entonces, de pronto, Adara clavó los ojos en ella y exclamó sorprendida:

—¡¿Belinda?!

Como una autómata, la aludida asintió. ¿De nuevo había vuelto a recordar su nombre? ¿Cómo es que se acordaba? Y Adara, sonriendo, se acercó a ella y la saludó:

—¡Hola!

—Hola —respondió Belinda como si se le hubiera comido la lengua el gato.

Ambas se miraron en silencio hasta que Adara preguntó:

—¿Qué haces en Valencia?

Reponiéndose del shock inicial, e intentando no parecer tonta profunda, Belinda respondió:

—Estoy de vacaciones con unas amigas, ¿y tú?

Adara bajó entonces a la niña de los hombros y la dejó en el suelo.

—De vacaciones con mi hija —indicó.

Ambas rieron y Adara añadió señalando a la pequeña:

—Ella es mi hija, Luna.

Belinda le sonrió. Los niños y ella siempre se habían llevado muy bien, y, agachándose, musitó:

—Encantada de conocerte, Luna, yo soy Belinda.

La niña la miraba con cara de sueño, pero entonces se fijó en el tatuaje que llevaba en la muñeca.

—Mi mamá tiene una luna igual aquí —dijo tocándose el corazón.

Belinda miró a Adara y esta, divertida, cuchicheó mostrándole la clavícula:

—Es igualita que la tuya. Me la hice por mi hija, Luna, por eso te comenté aquel día que tenías un bonito tatuaje.

Belinda sonrió de nuevo. Ella también. Era una curiosa coincidencia. Y Adara, mientras veía a su hija bostezar, indicó agachándose:

—¿Sabes, Luna? Belinda tiene dos perritos pequeños que se llaman *Jamón* y *Queso*.

La niña abrió mucho los ojos al oír eso y acto seguido preguntó:

—¿Y dónde están?

—Están durmiendo. Son muy dormilones.

La niña se rascó los ojos. Sus ojitos lo decían todo. Y Belinda, incorporándose a la vez que Adara, comentó:

—Creo que por aquí alguien está deseando dormir.

Adara sonrió y, notando que su hija se agarraba a su pierna, dijo:

—Ya me iba para el apartamento. Está muerta de sueño.

Belinda asintió. Acto seguido, las dos se miraron y guardaron silencio. Un silencio que lo único que hizo fue aclarar lo que ocurría.

—¿Te apetece que nos veamos en otro momento? —preguntó entonces Adara.

El cuerpo de Belinda volvió a revolucionarse al oír eso. A ella le gustaban los hombres, no las mujeres. Pero, incapaz de rechazar el ofrecimiento, asintió y Adara pidió sacando su móvil:

—Dime tu número. Te hago una llamada perdida y así las dos tenemos los teléfonos.

Sin dudarlo, ella se lo dio y, una vez que aquella hizo la llamada perdida, Adara se guardó el teléfono en el bolsillo, volvió a subirse a su hija sobre los hombros y dijo:

—Nos llamamos, ¿vale?

Belinda afirmó complacida. Luego aquella, acercándosele, le dio dos besos en las mejillas y, con la pequeña casi dormida sobre su cabeza, se alejó.

Bloqueada y maravillada a partes iguales, Belinda observó cómo se marchaba y entraba en uno de los portales que había en el paseo, más adelante. Con una sonrisa de oreja a oreja por el fortuito encuentro, pensó en la operación «¿Tú lo harías?» y sonrió. ¿En serio estaba dispuesta a hacer lo que se le pasaba por la cabeza en esos instantes?

Capítulo 36

Gema y David disfrutaban de una fantástica cena en un bonito y curioso local que había frente al mar. Era un restaurante familiar, donde la comida era buenísima y casera y el entorno, con el mar enfrente, y cientos de velitas rodeándolos, era perfecto.

Sorprendida, Gema vio que, después de que David saludara con afecto a los que imaginó que eran los dueños, los sentaron a una mesa apartada del resto. Una que estaba frente al mar y que más íntima e idílica no podía ser.

En Valencia, David era muy conocido por ser un surfista de élite internacional. Su popularidad fuera de España, en los circuitos de surf, era enorme, y en Valencia, que era su tierra, más aún.

Si algo le había llamado la atención con respecto a Gema era que no sabía quién era él, y eso le gustaba. Y, queriendo mantener su privacidad frente al resto de quienes cenaban allí, los dueños los habían sentado en aquella reservada mesa para que nadie que pudiera reconocer a David los interrumpiera para pedir una foto.

Desde que habían llegado no habían parado de hablar. David contaba. Gema contaba. Ambos se preguntaban y disfrutaban del momento.

—Qué maravilla que hables tantos idiomas —dijo David—. Yo solo hablo inglés, algo de francés y español. Quizá tenga que pedirte unas clases particulares.

—Son caritas, ¿ehhh? —se mofó Gema.

David sonrió y, mirándola, afirmó:

—Si la calidad es buena, merecerá la pena.

Se observaban el uno al otro con complicidad cuando ella, consciente de cómo lo habían mirado las mujeres con quienes se habían cruzado al entrar en el restaurante y también por la calle, murmuró mientras se retiraba el pelo del rostro:

—¿Qué haces aquí conmigo?

—Cenar.

Nerviosa, Gema sonrió y, al ver cómo él la miraba, susurró:

—No me mires así...

—¿Cómo? —David rio.

Atacada de los nervios al ver sus ojos verdes sobre ella, iba a hablar de nuevo cuando él se le adelantó:

—Siento si te incomoda mi mirada, pero es que no sé mirar de otra manera.

Ambos sonrieron y Gema, para salir de aquel bucle en el que ella solita se había metido, preguntó:

—¿Crees en el destino?

—No.

Oír eso la sorprendió. Por norma, la gente solía hacerlo.

—Creo en las personas y en su buen hacer —matizó entonces David—. ¿Tú crees en el destino?

Ella asintió sin dudarlo.

—Creo que, aunque las personas deseemos algo, si el destino se opone, difícilmente lo vamos a conseguir.

David sonrió y, acto seguido, cuchicheó divertido:

—Lo siento, pero tu explicación no me convence.

Ambos volvieron a reír.

—Tu vida me parece muy interesante —dijo entonces Gema—. Llevas viajando desde los dieciséis años para hacer surf y has hecho de él tu modo de vida.

—Así es. Y reconozco que me encanta —afirmó él, sabiendo que omitía una parte importante de esa vida.

—Eso está bien.

—Aunque estos dos últimos años han sido diferentes.

—¿Y eso?

David dio un trago a su bebida antes de responder.

—Dejé de viajar y me instalé en Valencia. En invierno trabajo en un club de deporte y doy clases de surf, y, en verano, además de seguir dando clases, ayudo a mi hermana Clara a llevar la empresa familiar de deportes acuáticos que montamos. Tenemos seis puestos repartidos por distintas playas de Valencia.

Gema cabeceó. Entendía que los meses de verano eran muy buenos para su negocio.

—¿También trabajas de camarero en el local donde nos conocimos? —preguntó entonces con curiosidad.

David negó con la cabeza.

—Mi amigo Óscar es el dueño, y esa noche le estaba echando una mano. Pero no, no trabajo allí.

Ella asintió y luego preguntó con curiosidad:

—¿Por qué paraste de viajar?

Él cambió el gesto y contestó con cierto pesar:

—Mi padre murió de repente y mi hermana Clara necesitaba ayuda con mi madre. Ella estaba enferma y..., bueno, murió hace seis meses.

Gema afirmó con la cabeza. Que hubiera hecho eso significaba que para él su familia era importante. Y, tocando su mano, murmuró:

—Lo siento, David.

Él suspiró y, encogiéndose de hombros, señaló sin soltarle la mano:

—La vida es así. Simplemente hay que aceptarla. Me quedo con la parte en que mis padres fueron felices y siempre estuvieron orgullosos de mis hermanas y de mí. Y con cumplir la promesa que les hice de vivir y ser feliz.

Se quedaron unos segundos en silencio hasta que ella, para cambiar de tema, dijo:

—¿A qué sitios has viajado para hacer surf?

A David le gustó la pregunta y, cabeceando, respondió con naturalidad:

—Australia, Sudáfrica, Irlanda, Brasil, Nueva Zelanda y Costa Rica. Hawái, por supuesto, que es donde comenzó el surf. Y en España, además de en Valencia, a Tarifa, Fuerteventura, Cantabria y Asturias, entre otros lugares.

Gema asintió. Era increíble lo que había viajado aquel. Y, al oírlo mencionar Asturias, preguntó:

—¿A qué playas de Asturias has ido a hacer surf?

—A la playa de San Antolín y la de Andrín; ¿las conoces?

Gema dijo que sí con la cabeza, sonriendo.

—Llevo veraneando desde pequeña en la casa que mis padres tienen en Llanes, por lo que conozco muy bien esas playas.

—Llanes, ¡qué sitio tan bonito! —comentó David.

Ella estuvo de acuerdo. Adoraba ir a Llanes.

—Qué suerte la tuya. Yo siempre quise viajar —musitó mirándolo.

—¿Y por qué no lo hiciste?

—Porque a mi ex no le gustaba.

Él cabeceó. Conocía a muchas personas a las que no les gustaba.

—Pues viajar y conocer mundo es siempre una buena enseñanza de vida, porque te hace apreciar lo que tienes y, además, abre la mente y el corazón.

Oír eso emocionó a Gema, que murmuró:

—Mi abuela siempre dice eso.

—¿Es viajera tu abuela?

Al pensar en ella, sonrió. Si viera a David, diría que es un ¡bizcochito!

—¡Ni te lo imaginas! Tiene ochenta y seis años, ¡y no para!

Ambos rieron y luego Gema siguió preguntando:

—¿Algún destino que aún tengas pendiente?

Él asintió y, mirándola, indicó:

—Regresar a Bali, Indonesia. Pensaba ir cuando mi padre falleció.

Gema afirmó con la cabeza y él añadió con cariño:

—Allí están las playas de Padang Padang, Kuta, Dreamland y Uluwatu, con olas de cinco metros. Si todo va bien con algo que tengo pendiente en Australia, después iré a surfear a Bali con mi amigo Kanata.

—¡¿Kanata?!

David sonrió.

—Kanata es australiano. Es mi mejor amigo. Y un loco del surf, como yo. Su nombre es aborigen.

—Curioso nombre.

—Lo es.

—¿Y no te dan miedo esas enormes olas?

Él sonrió. Aquella mujer, con su mirada y su sonrisa, lo tenía completamente embobado.

—Más miedo me das tú —respondió.

Gema se puso roja como un tomate. Pero ¿qué le había dicho aquel?

David, entendiendo que quizá había sido demasiado directo, preguntó:

—Y tú, ¿tienes algún destino pendiente?

Ella se encogió de hombros y luego contestó:

—Todos. Hay tantos sitios a los que quiero ir que no sabría por dónde empezar.

Ambos sonrieron y luego David, curioso, y viendo que ella estaba receptiva para contestar, preguntó:

—¿Qué tiempo tienen tus peques?

A Gema le hizo gracia la pregunta. Nadie se imaginaba que sus hijos ya fueran tan mayores, y respondió:

—Diecinueve años.

—¡¿Qué?!

—¡Diecinueve años! —repitió divertida.

Oír eso sorprendió a David. Aquella mujer que tenía ante él y que lo tenía fascinado, ¿cómo podía tener hijos tan mayores?

—Me quedé embarazada con diecisiete años —aclaró ella.

Mentalmente, David sacó a toda prisa la edad de Gema, y esta, intuyendo lo que hacía al verle mover los dedos sobre la mesa, preguntó:

—¿Qué haces?

David paró de mover los dedos.

—Treinta y siete, y en diciembre treinta y ocho.

Ambos rieron por aquello; entonces a Gema le sonó el móvil y, mirándolo, leyó en el grupo de Las Triple M:

África: Chicasssss, creo que Lolo y yo vamos a terminar en la trastiendaaaaaaaa. ¿Será cosa del destino? ¡Vivan las locuras!

Leer eso la hizo sonreír, y levantando la vista hacia David dejó el teléfono y dijo:

—Disculpa. Tenía que mirarlo.

Él sonrió.

—¿Tú cuántos años tienes? —preguntó ella envalentonándose.

—Veintisiete.

Gema asintió. Era mayor de lo que en un principio había imaginado, aunque su atuendo lo hiciera parecer más joven, y, divertida, dijo:

—Aparentas menos.

—Gracias. Tú también.

Ambos volvieron a reír y luego ella preguntó:

—¿Tienes hijos?

David negó con la cabeza. Le encantaba que Gema no supiera nada de él. Eso era nuevo y atrayente, y con claridad respondió:

—No. Aunque me gustaría. Pero imagino que, para tenerlos, primero he de conocer a su madre, y aún no se ha dado el caso.

Con una sonrisa en los labios, Gema asintió y él añadió:

—¿Puedo hacerte una pregunta muy muy indiscreta?

Ella levantó una ceja y se mostró conforme.

—¿Cómo es posible que tu marido perdiera a una mujer como tú?

Oír eso hizo que Gema sonriera. La verdad era directa, dolorosa.

—Porque nunca le importé y prefería meterse en las camas de otras —respondió.

David parpadeó. Le costaba entender aquello que decía. Gema no solo era bonita por fuera, sino que por dentro le estaba encantando.

—Aunque esté mal decirlo —continuó ella—, provengo de una buena familia, y ahora sé que se casó conmigo única y exclusivamente por el dinero.

David sabía muy bien de lo que ella hablaba. En ocasiones, muchas mujeres se habían acercado a él por ser quien era, no para conocer al verdadero David. Pero, sin querer sincerarse o se descubriría, murmuró:

—Eso es terrible...

Gema asintió.

—El dinero tiene sus cositas, y una de ellas es que no sabes si te quieren por él o por ti. Y en mi caso me quería por él.

Asombrado porque aquellas palabras le tocaban el corazón, parpadeó.

—Él es un vividor que deseaba mantener un buen estilo de vida que una tonta como yo podía proporcionarle —añadió ella.

—No creo que tú seas tonta.

Oír eso la hizo asentir.

—Tú no, pero él si lo creía —cuchicheó—, y así me trató.

David la miró con cariño. Nunca entendería cosas como esa.

—Frente a sus amantes —aclaró Gema— me llamaba «la ricachona patosa y aburrida», y, si te soy sincera, no me extraña que lo hiciera. Todo el mundo veía cómo era mi vida en realidad, excepto yo.

Conmovido al oírlo, David murmuró apretándole la mano:

—Tú eres más que todo eso.

—Lo sé.

Ambos se miraban cuando él agregó:

—Ahora entiendo tu mirada triste.

Gema no dijo nada, aunque lo que habían hablado le quemaba el corazón. Admitir aquello que tanto dolor le había causado frente a un desconocido era algo nuevo para ella. Y, soltándose de la mano de aquel, se levantó y dijo:

—Disculpa. He de ir al baño.

—¿Estás bien? —David se preocupó.

—Sí.

Pero, consciente de que quizá había preguntado demasiado, insistió:

—Oye..., no querría que...

—Tranquilo —lo cortó ella—. Estoy bien.

Molesto consigo mismo por haber sacado aquel tema de conversación, él asintió y ella, tras preguntarle al camarero dónde estaban los aseos, hacia allí que se dirigió.

Cuando entró y cerró la puerta, abrió el grifo del agua, se miró en el espejo y jadeó. Lo hablado, lo preguntado, lo dicho, todo ello le había acelerado el corazón. Y aunque se sentía bien y sabía que lo que estaba haciendo era lo correcto, cerró los ojos y murmuró tocándose la pulsera que llevaba:

—Puedo hacerlo... Puedo hacerlo...

No obstante, su mente pensaba: «¡Veintisiete años!». ¿Qué hacía tonteando con un joven de veintisiete años?

Inevitablemente volvió a pensar en Tomás. Si él supiera aquello, lo primero que haría sería llamarla «ridícula» por cenar con aquel.

Acalorada, se dio aire con la mano. Debía tranquilizarse. Debía pensar en ella, y poco a poco consiguió que su nivel de nerviosismo se relajara. Hablar de Tomás, pensar en él y en su pasado no era fácil. Aún dolía. Pero entendía que era normal conocer a alguien, y que se comentaran temas de la vida como aquel.

David no tenía nada que ver con Tomás. Eran dos personas totalmente diferentes, y a diferencia de este, a David se lo veía atento, precavido y cauteloso. Pero, joder, ¡tenía veintisiete años!

Si estaba allí era porque ella había accedido a ir. Sus amigas la habían animado a quedar con aquel, y ella había aceptado. Le apetecía, aunque una parte de ella le decía que era una locura.

Pero ¿acaso no se había retado a hacer locuras?

Se echó agua en la nuca. Quizá eso refrescara sus ideas. Y, una vez que se limpió el agua sobrante que le corría por el cuello, recibió un mensaje. Al mirar vio que era del grupo de Las Triple M.

Belinda: San Destino, ese cabrito que te quita y te da, ha provocado que la bombera y yo nos encontremos en el paseo marítimo. Nos hemos intercambiado teléfonos y hemos quedado en llamarnos. ¿No es una noche increíble?

Gema sonrió al leer eso y se apresuró a teclear:

Gema: ¿No estás con África?

Pasaron unos segundos cuando recibió la respuesta:

Belinda: Se ha quedado con Lolo... ¡No digo más!

La positividad con que sus dos amigas encaraban sus vidas siempre le proporcionaba fuerzas a ella; conocerlas era lo mejor que le había pasado. Se miró en el espejo del baño, contempló su tatuaje y sonrió.

Pensó en David. Allí estaba, cenando con un tipo increíblemente atractivo, atento y prudente. La edad, como decía su abuela, era un número. Y, como era lógico, para ligar con ella le decía cosas bonitas que la hacían sentirse bien. ¿Qué hacía desperdiciando el momento? ¿Qué hacía pensando en el pasado? ¿Qué hacía poniendo puertas al campo? ¿Qué hacía pensando en la edad de aquel?...

Por ello, tomando aire, decidió darse la oportunidad de disfrutar, de vivir y de continuar su camino. El pasado pasado estaba, y debía proseguir su camino por ella y para ella. Era una Triple M, y ¡podía con eso y con más!

Con una sonrisa, salió del baño y se dirigió con paso seguro hacia la mesa donde David la esperaba. Según se acercaba a él, lo miraba. David desprendía frescura y naturalidad. Durante las horas que llevaban juntos, aunque era una locura, él la había hecho sentirse bien. Muy bien. Ya no se sentía una princesa, ahora se sentía una ¡reina!

¿Por qué no disfrutar de aquella locura de verano?

Al verla llegar, David se levantó. Aún estaba preocupado por la forma en la que ella se había marchado al baño, y cuando la tuvo enfrente preguntó:

—¿Estás bien?

Sentía verdadera su preocupación, y sonriendo afirmó:

—Muy bien.

Ambos se miraban a los ojos con curiosidad cuando él dijo:

—Ya he pagado. ¿Te apetece que vayamos a tomar algo?

Gema asintió.

—Podríamos haber pagado a medias —repuso, aun así.

Él cabeceó y, sonriendo, mientras salían del restaurante, musitó cogiéndole la mano:

—Lo sé. Pero, egoístamente, si esta vez pago yo, te haré prometer que la siguiente pagarás tú, y así podremos tener otra cita.

Eso hizo reír a Gema, que cuchicheó divertida:

—No eres listo tú...

Del restaurante se fueron a un sitio de copas, donde, al entrar, él se apresuró a ponerse una gorra que se sacó de un bolsillo. Eso sorprendió a Gema, pero no dijo nada. Si él se encontraba más a gusto con la gorra, ¿quién era ella para decir nada?

Poco a poco, iban acercándose más el uno al otro. A su manera, se tentaban, se provocaban, se buscaban, pero ninguno sobrepasó los límites. David intuía que lanzarse con aquella sería un error y, si quería volver a verla, debía ser ella quien marcara los tiempos.

Después de varias copas en las que cada vez se sentían más atraídos el uno por el otro, Gema, consciente de ello, decidió que era hora de regresar a casa. Y, sin poner objeción, y aunque se moría por besarla, él lo respetó.

Cuando llegaron al aparcamiento donde estaba la moto, entre risas y bromas, él se quitó la gorra y, tras ponerse los cascos, montaron y, con tranquilidad, David condujo mientras Gema viajaba abrazada a su espalda. Ese cuerpo, su olor, el modo en que le hablaba o la miraba la tenían totalmente excitada y confundida.

David y ella volvían a ser dos personas que provenían de dos mundos distintos. Sus estilos de vida no tenían nada que ver, pero, Dios, él era toda una tentación, y Gema se moría por besarlo. Estaba pensando en ello cuando llegaron a su portal y él paró la moto.

Ella se apeó y después lo hizo él, y cuando se quitaban los cascos en silencio, ella, consciente de su nerviosismo y de que tenía que despedirse de él, comentó:

—Lo he pasado muy bien.

—Yo también.

Ambos se miraron en silencio. Entre ellos había una corriente difícil de gestionar. De pronto, Gema dijo sin poder callar:

—¿Te parece bien que te bese?

Sorprendido por su pregunta, David asintió. Desde que había ido a buscarla se moría por hacerlo.

—Me parece una idea excelente —afirmó.

Y, sin más, Gema, con unos nervios que casi la hicieron tropezar, se acercó a la boca de aquel y, sin pararse a pensar un segundo más, lo besó.

Aquel beso tímido por parte de ella y cauteloso por parte de él comenzó a subir de intensidad segundo a segundo. Calor. Deseo.

Necesidad. Todo aquello unido hizo que se intensificara de pronto de tal manera que, cuando separaron sus bocas para tomar aire, Gema, sorprendida por el modo en que su cuerpo había reaccionado, exclamó en un hilo de voz:

—Madre del Verbo Divino...

A David le hizo gracia oír eso.

—¡¿«Madre del Verbo Divino»?! —preguntó divertido.

Acalorada como en su vida, Gema asintió. Había besado a David. ¡Madre míaaaaa! ¡Era una Triple M! Y, como necesitaba ser sincera, dijo:

—Es la primera vez que beso a otro hombre que no es mi exmarido.

—¿Después del divorcio?

—No. En mi vida. Y, bueno, tras el divorcio también, que, todo sea dicho, lo firmé hace dos meses.

David se sorprendió por aquello. ¿Cómo que solo se había besado con su ex? ¿Solo llevaba divorciada dos meses?

Estaba claro que aquella veraneante madrileña buscaba desfogarse y él había entrado al trapo y hasta el fondo. La miró y volvió a asentir. Si ella quería eso, él se lo iba a dar, pero, para dejar las cosas claras, indicó:

—Entonces soy tu periodo de transición, ¿verdad?

A Gema le pareció terrible lo que oía. No. Ella no quería que él pensara eso, pero él insistió:

—Vale. Lo entiendo. Solo es por tenerlo claro.

Horrorizada, Gema negó con la cabeza y rápidamente murmuró:

—Oye, me propusiste una cita y quedamos. ¡Nada más!

—Ah... Y aceptaste la mía como podrías haber aceptado cualquier otra, ¿verdad?

—Posiblemente.

—¡¿Posiblemente?! —preguntó él boquiabierto.

Gema resopló. Decirle que era su rollito de verano iba a quedar fatal. Horrible. Pero tampoco quería que se sintiera como un pañuelo de usar y tirar, y, atraída como un imán hacia él, se acercó a su cuerpo y lo besó de tal manera que a David le temblaron las piernas.

—Ha sido la noche perfecta —susurró mirándolo cuando el beso acabó—. No lo estropeemos.

Esas palabras hicieron que ambos sonrieran y volvieran a besarse, mientras Gema sentía que su cuerpo vibraba como llevaba tiempo sin hacerlo. Esa sensación, las mariposas que revoloteaban en su interior, era algo que estaba olvidado; que creía muerto y enterrado; que solo se sentía una vez en la vida. Pero no, ahí seguían ahora, haciéndola sentir viva. Y, cuando se separaron, David, tras darle un mimoso beso en la punta de la nariz, murmuró:

—Aunque sea tu período de transición, me gusta.

—Eso lo dices tú, no yo —puntualizó ella volviendo a pensar en lo del rollito.

David asintió. Su experiencia con el sexo y las relaciones sin duda era más amplia que la de ella, y, sonriendo, indicó:

—Creo que es mejor que me vaya, antes de que te proponga ir a otro lugar.

Gema se excitó al oírlo. Pero, consciente de que aquello era suficiente, tras darle un último pico en los labios, dijo:

—Buenas noches.

David asintió y, viendo que ella no decía nada y él deseaba volver a verla, preguntó:

—¿Habrá una segunda cita?

Mientras Gema abría la puerta del portal, no respondió. Esta vez era ella la que tenía la sartén por el mango. Esta vez era ella la que decidía. Y, con seguridad, respondió:

—No lo sé.

Una vez que Gema cerró el portal y se dirigió al ascensor, más que andar, levitaba. Lo ocurrido había sido increíble. Colosal. Besar a David y ser besada le había gustado más de lo que en un principio había imaginado. Se miró en el espejo del ascensor y sonrió al tiempo que musitaba cerrando los ojos:

—Pero ¿qué he hechoooooo? ¡Que tiene veintisiete años!

Capítulo 37

África disfrutaba de la compañía de Lolo en la terraza del bar. Durante horas no habían parado de hablar, de recordar el pasado, de reír, hasta que, en un momento dado, uno de los camareros del local se les acercó.

—Jefe —dijo—, local vacío y caja cuadrada y cerrada.

Lolo asintió. Eran las dos de la madrugada y entre semana todo estaba bastante tranquilo.

—Podéis marcharos —repuso mirándolo—. Yo cerraré.

Una vez que aquel se fue, junto a otros dos camareros, África exclamó:

—¡«Jefe»! ¡Quién te lo iba a decir, ¿eh?!

Lolo, que seguía teniendo el mismo magnetismo que cuando era un crío, sonrió y cuchicheó:

—Quizá ahora sí le guste a tu madre.

Oír eso hizo que África pusiera los ojos en blanco.

—No me hables de mis padres —murmuró.

Sorprendido por su respuesta, él le prestó toda su atención cuando ella, sin poder callárselo, le contó a grandes rasgos la relación que mantenía con sus padres después de su divorcio. Lolo la escuchaba sin dar crédito, ¿cómo podía ser aquello? Y, al ver que África se interrumpía, le preguntó:

—¿Y tú estás bien?

Ella asintió al tiempo que se encogía de hombros.

—Aunque suene raro, la respuesta es sí.

Ambos sonrieron y África añadió:

—Les guste o no, ahora soy adulta, tomo mis propias decisiones y sé lo que quiero en la vida y, sobre todo, lo que no quiero.

Lolo cabeceó conmovido.

—Me parece una excelente reflexión —declaró.

África afirmó con la cabeza. Por desgracia, así era.

Durante un buen rato continuaron hablando sobre el tema, hasta que ella, necesitando preguntarle algo, dijo:

—¿Es cierto que tienes un club de intercambio de parejas en Portugal y disfrutas del mundo liberal?

Lolo sonrió al oírla.

—La respuesta es sí y sí —aseguró divertido—. Y la pregunta es: ¿cómo sabes tú eso?

—Ya sabes..., los cotilleos —repuso ella sonriendo.

Lolo soltó una carcajada.

—Me sorprende oírte hablar de ello —dijo a continuación.

—¿Por qué?

—Porque eras muy puritana... Lo máximo que conseguí en su momento fue tocarte una teta.

—Por Dios, ¡tenía diecinueve años! Y llevábamos poco saliendo —explicó ella con una carcajada.

Ambos reían por aquello cuando África comentó:

—¿No te parece increíble que hayan pasado tantos años?

Él asintió. La vida pasaba muy rápido. Demasiado.

—Lo increíble es haberte encontrado hoy aquí —contestó.

África suspiró.

—¿No me digas que tú también disfrutas del mundo liberal? —preguntó él entonces.

Ella se encogió de hombros. Pero deseaba ser sincera con Lolo, así que, consciente de que él la entendería, dijo:

—Estoy comenzando a disfrutar de mis fantasías desde que me divorcié.

Lolo afirmó con la cabeza. Sabía a lo que se refería África.

—Sé que es una pregunta indiscreta —dijo acto seguido—, pero ¿tu marido no te daba lo que deseabas o entraba en el juego?

África negó con la cabeza.

—En lo último que se fijaba mi exmarido era en mí. Prefería otras cosas. —Lolo frunció el entrecejo sorprendido y ella añadió—: Fui su tapadera para ocultar su homosexualidad. Sí, conmigo tenía sexo cada cierto tiempo para cumplir, pero era un sexo soso y aburrido, porque acostarse conmigo, con una mujer, era lo que menos deseaba.

—Joder con el arquitecto —musitó Lolo sin dar crédito.

África asintió y, mirándolo, aseguró:

—¡Las apariencias engañan! Y él sabe engañar muy bien.

A continuación, guardaron unos segundos de silencio, hasta que Lolo dijo:

—¿Puedo preguntarte qué fantasías estás cumpliendo?

Sin ningún tipo de pudor ella le contó sus últimos escarceos sexuales con hombres que conocía a través de las apps, y una vez que acabó indicó:

—Lo siguiente que quiero hacer es un trío con dos hombres. Y me gustaría que uno de ellos fueras tú.

De nuevo él levantó las cejas y, mirándola, dijo en voz baja:

—¿Pretendes matarme de un ataque al corazón?

Ambos rieron. África estaba siendo sincera con él.

—¿Estás preparada para hacer un trío completo? —preguntó Lolo.

Entendiendo lo que aquel decía, ella negó con la cabeza. En la vida había practicado sexo anal.

—Entonces, de momento lo que quieres es ser el centro de deseo de dos hombres sin mantener sexo anal, ¿verdad? —añadió él.

África afirmó con la cabeza. Solo con la mirada, Lolo la había entendido a la perfección.

—Algún día espero poder hacerlo completo —explicó ella—. Pero de momento no es así, aunque reconozco que me llama la atención.

Lolo asintió. Desde luego, no podía decir que África no fuera directa. Y esta, nerviosa al ver cómo aquel la miraba, continuó:

—Sinceramente, Lolo, no busco ni marido ni novio. Paso de que otro tipo vuelva a dejar su cepillo de dientes en mi cuarto de baño. Pero sí me gustaría tener una pareja para ciertos juegos en el sexo y creo que tú serías el idóneo.

Él sonrió. Ahora entendía qué hacía África allí y, sorprendiéndola, cuchicheó:

—Este encuentro no ha sido fortuito, ¿verdad?

Ella resopló y, tras tomar aire, respondió:

—Vale. Lo confieso... Tienes razón.

Lolo asintió y, con mofa, susurró:

—Desde luego, África, ¡hay que ver cómo has cambiado y cómo has espabilado!

Ella sonrió. La muchacha apocada e insegura que había sido en su día ya era cosa del pasado, y, mirándolo, preguntó:

—¿Me perdonas por la pequeña mentirijilla?

Lolo asintió gustoso. Si supiera cuánto había pensado en ella durante todos aquellos años, seguramente le sorprendería.

—Te perdono —aseguró.

Ambos sonrieron y, acto seguido, África insistió:

—Pero piensa en mi propuesta y me dices. No hay prisa, ¿te parece?

—Me parece bien —afirmó él divertido.

Gustosa por haber soltado aquello que necesitaba decir, y encantada de estar con él, África se acercó un poquito más y susurró:

—Ahora me gustaría hacer..., o, mejor dicho, que me enseñaras una cosa.

Oír eso hizo que Lolo levantara las cejas. África lo estaba descuadrando. Y en un tono íntimo preguntó:

—¿Qué quieres?

Ella parpadeó, lo miró con intensidad y, en un tono de voz íntimo y sensual, dijo:

—¿Me enseñas a tirar una caña de grifo?

Lolo sonrió al oírla y, divertido por lo que le había hecho creer, cuchicheó:

—Menuda bruja estás tú hecha.

Ambos rieron y luego él afirmó poniéndose en pie:

—Anda..., ven aquí.

Cuando entraron en el local vacío, sonaba la canción *Stronger* de Kelly Clarkson y, divertida, África comenzó a bailar mientras Lolo la observaba. Ver a aquella chica, tras tantos años, le removía por dentro infinidad de sentimientos que nunca se habían aplacado. Pero si algo tenía claro era que ella había reaparecido y él estaba dispuesto a darle lo que pedía.

—¡Me flipa esta canción! —comentó África.

Él asintió y, recogiendo unos vasos de una mesa, entró en la barra de su local bastante confundido. Ella entró tras él y, viendo el grifo de la cerveza, dijo:

—Siempre he querido tirar una caña de grifo.

Lolo sonrió. Él siempre había querido volver a verla, pero, callando, indicó con cierto aire seductor.

—Muy bien, señorita, lo primero que tienes que hacer para servir una excelente caña de grifo es escoger una buena copa o vaso.

Rápidamente África agarró una de las copas que vio a su derecha.

—¡Perfecta! —afirmó Lolo.

Ella sonrió complacida, y él, señalando algo, indicó:

—Ahora lo ideal es que refresques la copa en ese mojacopas que hay a tu izquierda.

—¿Para qué?

Lolo se acercó a ella por detrás y explicó:

—Si humedeces la copa evitarás la mala formación de espuma y, al servir la cerveza, esta se deslizará por la copa con finura y suavidad.

Sin dudarlo, África obedeció. Sentir a Lolo tras ella y notar su aliento en el cuello le estaba resultando terriblemente erótico.

—Ahora pon la copa bajo el grifo —pidió él—, pero el primer golpe de espuma descártalo. Esa ya ha cogido aire del ambiente.

Siguiendo sus instrucciones con las pulsaciones a mil, África lo hizo. Y Lolo, sabiendo que estaba tan excitada como él, tras dar un dulce y delicado beso en aquel precioso cuello que tenía ante sí, se acercó más a ella, paseó los labios por su piel y murmuró:

—Ahora inclina la copa en un ángulo de cuarenta y cinco grados. Eso es, muy bien...

África cerró los ojos. En ese instante la excitación estaba comenzando a poder con ella, cuando lo oyó decir:

—Una vez que la copa esté un setenta y cinco por ciento llena, colócala en posición vertical.

Mientras seguía paso a paso lo que Lolo pedía, África jadeó. Él, simplemente indicándole cómo tirar una caña, la estaba poniendo a mil, y en un hilo de voz murmuró:

—Ya está.

Lolo asintió. El olor de la piel de África era la fragancia que siempre había recordado. Un aroma difícil de olvidar. Dio un paso atrás para que ella se volviera y lo mirara, e indicó:

—Prueba la caña que has tirado.

Dándose la vuelta, África lo miró a los ojos. En ellos veía lo mismo que él debía de ver en los suyos: pura excitación. Tras dar un trago con sensualidad que le supo a gloria, Lolo preguntó en un tono de voz jadeante:

—¿Qué tal está?

Hechizada por el momento y sin poder hablar, África le pasó la copa y él bebió. Luego la dejó sobre la barra y ella dijo:

—Siempre he tenido la sensación de que entre tú y yo quedó algo pendiente.

Ambos sonrieron acalorados. Los dos tenían aquello claro. En ese momento comenzó a sonar en la radio la canción *Manías* de Thalia, y Lolo, pasando las manos por la cintura de aquella, murmuró:

—Bailemos.

En silencio y sin mirarse, comenzaron a bailar aquella bonita canción, y los dos adultos que eran volvieron a ser de pronto los adolescentes que fueron. Recuerdos. Momentos. Sensaciones. Todo un torbellino de sentimientos se arremolinó en torno a ellos, hasta que Lolo, mirándola, susurró:

—Ni te imaginas cuántas veces miré nuestras fotos.

África asintió. El pasado seguía ahí.

—Fue la peor decisión de mi vida —aseguró—. La peor.

Lolo suspiró. Y África, viendo cómo él la miraba y lo que su cuerpo sentía, como necesitaba acabar con aquel momento que habían creado, declaró:

—Lolo..., no busco novio ni marido. Me acabo de divorciar y...

No pudo decir más. Lolo la besó y ella, sin poder contenerse, le devolvió el beso.

El deseo que sentían el uno por el otro se volvió algo irracional. Demasiada tensión sexual. Y cuando él la sentó sobre la barra y musitó:

—¿Sigo?

África asintió. Tras subirle la falda, Lolo le separó los muslos y, retirando la braguita hacia un lado, metió la cabeza entre las piernas de aquella y comió hambriento mientras ella se entregaba gustosa a esa situación.

Durante minutos disfrutaron de aquella loca y morbosa sensación. África jadeaba, se retorcía de placer sobre la barra, al tiempo que Lolo gozaba de lo que hacía tremendamente excitado. Las canciones cambiaban. Los minutos pasaban. Hasta que, tras un segundo orgasmo, África, deseosa de más, agarró el pelo moreno de aquel, tiró de él y, cuando Lolo la miró, exigió:

—Necesitamos un preservativo.

Sin dudarlo, él se sacó la cartera del pantalón y buscó un preservativo. África, acelerada, se bajó mientras tanto de la barra y le desabrochó el pantalón. Lo deseaba. Lolo era un tema pendiente en su vida. Y cuando, mirándolo, metió la mano en el interior del calzoncillo y este jadeó, África murmuró:

—Ni te imaginas cuánto deseaba hacer esto.

Él cerró los ojos y se dejó hacer.

No sabía cuánto lo deseaba ella, pero sí sabía cuánto la deseaba él. Roces, tocamientos, jadeos. La locura se apoderó por completo de ambos hasta que él la paró y susurró quitándose los pantalones por los pies:

—No sigas o...

África lo entendió y sonrió. Y, tras abrir con los dientes el envoltorio del preservativo, Lolo se lo colocó. Acto seguido agarró a África de la mano y la condujo hasta un pequeño despacho que tenía en la trastienda. Al entrar, África vio un sofá y una mesa y, divertida, se mofó:

—Si este despachito hablara, ¿qué me contaría?

Lolo sonrió. Estaba soltero. No tenía nada que ocultar ni tampoco dar explicaciones a nadie, por lo que la sentó sobre la mesa de su despacho y, guiando su duro y erecto pene hacia la húmeda y receptiva vagina de ella, la poseyó con lentitud.

África jadeó al sentirlo dentro de ella. Sus relaciones con los hombres con los que había quedado en los hoteles por horas habían sido magníficas, pero aquello con Lolo estaba siendo colosal.

La locura no tardó en apoderarse de ellos. Sus cuerpos ardientes se buscaban, sus bocas se acoplaban, sus ojos se hablaban en silencio, hasta que un increíble orgasmo los asaltó y África murmuró cerrando los ojos:

—Gracias, san Destino...

Al oírla, Lolo no la entendió, pero sonrió. Y ella, abriendo los ojos al ver cómo la miraba, preguntó:

—¿De qué te ríes?

—De lo que has dicho.

Ambos sonrieron y luego él la besó con cariño. África aceptó el beso con agrado, pero cuando se separó de él, dispuesta a poner freno a algo que no quería comenzar, dijo:

—Lolo, como te he dicho, no busco...

Este puso la mano en su boca para que callara y matizó:

—Yo tampoco busco novia ni mujer. Ni complicaciones. Estoy muy bien como estoy. Pero estoy encantado de haberme reencontrado contigo.

África asintió y él de pronto dijo:

—Acepto tu proposición. Seré tu pareja en el juego del sexo con la condición de que, fuera de él, cada uno haga su vida y no existan obligaciones ni reproches entre nosotros.

Oír eso hizo que ella sonriera. Había ido a aquello. No había ido a enamorarse. Y, sonriendo, cuchicheó:

—Perfecto, Lolo. Me parece ¡perfecto!

Capítulo 38

Aquella mañana, contarse lo ocurrido entre las amigas fue un auténtico furor.

Rieron por la buena suerte de Belinda al encontrarse con Adara en el paseo, y se sorprendieron al saber que era madre y estaba con su hija sola de vacaciones, y que ambas tenían tatuada la misma luna y que la niña llevara ese nombre.

¿Qué probabilidades había de que aquella coincidencia ocurriera?

Animaron a Belinda a llamarla, a escribirle un mensaje, pero, a pesar de su buena suerte, esta se negó. Aquello seguía siendo una locura. ¿Ella y una mujer? Por lo que decidió esperar a que Adara le escribiera. Ella no lo tenía del todo claro.

En el caso de África, Gema tuvo que taparse los oídos cuando fue tan gráfica con lo que la noche anterior había hecho con Lolo en el local. Entre risas, comparó tirar una caña de grifo con el momento *Titanic*, con los protas en la proa del barco con los brazos abiertos, y también con la película *Ghost*, cuando los protagonistas hacían manualidades con el barro.

Gema y Belinda no daban crédito a lo que oían. ¿En serio tirar una caña podía ser tan erótico-festivo?

África estaba emocionada. Feliz. Lo que había ocurrido con Lolo había superado sus expectativas. El sexo con él había sido colosal y, lo mejor, había aceptado ser su pareja de juego en el sexo. Gema puso los ojos en blanco al oír eso. Desde su punto de vista, aquello era una locura. En cambio, Belinda la aplaudió. Ella no era partidaria de aquel tipo de sexo, pero si a África le gustaba, ¿dónde estaba el mal?

Cuando le llegó el turno a Gema, esta les contó que todo había ido bien durante la cena. Que David tenía veintisiete años, y finalmente, entre risas, les confesó haberse lanzado a besarlo al regresar al portal. Belinda y África no se lo podían creer. ¿En serio Gema había hecho eso?

Pero, del mismo modo que les contó aquello, les dejó claro que no volvería a ocurrir. Ella acababa de divorciarse y no estaba preparada para un rollito de verano, y menos con un tipo como David, que, por su edad y físico, posiblemente era un casanova.

* * *

Pasaron dos días en los que, a petición de Gema, fueron a otras playas. La vergüenza, la indecisión y el recordar la edad de aquel la hacían huir de David.

No quería encontrárselo, a pesar de que en silencio pensara en él. África y Belinda le indicaron que era un error. Tanto David como ella eran personas adultas. ¿Qué más daba que él tuviera veintisiete y ella treinta y siete? ¿Acaso habían hecho algo malo?

Pero Gema se negó a escucharlas y se cerró en banda. Verse con aquel era un error.

En el caso de Belinda, Adara le escribió dos días después. Le proponía verse el viernes por la noche para tomar algo. Su hija se quedaría a dormir en la casa de una amiguita. Gustosa, pero tremendamente nerviosa, Belinda aceptó la invitación, y sus amigas aplaudieron su decisión. Hacía lo correcto.

África, por el contrario, se mensajeaba con Lolo. Ante todo, eran amigos, y quedaron en volver a verse. ¿Cuándo? Eso tenía que decidirlo ella.

El viernes por la noche, y hecha un manojo de nervios, Belinda, que no paraba de ir al baño, entró junto a sus dos amigas en el local de copas donde había quedado con Adara. Entrar allí no solo la puso nerviosa a ella, sino también a Gema, puesto que había sido el sitio donde conoció a David.

Las tres amigas estaban tomándose algo cuando a África le sonó el móvil. Había recibido un mensaje de Lolo, que le proponía verse esa noche. Según lo leyó, se lo enseñó a sus amigas y Belinda preguntó:

—¿Te apetece?

Sin dudarlo, África asintió, pero dijo mirando a Gema:

—Sí, pero no quiero dejarte sola.

—A ver, reina, que tonta no soy —replicó esta—. Que una vez que Belinda se vaya a su cita y tú a la tuya, yo regreso encantada a casa, me tiró en el sofá con los perretes y me pongo una serie en la televisión.

Eso las hizo sonreír; entonces comenzó a sonar por los altavoces la canción *Mamiii* de Becky G y Karol G, y África, cogiendo las manos de sus amigas, exclamó:

—¡A bailar!

Gustosas, y mientras cantaban aquella canción junto a otras chicas, las tres amigas disfrutaron bailando. El momento era propicio para divertirse. Era verano, estaban en la playa. ¿Qué más podían pedir?

Gema se movía encantada cuando de pronto vio una gorra que le sonaba y rápidamente comprobó que David estaba debajo de ella. Con curiosidad, observó que estaba con un grupo de gente, hablando. Él no la había visto y Gema, sin poder apartar la mirada de él, lo escaneó de arriba abajo. Estaba sexy con aquellas bermudas negras y la camiseta de tirantes del mismo color.

David era un tipo fresco y desenfadado vistiendo. Y aquella noche estaba especialmente guapo, pues llevaba su bonito pelo suelto bajo la gorra.

Estaba mirándolo cuando África se percató y preguntó:

—¿No vas a decirle nada?

Gema negó con la cabeza.

—No.

—¿Por qué?

—Porque no estoy preparada —contestó ella mientras lo veía sonreír y hablar más allá con una chica.

África asintió. Entendía a su amiga. Forzar las cosas nunca era bueno.

—Bueno..., bueno..., bueno... —murmuró entonces Belinda, que lo había visto también—, pero si está aquí tu rollito de verano...

Gema suspiró. Lo de «rollito de verano» no le gustaba nada, pero lo cierto era que de eso se trataba.

—Si yo fuera tú —añadió Belinda—, iría a saludar a Bon Jovi. ¡Hay que ver qué bueno está!

Gema volvió a mirarlo, justo en el momento en que otra chica se acercaba por detrás de David y, tapándole los ojos, lo hacía sonreír. Aquellas chicas con las que él hablaba, que debían de rondar los veinticinco, no tenían nada que ver con ella, que tenía treinta y siete, era madre y divorciada. Gema sabía que no era buena idea compararse con ellas, pero no podía evitarlo y respondió:

—Mejor no...

—Gema —insistió Belinda—. Déjate de tonterías y salúdalo. ¿Acaso es eso algo malo?

—No me apetece —susurró ella antes de dar un trago a su bebida.

África miró a su amiga. Con la mirada le indicó que no insistiera, pero Belinda dijo:

—Si por unos simples besos te pones así, ¿cómo te pondrás el día que te acuestes con un tío?

Oír eso enfadó a Gema. En ocasiones Belinda no tenía filtros y, molesta, respondió:

—Cómo me ponga yo o no es mi problema, ¿o acaso tienes que decirme tú cómo debo reaccionar con respecto a mis cosas?

Belinda miró a África en busca de un apoyo que no encontró, y, dándose por vencida, pidió:

—Vale, mujer, no te pongas así. ¡Me meo otra vez! —exclamó acto seguido corriendo al baño.

Gema asintió. Desde luego que haría lo que quisiera. Al mirar hacia donde estaba David, vio que este se alejaba con la última chica e iban agarrados de la cintura. Ver eso la jorobó y, dándose la vuelta, miró hacia otro lugar. El temita ya se había acabado.

Un poco más tarde, África y Belinda hablaban, reían mientras Gema las escuchaba algo ausente. Entonces, de pronto, Belinda vio entrar a Adara en el local y murmuró:

—Madre del Verbo Divino.

De inmediato, sus amigas miraron hacia donde aquella miraba, y Belinda cuchicheó:

—Adara es la del vestido blanco.

Al mirarla, Gema y África afirmaron con la cabeza. Desde luego, aquella chica era una monada.

—Por Dios, es tan mona ¡que me gusta hasta a mí! —susurró África.

Eso hizo que las tres rieran y a continuación Gema, dando un trago a su bebida, indicó:

—No te ha visto.

Belinda asintió. Lo sabía. Solo había que ver como Adara miraba hacia los lados para saberlo. Tomó aire y, sintiendo los nervios en el estómago, murmuró:

—Voy al baño. La busco y luego os la presento.

África y Gema rieron divertidas. La urgencia por ir al baño a causa de los nervios de Belinda era tremenda.

Cuando esta última salió del baño se encaminó hacia donde estaba Adara, y cuando sus ojos se encontraron, como pasó el día que se vieron en el paseo marítimo, ambas dijeron a la vez:

—¡Hola!

Durante unos segundos se miraron en silencio, hasta que Belinda, acercándose a ella, le dio dos besos en las mejillas y preguntó:

—¿La peque se ha quedado bien?

—Sí. Luna está durmiendo en casa de su amiga Laia, que es también mi vecina, y se ha quedado feliz.

Ambas sonrieron y acto seguido Belinda pidió:

—Ven, te presentaré a mis amigas.

Encantada, Adara la siguió entre la gente, y, al llegar frente a dos mujeres, Belinda dijo:

—Ella es África y ella, Gema. Chicas, esta es Adara.

Las aludidas se saludaron besándose en las mejillas, y Belinda, a quien las pulsaciones le iban a mil, informó entonces mirando a sus amigas:

—Nosotras nos vamos. Ya nos veremos en casa.

África y Gema asintieron, y luego la primera dijo:

—Pasadlo bien.

Con una sonrisa, las dos chicas se marcharon, mientras Gema, que las observaba, cuchicheó:

—¿Qué crees que pasará?

África sonrió. Si algo tenía claro era que Belinda no era de las que se quedaban con las ganas de las cosas.

—Pues no lo sé —respondió—. Solo espero que Belinda deje de ir al baño.

Una hora después, tras varias copas, Gema miró a su amiga.

—¿A qué estás esperando para irte a ver a Lolo? —apremió.

África suspiró. No le apetecía marcharse y dejar allí a Gema, pero esta insistió:

—Por favor, África, ¡vete!

—Es que no quiero dejarte sola.

Ella soltó una carcajada. África era encantadora.

—¿Acaso ahora la madre eres tú? —se mofó.

Divertidas por aquello rieron y Gema, cogiendo su bolso, dijo:

—Venga. Salgamos y así pillas un taxi.

Capítulo 39

Diez minutos después, África se alejaba en un taxi, mientras Gema comenzaba a caminar por el paseo marítimo. Había mucha gente por allí. Todavía era pronto. Y, viendo una heladería, no lo pensó y entró en ella. Le apetecía tomar un helado.

Estaba mirando los sabores que tenían cuando oyó a su espalda:

—El de pistacho está muy rico.

Al volverse se quedó de piedra. Tras ella estaba David, con la chica con la que lo había visto desaparecer y un grupo de amigos. Verlo allí, cuando no lo esperaba, la jorobó. Pero, disimulando el malestar que aquello le provocaba, contestó:

—Gracias por la recomendación.

Acto seguido se volvió hacia la heladera y pidió:

—Ponme uno de turrón, por favor.

David se mofó al oírla:

—¡Qué clásica!

Gema se volvió hacia él.

—Y tú, qué entrometido —murmuró.

David levantó las cejas sorprendido mientras ella cogía su cucurucho de helado, pagaba y, dando media vuelta, se marchaba.

Sin dar crédito, la siguió con la mirada. Pero ¿qué le pasaba?

La heladera le dio entonces a David el cucurucho que él le había pedido y, después de pagar, se despidió de sus amigos y fue detrás de Gema. Tenía que saber qué le ocurría.

Una vez que la vio caminando por el paseo marítimo mientras se comía el helado, se acercó a ella.

—¿Se puede saber qué te sucede? —preguntó.

Gema, al verlo a su lado, frunció el entrecejo.

—¿Se puede saber qué haces aquí? —gruñó.

Boquiabierto y sin entender nada, él se colocó delante de ella y replicó:

—A ver, empecemos otra vez.

Sorprendida, ella negó con la cabeza y, cuando iba a hablar, David se le adelantó:

—¿Qué ha ocurrido para que estés siendo tan borde conmigo?

Gema resopló. La respuesta era complicada, pero dijo:

—Mira, lo que pasó el otro día, creo que...

—¿Te arrepientes de lo que pasó?

—Sí.

—¿Por qué?

—Porque eres..., eres... un rollito de verano. Un crío... Y no sé por qué me besé contigo.

A David le molestó oír eso. ¿«Rollito de verano»? ¡¿«Crío»?!

—Pues nada, abuelita..., ¡adiós! —siseó.

Dicho eso, se dio la vuelta, comenzó a caminar en dirección contraria y Gema, molesta por lo que había oído, fue tras él y, plantándose enfrente, protestó:

—Lo de «abuelita» te lo podrías haber ahorrado, ¿no?

—Tú me llamas a mí «crío» y «rollito de verano» ¿y te molesta que yo te llame «abuelita»?

—Sí.

David resopló. Aquello era surrealista.

En la vida una mujer había tenido la osadía de decirle eso a la cara, aun sabiendo que realmente era un rollito de verano. Atónito, la miró sin reaccionar. Pero ¿qué le pasaba a aquella mujer?

Gema, a quien los nervios la tenían atenazada, y, consciente de lo que había dicho, le plantó entonces el cucurucho de helado en toda la nariz a aquel.

Según lo hizo, David la miró boquiabierto. ¿En serio? Sentía como el helado le chorreaba por la cara y, sin pensarlo, la imitó y su cucurucho terminó en la frente de Gema.

Al notar que el helado de pistacho se escurría por su cara, ella murmuró sin dar crédito:

—Pero ¿cómo te atreves...?

—¿Y eso me lo dices tú? —apostilló David quitándose la gorra con cuidado de no mancharla.

La gente que caminaba por el paseo marítimo los miraba. Aquella parejita tan mona estaba teniendo una discusión con embadurnamiento de helados. Y de pronto David dijo:

—Muy rico el de turrón.

Oír eso y ver a David con la cara llena de helado hizo que Gema comenzara a reír.

Pero ¿qué estaban haciendo?

Él, al verlo, rompió a reír a su vez, mientras ella decía:

—El de pistacho también está muy rico.

Sin entender qué ocurría, Gema se abrió el bolso. Sacó de él pañuelos de papel y, tras darle unos cuantos a David, ella se quitó el cucurucho de la frente y empezó a limpiarse. Entre risas, y diciendo incongruencias por ambas partes que los hacían carcajearse, Gema miró a David y dijo:

—Espera un momento.

Tras coger un nuevo kleenex, le quitó helado que aquel tenía aún en la mejilla y, una vez que acabó, tiró el pañuelo a una papelera y afirmó mientras él volvía a ponerse la gorra:

—Ahora sí.

David y Gema se miraban con otros ojos, con otro gesto, cuando este preguntó:

—¿Por qué no me has escrito?

Ella no contestó y él insistió:

—¿Por qué no has bajado a la playa?

Consciente de que mentir era ridículo, ella respondió:

—Porque no quería verte ni hablar contigo.

—¿Por qué?

Ella se encogió de hombros sin saber qué responder, cuando este preguntó:

—¿Porque soy tu rollito de verano?

Gema resopló. Era terrible que hubiera dicho aquello. E indicó:

—Me acabo de divorciar, y no sé por qué quede contigo. No sé por qué te besé. No sé por qué tonteé. Solo sé que, una vez que la cita se acabó, sentí que lo mejor era alejarme de ti porque no quería utilizarte ni que te sintieras como alguien utilizado por mí. Pero está visto que san Destino sigue haciendo de las suyas.

—¡¿San Destino?!

—San Destino —afirmó Gema.

Ambos sonrieron por aquello, y ella, viendo aparecer por el paseo marítimo al grupo de amigos con los que minutos antes iba David, señaló:

—Tus amigos están allí.

Él se volvió y asintió al verlos, y entonces Gema añadió:

—Y tu amiguita viene hacia aquí.

Según dijo eso, se sintió fatal. Si había algo que odiaba en la vida, eran las escenitas. Ya las había vivido en el pasado con su ex.

—Retiro lo último que he dicho y en el tono en el que lo he dicho. No procedía —murmuró horrorizada.

David asintió y, sonriendo, se dirigió a la chica que se les acercaba y preguntó:

—¿Qué pasa, Clara?

Esta, una muchacha de preciosos ojos verdes, de unos veintipocos años, dijo tras mirar a Gema:

—Nos vamos a tomar algo al chalet de Juan. ¿Te vienes?

Gema, que miraba al suelo, no dijo nada, y en ese momento oyó decir:

—Te presento a mi hermana Clara. Clara, ella es Gema, una amiga de Madrid.

¿«Hermana»? ¿Cómo que «hermana»?

Gema miró entonces a aquella chica, que la observaba con una bonita sonrisa, y la saludó:

—Encantada de conocerte, Clara.

—Lo mismo digo, Gema.

Los tres se quedaron en silencio, hasta que Gema dijo mirando a David:

—Ve con tu hermana y tus amigos, seguro que lo pasáis bien.

—¿Y si te vienes con nosotros?

Ella parpadeó al oírlo. ¿Irse con todos aquellos veinteañeros? Gema miró a Clara y luego a David.

—Os dejo a solas para que lo decidáis —indicó la chica—. Un placer, Gema.

Segundos después, aquella se marchó, y David preguntó:

—¿Cuál es el problema para que no vengas a tomar una copa?

Ella resopló. Decirle que se sentía mayor entre ellos podría molestarlo. Pero David, consciente de lo que pensaba, continuó:

—A ver, Gema. Tengo veintisiete años y tú, treinta y siete. ¿Qué problema hay?

Ella lo miró y, sin dudarlo, dijo sentándose sobre el murete de la playa:

—El problema soy yo.

David no dijo nada y esta añadió:

—Tengo..., tengo la sensación de que si me divierto hago mal, y si no me divierto, también. Y luego, sí, ¡tú tienes veintisiete años! Tu grupo de amigos es de tu edad y yo..., yo me siento fuera de lugar. Tengo tal lío en la cabeza con todo lo que me está pasando que te juro que hay momentos en que...

No pudo proseguir. Viendo cómo la miraba aquel, murmuró:

—Y aquí estoy. Contándote mi drama, amargándote la noche, cuando tú...

—Eh..., tranquila —la cortó él—. Me ha encantado probar el helado de turrón.

Eso hizo que Gema sonriera, y acto seguido David indicó colocándose bien la gorra:

—Nunca me he divorciado, aunque he sufrido la ausencia de una pareja y entiendo que es una decepción, pero también un aprendizaje.

—Ya..., pero...

—Gema, tienes que divertirte. Eres una mujer joven, preciosa, interesante, que tiene mucho que dar y más que recibir. Y que quedes conmigo, que tengo veintisiete años, o con quien tú quieras no implica besos ni sexo. Solo implica lo que tú, y solo tú, quieras, como dice tu tatuaje.

Ella sonrió.

—En cuanto a la edad..., siempre he considerado que es tan solo un número —añadió él—. Tengo amigos de cuarenta años que mentalmente tienen dieciocho y amigos de veinte que parece que tengan cuarenta. Y voy a decirte una cosa más. Pensar eso que tú piensas sobre nuestras edades es machismo. ¿Acaso está bien que un hombre le saque diez años a una mujer, pero no si es al revés? No. Definitivamente, no estoy de acuerdo. Y la primera que no tiene que estar de acuerdo eres tú, porque eres mujer y debes luchar por tus derechos.

Gema asintió sobrecogida. Aquel se expresaba de una manera que la estaba dejando sin palabras.

—Si no quieres que volvamos a besarnos, no nos besaremos —continuó David—. Si no quieres que volvamos a vernos, no nos veremos. Pero has de saber que me atraes. Me gustas. Negarlo es ridículo. Pero sé respetar. Si algo me enseñaron mis padres fue a respetar a los demás para que me respeten a mí. Por tanto, tranquila.

Gema sonrió. David le estaba dando una lección de vida impresionante.

—Siento haberte llamado «crío» y «rollito de verano» —repuso—. Por favor, perdóname.

David asintió. Y, tras tomar aire, cuchicheó:

—Te perdono. Claro que sí, Gema. Pero, joder, quiérete y valórate, que vales mucho.

Conmovida por las cosas que le decía, Gema le acarició el rostro. Aquel chico era un encanto.

—Eres un amor —murmuró.

David, a quien Gema le gustaba mucho, replicó entonces:

—Pues deja que este amor disfrute de tu compañía mientras estás aquí.

A ella la enterneció oír eso. Que deseara conocerla, a pesar de cómo se había comportado con él, le decía de nuevo cómo era.

—Solo amigos —dijo queriendo dejarlo claro.

David puso los ojos en blanco. Lo que aquella le insinuaba era complicado, pero extendiendo la mano dijo:

—Solo amigos.

Gema afirmó con la cabeza y, acto seguido, añadió con curiosidad:

—¿Puedo preguntarte algo que me llama la atención?

David cabeceó y ella prosiguió:

—¿Por qué siempre te pones gorra o pañuelos en la cabeza? ¿Acaso te escondes de alguien?

Eso lo hizo sonreír. Estaba claro que Gema era perspicaz. Y, diciéndole una verdad a medias, contestó:

—Ser profe de surf y llevar los deportes acuáticos en las playas te hace conocer a mucha gente. Y, bueno, tampoco es que me apetezca ir saludando a todo el mundo y haciéndome selfis en todo momento.

Ella asintió. Entendía lo que decía.

—Además —añadió él divertido—, dicen que me da un aire sexy e interesante.

Gema sonrió. La naturalidad de aquel chico siempre la hacía sonreír. Se levantó del murete, sacó su móvil y pidió mirándolo:

—Dame un segundo.

—Y dos.

Rápidamente buscó en WhatsApp el grupo de Las Triple M y escribió:

Gema: Me voy con David y sus amigos a tomar algo.

Una vez que envió el mensaje, se guardó el móvil en el bolsillo del pantalón. David le sonrió y ella, incapaz de contenerse, se le acercó y lo besó. Sorprendido por su reacción, cuando el beso acabó él la miró.

—De esta forma me pones muy difícil ser solo tu amigo...

Gema asintió. Pero ¿qué le ocurría? ¿Por qué decía una cosa y luego hacía otra?

Cogiendo aire, le agarró la mano y, tras sonreírse, se dirigieron hacia el grupo. Querían pasarlo bien.

Capítulo 40

Belinda y Adara caminaban descalzas por la playa mientras charlaban. Todavía seguían sorprendidas de haberse reencontrado en Valencia, y cuando Adara supo el episodio de la moto acuática y de cómo Belinda había conseguido su teléfono, no pudo parar de sonreír.

En un momento dado decidieron sentarse en la arena. A su alrededor, otras parejas hablaban o se besaban, y Belinda, mirándola, preguntó:

—¿Estás divorciada? Lo digo por Luna.

Adara negó con la cabeza y la miró a los ojos antes de responder:

—Decidí tener a Luna yo sola. Soy madre soltera.

—Anda, África está informándose sobre ello —comentó Belinda.

—¡No me digas!

—Sí. Quiere ser madre soltera.

—Es durillo... Son veinticuatro horas al día, siete días a la semana y trescientos sesenta y cinco días al año. Pero... —Adara sonrió— mi niña vale eso y mucho más.

Ambas rieron y ella continuó:

—Si África necesita asesoramiento, yo puedo informarla de primera mano.

—Le gustará —afirmó Belinda con una sonrisa mientras notaba la vejiga a reventar.

En ese momento le sonó el móvil. Al mirarlo y ver el mensaje de Gema, sonrió. Le alegraba saber que su amiga había cambiado de opinión.

Una vez que guardó el teléfono, decidieron salir de la playa. Entre risas, pararon en varios de los puestecitos del paseo marítimo. Tras comprarse unas pulseras idénticas, pero cada una con la inicial de su nombre, se sentaron en una terracita a tomar algo. Y Belinda por fin pudo ir al baño.

Estaba nerviosa y tranquila a la vez. Adara era encantadora, y, sin silencios incómodos, hablaron sobre sus respectivos empleos en Madrid y Adara le contó su vida. Según le dijo, era de Badajoz. Toda su familia vivía allí y, por trabajo, ella se había trasladado a vivir a Madrid, donde llevaba ya nueve años. Antes de tener a Luna tuvo un par de parejas. Ambas mujeres. Y cuando terminó con la última decidió ser madre soltera. Quería vivir la experiencia de la maternidad, por lo que, tras hacerse inseminar, se quedó embarazada y después llegó Luna.

Belinda la escuchaba gustosa mientras observaba aquellos labios tan tentadores. Todo lo que aquella le contaba le parecía interesante. En un momento dado Adara propuso que fueran a su apartamento a tomar otra copa. En un principio, Belinda lo pensó, pero terminó aceptando. ¿Por qué no?

Cuando llegaron al apartamento, que era el típico de vacaciones, rápidamente Belinda preguntó:

—¿Puedo usar el baño?

—La primera puerta a la derecha.

Belinda corrió y, una vez que acabó, siseó mirándose en el espejo:

—Por Dios, ¡¿quieres dejar de mear de una vez?!

Acto seguido, salió del baño. Adara se le acercó entonces, le retiró un mechón de pelo del rostro y dijo:

—¿Te han dicho alguna vez que tienes unos ojos muy bonitos?

Oír eso en un tono tan íntimo proveniente de una mujer hizo que Belinda se echara hacia atrás. Su reacción llamó la atención de Adara, que aun así no dijo nada, y, encendiendo las luces del salón, preguntó:

—¿Te apetece una cerveza?

—¡Sí! —afirmó Belinda nerviosa.

Adara asintió, entró en la cocina y, cuando salió con dos cervezas en la mano, tras entregarle una a Belinda, que estaba apoyada en la barandilla de la terraza, preguntó:

—¿Por qué no me escribiste?

Ella se encogió de hombros.

—Pensé que, al tener a la niña, sería mejor que lo hicieras tú.

Adara afirmó con la cabeza y, cuando fue a acercarse más a ella, se dio cuenta de que estaba tensa y le preguntó:

—¿Te pasa algo?

Belinda asintió. ¡Le pasaba lo que le pasaba...!

Pero ¿qué hacía en el apartamento de Adara? ¿Cómo se le había ocurrido quedar con ella?

Dispuesta a ser sincera, la miró a los ojos y dijo:

—¿Te importa si voy al baño otra vez?

Sorprendida, Adara le hizo saber que no había problema, y, cuando, minutos después Belinda regresó, esta soltó:

—Mira, cuando me pongo nerviosa, como ahora, no hago más que mear...

Eso le provocó una carcajada a Adara.

—Si estoy nerviosa es porque siempre me han gustado los hombres, hasta que apareciste tú —continuó Belinda.

Adara pestañeó boquiabierta.

—Creo que la que ahora va a ir al baño seré yo —repuso.

Ambas rieron y luego Adara preguntó:

—¿Nunca has estado con una mujer?

—Nunca.

—Pero sabías que yo soy lesbiana —insistió.

—Sí —afirmó Belinda.

Su amiga asintió y dio un trago a su botella de cerveza. En la vida se había encontrado en una situación así. Miró a aquella, que parecía tan nerviosa, y preguntó:

—¿Quieres que nos vayamos de aquí?

—No. No quiero.

Bajo la luz de la luna, en la terraza a oscuras, y mientras sentía la misma atracción que intuía que Belinda sentía por ella, Adara preguntó:

—¿Te apetece besarme?

Belinda dijo que sí con la cabeza sin dudarlo. Desde que la había visto llegar con aquel vestido blanco no solo deseaba besarla.

—Bésame... —murmuró entonces Adara.

Temblando como una hoja, y apoyada en la barandilla de la terraza, Belinda se aproximó poco a poco a aquella, posó los labios sobre los suyos y le dio un suave beso que apenas duró unos instantes.

—¿Te sientes bien? —le preguntó Adara cuando se separó de ella.

Belinda asintió. Aquel beso le había abierto el apetito y ahora tenía ganas de besarla más. Y, sin hablar, volvieron a besarse, con mucha más intensidad esta vez.

Un beso, dos..., el deseo entre ellas iba en aumento, hasta que Belinda, cogiéndole la mano, la miró a los ojos y susurró:

—Quiero ir a tu habitación.

—¿Estás segura?

Belinda afirmó con la cabeza. El deseo que sentía se comía su inseguridad.

De la mano y en silencio, entraron en el dormitorio que Adara ocupaba en aquel apartamento. Era básico, tirando a hortera, y esta murmuró:

—No te fijes en las cortinas..., más feas no pueden ser.

Belinda sonrió y, sentándose en la cama con aquella, musitó:

—Para fijarme en las cortinas estoy yo.

Ese comentario las hizo sonreír a ambas, y luego Adara murmuró:

—Cuando quieras que paremos, solo tienes que decirlo.

—Lo sé...

De nuevo se besaron. Los besos eran cada vez más ardientes, más impetuosos, mientras ambas se desabrochaban la ropa, que ya sobraba. Entonces Adara, al dejar caer su vestido al suelo, insistió:

—Únicamente has de hacer lo que quieras, lo que te apetezca.

Belinda asintió, y, una vez que su pantalón y su blusa estuvieron junto al vestido blanco de la bombera, con la garganta seca observó como aquella se quitaba el sujetador y sus pechos quedaban ante ella. Acalorada y boquiabierta, se fijó en ellos. En la vida unos pechos habían conseguido lo que estaban consiguiendo aquellos, y, deseosa de darle a Adara lo mismo, se desabrochó su sujetador y lo dejó caer al suelo.

Las dos mujeres, en la habitación solo iluminada por la luz de la luna, se miraban la una a la otra, cuando Adara, acercándose, metió los dedos en el interior de las braguitas de Belinda y estas acabaron en el suelo. Ella jadeó y, repitiendo sus actos, hizo lo mismo, y las bragas de aquella acabaron en el suelo también.

Totalmente desnudas la una frente a la otra, Adara murmuró excitada:

—¿Puedo tocarte?

Belinda asintió, y cuando notó los dedos de Adara sobre sus pezones jadeó sin poder evitarlo.

Por vez primera las manos de una mujer la tocaban con aquella intimidad. Belinda cerró los ojos y, dejándose llevar, se limitó a disfrutar, hasta que Adara se sentó en la cama, y, llevándose sus pechos a la boca, los succionó y los mordisqueó.

Belinda gimió gustosa, y en ese momento, sin que nadie le dijera nada, se tumbó en la cama y Adara se colocó sobre ella.

Un beso. Dos. La intimidad crecía segundo a segundo, y Adara comenzó a repartir besos por su cuerpo. Lentamente le besó el cuello, las clavículas, los hombros. De ahí pasó a sus pechos, su abdomen, su tripa, hasta que llegó a su vagina y, sin necesidad de pedir, Belinda se lo dio. Abrió las piernas para que continuara y Adara, encantada por aquel manjar que le ofrecía, metió la cabeza entre ellas y, al llegar a su vagina, chupó y succionó su clítoris mientras Belinda se retorcía de placer.

Adara la saboreó bien. Pegada a ella, la succionó y le lamió su humedad mientras con dos de sus dedos la abría para meterle la lengua. La entrega de Belinda la estaba volviendo loca.

Perdida en el deseo, esta última no supo cuánto tiempo estuvo así hasta que notó los dedos de Adara en la boca. Y, sin dudarlo, ella los chupó. Con mimo y deseo, sus bocas volvieron a unirse, sus lenguas a disfrutarse.

—¿Quieres que siga? —preguntó Adara.

Excitada como en su vida, Belinda asintió y Adara, bajando sus húmedos dedos, los colocó sobre el clítoris de aquella y, moviéndolos en círculos, hizo que se estremeciera y jadeara de placer.

Los dedos de Adara entraban y salían una y otra vez de la vagina de Belinda mientras esta jadeaba y se retorcía. Adara la miraba, disfrutando del espectáculo morboso y vibrante que le ofrecía con su primer contacto lésbico. Y, cuando vio el temblor de sus piernas y que sus gemidos se intensificaban, supo que el orgasmo estaba a punto de llegar.

Sin parar, Adara le dio lo que Belinda necesitaba, lo que había ido a buscar. Según aumentaba la velocidad de sus dedos, los gemidos de ambas se aceleraron, se acrecentaron, mientras el sudor corría por sus cuerpos. Cada una disfrutaba del ardiente y loco momento a su manera, hasta que Belinda, sin poder esperar un segundo más, tuvo un húmedo, caliente y sonoro orgasmo que la hizo gritar como en su vida.

Al cabo de unos instantes, abrió los ojos. Lo que acababa de experimentar era lo mejor que le había pasado nunca. Y cuando miró a Adara y la vio sonreír, consciente del grito que había soltado, murmuró:

—¿Crees que me habrá oído la vecina?

Ella sonrió. La vecina le daba igual. La besó, la abrazó y preguntó:

—¿Qué te ha parecido?

Gustosa por el modo en que la estrechaba entre sus brazos, Belinda, toda sudada, afirmó:

—¡Alucinante!

Eso hizo reír a Adara. Lo que habían hecho era lo mínimo que dos mujeres podían hacer y, cuando fue a hablar, Belinda, izándose, preguntó:

—¿Te has dado cuenta de que llevo un buen rato sin ir al baño?

Eso hizo que las dos soltaran una carcajada de nuevo, y Belinda, que se había puesto sobre Adara, murmuró:

—Creo que ya sé lo que tengo que hacer para volverte loca.

—¿Ah, sí? —inquirió Adara.

Belinda afirmó con la cabeza y, tras besarla, musitó:

—Aprendo rápido y tengo mucha intuición.

Adara jadeó. Notar que las manos de Belinda recorrían su cuerpo la hizo vibrar, y esta última susurró sobre su boca:

—Ahora, teniente Saura, relájese y déjeme trabajar.

* * *

A las cuatro de la madrugada, cuando Belinda regresó a casa, se encontró con África, que estaba comiéndose un sándwich en la cocina.

—¿Quieres uno? —preguntó su amiga al verla.

Belinda se apuntó y cuando, tras prepararlo, comenzó a comer, declaró mirándola:

—He tenido mi primera experiencia lésbica y solo puedo decir... ¡Madre del Verbo Divino, lo que yo me estaba perdiendo!

Oír eso hizo reír a África, que, mirando a su amiga, quiso saber:

—¿Tan bien te ha ido?

—Mejor que bien. ¡Adara es increíble!

Ambas rieron y luego Belinda se interesó:

—¿Y a ti cómo te fue?

África tragó lo que tenía en la boca y afirmó:

—Lolo es una máquina.

Ambas rieron de nuevo.

—¿Gema está durmiendo? —preguntó Belinda al cabo.

África asintió y, de pronto, oyeron que la puerta del piso se abría. Las dos amigas se miraron boquiabiertas. ¿En serio Gema estaba llegando más tarde que ellas?

Sin dudarlo, salieron al recibidor, donde Gema saludaba a los perretes, y Belinda señaló:

—¿Se puede saber de dónde vienes a estas horas?

Gema, que se lo había pasado mejor que bien de fiesta con David, su hermana y los amigos de esta, exclamó con una sonrisa:

—Chicas, ¡san Destino es la leche!

Capítulo 41

A partir de ese día, el verano de las chicas cambió y el «¿Tú lo harías?» se convirtió en «¡Yo lo hago!».

Dejando a un lado sus miedos y sus limitaciones, Gema comenzó a vivir como llevaba tiempo sin hacerlo.

De pronto, se le olvidó que tenía treinta y siete años y comenzó a disfrutar de la vida como una mujer sin edad. Como una chica divertida. Como alguien que solo quería pasarlo bien. Y conducir al atardecer una moto de agua con David, intentar mantenerse sobre una tabla de surf, recorrer a solas con él los preciosos sitios a los que la llevaba de excursión o salir de copas por las noches se convirtió en su prioridad.

Se lo merecía. ¡Claro que sí!

Belinda, por su parte, disfrutaba de la compañía de Adara y su hija, y, gustosa, se daba cuenta del buen momento por el que estaban pasando sus amigas. La pequeña Luna, como era de esperar, adoraba a Belinda. Su manera de ser y sus locuras le encantaban, y Adara disfrutaba de ver a su hija feliz, mientras algo en su interior le decía que Belinda quizá pudiera ser alguien importante en su vida.

Para sorpresa de África, Lolo se presentó varios días en la playa. Le gustaba estar con ella. Desde el principio, él había reconocido a David, ¿cómo no iba a saber quién era aquel? Pero, tras hablar entre ellos, Lolo le prometió que no diría nada. Era David quien tenía que contarle su vida a Gema, no él.

En cuanto a África, la chica que enamoró a Lolo siendo un adolescente, estaba despertando algo en él que creía dormido, y aunque ella lo frenaba porque tenía muy claro que en su baño no iba a haber otro cepillo de dientes, Lolo quería jugársela. África lo merecía.

Algunos días decidieron hacer turismo. Tanto Lolo como David y África querían enseñarles su preciosa tierra a aquellas, y las llevaron a lugares impresionantes como la cueva del Turche de Buñol o el barranco del Barcal. También visitaron el castillo de Xàtiva, Tabarca, el parque natural de la sierra Calderona, playas como la de Terranova y L'Ahuir, y vieron el precioso atardecer desde el parque natural de la Albufera.

Esas excursiones fueron un gran disfrute para todos y en ellas crearon bonitos momentos para recordar. Cada pareja disfrutó de distintos momentos de soledad. África y Lolo los invirtieron en hacerse el amor. Belinda y Adara, con la niña para divertirse las tres, y Gema y David para conocerse mejor.

Los besos entre estos dos últimos iban en aumento cada día que pasaba. No besarse, no prodigarse una caricia o no cogerse de la mano al caminar se había convertido en algo imposible. Y, aunque Gema sabía que David se moría por tener sexo con ella y ella con él, el miedo que aún había en su interior le impedía dar ese paso. Y él lo respetó.

Otro de los días, las chicas solas, acompañadas de Adara y la pequeña Luna, decidieron pasar el día en Valencia capital. Lolo tenía cosas que hacer y David debía dar sus clases de surf.

África les había hablado maravillas de Valencia y de la Ciudad de las Artes y las Ciencias y querían conocerlo. En especial, el Oceanogràfic, puesto que a la niña le hacía mucha ilusión.

Una vez que las tres amigas, Adara y su hija montaron en el coche de África, esta condujo por aquella ciudad que tanto quería hasta que finalmente aparcaron y caminaron por la ciudad. Llegaron a la plaza del ayuntamiento de Valencia, y África llamó por teléfono a Carlos, un amigo de Lolo que trabajaba allí; este salió a buscarlas para enseñarles el edificio.

Nada más entrar en el ayuntamiento, las chicas se quedaron maravilladas con la imponente entrada de aquel bonito lugar y la preciosa escalera central que había. Carlos les habló del vestíbulo y las pasó a un increíble espacio que se llamaba «Salón de Cristal».

Según les explicó, aquello era una antigua sala de baile de estilo renacentista que en la actualidad era usada para actos falleros o recepciones oficiales.

Gustosas, las chicas siguieron a Carlos por el ayuntamiento, que era una auténtica maravilla, y finalmente acabaron la visita en el famoso balcón desde el que cada año la fallera mayor presencia las *mascletàs* durante las fiestas de las Fallas.

Tras despedirse de Carlos y agradecerles la visita guiada, cuando las chicas salieron del ayuntamiento, decidieron ir a la Ciudad de las Artes y las Ciencias, pero antes se sentaron en una terracita a tomar algo. Hacía mucho calor y estaban sedientas.

Estaban disfrutando del momento cuando de pronto a África le cambió el gesto. Al percatarse, Gema siguió la dirección de su mirada y, al ver que una pareja mayor se había quedado parada a menos de un metro de ellas con un carro de la compra, preguntó:

—¿Quiénes son?

África, a quien la boca se le secó de pronto, respondió:

—Mis padres.

Gema asintió, mientras Belinda y Adara, ajenas a todo, reían por algo que la pequeña Luna hacía.

África dudó si saludar o no a sus padres. Estaba claro que ellos se habían quedado parados a la espera de que ella dijera algo. Y finalmente, levantándose, dio dos pasos en dirección hacia ellos y saludó:

—Hola, papá. Hola, mamá.

Estos la miraban con gesto serio.

—¿Tampoco pensáis saludarme? —añadió África.

Bertomeu, que llevaba más de un año sin ver a su hija, negó con la cabeza, y Amparo respondió:

—¿Acaso mereces nuestro saludo con lo que nos has hecho?

África resopló. Le molestaba que sus padres siguieran aún con aquello.

—Mira cómo tenemos que vernos ahora —agregó su padre—, ¡haciendo la compra nosotros mismos!

Oír ese nuevo reproche enfureció a África, que preguntó:

—¿Y tengo yo la culpa de eso?

—Por supuesto que sí —aseguró Amparo—. Tú y tu egoísmo...

Mientras tú sigues siendo una ricachona con un glamuroso ático, aquí nos tienes a nosotros, viviendo en un mísero pisito de sesenta metros, sin servicio, y teniendo que hacer nosotros mismos la compra.

África parpadeó. El clasismo de sus padres era tremendo. Pero no..., ella no tenía la culpa de nada de lo que la acusaban.

—¿Qué haces aquí? —preguntó acto seguido su madre.

Consciente de que saludarlos no había sido una buena idea, África respondió:

—Estoy de vacaciones con unas amigas.

Sus padres clavaron la mirada en aquellas y, al ver que Belinda y Adara se daban un pico, Amparo soltó:

—¿Acaso no hay otros sitios a los que puedas ir de vacaciones?

África parpadeó sin dar crédito. ¿En serio había oído eso? Entonces, de pronto, sintió una mano que cogía la suya y se la apretaba, y oyó que Gema decía colocándose a su lado:

—África siempre nos habla de su preciosa Valencia, por eso estamos aquí.

—¿Y tú eres...? —preguntó Bertomeu con gesto serio.

—Gema —dijo ella tendiéndole la mano por pura cortesía.

Sin embargo, para horror de África, la mano extendida no fue aceptada. ¿Cómo podían comportarse así sus padres?

Al ver aquello, Gema cabeceó, retiró la mano y, cuando iba a hablar de nuevo, Amparo, ignorándola, soltó dirigiéndose a su hija:

—¿Acaso ahora eres lesbiana? ¿Esta es tu novia?

Oír eso dejó boquiabierta a África. Pero ¿qué clase de pregunta era esa?

—Y si lo fuera ¿qué? —inquirió Gema.

Bertomeu y su mujer se miraron horrorizados, y África, dirigiéndose a su amiga, y para acabar con aquel desagradable momento, dijo:

—Mejor regresemos a la mesa, no sé por qué me he levantado a saludar...

Gema la miró con penita. Aquello no era lógico ni normal. Ante una situación parecida, su familia la habría arropado sin dudarlo. Acto seguido, Amparo murmuró:

—Exacto, no sé para qué te has levantado...

África cabeceó. Podría decirles cientos de cosas a aquellos, que eran sus padres, pero, mordiéndose los labios, decidió callar. En cambio, Gema, incapaz de hacerlo, soltó:

—Pues se ha levantado por respeto, porque tiene educación... Algo que, lamentablemente, ustedes no están demostrando tener hacia su hija.

—¡Bendito sea Dios! —musitó Amparo al oírla.

—Sí, sí... Mucho Dios, mucha Virgen y mucho Jesucristo... —añadió Gema—. Mucho darse golpecitos en el pecho. Mucho ir a misa los domingos, pero, en realidad, empatía y sentimientos, cero patatero. ¡Joder, que es su hija! Que si se ha divorciado es porque era infeliz con la persona que tenía al lado. ¿Tan difícil es entenderlo? ¿O acaso el dinero es más importante que ella?

Belinda y Adara, que ahora observaban la situación, se levantaron de sus sillas, y en ese momento Bertomeu, ofuscado, dijo:

—Vámonos, Amparo.

—Eso... Váyanse para no oír las verdades y sigan viviendo en su ciénaga de...

—Gema... —susurró África.

La aludida la miró. Se había alterado al presenciar cómo trataban a su hija. Y, luego, viendo que aquellos se marchaban a paso ligero, preguntó mirando a su amiga:

—¿Necesitas un abrazo?

África asintió. A pesar de haber superado aquello, aún le dolía sentir el desprecio de sus padres. Le dolía mucho. Cuando se separaron, Gema comentó mirándola:

—Lo sé. Sé que me he comportado como una ordinaria con ellos. Pero, delante de mí, nadie te va a faltar al respeto, aunque sean tus padres.

África se emocionó.

—Ni delante de mí —declaró Belinda acercándose—. Y te digo una cosa: han tenido suerte de que no me he enterado desde el principio de lo que ocurría, porque, si no, yo habría sido bastante más ordinaria y mala que Gema. Porque, cuando le hacen daño a alguien que yo quiero..., ¡voy a por ellos!

Las tres sonrieron y entonces Belinda, mirando a Gema, murmuró:

—Bueno..., bueno..., bueno... ¡Qué orgullosa estoy de ti!

Eso las hizo sonreír de nuevo, y, tras darse un abrazo que a las tres les supo a amor y vida, se marcharon, junto con Adara y Luna, al Museo de las Artes y las Ciencias, donde se olvidaron de lo sucedido y siguieron disfrutando del fantástico día.

Capítulo 42

Esa noche, cuando las chicas regresaron a la playa de la Malvarrosa, tras darse una ducha, cenar y arreglarse, África se marchó a ver a Lolo, Belinda se fue a casa de Adara y a Gema fue a buscarla David.

Mientras caminaban, estos dos últimos iban charlando sobre su día, hasta que, al llegar a un bar que estaba junto a la playa, él se fue a buscar algo de beber a la barra mientras ella lo esperaba sentada en la playa. Hacía una noche preciosa.

Desde donde estaba, a Gema le encantó ver a David reír y bromear con la gente. Estaba guapísimo con sus bermudas blancas y su camisa rosa, y sonrió. Su ex no se habría puesto una camisa rosa en la vida. Y, divertida, pensó en la inexistente masculinidad frágil de David, lo cual le encantaba.

Sin embargo, más le gustaba lo respetuoso que era con ella en todos los sentidos. David era un hombre, no un niño. Y, con su manera de proceder, se lo estaba demostrando todos y cada uno de los días, animándola a quererse, a confiar en sí misma y a repetirse que ella valía mucho.

Unas jóvenes, al ver a David, se acercaron a él. Por el modo en que lo miraban y, en especial, se toqueteaban el pelo, Gema supo que estaban tratando de llamar su atención, pero él ni se inmutó. Como siempre, fue amable y caballeroso con ellas, y, cuando le entregaron sus bebidas, las cogió y se encaminó hacia donde estaba Gema.

Desde la playa, ella disfrutaba de las vistas que aquel le ofrecía. David era tremendamente sensual. Su manera de vestir, de caminar, de sonreír, de ver la vida y encararla apasionaba a Gema, y estaba pensando en ello cuando el teléfono móvil le vibró. Era del grupo de Las Triple M.

Belinda: Me quedo esta noche con Adara.

Gema asintió para sí y, cuando se disponía a contestar, recibió un nuevo mensaje:

África: Yo tampoco regresaré esta noche.

Gema sonrió. Estaba claro que sus amigas lo estaban pasando bien. Miró a David, que cada vez estaba más cerca, y tomó aire. Por respeto hacia ella, lo máximo que él había hecho era besarla. David no se propasaba, no se la jugaba. Y, mientras Gema paseaba los ojos por el tentador cuerpo de aquel, supo lo que quería hacer y escribió:

Gema: ¡Pasadlo bien!

Una vez enviado el mensaje, se guardó el teléfono en el bolsillo del vestido, justo en el momento en que él llegaba y, sentándose en la arena junto a ella, dijo al tiempo que le entregaba una cerveza:

—Esta cerveza alemana está muy buena. Ya lo verás.

Gema asintió. Y él, al ver cómo lo miraba, la animó:

—Pruébala y me dices.

Gema rio divertida.

—¡¿Selfi con la cerveza?! —propuso.

Gustosos, ambos juntaron sus rostros para hacer la foto y, en cuanto quedó hecha, ella se guardó el móvil y aseguró:

—Y, como siempre te digo, no la subiré a Instagram; ya sé que no te gusta mostrarte.

David sonrió. Desde el principio le había pedido no aparecer en sus redes sociales. Eso había sorprendido a Gema, y más con su edad, pero lo respetó. Lo que no sabía era que él lo hacía para protegerla a ella y a sí mismo. En cuanto vieran una foto de ellos dos juntos, muchos comenzarían a especular sobre quién era ella, e intuía que eso a Gema no le haría ninguna gracia. Y más cuando ella solo imaginaba que era un simple profesor de surf que había viajado por el mundo, y no un deportista de élite internacional.

—Me parece muy bien.

Gema probó la cerveza y, al ver que él esperaba un veredicto, declaró:

—Muy buena, pero me gustas más tú.

Él sonrió al oír eso y, tras besarla, soltó:

—¿Cómo debo tomarme eso si soy un simple rollito de verano?

—Daviiiid —murmuró ella.

Él rio. Por el modo en que se miraban y se buscaban eran algo más que no se atrevía a definir.

—¿Te han dicho alguna vez que te pareces a Bon Jovi cuando era joven? —preguntó acto seguido ella con picardía.

David rio a carcajadas. No era la primera vez que lo oía.

—Sí. Claro que me lo han dicho.

Estaban riendo por aquello cuando Gema, dejando la cerveza sobre la arena, se sentó encima de él y, tras besarlo, clavó los ojos en los suyos y declaró:

—Eres un amor...

—Eso dices —susurró él intentando controlar sus instintos.

Gema, sin saberlo, o quizá sí, lo tentaba en infinidad de ocasiones. Pero David sabía que tenía que contenerse, no podía lanzarse o eso tal vez la asustaría. Y entonces la oyó decir:

—Me gustas mucho.

—Tú también a mí.

Ambos se miraron y luego ella cuchicheó:

—Si nos hubiéramos conocido en otras circunstancias, quizá todo sería diferente.

David se inquietó al oír eso.

—¿Por qué? —preguntó.

Gema cogió aire y, sin saber explicarse, respondió:

—Porque sí.

—¿Y por qué sí? —inquirió él.

Ella lo besó. No esperaba oír esa pregunta y no supo qué decir.

—¿Sigues martirizándote por ser mayor que yo? —preguntó él a continuación.

Gema negó con la cabeza. *Martirizarse* no era la palabra, y, besándolo, no contestó.

Quedaban dos días para separarse, para decirse adiós, y si algo tenía claro Gema era que deseaba dar un paso más y tener sexo con David... ¿En serio se estaba planteando aquella locura?

—¿Qué me dices a que tú y yo tengamos sexo? —propuso sin más.

Él parpadeó sin dar crédito. ¿Había oído bien?

Como siempre, su prudencia trató de adelantarse. Gema le importaba, quería algo más con ella que solo un verano. La cosa era cómo convencerla sin asustarla tras su divorcio, por lo que murmuró:

—Te diría que sí... Pero solo porque tú así lo deseas.

Excitada y decidida, Gema asintió. Lo deseaba, David le gustaba, David le encantaba. Llevaba muchísimo tiempo sin tener sexo y, deseosa de dar un paso más con aquel, susurró sobre su boca:

—Hace mucho que no lo hago...

David afirmó con la cabeza. Sin preguntárselo y sin haberlo hablado, lo había imaginado, y musitó:

—Tomo nota de ello.

Excitada, Gema asintió. Que David no la hubiera presionado para dar ese paso era importante para ella. Se levantó del suelo, le tendió la mano y dijo:

—Vayamos a algún lugar.

Él se mostró de acuerdo, aunque estaba bloqueado y ella, al ver su gesto de desconcierto, preguntó:

—¿Vives en una caravana?

—No.

—¡Estupendo!

Eso hizo sonreír a David. Y Gema, imaginando que viviría en un sitio pequeño, declaró:

—No me importa cómo sea tu casa. Solo necesitamos intimidad.

David se levantó del suelo.

—Que sepas que me estás asustando —murmuró.

—Daviiiid...

—Te lo digo en serio —se mofó él.

Ella sonrió y, besándolo con puro deseo, cuchicheó:

—Solo debes asustarte si se te ocurre llamarme «princesa».

Él soltó una carcajada. Sabía por qué le decía aquello, y, divertido, respondió:

—Tranquila. De reina suprema ¡no te bajaré!

Eso hizo que ambos rieran. Y, al cabo, David preguntó mirándola:

—¿Por qué ahora?

Gema respondió con una sonrisa, sin apartar los ojos de él:

—Porque nos deseamos. Porque dentro de dos días nos tendremos que separar y porque creo que nos lo merecemos.

David se envaró. Oírla decir eso, en lo que no quería pensar, le preocupó. ¿Qué podía hacer para que Gema quisiera mantener el contacto? ¿Cómo convencerla sin que se agobiase? Él tenía planes tras el verano, pero, si ella le diera pie, no dudaría en cambiarlos.

Se miraron unos segundos en silencio, hasta que este, hecho un mar de dudas, pero deseoso de dar aquel paso más con ella, agarró a Gema de las piernas sin pensarlo, la cogió entre sus brazos, y, mientras ella reía a carcajadas, dijo al tiempo que echaba a correr hacia la moto:

—No perdamos tiempo.

Capítulo 43

Veinte minutos después, cuando llegaron a una urbanización de bonitas casas de techo de pizarra negra, Gema miró a su alrededor y preguntó:

—¿Vives aquí?

David afirmó con la cabeza y, pulsando un botón en el mando a distancia para que se abriera un garaje, respondió:

—Es la casa de mis padres. En ella vivimos mi hermana y yo.

Gema asintió y él matizó:

—Clara no está. Ayer se fue a Murcia con su novio.

Oír su aclaración hizo que Gema asintiera de nuevo. Eso quería decir que tenían la casa para ellos solos.

Una vez que se bajaron de la moto en el garaje, David cogió la mano de Gema. Subieron un tramo de escalera y, al llegar a un bonito salón, él encendió las luces y preguntó:

—¿Te apetece otra cerveza?

Gema la aceptó nerviosa y luego David desapareció en dirección a la cocina. En ese momento ella se acercó a un piano que había en un costado del salón y se fijó en las fotos que había sobre este. Eran fotos de David, de sus padres y de su hermana. Fotos familiares. Fotos de cuando eran pequeños, de David cabalgando alguna ola solo o con su padre. Observaba todo aquello gustosa cuando él se le acercó.

—Como imaginarás, esos son mis padres. Abel y Clarisa.

Gema asintió.

—Todavía se me hace raro no verlos por la casa —murmuró a continuación David.

Entendiendo esa simple frase, Gema lo abrazó. Si a sus padres les pasara algo no sabría cómo gestionarlo.

—Es el piano de mamá —dijo este a continuación.

—¿Qué les ocurrió? —preguntó ella después de asentir.

David dio un trago a su cerveza, tocó el piano con mimo y respondió:

—A mi padre le dio un infarto fulminante. No llegó vivo al hospital. Mi madre, por su parte, llevaba muchos años enferma de cáncer, y al morir mi padre todo se agravó y falleció ocho meses después.

Oír eso a Gema le removió el corazón. El sufrimiento y el dolor que David había tenido que sentir en los últimos meses debía de haber sido tremendo.

—Han sido unos meses duros para mi hermana y para mí —dijo—, y, aunque no lo creas, si estamos bien y afrontamos la vida como lo hacemos es gracias a nuestros padres. Ellos nos enseñaron que la vida es para vivirla y que, aunque el dolor no siempre es fácil de soportar, es un sentimiento que tiene que aceptarse para avanzar.

Gema asintió. Lo que sus padres le habían enseñado era una gran verdad.

—Papá y mamá no querrían vernos llorando por las esquinas —prosiguió David—, por lo que Clara y yo continuamos con nuestras vidas e intentamos ser felices.

Ambos sonrieron y luego él dijo mirando a su alrededor:

—Mi hermana y yo hemos hablado de poner el chalet a la venta, junto con los puestos de actividades acuáticas que tenemos en las playas.

—¿Por qué?

—Porque ambos nos vamos a marchar.

Esa noticia que oía por primera vez hizo que Gema se inquietara, y enseguida preguntó:

—¿Adónde os vais a marchar?

David dio un trago a su cerveza mientras se alejaba del piano.

—Ella a Nueva York con su novio y yo, posiblemente, a Australia —contestó.

Gema parpadeó y dijo con un hilo de voz:

—¿Por qué Australia?

A David le gustó ver cómo lo miraba. Si ella quisiera dar un paso más, él estaría dispuesto. Pero se encogió de hombros y respondió:

—Por temas laborales, y, la verdad, me apetece mucho.

Gema no supo qué responder. Pensar en que iba a marcharse de pronto la angustiaba.

—Una vez que mi hermana se vaya a Nueva York y vendamos la casa, ya nada me atará a este lugar —añadió David.

Gema lo abrazó conmovida. Durante unos segundos permanecieron abrazados, hasta que este dijo:

—Te he traído aquí para hacerte el amor y aquí estoy, contándote mis penas.

Ella lo miró.

—Hey..., soy yo —dijo—. Y estoy aquí contigo para lo que sea.

David sonrió y, mirando a aquella mujer, que lo tenía tonto y desconcertado, la cogió entre sus brazos y la besó. De un beso pasaron a otro, y cuando las manos de aquel se metieron por debajo del vestido que ella llevaba, al ver que él dudaba, Gema susurró:

—No pares, David...

Él asintió. Quería ir sobre seguro, pues no se la quería jugar con ella; así que se separó e indicó:

—Vayamos a mi habitación.

Subieron los escalones de dos en dos y, al llegar a la segunda puerta a la izquierda, David puso a Gema delante y, tras besarla, murmuró:

—Ni te imaginas cuánto te deseo y he deseado que me desearas tú a mí.

Gema se volvió loca al oír eso justo en el momento en que aquel abría la puerta para entrar en su habitación, un lugar amplio y decorado en tonos azules y verdes.

Una vez dentro, David encendió la lamparita que había al lado de la enorme cama.

—¿Qué ocurre? —preguntó al ver el gesto de ella.

Gema, a quien las pulsaciones le iban a mil por las inseguridades que sentía dentro, murmuró:

—No sé si estoy preparada para hacerlo con luz.

David abrió las cortinas para que entrara la luz de la luna y apagó la lamparita. Quería que ella estuviera segura, cómoda.

—¿Así mejor?

Gema asintió. La delicadeza de David en todo lo que a ella se refería era cada vez más evidente, y sonrió. Deseaba a ese chico de una manera irracional. Deseaba conocerlo más. Deseaba tantas cosas que nunca imaginó que volvería a desear tras el desengaño de su ex que, en cierto modo asustada, pensó: «¿Qué me sucede?».

—¿Estás bien? —le preguntó él al ver cómo lo miraba.

Gema afirmó con la cabeza. Estaba empezando a írsele de las manos lo que pensaba y deseaba. Abrió botón a botón su vestido, y afirmó sin apartar la mirada de David:

—Mejor que bien.

Él sonrió, y tras quitarse la camiseta que llevaba, se la sacó por la cabeza y esta cayó al suelo. Gema sonrió al ver aquello. Su ex nunca habría hecho eso. En la vida se habría quitado la camiseta con la fuerza, la naturalidad y la sensualidad con las que David lo acababa de hacer.

Entonces, tras terminar de desabrocharse el vestido, lo dejó caer al suelo.

David sonrió al verlo.

—Muy bien... —señaló.

Divertida, pero al mismo tiempo atacada de los nervios, Gema se desabrochó el sujetador y, cuando este cayó al suelo, se quitó las bragas del tirón. O lo hacía así o sería incapaz de hacerlo.

Parado frente a ella, David la miraba bajo la luz de la luna.

—¿Soy lo que esperabas? —preguntó Gema con un hilo de voz.

Él tragó el nudo de emociones que se le había instalado en la garganta. Gema era preciosa. Maravillosa. Interesante. Y, con toda la convicción del mundo, afirmó deshaciéndose a toda prisa de la ropa que le quedaba:

—Eres mucho mejor.

Acto seguido, cada uno dio un paso al frente. Se abrazaron y comenzaron a besarse con mimo, delicadeza y amor, pero, al mismo tiempo, con una exigencia y una pasión que hasta el momento no habían saboreado.

En el tiempo que hacía que se conocían se habían besado con contención, con cautela. Pero, llegados a ese momento, la contención y la cautela habían dejado de existir. Ahora solo existían David y Gema. Gema y David. Y, aparte de ellos dos, el resto estaba totalmente fuera de la ecuación.

Con mimo, por primera vez sus manos recorrían partes del cuerpo del otro que hasta ese día era impensable tocar. Suavidad, ternura, deleite. Disfrutaban del momento; jadeaban excitados; se besaban con pasión.

En un momento dado, David la cogió entre sus brazos y, mirándola, murmuró:

—Me estás volviendo loco.

Gema asintió. Loca se estaba volviendo ella.

—Jugaría contigo un buen rato —continuó él—, con infinidad de preliminares que te darían mucho placer, pero el deseo acumulado que siento por ti es tan enorme que...

—Fóllame —dijo ella de repente sin dejarlo terminar.

Decir esa palabra, que Gema nunca, nunca, nunca había pronunciado, la sorprendió incluso a ella. Era lo que deseaba, era lo que quería. Pero, al ver cómo la miraba David, musitó:

—Me muero de la vergüenza por lo que acabo de decir...

Él sonrió; adoraba a aquella mujer. Caminando con ella hacia la cama, le preguntó mientras sacaba un preservativo de la mesilla:

—¿Te mueres de vergüenza por haber dicho «fóllame»?

Gema asintió.

—Entre tú y yo todo ha de ser sincero, no ha de existir la vergüenza, ¿entendido? —indicó David.

Ella volvió a asentir y él, tras acomodarla con cuidado sobre la cama, abrió el envoltorio del preservativo. Se lo enfundó ante la mirada de Gema, y, una vez acabó, poniéndose sobre ella, le separó con mimo las piernas y, mientras la besaba, colocó su pene erecto en la húmeda vagina y murmuró mientras entraba poco a poco en su interior:

—Seré delicado, sé que llevas tiempo sin...

Gema jadeó. Aquel jadeo lleno de vida, de deseo, de luz y de color le hizo saber y sentir que aquello era lo que de verdad deseaba, y, tras besar con desenfreno a David por lo que le estaba haciendo sentir, cuando sus bocas se separaron, él susurró tremendamente excitado:

—Quiero follarte, pero también quiero hacerte el amor.

—David... —jadeó Gema con un hilo de voz.

Sentir cómo él entraba en ella poco a poco y con cuidado de no hacerle daño la sobrecogió. Los gemidos, las caricias y los movimientos de ambos se acrecentaron mientras el placer por lo que hacían los volvía locos.

La entrega, el cariño y todo lo que aquel instante implicaba hicieron que el tiempo se detuviera, hasta que un torrente de pasión desmedida los hizo perder la cordura y un increíble y caliente orgasmo los asoló.

David se echó hacia un lado de la cama para no aplastar a Gema, pero murmuró al ver que ella tenía los ojos cerrados:

—Dime cómo te has sentido.

Ella, que todavía sentía el cuerpo revolucionado por lo sucedido, asintió. En la vida había tenido un orgasmo como aquel, ni siquiera cuando era una jovencita. Y, abriendo los ojos, lo miró y dijo:

—Me he sentido muy bien.

Se quedaron mirándose unos segundos en silencio. Lo ocurrido era la culminación de algo muy deseado por ambas partes, y, tras varios dulces besos que les hicieron sentir la conexión tan estupenda que había entre ellos, deseosa de más, Gema preguntó:

—¿Te apetece repetir?

Y repitieron. Vaya si repitieron.

Capítulo 44

Cuando Belinda y África se enteraron de lo que Gema había hecho con David, no se lo podían creer. Sin un ápice de vergüenza, y menos aún de inseguridad, su amiga les contó sin poder parar de sonreír lo increíble que había sido tener sexo con aquel.

David le gustaba, le alegraba la vida. Se estaba convirtiendo en alguien muy importante en su vida.

—Todo lo que dices me parece muy bien, y estoy contenta por ti —terció Belinda—. Pero ¿eres consciente de que David es tu «¿Tú lo harías?» y de que mañana nos vamos de aquí?

Gema resopló. Para Belinda, David era su rollo de verano, pero para ella era algo más. Y, mirando a su amiga, preguntó:

—¿Adara es tu «¿Tú lo harías?»?

Belinda parpadeó y negó con la cabeza.

—Adara y yo vamos a continuar viéndonos cuando regresemos a Madrid —señaló—. Lo nuestro es algo más que un simple rollito de verano.

—Vaya... —se mofó África.

Belinda sonrió al oírla y añadió:

—Quizá continuemos dos meses o quizá dos años. Pero Adara me gusta mucho, y quiero saber adónde nos lleva esta relación.

Gema asintió al oír su aclaración y, acto seguido, África señaló:

—Entonces ¿se puede decir que ahora también te gustan las mujeres?

Belinda negó con la cabeza.

—Se puede decir que me gusta Adara. Solo ella.

Estaban riendo por aquello cuando África preguntó dirigiéndose a Gema esta vez:

—Si David fuera algo más que un simple rollito, ¿lo seguirías viendo?

Oír eso hizo que ella se encogiera de hombros. Para ella ya era algo más que lo que sus amigas suponían. Pero, sin querer aceptar esa posibilidad, pues era inviable, respondió con total seguridad:

—Ambos nos gustamos mucho, pero él tiene sus propios planes, yo los míos, y son incompatibles.

Aquellas se interesaron por los planes de David y Gema les contó su futuro viaje a Australia por trabajo; cuando acabó, Belinda dijo:

—Lo importante es que eres consciente de lo que hay y no te engañas.

Gema cabeceó apenada.

—Si algo he aprendido tras lo sucedido con el Pichón es a mirar el mundo de frente me guste o no —confesó—. Y David, en dos días, será pasado.

Ella y África se miraron, y luego esta última contó cambiando de tema:

—Esta noche he quedado con Lolo para ir a un local liberal de Valencia.

Sus amigas la miraron sorprendidas.

—Me muero por ir a un sitio así —cuchicheó África.

Gema suspiró. Seguía sin ver claro lo de ese tipo de bares, pero Belinda indicó:

—Si eso es lo que tú quieres, ¡adelante!

—Es lo que yo quiero —afirmó y, mirando a aquella, preguntó—: ¿Cuándo regresa Adara a Madrid?

—Tres días después que nosotras.

—¿Y te quedarás con ella aquí? —quiso saber Gema.

Belinda lo pensó. Adara le había planteado esa posibilidad.

—No lo sé —respondió.

África y Gema intercambiaron una mirada y, acto seguido, la primera indicó:

—¿Cómo que no lo sabes? ¡Quédate con ella y disfruta!

Belinda sonrió.

—Mira —dijo Gema—, si yo no hubiera quedado con mis hijos y mis padres en Llanes, ten por seguro que me quedaría solo para prolongar mi historia con David un poco más. Así que no seas tonta y quédate. Es lo que Adara y tú queréis, y si Luna está encantada y *Jamón* y *Queso* también, ¿qué es lo que tienes que pensar?

Belinda asintió y, mirando a sus amigas, preguntó:

—¿No os importa que no vaya a Llanes con vosotras?

Ellas negaron al unísono con la cabeza y entonces, con una sonrisa, Belinda afirmó:

—Pues no se hable más. Me quedo. Prometo ir a Llanes una vez que pase por Madrid.

—¡Genial! —exclamaron sus amigas.

Capítulo 45

En Valencia, África y Lolo caminaban por la calle hablando de sus cosas cuando él la miró sorprendido. Aquella le estaba contando sus planes, lo que tenía pensado hacer una vez que llegara a Madrid.

—Pero ¿crees que un hijo, ahora, encaja en tu vida? —le preguntó.

—Sí.

—¿Y no crees que te la cambiará o te limitará?

—A las dos cosas, ¡sí!

—¿Entonces...?

África sonrió y, viendo su gesto, indicó:

—Entonces, nada. Siempre he querido ser madre, y el momento se va acercando.

Lolo asintió. Intentaba comprenderla. África era una chica joven, guapa, que con seguridad podría tener una pareja, e insistió:

—¿Y no crees que estás empezando la casa por el tejado?

—Uisss, qué filosófico te pones.

Él soltó una risotada.

—Lo más lógico es que conozcas a alguien, te enamores y después lleguen los niños —explicó.

África negó con la cabeza.

—Eso no entra en mis planes. No quiero enamorarme. No quiero el cepillo de dientes de otro en la encimera de mi baño. No quiero que dejen la tapa del váter levantada y...

—Vale..., vale..., te entiendo —rio aquel.

Caminaron unos metros en silencio hasta que Lolo se detuvo.

—Este es el local —dijo.

África lo miró. La puerta frente a la que estaban era oscura, discreta. Junto a ella había un letrero con el nombre del local y un tipo en plan vigilante. Sabía por Lolo que aquel era un sitio muy exclusivo al que no todo el mundo tenía acceso. Allí solo entraban los socios.

—¿Quieres entrar? —preguntó él mirándola.

A pesar de los nervios que sentía, África asintió sin dudarlo. Entrar en un local de aquellos llamaba su atención. Lolo tomó su mano y aclaró:

—Si algo no te gusta, con decir una vez «no» es suficiente. Si alguien insiste, me avisas, ¿entendido?

África tragó el nudo de nervios que notaba en la garganta y repuso divertida:

—A ver, que sé defenderme solita.

Lolo sonrió. Sabía que era capaz de ello. Pero, mirándola, cuchicheó:

—Lo sé. Pero tú y yo, ahí dentro, somos una pareja. Será nuestro rato, nuestras fantasías. Nuestro mundo y nuestra sexualidad. Tener una pareja para jugar en el sexo significa que todo ha de ser medido y consensuado. Y si un pesado o una pesada te molestan, quiero saberlo, porque tu pareja en el juego soy yo, como tú eres la mía, ¿entendido?

África afirmó con la cabeza. Allí, el experto en el tema era él, por eso lo había buscado.

—Así será entonces —musitó.

Lolo asintió y, al ver que ella no se movía, preguntó:

—¿Qué te pasa?

África resopló.

—Que estoy nerviosa —se apresuró a decir.

Él sonrió; era algo normal. África deseaba entrar en un mundo de lujuria imaginario, y una cosa era la imaginación y otra la realidad, por lo que dijo:

—Si quieres, volvemos otro día.

Ella negó con la cabeza. No, eso no iba a pasar.

—Quiero entrar hoy —insistió mirándolo.

—A ver, África...

—De verdad, Lolo. Quiero entrar hoy.

Él la miró. Desde su punto de vista, África comenzaba la casa por el tejado en muchos aspectos de su vida, pero, sin querer llevarle la contraria, repuso:

—Muy bien. Entremos.

Y, tras dirigirse al vigilante de la puerta, saludarlo y enseñar su carnet, cogió a África de la mano y ambos entraron en el local, donde la música y el murmullo de la gente los envolvió de inmediato.

África lo observaba todo a su alrededor con curiosidad. A primera vista era como cualquier local adonde ella iba con sus amigas a tomar una copa, pero intentó que no se notara que era su primera vez en un sitio de aquellas características.

Había mucha gente charlando, parejas de diferentes edades que hablaban y bailaban al son de la música en un ambiente distendido y relajado.

Sin soltarla de la mano, Lolo condujo a África hasta la barra de la derecha para pedir algo de beber. África se fijó entonces en que, en uno de los sofás que había junto a la barra, dos parejas disfrutaban besándose y acariciándose de una manera tan descarada que se vio obligada a apartar la mirada azorada.

—Puedes mirar —dijo Lolo—. Si están ahí es porque los excita que los vean.

Oír eso hizo que África volviera a mirarlos. Por norma, si veía a alguien haciendo algo parecido, rápidamente dejaba de observar por prudencia, pero allí era diferente.

Minutos después, cuando las dos parejas se levantaron y desaparecieron por una puerta del fondo, África hizo un recorrido visual por la sala con curiosidad. Quería impregnarse del ambiente.

Mientras ella miraba varias personas se acercaron a saludar a Lolo. Lo conocían, solo había que ver cómo se saludaban, y cómo las mujeres lo miraban y se lo comían con los ojos, para saber qué clase de amistad tenían.

Con caballerosidad, Lolo les presentó a su acompañante y aquellos desconocidos le sonrieron encantados, hasta que una de las mujeres, al ver a Lolo hablando con su marido y otras parejas, le comentó a África:

—Es la primera vez que Lolo trae una pareja. Hasta ahora siempre ha venido solo.

Ella se sorprendió, pero sonrió mientras era consciente de que uno de aquellos hombres recorría su cuerpo con deseo mientras se mordía el labio. Ese gesto, fuera de aquel local, habría hecho que África le hubiera soltado como poco un puñetazo. Pero no. Allí era diferente, allí estaba permitido, y calló.

Minutos después, cuando aquellos se marcharon y se quedaron de nuevo solos, Lolo preguntó mirándola:

—¿Qué tal?

África bebió de su copa y respondió:

—Bien. Aunque el tipo de la camisa roja me estaba poniendo enferma.

—¿Enferma por qué?

África resopló.

—Por cómo me miraba y se relamía.

Lolo sonrió por su comentario. Y, consciente de quién era el que había hecho aquello, indicó:

—Estamos en un local de ambiente liberal, un sitio donde todos somos adultos. Estamos aquí porque así lo hemos decidido y hemos venido a disfrutar de nuestras fantasías sexuales... ¿Cómo quieres que te miren?

África asintió. Sin duda Lolo tenía razón y ella era una ingenua.

—¿Ves la mujer de tu derecha? —preguntó él acto seguido—. La rubia del vestido verde —concretó. África asintió al localizarla y él prosiguió—: Me ha dicho que le pareces muy sensual y que le encantaría pasar un rato divertido contigo si tú quieres.

Oír eso hizo que ella parpadeara. No había pensado en tener sexo con una mujer. Ella había ido allí a otra cosa, por lo que rápidamente dijo:

—No. No quiero.

Lolo asintió.

—¿No te van las mujeres?

—Nada de nada —aseguró África.

Él cabeceó divertido y, al ver lo nerviosa que estaba, le dio un beso en los labios que a ella la calentó y en cierto modo la tranquilizó, y luego dijo:

—Ven, te enseñaré el club.

De la mano de Lolo, y sintiéndose observada por muchos de los que allí estaban, África cruzó la sala. Al abrir una puerta salieron a un pasillo, donde había dos puertas a la derecha y dos a la izquierda.

Mientras recorrían el pasillo se cruzaron con varias personas que les sonrieron, al tiempo que Lolo le explicaba que, tras aquellas puertas, se encontraban los baños, las duchas y las taquillas. África asintió y él añadió:

—Para atravesar la puerta del fondo y entrar en otras salas hay que quitarse la ropa. De ahí que haya taquillas.

Ella cabeceó y, justo después, él preguntó:

—¿Quieres continuar?

A cada instante más acalorada, África volvió a asentir. La seguridad con la que siempre hablaba de aquellos juegos sexuales comenzaba a tambalearse.

—Entremos. Mi taquilla es la 33 —dijo Lolo abriendo una de las puertas.

África obedeció. Con la cabeza llena de dudas, se desnudó, y, en cuanto guardaron sus pertenencias en la taquilla, Lolo le entregó un suave albornoz y unas zapatillas de *spa* y, mientras él se ponía los suyos, comentó:

—Esto solo lo encontrarás en clubes privados como este. Cada socio tiene su taquilla y sus dos albornoces con zapatillas. En el resto de los locales de intercambio, no existe esta deferencia con el cliente.

África asintió y, tras anudarse con fuerza el cinturón de su albornoz, cogió la mano de él y dijo:

—Pues no sabes cuánto me alegra que seas socio.

Eso hizo sonreír a Lolo, a quien le gustó el gesto de que ella buscara su mano; se la apretó y ambos salieron al pasillo.

Al pararse frente a la puerta del fondo, él indicó mirándola:

—Recuerda: si algo no te gusta o quieres que nos vayamos, no dudes en decírmelo.

África dijo que sí con la cabeza. De pronto, las pequeñas dudas que tenía se convirtieron en grandes dudas.

¿En serio estaba preparada para llevar a cabo las fantasías que había imaginado?

Al entrar en la nueva estancia, África se pegó a Lolo y miró a su alrededor. Aquella era como la primera. Un espacio amplio con una barra de bar, con la salvedad de que allí todo el mundo estaba desnudo o en albornoz.

Incapaz de frenarlos, sus ojos se clavaban en los genitales de los hombres que cruzaban desnudos por delante de ella. ¡Madre mía, qué muestrario de formas y tamaños! Lolo, consciente de ello y de cómo aquella le apretaba la mano y cada vez se pegaba más a él, cuchicheó con una sonrisa:

—¡Ahora la que mira eres tú!

Oír eso hizo que África levantara la vista y soltara una carcajada, y, de nuevo, varias personas se acercaron a saludar a Lolo. Él, encantado, les presentó a África, que estaba pegada a él como una lapa, mientras era consciente de que muchos de aquellos la miraban con deseo.

Una vez que se quedaron solos de nuevo y fueron a la barra, tras darle un ardiente beso en la boca que la hizo saber que estaba con ella, Lolo le preguntó:

—¿Estás bien?

África asintió. Bien estaba. Pero la seguridad con la que había entrado en el local ya no la acompañaba. No obstante, sin soltarle la mano, aseguró:

—¡Perfecta!

Lolo sonrió. Sin necesidad de que ella dijera nada, sabía que estaba incómoda. Solo había que ver cómo se pegaba a él en busca de cobijo, pero necesitaba que ella hablara y se sincerara, por lo que indicó:

—Los tipos del fondo, el de las gafas y el de la barba, me han dicho que, si deseamos hacer un trío, podemos contar con cualquiera de ellos.

África los miró y el corazón se le aceleró. Ninguno de ellos era lo que había pensado, y rápidamente respondió:

—No.

—¿No a los dos?

—No a los dos —afirmó ella.

Su mente iba a mil. A dos mil. Y de pronto comenzó a plantearse qué narices estaba haciendo ella allí.

Lolo asintió y, entendiéndola, acto seguido propuso:

—¿Qué te parece el de tu izquierda? El alto.

África miró y, pasados unos segundos, respondió:

—No me va.

—¿Y el rubio de tu derecha?

—Tampoco me va —contestó ella después de escanearlo.

Lolo sonrió. Aquello le estaba resultando divertido.

—La niña me ha salido caprichosa... —cuchicheó.

Eso hizo sonreír a África. Y, al mirarlo y ver que él la observaba a la espera de algo, susurró:

—No sé si voy a poder.

Haciéndose el sorprendido, Lolo levantó las cejas.

—He fantaseado mil veces con este tipo de local —aseguró ella—. He fantaseado con hacer un trío, con cumplir fantasías, pero, una vez aquí, aunque reconozco que me pone y me excita, no sé qué me ocurre, pero me siento sobrepasada.

Él asintió. Por fin África había soltado lo que tenía que soltar, y dijo:

—Una vez más, has querido empezar la casa por el tejado, y en esto del sexo, cielo, hay que ir pasito a pasito, comenzando por los cimientos. —África suspiró y él añadió—: Tener sexo con otros hombres como tú lo sueles tener es algo satisfactorio, como tener fantasías y deseos. Ahora bien, una cosa es la fantasía y otra muy diferente la realidad.

De nuevo África asintió. Aquel llevaba razón, y, mirándola, afirmó:

—Tú y yo, como pareja sexual, vamos a ir levantando esa casa desde los cimientos. Paso a paso. Momento a momento. Experiencia a experiencia. Y, el día que lleguemos al tejado, te aseguro que tú solita habrás liberado a la zorra caliente y morbosa que llevas dentro y lo disfrutarás.

África parpadeó al oírlo. Tenía más que claro que Lolo sabía muy bien lo que se hacía.

Él cogió su copa y, acto seguido, sin soltarla de la mano, indicó:

—Acompáñame.

Acalorada por lo que había oído, ella lo siguió. Sabía, como él había dicho, que en su interior llevaba una zorra deseosa de disfrutar con lujuria del sexo, pero efectivamente, esa zorra aún seguía escondida.

A continuación, entraron en una pequeña habitación con una cama de cuero rojo, donde a la derecha había una puerta con un pestillo y, en la parte superior de este, una pequeña ventana cerrada. África lo observaba en silencio cuando Lolo, tras dejar las copas sobre una mesa, la acercó a él y dijo mirándola:

—Deseo follarte en este momento, como sé que tú deseas follarme a mí. Creo que aún es pronto para lo del trío porque no te veo preparada, y esta noche tú misma lo has sabido, ¿verdad?

África asintió, y Lolo, desabrochándole el albornoz, lo dejó caer al suelo y, mientras paseaba su mano por su cuerpo, le explicó:

—Esa puerta está cerrada y hoy no quitaremos el pestillo para que no entre nadie. Pero ¿qué te parece si abrimos la ventana y permitimos que alguien nos observe?

África miró hacia el lugar donde él señalaba. Solo ellos podían abrir el pestillo de la puerta, y miró la ventana cerrada. Lo que Lolo proponía le despertaba mucho morbo. Nunca había practicado sexo con alguien mirando y, cuando dijo que sí con la cabeza, él preguntó:

—¿Hombre o mujer?

—Hombre —respondió África sin dudarlo.

Lolo cabeceó; al parecer, eso lo tenía claro. Le dio a un botón amarillo que había al lado de la puerta, y retirando el pestillo que abría únicamente la ventana, dijo al tiempo que se volvía hacia ella y cogía un preservativo:

—Ahora, tú y yo lo vamos a pasar bien.

Una vez que terminó de ponérselo, Lolo dejó caer el albornoz al suelo. África, deseosa, lo besó y él le respondió. Un beso. Dos... Delirante, Lolo la tumbó sobre el cuero rojo y, abriéndole las piernas y llevando la boca a su centro de deseo, la hizo jadear.

Un ruido llamó de pronto la atención de África. Lo que sonaba era la ventana al abrirse, y entonces vio a un hombre maduro y de pelo canoso allí apostado. Miraba, observaba lo que ellos hacían; entonces Lolo, reptando por su cuerpo, subió hasta su boca y, tras besarla, preguntó mirándola a los ojos:

—¿Te provoca sentir su mirada?

Jadeante por el momento, África asintió. Aquello la provocaba mucho, y más cuando sintió que las manos de Lolo le separaban los labios vaginales e, instantes después, él la penetraba.

La intensidad del momento hizo que África gritara gustosa.

El momento, Lolo, la mirada de aquel hombre. Todo, absolutamente todo estaba volviendo loca de placer a África. Acelerando sus movimientos, él la poseía de tal manera que la hacía vibrar por completo. Y, muy excitada, posó las manos sobre el culo de aquel y lo apretó. Su exigencia hizo sonreír a Lolo. Le hizo saber lo que disfrutaba ella, mientras sentía lo que él estaba disfrutando, y cuando un increíble orgasmo los asaltó y ambos se quedaron quietos y jadeantes el uno sobre el otro, Lolo, tras tomar aire, la miró y, después de un más que sabroso beso, musitó alzándose para quitarse el preservativo:

—Llegará el día en que estés preparada para que seamos dos hombres quienes te hagamos disfrutar tal y como tú deseas. Ese día seremos dos tocándote, tomando tu deseo, bebiendo de tu cuerpo y...

No pudo continuar. África, tras un rápido movimiento que hizo que la espalda de Lolo diera ahora en el colchón, se puso sobre él. Deseaba seguir jugando. Deseaba a Lolo, como deseaba que el extraño continuara observando. Disfrutando del momento, lo besó con avidez y, cuando volvió a sentirlo duro como una piedra, susurró abandonando su boca:

—De momento, la zorra de mi interior disfruta de que nos miren y solo te desea a ti.

Acto seguido le colocó un nuevo preservativo y, al notar que ella se dejaba caer sobre su duro pene, Lolo jadeó. Con su impetuosidad África lo volvía loco. Desde el primer instante en que la vio en su local supo que iba a poner su mundo patas arriba. África había sido y seguía siendo su perdición.

Con lujuria, ella comenzó a moverse, a cabalgarlo, mientras él, entregado a ella, gemía y jadeaba de placer ante la mirada lujuriosa del hombre de la ventana. África, gustosa por verlo así, tan vulnerable, tan entregado a ella, empezó a poseerlo con fuerza. Agarrándole las manos para que él no se moviera, se impulsaba contra él una y otra y otra vez, ante la mirada deseosa del tercero que los observaba, hasta que, pasados varios minutos, los tres, cada uno a su manera, tuvieron un morboso orgasmo gracias a aquel caliente momento.

Capítulo 46

Decir adiós nunca es fácil, y menos a un amor de verano.

Tras un último beso, Lolo y África quedaron en llamarse. El trato que habían hecho de que cada uno seguiría haciendo su vida y de que, para ciertos juegos de sexo, eran pareja seguía adelante. Pero aquel encuentro nada fortuito entre ellos había creado una corriente de afectividad que a ambos les costaba entender y de la que no hablaban. Era absurdo. Ridículo. Los dos estaban satisfechos con sus vidas, con el acuerdo al que habían llegado. ¿Por qué enredarlo más?

Gema y David se besaban. Un beso. Dos. De pronto, la necesidad de besarse, de que ninguno fuera el último beso que se dieran, era asfixiante.

—Me ha encantado conocerte —declaró ella mirándolo.

David asintió. Era complicado pedirle a Gema proseguir con lo que habían iniciado. Sabía que ella acababa de divorciarse, que solo se conocían desde hacía quince días, y, callando lo que en realidad deseaba decir, murmuró:

—Lo mismo digo, ¡reina suprema!

Ambos rieron. Bromear se les daba bien. La conexión entre ellos siempre había sido fabulosa. Y Gema, tocando la bandana rosa que aquel llevaba sujeta en la cabeza para tener controlado su cabello, susurró:

—La primera vez que te vi, también la llevabas.

David afirmó con la cabeza. Aquel recuerdo era bonito. Se la quitó con rapidez y dijo poniéndola en sus manos:

—Para ti.

Al ver eso Gema se sorprendió. Aquella bandana era su preferida; era la última que su madre le había regalado.

—Pero, David... —musitó.

—A ella y a mí nos gustará que la tengas tú —aseguró él.

Gema se apretó la bandana en la mano. Sabía lo importante que era para él, y, tocándole el cabello claro y salvaje, dijo con mimo:

—Yo no tengo nada para darte a ti.

David sonrió. Lo que le gustaría que le diera era la oportunidad de seguir conociéndose, de ver adónde los llevaba lo que habían comenzado. Pero era imposible, y, mirándola, repuso:

—Tú ya me has dado algo precioso.

—¿El qué?

—Los mejores quince días de mis últimos años.

—¡Qué exagerado!

David negó con la cabeza. A pesar de conocerla hacía solo unos días, Gema era lo mejor que le había pasado por muchas razones. Su corazón y lo bien que se sentía con ella así se lo decían.

—Solo digo mi verdad —replicó.

Ambos sonrieron por aquello, y luego él, sin dejar de mirarla, añadió:

—¿Recuerdas cuando te pregunté el porqué de tu mirada triste? —Gema asintió y David continuó—: Pues me alegra ver que esa mirada triste ya ha desaparecido.

A Gema eso le llegó al corazón. David era especial, tremendamente especial. Pero ambos tenían vidas diferentes, incompatibles. Y, como necesitaba acabar con ese momento, al ver a África ya montada en el coche y a Lolo que se alejaba, dijo:

—He de marcharme.

David se mostró conforme. Pero antes de que se fuera señaló:

—Tengo que contarte algo que aún no te he contado sobre mí... Si no lo he hecho antes ha sido porque quería que solo me conocieras a mí. A David Basart, la persona.

Gema se asustó al oír eso. Si ahora David le confesaba que estaba casado, que su mujer estaba en otro país o algo así, la iba a hacer sentirse muy mal, por lo que se apresuró a indicar:

—Todo lo que necesitaba saber de ti ya lo sé.

—Gema...

—No necesito más —lo cortó ella.

David asintió. Conocía las contestaciones de Gema, su rotundidad al responder, por lo que se encogió de hombros.

—No me gusta decir adiós, así que hasta pronto —dijo.

Gema tomó aire. Si continuaba allí iba a llorar. Era una llorona. Y, en un hilo de voz, murmuró:

—Hasta pronto.

Acto seguido, sin volver a mirarlo o se derrumbaría, abrió la puerta del coche y se metió en él. Belinda, que estaba apoyada en la puerta hablando con África, miró entonces a sus dos amigas y se mofó:

—Madre del Verbo Divino, vaya viajecito que vais a tener...

Gema y África se miraron. Solo con ver sus caras se entendía lo que aquella acababa de decir. Y, acto seguido, Belinda preguntó:

—Si Lolo y David os gustan tanto, ¿por qué no hacéis algo?

Ninguna respondió. Ninguna podía. Y Belinda insistió:

—Pero, chicas, ¡que solo se vive una vez!

África negó con la cabeza al oírla.

—Tengo clara mi vida —declaró—, y es mejor que siga el camino que yo he elegido.

Por su parte, Gema se retiró las lágrimas que corrían por sus mejillas y soltó para convencerse a sí misma:

—Esto solo ha sido un rollito de verano. En eso quedamos, ¿no?

Belinda las miró de nuevo. A diferencia de ella, sus amigas se habían cerrado a intentar empezar una nueva relación por miedo a que no saliera bien. Suspiró y dijo mientras veía como David se alejaba cabizbajo:

—Vosotras sabréis, pero creo que...

—Tenemos que irnos —la interrumpió África.

Ella asintió. No servía de nada seguir hablando de aquello.

—Sacaré esta noche a *Harper* a dar su paseo y mañana, cuando regrese tu hermana, pasaré a saludarla —indicó.

—Estupendo —afirmó África.

Con tristeza porque se fueran, Belinda volvió a besuquearlas y les repitió que la llamaran una vez que llegaran a Asturias.

Cuando el coche arrancó y Belinda vio que sus amigas se alejaban, con las manos metidas en los bolsillos de sus bermudas, se encaminó hacia la playa donde la esperaban Adara y la pequeña Luna. *Jamón* y *Queso* ya estaban acomodados en el apartamento de Adara.

* * *

En el coche, África y Gema iban calladas. Cada una a su manera, pensaba en sus cosas, cuando África, viendo lo que su amiga sujetaba en la mano, comentó:

—Bonita bandana.

Gema la miró con lágrimas en los ojos. Miles de sentimientos revoloteaban por su cuerpo. Sentimientos bonitos, preciosos, románticos. Pero no, eso no podía ser. Lo ocurrido en Valencia ya era pasado y ahora, una vez más, tenía que volver a mirar al futuro.

Capítulo 47

La llegada de Gema y África a Llanes, en Asturias, fue motivo de felicidad para toda la familia. Gema besuqueaba como loca a sus hijos, que ya la esperaban allí. La pobre *Gamora* lloraba al ver a Gema. Era la primera vez que se había separado tantos días de ella y la perra, al ver a su mamá, gimoteaba y aullaba de felicidad.

África, que ya los conocía a todos, rápidamente se sintió integrada entre ellos. Aquella familia era fácil de querer, porque te hacían ver con sus gestos y sus demostraciones de afecto que les importabas. Gema era muy afortunada de tenerlos en su vida.

Tras tomar un refresco con toda la familia en la preciosa terraza de la casa, donde se veía el bonito paisaje de Llanes, los padres y los hijos de Gema se empeñaron en enseñarle a África el huerto del yayo. Encantada, esta última se levantó para ir con ellos, y Gema, quedándose con su abuela, preguntó:

—¿Qué tal todo por aquí?

Felicidad sonrió. Tener a su nieta allí era un lujazo para ella, y, mirándola, cuchicheó:

—Bien. Tranquila. No salgo mucho para que tu madre no me cante las cuarenta.

Ambas rieron y luego Felicidad añadió:

—Y tus vacaciones ¿qué tal?

—¡Estupendas!

La mujer asintió y, tras observar a su nieta, comentó:

—Tu mirada ha cambiado. No sé... Diría que la noto como con vida.

—Pues llevo un cansancio que ni te cuento —repuso Gema.

La mujer sonrió. El cansancio era algo lógico tras un viaje, e insistió:

—¿Has conocido a algún bizcochito interesante?

—Abuelaaaaaaa...

—Vamos, ¡cuéntame!

Gema negó con la cabeza. No pensaba contar nada. No quería pensar en David o el corazón se le partía. Pero Felicidad, mirándola, insistió:

—Dime si has conocido a alguno de los buenos, anda.

Sin querer mentir, Gema finalmente le habló de David. No le mintió en nada a su abuela, y cuando acabó, la mujer preguntó encantada:

—¿Y lo has pasado bien?

Ella asintió sonriendo.

—Esa sonrisita dice mucho, ¿lo sabías? —señaló Felicidad.

—Abuelaaaa...

—Que me sonrías y no hagas un puchero, después de lo que has pasado, dice mucho.

De nuevo, Gema sonrió. La verdad era que Tomás ya no formaba parte de sus pensamientos.

—Como me dijiste un día, la vida es una carrera de obstáculos que hay que ir saltando, y yo el tema Tomás ya lo he dejado atrás —indicó.

Tras soltar una carcajada, Felicidad cogió la mano de su nieta.

—Me gusta saberlo —declaró—. Me encanta oírte decir eso. El pasado pasado está y hay que mirar hacia el futuro. Eres guapa y lista y, si has conocido a un bizcochito que, al recordarlo, te hace sonreír así, ¡ole por ti, mi niña! Por tanto, sigue saltando obstáculos y sé feliz. ¿De acuerdo?

Gema dijo que sí con la cabeza. Como siempre, su abuela y sus consejos la hacían sonreír. La abrazó y murmuró consciente de que de momento no podía saltar más obstáculos:

—Lo intentaré.

Capítulo 48

Tras una opípara comida que preparó María, la matriarca, cuando esta se marchó con su marido y su madre a visitar a unos vecinos, África, Damián, Gema y sus hijos se quedaron charlando en la casa, contándose sus vacaciones.

Bosco y Damián lo habían pasado de lujo en Ibiza. Allí se habían encontrado con otros amigos y, por lo que contaban, sus días en la isla habían sido de playa y fiesta. Por su parte, Dunia y sus amigas habían quemado Cádiz. Playa poca. Solo dormir, comer y fiesta hasta volver a caer rendidas.

Gema escuchaba a sus hijos encantada cuando, fijándose en Dunia, dijo:

—Desde luego, ¡irte a la playa y regresar más blanca de lo que te fuiste tiene su mérito!

Ella soltó una risotada, y Gema, al ver que se tocaba el vientre, preguntó:

—¿Qué te pasa?

Dunia miró a su madre y contestó:

—Que me tiene que venir la regla y ya empieza a decirme «¡Que voyyy!».

Todos rieron por aquello y, acto seguido, Damián preguntó:

—¿Y vosotras qué tal por Valencia?

África y Gema intercambiaron una mirada cómplice. El recuerdo de lo que habían vivido estaba aún muy presente, y la primera respondió:

—Muy bien. Ha sido un bonito verano.

—¿Belinda no iba a venir con vosotras? —preguntó Dunia a continuación.

Las dos amigas sonrieron y, por su expresión, Bosco adivinó:

—Creo que Belinda sigue pasándoselo bien en Valencia.

—Así es. Pero dentro de unos días la tendremos aquí —afirmó África.

Gema sonrió y, justo después, Bosco, mirando a su madre, cogió su teléfono y, entrando en el Instagram de aquella, buscó varias fotos de Gema donde se veía siempre a su lado el mismo brazo con tatuajes.

—Mamá, ¿de quién es ese brazo tatuado? —soltó Bosco con mofa.

Gema miró las fotos. Eran las que ella había subido a su Instagram, siempre recortando a David.

—¡Cuéntanossss! —cuchicheó entonces Dunia.

A Gema el corazón le iba a mil, no porque sus hijos le preguntaran por aquel, sino por pensar en David.

—Quizá sea mejor que yo me vaya —comentó entonces África.

Al oírla todos la miraron.

—No tienes por qué irte —señaló Gema—. Quédate.

Su amiga asintió, y Gema soltó una risotada y dijo:

—Vale. Se llama David. Es valenciano. Tiene veintisiete años y es profesor de surf, entre otras cosas.

Oír eso hizo que sus hijos parpadearan sorprendidos.

—¿Profesor de surf? —inquirió Bosco.

Gema afirmó con la cabeza, y luego Dunia murmuró:

—Has tenido un rollito con un profesor de surf..., ¡qué fuerte, mamá!

Oír eso la hizo sonreír. A sus hijos no los había sorprendido su edad. Entonces Damián preguntó mientras miraba su teléfono móvil:

—¿David qué más?

África y Gema se miraron, y esta última contestó:

—Basart.

Bosco, Dunia y Damián tecleaban en sus teléfonos móviles cuando Dunia murmuró:

—Madre mía..., ¿es este?

Gema miró a su hija. Esta le enseñaba una fotografía de David. Pero ¿cómo lo había localizado tan pronto? Y, cuando asintió, Bosco comentó:

—¿No os recuerda a Bon Jovi de joven?

Eso hizo sonreír a Gema, que iba a hablar cuando su hijo agregó:

—Uisss, esa sonrisita, mamááááá...

Estaba bromeando sobre aquello cuando Dunia dijo leyendo en su teléfono móvil:

—«Con once años ganó su primer campeonato y a los diecisiete ingresó en la élite del surf mundial por la cantidad de premios que obtenía...».

—«Y —prosiguió Damián—, además de alcanzar infinidad de triunfos y prestigio a nivel internacional, en España ha ganado varias veces el Billabong Pro Mundaka, y, fuera de España, ha sido campeón de la WQS y la WCT.»

Gema los escuchaba sorprendida. No tenía ni idea de lo que significaban aquellos nombres ni aquellas siglas.

—Aquí pone que David es constante y metódico —añadió Bosco—. Que está soltero y tuvo relaciones conocidas con varias surfistas y una cantante muy famosa.

—¿Quién? —inquirió Dunia. Cuando Bosco le dijo el nombre de la cantante, la chica miró a su madre y cuchicheó—: Pero qué fuerte, mamáááá.

Gema solo los escuchaba. Toda la información que sus hijos habían encontrado en dos segundos a ella ni siquiera se le había ocurrido buscarla.

—Al parecer —continuó Bosco—, es un gran surfista profesional y un excelente profesor de deportes acuáticos al que se rifan distintos clubes y países de todo el mundo.

África soltó una carcajada. Lo de aquellos no tenía nombre. Entonces Gema, mirando a sus hijos, preguntó:

—Pero ¿de dónde habéis sacado tanta información?

Los tres chicos se miraron, y Dunia indicó:

—Mamá, redes sociales y Google. ¿No conoces el Instagram de tu churri?

Gema negó con la cabeza. No era su «churri». En ese momento Dunia puso el teléfono delante de ella y dijo pasando las distintas fotos:

—Pues aquí lo tienes. ¿Cómo es que no lo sigues?

Gema miraba aquello bloqueada. Pero si a David no le gustaba que lo etiquetara en las imágenes y por eso ella siempre lo recortaba...

Foto a foto, lo corroboró mientras el corazón le iba a mil. Fotos preciosas cogiendo olas. Fotos temerarias saltando por encima de una tabla de surf. Fotos de David recogiendo premios y asistiendo a fiestas...

Gema parpadeó sin dar crédito. ¿Sería eso lo que él había querido contarle cuando se estaban despidiendo?

Durante unos minutos, Dunia y Bosco no pararon de hacer preguntas sobre David, que en ocasiones Gema contestó maquillando las respuestas. Que su madre se hubiera fijado en un chico como aquel ¡los tenía totalmente sorprendidos!

—La verdad, mamá —cuchicheó Dunia—, el tal David no tiene nada que ver con papá.

—¡Gracias a Dios...! —murmuró Bosco.

Oír eso hizo que Dunia mirara a su hermano. Y Gema, consciente de lo que su ex habría pensado si hubiera sabido aquello, señaló:

—Precisamente eso fue lo que me llamó la atención de él. Que fuera diferente.

Todos asintieron mientras África observaba a los hijos de Gema. Le gustaba la naturalidad con la que hablaban del tema.

—¿Seguís en contacto David y tú? —preguntó Bosco a continuación.

—No.

—¿Por qué no?

Gema se disponía a contestar cuando Dunia soltó:

—Porque solo ha sido un rollito de verano.

Oír eso, esta vez de boca de su hija, a Gema no le gustó nada, y cuando iba a replicar, la propia Dunia matizó:

—Aunque es una pena, mamá... Algo me dice que David es una buena persona.

—Y lo es —afirmó ella convencida.

El siguiente rato lo pasaron charlando, divagando y riendo. A los chicos les gustaba saber lo mucho que Gema se había divertido con David y sus amigas, montando en moto acuática, intentando mantenerse sobre una tabla de surf o saliendo de copas.

Sus hijos disfrutaban de lo que les contaba. Estaba más que claro que ver a su madre feliz era lo único que les interesaba, y que la diferencia de edad no les importaba.

* * *

Esa noche, cuando los chicos se fueron con sus amigos y los padres y la abuela de Gema se acostaron, África y ella se sentaron en la espaciosa terraza de la casa a tomarse una copa.

Estaban mirando las estrellas en silencio, cada una sumida en sus propios pensamientos, cuando África preguntó:

—¿Estás pensando en él?

Sin necesidad de decir su nombre, Gema asintió. Horas antes, al meterse en el baño, sola, para ducharse, había buscado información de David en Google, y se sorprendió de la cantidad de cosas que encontró allí. Trabajo, vida, exnovias. Con curiosidad, miró a sus ex. Deportistas, cantantes, *influencers*... Nada que ver con ella.

También vio fotos de él recogiendo premios en lo alto de un pódium, impresionantes imágenes dentro de una ola y vídeos en las playas de Hawái cabalgando olas de hasta cinco metros que le quitaron el aliento.

Ahora entendía por qué era tan conocido en Valencia y por qué normalmente prefería estar solo con ella a estar rodeado de gente. Era un campeón internacional de surf..., ¡y lo más increíble era que se hubiera fijado en ella!

—¿Y tú? —le preguntó a su amiga.

África también asintió. Fingir que no pensaba en Lolo era una tontería.

—No sé si mi «¿Tú lo harías?» con Lolo ha sido una buena idea —indicó.

—¿Por qué dices eso?

África dio un trago a su bebida antes de responder.

—Porque no puedo dejar de pensar en él.

Gema afirmó con la cabeza por su rotundidad al tiempo que su amiga añadía:

—Pero él no entra en mis planes. Y yo no entro en los suyos. Aunque la conexión que hemos sentido al reencontrarnos ha sido brutal, somos lo bastante adultos como para saber que no queremos lo mismo en la vida y que, única y exclusivamente, nos tendremos para el sexo.

Gema suspiró. Aquello le parecía una barbaridad.

—Tiene mi teléfono —continuó África—. Yo tengo el suyo. Pero ninguno de los dos ha dado el paso de llamar o escribir tras despedirnos esta mañana en Valencia. ¿No crees que eso quiere decir algo?

Gema cabeceó y, tras tomar aire, señaló pensando lo mismo con respecto a David:

—Eso quiere decir mucho.

Volvieron a guardar silencio unos instantes, hasta que África preguntó:

—¿No te has planteado darle una oportunidad a David?

—No —declaró Gema. Y, al ver cómo la miraba su amiga, añadió—: Por favor, África, ¡solo lo conozco desde hace quince días!

—¡¿Y...?!

—¡Me acabo de divorciar!

—¡¿Y...?!

Gema la miró boquiabierta e insistió:

—Y creo que comenzar una relación tan pronto nunca puede ser bueno, y menos con alguien como él.

—¿Alguien como él?

Gema asintió. Si antes le daba miedo David, ahora que sabía quién era le daba aún más. Y África, imaginando lo que pensaba, manifestó:

—Contigo simplemente ha sido David. No ha ido de «divo» ni de superestrella internacional del surf. Y eso, amiga, es de agradecer, porque te ha dejado conocer a la persona, no al personaje.

Gema suspiró. Su amiga tenía razón.

—Te recuerdo que tus padres se casaron a los tres meses de conocerse... —apostilló África—. Y, míralos, ¡se los ve tan felices!

Gema sonrió al pensar en ellos. Su historia era una entre un millón.

—Mi consejo es que, si crees que merece la pena continuar conociendo a David, no lo descartes —sentenció África—. La vida es caprichosa y san Destino un cabrón, pero de vez en cuando hacen cosas bonitas.

Ambas sonrieron por aquello y acto seguido Gema indicó:

—Te digo lo mismo con respecto a Lolo.

Entonces se quedaron en silencio, y África, para cambiar de tema, comentó:

—Tengo un cuaderno que me dejó Belinda. Se trata de unos relatos cortos escritos por ella, con las historias de algunas mujeres de la asociación, que son impresionantes.

Gema la miró sorprendida.

—¿Belinda escribe?

África asintió.

—Lo hace con la misma naturalidad con la que habla, y he de reconocer que es muy buena. Eso sí, no le cuentes que te lo he dicho o me la montará... Ya sabes lo reservada que es con sus temas.

Gema se mostró conforme. La sorprendía saber eso de Belinda.

—Cuando vuelva a Madrid crearé la editorial —declaró entonces África con seguridad.

—¡No!

—Sí.

—Pero ¡eso es estupendo! —exclamó Gema, y añadió emocionada—: Si quieres, yo puedo ayudarte con el marketing y la publicidad.

—Eso sería fantástico —cuchicheó África.

Ambas rieron felices y, justo después, Gema preguntó mirándola:

—Oye, no querrás una socia, ¿no?

Su amiga la miró sorprendida.

—Estás de coña, ¿verdad? —inquirió.

—Te lo estoy diciendo muy en serio —afirmó su amiga—. Me gustaría trabajar en algo que me llene, donde pueda ser creativa. Y si tú te ocupas de la parte editorial y yo del marketing y la publicidad, ¿no crees que podemos formar un buen equipo?

África asintió encantada.

—Podríamos ser un gran equipo e incluir en él a Belinda —propuso—. ¿Qué te parece?

—¡Las Triple M! —se mofó Gema—. Me parece estupendo.

Durante un rato estuvieron hablando sobre el tema. África hacía sugerencias y Gema escuchaba. Y luego al revés. Lo que proponían podía ser un proyecto bonito. Y África, consciente de que tenía que aclarar un punto, dijo:

—Si vamos a ser socias, tengo la necesidad de recordarte mi intención de ser madre... No sé si tardaré un año o dos, pero has de saberlo.

A Gema le pareció muy bien. Sin duda esa sería una de las mejores cosas que le pasarían a África en la vida.

—Ser madre es compatible con ser una mujer trabajadora, aunque muchos machotes crean que no —indicó—. Si algo tenemos las mujeres es fuerza, empeño y determinación. Aunque no te voy a negar que enfrentar la maternidad sola será algo complicado. Pero bueno, Belinda y yo estaremos contigo para todo lo que necesites.

África asintió. Sabía que podía contar con ellas.

—Quiero que mi vida comience a tener un sentido —explicó—. No es que ahora no lo tenga. Pero deseo crearme un futuro, y en él están ser madre y también la editorial.

—¿Y Lolo?

África resopló. Aún no entendía el tema de Lolo.

—Él solo será mi compañero de juegos, nada más —respondió. Acto seguido se levantó para ir a buscar unos papeles y sentenció:

—¿Qué te parece si hablamos sobre nuestro proyecto?

—¡Genial! —exclamó Gema emocionada.

Capítulo 49

Belinda y Adara llegaron a Madrid en el coche de esta última.

—Vente a mi casa... —sugirió Adara cuando aparcó frente al portal de Belinda—. Mañana nos levantamos pronto y te traigo para que vayas a la residencia a ver a tu madre y prepares tu maleta.

Belinda negó con la cabeza y miró a Luna. Adoraba a esa niña, pero las dos últimas noches no la había dejado dormir, y, terriblemente cansada, contestó:

—No. Mejor que no.

—Venga...

—Que noooooo.

Adara sonrió. Aunque Belinda no se quejara, sabía lo agotada que estaba por los desvelos de su hija.

—De acuerdo. Descansa y, cuando llegues a Llanes, pásalo bien con tus amigas, ¿vale? —cuchicheó.

Belinda asintió. Suspiró; le costaba separarse de ellas. Se acercó a Adara, le dio un beso en los labios que aquella aceptó y declaró:

—Te voy a echar de menos.

—Y yo a ti —afirmó la bombera.

Acto seguido, se miraron en silencio. Un silencio cargado de cientos de preguntas.

—Prometo cuidar bien de *Jamón* y *Queso* —dijo Adara al cabo.

Belinda miró a sus perretes, que seguían junto a Luna en el asiento trasero.

—De verdad que me los puedo llevar a Llanes. No hay problema —insistió.

Adara negó con la cabeza.

—Vete sin ellos y disfruta con tus amigas. Te aseguro que conmigo y con Luna estarán fenomenal.

Ella estuvo de acuerdo y, tras un último y rápido beso, se bajó del coche. Acto seguido, abrió el maletero para sacar su equipaje y, luego, la puerta trasera derecha. *Jamón* y *Queso* la miraron y Belinda, tras besarlos con cariño, dijo:

—Portaos bien, ¿vale?

Como si la hubieran entendido, los perros soltaron un ladrido que hizo sonreír a las chicas y Belinda, dándole también un cariñoso beso a Luna, advirtió:

—No dejes que *Jamón* te quite el yogur, ¿vale?

La pequeña asintió y justo después abrazó a Belinda.

—No quiero que te vayas —dijo.

Conmovida por el cariño que recibía de la niña, ella sonrió y, mirando a Adara, repuso:

—Te prometo que volveremos a vernos dentro de unos días.

Dicho eso, y tras una última mirada entre Adara y Belinda, esta última cerró la puerta del coche y se encaminó hacia su casa.

Con una sonrisa, entró en su portal, que, como siempre, tenía la puerta rota. Al hacerlo se encontró con su vecino Ramón, que, al verla, la saludó contento. Como siempre, le habló de sus problemas con la tele e internet, y ella le prometió que se pasaría al día siguiente por la mañana para echar un vistazo.

Cuando entró en su casa, Belinda suspiró. Aquel era su refugio, su remanso de paz y armonía. Dejó la maleta en un rincón, se desnudó y se metió en la ducha. ¡Qué gustazo!

Cuando salió, se tiró en la cama desnuda. Solo eran las diez de la noche, pero necesitaba dormir, puesto que Luna no se lo había permitido las dos últimas noches.

* * *

A las nueve de la mañana abrió los ojos y, durante unos segundos, no supo dónde estaba, hasta que, sonriendo, vio que era su habitación. Se revolcó sobre su cama, pero en ese momento oyó que llamaban a la puerta e imaginó que sería su vecino Ramón.

Desnuda como estaba, descalza y despeluchada de haberse levantado de la cama, cogió rápidamente el albornoz, se lo puso y, al abrir la puerta, se quedó sin palabras. Ante ella estaba Víctor, que, mirándola, anunció:

—Te traigo tu disco de Shakira.

A ella se le revolvió el estómago y, tras cogerle el disco de las manos, soltó:

—Gracias y adiós.

Y, directamente, cerró la puerta. Esta vez Víctor no se lo impidió, por lo que Belinda echó un vistazo por la mirilla. Sin que Víctor lo supiera, ella lo observaba. Estaba delgado, demacrado. Sus ojeras le indicaban que no dormía. Y de pronto lo vio derrumbarse en el rellano de la escalera. Sin llamar de nuevo a la puerta rompió a llorar como un niño pequeño y Belinda, que no podía ver llorar a nadie, abrió de nuevo y, mirándolo, preguntó:

—¿Qué te ocurre?

Víctor levantó la cabeza. Explicarse era lo que necesitaba. Mientras de fondo se oía música cañera saliendo del piso de algún vecino, afirmó con un hilo de voz:

—Que soy un cabrón... Sé el daño que te hice y...

No pudo continuar, pues el llanto se apoderó de nuevo de él. En los cinco años que habían estado juntos, Víctor solo había llorado por cosas que le llegaban al corazón, y, sin dudarlo, Belinda lo estrechó entre sus brazos.

Él se abrazó a ella. Decirle cuánto la había echado de menos tras lo que le había hecho era ridículo, absurdo. Pasados unos minutos ella se apartó conmovida y preguntó:

—¿Estás mejor?

Víctor asintió y, mirándola con los ojos enrojecidos, repuso:

—¿Puedo hablar un minuto contigo?

Belinda resopló. Ella no tenía nada que hablar con él, pero dejó el disco de Shakira sobre el mueble del recibidor y dijo saliendo de nuevo al rellano:

—Vale. Pero aquí. —Y, ajustándose el albornoz, añadió—: En mi casa no entras.

Víctor lo entendió y decidió no insistir.

—¿Y *Jamón* y *Queso*? —preguntó acto seguido.

—En casa de una amiga.

—¿Están bien?

—¡Perfectos!

Él sonrió y luego, mirándola, comentó:

—Estás muy morena.

—He estado de vacaciones en la playa —respondió ella secamente.

Se quedaron en silencio y, al cabo, Belinda empezó a decir:

—Si has venido a reprocharme lo que hice el día de tu boda, que sepas que me da igual. Lo que tú me hiciste a mí fue mil veces peor y...

—Belinda, lo siento.

Oír eso la hizo parpadear, mientras Víctor continuaba.

—Lo que yo hice no tiene nombre... Pero la conocí, no sé por qué, seguí viéndola y, cuando me dijo que estaba embarazada, supe que tenía que hacerme cargo de ella y de ese niño.

Belinda cabeceó y él prosiguió.

—Si tardé en decírtelo fue porque no sabía cómo hacerlo, puesto que a quien yo quería era a ti. Y si lo hice vía WhatsApp fue porque soy tan cobarde y tan cabrón que fui incapaz de decírtelo mirándote a los ojos. Pero, aunque ya no venga a cuento, quiero que sepas que no hay un solo día que no me arrepienta de lo que hice y de haberte perdido.

Bloqueada y sorprendida, ella miró al que había considerado el amor de su vida. Con él había pasado los mejores años de su existencia hasta el momento, y que ahora le dijera eso, reconociendo su error, la hizo emocionarse.

—Fuiste un gran cobarde —aseguró con un hilo de voz.

—Lo sé.

—Y un gran cabrón.

—También lo sé. Como sé que nadie me va a querer como tú.

Estaban mirándose cuando Víctor la abrazó. Incapaz de no responder a ese sentido abrazo, que la hacía reencontrarse con el Víctor que ella había conocido, Belinda se lo devolvió mientras él murmuraba:

—Aún recuerdo nuestras mañanas de domingo, nuestros miércoles de cine y nuestros viernes de pizza.

Ella sonrió. Los preciosos recuerdos junto a Víctor eran imborrables.

—Fueron cinco años muy bonitos —susurró conmovida.

—Y yo los jorobé.

—Exacto. Tú los jorobaste —afirmó acto seguido.

Él asintió, pensaba lo mismo que ella. Estaban mirándose a los ojos cuando de pronto sus cabezas se acercaron atraídas como un imán y sus bocas se juntaron.

Aquel beso, aquella boca, aquel aliento era lo que Belinda recordaba. Y, dejándose llevar por el momento, lo besó mientras era consciente de que era un beso de despedida. El beso que nunca habían tenido y el momento que él había evitado.

De pronto, y sin que se percataran de que el ascensor se detenía, en el rellano se oyó:

—Hemos traído churritos para desayunar...

Era la vocecita de Luna, la hija de Adara.

En ese instante, el suelo se sacudió bajo los pies de Belinda. Frente a ellos estaba Adara, con Luna y sus perros. La mirada de la primera lo decía todo, y al acercarse a ellos reparó en que Belinda iba tan solo vestida con el albornoz, iba descalza y tenía los pelos revueltos.

—Con razón no querías venirte a mi casa a dormir... —siseó—. Ya tenías planes.

Oír eso hizo que Belinda regresara a la realidad. Pero ¿qué hacía besando a Víctor? ¿Y de qué planes hablaba Adara?

—Ya veo que has tenido una noche ajetreada... —insistió aquella molesta.

Belinda negó con la cabeza. Adara estaba sacando conclusiones erróneas, pero se encontraba tan bloqueada que no sabía ni cómo reaccionar.

Acto seguido, y mientras le tendía las correas de *Jamón* y *Queso*, que al ver a Víctor se volvieron locos, la bombera indicó:

—Veníamos a darte una sorpresa y a desayunar contigo, pero veo que la sorpresa me la he llevado yo.

—No..., no es lo que parece —murmuró Belinda.

Adara sonrió. Esa frase era muy recurrente. Y, cogiendo la mano de su hija, dijo:

—Vámonos, Luna.

La niña se resistió. Ella quería desayunar churros, quería quedarse con los perritos y con Belinda, y entró en la casa corriendo mientras Víctor saludaba a los que habían sido sus mascotas.

Belinda se acercó entonces a Adara y, mirándola, dijo sintiendo que tenía que ir al baño:

—Si me dejas, te lo puedo explicar.

Pero Adara, furiosa, ni la miró. Sabía que a Belinda le gustaban los hombres. Ella siempre lo había dicho, nunca se lo había negado. Y, sintiéndose mal, siseó:

—No quiero volver a saber nada de ti.

—Pero ¿qué dices?

—¡Yo no soy ningún experimento! —exclamó Adara.

Entendiéndola, Belinda negó con la cabeza.

—Pues claro que no eres un experimento. Lo que hay entre nosotras es bonito. Es de verdad. Me gustas... ¡Me encantas! Y...

—Si respetas a mi hija Luna —la cortó entonces la otra—, no vuelvas a aparecer en nuestras vidas.

—Adara, lo que has visto era un adiós —se justificó ella.

La aludida negó con la cabeza. Creía haber visto algo diferente en Belinda, pero una vez más se había equivocado. Tras tomar aire masculló:

—Tengo una hija a la que proteger de personas como tú, a las que les gusta ir probando en la vida. Tengo una vida que pretendo que siga siendo la que es, y tú no entras en ella porque lo nuestro solo ha sido un rollito de verano. ¿Te queda claro?

Y, dicho eso, Adara pasó por su lado, entró en el piso para recoger a su hija y, saliendo con ella en brazos, añadió sin mirar a Belinda:

—Te enviaré por mensajería las cosas de tus perros que tengo en casa. Yo no las quiero para nada.

Y, sin más, se metió en el ascensor y se marchó con Luna.

Víctor, que había permanecido en un segundo plano todo el rato, al ver la mirada de Belinda se disponía a decir algo cuando ella inquirió:

—¡¿Qué?!

Boquiabierto por lo que la discusión le había dado a entender, él preguntó a continuación:

—¿Tienes un rollo con ella?

Belinda lo miró y él insistió:

—¿Desde cuándo te van las mujeres?

Oír eso la hizo blasfemar, e, incapaz de callar, siseó:

—Mira, Víctor..., ¡vete a la mierda! Mi sexualidad no es un tema que deba importarte a ti, ¿te queda claro?

Él asintió y ella añadió:

—Te he escuchado y quiero que sepas que te perdono. Eres pasado para mí. Ya eres un capítulo cerrado de mi vida. Superé tu pérdida y el dolor que lo que hiciste me causó. Ahora, por favor, vete, vive tu vida y déjame vivir la mía.

Víctor asintió al oírla. Se merecía aquellas palabras. Se merecía su desprecio. Lo que hizo no estuvo bien. Y, entendiendo que la palabra *futuro* ya no podría existir entre ellos, tomó aire y susurró:

—Entonces... adiós.

—Adiós, Víctor.

Tras decir eso, Belinda entró en su piso. Luego cerró la puerta y corrió al baño. Se estaba meando.

Estaba dolida. Destrozada. Lo ocurrido con Víctor había sido un error. ¿Por qué lo había besado? ¿Por qué se había dejado llevar por el momento?

La reacción de Adara era comprensible. Pero ¿realmente no quería volver a verla? ¿De verdad lo suyo había sido tan solo un rollito de verano?

Pensó en vestirse, en ir a su casa para hablar con ella. Pero Luna apareció de pronto en su mente. No era bueno que la pequeña presenciara un numerito como el que posiblemente montarían. Ella los había visto muchas veces con su madre y sus churris, y no quería que presenciara algo así. Por lo que, entendiendo que Adara tenía razón en aquello, al final decidió no ir. No podía hacerle eso a Luna.

Con los ojos cerrados y la desesperación por todo lo alto, Belinda quiso llorar. Necesitaba hacerlo. Pero, como siempre, las lágrimas no le salieron, mientras en su mente se preguntaba por qué era tan cabrito san Destino.

Capítulo 50

Gema y África estaban disfrutando con los chicos de un bonito día en la playa de El Sablón, cuando Bosco preguntó:

—¿En serio os vais a asociar para montar una editorial?

—Sí —afirmaron las dos amigas al unísono.

Bosco asintió. Sería genial que su madre hiciera eso.

—Conozco a varias *influencers* y *tiktokers* que escriben —comentó entonces Dunia—. Si queréis, os paso su contacto para que habléis con ellas y os presenten sus trabajos.

—¡Fenomenal! —afirmó África satisfecha.

Encantados con el nuevo proyecto de aquellas, durante un rato estuvieron hablando sobre el tema, hasta que Bosco terció:

—¿Quién se apunta a un bañito?

Damián y Dunia rápidamente se levantaron, pero Gema negó con la cabeza y África dijo:

—Me apunto al siguiente.

Acto seguido, los tres se marcharon al agua, y las chicas disfrutaban de la playa tumbadas en la arena cuando África preguntó:

—¿Eso qué es?

Al ver el lugar hacia donde esta señalaba, Gema indicó:

—Es la Punta del Guruñu. Y lo que ves a la izquierda es el paseo de San Pedro, un mirador desde el que te quedas boquiabierto al contemplar la vista de Llanes.

África asintió. Aquel paisaje era una maravilla. Y, mientras observaba a los chicos meterse en el agua, cuchicheó:

—Tienes unos hijos maravillosos. Y Damián, el novio de Bosco, es para comérselo.

Gema afirmó con la cabeza.

—Dunia y Bosco tienen una relación muy bonita, aunque, cuando se enfadan, es para echarse a temblar —dijo, lo que las hizo reír a ambas—. Sin embargo, se quieren y se respetan mucho —añadió—, y eso para mí es lo mejor.

—Y tanto...

—Fíjate lo unidos que están que decidieron irse juntos a Londres a estudiar para no separarse, con eso te lo digo todo.

África rio al oír eso y acto seguido Gema susurró mientras se tumbaba boca abajo:

—Por cierto, ¿qué crees que le habrá pasado a Belinda?

Su amiga se encogió de hombros. En el grupo de WhatsApp que tenían, Belinda había escrito que llegaría al día siguiente y que tenía algo que contarles.

—Ni idea —respondió—. Pero, conociéndola, puede ser ¡cualquier locura!

Ambas rieron y, de pronto, África se quedó sin palabras. A pocos pasos de ellas había visto a alguien que no esperaba... ¿Qué estaba haciendo David allí?

Al mirarla, él se llevó un dedo a los labios para pedirle silencio. Y ella, sorprendida, se levantó de repente y dijo deseosa de quitarse de en medio:

—Creo que voy a darme un chapuzón...

Gema asintió y, sin moverse, murmuró:

—Disfrútalo.

África se encaminó entonces hacia David y, una vez llegó junto a él, se volvió, comprobó que Gema siguiera tumbada boca abajo y cuchicheó:

—¿Qué haces aquí?

Mirándola por encima de sus gafas de sol negras, él le respondió sin necesidad de decir nada, y África musitó:

—Acabo de hacer la pregunta más tonta del siglo...

Ambos sonrieron y luego él comentó:

—¿Crees que me recibirá bien?

Ella suspiró. Sabía que Gema echaba mucho de menos a David, pero con aquella nunca se sabía. Miró hacia el agua, donde sus hijos se bañaban, y contestó:

—Creo que sí.

David sonrió. Se la estaba jugando mucho yendo allí.

—Lolo te manda recuerdos —indicó antes de proseguir su camino.

Oír eso hizo que África sonriera, y sin decir nada más, ella también se dirigió hacia el agua. Necesitaba un chapuzón.

Gema, que seguía tomando el sol boca abajo, fantaseaba con David. ¿Qué estaría haciendo? Con una sonrisa, se lo imaginó en la playa de la Malvarrosa, ocupándose de las motos de agua, y de pronto sintió que alguien se sentaba a su izquierda, e, imaginando que era África, preguntó:

—¿Está muy fría el agua?

Con el corazón latiéndole a mil, David sonrió y repuso:

—Más que la de la Malvarrosa, sí. Pero no es nada comparada con la de las playas de Rosarito, en Tijuana. Esa sí que está fría.

Gema abrió los ojos de golpe. Esa voz...

Al levantar la cabeza y encontrarse con aquel, al que no esperaba, murmuró:

—Pero... ¿qué estás haciendo tú aquí?

David sonrió al ver su desconcierto; sabía que pondría ese gesto. Se quitó las gafas de sol oscuras y respondió:

—Te echaba de menos.

A Gema le saltó el corazón al oírlo.

Llevaban tres días sin verse, sin hablarse. Sin saber nada el uno del otro. Tres días en los que David no había desaparecido de su mente. Y, mirándolo, preguntó:

—¿Campeón del mundo de surf?

David asintió. Ella ya se había enterado de quién era él.

—Te lo quise decir antes de marcharte, pero no me dejaste.

Gema asintió y, aún sorprendida de verlo allí, preguntó:

—¿Por qué me lo ocultaste?

Deseoso de abrazarla y de besarla, David se contuvo y, sin dudarlo, explicó:

—Cuando aquella noche me contaste que tu ex te quiso por tu dinero y no por ti, me sentí muy identificado, porque yo nunca sé si una mujer quiere estar conmigo por mí o por ser David Basart, campeón del mundo de surf. Y cuando vi que tú no me conocías..., simplemente me gustó. Por eso no deseaba que me etiquetaras en ninguna fotografía, ni salir en ellas, para evitar que supieras...

A Gema la conmovió oír eso. Estaba claro que siempre había entendido muchas cosas de ella, y, sonriendo, murmuró:

—Ni te imaginas la ilusión que me hace verte aquí.

Sí..., sí..., sí... Ese recibimiento era el que David deseaba y, sin dudarlo, la abrazó.

Durante unos segundos permanecieron abrazados en silencio.

—¿Puedo besarte? —preguntó él al cabo.

Gema sonrió. Con David, la caballerosidad y el respeto siempre iban por delante.

—Puedes. Claro que puedes —aseguró.

Entonces él la besó. Besó con deseo y amor a aquella mujer que lo había hecho ir tras ella. Y cuando el beso acabó él se mofó mirándola:

—Madre del Verbo Divino...

Eso hizo que ambos rieran, y Gema, nerviosa y asombrada, preguntó:

—Pero ¿cómo me has encontrado?

Feliz por el excelente recibimiento, David indicó:

—Hablé con Belinda antes de que se marchara de Valencia...

—¡La madre que la parió...!

—Y..., bueno —prosiguió él sonriendo—, me dio la dirección de la casa de tus padres. He ido allí y una señora encantadora, que imagino que es tu abuela, me ha dicho que estabas en esta playa con tus hijos y tu amiga África.

Gema parpadeó boquiabierta. ¿Que David había ido a casa de sus padres?

—Ah —añadió él—, tu abuela me ha dicho que te recordara que quería al bizcochito de vuelta...

Oír eso la hizo sonreír. Su abuela era la leche.

—Escucha, Gema... —continuó él entonces poniéndose serio—, sé que esto es una locura, y el que yo esté aquí lo certifica. Pero solo me han bastado quince días para saber que quiero conocerte, y tres para...

Ella lo besó. Lo deseaba. En ningún momento había imaginado que él iría a verla de ese modo tan sorpresivo.

—Entiendo que te dé miedo meterte en una relación cuando acabas de salir de otra muy tóxica y de un divorcio —prosiguió David al cabo—. Vale..., tengo veintisiete y tú treinta y siete. Pero, cielo, a veces san Destino te pone delante a personas especiales que son imposibles de ignorar. Y tú para mí eres ese alguien especial que me ha hecho ver lo bonita que puede ser la vida con la persona idónea al lado, y estoy dispuesto a hacer todo lo necesario para que lo nuestro funcione.

Bloqueada. Así estaba Gema, bloqueada. Que le dijera que era «alguien especial» y todas esas otras cosas tan bonitas era una nueva jugada sucia de san Destino, y murmuró:

—Pero, David, sabes que...

—¿Has pensado en mí? —la cortó él.

Gema afirmó con la cabeza y él insistió:

—¿Me has echado de menos?

Gema volvió a asentir.

—Si respondes que sí a ambas cosas —continuó él—, ¿por qué no darnos una oportunidad y ver qué pasa?

Acalorada, ella se dio aire con la mano y, viendo cómo él la miraba, susurró:

—Pero nuestras vidas no tienen nada que ver. Tú tienes planes para irte a Australia dentro de unos meses, y mi plan es comenzar a trabajar después del verano en Rhonda Rivera...

—Gema..., los planes se pueden cambiar. Puedo dar clases de surf en España. Si quisiera, me resultaría muy fácil, gracias a mi prestigio internacional...

Ella negó con la cabeza al oírlo. No, eso no era bueno.

—No quiero interferir en tus planes de vida —repuso con seguridad—. Sé lo que es ceder por amor para agradar a la otra persona, y, créeme, tarde o temprano, eso termina pasando factura.

David la entendía. Sabía que se refería a lo que había pasado con su ex.

—Si ambos queremos, podemos —cuchicheó—. Escúchame, cielo. Solo tenemos que hablarlo y ver qué es lo mejor para los dos.

Gema no contestó. Lo que le proponía era nuevo para ella. Con

Tomás nunca había hablado acerca de qué era mejor para ambos. Con Tomás simplemente acataba órdenes.

—Belinda me contó lo de tus padres —añadió David a continuación.

—¿Lo de mis padres?

Él asintió.

—Que se conocieron en unas fiestas, cuando sus parejas los habían dejado, y al cabo de tres meses se casaron.

Atónita porque su amiga le hubiera contado eso a David, ella fue a protestar, pero él continuó:

—Si ellos se dieron la oportunidad de conocerse tras lo que les ocurrió, ¿por qué nosotros no podemos?

Oír eso finalmente hizo reír a Gema. Desde luego David era tozudo e insistente. Lo miró y, a pesar de los miedos que de pronto le habían entrado, repuso:

—¿De verdad crees que esto puede salir bien?

Él afirmó con la cabeza.

—Lo creo —aseguró.

—¿Por qué?

Con mimo, David acarició el precioso óvalo de su rostro.

—Porque eres lo que quiero en mi vida —declaró.

Gema cerró los ojos. El continuo romanticismo del que disfrutaba con David no lo había conocido con su ex. Era imposible compararlos. Ambos eran totalmente opuestos en todos los sentidos. Mirando a aquel, que conseguía que volviera a creer en el amor, lo besó sin decir nada.

En aquel beso iba su respuesta. En aquel beso iban sus miedos y sus inseguridades. Pero en aquel beso iban también las ganas de seguir conociéndolo. Y cuando sus bocas se separaron y se miraron a los ojos, Gema iba a hablar cuando oyó:

—Mamáááááá...

Ella se volvió hacia la derecha y se encontró con sus hijos.

Bosco y Dunia los observaban sorprendidos, lo que inquietó a Gema. Durante unos segundos, los tres se miraron, hasta que ella, mirando a David, que estaba a su lado, asintió y, levantándose junto al hombre que le acababa de declarar su amor, dijo con absoluta seguridad:

—Bosco, Dunia, os presento a David. David, ellos son mis hijos.

Con una naturalidad que a Gema la sorprendió, se saludaron entre ellos con una sonrisa.

—¡Me mola tu camisa! —cuchicheó Dunia acto seguido.

David miró su camisa de colores, sonrió a su vez y contestó:

—Pues, cuando quieras, te la dejo.

Ese comentario los hizo reír a los cuatro. La buena predisposición de todos era evidente. En ese momento África se acercó con Damián y, tras nuevas presentaciones, todos comenzaron a charlar entre ellos.

Gema, azorada aún por lo sucedido, los escuchaba y África, entendiendo que su amiga necesitaba unos minutos para reponerse del encuentro y, sobre todo, para hablar con sus hijos, propuso dirigiéndose a David y a Damián:

—¿Qué tal si los tres nos vamos a dar un chapuzón?

David miró a Gema. Sin necesidad de hablar sabía lo que aquella necesitaba. Se quitó la camisa y las bermudas que llevaba, y corrió junto a aquellos dos hacia el agua.

Una vez que se quedaron a solas, Gema se disponía a hablar cuando Dunia murmuró:

—Madre mía, mamá..., ¡está buenísimo!

—Duniaaa...

Bosco, que miraba a David, como su hermana, comentó:

—Estoy con Dunia... ¿Qué has hecho para encontrar un pedazo de tío así?

—Ir a Valencia —afirmó Gema observándolo, igual que sus hijos.

Ajeno a lo que hablaban aquellos, David se divertía con África y Damián en el agua. Y Bosco, que sabía casi más de la vida de aquel que su madre, dijo con normalidad:

—Todos van a flipar cuando lo conozcan.

—Lo sé —afirmó Gema.

Divertida, acto seguido miró a sus hijos. La reacción que estaban teniendo hacia él sería la misma que tendría todo el mundo cuando lo conociera. Y preguntó:

—¿Os parece bien que tenga algo con David?

Ellos asintieron y luego Dunia cuchicheó:

—Mis amigas van a flipar cuando lo vean...

—Y las madres de tus amigas —matizó Bosco— ¡van a rabiar!

Eso hizo que los tres sonrieran, aunque a Gema eso la inquietó. Nunca le había gustado que la gente se fijara en su vida, pero sabía que tener a David a su lado cambiaría eso.

—Cuando lo vea la bisa, lo llamará «bizcochito» —bromeó Dunia.

Gema rio y, omitiendo que ya se lo había llamado, iba a hablar de nuevo cuando Bosco le preguntó:

—¿Por qué no nos habías dicho que iba a venir?

—Porque ni lo sabía ni lo habría imaginado jamás.

Eso hizo que sus hijos se miraran sorprendidos, y luego Bosco volvió a preguntar:

—Entonces ¿ha aparecido por sorpresa?

—Sí. Incluso ha ido a la casa de los yayos y la bisa le ha dicho que estábamos aquí.

De nuevo, los mellizos intercambiaron una mirada, y al cabo Dunia quiso saber:

—¿Te ha gustado la sorpresa?

Gema asintió. Mentirles era una tontería. Y, tras tomar aire, declaró:

—Sí, chicos. Me ha gustado mucho, porque David me gusta mucho.

—Normal que te guste..., ¡si me gusta incluso a mí! —cuchicheó Dunia mientras lo observaba nadar en el mar.

Los tres reían por aquello cuando Bosco preguntó:

—¿Crees que David puede ser ese alguien especial que esperabas encontrar?

Gema suspiró. Creer aquello era creer demasiado. Y, sin saber cómo progresaría todo, indicó:

—Eso ya se verá.

Acto seguido, los tres guardaron silencio, hasta que Bosco dijo mirando a su madre:

—Si te trata bien, te respeta y tú estás feliz, yo estoy feliz.

—¡Estoy con Bosco! —convino Dunia.

Oír eso para Gema fue como música celestial. Que a sus hijos les pareciera bien David y no pusieran ningún tipo de impedimento a su relación era lo mejor que le podía pasar. Y, dispuesta a vivir lo que san Destino le había preparado, dijo echando a correr hacia la orilla:

—¡El último paga el aperitivo!

Entre risas, los tres corrieron hacia el agua, donde disfrutaron de un excelente baño, y donde David, al ver a aquella acercarse a él, supo que tenía una oportunidad.

Capítulo 51

A pesar de que lo habían invitado a quedarse en la casa familiar como un amigo más de Gema, David se negó. Prefería hospedarse en el hotel donde había reservado habitación para darle un respiro a ella y preservar su intimidad. Sabía que con ella tenía que ir despacio, con pies de plomo, y por nada se la iba jugar.

Al conocerlo, los padres de Gema se llevaron una sorpresa. Aquel muchacho de aspecto jovial, que llevaba ropa como la de sus nietos y con aspecto de guiri no tenía nada que ver con el tipo de hombre que algún día imaginaron para su hija. Pero, respetando una vez más lo que ella quería, lo aceptaron con gusto, como lo aceptó la abuela, que no podía parar de agasajarlo.

¿De dónde habría sacado su nieta a semejante bizcochito?

A la mañana siguiente, sobre las once, Belinda llegó con su vehículo con *Jamón* y *Queso*, y, como era de esperar, fueron recibidos con cariño por todos. Tras comprobar que *Gamora* y los perretes recién llegados jugaban en el jardín trasero de la casa, Belinda fue junto a sus amigas a la habitación que le habían asignado para sacar la ropa de su maleta y colgarla en el armario.

Según entraron en la habitación, Gema le dio un azote en el trasero.

—¿Cómo se te ocurre darle la dirección de esta casa a David? —siseó.

Su amiga, al oírla, la miró sorprendida.

—¡No me digas que ha venido...!

África y Gema asintieron y Belinda, cambiando el gesto, murmuró:

—Ay, Dios mío, lo siento. ¡Soy una bocazas! Me dejé llevar por el momento y...

Gema sonrió y, acto seguido, la abrazó.

—Te lo agradeceré eternamente —dijo.

Belinda parpadeó boquiabierta y África, al ver que se separaban, matizó:

—Pero... la próxima vez que vayas a hacer algo así, consulta primero, ¿vale?

Belinda afirmó convencida y se sentó en la cama.

—Lo prometo —aseguró.

Todas sonrieron y África comentó emocionada:

—Seguimos hablando de la editorial.

—¿Seguís pensando en asociaros? —quiso saber Belinda.

Sus amigas asintieron. Y, sin contarle que querían que colaborase con ellas, Gema indicó:

—Trabajaré en Rhonda Rivera y seré socia de África en nuestra empresa. Y cuando la editorial despegue, quizá me plantee trabajar solo en ella.

Las tres sonrieron por aquello y Belinda, deseosa de saber qué había pasado con David, exigió mirando a Gema:

—Bueno, cuéntameeeeeee... ¿Qué tal te fue con Bon Jovi?

Ayudada por África, Gema se lo contó.

Según Belinda iba sabiendo cosas de David, abría los ojos cada vez más sorprendida. ¿Un campeón internacional de surf? Y, sentándose en la cama, bromeó:

—¿Por qué no me fijé yo en él, sino que tuviste que hacerlo tú?

—San Destino —se mofó Gema.

Y, cuando el tema David acabó, esta última preguntó:

—¿Pasaste por la residencia a ver a tu madre?

Belinda dijo que sí con la cabeza y, cuando aquella iba a volver a preguntar, declaró:

—Tengo que contaros algo.

Sus amigas asintieron y luego Belinda dijo:

—Lo que había entre Adara y yo ya se acabó.

Las chicas se miraron y, al cabo, África murmuró:

—Pero si estabais muy bien...

—Lo estábamos...

—¿Y qué ha pasado? —quiso saber Gema.

Belinda tomó aire y acto seguido soltó mirándolas:

—Que me pilló besándome con Víctor y sacó conclusiones erróneas.

Gema parpadeó. África también. Y la primera preguntó:

—¿Que te besaste con la Rata...?

—Sí.

—¿Por qué? —inquirió África.

Belinda suspiró. Ella se lo había preguntado mil veces desde que sucedió, y con sinceridad dijo:

—No lo sé. No sé qué pasó... Solo sé que nos besamos a modo de despedida. No hay otra razón.

—Belinda... —protestó Gema.

Ella afirmó con la cabeza. Las entendía perfectamente. Y, enseñándoles el teléfono, agregó:

—Luego lo borré de mi lista de contactos.

Ellas asintieron y, antes de que continuaran preguntando, Belinda les contó paso por paso lo ocurrido.

—Y..., bueno, eso es lo que hay —dijo al cabo.

—¿Y por qué no fuiste a su casa? ¿Por qué no hablaste con ella?

Dolida, Belinda se levantó de la cama, fue hacia la ventana y, mientras veía a sus perros correr por el jardín con *Gamora*, respondió:

—Porque me dijo que, si respetaba a Luna, no volviera a acercarme a ellas.

África y Gema se miraron sin comprender. Acto seguido, Belinda, tras tomar aire, se volvió de nuevo hacia ellas y, para que entendieran que no quería seguir hablando del asunto, sentenció:

—Por tanto, tema zanjado. No quiero dramas. No quiero penas. Lo que fue fue y no salió bien. Perooooo... estoy aquí con vosotras. Quiero pasármelo bien. Y mi pregunta es: ¿qué planes tenemos para hoy?

Capítulo 52

Los siguientes días fueron indescriptibles para Gema.

Tener a David allí, junto a ella, su familia y sus amigas, era como un sueño, y más viendo lo bien que se llevaban todos con él y la complicidad que había entre ellos, cosa que nunca sucedió con Tomás.

Con su simpatía y su manera de ser, David se había ganado a sus padres. Se notaba que era una persona que sabía de la importancia de la familia, y eso los enamoró a todos.

A diferencia de Tomás, cada vez que proponían una excursión, David incluía en el pack a los padres y a la abuela. ¿Cómo no los iban a acompañar? Y, como era de esperar, eso a ellos los sorprendió gratamente. Tomás nunca contó con ellos para nada, a excepción de para llenarse los bolsillos con el dinero de su hija.

Bosco y Dunia también se lo pusieron fácil. David les gustaba, les había caído bien. Y, con tan solo ver el respeto con que trataba a su madre y la fuerza que le daba, les hizo entender que era un tipo que merecía la pena. Aunque cuando caminaran con él por la calle, todos, y en especial las mujeres, lo miraran.

Ricardo, requerido por sus padres, subió unos días a Llanes con Mónica, su mujer. María y Jesús deseaban que su hijo conociera al amigo de Gema. Necesitaban su opinión. Y, como era de esperar, la opinión de Ricardo fue la misma que la suya. Aquel tipo era maravilloso.

Durante varios días visitaron lugares como Cangas de Onís, donde disfrutaron de su increíble puente romano y la capilla de Santa Cruz; Cabrales, desde cuyo mirador, la Majada de Tebrandi, admiraron las inmejorables vistas de los Picos de Europa; Covadonga, donde visitaron la estatua de Pelayo, al lado del santuario; Buelna y su preciosa playa, las playas de Torimbia, en Niembro, Palombina, en Celorio, y Ribadesella.

María, Jesús y la abuela, felices con aquellas excursiones, se encargaron de que su familia y amigos comieran como era habitual en Asturias. Platos como la fabada, el pote asturiano, el cachopo, el chorizo a la sidra y el pastel de cabracho fueron los que degustaron aquellos días, todo ello acompañado con unos culines de sidra, una bebida que nunca faltaba.

—Nosotros nos vamos —dijo Bosco una noche después de cenar.

Todos miraron a Damián, Dunia y Bosco. Los muchachos se marchaban como cada día con sus amigos. Gema, levantándose para besarlos a los tres, preguntó:

—¿Lleváis las llaves?

Ellos asintieron y Jesús, mirando a sus nietos, terció:

—Pasadlo bien, pero con cabeza, ¿entendido?

—Sí, yayo —contestaron aquellos riendo, y acto seguido se marcharon.

Los que quedaron alrededor de la mesa hablaban y contaban cosas que hacían reír a David, al conocer ciertos detalles de Gema y su infancia. Ella, horrorizada, se tiraba sobre su hermano mientras aquel lo explicaba divertido y todos se carcajeaban.

Belinda los escuchaba feliz. Le encantaba estar allí con sus amigas y la familia de Gema, pero eso le hacía ver, una vez más, lo sola que estaba en la vida. Nadie contaría cosas de su infancia. Nadie bromearía con anécdotas de cuando ella era pequeña. Sus recuerdos eran solo los que ella tenía, los de nadie más.

África, por su parte, disfrutaba como todos mientras observaba a los padres de Gema y pensaba cuánto le habría gustado que los suyos fueran como aquellos. Estaba claro que María y Jesús respetaban y querían a sus hijos por encima de todas las cosas, algo que los suyos nunca le habían demostrado.

También se interesaron por la vida de David y su trabajo, y este, gustoso, les habló de sus competiciones, de sus viajes, de las olas, del surf y, por supuesto, también de sus padres y su hermana, y de cómo ellos habían entendido que el mar y las tablas de surf eran lo que a su hijo lo hacía feliz, y lo apoyaron dejándolo volar.

Esa noche, la reunión familiar se acabó a la una de la madrugada. Luego cada uno se retiró a su habitación y, cuando Gema y David salieron para que este cogiera su moto y se fuera al hotel, él dijo abrazándola:

—Tienes una familia maravillosa.

—Lo sé —declaró ella con orgullo.

Semiocultos por la oscuridad de la noche, David la besó. Besar a aquella mujer se había convertido en una adicción para él, y, cuando sus bocas se separaron, comentó:

—Dentro de un par de días como mucho he de regresar a Valencia. Mi hermana se ha quedado sola a cargo de los puestos de actividades acuáticas y me ha escrito para decirme que está algo sobrepasada.

Gema sonrió. Aunque la jorobara, podía entenderlo.

—Estáis todavía en temporada alta. Es normal —murmuró.

David asintió y luego la miró fijamente.

—Tenemos que hablar —dijo.

Gema resopló al oír eso.

—Qué miedo da siempre esa frase...

David sonrió y, cogiéndola de la mano, la llevó hasta un banquito de piedra que estaba adosado a la casa. Una vez que se sentaron, volvió a mirarla y empezó a decir:

—Sé que comenzarás a trabajar en septiembre, ¿verdad?

—Sí. El 4 de septiembre concretamente.

David afirmó con la cabeza. Lo que tenía que decirle lo había pensado muy bien, y continuó:

—Entre septiembre y octubre es cuando tengo que viajar a Australia para ver ese trabajo que te comenté. Pero también tengo otras muy buenas ofertas en España de distintos clubes para impartir clases de surf...

Al oírlo, Gema asintió, y él añadió:

—Si tú me dices que sí, yo...

Gema le puso una mano en la boca y, mirándolo, susurró:

—Yo no voy a decirte lo que tienes que hacer, David. Eso lo has de elegir tú. No quiero ser quien corte las alas que tus padres te dieron. Lo que decidas has de decidirlo solo por ti.

Él entendía sus palabras, y musitó:

—Lo sé, cielo. Lo sé. Pero quiero hablarlo contigo. Entiendo que tu trabajo está en Madrid y que...

—También querías ir a Bali a hacer surf con tu amigo Kanata —lo cortó ella—. ¿Acaso lo has olvidado?

David sonrió. Le encantaba que Gema tuviera tan buena memoria.

—Lo de Bali sería para el año que viene —repuso—. Podrías venir conmigo... A Kanata le gustará conocerte.

Gema sonrió. Le gustaba que contara con ella para ese viaje, y, mirándolo, cuchicheó:

—Por temas laborales, entre los que incluyo el proyecto que tengo con África, dudo que me sea posible ir.

David estaba al corriente de ello, y cuando iba a hablar, los faros de un coche les dieron en la cara. Ambos se volvieron para mirar y, en cuanto Gema vio que se trataba de la Guardia Civil, se levantó como un resorte.

¿Adónde se dirigían?

De pronto, el cuerpo se le encogió al ver que se acercaban a la casa. Su instinto de madre le hizo saber que algo no iba bien. Y, cuando el coche se detuvo junto al de su hermano Ricardo y de él se bajaron dos agentes que conocía, preguntó con un hilo de voz:

—¿Qué ocurre, Antonino?

El guardia civil negó con la cabeza. Las noticias que traían no eran buenas. Y, viendo a la joven junto a un hombre que no conocía, musitó:

—Lo siento, Gema. Tus hijos han tenido un accidente de tráfico.

Según oyó eso, a Gema se le cayó el mundo encima.

Capítulo 53

Caos. Pavor. Angustia. Descontrol. Malestar.

Eso sentía Gema mientras iba en el coche con sus padres, su abuela y David hacia el hospital. Sus hijos habían tenido un accidente de tráfico. No sabía cómo estaban, solo que los habían llevado allí.

Al llegar a las inmediaciones, y antes de que David parara el vehículo, pues Jesús estaba muy nervioso para conducir, Gema abrió la puerta y salió corriendo hacia Urgencias. Belinda y África, que iban en otro coche con Ricardo y su mujer, rápidamente le pidieron a este que detuviera el vehículo y, sin esperar un segundo, se apearon y salieron corriendo tras ella.

Nada más entrar en Urgencias, Gema se apresuró hacia el mostrador y dijo con voz temblorosa:

—Mis..., mis hijos están aquí. Han tenido un accidente y...

La recepcionista, al ver el gesto de espanto de aquella, asintió y, tocándole la mano para que se tranquilizara, pidió:

—Cálmese, por favor. ¿Cómo se llaman sus hijos?

Gema tragó el nudo de emociones que se le había instalado en la garganta e, intentando no llorar, la informó tanto del nombre y apellidos de sus hijos como de los de Damián, que iba con ellos.

La recepcionista sabía de quiénes se trataba. Y, mirándola, indicó:

—Los están atendiendo en estos instantes. Espere en la salita y...

—¡No! —gritó—. No quiero esperar en la salita, ¡quiero ver a mis hijos!

—Señora, lo sé. Pero...

—Por favor..., por favorrrr —insistió ella fuera de sí.

En ese momento entraron África y Belinda y, al ver a Gema gritar totalmente descontrolada, se acercaron a ella y la primera, haciendo que la mirara, dijo con voz neutra:

—Escúchame...

Pero ella no escuchaba, solo quería ver a sus hijos; entonces sus padres, su abuela y su hermano, junto a David, entraron y Gema exigió:

—Necesito saber qué les ha pasado...

En ese instante se abrió una puerta situada al fondo. Por ella salió una mujer con bata blanca que, tras mirar a la recepcionista y después de que esta asintiera, preguntó dirigiéndose a ellos:

—¿Son los familiares de Bosco, Dunia y Damián?

Gema y los demás dijeron que sí. Acto seguido la mujer miró unos papeles y explicó:

—Soy la doctora Benavent, la persona que ha atendido a sus hijos, y lo primero de todo les pido tranquilidad, porque los tres están bien.

Eso era todo lo que Gema necesitaba saber. Se refugió en los brazos de María, su madre, y escuchó la explicación de la doctora.

—A Bosco y a Damián les están dando unos puntos en la frente, la nuca y el cuello, donde tienen varios cortes causados por la rotura de los cristales del vehículo. Tienen también algunas contusiones a causa del choque, pero, por lo demás, en cuanto mis compañeros terminen de atenderlos y les prescribamos la medicación, serán dados de alta.

Todos asintieron y la doctora continuó:

—En el caso de Dunia, tiene una fractura conminuta en el brazo izquierdo.

—¿Qué es eso? —quiso saber un asustado Jesús.

—Uno de los huesos del brazo se ha fracturado en varios pedazos y necesitará cirugía. En unas horas, en cuanto llegue el doctor Suárez, que es nuestro cirujano ortopédico, procederemos a operarla. Ella ya ha dado su consentimiento.

En ese momento, a la médica le sonó el busca y añadió después de mirarlos:

—Y ahora, por favor, esperen en la salita a que Bosco y Damián salgan.

—¿Cuándo podré ver a mi hija? —preguntó Gema.

La doctora se disponía a responder que en cuanto la trasladaran a planta, pero, al ver su gesto de angustia, dijo compadeciéndose:

—Cinco minutos. Pero solo usted.

Los demás estuvieron de acuerdo. Entendían perfectamente que solo fuera Gema. Tras recibir un beso de su madre y una mirada alentadora de David, siguió a la doctora.

Una vez que entraron en Urgencias, la médica tomó un pasillo a la derecha y dijo mirando a Gema:

—Ahora la encontrará adormilada por los sedantes para evitarle el dolor, pero, tranquila, está bien.

Ella asintió. Quería pensar que así era, y entonces, tras abrir una cortina de un box, la vio. Dunia estaba postrada en una camilla, con varios sueros puestos; después de tomar aire, para no llorar, pues no era el momento, se acercó y murmuró cogiéndole la mano:

—Hola, cariño.

Al oírla, Dunia abrió los ojos con esfuerzo y, lloriqueando, preguntó:

—Mamá..., ¿dónde está Bosco?

La inquietud que su hija sentía por su hermano le tocó el corazón a Gema, y, besándole la frente con mimo, musitó:

—Está bien, cariño..., Bosco está bien.

—¿Seguro, mamá?

—Sí, Dunia. Te lo prometo.

—¿Y Damián?

—También está bien.

La joven hizo un gesto de dolor e insistió cuando recordó haber visto a su hermano y a Damián con sangre en el rostro:

—No me engañas, ¿verdad, mamá?

—No, cariño. No te engaño. Tanto Bosco como Damián tienen golpes y algunos cortes, pero por lo demás están bien.

—¿Los has visto?

Gema resopló; se moría por verlos, como se moría por estar con su hija. Consciente de que ahora Dunia solo necesitaba oír cosas positivas, mintió:

—Claro, cariño. Ahora están con los yayos y el resto de la familia. Y si no han entrado a verte es porque no los han dejado. Solo podía entrar una persona unos minutos y nadie iba a evitar que fuera yo o les rebanaba el pescuezo.

Dunia sonrió al oír eso.

—Me tienen que operar el brazo —susurró.

Gema asintió.

—Me han preguntado si quiero operarme aquí y he dicho que sí —añadió su hija—. Mi amiga Ximena trabaja aquí. Ha venido a verme, me ha dicho que el cirujano ortopédico es muy bueno y...

—Bien decidido, cariño. Has hecho bien.

De nuevo, Gema asintió. Respetaba la decisión de su hija.

—¿Vas a llamar a papá? —preguntó entonces Dunia.

¡¿A Tomás?! Lo cierto era que Gema no había pensado en él y, mirando a su pequeña, preguntó:

—¿Tú quieres que lo llame?

Dunia dijo que sí con los ojos semicerrados, y ella murmuró con una sonrisa:

—Te prometo que lo llamaré en cuanto salga.

En ese instante, la doctora se acercó a ellas.

—Debe salir —indicó dirigiéndose a Gema—. Su hija necesita descansar. Una vez que la operemos y esté ya en planta, podrá quedarse con ella todo el tiempo que quiera.

Gema se mostró conforme. Si fuera por ella de allí no la movía nadie, pero, comprendiendo que debía hacer lo que aquella le decía, le dio un beso a Dunia, que de nuevo dormitaba, y susurró:

—Dentro de un rato te veo, mi amor.

Una vez salió del box, se dirigía hacia la puerta cuando vio que llevaba uno de los cordones de las zapatillas suelto y rápidamente se agachó para atárselo. Estaba en ello cuando de pronto oyó:

—Sí..., sí..., el guaperas de la camisa rosa que está fuera está liado con la madre de los chiquillos del accidente de tráfico.

Gema prestó atención al oír eso.

—Es un surfista profesional, por lo que me ha dicho Ximena —dijo entonces otra voz.

—Pero ¿cuántos años le lleva ella?

—Ni idea, pero ¡anda que no es lista la mamaíta!

Unas risas siguieron al comentario y Gema, levantándose, prosiguió su camino molesta. ¿Por qué los criticaban?

Iba pensando en ello cuando vio a Bosco sentado en una silla. Sin dudarlo, se dirigió hacia allí rápidamente y él, que llevaba varios puntos en la frente, inquirió nada más verla:

—¿Cómo está Dunia?

Gema lo abrazó con amor y cerró los ojos. Sus hijos se amaban. Se adoraban. Entonces abrió los ojos, miró a un asustado Bosco y contestó:

—Está bien, aunque tienen que operarla.

Al oír eso, el muchacho rompió a llorar desconsolado y Gema, entendiendo su dolor, insistió:

—Es de un brazo, mi amor. No es nada malo. Te lo prometo.

—¿Seguro, mamá?

—Cariño, ya eres un adulto, no tengo por qué mentirte. Confía en mí, por favor.

Bosco asintió con los ojos llorosos y luego su madre preguntó:

—¿Cómo estás tú, mi vida?

—Dolorido, pero bien —dijo, y, llevándose la mano a la frente, comenzó de nuevo a llorar.

Gema se apresuró a abrazarlo otra vez. Su hijo necesitaba consuelo, amor, cariño, y ella tenía a raudales para darle, mientras este decía asustado:

—Íbamos hablando... Yo conducía. Pero un coche se ha saltado un *stop* y no he podido esquivarlo.

—Cariño..., no ha sido culpa tuya.

—Debería haberlo esquivado por ellos —insistió Bosco entre lloros.

Gema lo consoló. Su hijo se sentía culpable por no haber podido evitarles el mal a su hermana y a Damián. En ese mismo instante, este último apareció frente a ellos y ella, al verlo, lo abrazó. El sentido abrazo que recibió de Damián le indicó que estaba bien. Y, al ver cómo su hijo y aquel se miraban, supo que tenía que darles su momento de intimidad e indicó:

—Os espero en la salita con la familia.

Tras echar a andar, Gema se paró y miró hacia atrás. Su hijo y Damián estaban abrazados, llorando. Sin duda se necesitaban, y la mejor cura para ellos en ese momento eran sus mimos y su amor.

Cuando Gema salió del box de Urgencias ante la mirada de todos, se dirigió hacia la señorita de recepción y le pidió disculpas. No tenía por qué haberle hablado así.

Capítulo 54

A las nueve de la mañana, todos seguían allí. Nadie se había marchado, y Bosco y Damián ya estaban con ellos. Belinda, de los nervios, iba y venía al baño, como siempre, lo que ocasionó risa en todos, empezando por ella.

Gema se movía de un lado para otro con impaciencia. En cualquier momento los avisarían de que se llevaban a Dunia al quirófano.

—Voy a la cafetería con mamá y la abuela —dijo entonces su padre, acercándosele—. ¿Quieres algo?

Gema negó con la cabeza. No le entraba nada en el cuerpo. Y, mirándolos, preguntó:

—Pero ¿por qué no os vais a casa a descansar?

Jesús negó con la cabeza.

—Porque hasta que mi nieta salga del quirófano y yo vea que mi hija se tranquiliza ninguno podremos descansar.

Conmovida por aquello, Gema le dio un abrazo.

—Venga. Id a la cafetería y desayunad —dijo.

Los tres se marcharon entonces junto a Belinda y África, y David, acercándose a Gema, preguntó:

—¿No quieres un café, un zumo...?

—No me entra nada, David.

Se miraron unos segundos en silencio, hasta que este, para hacerla sonreír, señaló:

—¿Sabes que no dormir y estar preocupada te hace estar muy guapa?

Ella sonrió al oírlo y, mirándola, David le dio un beso en los labios.

—Tu hermano me ha dicho que quiere que le enseñe a hacer surf. ¿Qué te parece? —comentó.

—Un reto —se mofó ella.

Se miraron divertidos hasta que Ricardo llamó a David y este, tras darle un rápido beso a Gema en los labios, fue hacia él.

Con el rabillo del ojo, Gema se fijó en que algunas de las enfermeras la miraban. Sabía que hablaban de ella y de David, pero ¿qué les importaba eso a ellas?

Tratando de olvidarlo, miró a su hermano, que ojeaba algo en su móvil, y sonrió. Con lo torpe que era Ricardo, que ni siquiera sabía montar en bicicleta, dudaba que consiguiera mantenerse sobre una tabla de surf...

En ese momento, la puerta de Urgencias se abrió y entró Tomás.

Horas antes, tal como le había prometido a su hija, Gema lo había llamado. Y ahí estaba ahora. Había conducido desde Madrid hasta allí y su gesto era entre descompuesto y asustado.

Nada más verlo, Gema miró a David, que bromeaba con su hermano, y Tomás, acercándose a ella, preguntó:

—¿Dónde está mi hija? ¿Cómo está?

Ella tomó aire. Su tono no deparaba nada bueno.

—En breve la subiran a quirófano —informó—. Está bien, dentro de lo que cabe.

Tomás miró a Bosco, que estaba abrazado a Damián. No se acercó a él ni le preguntó nada, sino que simplemente, levantando la voz, declaró:

—Quiero llevarme a mi hija de aquí.

Eso hizo que todos lo miraran y, acto seguido, Gema indicó:

—Escucha, Tomás, Dunia ha dicho que...

Nervioso, él acercó entonces su rostro al de ella para intimidarla y soltó:

—Para que te enteres, tontita..., he dicho que quiero llevarme a mi hija a un hospital de Madrid. ¿Te queda claro?

Oír y ver eso hizo que David se encaminara hacia ellos. Pero ¿de qué iba ese tío? Y Bosco, metiéndose entre su madre y aquel, siseó:

—Vuelve a llamar «tontita» a mi madre y te juro que te tragas los dientes.

Tomás lo miró. En el tiempo que llevaba sin verlo, ya no solo llevaba el pelo rubio, sino que ahora también lucía mechas de colores.

—Soy tu padre, payaso —replicó entonces—, tenme un respeto.

Eso terminó de caldear el ambiente. Belinda llamó «gilipollas» a Tomás, a lo que este le respondió de muy malas maneras, y Gema, con la tensión que llevaba encima, le dio un empujón a su ex y exclamó:

—¡Aquí el único payaso que hay eres tú!

Tomás, al oírla, se disponía a replicar, pero Gema añadió:

—Si quieres respeto, empieza respetando tú.

Él sonrió irónico y, acercándose a ella, iba a hablar cuando David, metiéndose en medio, terció:

—Eh..., eh..., machote... ¿Adónde vas?

Al oír eso, Tomás lo miró. Y, sabiendo quién era aquel, porque su hija Dunia se lo había dicho días antes, lo miró con desprecio y se mofó:

—¿Tú eres el rollito de Gema?

David no contestó y, acto seguido, Tomás, mirando a la que había sido su mujer, escupió:

—Vergüenza debería darte lo que estás haciendo.

—Pero ¿de qué vas? —murmuró ella.

—No, Gemita..., ¿de qué vas tú, avergonzando a tus hijos al liarte con un crío?

Bloqueada, ella tomó aire y Bosco, al ver la maldad en su padre, siseó:

—Aléjate de mamá y de David.

—Bosco —lo cortó Gema.

David, entendiendo el nerviosismo existente, y que aquel imbécil solo quería provocarlos, dijo entonces mirando al muchacho:

—No entres en su juego —y, dirigiéndose a Gema, insistió—: Tú tampoco. Pasa de él.

Ella asintió. Sabía que aquel tenía razón. Que tenía la madurez que a su ex siempre le había faltado. Entonces Ricardo intervino mirando a su hermana y a su sobrino:

—Bosco, Gema y Damián, id a sentaros allí. David, ve tú también. —Y, hablándole al que había sido su cuñado, indicó con cierta tensión en el rostro—: Estamos todos muy nerviosos. Tranquilicémonos. ¿Te parece bien?

Tomás se dio la vuelta con gesto de superioridad.

—Está nervioso. Por eso actúa así —murmuró Gema.

David, al oírla, torció el cuello, y Bosco musitó molesto:

—Mamá, no lo disculpes como siempre.

—Bosco, ¿qué dices?

El muchacho, molesto al ver a aquel allí, insistió:

—Te has pasado la vida disculpándolo..., ¡para ya! Actúa así porque es un cabrón egoísta que solo piensa en él. Los demás también estamos nerviosos y nos comportamos.

Al oír eso, Gema iba a hablar, pero Tomás, dando un manotazo en el mostrador de recepción, exclamó:

—¿Dónde está el medico de mi hija? ¡Exijo hablar con él!

Gema suspiró. Aquel y su terrible manera de ser... En silencio, y acompañada por David y su hijo, observó al que había sido su marido durante muchos años. Aquel hombre exigente, brusco, incómodo y desagradable al que, como decía Bosco, ella había intentado disculpar siempre delante de todos, era un indeseable. ¿Cómo podía haber sido tan tonta? ¿Cómo no se había dado cuenta antes de cómo era él?

Estaba pensando en ello cuando apareció la doctora de Dunia y, tras indicarle en la recepción quién la buscaba, se acercó a Tomás.

—Señor Martínez —dijo—. Soy la doctora Benavent. ¿Quería usted verme?

Tomás, al verla, parpadeó y, con una media sonrisa, exigió:

—Quiero ver a su superior.

La doctora lo miró sin inmutarse. Frente a ella tenía al típico machito que aún se creía que vivían en la época del patriarcado, y preguntó:

—¿No ha dicho que quería ver al médico de su hija Dunia?

Aquel asintió y esta dijo:

—Pues su médico soy yo. ¿Qué desea, señor Martínez?

Tomás, al oír eso, y al ser consciente de cómo lo miraba la gente que había en la sala, dijo estirándose:

—No estoy de acuerdo en que a mi hija la operen aquí.

—¿Y...?

—Que exijo que no se lleve a cabo la operación porque me la voy a llevar a un hospital mejor de Madrid.

La doctora miró a Gema. Esta sonrió con tristeza al entender lo que aquella podía pensar, cuando la médica le respondió:

—Su hija accedió a la cirugía.

—Mi hija puede decir misa. Aquí su padre soy yo y...

—Señor Martínez —lo cortó ella—. Su hija, la señorita Dunia Martínez Fernández, es mayor de edad para decidir cuándo, cómo y dónde se opera. Y, en plenas facultades, ha firmado la autorización. ¿Qué problema tiene usted?

Durante unos minutos, Tomás y la doctora intercambiaron más que palabras, pero, sin darse por vencida, ella no se achantó. Defendió los intereses de Dunia y finalmente Tomás siseó:

—Como a mi hija le pase algo, se las verán conmigo.

La doctora asintió. Estaba acostumbrada a ese tipo de reacciones con ciertos personajes como aquel, y, mirándolo, preguntó:

—¿Algo más, señor Martínez?

Sintiéndose el centro de todas las miradas, Tomás negó con la cabeza y, acto seguido, la doctora dijo:

—Entonces me retiro. He de atender a mis pacientes.

Diez minutos después los avisaron de que a Dunia la subían a quirófano y, a partir de ese momento, Tomás, con sus miradas y sus desacertadas palabras, les hizo la vida imposible a todos. En especial a David.

Capítulo 55

La operación salió bien.

El cirujano que intervino a Dunia les explicó lo que habían hecho y el tratamiento que ahora debía seguir la muchacha. Y, cuando él se marchó, Tomás se acercó a su hija, que estaba postrada en la cama, y dijo mirándola:

—¿Te encuentras bien?

Dunia, a la que le gustó ver a su padre y a su madre en la misma habitación, asintió y, mirando a esta última, preguntó a su vez:

—¿Dónde está Bosco?

Gema sonrió y, abriendo la puerta, miró al pasillo, donde todos esperaban para entrar a ver a Dunia y, tras una seña, aquel entró.

Los mellizos comenzaron a llorar nada más verse. Acto seguido, Bosco se acercó a su hermana y dijo:

—Como siempre, a ti te tiene que pasar algo más gordo para llamar la atención.

Ambos rieron por aquello. Gema también, pero Tomás siseó:

—No sé qué gracia tiene eso que has dicho...

Gema lo miró. Bosco no lo hizo, y Dunia replicó:

—Papá, no empecemos, por favor.

Tomás resopló; entonces Bosco fue a acercarse más a Dunia para besarla y su padre, impidiéndoselo, soltó:

—Ten cuidado. ¿No crees que ya le has hecho bastante daño?

Oír eso hizo que Bosco lo mirara. Gema, entendiendo sus terribles palabras, se disponía a protestar, pero fue Dunia la que dijo:

—Papá, ¡vale!

Gema le cogió entonces la mano a su hijo; quería que supiera que ella estaba con él. De pronto la puerta de la habitación se abrió y entraron unas enfermeras.

—¿Pueden salir todos un momento, por favor? —pidieron.

Sin dudarlo, ellos obedecieron y, cuando toda la familia estuvo en el pasillo, la abuela Felicidad miró a aquel tipo al que nunca había soportado y pidió:

—En cuanto haya visto a Dunia, me lleváis a casa o aquí ingresarán a alguien más.

Jesús y María asintieron. Estar con Tomás era incómodo. Por respeto a su hija, todos llevaban horas mordiéndose la lengua. De pronto aquel se fijó en que el de la camisa rosa abrazaba con mimo a Gema. ¡Aquello era intolerable!

Gema y David hablaban, mientras este último intentaba calmarla. Desde que había llegado, Tomás no había parado de increparlos a todos, en especial a David. Y, de pronto, plantándose ante ellos, soltó:

—¿Tenéis que estar montando el numerito aquí? ¿Acaso no veis cómo os mira todo el mundo?

Oír eso hizo que Gema se retirara inconscientemente de David. Ella misma había oído los comentarios de algunas personas, y Tomás, que sabía cómo podía tomarse ella las cosas, inquirió:

—¿Acaso ahora eres una asaltacunas? ¿Tan desesperada estás?

David miró a Gema a la espera de que ella dijera algo. Pero no. Ella calló. Y la abuela Felicidad, entendiendo la mirada de David, miró a Tomás e intervino:

—A mi nieta le van los hombres. No los machistas vividores de mierda como tú. Y o te callas, o juro que te voy a soltar por mi boquita todo lo que llevo callando mucho tiempo, y no te va a gustar.

—¡Abuela! —murmuró Gema.

—¡Mamá, tranquilízate! —susurró María.

—¡Ya está bien, hombre! —gruñó Felicidad—. Ya está bien de aguantar lo inaguantable.

Belinda y Gema sonrieron al oír eso. Desde luego, la abuela no se andaba con chiquitas. Y Tomás, pensando si responderle o no, dio media vuelta y se marchó.

Una vez que aquel desapareció de la vista de todos, Felicidad miró a David e indicó:

—Si se dirige a ti, ¡mándalo a la mierda!

Él sonrió. Aquella mujer era la bomba.

—Que ese machirulo no te reste ni un poquito de seguridad —añadió entonces Felicidad hablándole a su nieta—. ¿Entendido, Gema?

La aludida asintió, justo en el momento en el que la puerta de la habitación de Dunia se abría.

—Pasemos a ver a la niña para poder marcharnos antes de que regrese ese indeseable —dijo Jesús.

Una vez que ellos, junto a Ricardo y Mónica, entraron a ver a Dunia, Bosco se dirigió a su madre.

—¿Por qué tuviste que llamarlo? —preguntó.

—Porque Dunia me lo pidió.

—Pero, mamá...

—Bosco, tu hermana me dijo que lo llamara... ¿Cómo no iba a hacerlo?

El muchacho maldijo. Su padre solo traía mal. Y, mirando a David, dijo:

—Pasa de él. Solo va a hacer daño cuando las cosas no son como él desea.

El aludido asintió. Y, con una tranquilidad que les hacía saber a todos que Tomás no le importaba, declaró:

—No te preocupes. Los tipos como él no me impresionan.

Todos sonrieron al oírlo y Gema, dirigiéndose entonces a sus amigas, indicó:

—Marchaos ahora para casa con mis padres y descansad. Yo me quedaré en el hospital con Dunia.

—Tú también tienes que descansar —puntualizó David preocupado por ella.

Gema cabeceó y, cuando él fue a darle la mano, ella lo esquivó. Desde que Tomás había aparecido, ya había repetido ese simple gesto en varias ocasiones, e, incapaz de callar un segundo más, David preguntó:

—¿Qué ocurre?

Consciente de lo que había hecho, ella respondió omitiendo lo que pensaba:

—Nada. Solo estoy cansada.

Él afirmó con la cabeza, pero Gema estaba rara. Acto seguido ella miró a sus amigas y declaró:

—Descansaré aquí cuando Dunia duerma. Ya iré a ducharme a casa en otro momento.

Todos la miraban. Todos se habían percatado de que en repetidas ocasiones había rechazado el contacto de David.

—Tú por nosotras no te preocupes —dijo África—. Creo que lo mejor es que tu hermano y tu cuñada se marchen con tus padres. Nosotras nos quedaremos a hacerte compañía un rato más.

Gema asintió, y mirando a David, que la observaba con gesto serio, sugirió:

—¿Por qué no te llevas a Bosco y a Damián a casa?

David no tuvo tiempo de responder, puesto que Bosco se apresuró a decir:

—No pienso dejarte a solas con ese mierda.

—Bosco... —lo regañó Gema.

—La va a liar. Lo sé, mamá —insistió aquel.

—Tranquilo, cielo —terció Belinda—, que aquí estamos nosotras para comérnoslo si lo hace.

Bosco y su madre se miraron, y él finalmente dijo:

—Vale. Dentro de un rato nos iremos con David, pero antes quiero volver a ver a Dunia.

Gema asintió. Le parecía bien.

Cuando los que estaban dentro con Dunia salieron y se marcharon a casa, África y Belinda fueron a tomar un café con Bosco y Damián. Lo necesitaban.

Gema y David se quedaron solos en el pasillo. De nuevo, algunas de las personas que pasaban por su lado los miraban con curiosidad, y cuando se disponían a entrar en la habitación de la chica, él preguntó parándola:

—Oye, ¿qué te pasa?

Gema se volvió hacia él. Su mirada era turbia, y respondió:

—Estoy cansada. Solo es eso.

Pero no, no era solo eso, y David lo sabía. Se había percatado de algunas miradas del personal del hospital y, desde que su exmarido había llegado, las inseguridades se habían apoderado de nuevo de ella.

—Gema..., pasa de lo que piense la gente. Tú y yo no estamos haciendo nada mal. Y, en cuanto a tu ex, él ya solo es el padre de tus hijos, nada más.

Ella estaba de acuerdo. Lo sabía. Pero verse en aquella tesitura con aquel y notar cómo los miraban no era algo para lo que estuviera preparada; sin querer hablar más de ello simplemente dijo:

—Entremos con Dunia.

Sin dudarlo, David lo hizo. Ya tendrían tiempo de hablar.

La chica estaba bastante espabilada tras la operación, y estaban riendo por algo cuando Tomás entró, y las risas cesaron.

Tras mirarlos con desprecio, este último se colocó junto a su hija. Echó a David de donde estaba, y, una vez que le dio un beso en la frente a Dunia, preguntó dirigiéndose a su exmujer:

—¿Qué hace él aquí?

Gema lo miró.

—¿Cuál es el problema?

David se tensó. Aquel tipo, que tenía todo el rato el acelerador puesto, no le gustaba nada. Era desagradable y hosco.

—El problema es que nuestra hija ha tenido un accidente —respondió con desprecio—. Y tú tienes la poca vergüenza de presentarte aquí con este..., este...

—David. Me llamo David.

A Tomás le hizo gracia eso, y, mirándolo con sorna, murmuró:

—Vaya..., pero si sabes hablar.

—¡Papá!

Gema resopló. La actitud chulesca de aquel ya se la conocía.

Acto seguido, Tomás, colocándose bien la corbata que llevaba, miró la camisa rosa y las bermudas de David y dijo mofándose:

—Hay que ver, Gemita... Tu nivel de exigencia en lo referente a los hombres está por los suelos... Has pasado de estar casada con un hombre a liarte con un melenitas..., un surfista desaliñado...

Gema se envaró, y Tomás, dirigiéndose entonces a David, preguntó:

—¿Se puede saber de dónde has salido tú?

David lo miró. Aquel fantasma lo estaba poniendo malo.

—¿Qué tienes?... ¿Veintitrés años? —insistió Tomás con mofa. David no contestó, y Tomás cuchicheó volviéndose hacia su hija—:

Cuidado, cielo, que cualquier día veo a tu madre compitiendo contigo por tus ligues.

—¡Tomás!

—Papáááá...

Él soltó una risotada y, creyéndose con el poder absoluto de siempre, preguntó:

—¿Cómo eres tan torpe, Gema? ¿No te abochorna que tus hijos y tu familia se avergüencen de tu actitud? Pero ¿qué te crees ahora?, ¿una jovencita para ir con un Ken por la vida? ¿Acaso no ves que te está utilizando y riéndose de ti? ¿O de verdad follar con él te tiene tan cegada que no puedes ver más allá?

Oír eso a Gema le dolió. Aquellas dudas, aquellos miedos en cuanto a lo que tenía con David Tomás se los acrecentaba, y, enfadada, siseó:

—Te estás pasando.

David intentó cogerle la mano para tranquilizarla, pero ella se la rechazó de nuevo. Y Tomás, viendo aquel gesto, y sabiendo que, una vez más, lo que decía causaba efecto en su ex, replicó:

—No, Gema. No me estoy pasando... Eres la madre de mis hijos y espero de ti que te comportes con decencia. No como una divorciada desesperada que se folla a un melenudo con pinta de surfista para sentirse de nuevo una jovencita y...

—Se acabó —lo interrumpió David.

Al oírlo, Tomás lo miró y, levantando una ceja, iba a decir algo cuando él añadió:

—Al que se le tendría que caer la cara de vergüenza es a ti, por decir las tonterías que estás diciendo, y en especial por no respetar a tu hija, que está en una cama en el hospital, ni respetar a Gema.

Tomás sonrió con suficiencia y, cuando se disponía a replicar, David, ignorando el gesto de Gema de que callara, prosiguió:

—En cuanto a mí, puedes pensar lo que quieras. Tu opinión me importa una mierda. Pero sí me importa que sepas comportarte con Gema y tus hijos y...

—¿Acaso vas a enseñarme tú? —terció Tomás.

David asintió. Modales a aquel le faltaban muchos, y, mirándolo, aseguró:

—Si fuera necesario, por supuesto que sí.

Tomás levantó las cejas. Pero ¿qué decía ese tipo? Mirando a su hija, que lo observaba con gesto serio, preguntó:

—¿Has oído las tonterías que dice el rollito de tu madre? Pero ¿quién se ha creído que es?

David miró a Gema. Necesitaba que ella se pronunciara al respecto, pero ella no habló, sino que se quedó callada. Y él, entendiendo que Tomás era un fantasma, agregó:

—En cuanto a Gema, lo que ella haga con su vida y con quien salga ya no es problema tuyo...

—¿Y tuyo lo es? —lo interrumpió Tomás.

David miró de nuevo a Gema, que seguía guardando silencio. ¿Por qué no decía nada? Viendo el desconcierto en sus ojos, afirmó:

—Principalmente es problema de Gema. Ella es la única dueña de su vida. Pero como ahora estamos juntos, sí, considero que también es mi problema, no el tuyo.

Dunia, que observaba en silencio igual que su madre, intervino de pronto:

—Papá, ¡basta ya!

Pero Tomás, metiendo más aún el dedo en la llaga, y conocedor de cómo era Gema, preguntó mofándose:

—¿Qué edad tiene tu novio?

Gema no contestó, y David replicó molesto:

—A ti mi edad ni te va ni te viene.

Tomás asintió y, a continuación, soltó divertido:

—Cuando no la dices, Gema, es porque sabes que lo estás haciendo mal, ¿verdad?

—Por Dios, papá..., tiene veintisiete años... ¿Qué te pasa? —se quejó Dunia.

—¡¿Veintisiete?! —voceó Tomás llevándose las manos a la cabeza—. Por el amor de Dios, Gema, ¡¿qué coño estás haciendo?!

—Ya lo imaginaba —siseó David entonces—, pero, efectivamente, ahora veo que eres un puto machista.

En ese momento se abrió la puerta de la habitación. Era Bosco, con cafés para su madre y para David, y al entrar oyó a su padre decirle a este último:

—Mira..., chavalito, lo mejor que puedes hacer es marcharte de aquí cagando leches, antes de que yo te diga lo que tú eres para mí...

David sonrió al oírlo. Las ganas que tenía de cruzarle la cara se iban acrecentando cada vez más, cuando siseó:

—Lo de «chavalito», a otro... ¡A mí, no!

Bosco le tendió uno de los cafés a su madre. Luego le entregó el otro a David y, dirigiéndose a su padre, preguntó:

—¿Ya la estás liando?

Tomás lo miró con gesto adusto y soltó:

—¿No te avergüenza que tu madre esté con un crío de veintisiete años?

David suspiró. Aquello comenzaba a ser inaguantable.

—Lo que me avergüenza es que tú te estés comportando así —replicó Bosco.

Oír eso a Tomás, que ya estaba calentito, lo calentó aún más.

—Estarás contento de ver a tu hermana ahí, mientras tú...

—¡Tomás! —gritó Gema interrumpiéndolo.

Bosco resopló. Sabía lo que pensaba. Sabía lo que iba a decir. Sabía quién era su padre. Lo miró y afirmó con rabia:

—Te gustaría que fuera yo quien estuviera en esa cama y no ella, ¿verdad?

—No voy a negarlo —dijo su padre sin dudarlo.

David miró a Bosco horrorizado. El muchacho no se merecía aquello. Y, dando un paso al frente, siseó:

—Creo que ya te has extralimitado.

—Papáááá. Pero ¿qué dices? —gruñó Dunia.

Oír eso y ver el gesto de Bosco a Gema le partió el corazón, y, moviéndose, se plantó ante su ex y ordenó:

—Vete de aquí.

Tomás negó con la cabeza, pero ella insistió levantando la voz:

—¡Fuera de aquí!

Dunia comenzó a llorar, la situación la estaba sobrepasando, y Gema se apresuró a abrazarla.

—No me extraña que llores, hija —soltó entonces Tomás—, con una madre y un hermano como los que tienes, es para llorar... Son una vergüenza. Aunque, claro, como suele decirse, de tal palo, ¡tal astilla!

Bosco fue directo a por él. David rápidamente lo sujetó y Dunia gritó:

—¡Vete, papá..., vete!

Oír eso hizo que Tomás mirara a su hija.

—No sé qué te pasa, papá —añadió Dunia—. No sé por qué la rabia no te deja seguir con tu vida, pero si algo me has dejado claro hoy es que, efectivamente, eres un puto machista y no me quieres. Porque, si me quisieras, serías incapaz de hablar así de mamá y de Bosco. Ellos son las personas más importantes de mi vida, como lo eres tú. Pero, o te disculpas ahora mismo o juro que no vuelvo a hablarte en tu vida.

Tomás resopló. ¿Acaso su hija no veía lo mismo que él? ¿De verdad le parecía bien que su madre estuviera con un niñato de veintisiete años?

Y, enfadado, miró a Gema y gritó:

—¡Estarás contenta oyendo esto, ¿verdad?! A saber qué cosas le dices de mí para que mi hija me diga eso... —Ella no respondió y Tomás añadió dirigiéndose a Dunia—: Si me tengo que ir, me iré, pero no sin antes decirle a la tontita que tienes por madre que, si se cree que el lío que tiene con el niñato este le va a durar, lo lleva claro. Este solo la quiere para un ratito, y luego se chuleará entre sus amiguetes porque se ha follado a una madurita que...

Incapaz de aguantar aquello un segundo más, David cogió con fuerza a Tomás por la pechera del traje y, acercándose a él, siseó:

—Soy la persona más pacífica del mundo, pero hasta aquí hemos llegado, tontito... —Y, sin más, sacándolo de la habitación ante los gestos de sorpresa de Gema, Bosco y Dunia, una vez que lo tuvo en el pasillo, lo soltó con las pulsaciones a mil y dijo—: Vamos, repite ahora lo que acabas de decir, machito de mierda...

Gema salió de la habitación, Bosco también. Dunia lloraba en la cama, y en ese momento la puerta del ascensor se abrió y aparecieron África, Belinda y Damián. Rápidamente corrieron hacia ellos. ¿Qué pasaba? Y David, al oír un nuevo insulto de Tomás dirigido a Gema, le soltó un derechazo y aquel cayó al suelo.

Gema chilló. Pero ¿qué locura era esa? Agarrando a David, que iba otra vez a por él, gritó:

—¡Basta! ¡Para!

Este, que llevaba aguantando los ataques de aquel tipo desde que había llegado, iba a responder cuando Gema inquirió:

—¿Qué haces?

Con los nervios a mil, David la miró; en la vida había perdido las formas como se las había hecho perder aquel tipo. Miró a Gema e iba a responder cuando África, que se acercaba con Belinda y Damián, preguntó:

—¿Qué está pasando aquí?

Bosco, que observaba la escena, sonrió e indicó agarrando la mano de su novio:

—Que por fin alguien ha sido capaz de partirle la boca.

—Bosco —lo regañó Gema viendo a Tomás sangrar.

—Algo me dice que se lo merecía —afirmó Belinda, que chocó la mano con Bosco.

Gema miró horrorizada a su hijo y a aquella, y protestó:

—Entrad Damián y tú a la habitación con tu hermana.

—Pero, mamá...

—Entrad ¡ya!

David se tocaba la mano. El puñetazo que le había dado a Tomás se lo había lanzado con todas sus ganas.

—¿Cómo has hecho eso? —exclamó Gema mirándolo—. Maldita sea, David, ¡que es el padre de mis hijos!

—Pues el padre de tus hijos os estaba faltando al respeto a ellos y a ti —señaló él.

—Pero ¿tú de qué vas? ¿Dónde está tu madurez? —replicó Gema.

David la miró. ¿En serio le decía aquello? Cuando se disponía a responder, se oyó a Tomás exclamar:

—¡Joder...! ¡Me ha roto dos dientes!

—Pocos son para lo que te mereces —soltó David.

—¡Estoy contigo! —afirmó Belinda.

—¡¿Queréis callaros y dejar de decir tonterías?! —gritó Gema.

David la miró y, cuando iba a hablar, África indicó molesta:

—No te equivoques, Gema. Aquí quien dice las tonterías es tu ex.

En el suelo, Tomás sangraba escandalosamente por la boca y Gema, viéndolo, fue a auxiliarlo. A David no le gustó ver eso. Y cuando ella ayudó a su ex a levantarse del suelo, David la cogió del brazo para que lo mirara y preguntó:

—¿Se puede saber qué estás haciendo?

Nerviosa y enfadada, Gema se deshizo de su mano con muy mala leche, y acto seguido David siseó furioso:

—Este hijo de su madre se comporta contigo, con tus hijos y con el resto de tu familia de la manera en que lo hace, ¿y tú todavía lo ayudas y me preguntas que por qué he hecho lo que he hecho y que dónde está mi madurez, y en cambio no te preguntas dónde está la suya?

Gema sentía que el mundo se movía bajo sus pies. Tomás y David. David y Tomás. Uno era el pasado y otro el presente. Pero ¿realmente había superado el pasado? Y, de repente, siseó:

—¡Vete!

Oír eso hizo que David levantara las cejas. Nunca había discutido con Gema; esa era su primera discusión. Intentando darse tiempo y dárselo a ella para que se tranquilizara, dijo:

—Sí. Creo que lo mejor es que me vaya al hotel.

—Vete al hotel, recoge tus cosas y regresa a Valencia. No te quiero cerca de mí —sentenció ella.

—Gema... —murmuró África sin dar crédito.

David parpadeó boquiabierto. No, no podía haber oído bien. Y, viendo cómo Tomás se alejaba en ese instante acompañado de una enfermera, protestó:

—Pero ¿qué dices, Gema?

La aludida, totalmente sobrepasada por la situación, insistió sin apartar la vista de David:

—Él tiene razón... ¿Qué haces tú aquí? ¿Qué hago yo contigo? Tienes veintisiete años y yo..., y yo...

David parpadeó. Aquello, que lo echara, sí que no lo esperaba, por lo que preguntó:

—¿Estás hablando en serio?

—Sí.

—¿No sabes qué hago yo aquí?

Gema negó con la cabeza y, sobrepasada, continuó:

—Somos la puñetera comidilla del hospital. Todos me miran con cara de: «¡Mira, la madre que se folla al jovencito!».

—Que se jodan. La envidia es muy mala..., ¡ya quisieran ser ellos! —afirmó Belinda.

—Y... esto seguirá —prosiguió Gema—. Se hará una bola más

grande, cuando las madres de los amigos de mis hijos lo sepan. Y..., y luego, en mi trabajo, ¿cómo les voy a explicar que salgo con un..., con un...?

—Cielo, respira, ¿vale? —susurró África al verla tan bloqueada.

Pero David, enfadado y molesto por la situación, sin permitir que aquella respirara, preguntó:

—Pero ¿qué narices te importa a ti lo que piensen los demás de nuestra relación, si tú y yo estamos bien así? ¿Acaso debemos vivir según las normas que marcan otros? Pero, Gema, ¿qué estás diciendo?

Ella negó con la cabeza sin escucharlo. Aunque la jorobara, Tomás tenía razón. Aquello era una locura, un sinsentido. Nada de lo que David dijera le valía. Y, cuando fue a agarrarla de la mano, ella, rechazándolo, ordenó:

—Vete...

—Gema, cielo, escúchame.

—¡Vete! —gritó levantando la voz.

David la miraba. El dolor de lo que estaba ocurriendo apenas lo dejaba respirar.

—¿Quieres que me vaya y me aleje de ti?

—Sí —afirmó Gema.

David se llevó las manos a la cabeza con desesperación. Pero ¿qué decía? ¿Qué estaba pasando?

Por su parte, África y Belinda se miraron y esta última indicó:

—A ver, Gema..., ¿necesitas un abrazo?

Enfurecida, ella miró a su amiga y soltó de malos modos:

—Métete tus abrazos por donde te quepan.

—Oyeeeee —protestó Belinda.

Y Gema, incluyendo también a África, siseó señalándolas:

—Vosotras tenéis parte de la culpa de lo que aquí ha pasado.

—¡¿Qué?! —inquirió África sorprendida.

—Anda, mi padre —susurró Belinda.

David, que no entendía nada, observaba a Gema. Aquella que lo miraba a él y a sus amigas con aquel gesto y que les hablaba con semejante desapego no era la Gema que él conocía. Y entonces la oyó decir furiosa:

—Maldita sea, África... Con tu maldito «¿Tú lo harías?» me retaste a buscarme un rollito de verano. Según tú, la gran folladora desde que se divorció..., sería bueno para mí, y yo, como la tonta que siempre he sido, simplemente me dejé llevar una vez más.

—Pero ¿qué dices...? —murmuró África.

—Bueno..., bueno..., bueno... Por mal camino vamos —musitó Belinda boquiabierta.

—¡Y tú —gritó entonces Gema mirando a Belinda—, no contenta con saber que el rollito de verano se había materializado, sin pedirme opinión ni permiso, vas y le das mi dirección y él aparece aquí!

—Pero...

—No, Belinda, no, ¡no hay peros que valgan! Como dijo Tomás, vosotras no sois una buena compañía para mí.

—Madre del Verbo Divino —se mofó Belinda, que añadió—: Pero ¿a ti qué te han echado en el agua?

África parpadeó. Le dolía oír lo que Gema decía.

—A ver, Gema —añadió Belinda—, yo que tú pensaría un poco más las cosas antes de ..

—¿Acaso tú piensas lo que haces o dices? —la cortó ella—. ¿Pensaste besar a Víctor aun estando con Adara? ¿Pensaste acostarte con una mujer cuando te gustan los hombres?

Belinda calló. Su amiga estaba fuera de sí.

—Me dejé llevar por vosotras —continuó Gema—. Me creía tan liberal como vosotras y..., y... ¡me enrollé con él —dijo señalando a David— aun sabiendo que me estaba equivocando!

Sus amigas se miraron boquiabiertas, como boquiabierto estaba David. Ninguno se esperaba aquello de Gema.

Y esta, mirando a Belinda, dijo a continuación:

—Te conozco desde hace más de un año y no sé apenas nada de ti, a excepción de que tienes una madre que se llama Irene y está en una residencia y, todo sea dicho, pobrecita, hay que ver lo poco que la cuidas y vas a visitarla, y una familia en Segovia que nunca hemos conocido ni por foto.

—Por ahí no vayas, Gema —murmuró África viendo el gesto de Belinda.

—Voy por donde me da la gana —replicó ella—. Ya estoy harta de tener que respetar siempre a Belinda cuando no quiere hablar ni de su pasado, ni de su familia. Con eludir el tema lo tiene todo salvado. Pero ella nunca elude ninguno de mis temas, sino que opina y se mete hasta el fondo... ¿Por qué yo tengo que seguir callando lo que pienso?

Belinda no dijo nada y, cuando África se disponía a contestar, Gema, ignorándola, se dirigió a David.

—Mira, lo ocurrido fue algo divertido, bonito incluso. Fuiste un estupendo rollito de verano. Pero mi vida es otra cosa. Soy madre. Tengo dos hijos. Un pasado. Y una reputación. Y..., y lo nuestro no puede ser porque tú no tienes cabida en mi vida.

David asintió dolorido. Lo que Gema decía lo ofendía. Lo enfermaba. Desde el primer día lo suyo había sido algo más que todo lo que ella había dicho, y, molesto, preguntó:

—¿Realmente piensas lo que dices?

Sin dudarlo, Gema afirmó con la cabeza, y acto seguido él siseó furioso:

—Solo te ha bastado oír los reproches y las malas palabras de tu ex hacia mí para decidir que lo nuestro no merece la pena. Ese imbécil, con su machismo, sigue controlando tu vida y minando tu seguridad, aun habiéndote divorciado, y tú, ¡maldita sea, Gema!, se lo sigues permitiendo.

Ella se movió y David, enfadado como en su vida, soltó:

—¿Acaso te avergüenzas de mí? ¿De verdad que lo que tenemos se desmorona por culpa de los miedos y las inseguridades que ese idiota te hace tener?

Gema no contestó. No podía. Y África, fastidiada, indicó:

—Te creía más lista, pero no... Veo que sigues siendo la Gema insegura, la Gema miedosa, la Gema a la que le importa el qué dirán y se niega a echarle huevos a la vida y ser feliz.

—Piensa lo que te dé la gana —replicó ella—. Tengo otros problemas más importantes como para pararme a pensar en lo que tú crees o dejas de creer.

—Pero ¿tú te estás oyendo? —preguntó Belinda ofuscada viendo el gesto de África.

Gema asintió. La realidad era que los nervios le estaban haciendo decir cosas que sabía que no estaban bien, pero, dando un paso atrás, dijo:

—Quiero que los tres os marchéis y me dejéis en paz. Y, por favor, no me llaméis ni me busquéis porque cualquier cosa que hubiera entre nosotros... ya se acabó.

Belinda y África se miraron. Lo que Gema decía era duro, triste, doloroso. Por su parte, David asintió enfadado. Él no creía en la imposición. Creía en la libertad en el amor. Y, sabiendo que adoraba a Gema y por eso la tenía que dejar marchar, con el corazón tremendamente roto, se dio la vuelta y, sin decir nada, se alejó.

África y Belinda miraban a Gema. Lo que había entre ellas era bonito. Lo que había entre David y su amiga era encantador. Todo había funcionado a la perfección hasta que Tomás, con sus horribles comentarios, lo había echado por tierra. Conscientes de que allí ya no pintaban nada porque Gema ya no las quería a su lado, igual que David, se dieron la vuelta y se marcharon.

Sin moverse, Gema los miraba mientras hacía oídos sordos a su corazón, que le gritaba que los detuviese, que no los dejase marchar. Pero no. No podía. Era madre. Tenía dos hijos. Debía cuidarlos y velar por su bienestar, y para ello debía dejar de comportarse como lo hacía. Aunque lo odiara, Tomás llevaba razón: ¿qué estaba haciendo?

Capítulo 56

Con el paso de los días, Dunia mejoró y pronto fue dada de alta en el hospital.

En la casa de los abuelos en Llanes, se restableció en lo que quedaba de mes de agosto cuidada por todos como si fuera una auténtica reina. No faltaba mucho para que tuviera que regresar a Londres y se iría casi recuperada. Eso sí, la relación con su padre se volvió inexistente. Hasta que él no pidiera perdón a su madre y su hermano, ella no pensaba llamarlo.

Tres días después de la operación de Dunia, Tomás regresó a Madrid con dos dientes menos a raíz del altercado sufrido en el hospital y sin el cariño de su hija. Durante esos tres días, furioso por lo ocurrido y porque Dunia no le hablara, se dedicó a martirizar a Gema, culpándola de todo. Hasta que ella no pudo más y, soltando la rabia que tenía acumulada, le hizo saber que, si volvía a hablarle de mala manera, sería ella quien le arrancara los próximos dientes. Esta vez Tomás calló, nunca había visto a su ex tan enfadada, y al día siguiente se marchó. Era lo mejor que podía hacer.

Bosco y el resto de la familia intentaron hablar con Gema sobre la repentina marcha de David y sus amigas. Que se hubieran ido de aquella manera les dolió en el alma a todos. Pero ¿qué era lo que había pasado? ¿De verdad Gema seguía sin entender nada de la vida?

Finalmente, Bosco consiguió hablar con su madre y supo la verdad. Los reproches y las burlas de su padre habían creado inseguridad en su madre. De nuevo, Tomás había conseguido que Gema dejara de vivir y de disfrutar la vida.

Bosco intentó hacerle ver que estaba equivocada, que no debía atender a las idioteces que su padre decía en lo referente a David y las chicas, pero ella se negó a escuchar. Era madre, le importaba el qué dirán y no iba a dar marcha atrás. Lo tenía claro.

Sin que ella lo supiera, Bosco continuó hablando con Belinda, David y África por teléfono. Les contó la conversación que había mantenido con su madre y estos, aun entendiéndolo, le dejaron claro que el problema lo tenía Gema, no ellos. Ella los había echado de su vida y, si quería recuperarlos, era ella quien debía hacerlo. Bosco lo entendió y no insistió.

Por su parte, Gema, sumida en una realidad paralela a la verdadera, se engañaba a sí misma. Borró su Instagram, se deshizo de *Bodhi* y se convenció de que no necesitaba a África y a Belinda para nada. Se autoanimaba para creerse feliz: seguro que en su nuevo trabajo conocería a amigas como aquellas.

Pensaba en David. Su mente le jugaba malas pasadas una y otra vez, haciendo que lo recordara. No obstante, cada vez que eso ocurría, se convencía de que David y ella no habrían llegado nunca a buen puerto. Él era pasado y eso era una realidad.

Llegó septiembre y Gema, nerviosa pero deseosa de mantener su mente ocupada, comenzó a trabajar en Rhonda Rivera. Eso le vendría bien. Un buen empleo y compañeros nuevos la harían evadirse de sus repetitivos pensamientos.

Por su parte, Bosco y Dunia, que ya estaba casi recuperada de su fractura del brazo, regresaron a Londres junto con Damián. Una vez más, a Gema le costó despedirse de ellos, aunque le encantaba ver su alegría y su positividad ante la vida. ¿A qué madre no le gustaba eso?

En Rhonda Rivera, Gema conoció a gente, hombres y mujeres. Algunos hombres que le tiraban la caña y ella esquivaba y algunas mujeres que podían convertirse en amigas. Pero el trabajo que en un principio pensó que haría no tenía nada que ver con eso.

El amigo de Ricardo había muerto, y los que llevaban ahora la empresa habían sacado, tanto de la junta directiva como de los puestos de prestigio, a las mujeres que había en la empresa. ¿Por qué? Solo ellos lo sabían.

En un intento de ofrecer un buen servicio, Gema sugirió ideas en varias ocasiones. Proponía cosas diferentes de lo que allí se hacía, pero rápidamente empezaron a cerrársele puertas. En aquella empresa no estaba bien visto que una mujer hiciera eso, y Gema se desesperó. Pero ¿en qué siglo vivían aquellos?

Aun así, trató de integrarse, pues trabajar y mantenerse ocupada le parecía importante.

Pasó el tiempo y, en una de las cenas de departamento que hicieron, a la que asistieron unas cuarenta personas, Gema comprobó que allí a las mujeres se las trataba básicamente como meros objetos. Y, sí, había algunas a las que les encantaba ser un florero que admirar, pero a otras, como ella, no. Los tíos, esos ejecutivos que en la oficina eran serios y distantes, allí, a cada copa que bebían, se volvían más babosos e insoportables.

Después de la cena intentó marcharse a casa, pero le fue imposible. Si lo hacía quedaría como una auténtica borde, y al final terminó con los demás en un local de copas. Al entrar en él, Gema lo reconoció. Había estado allí en alguna ocasión con África y Belinda.

Parapetada tras varias de sus compañeras que, como ella, intentaban quitarse a los pesados de encima, de pronto se horrorizó. San Destino estaba haciendo de nuevo de las suyas y por la puerta acababan de entrar las que habían sido sus amigas. Lo malo era que no quería que la vieran. Lo bueno, que ellas nunca se acercarían a aquel grupo de trajeados, a los que Belinda llamaba «Cayetanos».

Mientras Gema se tomaba un zumo junto a aquellos e intentaba controlar al imbécil de Enrique, o, como él se hacía llamar en la oficina, señor Serrano, no podía dejar de mirar a sus antiguas amigas. Bailaban. Se divertían. Solo había que ver cómo se reían para saber que lo estaban pasando bien. No como ella, que estaba con un grupo de pulpos arrítmicos que no se movían para no despeinarse y que solo se preocupaban de beber y decir ordinarieces a las compañeras.

Una hora después, cuando Gema consiguió escapar de aquellos sin haber sido vista por las que habían sido sus amigas, respiró aliviada. Lo último que habría querido era que la vieran.

Sin embargo, Gema estaba equivocada. África la vio y avisó a Belinda, por lo que ambas sabían que estaba allí. Y, aunque la observaron disimuladamente con pena y cierto malestar por lo ocurrido, respetaron su decisión y ni se le acercaron.

David, por su parte, tras cerrar junto a su hermana los puestos de deportes acuáticos en las playas de Valencia en el mes de octubre, preparó su viaje a Australia. Clara y él habían decidido posponer la venta de la casa familiar para el año siguiente, pues todavía no estaban preparados para deshacerse de ella. Y cuando Clara se marchó a Nueva York con su novio, a los pocos días David, con cierta tristeza, voló a Australia, donde retomó su vida dando clases de surf junto a su amigo Kanata, aunque en su corazón aún estuviera Gema y se preguntara cómo podía haberse enamorado de alguien en tan poco tiempo y cómo iba a hacer para olvidarla.

El contrato de trabajo de Belinda en el hospital había acabado en julio y había empezado a trabajar limpiando habitaciones en un hotel. Continuaba colaborando también con la asociación de mujeres, donde echaba una mano siempre que podía, mientras Adara seguía en su mente. Pensaba en ella muy a menudo. ¿Cómo estaría? ¿Qué pasaría si iba a verla? Diariamente se hacía muchas preguntas para las que no tenía respuesta. Pero, por respeto a Luna, había decidido no buscarlas.

África, por su lado, seguía viéndose con Lolo. De vez en cuando él iba a Madrid y ella viajaba a Valencia. La relación que mantenían la describían como de «puro sexo», y se mofaban de ello. Sin embargo, la realidad era que cada uno se sentía cada vez más enganchado al otro, aunque no hablaban del tema para no romper su acuerdo.

Capítulo 57

Sentada a su escritorio en Rhonda Rivera, Gema revisaba en su ordenador un plan de marketing cuando uno de sus jefes entró en su despacho.

—Gema, ¿me has preparado lo que te pedí? —preguntó.

Ella asintió y, levantándose, contestó:

—Sí. También he preparado una alternativa que creo que es muy buena, por si la primera no les pareciese adecuada.

Él la miró. Aquella mujer, que llevaba unos meses trabajando con ellos, no le gustaba. Era una listilla con ganas de hacerse notar. Y, dispuesto a ponerla en su sitio, soltó:

—¿Acaso te he pedido una alternativa?

Oír eso hizo saber a Gema que, una vez más, su idea no gustaba y, mirándolo, respondió:

—No. Pero he creído que...

—Lo que tú creas no me interesa —la cortó él.

Ella suspiró. Había pensado que trabajar en esa empresa sería algo bueno, pero día tras día se daba cuenta de que más equivocada no podía estar. Y, asintiendo, dijo:

—No se preocupe, señor Serrano. Mañana tendrá única y exclusivamente lo que me pidió.

—Así ha de ser.

Y, dicho eso, él se estiró la chaqueta del traje y se marchó.

—Capullo machista... —siseó Gema con un resoplido.

Un rato después, estaba mirando de nuevo la pantalla del ordenador cuando entró su compañera Inmaculada.

—Gema —dijo—, Isabel, Cristina y yo nos vamos a cenar y a tomar una copa luego. ¿Te apuntas a una noche de chicas?

Gema la miró. Como diría Belinda, Inmaculada era una «Cayetana» de mucho cuidado. Era una mujer muy estudiada. Pelo perfecto, maquillaje medido, ropa adecuada. Se machacaba durante horas en el gimnasio y era tan superficial como las otras que había mencionado. Pero una noche de chicas siempre era divertida. Y, como necesitaba divertirse con aquellas, con las que nunca había salido a solas, Gema afirmó:

—¡Me apunto!

Una vez que salieron de las oficinas de Rhonda Rivera, Gema y aquellas iban caminando por la calle cuando Isabel dijo:

—¿Qué os parece si vamos de *cenuqui* a Pouch?

Gema no sabía qué era Pouch, pero se mostró encantada. Segundos después, Isabel llamó para reservar.

Cuando llegaron al bonito y estupendo restaurante, Inmaculada, dirigiéndose a ella, comentó:

—La comida aquí es exquisita. Es toda baja en calorías, y el local es muy chic.

Gema asintió. El sitio era bonito.

Se sentaron a una preciosa mesa, luego un camarero se acercó para entregarles las cartas con el menú y les preguntó:

—¿Qué desean beber, señoritas?

—Señora, que estoy casada —replicó Cristina.

El camarero se disculpó ante su error y, acto seguido, cada una eligió su bebida. Minutos después pidieron la cena.

Como había dicho Inmaculada, la comida era toda baja en calorías y, aunque en apariencia era atractiva, con florecitas y hojitas verdes muy bien colocadas, Gema pensó que, como diría África, no tenía fundamento. Donde estuvieran unos buenos calamares a la romana con patatitas y mayonesa que se quitara tanta flor y tanto verde recolocado.

Durante la cena, Gema intentó integrarse en la conversación, pero aquellas solo hablaban de cremas anticelulíticas, antioxidantes y ejercicios para fortalecer los glúteos. Todo le resultaba terriblemente aburrido y, aunque en un par de ocasiones trató de cambiar de tema para hacer la conversación más amena, estas no se lo permitieron.

Al rato, cansada, Gema desistió. Miró el arito de plata que Belinda le había regalado y que aún seguía en su dedo y sonrió. Si aquella estuviera allí, las pondría a caer de un burro.

Cuando pidieron la cuenta para pagar, ella, como siempre hacía con África y Belinda, cogió su móvil y dividió la cuenta entre todas. Según hizo eso, las demás la miraron. ¿Qué hacía? Y enseguida le explicaron que cada una se pagaba lo suyo. Gema las miró boquiabierta. ¿En serio?

Por lo que, con paciencia, desglosó la factura para que cada una pagara única y exclusivamente lo que había tomado. Si ellas lo hacían de ese modo, ¿quién era ella para cambiar sus costumbres?

Al salir del restaurante, se encaminaron hacia un local que no conocía llamado Chance. En la oficina había oído hablar de él y, en fin, conocer locales nuevos siempre estaba bien.

Nada más entrar, Gema hizo un barrido con la mirada y resopló. El noventa por ciento de los que estaban allí eran ejecutivos e iban vestidos con traje y corbata. Y, fijándose en las manos de muchos de aquellos, vio que llevaban anillo de casados.

—Chicas —dijo entonces Isabel—. ¡Están Patrick, León y Nacho! Los ejecutivos de Ferrari.

Gema se volvió para tratar de ver de quiénes hablaba. ¿Quiénes serían aquellos?

Comparar aquel sitio con los locales adonde solía ir con África y Belinda era imposible. Allí, todo el mundo vestía como si estuvieran en la oficina. Allí no se veían brazos tatuados. No se veían chicas con el ombligo al aire. No se veía naturalidad. Lo que Gema veía allí y de pronto intuía no le gustaba nada. Y, cuando ya se estaba planteando marcharse, Inmaculada comentó dirigiéndose a ella:

—Gema, ellos son Patrick, León y Nacho.

Al mirarlos, se encontró con más de lo mismo. Tres tipos trajeados, con anillos de casados, cabello muy bien colocado y la palabra *Cayetano* escrita en la frente. Aun así, los saludó con amabilidad, y el tal León le preguntó:

—Nunca habías venido por aquí, ¿verdad?

—Es la primera vez.

Él asintió y, mirándola de arriba abajo como un león que acecha a su presa, susurró:

—Un bombón como tú a mí no se me habría pasado por alto...

Oír eso incomodó a Gema. Aquel ambiente no le gustaba, pero, intentando integrarse y no parecer una estrecha, habló con aquel, que desde luego abuela no tenía, por lo mucho que se quería.

Mientras charlaban, Gema se fijó en que Cristina y el tal Nacho se miraban de una manera excesivamente intensa. Incapaz de callar, y viendo el anillo en el dedo de aquel, le preguntó a Inmaculada:

—¿Cristina no está casada?

Ella afirmó con una sonrisita, y Gema insistió:

—¿Y qué hace entonces tonteando con Nacho?

A Inmaculada le hizo gracia oír eso y, sonriendo, soltó:

—Porque lo que ocurre en el Chance durante la noche de chicas en el Chance se queda.

Gema asintió despacio. Vale, ahora lo entendía.

—Por lo que veo, le has gustado a León —cuchicheó a continuación Inmaculada—. Solo hay que ver cómo te mira.

Ella cabeceó. Lo sabía. Aquel tipo la estaba poniendo nerviosa, y musitó:

—No es mi tipo.

—Pero ¿tú sabes cuánto dinero ingresa al mes?

Sin dar crédito, Gema negó con la cabeza y aquella insistió:

—Es uno de los superdirectivos y posee casas en medio mundo.

Gema parpadeó. Estaba claro que el mundo en el que aquellas se movían no se parecía en nada al suyo. Sacó su teléfono móvil del bolso y repuso:

—Ni lo sé, ni me importa. —Mintiendo como una bellaca para salir de allí, hizo eso que tantas veces hacía Belinda para quitarse a un tipo de encima y, mirando el móvil, añadió—: Uis, tengo que irme urgentemente a casa.

—¿Qué pasa?

Algo compungida, Gema respondió:

—Mi perra tiene descomposición.

Inmaculada arrugó la nariz. Ni loca la acompañaría. Y Gema, asiendo su bolso, se apresuró a decir:

—Despídeme de las chicas, pasadlo bien.

Inmaculada cabeceó, pero la agarró rápidamente del brazo y agregó:

—Recuerda, Gema: lo que has visto en el Chance en el Chance se queda...

Ella asintió. Por suerte no conocía al marido de Cristina. Y, tras dirigirse a la calle, paró un taxi y se fue para casa.

¡Menuda mierda de salida!

Capítulo 58

África, Lolo y Belinda disfrutaban cenando en un restaurante italiano de Madrid cuando esta última comentó:

—¿No os parece que esta burrata de queso es espectacular?

África y Lolo afirmaron con la cabeza. Todo estaba exquisito.

—Leonardo, el dueño, trae la mayoría de los productos desde Italia —explicó Lolo.

Belinda asintió gustosa, y vio que su amiga y él se daban un piquito. Eso la hizo sonreír, pero también suspirar. Acto seguido, África se puso en pie e indicó:

—Voy al baño.

Una vez que se marchó, Belinda se fijó en el modo en que Lolo la miraba. Solo había que ver sus ojos para saber que el tipo estaba completamente colado por ella, y, jugándosela, dijo:

—¿Por qué no se lo dices?

Lolo la miró.

—¿El qué?

—Que te mueres por sus huesitos —se mofó Belinda.

Él sonrió. Cogió su copa de vino, bebió y, cuando la dejó de nuevo sobre la mesa, contestó con sinceridad:

—Porque ella no quiere oírlo.

Belinda lo entendió. África era África... Y luego aquel dijo:

—He oído tantas veces eso de que no quiere otro cepillo de dientes en su baño que...

—¡Pues no te laves los dientes! —propuso Belinda.

Ambos sonrieron y Lolo añadió:

—Estamos bien como estamos.

Ella cabeceó, y, sabedora de muchas cosas que África le contaba, preguntó:

—¿No quieres tener hijos?

—Nunca me lo he planteado.

—Para ella, ser madre es importante.

—Lo sé...

—¡¿Y...?!

Lolo se encogió de hombros. Y, sin saber qué contestar a eso, dijo:

—Y no sé qué quieres que te responda...

Belinda sonrió. Lolo era un buen tipo. Trataba con cariño y respeto a su amiga. Tenía una mentalidad muy abierta para muchas cosas.

—¿Seguirás con ella cuando se quede embarazada? —preguntó a continuación.

Aquello era algo de lo que ya había hablado con África.

—África y yo somos pareja de sexo, no de vida. Claro que seguiremos viéndonos.

Belinda asintió. Lo que ella veía cuando aquellos estaban juntos era una pareja en toda regla, y, cuando se disponía a replicar, África regresó del baño y dijo dirigiéndose a Lolo:

—He visto un postre, de chocolate, que te va a encantar.

—¿Más que tú? —murmuró él.

África sonrió y, acto seguido, se sentó sobre sus muslos y lo besó. Adoraba la conexión que tenía con aquel, y estaba besándolo cuando Belinda susurró:

—¿Qué tal si dejáis el numerito porno para cuando estéis solos?

Lolo y África se separaron, sonrieron y, sin más, siguieron cenando.

Hora y media después, los tres salían del restaurante cuando Lolo preguntó:

—¿Os apetece tomar algo?

Belinda los miró y, riendo, dijo:

—Venga, no disimuléis, estáis como locos por estar solos.

Él negó con la cabeza. África también, y, divertida, señaló:

—A ver, Belinda... Claro que nos apetece estar solos y dentro de un rato lo estaremos. Pero ahora queremos tomarnos una copa y si es contigo, mejor.

Ella asintió gustosa y luego los tres se dirigieron al Tula, un local que se había puesto muy de moda en la ciudad.

El sitio era perfecto, la música estupenda, y cuando sonó la canción *Mamiii* de Becky G y Karol G, las chicas, encantadas, comenzaron a bailar mientras Lolo las seguía divertido.

Una vez que acabó la canción, muertos de risa, los tres fueron a por bebidas, y, de repente, Belinda se dio la vuelta como un resorte. África miró y de inmediato vio a Adara. Sin decirle nada a su amiga, comprobó que aquella estaba hablando con unas chicas. Eso la hizo suspirar, y de pronto Lolo preguntó:

—¿Aquella no es Adara?

Al oír eso, Belinda miró haciéndose la sorprendida y dijo con normalidad:

—Ah, pues sí. Es ella.

África miró a su amiga. Sabía que seguía pensando en ella. En ocasiones, cuando las dos hablaban a solas y se sinceraban, aparecía el nombre de Adara, y Belinda le había confesado que seguía pensando en ella.

Desde donde se encontraban, vieron que Adara se besaba con una de las chicas con las que estaba, y cuando África iba a comentarlo, Belinda soltó de pronto mirando a un tipo que pasaba frente a ellos:

—Uf, nene..., estás tremendo.

El tipo la miró y sonrió. Y África, sabiendo por qué lo hacía, señaló mirándola:

—Mira que eres rara a veces.

Belinda sonrió al oírla y, con mofa, respondió:

—¿Rara yo? No, cielo. Lo que pasa es que soy edición limitada.

Eso hizo reír a Lolo. Belinda siempre lo hacía reír.

—Edición limitada o no —replicó África—, que sepas que Adara ya te ha visto.

Al mirar, los ojos de Belinda chocaron con los ojazos azules de Adara. Estaba preciosa. El pelo le había crecido y lo llevaba suelto, algo que hacía que su rostro resultara tremendamente encantador. Llevaban sin verse meses. Esbozó una sonrisa y la saludó. Adara hizo lo mismo.

Al verlo, África iba a hablar cuando Belinda dijo:

—Voy al baño.

Tan pronto como aquella se marchó, Lolo saludó desde lejos a Adara.

—¿Qué pasó entre ellas? —preguntó interesado.

África resopló.

—Según me ha contado Belinda, un día Víctor se plantó en la puerta de su casa. Ella se acababa de levantar. Hablaban en el rellano, ella descalza, en bata y despeinada, y, en un momento que entendió como de despedida, se besaron, con tan mala suerte que Adara apareció en ese instante con la niña y los perros y pensó lo que no era.

Lolo asintió.

—Si yo me encontrara en una situación parecida, habría pensado lo mismo —repuso.

África lo comprendió. Los celos y las desconfianzas eran lo peor. Y, abrazándolo, dijo tras escuchar la canción que sonaba en ese momento:

—¿Qué te parece si bailamos un poquito?

Bailaban divertidos cuando Belinda regresó y África preguntó mirándola:

—¿Qué tal si te acercas y la saludas?

—¡Ni loca!

—Pero, Belinda...

—¡Que no!

Lolo y África intercambiaron una mirada. Ambos pensaban lo mismo. El orgullo podía con las dos. África se encogió de hombros y claudicó.

—De acuerdo. No diré más.

—Será de agradecer —replicó Belinda, que añadió—: ¡Joder, ya me estoy meando otra vez!

Una vez que se fue, África sonrió y cuchicheó mirando a Lolo:

—Cuando se pone nerviosa, ¡se mea!

El resto de la noche, Adara y Belinda no dejaron de estar la una en el punto de mira de la otra, y esta no paró de visitar el baño. La chica que había besado a Adara ya no volvió a darle ningún beso más. Y no porque ella no quisiera, sino porque Adara no se lo permitió. Ver a Belinda había vuelto a despertar algo que llevaba meses intentando controlar. Sabía que lo ocurrido aquella mañana entre Belinda y su ex no había estado bien. Pero, por propia experiencia, también sabía que ciertas relaciones necesitaban esa despedida para poder continuar en la vida.

Belinda, que ignoraba lo que aquella pensaba, según salió del baño por decimocuarta vez, preguntó a sus amigos:

—¿Nos vamos?

África y Lolo asintieron. Ahora sí que deseaban intimidad. Por ello salieron del local, y Belinda les dio dos besos y se despidió de ellos sonriendo.

—Pasadlo bien, chicos. Yo me voy..., ¡que ya me estoy meando otra vez!

—¿No quieres que te acerquemos en coche a tu casa?

Ella negó con la cabeza y, echando a andar, respondió:

—Ni hablar. —Y, al ver que la miraban, se mofó—: Me voy a hacer un trío: mi cama, mi almohada y yo.

Tras decir eso paró un taxi, se montó y se marchó.

—¿Qué tal si nosotros hacemos un cuarteto con tu cama, tu almohada, tú y yo? —preguntó entonces Lolo dirigiéndose a África.

Divertida, esta asintió y exclamó:

—¡Qué magnífica idea!

Capítulo 59

Cuando llegaron las Navidades, en esta ocasión Belinda sí las pasó con África. Invitadas por Asia, ambas bajaron a Valencia, donde pasaron unas bonitas fiestas rodeadas de las hermanas de África y sus sobrinos. Y esta última no volvió a preguntarle a su amiga Belinda por su familia de Segovia ni por su madre. Estaba de más.

Los padres de las muchachas, aun viviendo en Valencia, decidieron no asistir a la celebración que Asia organizó para todos. Y ni que decir tiene que las chicas lo respetaron. ¡Ellos se lo perdían!

En enero, una vez que regresaron a Madrid tras las fiestas navideñas, África entró en el Bébete A Tu Ex. De inmediato vio a Belinda, que estaba sentada a una mesa del fondo. África fue a acomodarse junto a ella y, tras darle dos besos y quitarse el gorro y el abrigo, preguntó:

—¿Llevas mucho esperando?

—Acabo de llegar —contestó su amiga.

Después de pedirle al camarero unas bebidas, África puso frente a ella una carpeta y dijo:

—¡Ya es oficial! He iniciado el papeleo para crear la editorial.

—Noooo...

—Sííí —aplaudió África encantada.

Entre risas comentaban aquello cuando el camarero dejó sobre la mesa las copas que habían pedido.

—Pues brindemos —dijo Belinda acto seguido.

Rápidamente, África asintió y su amiga declaró con solemnidad:

—Siempre has soñado con tener tu editorial, ¡y ahora, amiga, por fin el sueño va a hacerse realidad! —Ambas sonrieron y Belinda añadió—: Por ti, porque publiques infinidad de libros maravillosos y porque... ¿Qué nombre le vas a poner a la editorial?

África sonrió al oír eso.

—Las Triple M.

Belinda se quedó boquiabierta.

—Lo sé..., no me lo digas —musitó ella.

Acto seguido guardaron unos segundos de silencio, hasta que Belinda propuso:

—Brindemos por ti y porque la editorial Las Triple M coseche infinidad de éxitos.

Las dos amigas hicieron chocar sus copas. Después bebieron y, cuando las dejaron de nuevo sobre la mesa, Belinda quiso saber:

—¿Por qué has decidido ponerle ese nombre?

—Porque soy una romántica —dijo África cabeceando.

Ambas rieron y esta última explicó:

—Vale. He elegido ese nombre porque me trae buenos recuerdos. Y aunque dudé si ponerle Las Doble M, al final pensé que no, que tenía que ser Las Triple M por lo que significa para nosotras.

—Más buenas. Más duras. Más *level* —canturreó Belinda.

Las dos sonrieron y luego esta preguntó:

—¿Has hablado últimamente con Bosco?

África asintió. A pesar de no tener contacto con Gema, Bosco sí lo había mantenido con ellas sin que su madre lo supiera.

—Hablé con él hace dos días. Me contó que Gema está bien y que cada dos por tres está en Londres, visitándolos.

Eso hizo sonreír a Belinda. A pesar de la forma en que había terminado su amistad, deseaba que a Gema le fuera todo de lujo.

—Sigo acordándome mucho de ella —murmuró.

—Y yo...

Se miraban en silencio cuando Belinda, sonriendo, cuchicheó:

—¿Recuerdas su cara cuando creyó que había tirado su anillo de boda por el váter? ¿O cuando le regalamos el succionador de clítoris?

Ambas rieron y África dijo:

—Cómo olvidarlo...

—¿Se acordará ella de nosotras?

África se encogió de hombros y, mirando el arete de plata que llevaba en el dedo y que Belinda le había regalado, indicó:

—No lo sé. Pero, si lo hace, espero que sea con el mismo cariño con que nosotras pensamos en ella.

—Muy divertida no estaba la última vez que la vimos —musitó Belinda.

Sin poder evitarlo, ambas sonrieron. El día que la vieron en el bar, desde luego no estaba pasándoselo muy bien.

—Por cierto —añadió Belinda—, el otro día, cotilleando el Instagram de David, vi que había ganado un nuevo premio de surf en Australia.

—¡Es un crack el tío!

—Lo es —convino ella.

África, que como aquella cotilleaba el Instagram de David, preguntó entonces:

—¿Crees que será feliz?

Su amiga se encogió de hombros. Habían perdido el contacto con él.

—Quiero creer que sí. La vida sigue para todos, ¿no? —dijo tomando un trago de su copa.

Se miraron unos instantes en silencio y luego África preguntó:

—¿Has hablado con ellas?

Belinda asintió. Sabía a lo que se refería. Y, mirando a su amiga, respondió:

—Han dicho que sí.

África, emocionada por aquello, se lanzó a sus brazos. El primer libro que quería lanzar en su editorial era el suyo. Y, tras comérsela a besos, murmuró:

—Gracias..., gracias..., gracias...

Divertida por aquello, matizó:

—Lo único que me han pedido es que cambie sus nombres.

África afirmó con la cabeza, comprensiva, y Belinda, mirando a su amiga, dijo:

—En la vida imaginé que alguien como yo pudiera llegar a publicar un libro.

—¿Alguien como tú?

Belinda afirmó con la cabeza.

—Me refiero a alguien sin estudios como yo.

La otra sonrió y, al ver su turbación, preguntó:

—¿Necesitas un abracito?

Belinda dijo que sí sin dudarlo y su amiga rápidamente se lo dio. Luego permanecieron en silencio unos segundos hasta que la primera, separándose de África, susurró:

—Gracias...

—Las que tú tienes, muñecaza.

Eso las hizo reír a ambas y África, levantando su copa, dijo:

—Brindemos por la editorial Las Triple M y por el libro que publicaré y que ¿vas a titular...?

Belinda asintió. Llevaba pensándolo varios días, y dijo:

—*Las reinas de sus vidas.*

África chocó su copa con la de aquella y, tras beber, afirmó:

—Un título fantástico.

—Lo sé —declaró Belinda.

Capítulo 60

En Londres, Gema disfrutaba de un maravilloso fin de semana con sus hijos.

Estaban paseando por el mercadillo de Camden Town cuando Dunia exclamó:

—¡Me gusta esa chaqueta de cuero!

Gema la miró.

—Es muy chula —comentó Bosco.

Rápidamente, Dunia la sacó de la percha, se la probó y preguntó mirándose en el espejo:

—¿Qué os parece?

Su madre sonrió. Todas aquellas tiendas eran de segunda mano. Y, mirando a su hija, repuso:

—Te queda muy bien, pero ¿por qué no la compramos nueva?

Dunia sonrió y luego preguntó curiosa:

—¿Y dónde venden esta chaqueta de cuero nueva?

Gema se encogió de hombros.

—No lo sé. Pero seguro que, si buscamos, podremos encontrar alguna que se le parezca y...

—Mamá..., pero a mí la que me gusta es esta.

Gema asintió.

—Puedo encontrar una chaqueta nueva y reluciente que solo estrene yo —continuó Dunia—. Pero seguro que no tendrá ni esta arruguita que le da carácter, ni el cuero se ajustará tanto a mi cuerpo como se ajusta este, ni...

—Vale..., vale..., te he entendido. —Gema rio—. Solo te lo decía porque, hija, tenemos dinero suficiente para poder comprarte una chaqueta de cuero nueva. Así nadie podrá decir que la que llevas está vieja y andrajosa.

—¡Es *vintage*! —bromeó Bosco.

—¿Y a mí qué me importa lo que diga la gente? —preguntó Dunia mirando a su madre—. Es mi chaqueta. Me pongo lo que quiero y la luzco con orgullo.

—Estoy con ella —convino Bosco.

Divertida, Gema cabeceó y, besando a su hija en la mejilla, declaró:

—Muy bien, señorita. ¡Yo te la regalo!

—¡Genial! —exclamó Dunia encantada.

Después de pasar la mañana de compras en Camden Town, tras recoger a Damián, que había terminado su turno de trabajo en unos grandes almacenes, los cuatro se fueron a comer a un restaurante argentino al que Dunia se empeñó en ir. Al entrar, un chico de pelo oscuro los saludó con afabilidad y una gran sonrisa y, cuando se acomodaron alrededor de una mesa, Gema preguntó:

—¿Lo conocéis?

Los chicos asintieron.

—Es Fabrizio —dijo Bosco—. Compañero y amiguito de Dunia en la universidad.

Oír eso hizo que Gema mirara a su hija, y al ver que esta sonreía, cuchicheó:

—¡¿«Amiguito»?!

Dunia afirmó con la cabeza y su madre insistió:

—¿Con derecho a roce?

—Mamáááááá —protestó Dunia.

Divertida, Gema miró a su hija. Si su vida había avanzado en algún sentido era en abordar ciertos temas con normalidad con sus hijos.

—Cariño, soy adulta —susurró—. Tú también. ¿Dónde está el problema de hablar de ello?

Ella la miró sin dar crédito.

—Problema ninguno. Pero no me veo contándote mis intimidades entre Fabrizio y yo. ¿O acaso Bosco y Damián te cuentan las suyas?

Rápidamente aquellos negaron con la cabeza y Gema sonrió divertida.

—¿Has llamado a Belinda o África? —preguntó Dunia acto seguido.

Gema negó con la cabeza y, antes de que le preguntaran más, repuso:

—A ver, chicos... Ya os lo he dicho, pero os lo repito. Ellas y yo, por cosas nuestras, ya no somos amigas y...

—Pero, mamá —insistió Dunia—, con ellas te lo pasabas muy bien. Salías, ibas de fiesta, te divertías.

—Y ahora también me lo paso bien —aseguró Gema omitiendo la verdad—. Quedo de vez en cuando con algunas chicas de la oficina para divertirnos.

Bosco suspiró. No dudaba de que su madre saliera con aquellas, pero si algo tenía claro era que no se divertía. Solo había que recordar lo alegre que estaba antes. La de cosas que les contaba que hacía con África y Belinda, y lo poco que contaba ahora. Su felicidad era fingida. Lo sabía. Pero, sin querer meter más el dedo en la llaga, iba a hablar cuando esta dijo:

—He dejado Rhonda Rivera.

Oír eso hizo que los tres la miraran.

—Lo sé... Lo sé... —dijo ella—. Quizá haya sido una locura, pero no me veía trabajando allí. El ambiente no me gustaba. No valoraban mi trabajo y...

—Pero, mamá, ¿cuándo lo has dejado?

Sonriendo, Gema tomó aire y dijo:

—Ayer.

—¡¿Ayer?!

Ella asintió.

—Lo llevaba pensando un tiempo. Ayer me reuní con mi jefe. Le dije que me marchaba y él, gustoso, me abrió la puerta.

Los tres se miraron y, acto seguido, Dunia preguntó:

—¿Y qué vas a hacer ahora?

Gema se encogió de hombros. Por suerte, dinero para vivir no le faltaba.

—Buscaré trabajo en otro sitio donde me den la oportunidad de demostrar mi valía. Sé que en Rhonda Rivera el amigo de vuestro tío Ricardo me la habría dado, pero él murió hace tiempo y los que llevan hoy en día esa empresa parecen recién salidos de *El cuento de la criada*.

—Pero ¿qué dices? —preguntó sorprendido Damián.

Gema afirmó con la cabeza. Por desgracia, aquella empresa, que de puertas hacia fuera se veía moderna y actual, por dentro seguía anclada en el patriarcado. Ninguna mujer tenía voz ni voto; ninguna mujer tenía un cargo ejecutivo; ninguna mujer podía aspirar a nada, y no, Gema no quería trabajar en un sitio así.

Sin dar crédito, los chicos escuchaban lo que ella les contaba, hasta que Bosco preguntó:

—¿En serio en pleno siglo XXI sigue habiendo empresas así?

Gema asintió.

—Pues, mamá —terció Dunia—, entonces has hecho muy bien yéndote de ahí.

Ella sonrió y, mirando a su hija, declaró:

—La pena, cariño, es que hay muchas mujeres en esa y otras empresas que no pueden hacer lo mismo que yo. Tienen que aguantar a ciertos tipejos que no saben hacer la «o» con un canuto porque necesitan ese sueldo para vivir.

Los chicos asintieron. Era una pena que, aun habiendo grandes mujeres que podrían liderar grandes empresas, no se les diera la oportunidad por culpa de determinados machirulos.

—Hablando de machirulos —dijo entonces Dunia—, papá me llamó el otro día por teléfono...

Oír eso sorprendió a Gema. Por lo que sabía, tras lo ocurrido en Asturias, aquel no había vuelto a ponerse en contacto con su hija.

—Fue una conversación de apenas treinta segundos —añadió la muchacha.

—¿Y eso? —preguntó ella interesada.

Sin un ápice de pena, Dunia le dirigió una sonrisa a su hermano y contó:

—Llamó. Me dijo que si no pensaba llamarlo y le contesté que, hasta que no os pidiera perdón a vosotros dos delante de mí por el modo en que se había comportado en el hospital, no iba a hacerlo. Y luego, simplemente colgó.

Gema parpadeó boquiabierta. Lo de su ex era de traca.

—Por cierto —agregó Dunia—, cotilleando en su Instagram he visto que tiene nueva novia. Se llama Desirée, es modelo y tiene veinticuatro años.

Oír eso a Gema no le provocó ni frío ni calor. Lo que Tomás hiciera con su vida le importaba tres pepinos.

—Como macho alfa —dijo entonces Bosco con retintín—, él puede tener una novia joven, pero que una mujer tenga un novio más joven que ella..., ¡oh, Dios, sacrilegio!

Gema sonrió, consciente de por qué lo decía, pero de pronto su gesto cambió. En la barra, a pocos pasos de ella, un tipo vestido con vaqueros y el pelo recogido en una coleta la hizo parpadear. Visto desde atrás parecía David. Aquellos hombros. Su tono de pelo. Cómo se movía. Pero aquel se dio la vuelta y la fantasía se esfumó. No era él.

Bosco, Dunia y Damián, que se percataron de lo que pasaba, se miraron entre sí y el primero comentó:

—Desde atrás parecía él.

Gema no respondió. Y, mientras el corazón se le desaceleraba por lo que había creído y no fue, cogió la carta del restaurante para disimular.

—¿«Él» es él? —preguntó Damián.

Bosco y Dunia asintieron. Desde que pasó aquello en el hospital, ninguno había vuelto a mencionar el nombre de David. Su madre así se lo había exigido, aunque ellos lo llamaban «él» para horror de ella.

Gema los miró por encima de la carta del restaurante al oírlos, y Dunia señaló:

—No hemos dicho su nombre, así que no gruñas.

Ella resopló. Sus hijos seguían en sus trece con aquello.

—Por cierto —comentó entonces Bosco—, ¿sabéis que hace un par de semanas él ganó un nuevo trofeo en Australia?

Aunque estaban al corriente, Dunia y Damián se hicieron los sorprendidos, mientras Gema, que también lo sabía, disimulaba mirando la carta del restaurante. Aun habiéndose borrado el perfil de Instagram que aquel día Belinda y África le crearon, ella, por su cuenta, se había hecho otro que nadie conocía y desde el que miraba las fotos que David subía en Australia.

—Lo vi en su Instagram —añadió Bosco.

—Uis..., pues luego lo miraré —indicó Dunia.

Los tres se quedaron en silencio, hasta que Gema dijo bajando su carta:

—No me decido... No sé si pedir matambre arrollado o pizza argentina.

Dunia resopló e, incapaz de seguir disimulando un segundo más, inquirió:

—Mamá, ¿de verdad no vas a ponerte en contacto con él?

Gema levantó las cejas en señal de sorpresa.

—¿Con quién? —preguntó.

—¡Con él! —señaló Damián.

—¿Y quién es él? —dijo Gema.

—Mamáááá —gruñó Dunia.

—Duniaaaa —le replicó aquella.

Bosco, Damián y Dunia se miraron. Cuando no quería hablar sobre algo, Gema era dura de roer. Y Bosco, tirando la toalla, indicó mirándola:

—Pídete la pizza argentina. Aquí está muy rica.

Oír eso hizo sonreír a Gema, que, cerrando la carta, afirmó:

—¡Estupendo!

El domingo por la tarde Gema regresó a España.

Capítulo 61

En su casa Belinda cantaba a voz en grito el tema *1Trago*, de la cantante Danna Paola, mientras tendía la ropa que había sacado de la lavadora.

Por suerte, Víctor no había vuelto ni a escribirle ni a visitarla. El último día que se vieron las cosas habían quedado del todo claras entre ellos, y, como decía la canción, no lo odiaba porque ya no era importante para ella. Simplemente, él ya formaba parte de su pasado.

Jamón y *Queso* dormitaban sobre el sofá, y cuando Belinda terminó de tender la ropa, al entrar en el salón, se los quedó mirando y comentó divertida:

—San Destino, en mi próxima vida quiero ser perro y vivir en una casa como esta.

Divertida, entró luego en su dormitorio y miró las galeradas que África le había pasado de la novela corregida y que estaban sobre la cama. Belinda sabía expresarse muy bien, contaba las historias como nadie, pero aquello necesitaba una corrección ortotipográfica, y de eso se encargaba su amiga.

Una vez que dejó las galeradas sobre la mesilla, se duchó. Al cabo de tres horas tenía que irse a trabajar. Mientras estaba en el baño, oyó que su teléfono móvil sonaba. Sin prisa, lo dejó sonar, fuera quien fuese, ya volvería a llamar.

Cuando, minutos después, salió de la ducha, el teléfono sonó de nuevo. Esta vez lo cogió y vio que se trataba de la residencia en la que estaba Irene. Belinda resopló, pero, desbloqueando el teléfono, contestó:

—¿Dígame?

—Belinda...

—Sí. Soy yo.

—Soy Raquel. La cuidadora de Irene.

—Hola, Raquel. Dime.

—Siento decirte esto, Belinda..., pero tu madre acaba de fallecer.

Según oyó eso, asintió y cerró los ojos. Aquello que sabía que iba a pasar más pronto que tarde había pasado ya. Y, con la frialdad instalada en el cuerpo, sin interesarse por nada más, simplemente preguntó:

—¿Adónde la llevarán ahora?

Raquel, que conocía a Belinda y sabía el tipo de relación que mantenía con Irene, la entendió perfectamente. A pesar de no ser una madre y una hija al uso, nadie podría decir nunca que a Irene le hubiera faltado nada. Belinda siempre se había ocupado de que tuviera todo lo que necesitaba, aunque jamás la había abrazado ni besado.

—Sobre las cuatro Irene estará en el tanatorio de San Isidro.

—Allí estaré —dijo.

Una vez que colgó, fue directa hacia la cocina. Abrió la nevera, sacó una botella de agua fría y bebió. Cuando la metió de nuevo en la nevera, miró el reloj y, cogiendo su teléfono móvil, llamó a la empresa en la que trabajaba para avisarlos de lo ocurrido. Como era lógico, allí le dieron el pésame y le indicaron que tenía dos días de permiso por el fallecimiento de su madre.

Acto seguido, dejó el teléfono sobre la mesa, fue al salón, miró a sus perretes, que continuaban dormidos, y se sentó junto a ellos. Pensó en Irene. No guardaba ni un solo recuerdo bonito de ella. Ni uno. Lo único bueno que había hecho aquella en vida fue comprar el piso donde vivía y ponerlo a su nombre. Eso sí, no lo puso ni por amor ni por gratitud, sino tan solo para que su chulo del momento no se lo arrebatara o la obligara a venderlo.

Belinda observó a sus perros: los amaba. Pensó en Irene: la odiaba. Por muy duro e incomprensible que fuera para otros, lo que sentía por *Jamón* y *Queso* era todo lo contrario de lo que sentía por Irene. Muerta o viva, significaba lo mismo para ella: ¡nada!

Sin embargo, ahora la cosa había mejorado, pues ya no tendría que pagar la residencia y se evitaría tener que ir a visitarla cada quince días.

Durante dos horas, Belinda no se movió del sofá pensando en todas aquellas cosas. Finalmente se levantó y, viendo la hora que era, se vistió, sacó a *Jamón* y *Queso* a la calle para que hicieran sus necesidades, y, cuando regresó, cogió su bolso y las llaves del coche y se dirigió hacia el tanatorio de San Isidro. Aquello era lo último que haría por Irene.

Llegó allí y arregló los papeles pertinentes en el despacho del director del centro, y cuando salió tenía dos cosas claras: la primera, que Irene sería incinerada y sus cenizas enterradas en una fosa común, y la segunda, que tan pronto como Belinda se marchara de allí, Irene desaparecería definitivamente de su vida.

Decidida a acabar con aquello, Belinda se dirigió con paso seguro y acompañada por un empleado del tanatorio hacia la sala donde estaba aquella, pero, antes de entrar en la salita, se detuvo en la puerta.

—Quiero que el féretro esté cerrado. ¿Lo está?

El hombre se asomó a la sala y negó con la cabeza, por lo que Belinda añadió:

—Por favor, avise para que lo cierren.

El hombre asintió y, cuando se marchó, ella cogió aire y se decidió a entrar. Con paso lento, se aproximó a la urna que cubría el ataúd y sus ojos se posaron en aquella, que parecía dormida. Su corazón no se aceleró, ni se ralentizó, ni nada. Aquella mujer no significaba nada para ella, y, mirándola, murmuró:

—Si existe algo tras esta vida, no quiero volver a encontrarme contigo.

Minutos después, unos operarios del tanatorio entraron para cerrar la tapa del ataúd de Irene. Belinda observó como lo hacían y, una vez que dejó de verla, sonrió.

Sentada en una salita vacía adonde no acudiría nadie, miró las sillas, aquellas sillas que nunca se llenarían por Irene, y suspiró. Mientras pensaba en ello, salió de la sala y se fijó en las que había a los lados. Eran salas repletas de personas que se abrazaban, hablaban, lloraban, reían. Salas donde había cariño y vida.

No como la sala donde se encontraba Irene, que estaba vacía y sin amor.

Luego, tras tomarse un café en la cafetería, Belinda sacó el teléfono móvil del bolso y decidió llamar a África. Quería a su amiga a su lado.

Capítulo 62

Una hora después, mientras Belinda seguía sentada sola en el tanatorio, África llegó corriendo. Su llamada la había alertado. Y, al entrar en la salita y verla desierta, se le cayó el alma a los pies. ¿Por qué su amiga estaba sola?

Rápidamente se acercó a ella y, cuando Belinda la vio, sonrió y dijo abrazándola:

—Gracias por venir.

Con cariño, África la besó en la mejilla y murmuró:

—No digas tonterías. ¿Cómo no iba a venir?

Ella sonrió agradecida y, acto seguido, su amiga preguntó:

—¿Cómo estás?

—Bien.

A África la descuadró ver la sonrisa de Belinda.

—No te voy a decir que sea uno de los mejores días de mi vida, pero casi —dijo esta.

Su amiga la miró sorprendida. Pero ¿qué decía Belinda?

—¿No ha venido tu familia de Segovia?

Oír eso hizo resoplar a Belinda y, consciente de que ya no tenía por qué seguir mintiendo, confesó:

—Me lo inventé.

—¿El qué?

—Me inventé esa familia de Segovia... No existe.

África parpadeó y, cuando Belinda iba a hablar de nuevo, la primera dijo con cariño:

—Ya hablaremos. Por cierto, Lolo te manda un beso. Luego te llamará.

Belinda asintió y no dijo nada más. Era consciente de que su frialdad resultaba difícil de entender.

* * *

Cuando el taxi dejó a Gema en la puerta del tanatorio, el corazón le iba a mil. Su hijo Bosco la había llamado para decírselo. Al parecer, sus antiguas amigas y él seguían en contacto, y África lo había avisado de la muerte de la madre de Belinda para que se lo dijera a ella.

En cuanto colgó el teléfono, Gema supo que tenía que ir al tanatorio. Quizá Belinda la echara de allí, quizá no, pero su madre había muerto y necesitaría que la abrazasen. Por ello, tras dejarle comida y agua a *Gamora*, cogió su bolso y se marchó.

Con paso seguro, a pesar de que estaba temblando por dentro, se encaminó hacia la sala que su hijo le había indicado y, al llegar, se quedó parada. Allí solo estaban África y Belinda, que tenía la cabeza apoyada sobre el hombro de su amiga. Tras tomar aire, Gema entró y, poniéndose delante de ellas, como una autómata, declaró mirándolas:

—Belinda..., siento mucho lo de tu madre.

La sorpresa que causó su aparición fue mayúscula. Y Belinda preguntó:

—¿Qué haces aquí?

Retorciéndose las manos por los nervios, Gema respondió:

—Bosco me ha avisado.

Belinda cabeceó y, mirando a África, inquirió:

—Y tú has avisado a Bosco, ¿verdad?

Ella afirmó con la cabeza. Tras recibir la llamada de Belinda, había telefoneado a Bosco de inmediato. Lo ocurrido era importante. Y, como Gema había cambiado su número de teléfono, su única opción era llamarlo a él y que este la avisara. Si iba o no al tanatorio era algo que debía decidirlo Gema.

Las tres se miraban en silencio cuando esta, tras dar las gracias a África con la mirada, preguntó dirigiéndose a Belinda:

—¿Puedo darte dos besos y un abrazo?

Ella dijo que sí con la cabeza sin dudarlo. Se puso en pie y Gema la abrazó mientras murmuraba:

—Lo siento mucho, Belinda... De verdad.

La aludida no respondió. Era duro decir que ella no lo sentía. Al cabo, volvió a sentarse en la silla.

África y Gema se miraron, y luego esta última declaró:

—Gracias por avisarme.

La otra asintió y, dando un paso hacia ella, preguntó:

—¿Puedo saludarte?

Oír eso hizo polvo a Gema, pues recordaba lo último que les había dicho.

—Claro que sí, África —afirmó.

Sin dudarlo, ambas se abrazaron. Y, al hacerlo, Gema repitió:

—Gracias por avisarme, de verdad.

—A ti por venir. Era importante para ella —cuchicheó África.

Cuando se separaron, ambas sonrieron, África volvió a sentarse junto a Belinda y Gema preguntó:

—¿Os importa si me quedo un rato con vosotras?

Belinda se encogió de hombros y musitó:

—Nadie te ha dicho que no lo hagas.

Acto seguido, las tres se quedaron en silencio, mientras de fondo se oía el murmullo de las voces procedentes de las otras salas. Llevaban meses sin verse. Sin hablar. Y Gema, apurada y sin saber qué decir, preguntó:

—¿Tu familia de Segovia no ha llegado todavía?

Belinda negó con la cabeza y, con tranquilidad, la miró y dijo:

—Como le he dicho antes a África, esa familia no existe. Me la inventé.

Gema parpadeó sorprendida, y Belinda añadió:

—Si nunca quise hablar de mi familia, como vosotras hablabais de las vuestras, fue porque nunca la tuve, y por eso me inventé la de Segovia. Irene me privó de tener una familia, y por eso y muchas cosas más la he odiado siempre.

Gema y África intercambiaron una mirada asombradas, y Belinda repitió:

—Sí, *odiado*, habéis oído bien.

De nuevo sus amigas se miraron y ella continuó:

—Irene comenzó siendo *stripper* y terminó siendo prostituta y yonqui. Nunca entenderé por qué decidió tenerme, si cuando me tuvo pasó de mí y, cuando se enfadaba, me reprochaba que su error, que era yo, debería habérselo quitado de encima cuando, al parecer, mi padre le decía que abortara. Mis primeros años de vida los pasé en casas de acogida. Sitios donde me cogían cariño, donde me trataban bien, donde querían darme una familia y un futuro, pero de los que ella me sacaba por egoísmo. Si ella no podía tener una buena vida, ¿por qué la iba a tener yo?

Mirando a aquellas, que ni siquiera parpadeaban, Belinda prosiguió:

—Irene nunca actuó como una madre. Nunca me besó, ni me abrazó, ni celebró mi cumpleaños, ¡ni nada! Era una mujer malvada que, para hacer la gracia, me echaba de casa en los días más fríos y lluviosos. Al parecer, desde la ventana ella reía cuando me veía sola y llorando. Lo sé porque me lo contó hace tiempo un vecino. Sin embargo, eso se acabó cuando los vecinos comenzaron a darse cuenta de la situación y lo denunciaron. Los servicios sociales me apartaron de ella de nuevo, yo tenía entonces cinco años. Pero a los ocho Irene volvió a recuperarme. De nuevo se fiaron de ella. Esta vez no me echaba de casa. Esta vez me encerraba dentro de un armario amordazada para que no pudiera moverme ni chillar. A partir de los doce, en infinidad de ocasiones, tuve que salir huyendo del piso donde vivíamos de alquiler porque sus novios, cuando ella estaba borracha o drogada, venían a por mí. Cuando ella desaparecía durante días o semanas con alguno de ellos, yo, sin decirles nada a los vecinos para que no llamasen a los servicios sociales, iba al colegio y, de camino, rebuscaba en los cubos de basura para subsistir.

—Belinda... —murmuró Gema conmovida.

África le apretó la mano con cariño. En la vida habría imaginado nada parecido.

—Los años pasaron y sus adicciones crecieron —continuó Belinda—. Pero en un golpe de suerte, que no quiero saber cómo fue, se hizo con un dinero que invirtió en comprar la casa en la que vivíamos y vivo yo ahora. La puso a mi nombre para que su chulo del momento y los que pudieran venir después no se apropiaran de ella, y yo tuve que enfrentarme a ellos. De hecho, la cicatriz que tengo en la barriga fue porque uno de ellos me apuñaló.

—Pero ¿qué dices? —exclamó África sobrecogida.

Belinda asintió y, omitiendo contar el episodio, prosiguió:

—Pasado un tiempo, Irene desapareció de nuevo. Yo tenía entonces veinte años, y recuerdo que rezaba para que no volviera a aparecer, pero una tarde me llamaron del hospital para decirme que estaba ingresada. Cuando fui, los médicos me explicaron su cuadro clínico. A pesar de lo joven que era, le diagnosticaron un Alzheimer muy agresivo y un cuadro psicótico, provocado por las drogas y el alcohol, que le impedirían tener una vida normal, por lo que me recomendaron que la ingresara. Los dos siguientes años todo fue a peor en mi vida. No tenía dinero para ingresarla, por lo que vivíamos juntas y..., bueno, al final, y gracias a la ayuda de distintas personas, conseguí una plaza en una residencia y, desde entonces, he estado pagando su...

Calló. Recordar era duro, durísimo. Acto seguido, reponiéndose, y sin soltar una lágrima, matizó:

—Por eso nunca os conté nada. Ella me robó mi infancia, mi niñez, mi juventud... Y no estaba dispuesta a que siguiera robándome un segundo más de mi vida. Recordar lo que pasé con ella no me gusta. Y cuando os conocí y vi que teníais unas vidas normales, dentro de lo que os estaba pasando con vuestros ex, supe que debía callar para no daros pena. Estaba harta de que todo el mundo se compadeciera de mí, y no quería que vosotras lo hicierais también.

—Belinda... —murmuró Gema, a quien le corrían lágrimas por las mejillas.

—Reconozco que disfruté mucho con vuestras familias. África, tus hermanas, tus sobrinos y cuñados son la leche, aunque de tus padres prefiero no opinar...

—Mejor... —convino ella.

—Y en cuanto a ti, Gema —prosiguió Belinda—, la tuya es la familia ideal. Sé que sabes lo afortunada que eres de tenerlos al cien por cien, pero alguien como yo, que ha tenido una vida complicada, sabe lo afortunada que eres de tenerlos al mil por mil.

—Lo siento mucho, Belinda..., lo siento —susurró ella con la cara llena de lágrimas.

La aludida sonrió y, mirándola, añadió:

—Yo sí que siento haberte perdido.

Gema rompió a llorar aún con más fuerza, mientras África, que se secaba también las lágrimas de las mejillas, iba a hablar cuando Belinda dijo:

—Sé que nunca entendiste la relación que tenía con Irene porque nunca me sinceré contigo. Pero la realidad es la que acabo de contarte, por dura y terrible que resulte, y espero que ahora puedas entender por qué callaba.

—Claro que te entiendo —aseguró Gema.

—Y..., bueno —continuó—, también sé que a veces soy impulsiva, malhablada, bruta y tengo cierto punto de locura, pero...

—Pero nada —musitó África—. Eres la mejor persona que he conocido en mi vida, porque siempre lo das todo sin esperar nada a cambio.

Su amiga sonrió al oírla. ¿Qué iba a esperar de nadie?

—Perdón... —dijo entonces Gema entre sollozos—. Os pido perdón por lo tonta que fui. Estaba tan furiosa con Tomás y con las cosas tan terribles que decía..., y luego veía a la gente en el hospital mirándome y cuchicheando y yo..., yo lo pagué con vosotras y os eché de mi vida, cuando vosotras fuisteis lo mejor que me pudo suceder. Pero yo ¡os quiero!, ¡os necesito!, ¡os echo de menos! Y, por favor, necesito que me perdonéis y me deis la oportunidad de mostraros que todo lo que dije fue fruto de la rabia y la frustración que sentía.

Sus amigas se miraron. Oír eso de Gema era lo único que necesitaban.

—Siempre he pensado que un amigo es quien hace por entender tu pasado, vive junto a ti el presente, te desea un bonito futuro y, sobre todo, te acepta tal y como eres —declaró Belinda dirigiéndose a ella.

Gema lloraba y lloraba. Las palabras de aquella y el cariño que, una vez más, sus amigas le habían demostrado nada más verla la hacían llorar sin parar. Y entonces Belinda, abriendo los brazos, soltó:

—Aun a riesgo de que vuelvas a decirme que me meta mis abrazos por donde me quepan..., ¿necesitas un abracito?

Sin dudarlo, Gema se lanzó hacia ella. Un abrazo de Belinda era lo que más necesitaba. Y aquella cuchicheó con cariño mientras la abrazaba:

—Te he echado mucho de menos, que lo sepas.

—Y yo a ti... —Gema lloriqueó.

África las miró emocionada. Adoraba a aquellas dos mujeres de una manera que no podía ni explicarse, y, mofándose, preguntó:

—¿Y a mí quéééé?

Rápidamente, Belinda y Gema la abrazaron y, besándola con mimo en la mejilla, esta última murmuró:

—A ti te adoramos las dos.

Complacidas por aquel encuentro tan necesitado y deseado, las tres sonrieron y luego África dijo:

—Tenemos que contarte muchas cosas.

—Me muero por saberlas —indicó Gema, que, bajando la voz, y consciente de dónde estaban, añadió—: Chicas, que estamos en...

—Sé dónde estamos —replicó Belinda y, señalando la urna de cristal donde estaba el féretro, añadió—: Y aunque lo que voy a decir es muy feo, que se joda, porque por fin tengo una familia que se preocupa por mí y me quiere, y soy feliz.

Las tres se abrazaron y sonrieron por aquello, y acto seguido Belinda añadió mientras se ponía en pie:

—¡Vámonos de aquí!

Gema y África la miraron, pero aquella insistió:

—San Destino vuelve a decirme que hoy es el primer día del resto de mi vida y quiero disfrutarlo con vosotras.

Y, dicho esto, las tres amigas salieron del tanatorio sin ningún sentimiento de culpabilidad. Tenían mucho que contarse.

Capítulo 63

Tras comprar una botella de Mateus rosado, se dirigieron a casa de Belinda. Nadie que las viera charlar y reír habría dicho jamás que salían del tanatorio. Pero la realidad era esa. Belinda acababa de cerrar, por fin, una parte de su pasado que la tenía prisionera, y si ella quería celebrarlo y estaba feliz, ¿por qué no hacerlo?

Una vez allí, y tras saludar con amor a *Jamón* y *Queso*, se sentaron las tres en el sofá y Gema comentó mirándolas:

—Aún no me creo que esté aquí con vosotras.

Ellas rieron y África repuso:

—Lo importante es que estás.

Gema asintió, y acto seguido, suspirando, preguntó:

—¿Cómo pude deciros lo que os dije? ¿Cómo pude comportarme así?

—Porque te dejaste llevar por los comentarios dañinos del Cayetano de tu ex —indicó Belinda—. Y, de pronto, todos los pasitos que habías dado para vivir la vida los olvidaste, te entró el miedo y te echaste atrás.

Gema cabeceó.

—David te lo dijo —señaló África—. Te dijo que solo habías tenido que escuchar las imbecilidades que tu ex te decía para echar por tierra todo lo que habías decidido por ti misma.

Ella no contestó, y Belinda, aun sabiendo la respuesta porque Bosco la había informado, preguntó:

—¿Qué sabes de David?

Gema se retiró el pelo del rostro y respondió:

—Nada.

—¿Y no crees que deberías...?

—No, Belinda —la cortó ella—. Si algo tengo claro es que eso ya quedó atrás. Es pasado y se acabó.

—Pero, Gema...

—África —insistió ella—. Hace meses que no sé nada de él. Como le pedí, no se ha puesto en contacto conmigo ni me ha buscado, así que, por favor, dejémoslo como está. Mi vida está bien y, con vosotras ahora de nuevo en ella, está perfecta. Así que, por favor..., por favor..., dejemos el tema de David ahí.

África suspiró y Belinda preguntó:

—¿Has conocido a alguien especial en este tiempo?

La pregunta era directa y Gema, mintiendo, afirmó:

—Sí.

Belinda y África la miraban boquiabiertas.

—Dime que no es otro machirulo como tu ex... —susurró la primera.

Eso le hizo gracia a Gema, que respondió:

—No. No lo es.

Sus amigas asintieron aliviadas, y después África señaló:

—Te vimos una noche en un local y, la verdad, muy divertida no parecías... No será alguno de esos tipos, ¿no?

Oír eso hizo que Gema parpadeara. ¿La habían visto aquella noche?

—Pero como nos dijiste que no nos acercáramos a ti, lo respetamos —matizó Belinda rápidamente—. Aunque, chica..., menuda fauna ibérica te acompañaba y la murga que te estaba dando uno de ellos.

Eso hizo sonreír a Gema. Aquella tenía razón.

—Ni loca tendría nada con ninguno de aquellos y..., bueno, lo cierto es que os acabo de mentir... No he conocido a nadie especial en este tiempo, aunque ¡no sé por qué he dicho que sí!

—¡Serás mentirosa...! —se mofó África.

Las tres sonrieron y Gema, para desviar el tema, preguntó:

—Y vosotras ¿qué me decís de Adara y Lolo?

—Ahhh, muy bonito. Nos mientes. No se puede mencionar a Bon Jovi, pero ¿tú sí quieres saber de Adara y Lolo? —bromeó Belinda.

Gema sonrió e, intentando llevarlo por el camino del humor, contestó:

—Ya sabes que siempre he sido algo cotilla.

Las tres sonrieron y luego África dijo:

—Lolo y yo nos vemos de vez en cuando. Voy a Valencia, viene a Madrid, pero poco más.

—Poco más porque ella quiere —señaló Belinda—. Porque solo tendrías que ver la carita de cordero degollado de Lolo para saber que, si ella quisiera, habría algo más.

—Belinda, ¡no empecemos! —gruñó África.

La aludida sonrió.

—Bájate del pedestal, muñeca. Lolo te gusta tanto como tú le gustas a él. Y si no pide más es porque no paras de decirle que vives muy bien solita y que, en tu baño, ningún tío deja su cepillo de dientes.

—Es que es verdad —afirmó ella.

Belinda suspiró.

—Me gusta. ¡Claro que me gusta! ¿A quién no le va a gustar Lolo? —añadió—. Pero de ahí a que yo quiera tener algo más con él, ¡va un mundo!

Belinda miró a Gema con gesto cómplice y esta preguntó:

—Y de Adara ¿qué me dices?

Al oír ese nombre, Belinda suspiró.

—Nos encontramos con ella una noche en que Lolo estaba en Madrid y salimos los tres a tomar unas copas —terció África.

—No me digas —murmuró Gema.

Belinda asintió y luego cuchicheó con retintín:

—Estaba muy bien acompañada.

Gema se apenó al oír eso.

—¡Ni te imaginas la de veces que fue Belinda al baño! —añadió África.

—¡Serás perra! —se mofó aquella.

Estaban riendo por aquello cuando África indicó:

—Solo diré que cuando se vieron se comieron con la mirada, y la otra dejó de existir. Eso sí, ninguna se movió de su sitio. Y mira que yo animé a esta pedorra para que lo hiciera, pero ¡nada!

Eso hizo sonreír a Belinda, que agregó:

—Si ella no se movió y yo tampoco, ¿no crees que sería por algo?

África puso los ojos en blanco.

—Por orgullo —replicó—. Las dos sois unas orgullosas, y ninguna dio el paso para no quedar por debajo de la otra. Pero, joder, Belinda, solo había que ver cómo os buscabais continuamente con la mirada como para saber que donde hubo fuego aún quedaban rescoldos.

—¡Qué romántico! —bromeó esta.

África asintió. Gema también. Y Belinda, levantándose, señaló:

—Paso de Adara como ella pasa de mí. Voy a la cocina a por unas patatitas fritas.

Una vez que aquella desapareció, Gema preguntó dirigiéndose a África:

—¿Sigue pensando en Adara?

—Constantemente —aseguró ella.

Ambas sonrieron y luego Gema susurró:

—¿Crees que está bien, después de lo que ha pasado hoy con Irene?

África hizo un gesto afirmativo con la cabeza. Y mirando a Gema, indicó:

—Creo que lo mejor para ella es no volver a hablar de Irene.

Lo que Belinda les había contado sobre aquella y su pasado era sobrecogedor. De pronto, recordando algo, preguntó:

—¿Volviste a saber de tu ex?

África negó con la cabeza. Lorenzo estaba fuera de su vida.

—Imagino que sigue en Bruselas —contestó—. Pero, la verdad, ni lo sé ni me importa.

Gema asintió.

—Y del tuyo ¿qué sabes? —preguntó su amiga.

Esta vez ella sonrió y, mirándola, dijo:

—Lo último que me contó Dunia es que tenía nueva novia, que era modelo y tenía veinticuatro años. Siguen sin hablarse, pero Dunia le cotillea el Instagram.

África soltó una risotada.

—Míraloooo..., ¿ya no existe para él la diferencia de edad? ¿O como él es un macho de la fauna ibérica puede estar con la hembra que quiera?

—Por mí, como si está con un rinoceronte —se mofó Gema—. Mientras no les haga daño a mis hijos, el resto me da igual.

—Esa es la actitud —afirmó África.

Ambas reían por aquello cuando Gema, que necesitaba ponerse al día, preguntó:

—¿Qué tal con tus padres?

África se encogió de hombros y, consciente de que nada era perfecto en la vida, respondió:

—No los he vuelto a ver desde aquel día en Valencia.

Conmovida, Gema tocó la mano de su amiga. Si a ella sus padres no le hablaran, la hundirían.

En ese instante Belinda regresó con un plato de patatas fritas.

—Mirad —dijo—, si la vida me ha enseñado algo, además de que san Destino en ocasiones es muy cabrito —aquellas sonrieron—, es que, si alguien no te quiere, no te reclama y no te necesita, él se lo pierde. Me da igual si es un hermano, un vecino o un padre. Todos los seres humanos tenemos un corazón, sentimientos y empatía. Y quien no quiera usarlos que no los use, pero que no exija que yo los utilice hacia ellos. —Y, al ver como sus amigas la miraban, añadió sacando unas copas—: Seré bruta. Seré directa. Seré lo peor. Pero es lo que pienso y lo que pensaré hasta que me muera.

África asintió y luego murmuró con una sonrisa:

—Entiendo lo que dices y tienes mucha parte de razón. En cuanto a mis padres, si me necesitan, ahí me tendrán. Pero yo no los voy a buscar, pues ya me han echado demasiadas veces de su vida.

Gema afirmó con la cabeza, conmovida, y Belinda, para cambiar de tema, dijo mientras dejaba unas copas sobre la mesa:

—¿Sabes que me van a publicar un libro?

Oír eso hizo que Gema parpadeara. Sabía que Belinda escribía porque África se lo había comentado en una ocasión, y cuando iba a hablar, esta última, cogiendo la botella de Mateus rosado, dijo con mofa dirigiéndose a Belinda:

—Dile cómo se llama la editorial.

—Las Triple M —indicó ella divertida.

Sorprendida, Gema miró a África.

—Sííííí, ¡lo estoy haciendo! —exclamó esta gustosa—. La semana que viene tengo cita con los abogados de la asesoría en la que mi hermana América empezó a trabajar hace unos meses para cerrarlo todo.

Gema cabeceó satisfecha. Le parecía bien que África hubiera seguido con el proyecto. Al fin y al cabo, había sido ella la que lo había iniciado.

—¿Y por qué ese nombre? —preguntó.

—Porque es un buen nombre. Porque encierra muchos recuerdos bonitos y porque Las Triple M somos... —declaró mirando a Belinda.

—¡Más buenas, más duras, más *level*! —canturrearon las tres entre risas.

Cuando dejaron de reír, añadió:

—Por esa misma razón le puse ese nombre. Porque nos empodera.

Gema asintió gustosa mientras Belinda servía vinito en las copas y África decía:

—El primer libro que publicaré será el de Belinda.

Entonces Gema miró a aquella y cuchicheó:

—¿Y tú desde cuándo escribes?

Ella, sonriendo, se levantó del sofá, y tras abrir un mueblecito sacó los cuadernos que llevaba escribiendo toda su vida.

—La soledad, la luna y la necesidad de contar lo que me pasaba fueron mis compañeras —declaró—. Ellas me hicieron coger papel y bolígrafo cuando era una chiquilla y comenzar a escribir.

Sus amigas miraban los cuadernos que Belinda sostenía en la mano cuando esta añadió:

—África leyó algunos relatos de las mujeres de la asociación y...

—¡Yo quiero leer ese libro! —exigió Gema entonces.

Divertida, Belinda fue a buscar las galeradas y, sin dudarlo, se lo tendió.

—Aquí lo tienes —dijo.

Gema cogió complacida aquel fajo de papeles y luego Belinda, dirigiéndose a África, dijo al tiempo que le entregaba unas libretas:

—Estoy preparada para que leas estos cuadernos.

Esta afirmó con la cabeza y Belinda, sentándose junto a ellas, declaró:

—Estos cuatro cuadernos de color amarillo cuentan la historia de mi vida. Y si lo que os he explicado os ha parecido duro, esperad a leer esto y luego me decís.

—Madre mía —susurró Gema conmovida.

—Y este otro cuaderno cuenta la historia que tuve con Víctor y que di por finalizada cuando regresé de Llanes.

África asintió turbada y en ese instante Belinda susurró:

—No quiero tener más secretos con vosotras.

Sus amigas intercambiaron una mirada y, acto seguido, Gema comentó:

—Me encantará leerlo.

Belinda sonrió y África, mirando a Gema, indicó jugándosela:

—Oye, sé que me dijiste que podía contar contigo para la publicidad y el marketing, pero entiendo que ahora...

—Puedes contar conmigo al cien por cien.

Oír eso hizo que África levantara una ceja y Gema, echándose al ruedo como segundos antes había hecho su amiga, preguntó:

—¿Volverías a aceptarme como socia?

—¡¿Qué?! —murmuró.

Belinda las miró a ambas emocionada. Y Gema dijo:

—Hice y dije tantas tonterías ese día... Pero si me aceptas, te juro que esta vez no te voy a decepcionar. Es más, dejé mi trabajo en Rhonda Rivera y podré estar contigo al cien por cien.

Oír eso hizo que Belinda y África parpadearan.

—Ya tuve un marido machista que controlaba mi vida y mis decisiones, y no estaba dispuesta a tener unos jefes iguales —continuó Gema—. Quiero ser yo. Deseo demostrar mi valía como persona y, sobre todo, como mujer sin que nadie me corte las alas. Por lo que ahora vuelvo a estar libre, y si tú quieres...

—¡Quiero! ¡Claro que quiero! —aseguró África.

Tener en el equipo a Gema era bueno. Si ella formaba parte del proyecto, podía hacerlo más grande. Y, gustosa, comentó:

—Como siempre dijimos, tú llevarías la parte editorial y yo la parte de marketing y publicidad.

—¡Joder, sí! —exclamó África excitada.

Ante el silencio de Belinda, ambas comenzaron a hablar del tema. Aquello era muy emocionante, las llenaba de ilusión. Crear una empresa liderada por ellas, por mujeres, era una excelente idea, y, viendo que todo podía volver a ser lo que era, Gema indicó:

—Tengo un local en la Gran Vía de Madrid que podría transformarse en unas oficinas increíbles. ¿Qué te parece?

África asintió. La emoción la embargaba.

—A ver, chicas, lo que decís es genial..., ¡ideal! —terció Belinda—. Publicaréis mi primer libro y, posiblemente, con lo que gane por su venta tendré para comprarme una tostadora nueva, pero ¿no necesitaréis a alguien para la limpieza de vuestra empresa?

Gema y África la miraron. Darle aquella noticia, aun sin haberlo hablado, era lo que más las emocionaba. Belinda se merecía una oportunidad; ella valía para cualquier cosa que se propusiera. Tras un gesto de Gema que África entendió, esta declaró:

—Mañana mismo llamaré a mis abogados para informarlos de los cambios. Tendrán que hablar con tus abogados, Gema, y, joder, ¡qué biennnn! Pero mientras eso llega, Belinda San Juan Ramírez, ¿qué te parecería llevar la parte administrativa de la empresa en el caso de que la venta de tu libro solo dé para la tostadora?

Al ver que aquellas dos la miraban, Belinda dijo entonces con un hilo de voz:

—¡¿Yo?!

—¿Hay otra Belinda San Juan Ramírez aquí? —se mofó Gema.

Sin dar crédito, ella se llevó las manos a la boca y susurró:

—¡Ay, que me meo!

Eso les hizo gracia. Si Belinda se meaba, era porque estaba viva.

—Eres la persona más lista y trabajadora que he conocido en mi vida, Belinda —terció Gema riendo—. Creo que serás el mejor fichaje que podamos hacer. ¿Qué te parece ir pidiendo la cuenta en tu empresa para comenzar a prepararte para lo que te viene?

Ella se apresuró a asentir y, divertidas, Gema y África dijeron al unísono:

—¡Contratada!

—Joder con san Destino..., ¡esta vez se ha lucido! —murmuró aquella corriendo hacia el baño mientras sus amigas se reían.

Estaba claro que entre ellas había un vínculo especial. Un vínculo perfecto que no se sabía por qué surgía, pero el caso era que entre ellas había pasado. No solo eran amigas. Eran mucho más... ¡Eran familia!

Cuando Belinda volvió junto a ellas, de pronto, percatándose de que tenía la cara mojada, preguntó:

—¿Qué tengo en las mejillas?

África y Gema parpadearon sorprendidas al mirarla y luego esta última susurró:

—Madre del Verbo Divino...

—¿Qué pasa? —preguntó Belinda.

—Que estás llorando —declaró África.

Rápidamente Belinda se tocó las mejillas. Lo que corría por ellas y salía de sus ojos eran lágrimas. Unas lágrimas que llevaban sin aparecer desde que tenía ocho años por culpa de Irene. Y que, de nuevo, la vida las había hecho brotar. Emocionada, rio y lloró, y, acto seguido, declaró con una sonrisa:

—Estoy llorando, y es de felicidad, por vosotras... Por mi familia...

Capítulo 64

A mediados de abril, la editorial Las Triple M ya era un hecho.

Las obras que estaban haciendo en las oficinas del local de la Gran Vía de Madrid llegaron a su fin. Habían sido unos meses de trabajo arduo, pero finalmente todo había quedado como ellas querían. Como se merecían. Ese día, un camión descargaba los distintos muebles que necesitarían para equipar la editorial cuando África, mirando su teléfono móvil, indicó:

—Acabamos de recibir otros doce manuscritos por correo electrónico.

Oír eso las llenó de felicidad. Gracias a Dunia, Bosco y Damián, bastantes jóvenes que escribían distintos géneros de novela se estaban poniendo en contacto con ellas, y aunque el tema comenzaba a desbordarlas, la felicidad las desbordaba más aún. Estaban descubriendo escritores nuevos, voces nuevas que contaban historias maravillosas que ellas deseaban publicar.

A la hora de la comida, cuando los operarios terminaron de descargar y se marcharon, las tres chicas disfrutaban de ello mientras se daban un paseo por las oficinas cuando Belinda comentó:

—He hablado con Kevin y Lidia.

—¿Y...? —preguntó África.

Belinda sonrió.

—Han aceptado. Cuando abramos las oficinas podemos contar con ellos.

—¡Genial! —exclamó Gema.

Belinda sonrió feliz. Poder pertenecer a un proyecto como aquel le estaba haciendo sentir muy bien, y más cuando había podido incluir en él a Kevin y a Lidia en el servicio de limpieza. Era una magnífica oportunidad para ellos: contrato fijo, mejor sueldo, menos horas, y sobre todo mejor trato.

Cuando Belinda les hizo la propuesta, Kevin y Lidia no se lo podían creer. La oportunidad que les estaba ofreciendo les facilitaba la vida y, sin dudarlo, aceptaron. No había más que pensar.

Después de hacer la ronda, decidieron salir a comer. Estaban famélicas. Caminando por la Gran Vía, llegaron a un restaurante llamado El Mercado de la Reina, un sitio que les encantaba y en el que entraron sin dudarlo.

Una vez que se sentaron en su acogedor salón y pidieron lo que deseaban para comer, Gema señaló:

—Chicas, ¡empiezo a recibir confirmaciones de asistencia para la fiesta de inauguración de la editorial!

Eso las hizo sonreír felices y durante un rato estuvieron hablando del evento, que estaba previsto para el 12 de mayo.

Tenían contratado el catering y a un grupo musical para que amenizara la velada. Asistirían prensa, *influencers* y *tiktokers*, familia y amigos. Y estaban hablando de aquello cuando de pronto oyeron:

—Belindaaaaaaaaaa...

Al mirar, todas se sorprendieron, y en especial Belinda, que vio como Luna corría hacia ella.

Sin dudarlo, se levantó y preguntó cogiendo a la niña:

—Pero ¿tú de dónde sales?

En ese instante, Adara subía a toda prisa por la escalerita y, al ver por qué su hija había salido corriendo, se acercó adonde estaba la niña.

—Hola —saludó.

Las tres amigas la saludaron, y Adara, dirigiéndose a su hija, gruñó:

—Si vuelves a hacer algo así, me voy a enfadar.

La niña hizo un puchero y, apoyando la cabeza en el hombro de Belinda, exclamó:

—Mami, ¡es Belinda! ¡Es ella!

Adara la miró. Belinda sonrió y, tras devolverle la sonrisa, apurada, mirándolas a las tres, murmuró:

—Disculpad. Estaba pidiéndole al camarero la cuenta para marcharnos y, de repente, la he visto subiendo la escalera.

Belinda miró a Luna y, negando con la cabeza, la regañó:

—Eso no se hace y lo sabes, ¿verdad? —La niña asintió, y ella continuó—: Si te vas sin avisar a mamá, la asustarás. Así que no tienes que volver a hacerlo, ¿entendido?

La niña volvió a asentir, y luego Adara indicó apurada:

—Vamos, Luna. Tenemos que volver a casa. Alicia te está esperando. Tengo que irme a trabajar.

Belinda sabía que Alicia era la mujer que cuidaba de la niña cuando su madre no estaba.

—¿Dónde están *Jamón* y *Queso*? —le preguntó Luna entonces.

—En casa —dijo ella.

—¿Y cuándo los voy a ver?

Belinda no respondió. No podía responder a eso. Y Adara, sorprendiéndola, contestó:

—Cuando Belinda pueda.

Oír eso hizo que la aludida la mirara y Adara, ante las miradas de sorpresa de Gema y África, declaró:

—Debería haberte escuchado. Creo que me equivoqué.

Belinda parpadeó asombrada y Adara, retirándose el pelo de los ojos, añadió:

—Lo que vi me enceló. Pero ahora puedo llegar a entender que era tan solo una despedida. Yo también he pasado por situaciones así... No obstante, cuando te vi en bata, descalza y...

Belinda le cogió la mano con cariño. Oír eso que no esperaba le tocó el corazón.

—Era una despedida. Te lo dije.

Adara asintió. Y, cogiendo a Luna de los brazos de aquella, agregó:

—Si aún te apetece, llámame y hablamos.

Belinda afirmó con la cabeza. ¡Claro que le apetecía!

Tras darle un beso en la mejilla a la niña, se acercó a Adara y la besó en los labios.

—Te llamaré —aseguró.

Sonriendo, Adara se despidió de África y Gema, a las que solo les faltaban las palomitas, y cuando esta se marchó, Belinda, como en una nube, preguntó con un hilo de voz:

—¿Ha ocurrido lo que creo que ha ocurrido?

África asintió y Gema, emocionada, murmuró:

—Sí. Y ha sido taaaannnnn romántico.

Belinda sonrió. La vida últimamente no paraba de sorprenderla para bien. Las miró y exclamó:

—Voy al baño... ¡Me meo!

Según oyeron eso, África y Gema comenzaron a reír, mientras Belinda, con una sonrisa de oreja a oreja, se dirigía hacia el baño.

Capítulo 65

La inauguración de la editorial Las Tripe M estaba siendo todo un éxito.

Famosos y no famosos pasaban gustosos por el *photocall.* Por suerte, la familia de Gema conocía a gente influyente y, en el caso de África, sin cortarse un pelo, tiró de periodistas que conocía a través de su padre y una gran mayoría acudió al evento.

Cuando llegó el momento del discurso, África y Gema hicieron que Belinda se pusiera junto a ellas. Las tres eran el motivo de aquella editorial y del nombre que llevaba. Hablaron de sueños, de fantasías y de necesidades. Hablaron sobre las coincidencias de la vida y de lo mucho que a san Destino le gustaba jugar con los humanos.

Presentaron a algunos de sus autores, entre los que estaba Belinda, que fue vitoreada por las familias de sus amigas. E hicieron hincapié en que había cientos de tipos de lectores, y que lo bonito era que no a todos les gustara lo mismo. No obstante, sí coincidían en algo: a los lectores les gustaba viajar gracias al poder de una buena historia, y eso nadie lo podía negar.

Hablaron del erotismo de la palabra, de la seducción de las letras y del poder de los libros. Y cuando el discurso acabó, el público aplaudió encantado y emocionado, mientras ellas se abrazaban felices por lo que habían conseguido.

Tras el momento institucional de la inauguración, comenzó la música y la gente siguió degustando el catering. La familia de Gema al completo y las hermanas de África disfrutaban de lo que aquellas habían creado. Mientras Belinda gozaba de su compañía, alguien le tocó el brazo y, al volverse, sonrió. Allí estaba Adara, más guapa que nunca.

Tras su encuentro en aquel restaurante, Belinda la había llamado aquella misma noche al llegar a su casa. Adara estaba en el parque de bomberos. Era una noche tranquila. Y, después de hablar largo y tendido de lo ocurrido y de sus sentimientos, quedaron en verse.

Verse, mirarse a los ojos y sonreírse fue la recompensa que ambas esperaban, y más cuando el beso y el cariño no tardaron en llegar. Se habían echado de menos. Se habían añorado. Y de nuevo estaban ahí, en el punto de partida, dispuestas a proseguir con su historia de amor sin pensar en nada más que en ellas dos y en Luna.

Y ahí estaba Adara ahora. Más guapa que nunca. Con un precioso vestido azul eléctrico, mirando a Belinda, que, acercándose, dijo:

—No sé si estoy más loca de deseo o de amor...

Gustosa, Adara la besó. Y, cuando el beso acabó, feliz y segura de sí misma, Belinda la presentó como su chica, su novia. ¿Por qué no, si era lo que sentía?

Por su parte, África estaba inquieta. No paraba de mirar hacia la puerta, y Belinda y Gema, sabiendo por qué era, se acercaron a ella y preguntaron:

—¿Todavía no ha llegado?

África negó con la cabeza. Hablaban de Lolo. Y, preocupada, señaló:

—El pobre venía en coche y el maldito va y se estropea en Tarancón.

—¡Qué mala suerte! —murmuró Belinda.

África asintió y, de pronto, su gesto cambió. De la preocupación pasó a la alegría, y dijo:

—¡Ahí llega!

Y, sin más, corrió hacia Lolo, que, al verla, dijo con gesto apurado:

—Lo siento, cielo. Siento haberme perdido el disc...

No pudo decir más. África lo besó. La preocupación que había sentido por él había sido tan grande que verlo allí era lo único que le importaba. Cuando el beso acabó, cuchicheó mirándolo:

—Que le den al discurso... Tú ya estás aquí.

Lolo sonrió. No esperaba ese recibimiento y, del brazo de África, se encaminó a saludar a sus hermanas, Asia y América, que los observaban sorprendidas.

Gema y Belinda, que estaban degustando unas croquetas, intercambiaron una mirada al ver aquello, y acto seguido esta preguntó divertida:

—¿Eso es solo una pareja de sexo?

Gema negó con la cabeza.

—Nooooooo...

Veinte minutos después, todos disfrutaban de la fiesta, y Gema, con una sonrisa, miraba a su hija tontear con un chico que había aparecido en la fiesta, un tal Roberto. Al parecer, Fabrizio, el argentino de Londres, ya era pasado para ella.

En ese instante, Belinda y África se le acercaron y, tras entregarle una copita de Mateus rosado, la primera soltó:

—¿Te ponemos un baberito para mirar a tu niña?

Eso hizo reír a Gema. La felicidad de sus hijos era también la suya. Y, de pronto, África comentó:

—¡Me encanta el bizcochito de tu abuela!

Rápidamente miraron a Felicidad. Había ido a la inauguración con Crescencio, un bizcochito de setenta y ocho años que era bailón y muy guasón.

—Vive la vida, y muy bien que hace —señaló Gema divertida.

Sus amigas asintieron, y Belinda, mirando a Adara, que hablaba con Asia, dijo:

—Os juro que cada vez que miro a Adara me enamoro un poquito más.

—Madre del Verbo Divino —murmuró Gema con guasa.

—¿Cómo he podido vivir sin ella y sin Luna? —insistió.

Entre risas, siguieron bromeando sobre el tema. Belinda y Adara se habían vuelto inseparables y la relación entre ellas iba viento en popa.

—Reconozco que ver hoy a Lolo me ha gustado mucho —señaló entonces África.

—¿Solo gustado? —se mofó Gema.

—Gustarme me gustan las rosquillas, pero, por supuesto, no me pongo taaannnnn tonta cuando veo una. —Ella rio.

Al ver que sus amigas la miraban, África suspiró. Ya no tenía sentido seguir negando lo innegable. Y, dándose por vencida, susurró:

—Dios, ¡creo que me he vuelto a enamorar de él!

Belinda y Gema se miraron y, tras chocar sus copas, la primera indicó:

—Creo que nunca has dejado de estarlo.

África cabeceó; ella también lo creía. Miró a Gema, que sonreía en silencio, y afirmó:

—Ha roto todos mis esquemas.

—Y tú los de él —cuchicheó Belinda.

—¿Tú qué opinas? —preguntó África dirigiéndose a Gema.

Al ver que le preguntaba a ella, dio un bocado a lo que tenía en la mano.

—Que enamorarse está bien, pero mejor es comer croquetas... —respondió muy seria.

Según dijo eso, las otras comenzaron a reír, y ella añadió divertida:

—Pues ¿qué voy a pensar? ¡Que es maravilloso que estéis enamoradas, y tontas seríais las dos si no disfrutáis del embrujo del amor!

Sus amigas asintieron. Pensaban disfrutar de aquel embrujo todo lo que pudieran.

—¿Y qué pasa contigo? —preguntó acto seguido África dirigiéndose a ella.

Gema parpadeó mientras Belinda cuchicheaba:

—¿No crees que sería bonito que tú también vivieras el embrujo del amor?

Ella asintió y se encogió de hombros.

—Si alguna vez aparece, ¿por qué no?

—¿Y si ya hubiera aparecido —insistió África—, pero, por circunstancias de la vida, te equivocaste y ahora te plantearas ir a disculparte y ver si él aún se acuerda de ti, como tú de él?

Gema negó con la cabeza. Sabía perfectamente de quién le estaba hablando. Cuando iba a protestar Belinda cuchicheó:

—A ver cómo te digo esto... El otro día tuve que mirar en tu historial del ordenador y, sin querer, vi que todos los días entras en el perfil de Instagram de David..., ¡y varias veces además!

—Serás cotilla...

—Lo reconozco. No lo voy a negar —se mofó Belinda.

Gema resopló. Pensaba que nadie se percataría de ello.

—De acuerdo —declaró—. He mirado algunas veces el Instagram de David. Pero solo para saber qué es de su vida y si está bien.

—¿Y no es más fácil preguntárselo?

—No digas tonterías.

Belinda sonrió. África también, y esta última dijo:

—Mira, como te dije una vez, cada uno gestiona su vida a su manera. Pero si yo fuera tú, intentaría arreglar lo que realmente me interesa. ¿Y sabes por qué? Porque ese chico vale la pena.

Gema parpadeó sin decir nada y Belinda cuchicheó:

—Comer croquetas está bien..., pero, piénsalo..., David está mucho mejor.

Las tres sonrieron y África agregó:

—Sé valiente, Gema, y vive. Mira tu abuela... ¿Por qué ella se atreve a vivir y tú no?

Eso hizo que a Gema le aleteara el corazón. ¡Atreverse! ¡Vivir!

David estaba en su cabeza continuamente. Había tratado de ignorarlo, de no pensar en él, de no quererlo, pero era imposible. En el poco tiempo que había estado con ella David la hizo vivir, la hizo sentir, la hizo creer en ella. Y sobre todo la hizo saber que el embrujo del amor no solo pasaba una vez en la vida. Cuando se disponía a responder, Asia y Adara se acercaron a ellas y la primera dijo dirigiéndose a su hermana:

—¿Sabes que Adara conoce al primo Vicente?

África la miró sorprendida. Su primo también era bombero en Valencia.

—Pero ¿qué me dices? —exclamó divertida.

Sumida en sus pensamientos, Gema daba vueltas a lo que sus amigas le habían dicho. ¡Vivir! ¡Atreverse! Cientos de preguntas sin respuesta rondaban por su cabeza, y, mirando a aquellas, preguntó:

—¿Y si no quiere hablarme? ¿Y si tras lo sucedido lo último que quiere es verme?

Sabiendo perfectamente de quién hablaba, África y Belinda se miraron. En efecto, podía ser así. No habían vuelto a hablar con

David, no sabían qué era lo que él pensaba. Y África, mirándola, respondió:

—¿Y si llevas al plano positivo esas preguntas que nos haces? ¿Y si quiere hablarte? ¿Y si, a pesar de lo ocurrido, se muere por verte? ¿Y si está respetando el distanciamiento porque tú se lo pediste?

Gema resopló. Pensar eso era una locura, una chifladura. David estaba en Australia, a miles de kilómetros de ella. En los meses que llevaban sin verse posiblemente había comenzado una nueva vida... ¿En serio venía a cuento tratar de ponerse en contacto con él? ¿Y si él la rechazaba?

—Gema, escucha —indicó entonces Belinda—. Deja de hacerte preguntas sin respuesta y solo respóndete a esta: ¿tú lo harías?

Paralizada, la aludida miró a su alrededor. Las personas que más quería estaban contentas y felices disfrutando de la fiesta, sin necesidad de que ella estuviera a su lado. La vida seguía para todos, incluso para ella. Miró a sus amigas y aseguró:

—Sí.

—Entonces ¿a qué esperamos para comprar un billete para Australia? —apremió África ante los aplausos de Belinda.

Capítulo 66

A la mañana siguiente, Gema habló con sus hijos, su abuela y sus padres acerca de lo que tenía pensado hacer, y se sorprendió al ver que nadie se oponía. A todos les parecía bien. Estaba claro que el surfista no solo la había enamorado a ella.

Acompañada por sus amigas, Gema llegó al aeropuerto Adolfo Suárez de Madrid y, tras facturar su maleta, Belinda dijo mirándola:

—Madre mía..., casi veinticuatro horas que tardarás en llegar.

Gema cerró los ojos. Aquello era una barbaridad. Había viajado más de una vez a Londres sola, pero no era lo mismo.

—Tengo que ir al servicio —dijo nerviosa.

Una vez que volvió del baño, ante la mofa de sus amigas, África abrió un cuaderno que llevaba consigo.

—Repasemos —dijo a continuación—. Sobre las siete de la madrugada, tras un vuelo de casi trece horas, llegarás al Aeropuerto Internacional de Hong Kong. Allí debes hacer una escala de dos horitas, y no te duermas o perderás el siguiente vuelo. Luego, en el próximo avión, estarás nueve horas más o menos para aterrizar en el Aeropuerto Internacional Kingsford Smith, en Sídney.

—¡Qué emoción! —bromeó Belinda.

—Allí —prosiguió África— te recogerá un tal Steven, que llevará tu nombre escrito en una pizarrita y será el encargado de acompañarte a tu hotel, que está en el distrito de Gold Coast. Sabemos que David da clases en las playas de Coolangatta y Minnamurra, pero por las fotos que sube en su Instagram también surfea en Northern Beaches y Bondi Beach, entre otras playas. Por tanto, amiguita, ahí ya tienes que buscarte la vida tú solita.

Gema asintió con cara de susto. Aquello era una locura, pero se había embarcado en esa locura, y por sus hijos que iría hasta el final.

Una vez que llegaron al control de seguridad, las tres amigas se miraron. A partir de ahí Gema debía proseguir sola.

—Os llamaré cuando llegue al hotel —dijo abrazándolas.

Ellas asintieron y África, cogiéndole la mano, aseguró:

—Todo irá bien. Pero si, por un casual, las cosas no fueran como pensamos...

—¡Habré estado en Australia! —se mofó Gema intentando sonreír.

—Esa es la actitud —afirmó Belinda con una sonrisa.

Capítulo 67

El viajecito fue bien, aunque agotador. Gema se estresó mucho al tener que hacer una escala y luego coger otro avión. ¿Y si se perdía su maleta?

Finalmente llegó al aeropuerto de Sídney y, cuando vio salir su maleta, se apresuró a cogerla y solo le faltó abrazarla. ¡Menos mal que no se había perdido! Salió del control del aeropuerto con paso seguro, y vio a un hombre con un cartelito en el que se leía su nombre. Aquel debía de ser Steven. Gema se identificó hablándole en inglés, pues, por suerte, dominaba el idioma, y él, con una amabilidad asombrosa, la acompañó hasta el coche y luego fue hablándole de los lugares por donde pasaban de camino al hotel.

Gema observaba todo aquello maravillada. El paisaje era precioso. Las playas grandiosas y, sin lugar a dudas, el surf y los deportes acuáticos y aéreos en general eran la principal atracción allí.

Tras llegar al hotel y llamar a sus hijos, a sus padres y a sus amigas para informarlos de que ya estaba en Australia, Gema, evitando dejarse caer en la cama, pues como lo hiciera se quedaría dormida, se cambió de ropa rápidamente y, tras ponerse un bikini y una camiseta, cogió un cesto, una pamela y las gafas de sol y se dirigió a la playa de Coolangatta. ¿Y si David estaba allí dando sus clases?

Con los nervios a flor de piel, fue hacia la famosa playa mientras lo observaba todo a su alrededor y, al llegar, vio tal cantidad de gente con tablas de surf dentro y fuera del agua que se desesperó. ¿Así cómo iba a encontrar a David?

Entonces, al ver un bar con sillas, unido a un puesto de deportes acuáticos, se acercó y, con su perfecto inglés, preguntó a la chica que atendía por el surfista David Basart. Ella supo de inmediato de quién le hablaba y Gema se emocionó.

—¿Quieres apuntarte a sus clases? —preguntó la chica mirándola.

Sin dudarlo, Gema asintió.

—¿Tu nivel es iniciación, intermedio, avanzado o pro? —quiso saber la chica.

Eso hizo reír a Gema. Su nivel era bajo cero. Pero, mintiendo como una bellaca, respondió mientras se quitaba las gafas de sol:

—Nivel intermedio. He dado clases con David en España.

Al oír eso, la chica afirmó con la cabeza. Sabía que David era español y que había estado hacía meses en España. Consultó un cuaderno y, acto seguido, indicó:

—Puedo meterte en un grupo de seis personas de nivel intermedio.

—¡Estupendo!

La chica le habló sobre el pago de las clases, de los horarios, y le entregó un mapa de la zona donde aparecían las mejores playas para hacer surf.

—¿Puedo comenzar hoy mismo? —preguntó Gema ilusionada.

La chica negó con la cabeza.

—Lo siento, pero David libra. No tiene clases hasta dentro de tres días.

Al oír eso a Gema se le cayó el alma a los pies. ¡¿Tres días?! Pero ¿cómo iba a esperar tres días? Miró a aquella e insistió tocándose la pamela:

—Pero me gustaría comenzarlas hoy mismo. No quiero perder tiempo.

La muchacha sonrió y, señalando hacia la playa, indicó:

—Entonces te meteré en el grupo de Janet. Es muy buena surfista.

Gema negó. No. Ella buscaba a David. E, insistiendo, preguntó:

—No. No me interesa. ¿Dónde puedo localizar a David? ¿Me darías su número de teléfono?

La chica, acostumbrada a la insistencia de muchas y muchos por localizar a sus profesores de surf por distintos motivos, cerró el cuaderno y repuso:

—Lo siento, pero no puedo darte esa información.

Gema asintió. Lo comprendía perfectamente. Sonrió, se guardó en el cesto que llevaba la información que la muchacha le había dado y murmuró poniéndose las gafas de sol:

—Te entiendo. Gracias.

Se alejó del puesto y echó a andar por la playa. ¿Y si David estaba allí?

Pero, después de una hora y media en la que la piel empezaba a picarle a causa del sol porque no se había puesto protección, supo que él no estaba allí. O, al menos, ella no lo veía.

Volviendo al punto de origen, se sentó en la terraza con sombra que había junto al puesto de actividades acuáticas y pidió algo de beber. Estaba sedienta. En el puesto seguía aún la misma chica, por lo que no le serviría de nada regresar. Era lógico que no proporcionaran información personal de quienes trabajaban allí.

Si David libraba, con seguridad estaría surfeando en alguna otra playa. Pero ¿cómo adivinar en cuál?

Recordando los papeles que la chica le había entregado, rebuscó en su cesto y encontró el mapa. Sin esperar un segundo, sacó el cuaderno que África había consultado en el aeropuerto y un bolígrafo. Allí estaban los nombres de algunas de las playas que David había etiquetado al subir sus fotos en Instagram, y comenzó a buscarlas en el mapa. Sin embargo, eran tantas que ¿cómo acertar?

Estaba pensando en ello cuando de pronto oyó:

—Kanata..., ¿puedes venir un momento?

Al oír eso, Gema se volvió de inmediato. A pocos pasos de ella estaba el mejor amigo de David. Lo reconoció por las fotos que aquel le había enseñado. Y el corazón comenzó a latirle de nuevo desbocado.

Con disimulo, Gema observó que aquel surfista que, igual que David, tenía el cabello aclarado por el sol, hablaba con la chica del puesto de actividades acuáticas. Parecían consultar algo en el cuaderno que ella llevaba y, cuando terminaron, se despidió y se encaminó hacia el parking de coches. Gema lo siguió. Sabía que aquella era su oportunidad y, cuando vio que iba a montarse en un coche, lo llamó.

—¡Kanata!

Al oír su nombre, él se volvió y vio que quien lo llamaba era una chica con una pamela. La miró y preguntó con su acentazo australiano:

—¿Nos conocemos?

Gema negó con la cabeza. Y, de pronto, cuando ella se quitó las gafas de sol, él la reconoció. Aquella era la chica de las fotos que su amigo tenía colgadas en su habitación, de la que tanto le hablaba. Y, sin dudarlo, preguntó:

—¿Eres Gema?

Ella se quedó boquiabierta. ¿Cómo sabía su nombre?

—Sí. Soy Gema —afirmó de inmediato.

Él la miraba con una sonrisa cuando ella, sin saber qué hacer o qué decir, preguntó:

—¿Podemos darnos un abrazo?

Aquel asintió divertido. La abrazó con gusto y, cuando el abrazo terminó, dijo mirándola:

—David no sabe que estás aquí, ¿verdad?

—Verdad.

Kanata resopló y sonrió.

—No sé si será buena idea que te presentes sin avisar —dijo a continuación.

Oír eso inquietó a Gema, que preguntó:

—¿Está con alguien?

Kanata negó con la cabeza. David no era de los que hoy estaban con una y mañana con otra.

—No. Pero llegó muy dolido de España.

Gema era muy consciente de que ella había sido la causante de su dolor.

—Mira... Quizá no sea una buena idea presentarme frente a él sin avisarlo —declaró—. Quizá, cuando me vea, me diga que dé media vuelta y me vaya por donde he venido. Pero estoy aquí. Me he dado cuenta de lo tonta y cobarde que fui, y si puedo hacer algo para recuperar a David, ten por seguro que lo haré. Sin embargo, para eso necesito tu ayuda. Necesito que me digas dónde está y...

—Podría enfadarse conmigo —la cortó él.

Consciente de ello, propuso sonriendo:

—¿Y por qué no le das la vuelta a eso y piensas que quizá te quiera más por haberme llevado hasta él?

—Eres algo lianta, ¿no? —murmuró Kanata con una carcajada.

—Lo sé. Es parte de mi encanto... —repuso Gema, y, enseñándole el mapa que llevaba en las manos, prosiguió—: En este mapa he buscado las playas a las que él va, las que etiqueta en Instagram. Pero son tantas ¡que no sé si voy a ser capaz de encontrarlo antes de que salga mi vuelo de regreso a España dentro de seis días!

Kanata asintió. Lo que aquella decía, el sentimiento con que le hablaba y, en especial, su mirada le gustaron, así que, sonriendo, le dijo:

—Si lo hago y todo sale bien, mereceré ser el padrino de vuestro primer hijo.

Gema rio. Aquello era muy precipitado, pero, siguiéndole la broma, afirmó:

—Serás el padrino de nuestra docena de hijos.

Ambos rieron y Kanata, mirándola fijamente, agregó:

—Sé dónde está ahora mismo.

El corazón de Gema aleteó al oír eso y, mirándolo, preguntó:

—¿Y me lo dirás?

Kanata sonrió. Quizá su amigo luego lo matara, pero contestó:

—Mejor aún. Te llevaré con él.

Feliz, Gema se lanzó a los brazos de aquel y, tras darle un beso al más puro estilo de su abuela, montó en su coche y murmuró:

—San Destino..., ¡compórtate!

Capítulo 68

Kanata detuvo el vehículo en el aparcamiento de lo que parecía un club deportivo y explicó mirando a Gema:

—Esta es el área de Northern Beaches, la cuna del surf en Australia y uno de los lugares donde mejor se surfea.

Gema sonrió encantada.

—Y la playa que tenemos frente a nosotros llena de gente cabalgando olas se llama Avalon Beach —añadió Kanata.

—Es una pasada —comentó Gema con un hilo de voz.

Acto seguido, bajaron del vehículo y Kanata cuchicheó:

—Por cierto, no te lo he dicho, pero aquí viven muchos surfistas profesionales.

—¿David vive aquí? —inquirió ella al oír eso.

—Ambos vivimos aquí. Compartimos casa.

A Gema le hizo gracia oír eso.

—Ahora mismo, él está surfeando en esa playa —agregó él mirándola.

A Gema le temblaron las piernas al oír eso, y luego Kanata sugirió poniéndose serio:

—¿Me permites un par de consejos?

—Por supuesto.

Sin dejar de mirarla indicó:

—En adelante, para venir a la playa, debes ponerte siempre protector solar o te quemarás.

Gema asintió, sin duda él tenía razón.

—Si David te dice que te vayas, vete —continuó él.

—¿Por qué?

—Porque lo conozco y sé que, tras lo que pasó, aunque se alegre de verte, no va a reaccionar bien. Como te he dicho, vino muy dolido de España. Lo que tu exmarido dijo de él, al no defenderlo tú, le dolió mucho. Por tanto, hazme caso y sigue mi consejo si es necesario. Yo estaré por aquí para llevarte de regreso a tu hotel.

Gema se inquietó. Si Kanata le decía eso, sus motivos tendría y, tomando aire, afirmó:

—Gracias por los consejos.

Kanata cabeceó y señaló hacia el mar.

—¿Ves al primer tipo que está sentado sobre aquella tabla, a la derecha? —Gema asintió y él añadió—: Es David esperando una ola.

A Gema se le aceleró el corazón. Apenas lo veía, no distinguía su rostro. Pero saber que era aquel la hizo sonreír.

—No sé cuánto lleva en el agua ni lo que tardará en salir —dijo Kanata—. Pero si quieres esperarlo, allí está su mochila. Siéntate junto a ella y espéralo.

Tras dirigirle una última sonrisa, Gema se encaminó hacia el lugar donde le había indicado Kanata mientras este se acercaba a saludar a unos conocidos. Al llegar junto a las cosas de David, la joven se emocionó. Allí, sobre su mochila, estaba la gorra que tanto le gustaba a él. Y, sin tocarla, se sentó. Si tenía que esperar todo el día, lo haría.

Capítulo 69

Desde donde estaba, Gema veía a David disfrutar del mar, a pesar de que en ocasiones el corazón se le salía por la boca al ver que aquel, subido a su tabla, hacía movimientos imposibles y saltaba sobre las olas. Por algo era un campeón internacional.

Durante una hora más o menos, permaneció observándolo, hasta que fue consciente de que, tras una última ola, él había decidido salir del agua.

Con el corazón encogido, vio que aquel saludaba con una sonrisa a muchos de los surfistas con los que se cruzaba y que se paraba a hablar con algunos de ellos.

Notando la boca seca, Gema lo observó. Aun con el pelo largo y mojado por el mar, parecía llevarlo más corto que antes. Y, a pesar de que vestía el traje de neopreno negro, comprobó en su rostro y en sus manos que estaba muy moreno. Sin duda, el sol de Australia le sentaba muy bien.

—Madre del Verbo Divino —murmuró—. Más guapo no puedes estar.

Él continuó saliendo del agua ajeno a todo, hasta que Gema vio que la sonrisa desaparecía de su rostro y su paso se ralentizaba. La había visto.

Atacada, Gema se levantó para recibirlo. Ahora David caminaba con decisión hacia ella con su tabla de surf bajo el brazo y, una vez que llegó al sitio donde estaban sus cosas, clavó la tabla en el suelo.

—Hola —lo saludó ella.

Él cogió una toalla de su mochila y se secó el rostro. Ver a Gema en aquella playa, de nuevo con la mirada triste, era algo que nunca, ni en sueños, habría esperado, y respondió con seriedad:

—Hola.

En silencio, Gema lo miró. Necesitaba conectar con sus ojos. Pero no, David no la miraba; entonces lo oyó decir:

—¿No te ha dicho nadie que en Australia no puedes salir del hotel sin echarte crema solar?

Oír eso la hizo sonreír; en ese momento una chica con una tabla de surf se acercó a ellos y, tras dirigir una sonrisa a Gema, miró a David y preguntó:

—¿Qué tal el oleaje?

Él sonrió al verla. Alexandra era profesora y surfista internacional como él, y, tras chocar el puño con aquella, respondió:

—Ojo, hoy vienen grandes olas de derecha.

La chica asintió.

—¿Vendrás esta noche a la barbacoa de Noah y Fresh? —preguntó luego.

Sin dudarlo, él afirmó con la cabeza y ella, gustosa, le guiñó el ojo y dijo sonriendo de nuevo a Gema:

—Pues allí nos vemos, David.

Una vez que ella se marchó, David se disponía a desabrocharse la cremallera trasera del neopreno cuando Gema, moviéndose, dijo:

—Yo te ayudo...

—No, gracias —soltó él.

Ella se quedó parada y, cuando David se desabrochó con habilidad el neopreno y se deshizo de la parte superior, preguntó mirándola:

—¿Qué quieres? ¿Qué estás haciendo aquí?

Gema, viendo que no iba a ser fácil hablar con él, respondió:

—Quiero hablar contigo. Estoy aquí por ti.

Oír eso hizo que el corazón se le desbocara. Gema conseguía acelerárselo más que una buena ola; tras coger aire, indicó:

—Espero que estuvieras de vacaciones por aquí, porque, si has venido a lo que dices, ya puedes marcharte.

Gema suspiró. Sin darle siquiera la oportunidad de explicarse, él ya le había dicho que se fuera. Recordó el consejo de Kanata, pero no..., no podía rendirse. Por ello, acercándose a él, lo cogió por el brazo y, cuando David la miró, declaró:

—Lo hice mal. Terriblemente mal. Me callé cuando debería haber hablado. Di pasos para atrás cuando debería haberlos dado para delante. Y pagué contigo y con mis amigas lo frustrada que estaba por...

—Por el gilipollas de tu exmarido —finalizó aquel.

Gema asintió. Tenía razón. Tomás era contraproducente para su salud, no David ni sus amigas.

—Si me concedes unos minutos —insistió—, podría explicarte...

—No tengo tiempo.

—David, por favor.

Él negó con la cabeza. Lo había pasado muy mal. Aún seguía pasándolo mal y, mirándola, dijo:

—Mira, Gema, como tú dijiste, lo nuestro fue un rollito de verano y...

—Nooooo, ¡para nada fue un rollo de verano! —lo cortó. Y, viendo que la miraba, insistió—: Sé que dije esa chorrada para echarte de mi lado. Pero lo nuestro nunca fue eso. Tú y yo siempre fuimos más. Solo nos faltaron unos días para crear una conexión de vida bonita entre nosotros que...

—Que no, Gema..., he dicho que no —insistió secándose el cuerpo con la toalla—. Sigo teniendo unos cuantos años menos que tú, y no estoy dispuesto a que, cuando te dé a ti la ventolera y te dé por pensar en el maldito qué dirán, vuelvas a hacerme daño.

—Me importa una mierda el qué dirán si tú y yo nos queremos y estamos bien.

—Tarde. Eso ya llega tarde —replicó él.

Desesperada por ser incapaz de conectar con David, de pronto Gema recordó una conversación que habían mantenido y, mirándolo a los ojos, pidió:

—Voy a hacerte unas preguntas y, por favor, aunque no quieras, aunque no me lo merezca, te agradecería que fueras sincero.

Él resopló y, al ver a Kanata mirándolos sentado al fondo de la playa, siseó:

—No me jodas que ha sido Kanata quien te ha traído hasta aquí...

—Solo seré sincera con respecto a tus preguntas si tú eres sincero conmigo.

De nuevo, él resopló y, tras asentir, Gema dijo:

—Sí. He abordado a Kanata en la playa de Coolangatta. Pensaba que te encontraría allí. Y..., bueno, en un bonito gesto, él me ha traído aquí.

—Precioso gesto —masculló David.

Gema suspiró. Su enfado era entendible.

—¿Has pensado en mí? —le preguntó.

David la miró sin responder.

—Recuerda, has prometido ser sincero —señaló ella.

Acto seguido, él afirmó con la cabeza, y Gema insistió:

—¿Me has echado de menos?

David volvió a asentir y luego Gema murmuró:

—Si a ambas cosas has dicho que sí..., entonces ¿por qué te niegas a intentar recuperar lo nuestro?

Él cerró los ojos. Nada en el mundo le gustaría más que eso, pero, ofuscado por el modo en que había terminado todo, dijo señalando hacia el lugar donde estaba su amigo Kanata:

—Como tú me dijiste..., vete al hotel, recoge tus cosas y sal de mi vida.

Ella negó con la cabeza. No. No quería darse por vencida. Sin embargo, él insistió mirándola:

—Gema, no quiero discutir contigo. Lo que hubo se acabó. Tú lo acabaste. Sin pensar en mis sentimientos, me pediste que saliera de tu vida. Me exigiste que no volviera a ponerme en contacto contigo y así lo hice. Y ahora, al cabo de unos meses, apareces aquí diciéndome todo lo contrario. ¿Es que acaso soy un juguete para ti?

Ella no respondió, no podía. En cada palabra que David decía llevaba razón. Cada reproche que le hacía era cierto. Gema lo había hecho mal, tan mal que, ahora que lo tenía frente a ella, entendía que no quisiera ni mirarla. Así pues, dando un paso atrás, y consciente de que nada de lo que dijera haría que él cambiara de opinión, musitó:

—No eres un juguete ni lo has sido nunca. Pero sí eres alguien a quien echo de menos. Y, aunque este viaje no va a terminar como me habría gustado, te aseguro que lo repetiría mil veces más si existiera la más mínima posibilidad de que volvieras a quererme tanto como yo te quiero a ti.

David la miró. ¿Acababa de decirle que lo quería?

Las palabras de Gema le estaban dando directamente en el corazón. Esta, conteniendo las ganas de llorar que sentía, sin querer insistir más, murmuró caminando hacia atrás:

—Adiós, David.

—Adiós —respondió él con el corazón paralizado.

Una vez que ella se dio la vuelta y comenzó a caminar, la sangre que corría por las venas de David, como si fueran olas de veinte metros, hacía que todo su cuerpo se tambaleara. Gema estaba allí, Gema acababa de declararle su amor. En la vida había dado una segunda oportunidad a una relación fallida... ¿Por qué iba a darle una en esta ocasión?

Ella, por su parte, caminaba por la playa cabizbaja en dirección a Kanata con lágrimas corriéndole por las mejillas. Le dolía no haber llegado al corazón de David. Le dolía haber sido tan tonta y haber dudado de lo que tenían, cuando era perfecto.

Kanata, al verla, se levantó del suelo y, mirando su rostro, preguntó:

—¿Mal rollo?

—Peor imposible. Soy un mal bicho y me merezco su desprecio.

—Mujer, no digas eso.

Ella negó con la cabeza y aquel, viendo a su amigo sentado en la playa con la cabeza apoyada en las manos, murmuró entendiendo cómo se sentía:

—Vamos, te llevaré a tu hotel.

En silencio, Kanata y ella caminaban hacia el vehículo sumidos en sus propios pensamientos cuando de pronto oyeron:

—¡Gema!

La aludida rápidamente se volvió. David estaba a escasos pasos de ella, mirándola de aquella manera que siempre la había mirado. De repente, la oscura mirada de David volvía a ser la que ella recordaba, y, cuando este se acercó, murmuró:

—Te quiero.

Oír eso la hizo cerrar los ojos, y acto seguido oyó:

—No te vayas, por favor.

Sin aliento, Gema abrió los ojos para mirar al hombre al que adoraba, cuando este añadió:

—Soy de los que siempre han pensado que, cuando amas a alguien, hay que dejarlo libre. Si regresa es amor verdadero, y si no, es que nunca lo fue. Y tú has regresado.

Ambos sonrieron y David, acercándose a ella, prosiguió:

—Si tú has venido desde España hasta Australia y dices que volverías a hacerlo mil veces porque me quieres y me necesitas, cielo, ¿cómo no voy a venir yo desde la playa hasta aquí, cuando te quiero, te necesito, y por fin ha regresado la madre de mis hijos?

Oír eso hizo que Gema sonriera.

—Hermano, ¡nunca imaginé que pudieras ser tan romántico! —musitó Kanata.

—Ni yo —repuso David hechizado por la sonrisa de Gema.

—Recuerda nuestro trato —advirtió entonces su amigo dirigiéndose a ella.

—¿Qué trato? —preguntó él al oírlo.

Eso hizo soltar una carcajada a Gema. Sabía a lo que se refería y, dirigiéndose a David, declaró:

—Tienes ante ti al futuro padrino de la docena de hijos que vamos a tener.

Los tres rieron por aquello y David, acercándose a Gema, la cogió entre sus brazos y, deseoso de su amor, la besó. Que aquella mujer estuviera allí y le hubiera dicho todo lo que había soltado por su boca era cuanto necesitaba para recuperar lo que tenían.

Al primer beso lo siguió otro, y Kanata, entendiendo que sobraba, dijo:

—Me voy, tortolitos.

David y Gema, ocupados en besarse, mimarse y abrazarse, asintieron mientras regresaban al lugar donde David tenía su tabla de surf y sus otras cosas.

El resto de la tarde solo existieron ellos dos en aquella preciosa y paradisíaca playa. Hablaron, se pusieron al día de la vida y de sus sentimientos, y, al atardecer, cuando el sol comenzó a ocultarse tras la infinita línea del mar, Gema murmuró:

—Te he echado mucho de menos.

David, que besó la cabeza de aquella, susurró con mimo:

—Y yo a ti.

Luego ambos se miraron en silencio. La felicidad por haber llegado a ese punto era infinita. Y David, sonriendo, cuchicheó:

—¡¿Una docena de hijos?!

Gema rio y él, total y completamente enamorado, dijo con un hilo de voz:

—¿Sabes en lo que me has hecho creer?

—¿En qué?

—En san Destino —musitó David sonriendo.

Gema soltó una carcajada al oírlo y, tirándose encima de él para besarlo con ganas y deseo, exclamó haciéndolo reír:

—¡Madre del Verbo Divino...!

Epílogo

Por Nochevieja, una gran familia se congregó en el precioso ático de África en Madrid.

Ese año, ella quería hacer una celebración especial, y allí se reunieron Gema con David y toda la familia de ella, incluido el nuevo bizcochito de la abuela; Belinda, con Adara y Luna; las hermanas de África con sus respectivos maridos y sus hijos, y, por supuesto, Lolo. Él no podía faltar.

Mientras María, la madre de Gema, reía por algo que Lolo y David le contaban, la abuela bailaba un pasodoble con su bizcochito, Jesús se hacía unos selfis con sus nietos Bosco y Dunia y Damián, en tanto que Adara charlaba con las hermanas de África y sus cuñados, y los niños correteaban por la casa.

África, Belinda y Gema los observaban gustosas mientras preparaban en unos platitos las uvas que todos se comerían al cabo de unos minutos.

El pasodoble acabó y África, divertida, junto a Gema y Belinda, repartió las uvas a todos los asistentes, y, cuando terminó, declaró:

—Que sepáis que el libro de relatos de Belinda lleva en el número uno de los más vendidos más de dos semanas. Si sigue a este ritmo, se va a convertir en un bestseller.

Encantados, todos aplaudieron por la gran noticia. Sabían lo mucho que ellas trabajaban en la editorial para que aquel sueño se estuviera convirtiendo en realidad. Y Belinda, feliz, agarró entonces a Adara de la cintura y afirmó:

—Cielo..., cada día veo el ático más cerca.

Todos rieron y, acto seguido, Gema preguntó dirigiéndose a David:

—¿Qué tal Clara?

Él sonrió. Su hermana seguía en Nueva York con su novio.

—Genial —dijo—. Esta noche cenarán con unos amigos y luego se irán de fiesta.

A Gema le gustó oír eso. Ver a David tranquilo porque su hermana estuviera bien era lo mejor que les podía pasar. Acto seguido, este declaró mirándola:

—¿Te he dicho que tienes los ojos más felices que he visto en mi vida?

Encantada, Gema rio y, tras besarlo con amor, aseguró:

—Es gracias a ti.

Enamorados, David y Gema se miraban cuando comenzó a sonar la canción de Shakira y Bzrp, aquella que siempre los levantaba de las sillas, y todos empezaron a bailar y a cantar divertidos. Sin duda esa canción ¡era la leche!

Pasado el momento de risas conjuntas, cuando todos se sentaron alrededor de la mesa para seguir hablando, las tres amigas se acercaron a las puertas de la terraza, que estaba cerrada, pues llovía, y, volviéndose hacia la mesa, África murmuró:

—¡Qué feliz estoy!

Belinda y Gema sonrieron.

—Mi casa está repleta de gente que quiero y me quiere —añadió aquella—, justo como pasa en la escena final de mi película preferida, y eso..., eso... hace que me emocione.

Al ver que se le saltaban las lágrimas, sus amigas la abrazaron. Sabían que *Bajo el sol de la Toscana* era la película favorita de África, y Belinda, riendo, cuchicheó:

—Pues sé feliz y disfruta de este precioso momento.

Su amiga asintió limpiándose las lágrimas y Gema, mirándola, se mofó:

—Te recuerdo que aquí la llorona soy yo...

—¡Vamos, chicas, venid! —apremió Jesús desde la mesa—. Que van a sonar los cuartos.

Rápidamente Gema se sentó junto a David, África junto a Lolo y Belinda con Adara, que tenía sobre sus piernas a Luna. Nerviosos por recibir el nuevo año, unos mandaban callar a otros, cuando las campanadas comenzaron a sonar.

Entre risas y miradas cómplices, todos iban comiéndose las uvas mientras sus ojos brillaban de felicidad. ¿Cómo no estar feliz en un momento así? Hasta que llegó la última uva y todos, levantándose, comenzaron a abrazarse y a besarse mientras gritaban «¡Feliz Año Nuevo!».

—Un momento... Un momento —pidió una emocionada África.

Todos la miraron. ¿Qué ocurría? Y ella se apresuró a añadir:

—Lolo y yo queremos que sepáis ¡que vamos a ser padreeesssss!

Oír eso los hizo doblemente felices a todos. Era una excelente noticia.

Besos, abrazos, emociones contenidas y sin contener ocuparon los primeros minutos del nuevo año, y cuando el momento chispeante y loco se relajó, Belinda y Gema abrazaron con amor a su amiga. Sabían lo importante que era para ella tener ese bebé.

Se miraban en silencio cuando Belinda, observando a Lolo, iba a preguntar cuando África se apresuró a decir:

—¡Es de él!

—Nooooooo —murmuraron sus amigas.

África asintió y, tras tomar aire, aclaró:

—Cuando iba a iniciar los trámites para la inseminación, Lolo me dijo que, ya que nos queríamos, que éramos pareja más allá del sexo y habíamos vuelto a encontrarnos, que por qué no le daba la oportunidad de ser el padre del niño.

—Madre del Verbo Divino —susurró Gema.

—*Porfaplissss*, ¡qué románticooooo! —se mofó Belinda.

África sonrió. Recordar ese momento todavía le resultaba muy emocionante, y añadió:

—Le dije que sí, ¡y al mes siguiente no me vino la regla! Eso sí, boda, ¡ni locos!

Eso hizo reír a las demás y luego África, suspirando, murmuró:

—Si no os lo dije fue porque quería sorprenderos.

—Ahora entiendo que estés tan llorona y que en el último mes te hayas atiborrado a donuts en la oficina... —bromeó Gema.

Reían felices por aquello cuando comenzó a sonar la canción *DPM* de Kany García y las tres se agarraron de las manos. Volvían a oírla en otro momento diferente de sus vidas, y en esta ocasión ninguna lloró. En esta ocasión, como decía la letra, se sentían de puta madre.

Llegar al punto al que habían llegado no había sido fácil. En el camino habían pasado por baches a veces fáciles y otros complicados, pero ahí estaban. Las tres habían crecido. Cada una a su manera, se había empoderado como mujer. Y, juntas, no solo habían creado una empresa, sino también una preciosa y gran familia con unos cimientos tan fuertes que ni el más grande de los tsunamis podría derribarlos.

Aquella canción, como muchas otras que habían oído a lo largo de su historia, les había hecho tomar decisiones y quererse. Las había hecho vivir. Las había impulsado a atreverse. Les había hecho darse cuenta de que ellas eran perfectas, listas, guapas, maravillosas y, sobre todo, les había hecho saber que eran mujeres que valían un montón.

Banda sonora

Ese hombre, ℗ 1979 BMG Music Spain, S. A., interpretada por Rocío Jurado.

Run the World, ℗© 1950: 2023, interpretada por Beyoncé.

Te felicito, ℗ 2022 Ace Entertainment S. ar. l., under exclusive license to Sony Music Entertainment US Latin LLC, interpretada por Shakira y Rauw Alejandro.

Superwoman, ℗ 2012 Sony Music Entertainment Turkey, interpretada por Alicia Keys.

Beautiful, ℗ 2002 Sony Music Entertainment, interpretada por Christina Aguilera.

Send My Love, ℗© 2015 XL Recordings, Ltd., interpretada por Adele.

Roar, ℗© 2013 Capitol Records, LLC, interpretada por Katy Perry.

Girls Just Want to Have Fun, ℗ 1983 Sony Music Entertainment, Inc., interpretada por Cyndi Lauper.

Thank U, Next, ℗© 2019 Republic Records, a division of UMG Recordings, Inc., interpretada por Ariana Grande.

No, ℗ 2005 Sony Music Entertainment (Holland) B. V., interpretada por Shakira y Gustavo Cerati.

DPM (De Pxta Madre), ℗ 2021 5020 Records, interpretada por Kany García.

Music Sessions #53, ℗© 2023 El Pequeño Genio, interpretada por Shakira y Bzrp.

No te vistas, que no vas, ℗© DCM Records, S. A. de C. V., interpretada por K-Narias.

Sobreviviré, ℗ 2000 Sony Music Entertainment (Holland) B. V., interpretada por Mónica Naranjo.

Que te den, ℗© edel music, S. A., interpretada por Amparanoia.

Flowers, ℗ 2023 Smiley Miley, Inc., under exclusive license to Columbia Records, a Division of Sony Music Entertainment, interpretada por Miley Cyrus.

Rata de dos patas, ℗ 2004 Musart, interpretada por Paquita la del Barrio.

Despechá, ℗ 2022 Columbia Records, a division of Sony Music Entertainment, interpretada por Rosalía.

El último adiós, ℗© 2000 Universal Music México, S. A. de C. V., interpretada por Paulina Rubio.

TQG, ℗© 2023 UMG Recordings, Inc., interpretada por Karol G y Shakira.

Stronger (What Wasn't Kill You), ℗ 2011 19 Recordings Limited under exclusive license to RCA Records, interpretada por Kelly Clarkson.

Manías, ℗ 2012, 2013 Sony Music Entertainment US Latin LLC, interpretada por Thalia.

Mamiii, ℗ 2022 Kemosabe Records/RCA Records, interpretada por Becky G y Karol G.

1Trago, ℗© 2023 Universal Music Group México, S. A. de C. V., interpretada por Danna Paola.